Dee Brown, 1908 in Louisiana/USA geboren, war viele Jahre Bibliothekar an der University of Illinois. Mit seinen vielbeachteten Büchern über den Wilden Westen hat er sich als bedeutender Kenner der Geschichte des amerikanischen Westens international einen Namen gemacht.

D1925566

S. K.-Z.
45

Von Dee Brown sind außerdem als Knaur-Taschenbücher erschienen:

»Begrabt mein Herz an der Biegung des Flusses« (Band 3351)
»Pulverdampf war ihr Parfüm« (Band 3431)
»Das Feuerroß erreicht das Große Wasser im Westen« (Band 3649)

Vollständige Taschenbuchausgabe
Droemersche Verlagsanstalt Th. Knaur Nachf., München
Lizenzausgabe mit freundlicher Genehmigung des
Hoffmann und Campe Verlags, Hamburg
Titel der Originalausgabe »Creek Mary's Blood«
Erschienen bei Holt, Rinehart and Winston, New York
© 1980 by Dee Brown
Aus dem Amerikanischen von Werner Peterich
© 1981 by Hoffmann und Campe Verlag, Hamburg
Satz IBV Lichtsatz KG, Berlin
Druck und Bindung Ebner Ulm
Printed in Germany 7 6
ISBN 3-426-01166-2

Dee Brown:
Du folgtest dem Falken, Amayi

Eine indianische Familiensaga

Knaur®

Dem Gedächtnis von
Martin F. Schmitt
Gelehrter, mutiger Mann und Freund.

Der Autor dankt David Gerber aufrichtig
für seine anregende Ermutigung,
ständige freundschaftliche Förderung und seinen guten Rat
während der Entstehung dieses Buches.

MONTANA
NORTH DAKOTA
MINNESOTA
Miles City (Ft. Keogh)
BOZEMAN TRAIL
Yellowstone R.
Virginia City
Custer Schlachtfeld
Rosebud Cr.
Tongue R.
Powder R.
Dundee
STANDING ROCK RESERVAT
CHEYENNE RIVER RESERVAT
St. Paul
N
Cherry Cr.
Ft. Phil Kearny
Bighorn R.
Little Bighorn R.
ID.
BLACK HILLS
Cheyenne R.
SOUTH DAKOTA
BIGHORN MTS.
White R.
Missouri R.
Sweetwater R.
Pine Ridge
Wounded Knee Cr
Ft Laramie
Camp Robinson
Red Cloud Agentur
OREGON TRAIL
WYOMING
N. Platte R.
NEBRASKA
IOWA
Cheyenne
Ft. Carrothers
Platte R.
Omaha
Ghost Timbers
Ft. Starke
Ft. Kearney
S. Platte R.
MISSOURI
Denver
Sand Cr.
Ft. Leavenworth
Independence
UTAH
Solomon R.
PIKE'S PEAK
Saline R.
Westport Landing
Smoking Land R.
Kansas R.
Bent's Fort
Ft. Lyon
Hotoa R.
SANTA FE TRAIL
El Pueblo
COLORADO
Arkansas R.
Nako R.
LYKINS CUTOFF
Raton Pass
ROUTE
KANSAS
Springfield
CIMARRON
CHEROKESEN STAMMLAND
Pea Ridge
ARIZ.
Ocate Cr.
INDIANER
Fayetteville
Tahlequah
Santa Fe
Canadian R.
Ft. Gibson
Cane Hill
Ft. Smith
TERRITORIUM
OKLAHOMA
NEW MEXICO
Rio Grande
El Paso
TEXAS

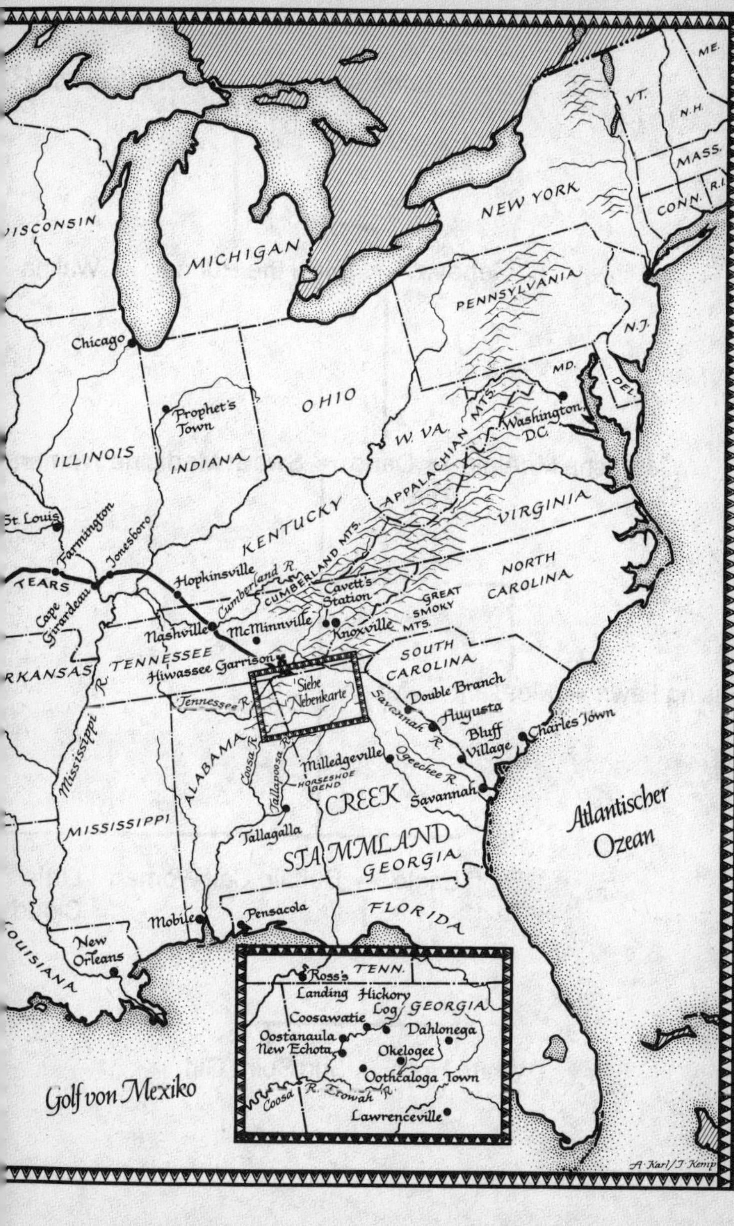

ME.
VT.
N.H.
MASS.
R.I.
CONN.
NEW YORK
WISCONSIN
MICHIGAN
PENNSYLVANIA
N.J.
MD.
DEL.
Chicago
OHIO
Prophet's Town
W. VA.
Washington, D.C.
APPALACHIAN MTS.
ILLINOIS
INDIANA
VIRGINIA
KENTUCKY
St. Louis
Farmington
Jonesboro
CUMBERLAND MTS.
NORTH CAROLINA
TEARS
Hopkinsville
Cumberland R.
CUMBERLAND
Cavett's Station
GREAT SMOKY MTS.
Cape Girardeau
Nashville
McMinnville
Knoxville
ARKANSAS
TENNESSEE
Hiwassee Garrison
SOUTH CAROLINA
Siehe Nebenkarte
Double Branch
Tennessee R.
Savannah R.
Augusta
Mississippi
ALABAMA
Coosa R.
Tallapoosa R.
Milledgeville
Ogeechee R.
Bluff Village
Charles Town
HORSESHOE BEND
CREEK
Savannah
Atlantischer Ozean
MISSISSIPPI
Tallagalla
STAMMLAND
GEORGIA
FLORIDA
Mobile
Pensacola
LOUISIANA
New Orleans
TENN.
Ross's Landing
Hickory Log
GEORGIA
Coosawatie
Dahlonega
Oostanaula
New Echota
Okelogee
Oothcaloga Town
Coosa R.
Etowah R.
Lawrenceville
Golf von Mexiko
A. Karl/J. Kemp

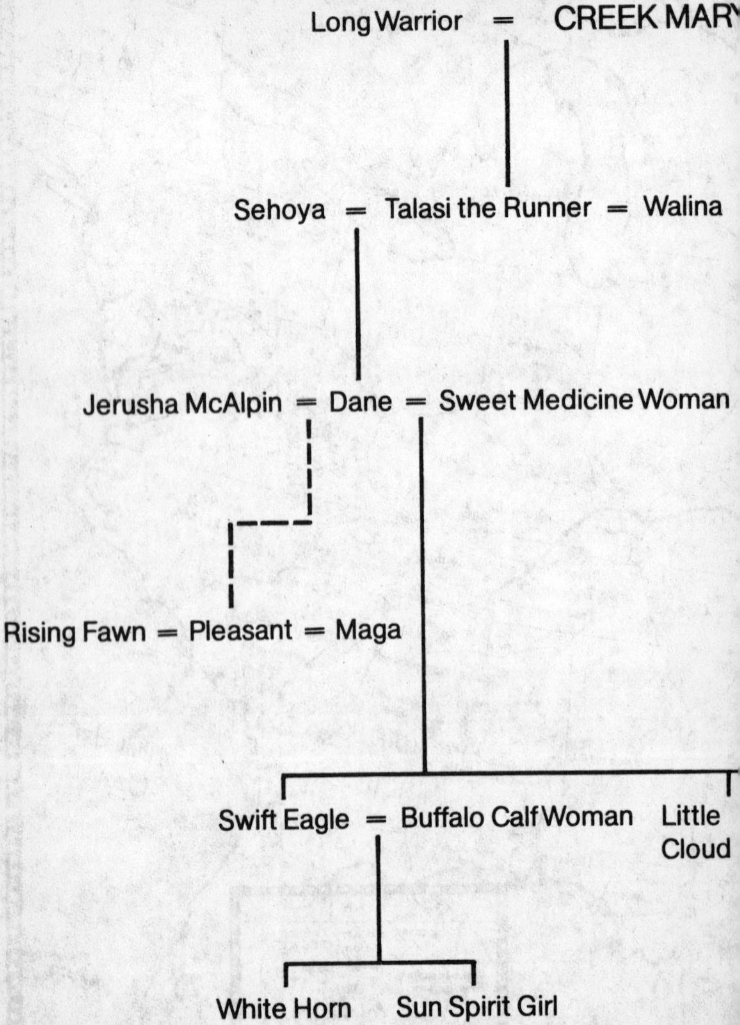
Long Warrior
CREEK MARY
Sehoya
Talasi the Runner
Walina
Jerusha McAlpin
Dane
Sweet Medicine Woman
Rising Fawn
Pleasant
Maga
Swift Eagle
Buffalo Calf Woman
Little Cloud
White Horn
Sun Spirit Girl

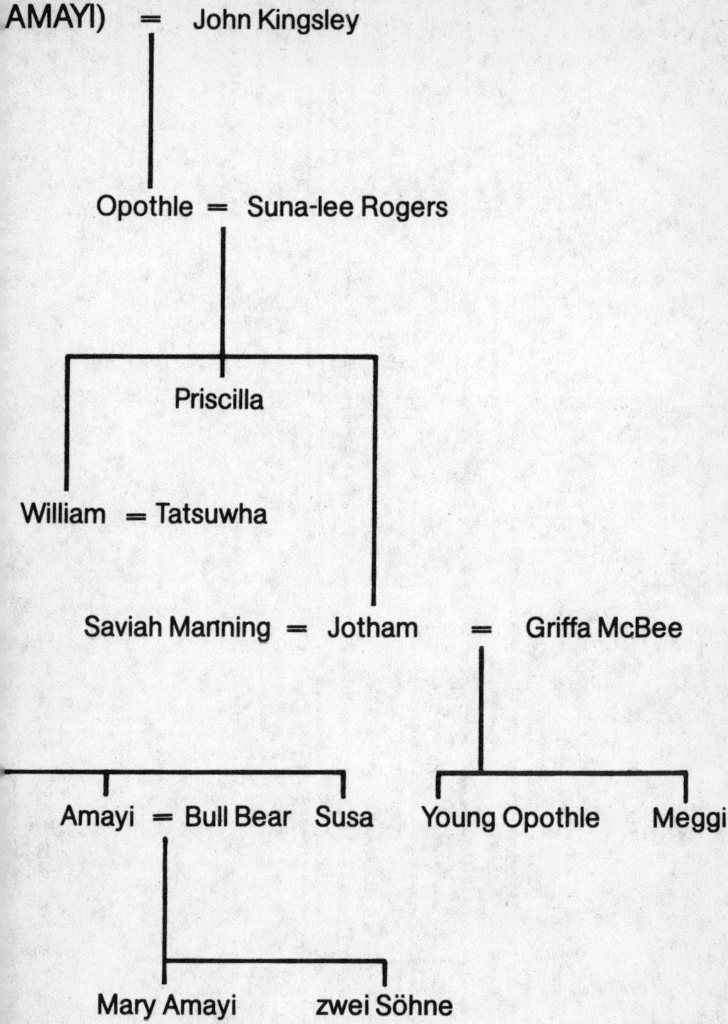
AMAYI) = John Kingsley
Opothle = Suna-lee Rogers
Priscilla
William = Tatsuwha
Saviah Manning = Jotham = Griffa McBee
Amayi = Bull Bear
Susa
Young Opothle
Meggi
Mary Amayi
zwei Söhne

ERSTES BUCH

Im Osten

1

Die Landschaft von Montana hat immer etwas Überraschendes, wenn man geradewegs aus dem Osten dorthin kommt. Es war früh am Morgen, als ich an der kleinen, braungefleckten Bahnstation aus dem Zug stieg und eintrat in einen unendlichen Raum aus bereiftem gelbem Gras und blauem Himmel. Ich hatte meine Reisetasche kaum aufgenommen, da fuhr der Zug bereits weiter, wirbelten hinter der Lokomotive Dampf, schwefliger Rauch und Aschenteilchen durcheinander. Der Bahnhof war verlassen, aber der alte Dane hatte mir genau beschrieben, wohin ich gehen sollte, und nachdem ich mich orientiert hatte, folgte ich dem Feldweg, der zu seiner anderthalb Meilen entfernten Blockhütte führte.
Beim Gehen überlegte ich, ob es nicht doch recht töricht von mir gewesen sei, eine so lange Reise zu machen, bloß um einen betagten Indianer nach seiner legendären Großmutter auszufragen. Ihre Namen – Mary Kingsley, Creek-Mary oder einfach Amayi – waren mir seit meiner Kindheit in Georgia vertraut. Später, an der Universität, hatte ich versucht, ein Referat über sie zu schreiben, doch hatten die Quellen nicht viel hergegeben. Sie war eine reinblütige Muskogee oder Creek-Indianerin, die Tochter Machichis, eines berühmten Häuptlings, der bei einem Scharmützel mit Kolonisten ums Leben gekommen war. Nach Machichis Tod hatten die Bewohner von Bluff Village sie als ihre Beloved Woman – die Geliebte Frau –, als ihre Anführerin betrachtet.
Nach allem, was man über sie lesen konnte, muß sie eine große Schönheit gewesen sein, die von General Oglethorpe angefangen bis zu dem Händler John Kingsley, den sie heiratete, sämtliche Kolonisten in Georgia bezaubert hatte. Stolz und leidenschaftlich hatte sie sich den Siedlern entgegengestellt, weil diese zuviel Land ihres Volkes in Besitz nahmen. An der Spitze einer gewaltigen Streitmacht von Creek-Kriegern war sie nach Savannah geritten, entschlossen, die

Engländer ins Meer zu drängen, doch irgendwie war sie verraten worden. Danach war sie verschwunden und ihr Name nur noch einmal in den Annalen Georgias aufgetaucht – und zwar in einem durch keine anderen Dokumente bewiesenen Fragment über einen dänischen Schiffskapitän, der sich in sie verliebt und den Verstand verloren haben sollte, als er auf der Suche nach ihr die Sümpfe und Fichtenwälder an der Küste Georgias durchstreift hatte.
Über die Jahre hatte ich, als Journalist von einer Zeitung zur anderen wechselnd und dabei von Georgia ins nördlich davon gelegene Washington übergesiedelt, Creek-Mary fast vergessen; ich war ein ganz annehmbarer Journalist und mit der Zeit nur etwas zynisch geworden, wie wir alle, nehme ich an. Ein paar Tage nach Teddy Roosevelts Amtseinführung erhielt ich eine Lunch-Einladung ins Weiße Haus. Ohne große Begeisterung ging ich hin. Schon seit Tagen hatten wir über Roosevelt und die Amtseinführung berichtet, und allmählich hing uns das Thema zum Hals hinaus.
Wie es sich herausstellte, wurde dieses Essen zu Ehren von Mary Dane gegeben, einer jungen Indianerin aus Montana, der ersten Indianerin und der ersten Frau überhaupt, die ihr Medizinstudium am Columbia Medical College abgeschlossen hatte. Teddy war übersprudelnd und quicklebendig wie immer, vollführte weitausholende Gesten und schlug die Hände heftig zusammen, um seinen Bemerkungen Nachdruck zu verleihen, und seine Stimme verstieg sich vor innerer Anteilnahme nicht selten in zitternde Höhen. Ich jedoch, fürchte ich, vernachlässigte an diesem Tag meine Pflichten und machte mir zu der kleinen Ansprache des Präsidenten nicht eine einzige Notiz. Dazu war ich viel zu vertieft in Mary Dane. Ihre Haut war von warmer Honigfarbe; ihre Augen von einem schwermütigen Schwarz. Sie war nicht nur ausnehmend schön, sondern hatte auch etwas Springlebendiges – nichts Heißes, sondern etwas Kraftvoll-Drängendes, von dem ich meinte, daß jeder einzelne von den rund vierzig Gästen es gespürt haben muß. Ich meine, sie war sich eines jeden einzelnen von uns bewußt, doch waren ihre dunklen Augen meistens auf einen links vor ihr sitzenden, sehr alten Indianer gerichtet.
Sein Walnußgesicht wies tiefe Runzeln auf. Das lange, weiße Haar fiel ihm über die Schultern seines schlichten Rocks aus blauem Köper. Um den Hals trug er locker ein kastanienbraunes Halstuch, und seine knochige Altmännernase sowie die Art, wie er stolz den Kopf hielt, verlieh ihm mehr das Aussehen eines spanischen Granden als eines

Indianers aus Montana. Die meiste Zeit über hielt er die Augen geschlossen, doch wenn er sie aufmachte und Mary Dane ansah, leuchtete es in ihnen auf, lächelte er und hielt die schmalen Lippen geschlossen.
Plötzlich war Roosevelt dabei, Mary Dane irgendeine Schriftrolle zu überreichen, und alle standen auf und klatschten Beifall. Inmitten des Applauses stieß der alte Indianer einen gedämpften Schrei aus und rief über den allgemeinen Lärm hinweg: »Creek-Marys Blut!« Zuerst war ich mir nicht sicher, was er gesagt hatte. Ich tappte eine Weile im dunkeln, ließ mir den Klang der wenigen Worte noch einmal durch den Kopf gehen und auf mich wirken. Eine ziemlich große Frau drängte an mir vorbei und hinderte mich in meinem Bemühen, mich vorwärtszuarbeiten und den alten Indianer zu erreichen, ehe die Diener ihn und Mary Dane durch eine Seitentür hinausgeleiteten. Das einzige, was ich in der ganzen Aufregung mitbekam, war, daß sie in Eile waren, weil sie noch einen bestimmten Zug erreichen wollten. Eine Glanzleistung als Reporter legte ich an diesem Tag nicht hin. Ich kehrte zurück in die Redaktion, schrieb meinen Artikel für die Morgenzeitung, hatte jedoch den ganzen Abend über im Ohr, wie die Stimme des alten Mannes sich über den Applaus erhob, und zerbrach mir den Kopf darüber, ob ich mir diese drei Wörter nur eingebildet hatte: *Creek-Marys Blut*. Am nächsten Tag erfuhr ich von einem Sekretär des Weißen Hauses, daß er in oder in der Nähe eines Reservats der Cheyenne-Indianer lebte. Niemand schien zu wissen, wie er mit Vornamen hieß. Er war Mary Danes Großvater – Mr. Dane – und seine Adresse lautete schlicht: Dundee, Montana. Auf all das konnte ich mir nicht recht einen Vers machen: ein alter Cheyenne-Indianer namens Dane, der zweitausend Meilen nordwestlich der üppig grünen Küste von Georgia lebte und irgend etwas von meiner längst verschwundenen Creek-Mary wissen sollte.
Dennoch beschloß ich, mich in dieser Sache mit einem Brief voller Fragen an Mr. Dane in Dundee, Montana, zu wenden, und zu meiner Überraschung erhielt ich ziemlich umgehend eine Antwort. Er versicherte mir, er sei tatsächlich ein Abkomme meiner Creek-Mary, sei ihr Enkel. Wiewohl er seit vielen Jahren bei den Cheyenne lebe, sei er nicht blutsverwandt mit ihnen. Es freue ihn, daß ich von seiner Großmutter wisse, und er danke mir, daß ich ihm geschrieben hätte. Selbstverständlich schrieb ich ihm noch einen zweiten Brief und bat ihn, mir zu sagen, was nach dem kühnen Vorstoß auf Savannah aus

Creek-Mary geworden sei. Seine zweite Antwort fiel nicht länger aus als seine erste. Darüber gäbe es so viel zu erzählen, schrieb er, daß es nicht in einen einzigen Brief hineingehe. Außerdem seien seine alten Finger mit den Jahren steif geworden und das Schreiben falle ihm schwer. Warum ich ihn nicht einmal besuche? Er werde mir erzählen, was immer ich wissen wolle.

Und da war ich nun an einem frostigen Frühlingsmorgen und stapfte einen von Huftritten und Spuren von Pferdewagen gefurchten Feldweg in Montana entlang. Warum habe ich diese weite Reise gemacht und mir unbezahlten Urlaub von meinem bestenfalls unsicheren Job genommen? Vielleicht lag es an den Briefen, die ich von ihm erhalten hatte, mit Tinte handgeschrieben und in kühnen, gleichmäßigen Buchstaben. Die meisten Substantive hatte er groß geschrieben; das unter die Unterlinie hinausreichende *s* ähnelte dem *f*; in etlichen Wörtern hatte er *y* statt *i* geschrieben; und in Wörtern, die wir nur mit einem *l* oder *t* schreiben, tauchten bei ihm Doppel-*l* und Doppel-*t* auf. Dabei handelte es sich nicht etwa um Schreibfehler, sondern um reinstes Englisch des achtzehnten Jahrhunderts. Lesen und Schreiben hatte ihm seine Großmutter, Creek-Mary, beigebracht, die ihr Englisch im achtzehnten Jahrhundert bei englischen Missionaren in Carolina gelernt hatte, ehe ihr Stamm den Savannah-River überquerte und nach Georgia gegangen war. Soviel konnte ich mutmaßen. Es war, als läse man ein Handschreiben aus der Anfangszeit unserer Republik, und ich war verzaubert von diesem Bindeglied mit der Vergangenheit, einer Zeit also, die soweit entfernt ist wie das Jahr 1905 heute. Für mich war Creek-Mary wieder lebendig geworden, und ich wußte, daß ihre Schönheit in ihrer Jugend der von Mary Dane vergleichbar gewesen sein mußte. Seine Blockhütte lag in einem langgestreckten Tal, und weit im Nordwesten reckte sich eine Bergkette in die Höhe. Ein kleiner, von Pappeln und Weiden gesäumter Bach floß hinter der Hütte dahin. Ein paar Hereford-Rinder, die hier zur Tränke gekommen waren, hoben den Kopf und starrten mich an. Es war schon ein sehr einsamer Flecken Erde.

Offenbar hatte er mich kommen sehen. Er trat heraus, hob das Gesicht der Sonne entgegen und wartete. Ich rief ihm einen Guten Morgen zu, und er nickte. Er trug ein graues Wollhemd, gestreifte, tabakfarbene Arbeitshosen und alte, recht mitgenommene Cowboy-Stiefel. Sein langes, im Sonnenschein silbrig schimmerndes Haar trug er nicht mehr offen wie im Weißen Haus, sondern hatte es in der Mitte gescheitelt und links und rechts in strenge Zöpfe geflochten, die ihm über die Schultern hingen. Das glatte Pergament über Nase und Wangen ging in ein Gewirr unzähliger Fältchen und feiner Runzeln über, doch seine leuchtenden Augen straften sein Alter Lügen. Als ich auf ihn zutrat, bot er mir die Hand und forderte mich dann mit einer Geste auf einzutreten.

Nach dem hellen Sonnenlicht draußen wirkte das Innere der Hütte dunkel. Drei Schaukelstühle aus Hickoryholz standen vor einem Kamin, in dem unter einer rußgeschwärzten Kaffeekanne orangefarbene Kohlen glühten. Er nahm mir den Mantel ab, hängte ihn über die Lehne eines der Schaukelstühle und forderte mich auf, Platz zu nehmen. Ich brach das Schweigen als erster. »Vielen Dank, daß Sie mich hierher eingeladen haben.«

»Es tut gut, Besuch zu haben«, sagte er. »Alle meine Cheyenne-Freunde sind tot – bis auf ein paar alte Frauen, von denen die meisten zu schwach sind, noch hier herauszukommen. Und die jüngeren Leute haben zuviel zu tun. Trinken Sie Kaffee?« Seine Aussprache kam mir entfernt britisch vor; jedenfalls war sie nicht so hart wie die so vieler Indianer der nördlichen Ebenen.

Während er den Kaffee einschenkte, sah ich das roh gezimmerte Bücherregal durch, das links von seinem Stuhl unterm Fenster stand – ein großes Wörterbuch, dessen Einbanddecke sich gelöst hatte, ein dreibändiges, arg abgegriffenes Konversationslexikon, *Die Gesetze von Montana, Rinderkrankheiten,* Catlins zweibändiges Werk *Die Nordamerikanischen Indianer,* dessen Goldprägung bereits vergilbte, etliche Jahrbücher des US-Landwirtschaftsministeriums in den violetten Einbänden, die zerlesenen Werke Shakespeares und eine brandneue, sechsbändige Kassette mit Theodor Roosevelts *Erschließung des Westens,* wahrscheinlich ein Geschenk des Präsidenten anläßlich von Danes Besuch im Weißen Haus.

Er reichte mir den Kaffee in einem großen Blechbecher, dessen Metall so heiß war, daß ich ihn auf der Lehne des Schaukelstuhls absetzen mußte. »Wollen Sie nicht so gut sein, mir zu sagen, wie alt Sie sind?« fragte ich.

»Einundneunzig«, erwiderte er.

»Sind Sie da ganz sicher?«

»Durchaus bin ich das.« Er sagte das in leicht gereiztem Ton. »Wir von den sogenannten ›Fünf zivilisierten Stämmen‹ leben nach Ihrem Kalender. Die Alten vom Stamm der Cheyenne zählten die Zeit nach bestimmten Ereignissen. Manche besaßen Winterzahl-Kalender auf Büffelhaut, die alle in den Kriegen verloren gegangen sind. Aber was für eine Rolle spielt mein Alter? Meine Großmutter war nach Ihrem Kalender wahrscheinlich fünfundneunzig, als sie starb. Wir, die wir Creek-Marys Blut in den Adern haben, leben ewig – wie die Kojoten.«

Und so fing er an, mir von ihr zu erzählen. Er selbst hatte sie nur als eine alternde Frau gekannt, vermochte sich jedoch trotzdem vorzustellen, wie sie mit Anfang zwanzig ausgesehen hatte, genauso, wie ich es konnte, da ich ihre Enkelin kannte. Als Kind hatte Dane oft ihren Erzählungen aus jenen ruhmvollen Tagen gelauscht, da sie die Geliebte Frau der Bluff-Village-Creeks gewesen war.

Es war ein schöner Sommer, und sie machte auf dem flinkfüßigen Choctaw-Pony, das John Kingsley für sie eingetauscht hatte, einen Ausritt. Gemächlich ließ sie das kleine Pferd unter den immergrünen Virginischen Eichen dahintraben und kam an einer Folge von Fußpfaden vorüber, die zu verschiedenen kleinen, von den Creeks außerhalb ihres Dorfes angelegten Gemüsefeldern führten. Als sie an eine flach und ebenmäßig sich dehnende Grasfläche kam, nahm sie ihren Umhang aus rotem englischen Tuch ab und schnallte ihn am Sattel fest. Dann trieb sie das Pony zu einem raschen Galopp an, spürte die Luft kühl über die nackten Brüste streichen und stemmte den Nacken gegen das Zerren ihres langen Haares, das hinter ihr flatterte gleich einem schwarzen Wimpel. Das Gras endete vor einem Dickicht aus Bäumen, durch die ein klarer Bach rasch zum Fluß hinunterfloß. Das Tier verlangsamte seinen Lauf von sich aus und blieb, die Vorderbeine im rinnenden Wasser, stehen. Sie ließ zu, daß es sich die Nüstern im Wasser kühlte, und wurde sich augenblicklich einer lastenden Stille um sie her bewußt. Das Dickicht war voll von Vögeln, die alle verstummt waren. Sie wußte: Der Tag war noch zu jung, als daß die Luft nicht von Vogelgezwitscher, Gezirp und Musik hätte erfüllt sein müssen.

Ohne Bangigkeit überlegte sie, was das zu bedeuten habe, so wie sie oft darüber nachsann, was es mit dem Tun aller lebenden Geschöpfe eigentlich auf sich habe – dem Tun von Vögeln, Tieren, Pflanzen, Männern und Frauen. Sie beobachtete, wie die ersten Wolken sich an dem nach einem reinigenden nächtlichen Regen tiefblauen Himmel zusammenballten.

»Denn dies war ein Tag, der sehr einschneidend für sie werden sollte«, sagte Dane. »Oft hat sie mir erzählt, was sie an diesem Morgen anhatte. Außer dem Umhang aus rotem englischen Tuch einen knielangen Rock aus feinstem weichen Hirschleder, Mokassins und die Waden schützende, mit Perlen in allen möglichen Farben bestickte Leggins. Außerdem trug sie einen Ring, den General Oglethorpe ihr geschenkt hatte, einen Ring mit irgendeinem funkelnden Stein. Um den Hals hatte sie bestimmt die Kette mit der dänischen Silbermünze daran, die Sie vielleicht an meiner Enkelin im Weißen Haus gesehen haben. Die Münze war Creek-Marys ›Medizin‹ – Sie würden es vermutlich ein Amulett nennen – gegen das Böse. Sie trug sie immer.«

»Wie kommt es denn, daß sie soviel Vertrauen zu einer dänischen Münze hatte?«

»Ah.« In seinen Augen leuchtete es auf. »Es hat einen dänischen Gentleman in ihrem Leben gegeben. Ich glaube, sie hat keinem Menschen sonderlich viel von ihm erzählt – außer mir, lange, nachdem sie mir den Namen gegeben hatte.«

»So daß ... Aber natürlich! *Dane* – Däne.« Offensichtlich freute es ihn zu sehen, daß mir ein Licht aufgegangen war. »Bei meinen schwachen Versuchen, in ihre Lebensgeschichte einzudringen«, bekannte ich von mir aus, ohne gefragt zu sein, »stieß ich auch auf einen dänischen Schiffskapitän, der, wie es heißt, bei der fruchtlosen Suche nach ihr den Verstand verloren und den Tod gefunden haben soll.«

»Davon ist mir nichts bekannt«, sagte er.

Während sie und das Choctaw-Pony sich an diesem goldenen Morgen am Bach ausruhten, erhob sich unversehens Vogelgeflatter in den Wipfeln der immergrünen Eichen, und von jenseits des Dickichts drang Wut- und Schmerzensgeschrei herüber. Creek-Mary griff nach ihrem Cape, legte es sich rasch um die Schultern, zwang das Pferd zwischen die Bäume hindurch, wobei sie den Kopf senkte, um nicht Zweige oder Schlinggewächse ins Gesicht zu bekommen, bis das verängstigte Tier sie auf eine Lichtung brachte. Das hier war Tolchis Anwesen – die Ackerstelle des jungen Tolchi, dessen Frau vor kurzem gestorben war. Mary kannte ihn, solange sie denken konnte. Die Schreie kamen von der anderen Seite der Lichtung, und da sah sie sie, in der Nähe seiner Blockhütte.

Tolchi war mit dem Gesicht zum Stamm an einen Baum gefesselt, und ein stämmiger Weißer bearbeitete seinen nackten Rücken mit einer

Lederpeitsche. Ihr Pony war stehengeblieben, doch ohne zu zögern ließ sie es vorwärtsspringen und im Galopp angreifen. Der stämmige Mann hörte das dumpfe Schlagen der Hufe und fuhr überrascht herum. Als Roß und Reiterin auf ihn zuhielten, malte sich eine Mischung aus Zorn und Angst auf seinem fleischigen Gesicht. Mit der einen Hand hielt er noch immer die Peitsche gereckt; ungläubig weiteten sich seine blauen Schweinsaugen, als er Pferd und Reiterin auf sich zusprengen sah.

Im Vorüberstürmen riß sie ihm die Peitsche aus der Faust, riß dann das Pferd herum und ließ den Lederriemen auf den dichten Haarschopf des Mannes herniedersausen. Er stieß einen bösen Fluch aus, doch sie schlug nochmals zu, und eine Wunde platzte unter der Wucht des Lederriemens in seinem Gesicht auf. Er schrie auf, wankte und kroch, von seinem eigenen Blut geblendet, ein paar Meter fort, wischte sich das Blut mit dem Ärmel ab. Dann raffte er sich hoch und lief wie ein schwerfälliger Ochse auf sein Pferd zu.

Sie zügelte ihr Pferd, bis er aufgesessen war, dann peitschte sie die Flanken seines Reittiers. Ums Haar wäre der große Mann durch den plötzlichen Satz, den sein Tier machte, aus dem Sattel geworfen worden, doch klammerte er sich verzweifelt an seine Mähne und überschüttete sie mit Verwünschungen, während er auf dem Pfad verschwand, der nach Savannah führte.

Sich Tolchi zuwendend, stieg sie vom Pferd und befreite ihn unter einigen Schwierigkeiten von seinen Fesseln. Der Rücken des jungen Mannes war vom Hals bis zur Hüfte mit blutigen Striemen bedeckt.

»Warum«, rief sie. »Warum, Tolchi, warum?«

Tolchi berichtete, er sei fort gewesen, im Norden, auf der Hirschjagd. Während seiner Abwesenheit habe der Eindringling sich in seiner Hütte eingenistet und das Land eingezäunt. Bei seiner Rückkehr habe der Mann ihn seines eigenen Ackerlands verwiesen, habe behauptet, es gehöre aufgrund einer Schenkung des Königs von England und einer Verfügung der Treuhandverwaltung von Georgia ihm. »Er ist nicht der einzige. Es sind noch andere mit ihm gekommen«, berichtete Tolchi ihr. »Ich habe gesehen, wie sie Bäume fällten, um den ganzen Oberlauf des Ogeechee entlang Hütten zu bauen.«

»Dann halten sie also abermals ihr Wort nicht, das sie uns mit Oglethorpes Vertrag gegeben haben.« Ihre Stimme klang schrill und erregt. »Zum letztenmal habe ich die Engländer gewarnt, sie könnten nicht mehr von unserem Land haben. Diesmal werden wir nicht ge-

gen die einzelnen Eindringlinge in unser Land vorgehen, sondern gegen ihre Stadt, gegen Savannah selbst.«
Sie wollte Tolchi in seine Hütte bringen, doch er schob ihren Arm beiseite. Der Verlust seiner Ehre schmerzte mehr als die Wunden auf seinem Rücken. Sie fand Bärenfett in einem irdenen Krug und strich ihm damit behutsam die Striemen ein. »Du mußt Checote aufsuchen, damit er diese Platzwunden mit dem Sud salbt, den er aus der Rinde des Tulpenbaums gewinnt. Sobald das geschehen ist, möchte ich, daß du mein Pferd nimmst und so schnell wie du kannst zu Menewas Dorf reitest. Sag Menewa, seine Warnungen vor dem Wortbruch der Weißen Männer hätten sich bewahrheitet. Sag ihm, die Geliebte Frau von seinem Stamm brauche ihn und seine Krieger.«
»Ich brauche nicht erst Zeit bei diesem alten Zauberer Checote zu vergeuden«, erwiderte Tolchi. »Ich werde gleich zu Menewa reiten.«
Tolchi saß hinten auf, und gemeinsam ritten sie bis an den Rand von Bluff Village. Behende ließ sie sich zu Boden gleiten. »Tolchi.« Behutsam berührte sie sein Bein, als er vorrutschte auf den Sattel. »Reite hin und bring Menewa und seine Krieger zu mir.« Sobald er davongaloppiert war, schritt sie hinunter ins Dorf; sie schäumte innerlich immer noch vor Zorn, so daß sie nicht auf die Grüße der Kinder achtete, die auf den Wegen spielten und lachten; und da wußten diese, daß der Geliebten Frau etwas am Herzen nagte.
John Kingsleys Handelsposten war ein langgestrecktes, niedriges, aus Stämmen errichtetes Gebäude, das auf der einen Seite von Bluff Village hoch überm Flußufer stand. Im Gegensatz zu den fensterlosen Häusern der Creeks, wies diejenige Hälfte des Hauses, die Wohnzwecken diente, an den Seiten einige Öffnungen auf, so daß durch die rohgezimmerten Fensterläden Luft hineinkonnte. Jetzt waren sie der Sommerbrise wegen, die vom Fluß herüberwehte, weit aufgestoßen. Aus irdenen Teertöpfen, die an entsprechenden Stellen um das Gebäude herum aufgestellt waren, kräuselte sich schwarzer Rauch und verteilte sich in der warmen Luft, um die Moskitos fernzuhalten. Auf der Seite zum Fluß hin hatte Kingsley eine rohe Veranda angebaut, die mit braunen Fächerpalmblättern gedeckt war. Dort saß er, die Füße hochgelegt auf ein leeres Rumfäßchen, als Creek-Mary mit weitausholenden Schritten über das Gras auf ihn zukam.
Von ihr wanderte sein Blick über die leere Staketteneinfriedung, wo sie ihr Pony hielt. »Wo ist der Choctaw?« rief er. Beim Klang seiner Stimme erscholl aus dem Inneren Kindergeschrei. Mary sah weder

ihn an, noch antwortete sie ihm auf seine Frage, vielmehr ging sie durch die Veranda, ohne ihre Schritte zu verlangsamen, auf die eigentliche Haustür zu. Kingsley wandte, als sie vorüberging, den Kopf und fluchte leise vor sich hin. Er war ein stattlicher Mann mit rötlichem gelockten Haar und einem kurz gestutzten Bart; nur wurde er nachgerade ein wenig stark um die Mitte. Als er sie herauskommen hörte, stand er auf. Sie trug ein nacktes Kind auf dem Arm, das sein Köpfchen an ihrer Schulter barg.

»Du hättest ihn aus der Wiege herausnehmen können«, sagte sie vorwurfsvoll.

»Aber Edward hat doch eben erst angefangen zu schreien«, erwiderte Kingsley.

»Er heißt Opothle«, erklärte sie mit Entschiedenheit.

Er zuckte mit den Achseln. »Wie du willst.« Er versetzte dem Rumfäßchen einen Tritt. »Wo ist das Pony? Ist was passiert?«

»Tolchi hat das Pony.«

»Tolchi! Der ist gestern abend mit ein paar Hirschfellen hergekommen. Er schuldet mir noch fünfzig Stück.«

Rasch aufsteigender Zorn verdunkelte ihr Gesicht. »Alle schulden sie dir was, nicht wahr? Du hast dir alle meine jungen Männer zu Sklaven gemacht. Für dich haben sie soviel Wild getötet, daß sie jetzt fast bis ins Gebiet der Cherokesen hinübermüssen, damit sie genug Felle finden, um Tauschhandel zu treiben. Um sie gegen Stoffe für ihre Frauen einzutauschen, gegen Rum, der verboten werden sollte, gegen Schießpulver, um mehr Wild zu erlegen.«

»Meinst du, du und sie, ihr möchtet zurück zu einem Leben ohne meine Waren?« fragte er bissig. »Wieder Wilde werden?«

»Wilde? Wer sind denn die Wilden? Du hättest diesen fettärschigen Wichtigtuer von weißem Mann sehen sollen, den ich dabei überraschte, wie er Tolchi den Rücken blutig schlug!«

Besorgnis zeichnete sich auf Kingsleys Gesicht. »Dann ist also doch etwas passiert. Tolchi muß sich die Bestrafung selbst zugezogen haben.«

Sie stieß einen jener Flüche des achtzehnten Jahrhunderts aus, die sie von den Engländern gelernt hatte. »Ihr seid alle gleich, ihr Engländer und die Franzosen und die Spanier. Immer sind *wir* es – diejenigen, die ihr Indianer nennt – die an allem schuld sind. Dieser rotgesichtige Räuber hat versucht, Tolchi seine Hütte und sein Land wegzunehmen.«

»Hatte er Papiere aus Savannah?«
»Zum Teufel mit den Papieren! Tolchis Äcker liegen auf Grund und Boden der Muskogee. Ich hab' dem verdammten Kerl Beine gemacht, daß er machte, daß er zurückkam nach Savannah. Und dann habe ich Tolchi zu Menewa geschickt.«
»Zu Menewa! Diesem Störenfried. Es ist doch gut möglich, daß der Mann aus Savannah sich einfach in der Stelle geirrt hat, die ihm zugewiesen worden ist.«
Sie vollführte eine verächtliche Handbewegung. »Er ist nicht allein gekommen. Andere wie er roden oben am Ogeechee den Wald mit Feuer.«
Kingsley seufzte und stieß den Atem durch die schmollenden Lippen. »Du könntest allein nach Savannah hinunterreiten und alles in Ordnung bringen. Du hast es noch immer geschafft, mit Oglethorpe ins reine zu kommen.«
»Oglethorpe ist zurück nach England, wo er auch hingehört. Sobald Menewa mit seinen Kriegern eintrifft, werden wir Oglethorpes Vertreter, Stephens, und all den Landdieben aus Savannah eine solche Angst einjagen, daß sie sich an Oglethorpes Beispiel halten werden.«
»William Stephens ist ein ehrenwerter Mann«, erklärte Kingsley. »Du willst doch nicht etwa Gewalt anwenden?«
Wieder begann das Kind zu schreien, und Mary beschwichtigte es mit ihrer Stimme. Ohne ihren Mann einer Antwort zu würdigen, kehrte sie ihm den Rücken zu und verließ die Veranda.
»Du bist erregt, und dein Blut ist erhitzt«, brummelte Kingsley. »Morgen wirst du wieder einen kühleren Kopf haben.«
Doch Creek-Mary weigerte sich in dieser Nacht, sein Bett mit ihm zu teilen und sollte nie wieder darin schlafen.

2

»Genauso, wie Creek-Mary es gesagt hatte, kam Menewa nach Bluff Village«, erzählte Dane. »Wie oft hat sie mir nicht die Ankunft seiner besten Krieger aus dem Stammesverband der Creek beschrieben: fast dreihundert waren es, mit bloßem Oberkörper und Kriegsbemalung. Viele kamen im Kanu, andere zu Pferde, bewaffnet mit ein paar Steinschloßflinten, ihren Kriegskeulen und Pfeil und Bogen. Sie füllten den Ort und lagerten am Flußufer. In dieser Nacht gesellten sich

Creek-Marys Krieger – an die fünfzig – zu ihnen, um mit ihnen zu tanzen. Sie hatten ihren Sagamité-Maisbrei mit Rum versetzt, und so geriet die Feier einigermaßen lärmig. John Kingsley verschloß sich in seinem Handelsposten und weigerte sich, daran teilzunehmen.«
Ganz genau wußte Dane nicht, wie weit die Beziehung zwischen Mary und Menewa ging. Wenn sie auch sonst sehr freimütig war, was ihre Vergangenheit betrifft, wenn es zu dem ›verrückten Kriegsjäger‹ kam, wie sie ihn oft nannte, blieb sie immer ein wenig wortkarg. Er war beträchtlich älter als sie, allerdings bis ins hohe Alter hinein ein stattlicher, muskulöser Mann. Zweimal im Laufe ihres Lebens sollte sie eng mit Menewa zu tun haben.

Bei Tagesanbruch, nach der Feier und dem Tanz, pochten Mary und Menewa gegen die Tür des Handelspostens ihres Mannes und weckten ihn und den kleinen Opothle. Nachdem sie das Kind gefüttert hatte, wies sie ein paar von ihren Kriegern an, etliche Pulverfäßchen und Kisten mit englischem Zwieback ebenso wie eine Auswahl von geräuchertem Wild und Schinken hinunterzutragen zu Kingsleys Handelsboot unten an der Schiffslände am Fluß. Hilflos stand Kingsley dabei, sah zu und versuchte, seine Nerven dadurch zu beruhigen, daß er eine gebogene holländische Pfeife rauchte. Da er ihr recht leid tat, forderte sie ihn auf, sie auf ihrem Zug nach Savannah zu begleiten. Immerhin benutzten sie sein Handelsboot zum Transport der Vorräte. »Wahnsinn ist das, heller Wahnsinn«, wiederholte Kingsley immer wieder, und danach entbrannte eine ihrer üblichen Streitereien, die erst endete, als eine alte Creek-Frau kam, sich während Marys Abwesenheit Opothles anzunehmen.
In letzter Minute entschloß Kingsley sich doch mitzugehen und gesellte sich zu Mary und Menewa auf dem Vorderteil des Bootes, bei dem es sich um die sinnreiche Abwandlung einer indianischen Barke handelte – eine Plattform, getragen von zwei großen Einbäumen, mit einer kastenförmigen Schutzhütte in der Mitte des floßähnlichen Gefährts. Mary trug reichbestickte Hirschfelle und war mit einer fußlangen britischen Kavalleriepistole bewaffnet, die in einem Ledergürtel stak, den Kingsley ihr hatte machen lassen.
So brach die Expedition nach Savannah auf. Rund vierzig Krieger drängten sich auf dem Boot und trieben es mittels Stangen und Paddeln voran, während rund hundert Kanus als Eskorte dienten. Eine lange Reihe von Berittenen wand sich den neben dem Fluß herlaufen-

den Pfad entlang, entschwand dem Blick und kam immer wieder in Sicht. Sie fuhren der aufgehenden Sonne entgegen, welche die sanften Wellen des Flusses tiefrot und golden färbte.
Von Stunde zu Stunde wurde die Vegetation dichter und grüner, während sie den Fluß hinunterglitten, der seinen Namen von einem verstoßenen Unterstamm der Shawnees – der Shawano – hatte, woraus bei den Engländern Savannah geworden war. Bei dem sie umgebenden Gürtel aus Grün ging es von den tiefdunklen, lackglänzenden Magnolienblättern bis zum blassen Lindgrün des Espartograses. Der Blütenduft war bisweilen überwältigend süß, die Wasserfläche verbreiterte sich und wurde dunkler, verlief sich in Sümpfen, die nach vermodernder Vegetation rochen. Als sie die hohen Wände von Zypressen und immergrünen Eichen verließen, von denen die Bärte des Spanischen Mooses herabhingen, sengte die Sonne wie Feuer. Diejenigen, die nicht paddelten oder stakten, dösten in der Hitze. Spät am Nachmittag drehte sich der Wind, und die drückende Luft wurde hinweggefegt von einer frischen, entfernt nach Salz und Meer riechenden Brise.
Am ersten Steilufer machten sie halt und schlugen ihr Lager für die Nacht auf, sammelten ganze Arme voll von Moos zusammen, das der Wind hierhergetrieben hatte. Mary und Menewa schärften den Kriegern ein, während der Nacht Schweigen zu bewahren. Savannah war über Land nur wenige Meilen entfernt, und sie wollten nicht, daß die Bewohner von ihrem Anrücken erfuhren.
Hinterher beschuldigte sie Kingsley, er habe sich während der Nacht heimlich nach Savannah geschlichen und sei, nachdem er die Behörden vor dem Anmarsch der Creek gewarnt habe, wieder zurückgekehrt. Das bestritt er zwar, doch als die Flottille der Kanus und die Berittenen Savannah vor sich liegen sahen, wurden sie von Einheiten der Bürgerwehr in scharlachroten Röcken erwartet, die zu Fuß und zu Pferde angetreten waren und sie auf dem Uferdamm hinter der Schiffslände erwarteten.
»Rotröcke, Soldaten«, erklärte Mary voller Abscheu. »Die verdammten Engländer!« Sie hob ihre Kavalleriepistole mit dem Steinschloß und feuerte einen Schuß in die Luft ab. Ringsum auf dem vollbesetzten Boot folgten ein Dutzend alter Musketenschützen ihrem Beispiel. Menewas Reiter, die auf dem Saumpfad herankamen, blieben stehen und warteten auf ein Signal, das die Schießerei erklären sollte. Die Einbäume auf dem Fluß verharrten plötzlich in Regungslosigkeit. An

Land brüllten Offiziere und Sergeanten Befehle. Die Angelegenheit trieb einem Höhepunkt entgegen.
»William Stephens!« rief Kingsley mit hoher, erregter Stimme. »Mr. William Stephens!«
»Ich höre Euch, Mr. Kingsley«, kam die Antwort von oben. »Wenn Ihr ein Gemetzel unter Euren Leuten vermeiden wollt, laßt sie die Waffen niederlegen.«
»Sie wollen euch nichts Böses. Wir kommen an Land, um miteinander zu reden.« Als das Boot am Quai anstieß, packte Kingsley seine Frau beim Arm und zwang sie, an Land zu gehen.
»Menewa«, flüsterte sie und wandte sich mit fragendem Blick zurück zu dem Creek-Häuptling.
»Die Überraschung ist fehlgeschlagen«, sagte Menewa einfach.

Dane unterbrach seinen Bericht und ging, Holz im Kamin nachzulegen. »Vielleicht sollte ich Ihnen die Philosophie der Creeks auf dem Kriegspfad erklären«, sagte er. »Für sie und die Cherokesen der alten Tage, ja, für die meisten Waldstämme war die Überraschung ein wesentlicher Bestandteil des Spiels. Die gaben sich alle erdenkliche Mühe, um den Feind zu überraschen; doch wenn eine Gruppe auf dem Kriegspfad entdeckt wurde, ehe sie hatte angreifen können, blieb nichts anderes übrig, als sich gegenseitig Beleidigungen an den Kopf zu werfen, bevor man wieder nach Hause zurückkehrte und es eine Zeitlang später von neuem versuchte. Wäre General Custer ein Creek gewesen, es hätte an dem Tag, da er den Little Bighorn erreichte, kein Blutvergießen gegeben, weil ihm die Überraschung mißglückt war. Er hätte mit seinen Männern kehrtgemacht und wäre in sein Fort zurückgeritten.«
»Das Schlachtfeld liegt nicht weit von hier, nicht wahr?« unterbrach ich ihn.
»Ja, ich habe einiges von den Kämpfen mitbekommen.«
»Davon würde ich gern hören.«
Er verursachte einen Funkenregen, als er im Holz herumstocherte. »Dazu kommen wir schon noch.«
In Gedanken weilte er in der Zeit vor hundert Jahren, und er erinnerte sich an das, was seine Großmutter ihm von ihrem Tag der Entscheidung erzählt hatte. Mary wußte selbstverständlich genau Bescheid über das Grundprinzip der Creek-Kriegsführung, die Überraschung, doch brauchte sie sich nicht daran zu halten, und ungeachtet der Hal-

tung ihres männlichen Mitstreiters Menewa, hatte sie nicht die Absicht, vor den Rotröcken der Bürgerwehr von Savannah kehrtzumachen. Nachdem John Kingsley sie gezwungen hatte, an Land zu gehen und zu reden, ging sie ihm voran den Wall hinauf, um vor den Präsidenten der Regierungsvertreter von Georgia, William Stephens, hinzutreten. Letzterer hatte sich für diese Gelegenheit feiertäglich herausgeputzt – ein glänzender schwarzer Dreispitz saß ihm auf der gepuderten Perücke, er hatte einen langschößigen hellblauen Rock an, Spitzenmanschetten fielen aus dessen Ärmel, weiße Strümpfe und Schuhe mit Silberschnallen sowie der Ehrendegen an seiner Seite vervollständigten seinen Aufzug.

»Ihr kommt mit Waffen, Mr. Kingsley«, wandte Stephens sich anmaßend an den Händler, »und ich warte geduldig auf Eure Erklärung.«

»John Kingsley trägt keine Waffen«, fiel Mary ihm ins Wort. »Ich und Menewa vom Stammesverband der Creek sind es, die Euch und Eure Soldaten herausfordern.«

In gespielter Überraschung schob Stephens die Brauen in die Höhe. »Madame, ich weiß nicht, was ich von dem halten soll, was Ihr sagt. Wir in Savannah haben die Geliebte Frau der Creek immer als unseren treuesten Freund betrachtet.«

»Damit ist es aus«, erwiderte sie. »Freunde bestehlen sich nicht gegenseitig. Ihr und Eure Lords mit den spinnendünnen Schenkeln seid diesmal zu weit gegangen, als Ihr Eure Bettler hinschicktet, uns unser Land zu nehmen.«

Stephens zwang sich zu einem Lächeln. »Ich versichere Euch, Madame, daß, falls es zu rechtswidriger Landnahme gekommen ist, solches augenblicklich wiedergutgemacht werden wird.«

»Es ist nicht das erstemal, daß ich solche Worte höre.«

Sie hatte ihre Steinschloßpistole aus dem Lederhalfter herausgleiten lassen und sie auf seinen ausladenden Bauch gerichtet. »Jetzt tretet beiseite, Sir. Ich habe vor, meine Leute nach Savannah hineinzuführen und die Stadt zu besetzen.«

»Solltet Ihr scherzen, Madame«, brachte Stephens es fertig, durch zusammengebissene Zähne hindurch zu entgegen, »beweist Ihr einen schlechten Geschmack, wenn Ihr die Waffe zieht. Falls es Euch ernst ist, läßt mein Amt mir keine andere Wahl, und zwingt mich, meiner Bürgerwehr zu befehlen, das Feuer auf Eure Leute zu eröffnen.«

»Er spricht die Wahrheit, Amayi«, rief Kingsley. Er griff nach ihrer Pistole, doch sie stieß seine Hand beiseite.

»Die Bürgerwehr ist viel zu gut bewaffnet«, fuhr er verzweifelt fort. »Sie wird dich vernichten.«
»Hört auf Euren Gatten, Madame«, warnte Stephens. »Laßt uns unsere lange Freundschaft nicht in Blutvergießen enden. Wenn Ihr die Pistole spannt, wirkt das wie ein Signal. Meine Leute werden im Handumdrehen die Hälfte Eurer Leute töten oder verwunden.«
Wiewohl Mary etwas gegen Blutvergießen hatte, hielt sie es doch gelegentlich für notwendig, und sie war nicht die Frau, vor Gewalttätigkeit zurückzuschrecken, wenn kein anderes Mittel blieb. Gleichzeitig hatte sie jedoch nicht die Absicht, Creek-Blut zu vergießen, wenn nichts damit gewonnen war. Sie wußte, daß sie Stephens bis zum Äußersten getrieben hatte und eine Verzweiflungstat möglich war. Seine Augen und das Pulsieren seiner Halsmuskeln verrieten, welche Angst er hatte. Außerdem wußte sie, daß Menewa recht hatte. Diesmal konnten sie Savannah nicht einnehmen und die Siedler in die Flucht schlagen. Gleichwohl war sie immer noch nicht bereit, sich an den traditionellen Gang der Dinge zu halten und wieder abzumarschieren, wie es die männlichen Krieger getan hätten, wieder flußaufwärts zu ziehen und einen weiteren Tag, einen weiteren Versuch abzuwarten. Sie wollte William Stephens zeigen, daß die Creeks keine Angst hatten vor den Eindringlingen in ihrem Land, daß die Kolonisten nur da waren, weil sie geduldet wurden, und daß, wenn sie bleiben wollten, sie ihre Creek-Nachbarn in Ruhe lassen mußten.
Sie ließ zu, daß ihr Mann sich einbilden konnte, er sei es, der sie bewog, ihren Kriegern den Befehl zu geben, die Waffen abzulegen und diese beim Wachtposten an der Bay Street zurückzulassen. Während das geschah, versuchte sie, in der Menge Menewa zu finden; sie wollte ihn an ihrer Seite haben, wenn sie in Savannah einzog. Schließlich entdeckte sie ihn, ganz unten am anderen Ende des Quais, wo er, ganz auf der Hut, vor dem Handelsboot stand. Sie rief nach ihm. Er gab ihr keine Antwort, deutete durch Gesten nur an, daß er seine Krieger nicht entwaffnen würde, ja, daß er mit ihnen auf dem Fluß bleiben und ihre Rückkehr abwarten würde. Als sie sich von ihm abwandte, um zu gehen, hatte sie das Gefühl des Verlassenseins, eine schwache Vorahnung dessen, was kommen sollte, und gerade in diesem Augenblick hörte sie, wie ihr Mann eine Einladung annahm, mit Präsident Stephens zu speisen.
Sie führte ihre kleine Kriegerschar hinein in die Stadt der vielen Plätze, auf denen große immergrüne Eichen Schattenmuster über die

angrenzenden Häuser warfen. Die älteren Krieger konnten sich noch daran erinnern, hiergewesen zu sein, als an dieser Stelle noch ein Dorf der Yamacraw Creek gestanden hatte, ehe die Engländer gekommen waren. Sie ärgerte sich, daß Stephens darauf drang, sie zu begleiten. Was sie im Geiste als einen triumphalen Marsch durch Savannah gesehen hatte, gestaltete sich jetzt zu einem harmlosen Spaziergang, und die Anwesenheit Stephens, dessen Autorität unangetastet war, machte es ihr schwer, Haltung zu bewahren. Als er sie stolz auf ein paar neue, noch im Bau befindliche Häuser aufmerksam machte, erwiderte sie: »Ich teile Euren Stolz auf diese schönen Häuser, Sir, denn auf dieser Anhöhe hier hat einst ein Creek-Dorf gestanden. Wenn Ihr mit der Stadt fertig seid, könnte es sein, daß wir wieder ein Creek-Dorf daraus machen.«

»Ach, Madame, in diesem weiten Land gibt es übergenug Land für jedermann. Ich habe selbst gehört, wie Ihr das zu General Oglethorpe gesagt habt.«

»Wenn ich derlei Worte wirklich gesagt habe«, entgegnete sie, »dann hat Oglethorpe sie mir in den Mund gelegt.«

Creek-Mary-Amayi war keine Fremde in dem schönen Haus am Telfair Square, in das sie und John Kingsley jetzt eintraten, um darin mit Präsident Stephens zu speisen. Sie hatte eine Zeitlang sogar darin gewohnt, damals, als sie James Edward Oglethorpe als Dolmetscher bei seinen Verhandlungen mit den Creeks gedient hatte. Mit ihrem üblichen Freimut hatte sie Dane später erzählt, sie habe zu wiederholten Malen mit dem Gründer von Georgia das Bett geteilt, wiewohl sie keine besondere Zuneigung zu ihm gehegt und sich lustig gemacht hatte über seine reuige Frömmigkeit, die er nach solchen Begegnungen immer an den Tag legte. Außerdem hatte sie ihrem Enkel erzählt, der große Mann habe schlechte Zähne gehabt und aus dem Mund gerochen.

Deshalb ließ sie sich an diesem Abend nicht von dem Glanz der Macht blenden, den gewachsten Fußböden, den livrierten schwarzen Dienern, den kerzenbestückten Leuchtern und der mit kostbarem Porzellan mit Silber gedeckten riesigen Tafel. Neben Mary und Kingsley hatte der Präsident noch Mitglieder des Rates von Georgia geladen, und wie sie rasch voraussah, gestaltete sich das Abendessen zu der reinsten Inquisition.

Eines der Mitglieder, ein sauertöpfisch dreinblickender Mann mit Perücke, machte den Anfang mit einer in weinerlichem Ton vorgetragenen Erklärung über den ursprünglichen Vertrag über die Landabtretung. Seine wäßrigen, blaßblauen Augen waren nicht ein einziges Mal direkt auf Mary gerichtet. Wie sie Dane später erzählte, schien es, als wendete er sich entweder an die Decke des Speisezimmers oder an seinen Gott. Das völlig humorlose Ratsmitglied erklärte, nach allgemeiner Ansicht habe das Land weiter flußaufwärts niemals als Creek-Land gegolten, sondern als Teil der Kolonie Georgia, den General Oglethorpe großzügig den Creeks überlassen habe, bis dieses Land für die Besiedlung gebraucht werde.

Während der Mann tranig dahinredete, spürte Mary, wie die Wut in ihr hochstieg. Sie packte ihren silbernen Weinpokal so fest, daß sie ihn verbog, hob ihn dann in die Höhe und stürzte den Inhalt auf einen Schluck hinunter. Ein Diener hinter ihr füllte ihn augenblicklich aufs neue.

»Ach, zum Teufel mit General Oglethorpe und seinen Verträgen«, rief sie, und zum erstenmal sah das verdutzte Ratsmitglied sie an. »In Wahrheit verhält es sich genau umgekehrt, als Ihr sagt, Sir. Die Creeks haben Euch das Land durch meinen Vater guten Glaubens überlassen. Wenn Ihr diesen guten Glauben täuscht, wie Ihr das schon so viele Male getan habt, müßt Ihr dieses Land wieder verlassen.« Sie stampfte mit dem Fuß auf den Boden. »Die Erde, auf der dieses Haus steht, ist unser.«

Mit todernsten Gesichtern betrachteten die Mitglieder des Siedlungsrates sie. Nur Präsident Stephens lächelte sanft und entfaltete ein Dokument, das neben seinem Teller lag. Er bog es auseinander, die dikken Bögen knisterten in der plötzlich einsetzenden Stille. »Ich habe hier eine Kopie des letzten Landvertrags, der von den Vertretern der Cherokesen unterzeichnet worden ist. Die Krone steht auf dem Standpunkt, daß das Land, welches Ihr am Lauf des Savannah-Flusses für Euch beansprucht, niemals Creek-Land gewesen ist, sondern früher Cherokesen-Land war. Die Cherokesen haben eine ansehnliche Summe dafür erhalten.«

»Dann hat man Euch betrogen, Sir«, sagte sie und leerte abermals ihren Pokal. »Jeder Cherokese, der jemals gewagt hätte, in dieses Gebiet einzudringen, hätte bald einen Krieger der Creek am Arsch gehabt.«

Eines der Ratsmitglieder unterdrückte ein Kichern und räusperte sich. Stephens ging über Marys Bemerkung hinweg und hob noch ein Bündel Papiere in die Höhe. »Hier, Madame, habe ich die laufenden Konten Eures Gatten, Mr. John Kingsley, mit dem als Kompagnon

Ihr eine bei der Krone eingetragene Handelsfirma betreibt. Aus diesen Konten geht hervor, daß sich die Bewohner Eures Dorfes in den vergangenen Monaten zunehmend verschuldet haben, daß sie mit den fälligen Zahlungen in Form von Hirschfellen und Pelzen immer mehr in Rückstand geraten sind – die Bezahlung für Waren, die Eure Leute bereits erhalten haben. Wie soll diese Schuld anders getilgt werden als dadurch, daß Land für sie gegeben wird?«

Sie stieß den Stuhl zurück, reckte sich zu ihrer vollen Größe auf, und in ihren dunklen Augen blitzte es. »Ehe Euer Volk zu uns kam«, erklärte sie mit volltönender Stimme, »haben wir überhaupt nicht gewußt, daß Menschen derartig niederträchtig sein können. Ich flehe den Schöpfer des Atems an, uns vor Eurer Art des Umgehens miteinander zu bewahren; vor Euren Gesetzen und Eurer Macht! Bei Gott, Gentlemen, ihr wißt genausogut wie ich, daß die Handelswaren nicht den zehnten Teil dessen wert waren, was im Handel für sie verlangt wurde.«

»Ihr vergeßt die vielen Geschenke, die wir Euch und Eurem Volk gemacht haben, Madame.«

»O ja, Ihr habt uns Geschenke gebracht, nur um jedesmal ein weiteres Stück Land dafür zu bekommen, so daß diese Geschenke teuer erkauft wurden.« Sie sank zurück auf ihren Stuhl und nahm noch einen Schluck von dem Wein. »Ich bitte Euch, sprecht nicht mehr von unserem Land. Ihr seid uns schon zu nahe. Ihr seid wie das Feuer, das wir im Herbst auf unseren Feldern entzünden, um das Unkraut zu verbrennen. Wären nicht wir da, die Brände im Zaum zu halten, sie würden alles vernichten. Hinderten wir Euch nicht daran, ihr würdet wie das Feuer über unsere Felder und unsere Wälder hinwegrasen. Ich rate Euch, Euch zufriedenzugeben mit dem, was wir Euch gegeben haben, und nicht mehr zu verlangen.« Ihre Stimme wurde erst heiser und verstummte dann ganz. Ein kleines, bärtiges Männchen ganz am Ende der Tafel klatschte in die Hände. »Gott weiß, Ihr seid aus ganzer Seele eine Patriotin, und ich bewundere Euch dafür, Madame.«

Stephens nickte. »Jawohl, solchem Geist und Mut gegenüber, wie Ihr ihn uns beweist, Madame Kingsley, fühlen wir uns ganz gewiß verpflichtet, zu einer freundlichen Regelung mit Euch und Eurem Volk zu gelangen.«

Mary nahm einen Schluck von dem Wein, rollte ihn mit der Zunge im Mund herum, und stieß dann ihr lautes, fröhliches Lachen aus. »Versucht nicht, mich anzupissen und einzuseifen«, sagte sie.

Stephens Gesicht überzog sich mit Röte. Dem bärtigen Männchen, das ihr Beifall geklatscht hatte, fiel vor Überraschung die Kinnlade herunter. Der sauertöpfisch Dreinblickende starrte an die Decke. John Kingsley flüsterte ihr etwas zu.
»Ich könnte Euren Versprechungen halbwegs Glauben schenken, wenn Frauen in Eurer Mitte wären«, fuhr sie fort. »Bei unserem Volk ist es Sitte, daß bei allen unseren Beratungen auch Frauen das Wort ergreifen. Warum verachtet ihr weißen Männer die Frauen nur so? Warum sitzen keine Frauen unter euch in euren Ratsversammlungen? Seid ihr nicht von Frauen geboren worden?«
Das Schweigen, das sich nach diesen Worten ausbreitete, wurde von Lärm und Geklirr draußen vorm Eingang zum Speisesaal unterbrochen. Viel später erzählte Mary ihrem Enkel Dane, sie könne sich von diesem Augenblick an nicht mehr daran erinnern, in welcher Reihenfolge genau sich die Ereignisse abgespielt hatten. Dazu habe sie zuviel dem Wein zugesprochen gehabt. Der kerzenerleuchtete Raum fing an, sich zu drehen. Sie merkte, daß Tolchi und ein anderer junger Krieger sich gewaltsam Zutritt zum Vorraum verschafft hatten, dort jedoch von der Wache der Bürgerwehr zurückgehalten wurden. Tolchi rief nach ihr, versuchte, ihr irgend etwas mitzuteilen, etwas über den stämmigen Mann, der sich in seiner Hütte eingenistet und seine Felder besetzt hatte, denjenigen, dem sie seine eigene Peitsche zu spüren gegeben hatte. Dieser Mann hatte offensichtlich den Pöbel zusammengetrieben und bedrohte die unbewaffneten Creeks, die durch die Straßen geschwärmt waren. Bei dem anderen Krieger handelte es sich um einen Boten von Menewa. Ob die Geliebte Frau gefangengehalten werde? wollte er wissen. Ob sie Menewas Hilfe brauche?
»Nein, nein, nein!« rief John Kingsley laut. »Sag Menewa, es ist alles in Ordnung, wir werden bald wieder zu ihm stoßen.«
Kingsley noch überschreiend, befahl Stephens einem Offizier der Bürgerwehr, er solle die Störung auf der Straße untersuchen, und dann, den Lärm draußen übertönend, drang vom Fluß her der Klang von Schüssen herüber, das unregelmäßige *Pop-pop* von Musketen.
»Herrgott im Himmel!« schrie Stephens. »Das sind die bewaffneten Schurken auf dem Fluß.« Er stieß seinen Stuhl zurück, kam den Speisesaal mit weitausgreifenden Schritten herunter und zeigte mit ausgestrecktem Finger auf Mary und Kingsley. »Ihr habt mich hinters Licht geführt«, erklärte er erbost. »Ihr habt diesen Aufruhr geplant. Wachen, nehmt diese beiden Verschwörer gefangen!«

Mary protestierte, leistete mit aller Kraft Widerstand, trat gegen Schienbeine und stieß jeden englischen Fluch aus, den sie kannte, und beschuldigte die Bürgerwehr, sich an der Königin aller Creeks zu vergreifen, Kingsley bot keinerlei Widerstand und richtete alle Kraft darauf, sie zu beschwichtigen, während man sie eilends durch die Straße zu einem Gebäude brachte, das sich direkt über dem Fluß erhob und der Bürgerwehr als Hauptquartier diente. Dort wurden sie in einen fensterlosen, übelriechenden Raum mit harten hölzernen Pritschen eingesperrt.

»Na ja, ich war ziemlich bedudelt«, erzählte sie Dane viele Jahre später. »Niemals wieder habe ich Wein oder Rum in den Mengen getrunken wie an diesem Abend.«

In der Frühe des nächsten Morgens schlossen Wachen die Tür auf und holten John Kingsley heraus. Er beschwor sie, keine Angst zu haben, er werde sie bald herausholen. Nachdem er fortgebracht worden war, saß sie im Dunkel auf der harten Holzpritsche. Der Schädel brummte ihr, aber sie empfand keinerlei Bedauern, nur einen ohnmächtigen Zorn und die Angst, Menewa könne etwas zugestoßen sein. Dennoch konnte sie sich nicht erinnern, nach diesen ersten unregelmäßigen Feuerstößen am Fluß Schüsse gehört zu haben.

Endlich kehrte Kingsley mit den Wachen zurück. »Komm mit«, sagte er barsch. »Wir fahren nach Hause.«

Die Helligkeit der Morgensonne blendete sie, und ihre Augäpfel schmerzten. »Sind gestern abend irgendwelche Krieger getötet worden?« fragte sie.

»Nein. Sie sind auf dem Fluß und warten auf dich. Die Waffen hat man ihnen zurückgegeben. Übrigens, William Stephens läßt ausrichten, er entschuldige sich und verspricht, dein Volk vor weiteren Landbesetzungen durch die Siedler zu schützen.«

Sie lächelte. »Dann haben wir doch einen Sieg errungen.«

»Aber er stellt selbstverständlich Bedingungen.«

»Was für Bedingungen?«

Sie stiegen die hölzernen Stufen zum Quai hinunter. Ein seegängiges Schiff hatte im Laufe der Nacht neben dem Handelsboot Anker geworfen und lud bereits Fässer mit Teer und Terpentin. Nur zwei oder drei Kanus waren noch übrig von den rund hundert, die Menewas Krieger heruntergebracht hatten, und von den berittenen Kriegern war nirgends etwas zu sehen.

»Wo ist Menewa?« fragte sie.

»Er ist gestern abend früh geflohen. Nachdem er ein paar Musketen abgefeuert hat.«

»Menewa *geflohen?*«

»Hat sein Lager woanders aufgeschlagen.« Hart stieß Kingsley sie an Bord des Handelsbootes. »Ich nehme an, er hat gedacht, du bist zum Feind übergegangen.«

Diese Worte wirkten wie ein Schlag ins Gesicht. Erst war sie sich im Stich gelassen vorgekommen, als sie begriff, daß Menewa sie allein gelassen hatte; jetzt flößte Kingsley ihr das Gefühl ein, diejenige, die die anderen im Stich gelassen hatte, sei sie.

Obgleich sie ihn auf der Fahrt flußaufwärts mehrere Male nach den Bedingungen fragte, die Stephens den Creeks von Bluff Village stellte, vertröstete er sie unter diesem und jenem Vorwand immer wieder, bis sie zurück waren im Handelsposten. Nachdem sie ihren kleinen Sohn gebadet hatte, stellte sie sich Kingsley im Kontor gegenüber. »Was sind das für Versprechungen, die Stephens gemacht hat? Und welche Bedingungen stellt er uns?«

Kingsley legte seine holländische Pfeife beiseite und faltete ein Dokument auseinander. »Er hat das alles schriftlich niedergelegt, alles wohlgeordnet, damit es nicht wieder zu Streitereien kommt.«

»Was für eine Karte ist das, die da gezeichnet ist?« fragte sie.

»Wir verlegen Bluff Village hinauf, dorthin, wo der Fluß sich gabelt, und geben das Land zwischen hier und der Flußgabelung für die Siedler frei. Wie du siehst, bleibt alles Land nördlich und westlich von der Gabelung für alle Ewigkeit Creek-Land, in das kein Siedler eindringen darf.«

Sie lachte: »Dieses Papier ist wertlos. Ich habe es nicht unterzeichnet.«

»Ich habe es für dich unterschrieben«, erklärte er mit fester Stimme.

»Kraft welchen Rechts unterschreibst du für mich?«

»Das englische Gesetz gibt mir dieses Recht. Ich bin dein Mann. Dein Eigentum ist auch mein Eigentum.«

»Aber ich habe kein Eigentum. Dieses Land ist Creek-Land.«

Er seufzte und spreizte die Hände. »Du bist eine Frau, Amayi. Du verstehst diese Dinge nicht.«

»Zur Hölle mit dir und den Lords von Georgia!« schrie sie. »Ich bin ein *miko*, ein Häuptling; bloß weil ich eine Frau bin, betrachten sie dich, einen weißen Mann, als über mir stehend. Wie kommen sie dazu, sich einzubilden, daß ein Stück Fleisch, das ihnen zwischen den

Beinen hängt, ihnen Rechte über Frauen gibt? Über eine *miko* vom Volke der Creek? Die Creeks werden kein Land mehr hergeben, nicht ein Sandkorn mehr!«

In einem Aufwallen von Zorn packte er sie bei den Schultern und schüttelte sie. »Sei keine Törin! Dadurch, daß du diese bewaffneten Indianer nach Savannah gebracht hast, hätten sie uns wegen Verrat anklagen, uns nach England verschiffen und beide aufknüpfen lassen können. Dadurch, daß du mich heiratetest, wurdest du zu einer britischen Untertanin, genauso wie ich, und hast dich nach den Gesetzen zu richten, die bewaffneten Aufruhr gegen den König verbieten.«

»Ich verzichte auf meinen Status als britische Untertanin!« schrie sie und entwand sich seinem Griff. Dann kehrte sie ihm den Rücken zu, reckte das Kinn hoch und schickte sich an, das Kontor zu verlassen.

»Es ist nichts mehr zu ändern«, rief er hinter ihr her. »Du kannst dich ebensogut damit abfinden, dieses Land herzugeben und den Fluß hinaufzuziehen. Entweder wir ziehen freiwillig von hier fort, oder die Bürgerwehr von Georgia zwingt uns dazu, es zu tun.«

Unter der Tür drehte sie sich um und sagte voller Verachtung: »Du bist den Lords immer in den Hintern gekrochen, John Kingsley. Wieviel Gold haben sie dir dafür gegeben?«

Dunkelheit hatte sich herniedergesenkt, als sie ins Freie trat. Im seichten Wasser des Flusses hoben die Frösche mit ihrem Gequake an, und die Luft war erfüllt vom Qualm aus den Teertöpfen. Sie sattelte das Choctaw-Pony, sprengte in einem wahnsinnigen Galopp davon und folgte dem Pfad, der zu Tolchis Blockhütte führte. Sie rief mehrere Male, doch er war nicht da. Während sie das schwitzende kleine Pferd langsam zum Dorf zurücktrotten ließ, zerbrach sie sich den Kopf darüber, wie sie den Landdieben in Savannah das Handwerk legen könnte. Nur Menewa konnte ihr helfen, und der hatte sie verlassen. Jetzt begriff sie, warum er so unvermittelt abgezogen war. Menewa lenkte nie ein. Nie würde er Speise und Trank mit den Landdieben aus Savannah teilen; bestimmt hatte sie ihn beleidigt, weil sie das getan hatte. Sie mußte Menewa finden und ihm erklären, warum sie so gehandelt hatte.

Als sie ins Dorf einritt, hörte sie rauhkehliges Singen von dem großen Platz vor dem Versammlungshaus. Eine Trommel ertönte. Sie fingen an zu tanzen. Nach dem Lärm war ihr klar, daß sie von Kingsley Rum bekommen hatte – was bedeutete, daß einige von ihnen sich in noch größere Schulden bei ihm gestürzt hatten. Tolchi würde bei ihnen

sein und ein paar von den älteren Kriegern, doch würden sie ihr jetzt nichts nützen. Sie lenkte das Reittier fort in Richtung auf den Handelsposten und bemerkte, daß dort alle Fenster dunkel waren.
Einst hatte sie Kingsley mit der ganzen Leidenschaft ihres Herzens geliebt. Nachdem sie auf englische Weise in Savannah getraut worden waren und er sie zurückgebracht hatte zu diesem seinem Handelsposten, hatte sie ihr Volk gelehrt, ihn als einen Wohltäter zu betrachten. Damals hatte die Vorstellung, die beiden Rassen zu verschmelzen, ihr sehr gefallen. Sie hatte von einem Paradies geträumt, in dem das Beste beider Kulturen sich verbinden würde, die natürliche Welt ihres Volkes bereichert um die Waren, die Bequemlichkeit und das Wissen der Weißen. Geduldig hatte sie auf die Geburt ihres ersten Kindes gewartet, eines recht hellhäutigen kleinen Knaben, den sie nach ihrem Lieblingsonkel sogleich Opothle genannt hatte. Kingsley wollte, daß er Edward heißen sollte, und darüber hatte sich ihr erster Streit entsponnen.
Im Laufe der geschäftigen Monate, die folgten, hatten sie sich immer weiter voneinander entfernt. Ständig krittelte Kingsley an dem herum, was er das kindliche Verhalten ihrer Leute nannte, an ihrer Weigerung, sich um die Zukunft zu sorgen. In seinem Bemühen, seinen Bedürfnissen und seinem Ehrgeiz gerecht zu werden, war er bekümmert und unglücklich geworden. Sie beschuldigte ihn, er wünsche sich, reich genug zu sein, um andere Menschen zu kaufen, und die Creeks so arm zu machen, daß sie gezwungen wären, sich an ihn zu verkaufen. Dennoch wußte sie im Grunde ihres Herzens, daß er kein schlechter Mensch war. Immer und immer wieder versuchte er, sie als ein Naturkind zu akzeptieren, und häufig hatte er ihren Launen nachgegeben. Aber er war geprägt von der Habgier seiner Rasse, dem Drang, Menschen gegen Menschen aufzuwiegeln, ein Feind der natürlichen Welt.
Straff hielt sie die Zügel, betrachtete eine ganze Weile den Handelsposten, bemühte sich, sich schlüssig zu werden, was sie tun solle. Dann, statt das Pony in den Korral zu bringen und abzusatteln, halfterte sie es an einem Pfosten der Veranda an und glitt leise durch die Vordertür. Geräuschlos schlich sie nach hinten zu den Wohnräumen. Die Schlafzimmertür stand offen, und Kingsley lag schnarchend und alle viere von sich gestreckt auf dem Bett; der Geruch von Rum hing in der stickigen Luft. Einen Augenblick regte sich in ihr das Verlangen, zu ihm zu gehen, ihn zu wecken und ihn zu trösten. Statt dessen

ergriff sie eine Wolldecke, ein Paar Mokassins zum Wechseln und ihre Pistole und kehrte mit diesen Sachen in den Lagerraum zurück. Dort, in der Dunkelheit, fand sie die Satteltaschen und füllte sie mit Zwieback, Käse und Trockenfleisch. Von den Regalen nahm sie Schießpulver und Blei, einen Handspiegel und ein Messer. Nachdem sie die Taschen am Sattel ihres kleinen Pferdes befestigt hatte, kehrte sie noch einmal ins Schlafzimmer zurück und nahm behutsam Opothle von seinem Lager hoch. Das Kind regte sich, und sie legte ihm die Hand über den kleinen Mund, um jeden plötzlichen Schrei ersticken zu können, doch er gab nur ein paar Schmatzlaute von sich.
Nachdem sie in den Lagerraum zurückgekehrt war, steckte sie Opothle vorsichtig in ein Tragegestell, das sie sich auf den Rücken schnallte. Dann sah sie sich ein letztes Mal um; ihr fiel nichts weiter ein, was sie gebrauchen könnte. Der Mond war mittlerweile aufgegangen, und das Licht, das durch den Fensterschlitz hereinfiel, ließ den Edelstein aufblitzen, den General Oglethorpe ihr einst geschenkt hatte. Sie streifte den Ring vom Finger, trug ihn hinüber in Kingsleys Kontor und legte ihn ihm auf das Schreibpult.
Dann trat sie hinaus in das Silberlicht der Sommernacht, bestieg ihr Pony und machte sich auf, den Saumpfad den Fluß entlang gen Norden zu reiten. Linkerhand hörte sie das Getrommel und Gesinge der Zechenden auf dem Platz vorm Versammlungshaus. Ihr war nach Weinen zumute, doch Opothle fing an zu greinen, und sie mußte den Kopf abwenden und versuchen, das Kind mit leisen Worten zu begütigen. Irgendwo flußaufwärts zweigte ein Pfad nach Westen ab, der sie zu Menewa führen würde.

3

»Entfernungen sind trügerisch«, sagte Dane und rückte seinen Stuhl so, daß er auf die Bergkette weit im Nordosten zeigte. »Wenn Sie zu Pferde zur nächstgelegenen Felskuppe ritten, könnten Sie vermutlich recht genau abschätzen, wie weit diese von meiner Hütte entfernt ist. Aber mal angenommen, Sie wären als zehnjähriges Kind dorthin gegangen und jetzt, ein Dutzend Jahre später, legten Sie dieselbe Strecke noch einmal zurück – da wird sie Ihnen viel kürzer vorkommen, verstehen Sie? Genau diese Erfahrung mußte meine Großmutter Mary machen. Das erstemal hatte sie das Dorf von Menewa als Zehnjährige besucht – in einem Alter, da Entfernungen und Zeiträume sehr lang sind. Zwölf Jahre später meinte sie, beides müsse viel kürzer sein. Erst am dritten Tag ihres Rittes hielt sie ernsthaft nach dem alten Creek-Pfad Ausschau, der nach Westen führte. Sie hätte die Abzweigung schon am zweiten Tag erreichen müssen, doch irgendwie scheint sie vorbeigeritten zu sein. Vermutlich verließ sie den Saumpfad, um Schatten oder Wasser zu suchen, und verpaßte sie auf diese Weise.« Er lachte. »Mein Glück, daß sie sie verpaßte, sonst wäre ich heute nicht hier und könnte Ihnen nicht von ihr erzählen. Vielleicht hatte sie aber beim Reiten auch nur das Gesicht der Sonne zugewandt und war so erfüllt von dem Glücksgefühl ihrer neuen Freiheit, daß sie den Pfad in den Westen auch dann nicht bemerkt hätte, wenn er so breit gewesen wäre wie der Yellowstone nach schweren Regenfällen.«

Am hellichten Vormittag des dritten Tages wurde Creek-Mary vom Anblick einer kleinen Häuseransammlung auf dem jenseitigen Ufer überrascht. Es handelte sich nicht um ein Indianer-Dorf, sondern um einen Außenposten der Weißen, eine rohe Befestigungsanlage, die Kolonisten aus Carolina dort zum Zweck des Handels und der Verteidigung errichtet hatten. Sie lenkte ihr kleines Pferd augenblicklich vom Pfad ab und hielt sich hinter einer Wand aus hohem Schilf, um nicht gesehen zu werden. Seit dem zweiten Tag war sie stets auf der Hut vor Fremden gewesen, jedoch niemandem begegnet und hatte nur einmal etwas erspäht, was nach einem Zug von Tragtieren eines Händlers ausgesehen hatte, der weit vor ihr dahingezogen war.

Nach etwa einer Stunde lenkte sie das Choctaw-Pony wieder zurück auf den Saumpfad und stellte verwundert fest, daß Stromschnellen das Wasser des Flusses aufschäumen ließen. Als sie schließlich bei einem tosend herunterstürzenden Wasserfall anlangte, dämmerte ihr, daß sie den Pfad in den Westen wohl übersehen hatte. Sicher war sie sich dessen freilich nicht. Sie überlegte, daß es das Fort möglicherweise noch nicht gegeben, als sie als Kind hier entlanggekommen war, und daß sie den Wasserfall vergessen hatte. Selbstverständlich hatte sie keinen Kompaß, wußte jedoch, daß, wenn sie sich nach Westen wendete, sie schließlich entweder auf das obere oder untere Creek-Dorf stoßen mußte und von dort aus zu Menewa gelangen würde. Folglich trieb sie das Reittier den gewundenen felsigen Pfad hinauf, fand jedoch auch bis Sonnenuntergang nichts, was darauf hingedeutet hätte, daß hier ein Pfad abzweigte.

Diese Nacht schlief sie auf hochgelegenem Gelände, verborgen in einem Dickicht aus Zederngesträuch. Unablässig wehte ein starker Wind, der dem nadelähnlichen Laub der Büsche melodiöse Klänge entlockte, sie jedoch frösteln machte unter der einzigen Wolldecke, die sie hatte. Opothle war beim ersten Morgendämmer wach und schrie vor Kälte und Hunger. Dichter Nebel hing über dem Boden und bildete Tropfen auf ihrem Umhang aus Hirschfell. Mary kaute etwas getrocknetes Wildbret und einen Zwieback und schob diesen gut durchgekauten Brei in den bereitwillig geöffneten Mund ihres Kindes. Für zwei oder drei Tage hatte sie immer noch genug zu essen, konnte auf dem felsigen Gelände jedoch kein Wasser finden, und sowohl sie als auch das Kind wurden von Durst gequält.
Als sie soweit war, das Pony zu satteln, hob sich der Nebel. Eine blasse rote Sonne stieg auf, und die Wolken nahmen die Form eines gewaltigen geflügelten Wesens an, das schwarz und drohend über ihr lauerte. Sie zitterte. Der Tag fing nicht gut an.
Der Pfad wand sich dahin und wurde in demselben Maß, wie er in den Himmel hineinzuführen schien, schmaler und felsiger. Es gab noch zwei weitere schlechte Zeichen an diesem Vormittag. Eine Peitschenschlange kam den Pfad entlanggeglitten und hielt den schwarz-schimmernden Kopf hochgereckt, als wollte sie ihr das Weiterreiten verwehren. Erst im letzten Augenblick vollführte sie eine Wendung und verschwand im Gebüsch. Kurz darauf zog ein schwarzer Truthahngeier niedrig über ihr seine Kreise, kam tiefer und immer tiefer, so daß sie sehen konnte, wie er die rötlichen Augen auf ihr Pferd, auf sie selbst und ihr Kind gerichtet hielt.
Als die Sonne in einen metallisch blauen Himmel aufstieg, wurden die drei immer durstiger; das Kind wimmerte, das Pferd prustete und reckte bei jeder Gelegenheit den Hals nach grünen Schößlingen von Büschen am Wegrand. Gegen Mittag wurden Hitze und Luftfeuchtigkeit nahezu unerträglich. Unvermittelt blieb das Pony stehen, und seine Ohren zitterten. Es versuchte, gegen den Zügeldruck ins Unterholz zu stürmen, doch Mary hielt das Tier auf dem Pfad. Rechterhand hörte sie Wasser über Steine gluckern, woraufhin sie das Tier sich durch dichtstehende Büsche und hohe Fichten seinen Weg suchen ließ. Ein Quell sprang von einem Felsvorsprung herunter und bildete unten einen Weiher, ehe das Wasser schäumend den Berghang hinunterrauschte. Am Rand des Weihers entdeckte sie frische Mokassinspuren.

Während das kleine Pferd soff, benutzte sie ihre Hand als Schale und ließ Wasser in Opothles Mund und über sein Gesicht tropfen, bis er freudig zu lachen begann. Vom Felsvorsprung aus konnte sie eine Reihe von bewaldeten Hügelketten überblicken, die sich grün bis violett bis weit in die Ferne erstreckten. Hoch überm westlichen Horizont ballten sich Gewitterwolken zusammen, und Blitze zuckten spielerisch über die schwärzesten Wolken dahin.

Wiewohl das Wasser wie Eis war, badete sie Opothle rasch, zog sich dann selbst aus, stürzte sich hinein und zwang sich, unter Wasser zu bleiben, bis sie spürte, wie die Kälte sich in ihre Glieder fraß. Hinterher lagen sie nackt in der Sonne, knabberten an ihren Trockenrationen, lauschten dem Geplätscher des Wassers und dem Gesumm der Insekten, bis sie erwärmt und schläfrig wurden.

Ein grollender Donner machte sie hellwach. Während sie sich und das Kind ankleidete, beobachtete sie, wie die Gewitterwolken auf sie zukamen und weiße, tieftreibende Wolkenfetzen vor ihnen herliefen. Der Felsvorsprung bot den einzigen Schutz, nur wenige Fußbreit Boden unter dem vorragenden Fels. Sie führte das Pony dorthin, halfterte es an einem Hickory-Schößling an und drehte sich dann, Opothle auf dem Arm, um die eigene Achse, um zu sehen, wie der Wind in die Baumwipfel der nächstgelegenen Hügelkette fuhr. Von einem Augenblick auf den anderen verdunkelte sich die Sonne. Unversehens verstummte alles rings um sie her, verfielen Vögel und Insekten in Schweigen, und gleich darauf fuhr ein Windstoß über die Bergwand und peitschte die großen Fichten. Zum erstenmal, seit sie Bluff Village verlassen hatte, konnte sie klar denken und empfinden, und als Blitze in den Felsen einschlugen und der Donner grollte, so daß die Erde erbebte, erging sie sich in Schreckensphantasien. Sie wollte fortlaufen, fortlaufen, doch ein prasselnder Regenguß traf sie mit der Gewalt einer Meereswelle und durchnäßte sie bis auf die Haut. Sie drehte sich um, versuchte ihren verängstigten Sohn zu beruhigen und ihm den nassen kleinen Körper zu wärmen. Das von seinen eigenen Ängsten gepeinigte Pony zerrte wie wahnsinnig, um sich loszureißen von dem Lederriemen, der es an den Hickory-Schößling gefesselt hielt.

Es wollte Mary scheinen, als ob die Qual nie ein Ende nähme – das Prasseln des eiskalten Regens gegen den Felsen, das Heulen des Windes in den gepeinigten Fichten, das Wasser, das wie aus Kübeln über ihren Rücken geschüttet wurde. Doch zuletzt fand alles doch ein

Ende, und sie empfand jubelnd die Erleichterung des Überlebens. Eine Zeitlang tröpfelte noch Regen aus den sich auflösenden Wolken, dann brach plötzlich sengend heiß wieder die Sonne durch, und Dampf stieg kräuselnd von den feuchten Felsen hoch. Abermals zog sie Opothle und sich selbst aus, um noch vor Sonnenuntergang ihre Kleidung zu trocknen. Außerdem reinigte und trocknete sie das Tragegestell des Kindes und suchte etwas Moos und Gras, um es damit auszupolstern.

Am nächsten Morgen wurde sie vom fröhlichen Ruf einer Spottdrossel geweckt, was sie als gutes Zeichen nahm, bis sie entdeckte, daß sie im Schritt und an den Oberschenkeln von Insektenstichen übersät war. Sie kümmerte sich nicht um das Jucken und war bei Sonnenaufgang wieder im Sattel. Etwa eine Stunde später stieß sie auf den nach Westen abzweigenden Pfad, der geradenwegs von der aufsteigenden Sonne wegführte. Dieser Pfad war sehr schmal und schien selten benutzt, doch als sie absaß und Hufspuren und halb getrockneten Kot untersuchte, folgerte sie, daß hier am vorhergehenden Tag vier Reiter entlanggeritten sein mußten. Als sie es sich wieder im Sattel bequem machte, tauchte über ihr plötzlich ein Wanderfalke auf, zog Kreise, setzte zum Sturzflug an und stieß einen durchdringenden Schrei aus. »Kehr um, kehr um!« schien er zu rufen. Ihre Haut zuckte, und der gleiche Schrecken, der sie in ihrer Vorstellung während des Unwetters befallen hatte, packte sie erneut.

»Aber wohin sollte ich zurück?« fragte sie laut, und Opothle versuchte, ihre Frage mit den vier oder fünf Wörtern zu beantworten, die er von ihr gelernt hatte. Sie trieb das Pferd voran, der Falke wurde aufgeregter, kam im Sturzflug herab und kreischte, bis er endlich pfeilgerade auf den höchsten der fernen Hügel zuschoß und sich von dort aus auf den dichten Wald dahinter stürzte.

Bald hatte sie den Falken vergessen; sie war wie verzaubert von der Großartigkeit der Landschaft, durch die sie ritt. Auf offenen Grasflächen erspähte sie große Truthahnschwärme und Rotwildherden. Sie sehnte sich nach frischem Fleisch, doch ihre einzige Waffe – die Pistole – war für die Jagd nicht zu gebrauchen.

Am späten Nachmittag hatte sich der Weg zu kaum mehr als einem schmalen Saumpfad verengt, der mit grünem Moos bedeckt war und durch nichts erkennen ließ, daß hier in letzter Zeit jemand entlanggekommen war. Dieser Pfad brachte sie an einen durch kürzliche Regenfälle hoch angeschwollenen Fluß, doch konnte sie das Kiesbett unten erkennen und zwang daher ihr widerstrebendes Pferd in das raschfließende Wasser hinein. Etwa in der Mitte angekommen, tauchten seine Vorderfüße tief hinab, so daß sie ums Haar aus dem Sattel gerutscht wäre, doch dann schwamm das Pony. Mary war gezwungen, Opothle in dem Tragegestell auf dem Rücken, selbst ein paar Meter zu schwimmen. Kaum hatte sie das Ufer erreicht, lief sie stromabwärts, um den Zügel des verängstigten Tieres zu ergreifen und es an Land zu führen. Entsetzt stellte sie fest, daß ihr die Satteltaschen abhanden gekommen waren. Sie suchte das ganze Ufer ab, fand jedoch nur die völlig mit Wasser vollgesogene Wolldecke, die ihre Pistole, ihre Mokassins zum Wechseln, ihren Spiegel und das Messer enthielt. Ihr Vorrat an Proviant war dahin. Doch am allerschlimmsten war, daß der Pfad, der sie bis hierher gebracht hatte, am Ufer des Flusses zu enden schien.

Sie fand einen Fichtenstamm, den ein Windsturm vor kurzem umgelegt hatte, und benutzte ihn, um ihre nassen Kleider und die Wolldecke und deren Inhalt zum Trocknen darüber zu legen. Das Kind war unruhig und von Insekten zerbissen, und als die Sonne die Haut trocknete, fingen die geröteten Flecken an zu jucken und zu brennen wie Feuer. Die halbgetrocknete Wolldecke um die Hüften, setzte sie sich auf den Baumstamm; sie war untröstlich, denn jetzt hatte sie keinen Pfad mehr, dem sie folgen konnte, und außerdem plagte sie nagender Hunger. Sie wußte, daß sie nichts zu essen hatte und sich bald würde aufmachen müssen, um Beeren und Wurzeln zu suchen. Sie kratzte die Insektenstiche in ihren Kniekehlen auf und folgte mit den Augen einer Libelle, die über die Wasseroberfläche dahinschwirrte, da hörte sie einen Zweig hinter sich knacken.

Ehe sie sich umwenden konnte, umfaßte ein starker Arm sie bei den Brüsten und hielt sie fest. Im selben Augenblick legte sich ihr eine Hand über Nase und Mund. Ihr erster Gedanke galt dem Falken, der ihr heute morgen so dringlich geraten zu haben schien: »Kehr um, kehr um!« Im nächsten Augenblick fürchtete sie um Opothle; der Junge stak in seinem Tragegestell, das sie gegen den Baumstamm gelehnt hatte, und weinte sich in den Schlaf.

»*Akusa?*« hauchte eine tiefe Stimme hinter ihr. »Creek?«

Es gelang ihr zu nicken. Der Arm, der sich gegen ihre Brüste preßte, war von einem Silberreif umschlossen, der ein Adlerzeichen trug.

»Wo sind die anderen?« fragte die männliche Stimme in der Sprache der Cherokesen.

Heftig schüttelte sie den Kopf und riß sich ganz los, als der Arm sie freigab. Sie bekam das Gesicht des Mannes zu sehen.
»*Tsalagi,* Cherokese«, sagte sie und sah ihm gerade und offen in die Augen. Sie fand keine Wärme dort. Seine Augen waren die eines Jägers, der ein gefangenes Wild begutachtet.

4

»Sie werden sich fragen«, sagte Dane, »wie die beiden sich verständigten, wo doch der Cherokese irokesisch sprach und die Creek-Frau Muskogi, die Sprache der Creek. Aber die beiden Stämme hatten seit undenklichen Zeiten immer wieder Krieg miteinander geführt und Frieden geschlossen. In Friedenszeiten trieben sie Handel miteinander, besuchten sich gegenseitig und vergnügten sich mit Ballspielen – dabei lernten sie eine Menge voneinander. Creek-Mary sprach ja, wie Sie wissen, trefflich englisch, und Long Warrior, der Cherokese, der sie gefangengenommen hatte, kannte die meisten der englischen Wörter, die man zum Handel brauchte. Darüber hinaus war beiden ein Gemisch aus Chickasaw-Choctaw geläufig, eine Sprache, die man Ihrem Pidgin-Englisch vergleichen könnte und die damals über den ganzen Südosten verbreitet war. Infolgedessen hatten sie keine größeren Schwierigkeiten, sich zu verständigen.«

Bis auf die feuchte Wolldecke, die sie um die Hüfte geschlungen hatte, und die Kette mit der Münze um den Hals war sie unbekleidet. »Laß mich los«, herrschte sie ihn zornig an, und zu ihrer Überraschung gehorchte er ihr. Rasch nahm sie die Decke um die Schulter.
»Wo sind die anderen?« wiederholte Long Warrior. »Deine Leute.«
Sie wußte, daß es keinen Zweck hatte zu leugnen, daß sie allein sei.
»Mein Sohn und ich sind allein unterwegs«, erwiderte sie. »Wir wollen in das Dorf von Menewa.«
Er stieß ein verächtliches Lachen aus. »Menewa, der alte Wundarsch von den *Akusas*?«
»Mehr als einmal haben Menewa und seine Krieger die Cherokesen vor sich hergetrieben wie verängstigte alte Weiber«, entgegnete sie.
»Hat er dir das erzählt?« Long Warrior hatte die Hände auf die Hüften gelegt und sah sie von oben herab mit durchdringenden Augen an. Er hatte ein rotes Tuch um den Kopf gewunden und trug darüber in sei-

nem glänzenden schwarzen Haar eine Adlerfeder, die länger war als diejenigen, die sie bei den Kriegern der Creeks zu sehen gewohnt war. Sie wußte, daß er ein Cherokesen-Häuptling sein mußte, sonst hätte er weder die Feder noch das Adlerzeichen auf seinem Armreif getragen. Außerdem hatte er eine ärmellose Lederweste an, die Hosen von einem englischen Händler und schmutzige Gamaschen. Er war größer als die meisten Creek-Männer. »Als ich ein Knabe war«, sagte er wie beiläufig, »haben wir Menewas Krieger von diesen Hügeln vertrieben und neue Siedlungen hier errichtet. Ich werde dich in mein Dorf bringen.«

»Ich werde zu Menewas Dorf gehen«, sagte sie trotzig.

Er drehte sich um und pfiff, und ein zweiter Cherokese tauchte hinter Büschen und Schlingpflanzen auf. Er führte vier Pferde am Zügel, zwei davon mit Handelswaren beladen – Tuch, Wolldecken, Äxten und Schießpulver. »*Akusa*«, bedeutete Long Warrior ihm. »Wir hatten recht – allein.«

Der Mann lächelte sie an, und an einem seiner Mundwinkel zuckte es sonderbar. Eine Narbe reichte ihm vom Mund bis zum linken Ohr. Ohne sie jemals aus den Augen zu lassen, band er die vier Pferde in aller Gemächlichkeit an einen Baum und ging dann hinüber zu ihrem Pony. »Choctaw«, sagte er. »Gut. Gefällt mir.« Dann trat er an den liegenden Fichtenstamm heran, untersuchte methodisch die Steinschloßpistole, das Messer und den Spiegel. »Gefällt mir«, erklärte er.

»Die Frau gehört mir, Qualla«, erklärte Long Warrior.

»Und wem gehört das hier?« fragte Qualla und hielt Opothles Traggestell in die Höhe. Das schlafende Kind wachte auf und hob beim Anblick von Quallas unbekanntem Gesicht an zu schreien. »Schau, schau dir diesen *Unega* an, diese Bleichhaut.«

Qualla reckte das Tragegestell so hoch, daß Long Warrior es sehen konnte. »Wie häßlich er ist.«

»Die Bleichhaut lassen wir hier«, sagte Long Warrior.

Mary entriß Qualla das Tragegestell und holte Opothle heraus. Der Junge wand sich und strampelte mit den Beinen. Die Insektenstiche auf seinem nackten Körper waren zu rosa Pusteln angeschwollen.

»Das kleine Vögelchen ist gefleckt«, sagte Long Warrior und trat näher. »Keine Blattern. Sandflöhe. Er schreit, weil einer ihm ins Ohr gebissen hat.« Zum erstenmal kam etwas Weiches in seine Augen. »Wir werden den *Adawehi* aufsuchen, den alten Heil-Priester, Bear

Killer.« Er bemerkte die gleichen Bisse auf dem zarten Fleisch zwischen Marys Brüsten und auf ihren Armen. »Du auch.«
Seine Finger griffen nach der Halskette. »Was ist das?« Er riß einmal daran, doch die Silberkette hielt. Mit der freien Hand schlug sie ihm hart ins Gesicht. Er zuckte nicht zusammen, doch in seinen Augen malte sich Zorn. In diesem Augenblick haßte sie ihn, weil er Gewalt über sie hatte; und dennoch, als sie ihm ins Gesicht sah, dessen olivfarbene Haut kaum von alten Blatternnarben gezeichnet war, fühlte sie sich zu diesem Fremden hingezogen.
»Du bist ein Häuptling«, sagte sie.
»Long Warrior von Okelogee.« Er lächelte. »Eben noch wollte ich dich mit der Kriegskeule niederschlagen. Aber wenn du ohne Zorn bist, klingt deine Stimme wie Vogelgesang.«
»Und deine ist rauhkehlig wie die eines brummigen Bären.«
»Wer bist du?«
»Amayi, die Geliebte Frau der Creeks.«
»Dein Name ist uns bekannt. Aber trotzdem bist du meine Gefangene. Du weißt, was das bedeutet.«
»Das hängt ganz von den Frauen in deinem Dorf ab. Die werden darüber entscheiden.«
Opothle brach abermals in lautes Geschrei aus. »Brechen wir auf«, sagte Long Warrior in einem Ton, der großen Abscheu verriet. »Deiner greinenden Bleichhaut fehlt etwas von uns, genauso wie seinem *Unega*-Vater.«

Dane unterbrach seinen Bericht, um unsere Kaffeebecher neu zu füllen. »Als Großmutter Mary mir diese Dinge über Onkel Opothle erzählte«, fuhr er dann fort, »fiel es mir schwer, mir ihn als hilfloses kleines Kind vorzustellen. Als mir zum erstenmal bewußt wurde, daß es diesen Onkel Opothle gab, war er ein kräftiger Mann von etwa fünfzig Jahren, dessen kurzer Bart anfing, grau zu werden, jemand, der sich sehr viel auf seine helle Haut zugute tat und, wenn er hinausging, die Sonne mied, Hals und Kinn möglichst mit einem Halstuch schützte und stets einen breitrandigen Hut trug. Da er mein einziger Onkel war, war er nach dem Sippenrecht der Cherokesen verpflichtet, sich um mich zu kümmern, doch hatte er nur selten etwas mit mir zu tun. Vielleicht war es ihm peinlich, daß in meinen Adern Cherokesenblut floß, in seinen jedoch nicht – trotzdem betrachtete er sich als Stammesangehöriger der Cherokesen. Sehr sogar.«

Dane kostete den Kaffee, verengte die Augen und spähte hinaus in die immer strahlender von der Sonne beschienene Landschaft von Montana. »Irgendwer ist da draußen und sucht was«, sagte er.
Seine Augen waren sechzig Jahre älter als die meinen, trotzdem hatte ich Schwierigkeiten, den Reiter in der Ferne überhaupt auszumachen.
»Doch das erste, was sie mir von ihren Eindrücken berichtete, die sie hatte, als sie Okelogee, das Dorf von Long Warrior, zum erstenmal sah, klang sehr überzeugend; denn das ist der Ort, wo ich geboren wurde und wo ich aufwuchs. Okelogee hat sich wohl kaum verändert in dem halben Jahrhundert zwischen Großmutter Marys Ankunft und meinem Eintritt in die Welt. Nur, daß es nach den Unabhängigkeitskriegen von der Bürgerwehr von Carolina niedergebrannt wurde und danach wieder aufgebaut werden mußte, doch das war lange vor meiner Zeit.
Für Mary unterschied sich das Dorf nicht sonderlich von einem Creek-Dorf: die fensterlosen Häuser waren fest gebaut, und alle Familien hatten ein *Asi,* ein kleines Winterhaus, das der Schwitzhütte der Cheyenne sehr ähnlich ist. Ich glaube, was sie am meisten beeindruckte, war die Lage des Ortes am Kleinen Singenden Fluß und dem Bergzug im Hintergrund, den sie Schlafende Frau nannten. Das war das erste, was jeder erblickte, wenn er morgens aus der Tür trat – dieser lange flache Bergzug, der wie eine schlafende Frau aussah: runder Kopf am Nordende, ein breiter Einschnitt beim Hals, die schwellenden Brüste und der flache Bauch, und ganz im Süden ein schmaler Berggipfel, wie ein mokassinbewehrter Fuß, der gen Himmel zeigte. Die Sonne ging in Okelogee immer erst spät über der Schlafenden Frau auf. Es gab viele schlüpfrige Geschichten über die Sonne, den Mond und die Schlafende Frau.« Seine Stimme verklang, gleichsam als laufe er seinen Erinnerungen hinterher.
»Was hat Mary denn gemeint, als sie zu Long Warrior sagte, ›das hängt von den Frauen in deinem Dorf ab‹?«
»Ach so, ja. Ich bin wieder mal vorausgeeilt. Alte Männer lassen ihre Gedanken gern schweifen. Damals war es üblich, daß die Frauen eines Volkes darüber entschieden, was mit Gefangenen, insbesondere weiblichen Gefangenen geschehen sollte. Man konnte sie töten, sie verkaufen, gegen Lösegeld freigeben oder in eine der Sippen aufnehmen. Frauen wurden für gewöhnlich entweder verkauft oder in eine Sippe aufgenommen. Als sie in Okelogee eintritt, erwartete Mary ei-

gentlich, daß die Cherokesen versuchen würden, sie und Opothle gegen ein Lösegeld an Menewa auszuliefern.

Das erste, was Long Warrior und Qualla taten, war, sie zu Bear Killer zu bringen, dem alten *Adawehi*, der die Insektenstiche behutsam mit irgendeinem stark riechenden Fett bestrich, was den Juckreiz sofort linderte. Dann blies er Opothle Rauch von schwelenden Kräutern in das kranke Ohr, und bald weinte das Kind nicht mehr, sondern lachte. Inzwischen war es dunkel geworden, und sie wurde in ein Haus gebracht, wo sie die Nacht verbrachte.

Bald erfuhr sie, daß die Frau von Long Warrior vor ein paar Monaten während einer der Blatternepidemien gestorben war, die – für gewöhnlich nach einem Besuch weißer Händler aus Carolina – die Dörfer immer wieder heimsuchten. Nach dem Tod der Frau gab es Streit darüber, wem das Haus nun gehöre – Wohnhäuser waren bei den Cherokesen immer Besitz der Ehefrauen. Die Schwägerin von Long Warrior zog ein, machte Eigentumsrechte geltend und erwartete vielleicht, daß der Häuptling sie zur Frau nahm, doch er nahm statt dessen seine beiden Schwestern zu sich. Es gab böses Blut zwischen diesen Frauen, und Mary nahm es als schlechtes Zeichen, daß alle drei etwas gegen ihre Anwesenheit hatten. Die erste Nacht zwang sie sich, wachzubleiben, und nachdem alle anderen schliefen, nahm sie Opothle, schlich sich hinaus und wollte fliehen. Doch ihr Choctaw-Pony war von dem Pfosten, an dem es festgehalftert war, verschwunden; außerdem sah sie auf der anderen Seite des Weges im Schatten des gegenüberliegenden Hauses jemand sitzen, der sie offensichtlich bewachte, und so kehrte sie zurück auf ihr Lager.

Sie schlief fest bis zum Tagesanbruch, fühlte sich wesentlich besser und ging in den wunderbar kühlen Morgen hinaus, um im Fluß zu baden und zu beobachten, wie die Sonne über der Schlafenden Frau aufging. Sie hat oft gesagt, sie hätte damals das Gefühl gehabt, schon vor langer Zeit in Okelogee gelebt zu haben, gleichsam als sei sie nach langen Jahren der Abwesenheit zurückgekommen nach Hause.

Von da an beschäftigten die Erwachsenen im Dorf sich vor allem mit der Frage, was mit der Gefangenen des Häuptlings zu geschehen habe. Die Frauen von Okelogee trafen sich im Versammlungshaus, später dann die Männer desgleichen, und noch später kamen Männer und Frauen im Versammlungshaus zusammen. Mary hatte keine Ahnung, worüber sie sprachen, doch kam sie nach und nach dahinter, daß bei den Cherokesen alle gleich waren, Frauen genauso wie Männer, und daß keiner einen anderen zwingen konnte, etwas Bestimmtes zu unternehmen, nicht einmal der Häuptling. Das einzige, was Long Warrior tun konnte, war zu überreden und zu überzeugen, doch war Mary sich nicht sicher, wozu er die anderen überreden wollte. Es blieb ihnen gar nichts anderes übrig, als solange zu reden, bis sie zu einer Einigung kamen, und so gingen die Beratungen Abend für Abend weiter, während es ihr freistand, im Dorf umherzugehen; wenn sie jedoch versuchte, es zu verlassen, war stets Qualla da, für gewöhnlich auf ihrem Choctaw-Pony, und bedachte sie mit seinem verschlagenen Grinsen.

Eines Tages kam Long Warrior in das Haus, brachte eine große Wassermelone mit und forderte sie auf, sich unter einem dichtbelaubten Strauch draußen zu ihm zu gesellen. Er brach die Melone auf und reichte ihr ein saftiges Stück. Es war die süßeste Wassermelone, die sie jemals gekostet hatte. Dann berichtete er ihr, die Bewohner von Okelogee hätten einen Entschluß gefaßt. Seine eifersüchtige Schwägerin (die in diesem Augenblick aus dem Inneren des Hauses zu ihnen herüberspähte) habe sie an die Catawbas verkaufen wollen, damit sie möglichst weit fortgebracht werde. Doch die Schwägerin sei überstimmt worden. Die Cherokesen hätten beschlossen, der Geliebten Frau der Creeks ihre Freiheit zu schenken. Sobald der Morgen graue, stehe es ihr und ihrem Kind frei zu gehen, wohin sie wolle.

Long Warrior schlug vor, sie solle in Okelogee bleiben, und wies sie darauf hin, daß sie als Cherokesin mehr Freiheit haben würde denn als Königin der Creek. Mary entgegnete, sie sei zufrieden mit der Freiheit der Cherokesen, doch sei sie eine Creek und müsse zurück zu ihrem Volk. Er sei enttäuscht, sagte er, und wenn dies nun ihre letzte Nacht in Okelogee sein solle, würde er es als ein Erinnerungsgeschenk betrachten, wenn sie mit ihm schlafe und er sie gegen die nächtliche Kälte wärmen dürfe. Die Sommernächte in Okelogee seien doch durchaus warm genug, erwiderte sie. Woraufhin er ihr in groben Worten vorwarf, sie habe Angst, die barbarischen Creeks könnten ihr wegen Ehebruchs die Ohren abschneiden. Bald gerieten sie in Streit. Sie warf den Cherokesen vor, den Siedlern aus Georgia Creek-Land zu verkaufen, und er brüstete sich damit, daß die Cherokesen schlauer seien als die Creek, weil sie wüßten, daß sie die Weißen aus Georgia übers Ohr hauen könnten. Das Ganze endete damit, daß er abermals versuchte, ihr die dänische Münze abzureißen, die sie um den Hals trug. Sie setzte sich heftig dagegen zur Wehr, beide rollten eng umschlungen über den Boden, und sie kratzte ihm das Gesicht blutig. Wütend schimpfend über die Starrköpfigkeit aller Creek-Frauen entfernte er sich.

5

Kurz vor Einbruch der Dunkelheit kam Qualla mit ihrem Choctaw-Pony. Er sagte kein Wort, sondern setzte nur sein schiefes Lächeln auf. Er händigte ihr ihre Pistole, ihr Messer und einen mit getrockneten Maisfladen gefüllten Mantelsack aus, dazu *Gahawisita*, gedörrten, zu Mehl gemahlenen Mais, der, mit Wasser angerührt, einen eßbaren Brei ergab. Sie schlief in dieser Nacht kaum und war schon vor Morgengrauen auf den Beinen, sattelte ihr Pferd und bereitete sich darauf vor, davonzureiten. Sie hatte sich gerade Opothles Tragegestell auf den Rücken geschnallt, da kam ein Reiter aus dem Dämmergrau auf sie zugeritten.

»*Siyu*«, begrüßte Long Warrior sie. »Hallo.«

»Hast du schlecht geschlafen?« fragte sie mit einem Hauch von Sarkasmus in der Stimme.

»Ich bringe dir frische *Anuh*«, sagte er. »Erdbeeren.« Er saß ab und hielt ihr eine wilde Erdbeere aus einem Korb hin. Sie machte den Mund auf, und er steckte ihr die Frucht zwischen die Zähne. Es war mittlerweile hell genug, daß sie die getrockneten Blutspuren ihrer Fingernägel auf seiner kupferfarbenen Wange sehen und erkennen konnte, daß er lächelte.

Er half ihr in den Sattel. »Ich werde dich bis zum Hauptpfad begleiten«, erklärte er, »damit du dich nicht wieder verirrst.«

»*Astu.*« Sie verwendete das Cherokesenwort. »Sehr gut.«

Als sie das Dorf verließen, ritt er voran. Als sie den Kamm der ersten Hügelkette im Westen erreicht hatten, drehte sie sich um und warf einen letzten Blick auf die Schlafende Frau, deren Umrisse deutlich vor dem heller werdenden Morgenhimmel zu erkennen waren. Ihr war, als verlöre sie etwas für immer.

Es war früher Nachmittag, als sie den Felspfad erreichten, der in südlicher Richtung hineinführte in das Creek-Gebiet. Er lenkte sein Pferd zur Seite und wies mit der Hand auf den breiten Weg. Als sie an ihm vorüberritt, verneigte er sich vor ihr, und sie erwiderte die Geste, trieb das Pony zu einer schnelleren Gangart an und drehte sich nicht ein einziges Mal nach ihm um.

Wann immer sie im Laufe des Nachmittags haltmachte, meinte sie, Hufschläge zu hören, doch wenn sie zurückspähte, war von einem Reiter nirgends etwas zu sehen. Am Abend gelangte sie in eine kleine, grasbewachsene Senke neben einem klaren, rasch rinnenden Fluß und blieb, um hier die Nacht zu verbringen. Sie sattelte das kleine Pferd ab, halfterte es an und gab Opothle zu essen, da vernahm sie wieder Hufschläge. Diesmal sah sie den Reiter. Langsam ritt Long Warrior heran.
»*Siyu*«, grüßte er sie. »Es wird kalt werden heute nacht unter den Sternen. Ich wollte dir dieses Bärenfell bringen.« Er stieg vom Pferd und schnallte ein Bündel los. »Als Abschiedsgeschenk.«
Dann rollte er ein gewaltiges schwarzes Bärenfell auf dem Gras aus. »Du wirst ein Feuer brauchen.« Er suchte trockenes Reisig zusammen und entfachte mit Hilfe von Stahl und Feuerstein ein Feuer. Nach und nach legte er mehr Holz auf, so daß sich ein schöner Glutberg gebildet hatte, ehe die Nacht sich endgültig über die Mulde herniedersenkte. Sie streckte sich auf dem Bärenfell aus und blickte ins Feuer.
»Es wird Zeit für mich zurückzukehren«, sagte er, streifte seine Mokassins ab und strich mit ihnen hin und her über die niedrigen Flammen.
»Du glaubst, das hält die Schlangen davon ab, dich zu beißen?« fragte sie.
»Bis jetzt hat es das immer getan.« Als er sich erhob, zog sie die Hälfte des Bärenfells über sich. »*Egasinu*«, sagte er. »Leg dich jetzt schlafen, Amayi. Das Feuer wird dich wärmen.«
»Es brennt ein Feuer in meinen Lenden«, sagte sie.
Er kniete sich neben sie und rollte das Bärenfell zurück. Sie war nackt.
»*Agiya*, meine Geliebte«, flüsterte er.
»*Asgaya, asgaya.*« Wieder sprach sie cherokesisch. »Mann, Mann.« Dann richtete sie sich auf und sah ihm eindringlich ins Gesicht. »Ich werde nicht dein Eigentum sein, wohl aber deine Freundin und Gefährtin.«
»*Astu*«, sagte er und nahm die dänische Münze zwischen die Finger. »*Asehi*, gewiß...«
Sie griff sich in den Nacken, öffnete die Schließe der Silberkette und nahm sie ab, so daß nichts zwischen ihnen war. Dann rieb sie ihre Wange an den getrockneten Kratzern auf seinem Gesicht und rollte sich mit ihm in das Bärenfell.

6

»Nun, am nächsten Tag kehrten sie zurück nach Okelogee«, sagte Dane, »und damit begann der langsame Prozeß, Mary durch Adoption von seiten einer der Sippen ganz in das Volk der Cherokesen aufzunehmen. Das erste, was Long Warrior tat, war, seine Schwägerin und seine beiden Schwestern des Hauses zu verweisen, damit es Mary als seiner Ehefrau gehöre. Ich sagte Ehefrau, obwohl es damals im Cherokesischen keine besonderen Wörter für Ehefrau und Ehemann gab. Ein Mann und eine Frau beschlossen einfach, zusammen zu leben, und das Band war so stark wie eine Ehe; es gab für beide bindende, ungeschriebene Gesetze und Pflichten, gewisse Dinge zu teilen. Kam jedoch einer von beiden zu dem Schluß, daß die Verbindung ihm nicht mehr gefiel, lösten er oder sie diese einfach dadurch, daß sie auszogen oder ›die Hälfte der Zudecke mitnahmen‹. Auf diese Weise hatte Mary ihre Ehe mit John Kingsley gelöst. Sie war ausgezogen und hatte ihre Zudecke mitgenommen; wenn auch nach den Gesetzen Georgias immer noch Kingsleys Ehefrau, war sie es nach den Gesetzen der Creeks und der Cherokesen nicht.«

»Was ist denn aus Kingsley geworden?« fragte ich.

»Genaues hat sie nie darüber erfahren. Ein paar Monate, nachdem sie Cherokesin geworden war, hörte sie, daß ihre Leute von Bluff Village hinaufgezogen waren an die Flußgabelung; allerdings hatte ein anderer Händler Kingsleys Stelle eingenommen. Gerüchteweise hörte sie, daß er beim Rat von Georgia in Ungnade gefallen und nach England zurückgekehrt sei. Was danach mit ihm geschah, sollte sie nie erfahren. Wenn sie ihn auch als einen Verräter an den Creeks betrachtete, glaube ich, hat niemals jemand sie, nachdem sie ihn verlassen hatte, schlecht über John Kingsley sprechen hören. Auch blieben ihre Leute nicht lange an der Flußgabelung. Der Boden war karg, und so zogen sie aus eigenem Entschluß weiter in eines der Dörfer, die zu Menewas Verband von Creek-Stämmen gehörten. Anläßlich zweier bedeutsamer Besuche sollte sie sie dort wiedersehen.«

»Was mußte Mary denn tun, um von den Cherokesen ganz aufgenommen zu werden?«

»Hauptsächlich war es Long Warriors Aufgabe, dafür zu sorgen. Er mußte eine der sieben Sippen bewegen, sie zu adoptieren, damit sie die Rechte einer Cherokesin genoß, und das war nicht so leicht. Er war ein *Anikawi*, gehörte also der Hirsch-Sippe an und besaß innerhalb dieser Sippe auch beträchtlichen Einfluß, doch verboten Blutgesetze ihm, ein Mitglied seiner eigenen Sippe zu heiraten, selbst dann, wenn sie gar nicht blutsverwandt mit ihm war. Seine erste Frau war eine *Aniwadi* gewesen, eine Angehörige der Farben-Sippe, doch seine Schwägerin unterband alle seine Versuche, die *Aniwadi* zu bewegen, Mary zu adoptieren. Zuletzt bot Qualla von der Wolf-Sippe alle seine Schläue als Diplomat auf, und so wurde Mary von dieser Sippe adoptiert.«

»Dann sind Sie also auch ein Wolf?«

»Nein, durchaus nicht. Mein Vater war ein Wolf, denn er war ja schließlich Marys Sohn. Aber er heiratete ein Mädchen aus der Vogel-Sippe, und so bin ich ein Vogel.« Er lachte. »Die Cherokesen glauben an die Macht der Frauen. Wir wissen, wer unsere Mütter sind, aber was die Väter betrifft, so sind wir nie ganz sicher.«

»Sie haben gesagt, Long Warriors Schwägerin habe sich seinem Ansinnen widersetzt, daß sie eine Angehörige der Farben-Sippe wurde. Hat sie auch noch auf andere Weise Schwierigkeiten gemacht?«

»Eine Zeitlang. Sie war eifersüchtig, weil sie Long Warrior für sich selbst gewollt hatte. Sie redete schlecht über Mary und versuchte, sie zu einer Ausgestoßenen zu machen, doch schafften ihre Ränke Unfrieden innerhalb der Gemeinschaft, und die Cherokesen schätzen nun einmal nichts höher als Eintracht. Nach einer Weile stellte die Schwägerin fest, daß sie selbst nachgerade zu einer Ausgestoßenen wurde, woraufhin sie ihr Verhalten schleunigst änderte. Nach ein paar Wochen wurden die Schwägerin und Mary sogar Freundinnen.

Noch etwas, was Long Warrior oblag, war, einen ›Bruder‹ für Mary zu finden, damit sie jemand hatte, der sie beschützte und sich um ihre Kinder kümmerte. Cherokesen besitzen als Väter keinerlei Rechte über ihre Kinder und überlassen deren Leitung für gewöhnlich den Händen eines Onkels, eines der Brüder der Mütter. Qualla war der beste Freund meines Großvaters, und so war es ganz natürlich, daß ihm diese Pflicht auferlegt wurde. Er muß das sehr gut gemacht haben. Mein Vater, Talasi the Runner, hat mir oft erzählt, als er größer wurde, sei Qualla sein bester Freund unter den Erwachsenen gewesen.

Erst als Talasi auf die Welt kam, wurde Mary von jedermann in Okelogee voll anerkannt. Doch hat sie mir erzählt, dasjenige, was ihr als Cherokesin gleichsam die Krone aufgesetzt habe, sei der Besuch von Ghigua gewesen, der Geliebten Frau der Cherokesen. Die Befreiungskriege hatten gerade eben begonnen. Ghigua kam vom Hiwassee-Land herunter, besuchte die Cherokesen in Georgia und wollte sie bewegen, die Siedler in ihrem Kampf gegen die britischen Soldaten zu unterstützen. Zufällig gehörte sie der Wolf-Sippe an und hatte von Mary, der Geliebten Frau der Creeks, gehört. Sie suchte sie auf, noch ehe sie das Versammlungshaus betrat, wo sie ihre Ansprache halten wollte. Die beiden Frauen waren ungefähr gleich alt und verstanden sich, als wären sie seit langem befreundet. Ghigua hieß Mary im Volk der Cherokesen willkommen und bestand darauf, daß sie gemeinsam aus ihrer langen Pfeife rauchten, die in einer Hülle aus getüpfeltem Schlangenleder stak.

Doch als Ghigua versuchte, Mary auf die Seite der Siedler herüberzuziehen, wollte diese davon nichts wissen. Sie hasse zwar die britischen Soldaten durchaus, sagte sie, aber Liebe bringe sie den Anglo-Amerikanern auch nicht gerade entgegen. Sie seien alle gleich, erklärte sie, Landräuber, Betrüger und Mörder von Creeks und Cherokesen und noch anderen Stämmen. Sollten sie sich doch gegenseitig umbringen. Ghigua muß enttäuscht gewesen sein von Mary, hatte aber auch auf der Ratsversammlung von Okelogee nicht mehr Glück. Damals spielten sich die Kämpfe noch in viel zu großer Ferne ab, als daß die Cherokesen in Georgia davon betroffen gewesen wären.

Was die Auseinandersetzungen dann jedoch näher an sie heranbrachte, war eine Kompanie schottischer Soldaten, die ein britischer Befehlshaber hinübergeschickt hatte in die Berge und die er dann wohl vergessen haben mußte. Die Schotten bauten irgendwo östlich der Schlafenden Frau ein festes Lager mit starken Befestigungsanlagen, doch wurde ihnen von der Carolina-Bürgerwehr von Zeit zu Zeit der Nachschub abgeschnitten, so daß ihnen nichts anderes übrigblieb, als Wild zu jagen – das nachgerade knapp wurde – und mit den Cherokesen Tauschhandel zu treiben. Nicht selten kam eine Gruppe Schotten in ihren prächtigen Uniformen herüber nach Okelogee, um Mais, Kürbis und Bohnen einzutauschen oder was die Cherokesen sonst noch an Lebensmitteln erübrigen konnten. Da die Soldaten weder Kaffee noch Tee hatten, zeigte Mary ihnen, wie man aus Stechpalmenblättern – von denen die Cherokesen zu diesem Zwecke ein paar Büsche aus Carolina mitgebracht hatten – ein schwarzes Getränk herstellte, das Koffein enthielt; Stechpalmenblätter enthalten mehr Koffein als der Kaffee, den wir trinken. Eines Tages kam etwa ein Dutzend von diesen Fourageuren völlig ausgepumpt und mit roten Gesichtern ins Dorf gelaufen. Nur ums Haar waren sie einem Hinterhalt der Carolina-Bürgerwehr entgangen, die jetzt die Verfolgung aufgenommen hatte. Nahezu alle Männer der Cherokesen waren an diesem Tag auf der Jagd, doch Mary und ein paar andere Frauen versteckten die Soldaten in ihren Winterhäusern, Wurzelkellern, Maisspeichern und auf Dachböden. Die Milizionäre umstellten den Ort, fanden jedoch keine Spur von den Schotten.

Als Long Warrior davon hörte, war er sehr aufgebracht. Die Bürgerwehr würde Okelogee zerstören, wenn sie dahinterkam, daß die Frauen die britischen Soldaten versteckt hätten, sagte er. Auf der Versammlung an diesem Abend schlug er vor, den britischen Soldaten im Tauschgeschäft keinen Mais mehr zu geben, doch die Frauen murrten und setzten sich durch. Seit Ausbruch der Freiheitskriege kamen weiße Händler nur noch selten so weit in den Westen wie Okelogee, und die Frauen brauchten die Töpfe und Pfannen und Messer und anderen Dinge, die sie von den Soldaten bekommen konnten.

Nördlich des Hiwassee-Flusses hatten die Oberen Cherokesen es sehr schwer. Ein paar von den Häuptlingen waren von den Engländern bewaffnet worden und führten ihre Krieger gegen die Anglo-Amerikaner in den Kampf. Die meisten anderen hielten sich neutral. Ein paar wenige wie Ghigua sympathisierten mit den Siedlern. Damals hatten die Cherokesen keinen allgemeinen Anführer. Gewiß, die Häuptlinge einiger benachbarter Ortschaften taten sich zusammen, und einer war dann ihr Anführer, wie etwa Old Tassel, aber die Cherokesen waren so sehr gegen jede Einmischung in ihre persönlichen Freiheiten eingestellt, daß sie jedem starken Anführer mißtrauten. Infolgedessen waren die verschiedenen Dörfer unfähig, sich zu verteidigen. Wenn es zu Überfällen durch die Bürgerwehren kam, die aus dem Grenzgebiet der Weißen anrückten, brannten sie die erste beste Cherokesen-Ansiedlung, auf die sie stießen, nieder, gleichgültig, ob die Bewohner für die Engländer oder neutral waren oder mit den Siedlern sympathisierten. Ja, der Krieg lieferte diesen Anglo-Amerikanern einen guten Vorwand, alle Cherokesen von dem Land zu vertreiben, auf das sie ein Auge geworfen hatten und das sie besiedeln wollten.

Nur ein einziges Mal war Okelogee im Krieg durch Zerstörung bedroht. Eines Tages kam eine Schar von Grenzergesindel ins Dorf geritten. Ihr Anführer mit der Pelzmütze auf dem Kopf schwenkte eine Fackel aus verharztem Fichtenholz und schrie warnend, falls auch nur ein einziger britischer Soldat gefunden werde, der sich im Dorf versteckt halte, werde er jedes einzelne Haus samt Nebengebäude in Brand stecken. Mary fiel es außerordentlich schwer, ihre Zunge im Zaum zu halten, als die Eindringlinge ihr Haus durchsuchten. Da sie jedoch nichts fanden, ritten sie wieder fort.

Bald darauf kam Long Warrior herein und gestand, er habe den schottischen Soldaten geholfen, eine Reihe von Packtieren mit Vorräten vor der Bürgerwehr zu retten. Er habe sie ein Bachbett entlanggeführt, und sie in einer Höhle in Sicherheit gebracht. Die frustrierten Milizionäre, die argwöhnten, daß die Cherokesen ihre Hand im Spiel haben müßten, hatten die Verfolgung aufgegeben und versucht, sie in Okelogee zu finden.

Wenn Okelogee während der Freiheitskriege auch glimpflich davonkam – ein paar Jahre später hatte der Ort nicht soviel Glück. Für die Cherokesen war der Krieg mit der Kapitulation von Cornwallis und dem glorreichen Friedensvertrag der Siedler nicht vorbei. Nachdem die Kämpfe zu Ende waren, beanspruchten die Amerikaner sämtliches Land bis zum Mississippi für sich. Sie beschuldigten die Cherokesen, den Engländern geholfen zu haben – wiewohl das die meisten nicht getan hatten – und zwangen sie, große Landstriche herauszurücken. Doch selbst das genügte ihnen nicht. Die Weißen stießen mit ihren Siedlungen immer weiter nach Westen vor und rückten den Siedlungen der Cherokesen von allen Seiten näher. Sobald die Cherokesen Widerstand leisteten, benutzte die Bürgerwehr dies als Vorwand, um die nächste Ortschaft niederzubrennen. Diejenigen, die nördlich von Okelogee am Hiwassee und am Tennessee wohnten, waren die ersten, die dieses Schicksal erlitten. Old Tassel wurde bei einem solchen Überfall umgebracht, als die Weißen sich mit einer Waffenstillstandsflagge näherten. Sein Halbblut-Neffe, John Watts, der den Namen Young Tassel annahm, versuchte, sämtliche Cherokesen-Dörfer zu einer Verteidigungsgemeinschaft zusammenzufassen. Er schickte den Bewohnern von Okelogee ein Bündel blutiger Pfeile und ein Skalpiermesser samt einer Botschaft, in der es hieß, er fordere sie auf, »das Kriegsbeil auszugraben« und ihm in dem Kampf gegen die Grenzer beizustehen.

Long Warrior und die Ratsversammlung von Okelogee waren noch dabei zu beratschlagen, wie sie es nun halten sollten, als eine Bande von Grenzern am frühen Morgen ins Dorf einritt. Mary erkannte in dem Anführer denselben Schurken mit der Pelzmütze auf dem Kopf, der sie während des Krieges mit der brennenden Fackel bedroht hatte.

Diesmal trug nicht nur er allein eine Fackel, und ohne jede Warnung fingen sie an, die Häuser in Brand zu stecken.
Da sie völlig überrascht worden waren, blieb den Bewohnern keine Möglichkeit, sich zu verteidigen. Sie konnten sich dem Tod nur durch die Flucht entziehen. Unter allem, was Mary aus dem Haus rettete, befand sich jenes große schwarze Bärenfell, das Long Warrior ihr geschenkt hatte. Er mußte sie zwingen, Haus und Hof im Stich zu lassen, und zog sie am Arm fort, während Opothle Talasi the Runner auf dem Arm trug. Sie setzten über den Kleinen Singenden Fluß hinweg, während Okelogee hinter ihnen in Flammen aufging. Die Weißen, die sie überfallen hatten, nahmen sämtliche Pferde mit, darunter Marys geliebtes Choctaw-Pony.
Long Warrior führte seine wie vor den Kopf geschlagenen und völlig mutlosen Leute nach Westen in das Chickamauga-Land, wo sie in einem Cedar Tree genannten Ort Freunde fanden. Andere flüchtige Cherokesen aus dem Nordosten waren bereits vor ihnen dort angekommen, und alle mußten sie tüchtig mit anpacken, um aus dicken Ästen und Rinde provisorische Unterkünfte zu bauen und genug Vorräte zu sammeln, damit sie nicht Hungers starben. Es war noch ein Glück für sie, daß dies alles während der warmen Monate des Jahres geschah.
Die ganze Zeit über, da die Leute aus Okelogee um Nahrung, Unterkunft und Kleidung kämpften, sannen sie auf Rache gegen die Grenzer, die sie überfallen hatten. Marys Wut auf die Weißen war so groß, daß sie verkündete, sie werde gen Süden reiten und Hilfe von den Creeks holen. Um sie davon abzuhalten, daß sie ihre Kinder allein ließ, schickte Long Warrior einen Boten an Menewa. Zwei Wochen darauf trafen zu seiner großen Überraschung über hundert Creek-Krieger in Cedar Tree ein. Menewa ließ sich bei Mary entschuldigen, er könne nicht selber kommen; der Kampf gegen die weißen Siedler nehme ihn zu sehr in Anspruch. Die Ortschaften der Creeks hatten unter den gleichen erbarmungslosen Angriffen zu leiden wie die der Cherokesen – sie wurden von Weißen überfallen, die in ihre Siedlungen hereingaloppiert kamen, um ihre Häuser in Brand zu stecken, auf Leichen herumzutrampeln, Pferde zu stehlen und dann wie der Wind wieder zu verschwinden.
Wo sie jetzt die Creek-Krieger zu Hilfe hatten, konnten die Okelogee-Cherokesen nicht mehr zögern zuzuschlagen. Sie wußten, daß irgendwo nördlich des Tennessee-Flusses Young Tassel und sein

Kriegshäuptling Taltsuska fünf Ortschaften vereinigt hatten und Vorbereitungen trafen, Vergeltungsschläge auszuteilen und den Krieg in die Siedlungen der Weißen hineinzutragen. Long Warrior und seine Cherokesen sowie die Creeks packten so viel Proviant ein, wie sie finden konnten, und zogen dann nach Norden. Mary wollte mit ihnen reiten, doch hatte sie niemand, der sich um Opothle und Talasi the Runner gekümmert hätte. Ihre Kinder waren ihr wichtiger als ihr Wunsch, sich den Männern anzuschließen und in den Krieg zu ziehen, und so blieb sie in Cedar Tree zurück. Sie sah ihnen nach, als sie rufend und Kriegslieder singend loszogen, die Creeks zu Pferde, die meisten Cherokesen zu Fuß.

7

In Hinblick auf die Ereignisse während der kriegerischen Unternehmungen von Long Warrior war Dane, was Einzelheiten und Chronologie betrifft, nicht ganz sattelfest. Er hatte von seiner Großmutter und anderen Bruchstücke über Zwischenfälle gehört und warnte mich, nicht nur seien die Geschichten schon damals, als sie ihm erzählt wurden, recht unbestimmt gehalten gewesen, sondern außerdem sei seither auch noch viel Zeit vergangen.

In seinen frühen Mannesjahren hatte Long Warrior an einer Reihe kleinerer Überfälle von Catawbas und Creeks teilgenommen, doch sein großer Krieg, das wichtigste Erlebnis seines Lebens, war der Krieg, der gegen die Grenzersiedlungen geführt wurde. Hinterher pflegte er anläßlich der jedes Jahr stattfindenden Junger-Mais-Feiern zusammen mit den anderen Überlebenden dieser großen Zerreißprobe von Taten, Mutbeweisen und übermenschlichen Leistungen zu erzählen, bis die Ereignisse in seiner Erinnerung zu einer mythischen Saga wurden.

Um diesen Teil von Long Warriors Leben beneidete Creek-Mary ihn am allermeisten, weil sie an den Ereignissen nur stellvertretend teilnahm und einen Groll auf ihre erzwungene und langweilige Warterei mit ihren beiden kleinen Söhnen in Cedar Tree hegte, während er auf dem Pfad des Ruhms und der erregenden Geschehnisse dahingeritten war.

Dabei haßte Long Warrior, wie sie später erfahren sollte, die meisten Episoden dieser gewalttätigen Unternehmung, als sie sich abspielten.

Erst in der Rückschau ging nach und nach ein gewisser Glanz der Großartigkeit von ihnen aus, gerieten die Taten im Laufe der Zeit jedem neuerlichen Bericht darüber mehr zur Legende.
Jahre später, als sie Dane von dem großen Abenteuer seines Großvaters berichtete, lachte sie wohl, wenn sie erzählte, zugegebenermaßen habe er es gehaßt, bis auf den Lendenschurz nackt in den Kampf zu ziehen. Die rote und schwarze Kriegsbemalung halte die Kälte nicht ab, sagte er. Richtig losgehen tat der Kampf im Großen Kastanien-Mond in den kalten Vorbergen der Smoky Mountains und dauerte dann bis in das nächste Frühjahr hinein, eine Jahreszeit, die sich kein vernünftiger Cherokese zum Kriegführen aussuchen würde. Mehr als einmal nahm er sich den Rock eines toten Milizsoldaten, um die Kälte abzuwehren, um ihn jedoch stets vor jedem neuen Kampf abzulegen. Er wußte, daß nackt zu kämpfen die Gefährlichkeit von Verwundungen verringerte. Noch der kleinste Stoffetzen, der durch eine Kugel oder einen Pfeil ins Fleisch hineingetrieben wurde, erschwerte den Heilungsprozeß und erwies sich oft als tödlich. Zwar fand er sich damit ab, unbekleidet zu kämpfen, aber er haßte es.
Als sie zu Beginn des Schwarzen Schmetterlings-Mondes Cedar Tree verließen und das Tal des Tennessee hinaufzogen, stießen Long Warrior und seine Gefolgsleute auf Young Tassel oder John Watts, der sein Lager an einem kleinen Nebenfluß aufgeschlagen hatte. Young Tassels Kriegshäuptling war Taltsuska, der den Beinamen Bullhead benutzte, wie er von seinen weißen Feinden genannt wurde. Wiewohl kaum älter als Young Tassel, war Bullhead dessen Onkel, der Bruder des ermordeten Old Tassel. Ein weiterer von Bullheads Brüdern, Pumpkin Boy, hatte vor kurzem den Tod gefunden, als er sich gegen den Überfall einer Bande aus der Siedlung von Knoxville zur Wehr gesetzt hatte, und an dem Tag, da Long Warrior Bullhead kennenlernte, befand sich dieser in einer äußerst gereizten und finsteren Stimmung.
Der Kopf des Kriegshäuptlings war kahlgeschoren bis auf einen gekrausten Steg von Haaren, der oben am Schädel begann, sich bis in den Nacken hinunter verbreiterte und in einem langen, mit silbernen Federkielen geschmückten Zopf endete. Er trug am linken Ohrläppchen ein winziges Messingkreuz und war mit einem Paar silberbeschlagener Pistolen bewaffnet, die er während der Freiheitskriege einem glücklosen Offizier abgenommen hatte. Im Laufe der nächsten paar Tage hörte Long Warrior gerüchteweise, nachdem Bullhead die-

sen britischen Offizier getötet, habe er seinen Leichnam in Stücke gehackt und in einer wilden Blutzeremonie Teile davon gegessen.
Bullhead und Young Tassel hatten beschlossen, sich in derselben Weise auf den Krieg vorzubereiten, wie der Feind es tat: sie drillten ihre Leute, auf Kommando zu schießen, und seit etlichen Tagen hatten die Krieger, die von Cedar Tree gekommen waren, in geschlossenen Abteilungen auf einer Art Exerzierplatz am Ufer eines Baches auf- und abmarschieren müssen. All das kam Long Warrior höchst unsinnig vor, doch da er sich nun einmal zur Teilnahme an diesem Krieg verpflichtet hatte, stimmte er im Rat mit den anderen führenden Häuptlingen für diese neue Kampfesweise. Qualla und ein anderer altgedienter Krieger aus Okelogee, Stalking Turkey, erhoben lautstark Protest, wurden jedoch überstimmt. Ziel des Krieges, erklärte Stalking Turkey, sei es, durch herausragende Einzelleistungen Ruhm zu erringen, was schwierig wenn nicht gar unmöglich wäre, wenn die Cherokesen genauso auf ihre Feinde zumarschierten wie die Weißen, stehenblieben und auf Kommando feuerten. Bullhead erklärte voller Zorn, Ziel des Krieges sei es, die weißen Siedler in Schrecken zu versetzen und sie aus dem Land der Cherokesen hinauszutreiben; was am besten dadurch zu erreichen sei, daß man sie mit starken Einheiten angreife.

Zu Beginn des Großen Kastanien-Monds setzte Young Tassel den Tag fest, an dem sie auf dem alten Pfad der Soldaten hinausziehen sollten, der nach Knoxville führte, und so hatten die Krieger drei Tage, ihre Vorbereitungen zu treffen. Alle Frauen, die ihren Männern ins Lager gefolgt waren, wurden angewiesen, es während der großen Reinigungszeremonien zu verlassen; Vorräte, bestehend aus *Gahawisita*, getrockneten Maisflocken, sowie Mokassins und Büffelsehnen wurden in Wolldecken eingewickelt. Die Männer entledigten sich aller Kleidungsstücke bis auf den Lendenschurz und malten sich rot und schwarz an. Der *Adawehi* packte schwelende Kohlenglut in ein irdenes Gefäß, um einen glücklichen Marsch zu gewährleisten.

Am Morgen des Auszugs umschritt Bullhead dreimal, allein und langsam eine Trommel schlagend, das Übungsgelände; die tausend Krieger stellten sich – das Gesicht Young Tassel zugewandt – in Reih und Glied auf, und der junge Häuptling hielt folgende Ansprache an sie: »Meine Kampfesbrüder! Unsere Feinde, die *Unegas*, die Siedler an der Grenze, haben den Pfad zwischen uns und ihnen blutig gemacht. Verlassen wir diesen Ort mit großer Zuversicht. Seid starken

Herzens, verschließt niemals eure Ohren und habt keine Angst vor der Kälte. Niemals zeigt unseren Feinden, den *Unegas* gegenüber Furcht; sie sollen sehen, daß ihr Männer seid und echte Krieger. Verschießt all euer Pulver und Blei, und alle eure Pfeile, und dann schlagt zu und tötet, bis eure Kriegskeulen vom Blut der *Unegas* gerötet sind. Und wenn es sich als notwendig erweist zu entkommen, zögert nicht, euch ins Wasser zu stürzen, um euren Rückzug gut zu verbergen.«
Young Tassel reckte den rechten Arm in die Höhe, und Bullhead schlug wieder auf seine Trommel. Anfangs marschierten sie im Gänsemarsch einer hinter dem anderen hinaus, mit alten, von den Händlern erworbenen Flinten, Bogen, Tomahawks und Kriegskeulen bewaffnet und die Vorräte in Decken eingewickelt auf den bloßen Rükken geschnallt. Als sie den Pfad der Soldaten erreichten, der in östlicher Richtung nach Knoxville – ihrem Hauptziel – führte, rief Bullhead laut den Befehl, jetzt zu regulären Einheiten aufzuschließen, und so marschierten sie davon wie die britischen Rotröcke bei einer Parade.

Am nächsten Morgen wurden Kundschafter vorausgeschickt, und als sie zurückgeeilt kamen und berichteten, ein Trupp von berittenen Grenzern komme ihnen auf dem Pfad entgegen, befahl Bullhead, in den Wald hinein abzuschwenken und zu beiden Seiten der Route Halbkreise zu bilden. Die mit Pelzkappen und Jagdhemden bekleideten und mit langen Flinten gut bewaffneten *Unegas* kamen unbekümmert herangeritten. Hinter einer Gruppe von Sumachsträuchern verborgen, nahm Long Warrior einen großen bärtigen Mann aufs Korn und dachte, wie dumm diese Menschen doch seien, so dicht hintereinander dahinzureiten.

Wenig später ertönte auf der anderen Seite ein Wachtelruf, und gleich darauf gab Bullhead mit seiner tiefen Stimme Feuerbefehl. Eine Salve wurde auf die Reiter abgegeben, Blei und Pfeile trafen Roß wie Reiter, und die Pferde stiegen und wieherten. Bullhead führte seine Krieger mit den Kriegskeulen heraus. Nicht einmal die Hälfte der Grenzer schaffte es, die Pferde herumzureißen und zurückzureiten, wobei sie etwa hundert Schritt lang gleichsam Spießruten laufen mußten, und ein rundes Dutzend von ihnen aus dem Sattel geworfen wurde.
Trotzdem hielt Bullhead den Überfall für mißlungen, denn immerhin waren genügend Feinde entkommen, preschten nun im gestreckten Galopp zurück zum nächstgelegenen Blockhaus und warnten die Bewohner vor ihrem Anrücken. Als Long Warrior auf den Weg hinaus-

trat, war Bullhead gerade dabei, einem der gefallenen Grenzer den Skalp zu nehmen. Das umdüsterte Gesicht des Kriegshäuptlings sah böse unter seiner Kriegsbemalung aus. Wenn auch Qualla und Stalking Turkey sich am Skalpieren beteiligten, stand Long Warrior heute nicht der Sinn danach, und er wartete ungeduldig darauf, daß sie weitermarschierten.

Am späten Nachmittag machten die vorausgeschickten Kundschafter sie warnend auf ein stark befestigtes Blockhaus im nächsten Tal aufmerksam. Die Häuptlinge beratschlagten und beschlossen, das Haus von einer dahinterliegenden bewaldeten Anhöhe herunter anzupirschen. Einer nach dem anderen verschwanden die Krieger zwischen den Bäumen und griffen auf ihre alte Taktik zurück, sich an den Feind heranzuschleichen, nicht zu dicht aufzuschließen und sich so lautlos wie möglich zu bewegen.

Als alle die Kammhöhe erreicht hatten, meldeten Long Warrior und Qualla sich freiwillig, das Blockhaus unten auszukundschaften. Als sie sich den felsigen Hang hinunterarbeiteten, senkte sich der abendliche Dämmer über das Tal, und die weißen Familien, die in dem Blockhaus lebten, trieben ihr Vieh von den Weiden herein. Frauen und Kinder liefen nervös hin und her, schlossen Tore auf und wieder zu und trieben die Tiere mit Schreien an, während die Männer ihre Gewehre trugen und offensichtlich Wache hielten.

Long Warrior zählte nur zwanzig Menschen, ehe die Tore des Palisadenzauns geschlossen wurden. »Die meisten da unten sind Frauen und Kinder«, berichtete er.

»Ja«, sagte Qualla. »Ihre Männer haben heute dafür bezahlt, daß sie Cherokesenland geraubt haben.«

»Das ganze Land bis Knoxville ist Cherokesen-Land. Aber ich töte keine Frauen und Kinder, auch wenn es *Unegas* sind.«

»Hast du vergessen, was sie uns in Okelogee angetan haben?«

»Ihre Frauen und Kinder sind es nicht gewesen, die unsere Wohnstätten niedergebrannt haben«, erklärte Long Warrior. »Und ihre Männer haben uns auch nicht getötet.«

»Sie würden es aber getan haben, wären wir nicht geflohen. Unten am Tennessee haben sie viele von uns umgebracht.«

Long Warrior schüttelte den Kopf. »Im Rat werde ich mich dafür aussprechen, diese Blockhaus-Station links liegenzulassen und uns statt dessen mit aller Kraft auf die Garnison von Knoxville zu stürzen. Ohne die Waren, die sie aus den Lagerhäusern von Knoxville erhalten, werden diese kleinen Stationen schrumpfen und zugrunde gehen wie Kürbisse, deren Ranke durchschnitten wurde.« In der Ratsversammlung machten sich jedoch nur wenige der Häuptlinge Long Warriors Vorschlag zu eigen. Bullhead und Young Tassel sprachen sich beide dafür aus, das Blockhaus anzugreifen und es niederzubrennen, bis nichts mehr davon übrigbliebe als Asche. Diese *Unegas* hätten es mit ihrem Übermut zu weit getrieben, erklärten sie, sich so weit in Cherokesen-Land hinausgewagt zu haben.

Nachdem sie ein paar Kiefernknorren zusammengesucht hatten, um sie als Fackeln zu benutzen, warteten sie, bis es spät genug war und man annehmen konnte, daß die Bewohner im Blockhaus schliefen; dann schlichen sie den Hang hinunter und umzingelten die Palisade. Das Vieh im Inneren mußte ihre Anwesenheit gespürt haben, denn es fing an unruhig zu werden. Kurz darauf blitzte es in einer der Schießscharten auf, und ein Warnschuß zerriß die Stille. Auf Bullheads Kommando zündeten jene Krieger, die Fackeln bei sich hatten, diese an und stürmten auf die Palisade zu, wobei einige versuchten, die dikken Stämme in Brand zu setzen und andere, ihre Feuerbrände auf das Dach des Blockhauses zu schleudern.

Long Warrior gehörte zur zweiten Angriffswelle. Er lief auf eine Schießscharte zu und feuerte blindlings hinein. Dann duckte er sich und konnte durch einen winzig schmalen Spalt zwischen den Stämmen sehen, wie ein weißer Mann durch den Rauch und die Flammen der brennenden Fichtenfackeln hindurch auf die Schießscharte zulief. Es blieb ihm keine Zeit, neu zu laden. Long Warrior packte seine Kriegskeule, und sobald er sah, daß der Gewehrlauf durch die Schießscharte hinausgeschoben wurde, ließ er sie mit aller Macht darauf herniedersausen. Er hörte den Gewehrkolben gegen Fleisch schlagen und Knochen knirschen und dann einen erstickten Schmerzensschrei. Im Knien lud Long Warrior seine Flinte aufs neue.

Ganz unten am äußersten Ende der Palisade war es einem Creek gelungen, hinaufzuklettern und von oben Pfeile auf die Verteidiger unten hinunterzuschießen. Gewehrfeuer aus dem Blockhausinneren brachte den Creek zum Abstürzen. Eine Salve aus dem Speicher des Blockhauses ließ Kugeln in die Reihen von Bullheads Leuten regnen, und ein halbes Dutzend Krieger ging zu Boden. Die Verteidiger waren offensichtlich vorzügliche Schützen und mit bei weitem besseren Waffen ausgestattet als Cherokesen und Creeks. Nach einer weiteren Salve vom Speicher herab gab Young Tassel den Befehl zum Rückzug auf den bewaldeten Kamm. Der Arm des Häuptlings blutete aus einer Fleischwunde, und während der *Adawehi* sie ihm verband und beschwörend Heilsprüche darüber murmelte, versammelten sich die anderen Anführer um ihn und um ein Feuer herum, das jemand angezündet hatte. Die Toten waren gezählt worden. Ein Creek und drei Cherokesen waren gefallen. Etliche andere waren verwundet worden.

»Long Warrior hat weise gesprochen«, erklärte Young Tassel. »Wollten wir gegen alle befestigten Niederlassungen kämpfen, die zwischen dieser hier und Knoxville liegen, würden wir viel Blut für nichts und wieder nichts verlieren. Ich bin jetzt dafür, die Blockhäuser in Ruhe zu lassen, bis wir soweit sind, die Siedlung von Knoxville selbst anzugreifen.« Er blickte Bullhead an, der, das Kinn gegen die Brust gedrückt, dasaß und Long Warrior über die flackernden Flammen hinweg ansah.

»Wenn dieser Häuptling, der aus Okelogee zu uns gekommen ist, ein so weiser Mann ist«, erklärte Bullhead mit tiefer Stimme, »dann sollte er uns nach Knoxville führen.«

Long Warrior ergriff das Wort. »Ich bin kein Kriegshäuptling. Bullheads Name ist nicht von ungefähr überall im Land der Cherokesen bekannt als der eines Anführers von Kriegern. Ich sage: Bullhead ist unser Häuptling, der uns den Weg bis Knoxville zeigen wird.«

Bullhead verzog sein Gesicht zu einer Grimasse, und er bleckte die Zähne. »Ich weiß, was man von mir sagt – daß ich das Fleisch vieler weißer Männer gegessen habe, ja, soviel davon gegessen habe, daß ich dessen überdrüssig bin und es für salzig halte.« Er lachte, doch die anderen bewahrten Schweigen.

Young Tassel, das Halbblut, wartete einen Augenblick. »Dann sind wir uns also einig? Wir machen um die Niederlassungen einen Bogen, bis wir Knoxville erreichen?«

»So sei es«, sagte Bullhead, die Augen mit den schweren Lidern immer noch auf Long Warrior gerichtet.

Sobald die Toten unter Haufen von besonders gekennzeichneten Steinen vergraben worden waren – damit später die Verwandten kommen und sie finden konnten, nachdem das Fleisch vergangen und die Knochen getrocknet waren –, verließ der Zug der Krieger den bewaldeten Kamm und zog, einer hinter dem anderen, auf die aufgehende Sonne zu. Den ganzen nächsten Tag über kamen sie aus den Wäldern nicht heraus und vermieden Straßen und Niederlassungen.

Als die Abenddämmerung sich herniedersenkte, berief Bullhead eine Ratsversammlung ein, und es wurde beschlossen, bis Mitternacht zu lagern und sich dann leise und im Schutz der Dunkelheit bis an die Lagerhäuser von Knoxville heranzuschleichen, sie in Brand zu stecken und die überraschte Garnison anzugreifen. Doch entweder irrte Bullhead sich in bezug auf die Entfernung oder auf die Schnelligkeit, mit der seine große Streitmacht sich bewegte. Jedenfalls hellte der Himmel im Osten sich bereits auf, als sie auf ihrem Vormarsch ein paar Meilen vor der Siedlung von Knoxville auf ein kleines Blockhaus stießen.

Fast gleichzeitig traten drei Männer aus dem Blockhaus heraus und erblickten die näherkommenden Krieger. Einer von ihnen sattelte hastig ein Pferd, doch Bullhead schickte ein paar von den berittenen Creeks voraus, die ihn töteten, ehe er auch nur hundert Längen in Richtung auf Knoxville zugeritten war. Die beiden anderen *Unegas* zogen sich ins Innere des Blockhauses zurück und verriegelten die Tür.

Long Warrior ging nach vorn, um sich mit Young Tassel zu beraten. Nahezu ihre gesamte Streitmacht war jetzt auf einem abgeernteten Maisfeld vor dem Blockhaus versammelt. »Das hier ist Cavetts Niederlassung«, sagte Young Tassel. »Ehe wir Knoxville angreifen können, wird es heller Tag sein.«

»Dann müssen wir uns noch einen Tag in den Wäldern verborgen halten«, erklärte Long Warrior.

Bullhead, der gerade zurückkam, hörte seinen Vorschlag. »Zuerst werden wir die *Unegas* in dieser Niederlassung töten«, knurrte er. »Sonst warnen sie ihre Brüder in Knoxville.« Und noch während er sprach, vernahm man von Knoxville her den Widerhall eines Kanonenschusses über die Hügel hallen. Zornig knurrte Bullhead: »Sie sind bereits gewarnt worden.«

»Das war nur die Kanone, die bei Sonnenaufgang in der Garnison abgefeuert wird«, erklärte Young Tassel und warf einen Blick auf Long Warrior. »Wir müssen die Cavetts zum Schweigen bringen.«

»Sollte es dabei zu größeren Schießereien kommen«, sagte Long Warrior, »würde das die Bürgerwehr von Knoxville alarmieren und unsere Anwesenheit verraten. Vielleicht, wenn wir in Deckung gehen und uns verbergen...

Die Stimme, mit der Bullhead ihm ins Wort fiel, klang grob: »Wir greifen die Cavetts jetzt an.« Er wartete nicht, daß sich daran noch eine weitere Diskussion entspann, sondern gab den wartenden Kriegern ein Zeichen, das kleine Blockhaus zu umzingeln und es anzugreifen.

Wiewohl die Verteidiger durch ihre Schießscharten hindurch mehrere Minuten hindurch ein stetiges Feuer aufrecht erhielten, unter dem fünf Cherokesen das Leben lassen mußten, zeigten sie bald die weiße Flagge und baten um eine Unterredung: sie wußten, welch gewaltiger Übermacht sie gegenüberstanden. Young Tassel, Bullhead und Long Warrior näherten sich der Palisade.

»Wer sind eure Häuptlinge?« wollte eine Stimme aus dem Inneren hören.

Young Tassel nannte ihre Anführer und forderte die Verteidiger auf, die Waffen zu strecken und sich zu ergeben.

»Dann seid Ihr also John Watts?«

»Diesen Namen hat mein weißer Vater mir gegeben«, erwiderte Young Tassel.

»Ich bin Alexander Cavett. Wir werden den Widerstand aufgeben, wenn Ihr uns gestattet, unbehelligt die Niederlassung von Knoxville aufzusuchen.«

»Ihr bleibt unsere Gefangenen, bis wir Knoxville vernichtet haben«, erklärte Young Tassel.

Es folgte ein längeres Schweigen, und dann antwortete Cavett: »Sollte es euch nicht gelingen, euer Ziel zu erreichen – würdet ihr dann die Sicherheit unserer Frauen und Kinder garantieren?«

»Wir werden unser Ziel erreichen«, rief Young Tassel. »Wenn euch euer Leben lieb ist, laßt eure Waffen im Blockhaus, kommt heraus und ergebt euch.«

Eine Minute verging, dann wurde das Tor aufgemacht. Zwei Männer, drei Frauen und sieben Kinder traten einer nach dem anderen in die Morgensonne heraus. Sie trugen keinerlei Waffen.

»Sind das alle?« fragte Young Tassel.

Cavett nickte.

Bullhead runzelte die Stirn, rief drei Krieger herbei und ging ihnen voran ins Blockhaus, um es zu durchsuchen. Sie alle trugen metallspitzenbewehrte Kriegskeulen. Als sie wieder zum Vorschein kamen, trug jeder von ihnen mehrere lange Flinten. Auf einen halblauten Befehl von Bullhead hin ließen sie die erbeuteten Gewehre zu Boden fallen, stürzten sich auf die nichtsahnenden Gefangenen und benutzten ihre Kriegskeulen, um ihren Opfern den Schädel einzuschlagen. Long

Warrior erklärte später, er habe seinen Augen nicht trauen wollen, als er Zeuge dieser schändlichen Tat wurde. Bullheads Angriff auf die wehrlosen Frauen und Kinder habe ihn so krank gemacht, daß er einen Moment unfähig gewesen sei, sich überhaupt zu regen. Dann sprang er vorwärts, riß den jüngsten Knaben in seinen Arm und rettete ihn vor Bullheads Kriegskeule.

»Kindsmörder!« schrie er Bullhead in das verzerrte Gesicht.

Bullhead knurrte: »Werden wir nicht so von den *Unegas* genannt? Ist es nicht besser, wir Wilden töten die *Unegas*, als zuzulassen, daß sie uns umbringen? Du bist ein weichherziges altes Weib, du bist in Okelogee vor ihnen davongelaufen.«

Long Warrior packte seine Kriegskeule, doch Young Tassel fiel ihm in den Arm. »Wir *Tsalagi* dürfen uns nicht gegenseitig umbringen!« rief er, und Abscheu malte sich auf seinem Gesicht, als er Bullhead ansah. »Unsere Vorposten haben uns gewarnt, daß die Bürgerwehr von Knoxville heranmarschiert kommt, um gegen uns zu kämpfen. Geh und mach deine Krieger bereit.«

Bis auf den jüngsten Knaben, den Long Warrior gerettet hatte, waren die Gefangenen, die sich ergeben hatten, alle tot.

Im Laufe dieses Vormittags kam es zu schweren Kämpfen zwischen den Soldaten aus Knoxville und den vereinigten Cherokesen und Creeks. Bisweilen kamen die Gegner dabei so nahe aneinander heran, daß Long Warrior nach einer Möglichkeit Ausschau hielt, seinen jungen Gefangenen mit heiler Haut zu den weißen Soldaten hinüberschicken zu können, doch zuletzt mußte er den Jungen in einer buschbewachsenen Rinne verstecken und ihm einschärfen, er solle dort bleiben und sich nicht von der Stelle rühren, bis die Kämpfe vorüber seien.

Nachdem die Soldaten sich nach Knoxville zurückgezogen hatten, kehrte Long Warrior zu diesem Versteck zurück und fand den Knaben dort: die Arme von sich gestreckt, die kleinen Hände verkrampft, das Gesicht von einem Tomahawk gespalten.

An diesem Abend dachte Long Warrior lange darüber nach, was Wildsein eigentlich zu bedeuten habe. Einst hatte er sich über diese Frage mit Creek-Mary gestritten. Er hatte an die Reinheit des Wildseins geglaubt, doch sie hatte behauptet, Wildsein sei weder rein noch unrein. »Wir sind alle Wilde«, hatte sie gesagt, »tief unter unserer Haut, gleichgültig, von welcher Farbe diese Haut ist; doch unten sind wir alle zügellos, grausam und blutrünstig wie die Tiere. Das gehört zum Gleichgewicht der Natur.« Vielleicht hatte sie die Wahrheit gesprochen, dachte er.

Es gab viel ungezügelte Wildheit im Verlaufe dieses Herbstes, bis hinein in den Windigen Mond und den Enten-Jagen-Mond. Aus den Tälern des Clinch, des Holston und des French-Broad-Flusses kamen Hunderte von Grenzern unter der Führung von Nolichucky Jack Sevier, der unterschiedslos alle Indianer haßte. Als die Cherokesen und die Creeks sich in den Hinterhalt legten, mußten sie feststellen, daß ihre alten Flinten mit glattem Lauf, die sie bei den weißen Händlern eingetauscht hatten, gegen die weiter reichenden und wesentlich zielgenaueren Büchsen mit gezogenem Lauf nichts auszurichten vermochten.

Durch das Tal des Hiwassee nach Süden getrieben, teilten Young Tassel und Bullhead ihre Streitkräfte in dem Versuch, den Gegner in eine Falle zu locken, doch Seviers Bürgerwehr rieb sie vollkommen auf, und sie sollten sich nie wieder richtig vereinigen. Long Warriors Männer sowie die Creeks versuchten, bei Young Tassel zu bleiben, und über den Lower Blue Ridge hinwegzuziehen, doch wieder trieben die Grenzer sie auseinander. Die Knochen so manchen tapferen Kriegers bleichten in diesen hohen Bergen. Bei einem Handgemenge erhielt Qualla eine schlimme Beinwunde, die nicht heilen wollte, und Stalking Turkey erblindete auf dem rechten Auge. Später wurden sie von den anderen Männern aus Okelogee abgeschnitten, und wenn auch Long Warrior die Suche nach ihnen leitete, gelang es ihm nicht, auch nur die Spur von einem von ihnen wiederzufinden.

Der Verlust seiner beiden guten Freunde umdüsterte sein Gemüt, und er brütete über den Niederlagen, welche Cherokesen und ihre Verbündeten, die Creeks, hinnehmen mußten. War das eine Warnung vor noch Schlimmerem, das in der Zukunft auf sie zukommen sollte? War das Schicksal der Indianerstämme angesichts der Macht der Weißen besiegelt?

Als das Frühjahr herannahte, beschloß der immer mehr zusammenschrumpfende Überrest der berittenen Creeks, nach Hause zurückzukehren. Bei einem letzten Kampf der Cherokesen mit den Grenzern – einem kleinen Überfall am Etowah-Fluß – waren ihnen keine anderen Waffen mehr geblieben als Pfeile und Bogen. Sie wurden schlimm geschlagen. »Wir sind nicht davongelaufen«, sagte Long Warrior hinterher immer, wenn er von diesem Kampf erzählte, »wir sind nur sehr schnell gegangen.«

In den ersten Tagen des Erdbeer-Monds kam Long Warrior zu dem Schluß, daß sie jetzt nicht mehr kämpfen konnten. Sie hatten keinen Proviant außer dem, was sie in den Wäldern fanden, und die Sohlen ihrer letzten Mokassins waren durchgelaufen. Daher machten sie sich auf, zurückzukehren nach Cedar Tree, und waren erfüllt von Angst vor dem, was sie dort vorfinden mochten. Weit hatte es sie von ihrer alten Heimat nach Süden verschlagen, und auf dem Heimweg nach Norden schlug Long Warrior vor, daß sie dem Felsen-Pfad folgten und einmal nachsähen, was aus Okelogee geworden sei.
Als sie über die letzte Hügelkette hinüberkamen und er zum erstenmal seit seiner Kindheit wieder die Schlafende Frau vor sich hatte, spürte Long Warrior, wie ihm die Tränen in die Augen stiegen. Er hielt den Atem an, als er hinabblickte in dieses wunderschöne Tal, und dann hörte er unvermutete Laute von Okelogee herüberwehen – Axtschläge, das Rauschen von stürzenden Bäumen sowie die Rufe von Männern und Frauen. Seine Krieger dicht hinter sich, lief er die letzte Strecke des Wegs hinunter, und da sah er, wie den Kleinen Singenden Fluß entlang anstelle ihrer niedergebrannten Häuser Blockhütten gebaut wurden. Er blickte hinüber zu der Stelle, wo er und Creek-Mary gelebt hatten, und sah zu seiner Verwunderung, daß sich dort das Gerüst eines Hauses erhob – knorrige dicke Ständer an den vier Ecken und Balken, die sie miteinander verbanden. Er eilte den Pfad hinunter. Ein rotbärtiger weißer Mann in einer groben Hose aus Halbwolle schwang eine Axt, um ein Stammende abzuschrägen.
»Wer seid Ihr?« verlangte Long Warrior auf englisch zu wissen.
Der Mann sah auf und erschrak beim Anblick dieses langhaarigen wilden Mannes in einem verschmutzten und zerrissenen Hirschlederumhang. »Ich bin Hugh Crawford«, erklärte der Mann mit ausgeprägt schottischem Akzent.
»Und warum seid Ihr hierhergekommen nach Okelogee?«
»Ich bin hergekommen, um zu helfen, diese Wildnis zu zähmen«, antwortete der Mann mutig.
»Was für eine Wildnis?« wollte Long Warrior wissen, der zunehmend Zorn in sich aufwallen fühlte. »Das hier ist keine Wildnis. Mit welchem Recht baut Ihr hier an dieser Stelle eine Hütte?«
Der rotbärtige Mann richtete sich zu seiner vollen Höhe auf und hielt seine Axt wie eine Waffe in der Hand. »Mit dem Recht jener Frau dort drüben«, sagte er und zeigte hinunter zum Kleinen Singenden Fluß.
Long Warrior drehte sich um, und als er das tat, vernahm er Creek-

Marys volltönendes Lachen. Sie wandte ihm den Rücken zu und lachte mit Opothle und Talasi the Runner, die sich im Wasser balgten. Während er über den Kies dahinschritt, spürte er, wie sein ganzer Körper schmerzlich nach ihr verlangte. Sie hörte den Kies unter seinen Schritten knirschen und drehte sich um, ihn anzusehen. Ihr Kinn sackte ein wenig herab, sie hob die Hand, sie vor den Mund zu schlagen, und in ihren Augen leuchtete es auf, als sie ihn erkannte.
»Man hat mir erzählt, du bist tot!« schrie sie.
»Und du hast nicht warten können, bis ihr meine Knochen heimgeholt hättet, ehe du einem anderen Manne beiwohntest?« rief er vorwurfsvoll. »Und noch dazu einem *Unega*! Während ich gegen sie kämpfe, suchst du dir einen, ein Haus für dich zu bauen!«
»Um ein Haus zu bauen, braucht man vier Hände, Long Warrior, und er ist ein gütiger Mann. Könnte ich allein ein Haus wiederaufbauen, eine Frau mit zwei Kindern und ohne Mann?«

8

Dane ließ den Reiter, der immer noch ziemlich weit entfernt war, wenn auch nicht mehr ganz so weit wie vorhin, über die Weite Montanas hinweg nicht aus den Augen. »Er sucht tatsächlich nach etwas. Möglich, daß es der junge Crow ist. Und wenn er es ist, dann hält er nach meiner Enkelin Amayi Ausschau, wenn er das auch nie zugeben würde.«
Er blickte wieder mich an. »Sie sollten nicht den Eindruck gewinnen«, sagte er, »als wären die Cherokesen keine Kämpfer gewesen. Sie waren nicht schlechter als Mr. Roosevelts verwegene Reiterei, aber ich bezweifle, daß Männer wie mein Großvater und Qualla oder Stalking Turkey in geschlossenen Formationen den Hügel von San Juan hinaufgestürmt wären. Es lag nicht in der Natur dieser Waldkämpfer, auf diese Weise Krieg zu führen. Das sollten Bullhead und Young Tassel-John Watts bald erfahren. Sie hätten es besser wissen sollen.
Als die Kämpfe vorüber waren, glaubte keiner von ihnen, daß sie den Krieg, der geführt worden war, um die Siedler aus dem Cherokesen-Land herauszuhalten, verloren hatten. Wiewohl die Cherokesen weit verstreut waren, hatten sie der Bürgerwehr hohe Blutverluste zugefügt und sie so schwer bestraft, daß sie sie eine lange Zeit hindurch in Ruhe ließen. Das heißt selbstverständlich nicht, daß die Besiedelung

aufgehört hätte. Die weißen Eindringlinge fuhren fort, den ›Westen zu erobern‹; nur stießen sie in die Gebiete von weniger widerspenstigen Stämmen vor. Erst um die Zeit, als ich auf die Welt kam, fingen die Schwierigkeiten für die Cherokesen noch einmal von vorn an.« Er hielt inne, sein Gesicht verdüsterte sich, und um seinen Mund zeigten sich schmerzliche Falten.
»Jawohl, jeder Cherokese und jeder Krieger der Creeks war sein eigener Anführer, kämpfte oder kämpfte nicht, wie es ihm gefiel, und ließ den Krieg Krieg sein, wenn ihm der Sinn danach stand. Qualla und Stalking Turkey waren keineswegs so schlimm verwundet, daß sie nicht hätten weiterkämpfen können; sie zogen es jedoch vor, nach Hause zurückzukehren. In Okelogee traf mein Großvater sie wieder.«

Er erblickte sie, gleich nachdem er sich zornentbrannt von Creek-Mary entfernt hatte und zum Versammlungshaus gegangen war. Tragebalken und Sparren dieses Gebäudes waren so wuchtig, daß sie nicht verbrannt waren; nur das Dach und die Sitze hatten Schaden genommen. Ein paar Männer waren dabei, die Schäden auszubessern, und unter diesen Männern befanden sich sowohl Qualla als auch Stalking Turkey.
Qualla sah Long Warrior als erster. »*Unginili!*« schrie er. »Mein Großer Bruder! Heimgekehrt aus dem Land der Toten.«
Sie hatten ihn wirklich für tot gehalten. Jemand hatte ihn während des Kampfes beim Durchqueren eines Bergflusses untergehen und seinen Körper durch die Stromschnellen davonschwimmen sehen.
»Da habe ich doch bloß die *Unegas* an der Nase herumgeführt«, erklärte Long Warrior. »Dicht an dicht standen sie am Ufer dieses Flusses.«
»Aber ich habe es alles in einem Traum gesehen«, erklärte Stalking Turkey. »Du hast tot im Wasser gelegen.«
»Dein Traum hat nichts mit der Vergangenheit zu tun«, erwiderte Long Warrior. »Aber vielleicht mit der Zukunft.«
Für Long Warrior war die Wiedervereinigung nicht ungetrübt beglückend. Die Männer wollten die Rückkehr ihres Häuptlings und seiner Krieger mit einem Festschmaus und Tanzen feiern, doch er lehnte diese Ehre ab. Er wollte ein paar Stunden bei Bear Killer, dem *Adawehi,* verbringen, trachtete, von ihm eine Beschwörungsformel zu bekommen, mit der er Creek-Mary wieder zu Sinnen bringen und

sie beide von dem rotbärtigen Schotten, Hugh Crawford, befreien würde.

Nachdem Bear Killer ihm zwei Beschwörungsformeln gegeben hatte, verließ Long Warrior Okelogee und legte die ganze Strecke bis zur Schlafenden Frau zu Fuß zurück, erklomm deren höchste Erhebung, den gerundeten Kopf am Nordende des Höhenzuges. Long Warrior wandte sein Antlitz Okelogee zu und sang die Beschwörungen viermal hinaus.

In dieser Nacht schien kein Mond, und in Okelogee war es ganz still und dunkel, als er zurückkehrte, um seine Decke in einer Ecke des noch nicht wieder fertig hergerichteten Versammlungshauses auszubreiten. Das Ratsfeuer war noch nicht wieder angezündet worden, und es lag Frost in der Nachtluft. Er lag da und hoffte inständig auf den Schlaf, doch der wollte sich nicht einstellen. Im allgemeinen Schweigen konnte er in seinem Kopf Marys unbekümmertes Lachen widerhallen hören, und er dachte, wenn er sie hergeben mußte, so konnte er es ertragen, alles zu verlieren, nur dieses perlende Lachen nicht.

Zuletzt schloß er die Augen, und als der Schlaf sich endlich doch über ihn senkte, hörte er es am Eingang rascheln. Es hörte sich nach einem Geist an, der seine Grabgewänder über den festgestampften Boden schleifte. Es war so pechschwarz, daß er die Hand nicht vor Augen sehen konnte, doch dann hörte er es atmen, und er wußte, daß es kein Geist war. Noch jemand suchte Schutz vor der kalten Nachtluft, dachte er, und dann drang zischend und aus unmittelbarer Nähe Geflüster an sein Ohr: »Wo steckst du denn, du alter Narr? Ich kann dich doch riechen.«

Er streckte den Arm aus, und seine Finger berührten ein Bärenfell. Leise lachte Mary, und dann hüllten sie und das Bärenfell ihn von allen Seiten ein. »Ich hatte keine Zudecke, um mich loszusagen von dem Mann Crawford«, sagte sie. »Nur dieses Bärenfell, das Geschenk von Long Warrior, meinem Freund und Gefährten.«

»*Sge!*« sagte er. »Horch!« Er erinnerte sich an die Beschwörungsformel, die Bear Killer ihm gegeben hatte, und er widerholte sie sinnend viermal!:

> *Deinen Speichel, ich nehme ihn, ich esse ihn. Deinen Körper, ich nehme ihn, ich esse ihn. Dein Fleisch, ich nehme es, ich esse es. Dein Herz, ich nehme es, ich esse es.*

Ihr langes, sauberes Haar bedeckte sein Gesicht. »Mein Geist ist am Rand deines Leibes zur Ruhe gekommen«, wisperte sie. »Nie sollst du ihn wieder loslassen!«

9

»Am nächsten Morgen hatte Hugh Crawford Okelogee verlassen«, erzählte Dane, »und so hatte Long Warrior keinen Grund mehr, Bear Killers beschwörenden Fluch anzuwenden, um den Schotten ins Land des Dunkels zu schicken. Später hörten sie, er habe die Schlafende Frau überquert und sich einer Gemeinde schottischer Einwanderer angeschlossen, die um die alte Palisade herum siedelten, welche während der Unabhängigkeitskriege errichtet worden war. Einige von diesen Männern blieben, nachdem der Krieg geendet hatte, dort, und nahmen sich junge Cherokesinnen aus einem Dorf nördlich von ihrer Siedlung zur Frau. Andere kehrten zurück nach Schottland, kamen dann wieder zurück und brachten Frauen und Kinder mit. Ein paar Junggesellen wie Hugh Crawford hielten Ausschau nach Cherokesen-Mädchen, und nachdem er Mary verloren hatte, fand er eine drüben in Coosawatie. Die Nachfahren Crawfords wurden zu einer bedeutenden Familie unter den Cherokesen, genauso wie andere Halbblut-Abkömmlinge der Schotten – die McDonalds, Campbells, Rosses, Taylors, McIntoshes, Rogers, McBees und viele andere, deren Namen mir entfallen sind.

Obwohl sie ihre Blockhütten auf Cherokesenland bauten und dort auch ihre Äcker rodeten, wurden die Schotten nie als Eindringlinge betrachtet. Die beiden Völker hatten eine Menge gemeinsam. Beide waren sie leidenschaftlich und auf ihre Unabhängigkeit erpicht, hielten ihrer Sippe die Treue und bewahrten sich ihren Argwohn Führern gegenüber, die zuviel Macht wollten. In der zweiten Generation hatte sich ihr Blut mit dem der Cherokesen vermischt, und diese Halbblut- und Viertelblut-Indianer wurden cherokesischer als alle Cherokesen. Mein Onkel heiratete eines von diesen Halbblut-Mädchen, Suna-lee Rogers.

Großmutter Mary hat oft erklärt, die Zeit zwischen der Heimkehr meines Großvaters aus dem Krieg und der Hochzeit von Opothle sei schneller vergangen als alle anderen Jahre ihres Lebens. Sie hatte mit zwei heranwachsenden, so grundverschiedenen Jungen alle Hände voll zu tun. Mein Vater, Talasi the Runner, wurde von seinem ›Onkel‹ Qualla erzogen, der ihn Jagen und Fischen lehrte, und wie man wild in den Wäldern lebte. Genauso wie Qualla, war auch mein Vater ein Angehöriger der Wolf-Sippe, und wurde bald ein Anführer in den Sippenspielen und Zeremonien.

Opothle hingegen war für Qualla ein Rätsel. Als Sohn von Mary war auch Opothle ein Wolf, aber er machte sich nicht das geringste aus Ballspielen, Fischen und Jagen. Eine Zeitlang bemühte Qualla sich, ihn zu einem Redner auszubilden, auf daß er bei wichtigen Ratssitzungen als Sprecher das Wort für Okelogee ergreifen könne, doch auch an der Kunst der Rede war Opothle nicht interessiert.

Als eine der Rogers-Familien sich in der Nähe von Okelogee niederließ, nahm Mr. John Rogers großen Anteil an Opothle, da dieser gut englisch lesen und schreiben konnte. Das Englische hatte Mary ihm beigebracht und ihm erklärt, da die Cherokesen nun einmal von *Unegas* umgeben seien, könnten sie sich besser wehren, wenn sie die Sprache ihrer Feinde kennen. Was sie selbst jedoch nie gelernt hatte, war Rechnen, und so beschloß Mr. Rogers, Opothles Wissen zu erweitern und ihm beizubringen, wie man addierte, subtrahierte und multiplizierte.

Ich glaube, Opothle hat für den Rest seines Lebens die Zahlen geliebt. Wie gesagt, ich lernte ihn erst kennen, als er bereits einen grauen Bart bekam, aber dasjenige, woran ich mich bei Onkel Opothle vor allem erinnere, ist, daß er immer und überall auf kleinen Zetteln irgend etwas ausrechnete. War kein Papier da, nahm er eine Schieferplatte oder ein Stück Holz, dessen Oberfläche er mit Zahlenreihen anfüllte. Noch ehe er zwanzig war, war er im Handel tätig. Mit Mr. Rogers Hilfe fing er an, jenen Jägern aus Okelogee, die nicht so lange warten wollten, bis die Händler aus Carolina herüberkamen, ihre Hirschfelle und Pelze abzukaufen – für ein Geringes weniger, als er selbst später von diesen Händlern erhielt, versteht sich. Es dauerte nicht lange, und Opothle übernahm die Vertretung dieser Händler in der Gegend. Dann fing er an, manche Dinge auf Lager zu halten, die er an die Cherokesen verkaufte – Wolldecken und grobe Wollstoffe, Bänder und Baumwollstoffe –, und nachdem die Cherokesen anfingen, sich Milchkühe zu halten wie ihre schottischen Nachbarn, legte er sich einen Vorrat an Kuhglocken zu. Mein Vater sagte, immer, wenn er seinen älteren Bruder ärgern wollte, sei er durch ein Loch in Marys Maisspeicher gekrochen, in dem Opothle seine Waren aufbewahrte, und habe mit den Kuhglocken gebimmelt.

Jawohl, es bestand eine große Rivalität zwischen den beiden Brüdern, die auch in ihren Abkömmlingen noch deutlich erkennbar ist. Einer von Opothles Großsöhnen lebt heute drüben in Pine Ridge bei den Sioux; er ist ein christlicher Prediger, und wenn wir uns einmal im Jahr gegenseitig besuchen, streiten wir uns immer leidenschaftlich über den Unterschied zwischen seinem Gott und meinem Schöpfer des Atems. Er war zutiefst enttäuscht, als Amayi beschloß, Medizin zu studieren, statt Missionarin zu werden.« Dane lachte und zog seinen Schaukelstuhl vor, damit er im schräg durch das Ostfenster einfallenden Sonnenlicht sitzenbleiben konnte.

»Vielleicht war diese Rivalität für meinen Vater, Talasi the Runner, gut. Zu Anfang sperrte er sich gegen alle Bemühungen Marys, ihn englisch Lesen und Schreiben zu lehren. Für derlei Stubenhockerunsinn habe er keine Zeit; er wolle ein cherokesischer Jäger und Krieger werden wie sein Vater; dauernd war er unterwegs nach Coosawatie oder Oostanaula oder irgendeinem anderen Ort, um dort an den Ballspielen teilzunehmen. Doch als er anfing, sich zu beschweren, daß Opothle ein schönes Pferd habe und er nicht, machte Mary ihm klar, daß, wenn er genausoviel Macht haben wolle wie sein Bruder, er Lesen und Schreiben lernen müsse. Und da lernte Talasi the Runner englisch Lesen und Schreiben.

In einer der Lieblingsgeschichten meiner Großmutter ging es darum, wie Opothle Suna-lee Rogers den Hof machte. Sie sagte, so lange habe nie ein Cherokese oder Creek zuvor um ein Mädchen geworben. ›Sie hätten mir zehn Großkinder in all den Jahren schenken können, die sie damit zubrachten, sich zu umwerben‹, sagte sie immer wieder. ›Warum konnte Opothle sich nicht ein Cherokesenmädchen suchen, das sich von ihm schwängern ließ? Nein, es mußte ausgerechnet diese gottesfürchtige Rogers-Tochter sein – ein Halbblut. Ach, sie wollte nichts anderes zulassen, als daß sie Händchen hielten und sich Zärtlichkeiten ins Ohr flüsterten, wo sie sich doch im Bett hätten vergnügen und mir Babies bringen können.‹

Gewiß, daß es sich so lange hinzog, mochte ebensosehr an Opothle gelegen haben wie an Tante Suna-lee. Er wollte einigermaßen vermögend sein, ehe er eine Familie gründete, und das schaffte er auch. Die Hochzeit war eine große Sache – die erste christliche Hochzeit in Okelogee.

Mary war bereit, ihnen bei den Plänen für die Hochzeit auf halbem Weg entgegenzukommen; es sollte halb eine christliche, halb eine cherokesische Hochzeit sein. Doch als sie hörte, daß die Rogers bei der Trauung ihrer Tochter gegen ›heidnische‹ Zeremonien waren, rief sie insgeheim etwa ein Dutzend ihrer jungen Freundinnen zusammen und nahm sich vor, die Gesellschaft mit einem Hochzeitstanz zu überraschen. Außerdem lag sie Opothle in den Ohren, hinzugehen und einen Hirsch zu erlegen, der beim Hochzeitsmahl als Beweis dafür dienen sollte, daß er imstande sei, seine Frau und seine zukünftigen Kinder zu ernähren, doch Opothle wies auf sein neues Haus und seine Speicher voller Hirschfelle und Handelsgüter hin und bedeutete ihr, wenn er Wildbret wolle, sei er reich genug, es sich leisten zu können, jemand anders auf die Jagd zu schicken. Immerhin gelang es Mary, Suna-lee zu bewegen, Opothle einen frischen Maiskolben als Zeichen dafür zu überreichen, daß sie sich auf den Anbau von Mais und Gemüse verstand.

Zu Marys großem Verdruß wurde die Trauung im Hause der Rogers vollzogen, in einem Raum, der so klein war, daß nur die nächsten Anverwandten und engsten Freunde von Opothle und Suna-lee ihr beiwohnen konnten. Eine beträchtliche Schar von Verwandten und Freunden der Rogers kam aus einer der schottischen Gemeinden herüber und brachten Schinken und Rindfleisch sowie zwei Fiedler für ihre Art von Tanzvergnügen mit. Da es Anfang der warmen Jahreszeit war, erklärten die Rogers sich einverstanden, den Festschmaus auf dem Ballplatz neben dem Versammlungshaus abzuhalten, damit alle Cherokesen daran teilnehmen könnten.

Mein Vater hat mir einmal gesagt, die angstvollste Zeit in seiner ganzen Jugend sei dieser Hochzeitstag gewesen. Im letzten Augenblick trat Opothle an Runner heran und sagte ihm, der presbyterianische Pfarrer wolle, daß er an der Trauung teilnehme. ›Und was muß ich tun?‹ fragte Runner. ›Der Pfarrer sagt, ich brauche einen Bruder, der mir aufwartet‹, antwortete Opothle. ›Dir aufwarten!‹ zeterte Runner. ›Kann denn nicht Suna-lee dir aufwarten?‹ Dabei brauchte Talasi the Runner selbstverständlich nichts weiter zu tun, als neben seinem Bruder zu stehen, während der Pfarrer aus der Bibel vorlas und Opothle und Suna-lee im heiligen Bund der Ehe zusammengab. Mein Vater sagte mir, während der ganzen Trauungszeremonie hätten ihm die Beine dermaßen gezittert, daß er Angst gehabt habe, vor aller Augen umzufallen.

Außerdem versetzte seine eigene Mutter, Mary, ihn während des Festschmauses auf dem Spielfeld in Angst und Schrecken. Mary habe sich während der feierlichen presbyterianischen Segnung der ehelichen Bande sehr still verhalten; als sich jedoch alle auf dem Festplatz versammelten, war sie bereit zu feiern. Entlang der Laube aus Reisig, in der die älteren Leute während der Ballspiele zu sitzen pflegten, hatten die Männer rohe Tische aufgeschlagen, die reichlich gedeckt waren mit gekochten frischen Maiskolben, Wildbret und dem Schinken und Rindfleisch, das die Freunde der Rogers mitgebracht hatten. Mary, Long Warrior, Opothle und Runner saßen zusammen mit den Rogers an einem Ehrentisch in der Reisiglaube. Mrs. Rogers hatte eine riesige Kanne Tee mitgebracht, von dem sie rundherum anbot, doch Mary zog es, wie Sie wissen, vor, ihren Tee aus Stechpalmenblättern zu trinken. Ab und zu griff sie in ihre Hirschledertasche und holte eine Flasche Rum hervor, um ihren Tee damit zu würzen. Sie ließ die Flasche jedesmal um den Tisch herumgehen, doch von den Rogers nahm nicht einer davon. Bald war Mary guter Dinge und lachte und sang und erbot sich, den Rogers ein cherokesisches Lied beizubringen. Sie versuchten es, aber die einzige, die den Rhythmus richtig hinbekam, war Mrs. Rogers, die selbst Cherokesin war.

Etwa um diese Zeit stimmten die beiden Fiedler, die von der anderen Seite der Schlafenden Frau herübergekommen waren, auf einem ebenen Platz vor der Laube ihre Geigen. Plötzlich sprang der älteste der Rogers-Söhne vom Tisch auf, nahm Opothle und Suna-lee fest bei der Hand und zog sie hinaus auf die Tanzfläche. Irgend jemand reichte Opothle ein Lederkissen, und die Rogers und ihre Freunde bildeten einen Kreis um ihn. Das nannte man den Kissentanz. Sie hüpften und sprangen nach der Melodie der Geigen, und von Opothle wurde erwartet, daß er den sich drehenden Kreis zum Stehen brachte, indem er das Kissen vor dem Mädchen fallen ließ, das ihm am besten gefiel – in diesem Fall selbstverständlich Suna-lee. Danach bekam dann ein anderer junger Mann das Kissen, und der Tanz fing wieder von vorn an.

Mary sah dem Fiedel-Tanz eine Weile zu. Dann reichte sie unversehens über die Tischplatte hinweg, packte eines von Talasis Handgelenken und drückte es so fest, daß er fast geschrien hätte. ›Du, Talasi‹, sagte sie mit rauher Stimme, ›hast du schon ein Auge auf ein Mädchen geworfen?‹ Er konnte kein Wort herausbringen. Irgend etwas an der Art, wie sie fragte, machte ihm wirklich angst. ›Wenn du dir eine aussuchst‹, sagte sie und schaute ihn dabei böse an wie eine Hexe, ›dann sorge dafür, daß sie kein Halbblut ist. Das Blut von Creek-

Mary, der Geliebten Frau der Creeks, ist in Opothle bereits verwässert und wird in seinen bleichgesichtigen Kindern noch weiter verwässert werden.‹ Sie verstärkte ihren Griff um sein Handgelenk. ›Wenn du dir eine suchst, dir Kinder zu gebären, und sie ist nicht reinblütig, dann bringe ich dich um!‹ Sie sah ihn zittern und brach in Lachen aus. Von da an hatte er immer ein bißchen Angst vor seiner Mutter und wagte es nie, sich ernstlich in ein Halbblut-Mädchen zu verlieben.

Wenn Mary auch merkte, daß sie ihrem Sohn angst gemacht hatte, so bemühte sie sich nicht im geringsten, ihm diese zu nehmen. Nach einer Weile gähnte sie, als ob der Anblick der Fiedel-Tänzer sie zu Tode langweile, dann entschuldigte sie sich und ließ Runner und Long Warrior allein am Tisch zurück.

Ein paar Minuten später zuckte Runner zusammen. Er vernahm lauten Trommelschlag, dann die schrillen Töne einer Rohrflöte und den Lärm von Rasseln. Schwungvoll um die Ecke der Laube kam ein Zug von jungen Cherokesinnen in weißen Tanzkleidern, Dasenschildkrötenrasseln an den Waden und Fächer aus rotgefärbtem Röhricht in der Hand. Ihnen voran schritten Qualla mit der Flöte und Mary mit der Trommel. Sich kerzengerade am Tisch aufrichtend, ließ Long Warrior einen Grunzlaut des Erstaunens vernehmen. Runner war tief erschrocken, seine Mutter die Trommel schlagen zu sehen. Die Frauen der Cherokesen marschierten für gewöhnlich nicht herum und schlugen die Trommel. Er meinte, sie müsse den Verstand verloren haben.

Nun, die Fiedel-Tänzer machten den Cherokesen Platz, die ihrerseits einen Kreis bildeten und anfingen, um Qualla mit seiner Rohrflöte und Mary mit ihrer Trommel herum zu tanzen. Um nicht hinter den Rogers zurückzustehen, eilten von allen Seiten die jungen Cherokesen herbei und stellten sich im Kreis um die Mädchen mit den Beinrasseln auf, die so taten, als versteckten sie das Gesicht hinter dem roten Fächer. Da es sich um eine Hochzeit handelte, fingen sie ganz natürlicherweise bald an, den Schlangentanz zu tanzen. Die Rogers und ihre Freunde hatten noch nie einen Schlangentanz gesehen, und für die meisten von ihnen muß es ein arger Schock gewesen sein. Der presbyterianische Pfarrer reckte die Arme gen Himmel und flehte sie an aufzuhören, doch sie waren so sehr in ihren Tanz versunken, daß sie ihn weder sahen noch hörten. Zuletzt ging Long Warrior hin und machte dem Ganzen ein Ende. Nun, ich selbst habe den Schlangen-

tanz nie gesehen, aber ich kann Ihnen versichern, daß er sehr ... ah ...« Dane runzelte die Stirn und suchte nach dem richtigen Wort.
»Sinnlich ist?« schlug ich vor.
Dane setzte eine silbergefaßte Brille auf und griff nach dem alten Wörterbuch unterm Fenster. Nachdem er den aus dem Leim gegangenen Einband sorgfältig beiseitegelegt hatte, blätterte er darin, bis er das Wort gefunden hatte, nach dem er suchte. Als er mich durch die dicken Augengläser hindurch ansah, verzogen seine geschlossenen Lippen sich zu einem Grinsen, so daß der Mund aussah wie eine tiefe Kerbe. »Erotisch, meine ich, ist das treffende Wort.«
Er steckte die Brille wieder ins Etui. »Wörter, Wörter und nochmals Wörter«, sagte er. »Großmutter Mary hat mir klargemacht, wie wichtig Wörter sind und hat mich gelehrt, daß, je mehr Wörter einem Menschen zu Gebote stehen, ein desto vollkommeneres menschliches Wesen er ist, desto weniger wie das wilde Tier, das in ihm steckt. Ich habe so viele Wörter gelernt – cherokesisch, englisch, creek, cheyenne, crow, lakota, sogar ein bißchen französisch, aber jetzt entfallen sie mir mehr und mehr. Selbst die englischen Wörter. Wenn sie mir wieder einfallen sollen, muß ich mich dieser Krücke, dieses alten Wörterbuchs, bedienen.«

10

In den Jahren nach der Zeit, da die ersten weißen Männer über die Bergzüge der Appalachen hinweg weiter nach Westen vorstießen, mußten die Cherokesen erleben, wie ihr riesiges Reich von Generation zu Generation mehr schrumpfte. Zuerst vertrieb man sie aus den reichen Grasländern und Wäldern Kentuckys und West-Virginias, und dann, als der Unabhängigkeitskrieg zu Ende ging, hatten sie auch noch das Tal des Cumberland mitten in Tennessee und den größten Teil ihrer Gebiete in den beiden Carolinas verloren.
Zehn Jahre lang, nachdem Long Warrior aus dem Krieg heimgekehrt war, in dem er zusammen mit Bullhead und Young Tassel gegen die Siedler an der Grenze gekämpft hatte, lebten die Cherokesen in Frieden, denn die Weißen warfen beim weiteren Vordringen in den Westen ihre Augen auf das Land anderer Stämme. Doch dann, als jenes Jahrhundert anbrach, das die Christen das neunzehnte nennen, drangen sie erneut in ihr Territorium ein – diesmal freilich nicht mit Waf-

fengewalt, sondern mit Hilfe betrügerischer Machenschaften von Agenten, welche die Regierung der Vereinigten Staaten repräsentierten, durch Rechtsbeugung und Bestechung korrupter Häuptlinge. Nagetieren gleich, die Mais stibitzten, fraßen die Landräuber in kleinen Happen jenes Gebiet, das heute das östliche Tennessee ausmacht, hier einen Streifen Land zwischen zwei Flußläufen, und dort ein Gebirgstal. Diese stillen Abtretungen wurden von geriebenen Rechtsanwälten zuwege gebracht, die Gelder vom Schatzamt der Vereinigten Staaten verwendeten, um Abfindungen und Bestechungen zu zahlen, die in die Taschen von Cherokesen flossen, die sich Häuptlinge nannten. Die Cherokesen, die innerhalb dieser abgetretenen Ländereien lebten, hörten für gewöhnlich zum erstenmal von diesen Abtretungen, wenn ein mit Papieren bewaffneter Regierungsvertreter eintraf, der ihnen befahl fortzuziehen.

Nach Gründung des Staates Tennessee durch die weißen Männer – eines Staates, der auch Tausende von Quadratmeilen Cherokesen- und Chickasaw-Land umfaßte und dessen Gouverneur der Indianerhasser Jack Sevier war – wurden aus den kleinen immer größere Happen. Zum erstenmal in ihrer Geschichte sahen die Cherokesen sich gezwungen, zu erkennen, daß, wenn sie als Stamm nicht untergehen wollten, sie den geliebten Individualismus aufgeben mußten zugunsten einer mächtigen Zentralgewalt mit einem Häuptling für alle. Die Anführer aus den Dörfern im Norden und im Süden kamen überein, daß Little Turkey aus einem der unbedeutenderen Dörfer bei den Verhandlungen mit der Außenwelt als Erster Häuptling für sie alle sprechen sollte. Little Turkey geriet jedoch bald in den Schatten von Taltsuska, dem großspurigen Bullhead. Bald nach seiner Heimkehr aus den Kriegen wurde Bullhead Sprecher der Nation der Cherokesen. Da Little Turkey nicht die Rednergabe besaß, übernahm in den frühen Jahren des neuen Jahrhunderts Bullhead die Führung, als es darum ging, mit den Abgesandten der Regierung der Vereinigten Staaten zu verhandeln, die um Erlaubnis nachsuchten, Straßen durch Cherokesen-Land zu bauen und Handelsposten zu errichten, oder die zusätzlich kleineren Landabtretungen für die Besiedelung durch die Weißen zu erlangen versuchten. Wurde in Nashville oder Washington eine Konferenz abgehalten, überließ Little Turkey die Rolle des Stammesvertreters Bullhead, der bisweilen über leicht erhöhte Abfindungen, jedoch stets über große zusätzliche Verluste von Cherokesenland berichtete. Auch schien nur sehr wenig von den Zah-

lungen jemals die Cherokesen zu erreichen, nachdem Bullhead sie einmal in die Hand bekommen hatte.
Bullhead behauptete, ›der Mund der Nation‹ zu sein und kümmerte sich nicht im geringsten um die Proteste der Häuptlinge der Cherokesendörfer. Die Vertreter der Regierung nannten ihn Stammeshäuptling, und in rascher Folge trat er weißen Spekulanten Land in Carolina, Tennessee und Georgia ab, wobei er bestimmte Ackerflächen sich und seinen Anverwandten reservierte. Bald lebte er wie ein König in der Wildnis. Er wurde Besitzer einer Plantage. Er kaufte Sklaven und prachtvolle Pferde. Und als ein paar von den Dorfhäuptlingen ihn öffentlich der Tyrannei ziehen, starben sie auf geheimnisvolle Weise einen gewaltsamen Tod.
Kurz nachdem er Bestechungsgelder für einige der besten Jagdgründe zwischen dem Hiwassee und dem Tennessee-Fluß angenommen hatte, kam es zu einer geheimen Zusammenkunft einiger Häuptlinge, die beratschlagten, wie sie den Stamm der Cherokesen von Bullhead befreien könnten. Sie trafen sich in Hickory Log, und einer von ihnen war Long Warrior.
Die Versammlung dauerte nicht lange. Keiner der Häuptlinge trat für Bullhead ein. Er habe das Volk der Cherokesen betrogen. Folglich müsse seinem Leben ein Ende gesetzt werden. Um die Vollstrecker dieses Urteils zu ermitteln, wurde ein Stück alten, vergilbten Stoffs in viele kleine Stücke zerschnitten, eines für jedes Ratsmitglied. Sodann versah ein *Adawehi* drei dieser Quadrate mit einem schwarzen X, tat sie zusammen mit den anderen in ein irdenes Gefäß, rührte sie um und schüttelte sie durcheinander. Als ein Mitglied nach dem anderen das Versammlungshaus verließ, reichte er aus dem Gefäß jedem eines der Quadrate. Die drei, welche die mit dem X versehenen Quadrate erhielten, sollten das Urteil so lautlos und rasch wie möglich vollstrecken.
Als Long Warrior das kleine, auf seiner Handfläche liegende winzige Stoffquadrat betrachtete und das schwarze X darauf erblickte, überraschte ihn das nicht. Seit er aus Okelogee fortgeritten war, hatte er immer wieder Bullhead vor seinem geistigen Auge gesehen; Bullhead, wie er ihn auf der Anhöhe hinterm Blockhaus über das Ratsfeuer hinweg herausfordernd ansah; Bullhead, wie er, zwei silberbeschlagene Pistolen an der Hüfte, aufgeblasen vor seinen Kriegern auf und abstolzierte; Bullhead, wie er den wehrlosen Cavetts den Schädel einschlug. Der Gedanke, einen Menschen zu töten, insbeson-

dere einen Cherokesen seiner eigenen Sippe, war Long Warrior zutiefst verhaßt, doch war das Blutgesetz angerufen worden. Ihn hatte es getroffen; es war seine Pflicht, Bullhead ins Land des Dunkels zu befördern.

Am nächsten Tag war er wieder zurück in Okelogee, Mary war gerade dabei, Fladenbrot aus Maisschrot zu backen. Im Hof hatte sie eine tiefe Mulde in die Kohlen gemacht und knetete in einer flachen Schüssel den Teig. Nachdem er ihr gesagt hatte, sein Ritt von Hickory Log herüber sei gut verlaufen, nahm er mit untergeschlagenen Beinen vorm Feuer Platz. Wiewohl es Mittsommer war, fühlten seine Hände sich an wie Eis, und er hielt sie über die Glut; dabei wußte er sehr wohl, daß Mary ihn voller Neugier beobachtete. Als sie sich für einen Augenblick ihrem Teig zuwandte, nestelte er aus den Falten seines turbanartigen Kopftuchs das kleine Stoffquadrat mit dem X darauf hervor, warf noch einmal einen flüchtigen Blick darauf und ließ es dann in die Glut fallen, wo es aufflammte und zu weißer Asche verbrannte.

»Was war das?« fragte sie.

»Der Tod«, erwiderte er und stand auf.

»Irgend etwas beunruhigt dich, Long Warrior. Erzähle es mir und befreie dein Herz davon.«

Er schüttelte den Kopf. »Nichts.«

Sie kam auf ihn zu, doch er entzog sich ihr. »Wenn du kurz vorm Menstruieren stehst«, sagte er barsch, »rühr mich nicht an. Laß dich durch mich nicht beunruhigen.«

»Du wirst töten«, sagte sie.

»Misch dich nicht ein.« Eilends begab er sich ins Versammlungshaus und hoffte, daß die Männer dort das schwarze Getränk aus Stechpalmenblättern bereitstehen haben würden.

Ein paar Dinge mußte ein Mann seiner Frau vorenthalten – wiewohl er es, überlegte er, den Männern auch nicht anvertrauen konnte. Niemals sprach er je mit jemand über seinen Auftrag, außer zu Mary, und auch zu ihr erst in dem Jahr ihres erbitterten Streits, im letzten Jahr seines Lebens. Freilich hatte sie längst alles gewußt, nur die Einzelheiten nicht.

Er brachte irgendeinen Vorwand vor, tat so, als wolle er Pferde in einem der weiter nördlich gelegenen Dörfer eintauschen, um Abschied zu nehmen von Mary und Okelogee. Am Morgen dieses Tages sah sie ihm nach, wie er auf seinem Pferd spritzend den Kleinen Singenden

Fluß durchquerte und dann zwischen den vollbelaubten Styrakbäumen verschwand.
Aus dem grauverhangenen Regenhimmel stieß ein Wanderfalke herab, zog einen Kreis und schrie: »Komm zurück! Komm zurück!« Dann schoß er pfeilgeschwind in derselben Richtung davon, in der Long Warrior verschwunden war. Ihr fiel ein, daß vor langer, langer Zeit, als sie von Bluff Village aus auf der Suche nach Menewa gen Norden geritten war, ein Wanderfalke sie gewarnt hatte, wieder umzukehren. Wäre sie damals umgekehrt, würde alles anders verlaufen sein, und so fragte sie sich jetzt, ob Long Warrior wohl einen neuen Lebenspfad eingeschlagen hatte – einen, der ihn möglicherweise ans Ende führte. Ein Schauer überlief sie. Sie suchte den Himmel nach dem Falken ab, doch der ließ sich nicht wieder blicken.
Als Long Warrior Hiwassee Garrison erreichte, fiel ein stetiger Regen, und da es Abend wurde, suchte er Unterkunft in den Stallungen. Fünf oder sechs andere Cherokesen hatten sich gleichfalls dort eingefunden, und sobald er abgesattelt und sein Pferd gefüttert hatte, kletterte er zum Heuboden hinauf und gesellte sich zu ihnen. Eines der Gesichter war ihm bekannt, das eines Dorfhäuptlings, der in Hickory Log dabeigewesen war. Keiner von beiden ließ erkennen, daß er den anderen wiedererkannte. *»Siyu«*, grüßte Long Warrior sie alle, nannte seinen Namen und sein Dorf. Dann breitete er seine Wolldecke auf dem Heu aus und beobachtete durch das offene Bodenfenster hindurch den schräg fallenden, warmen Regen, bis die Dunkelheit das unmöglich machte. Er schlief schlecht in dieser Nacht, und in seinen Träumen tauchte immer wieder die Gestalt Bullheads auf.
Als er aufwachte, war der Morgenhimmel saubergefegt von Wolken. Der andere Dorf-Häuptling, der aus demselben Grund nach Hiwassee Garrison gekommen war wie er, war verschwunden.
Am Nachmittag dieses Tages versammelten sich auf dem Gelände neben dem alten Hiwassee-Blockhaus eine große Menge Cherokesen, in der Mehrzahl Männer aller Altersstufen, die einem Schlagballspiel zusehen wollten. Ein paar Schritte vom Ballplatz entfernt saß Long Warrior im Schatten einer Eiche, hatte den Rücken gegen den Stamm gelehnt und beobachtete die ankommenden Zuschauer. Wie er erwartet hatte, trafen wenige Minuten vor Spielbeginn Bullhead und ein paar seiner Freunde ein. Bullhead ritt eines seiner rassigen Pferde, eine Rappenstute mit schimmerndem Fell, reich gesattelt und gezäumt. Er trug Kleider des Weißen Mannes: einen Gehrock aus brau-

nem Tuch, ein spitzenbesetztes weißes Hemd, eng sitzende Hosen und Stiefel. Er halfterte sein Pferd an einen kleinen Baum an und betrat gewichtigen Schrittes die Laube, ging dort von einem zum anderen und schloß Wetten mit den einzelnen Zuschauern ab.

Als das Spiel begann, machte Long Warrior seinen Hirschlederbeutel auf und holte eine Steinschloßpistole heraus, schüttelte Schießpulver auf und verbarg sie in seiner Schärpe. Dann schlenderte er zur Zuschauerlaube hinüber. Bullhead saß inmitten der Gruppe jener, die zusammen mit ihm gekommen waren, wie ein König geschützt durch seine Wachen. Von Zeit zu Zeit nahm er einen Schluck aus einer Flasche, lachte, klatschte den Spielern Beifall und unterhielt sich auf das angeregteste. Long Warrior beschloß, zu warten, bis das Spiel zu Ende wäre und die Zuschauer ein großes Durcheinander bilden würden.

Spät am Nachmittag schickte einer der Spieler einen Ball hoch zwischen zwei Zielpfosten hindurch – für den zwölften Punkt –, und das Spiel war zu Ende; die Hälfte der Zuschauer schwärmte hinaus auf den Ballplatz. In dem allgemeinen Durcheinander verlor Long Warrior sein Opfer aus den Augen, und als er es wiederfand, war Bullhead bereits aufgesessen und dicht umringt von seinen Begleitern. Bullhead ritt auf den Ballplatz voran und beglückwünschte einen der Spieler. In diesem Augenblick löste sich ein alter Mann aus der spärlicher werdenden Menge, trat zu Fuß auf ihn zu und packte die schwarze Stute beim Zügel. Long Warrior wußte sofort, wer es war. Der alte Mann hatte an der Versammlung in Hickory teilgenommen. Er war der dritte, der ein schwarzes X gezogen hatte.

»Geh mir aus dem Weg!« herrschte Bullhead ihn an.

Als Long Warrior näher herandrängte, sah er, daß der Dritte Mann eine Pistole in der Hand hielt. »Du hast unser Volk verraten!« rief der alte Mann aus. »Die *Unegas* haben dich gekauft.«

Er wird es tun, dachte Long Warrior, und dann – über die unbewegliche Szene von Roß, Reiter und Ankläger hinweg – begegneten seine Augen denen des Zweiten Mannes, der gleich ihm auf dem Heuboden geschlafen hatte, und er wußte, daß jeder von ihnen das Entsetzen im Antlitz des anderen gelesen hatte. Wie getrieben von einer Gewalt, über die er keine Macht besaß, schlossen sich seine Finger um den Hals der Pistole, die er in seiner Schärpe verborgen trug, und seine Beine setzten sich in Bewegung.

Er hörte des Dritten Mannes Pistolenhahn zuschnappen, sah das schwache Aufleuchten des Fehlschusses, und jetzt reckte Bullhead einen Tomahawk in die Höhe, spornte seinen Rappen vorwärts und ließ die Schneide seiner Waffe auf den Kopf des stürzenden Mannes herniedersausen. Die Pistole rutschte scheppernd zu Boden, der Mann brach über ihr zusammen, und Blut schoß ihm über das graue Haar, das ihm in die Augen gefallen war. Ehe Long Warrior die Pistole ziehen konnte, galoppierte Bullhead bereits davon, und seine berittenen Begleiter nahmen ihn in die Mitte.

»Wer ist er?« fragte jemand in bezug auf den Sterbenden auf dem Boden.

»Ich kenne ihn«, erklärte ein junger Mann. »Er ist Häuptling eines Dorfes im Westen. Er gehört zur Sippe der Hirsche.«

Long Warrior zog die schweißnassen Finger aus seiner Schärpe hervor. *Das wird mir die Tat erleichtern,* dachte er. *Nach den Blutgesetzen ist es meine Pflicht als Hirsch, einen Angehörigen meiner Sippe zu rächen.* Er drehte sich um und kehrte geradenwegs zu den Stallungen zurück. Nachdem er sein Pferd gesattelt hatte, saß er auf und folgte dem Weg, den Bullhead eingeschlagen hatte.

Ehe er die Schenke von McIntosh erreichte, war die Sonne untergegangen und Kerzenschein schimmerte durch die Fenster. Ein Dutzend Pferde waren am Querholz davor angehalftert, eines davon die Rappenstute mit dem schimmernden Fell. Long Warrior zog sich das Kopftuch tief in die Stirn und trat ein, hielt sich jedoch im Schatten des Schankraums. Kurze Zeit später kam noch jemand herein; der Zweite Mann. Er wählte sich einen Stuhl nur wenige Fuß von ihm entfernt und setzte sich so hin, daß er sowohl Long Warrior als auch Bullhead im Auge behalten konnte.

Bullhead und sein Gefolge saßen am größten Tisch, tranken Rum, würfelten mit Pfirsichkernwürfeln, erfüllten den niedrigen Raum mit Ausbrüchen rauhkehligen Gelächters und zertrümmerten ab und zu ihre Becher, indem sie sie in den leeren Kamin warfen. Von Zeit zu Zeit machte der Wirt, McIntosh, ihnen sanft Vorhaltungen, aber sie hörten nicht auf ihn, bis er sie eindringlich darauf hinwies, daß sie sein Haus verlassen müßten, wenn sie mit ihrem aufdringlichen Benehmen nicht aufhörten.

Bullhead reckte das lange Kinn und funkelte den Wirt an. Dabei rieb er mit den Fingern an dem winzigen Messingkreuz, das ihm vom Ohr herabhing. »Du lebst unter uns, weil wir es dir gestattet haben«, erklärte er heiser. »Halt den Mund und misch dich nicht ein.«

»Ich versuche nur, eine ordentliche Schenke zu führen«, erwiderte McIntosh.
Bullhead lachte, ließ jenes hassenswerte Lachen vernehmen, das Long Warrior im Verlauf der Grenzkriege so oft hatte hören müssen. »Hau ab, oder ich bringe dich um!« herrschte er den Schankwirt an. Long Warrior wechselte einen Blick mit dem Zweiten Mann. Er hatte vier Kerzen in dem schwacherleuchteten Schankraum gezählt. Er stand auf, trat auf die ihm zunächst brennende zu und löschte die Flamme mit den Fingerspitzen. Der Zweite Mann folgte seinem Beispiel. Der Wirt, dem das Schwinden der Helligkeit auffiel, wich ein paar Schritte vor Bullhead zurück. Der Zweite Mann griff sich ein nasses Handtuch von der Theke und ließ es auf die Kerze fallen, die auf Bullheads Tisch brannte. Im selben Augenblick löschte Long Warrior auch noch die letzte Kerze auf einem Faß, und plötzlich lag der ganze Raum in Dunkelheit gehüllt da. Aufgebracht fluchte Bullhead aus dem Dunkel heraus; seine Stimme bestimmte das Ziel. Eine Pistole wurde abgefeuert, das Mündungsfeuer erhellte für einen Augenblick den Raum, und an der Tür drängten sich Gäste, die das Weite suchen wollten. Bullhead stöhnte. Jemand steckte die Kerze auf seinem Tisch wieder an, und seine Freunde drängten sich um ihn.
Regungslos saß Long Warrior da. Er steckte die Pistole, die er nicht abgefeuert hatte, tiefer unter die Schärpe und wartete. Andere Kerzen wurden entzündet. Der Zweite Mann war verschwunden. Ein paar von Bullheads Leuten liefen nach draußen, schrien diejenigen an, die geflohen waren, doch nur einer hatte sein Pferd bestiegen, und Hufgeklapper verhallte in der Nacht. Sie halfen Bullhead nach draußen und hoben ihn in den Sattel. Einer seiner Getreuen saß hinter ihm auf und hielt ihn beim Reiten aufrecht; so ritten sie zurück nach Hiwassee Garrison.
Nachdem er in die Garnisons-Stallungen zurückgekehrt war, verbrachte Long Warrior eine zweite Nacht dort, machte jedoch kein Auge zu. Ein paar von Bullheads Freunden hatten sich gleichfalls auf dem Heuboden schlafen gelegt, und die ganze Nacht über herrschte unten ein reger Betrieb von Reitern, die ankamen und solchen, die fortritten. Aufmerksam lauschte er den Reden und erfuhr, daß Bullhead nicht tot war, sondern nur eine Schulterwunde davongetragen hatte. Ein *Adawehi* kam, später auch noch ein Arzt aus der Siedlung der Weißen. Bullhead war irgendwo in der Nähe, doch keiner erwähnte, in welchem Haus er lag.

Beim ersten Morgengrauen verließ Long Warrior die Schlafenden auf dem Heuboden und ging nach draußen. Er nagte an dem Rest des Maisbrotfladens, den Mary ihm eingepackt hatte. Er ging hinüber zu dem Brunnen neben dem alten Blockhaus, kurbelte einen Eimer Wasser hoch, trank aus einer Kürbisschale, die daran festgemacht war und wusch sich das Gesicht, wobei er sein Kopftuch als Handtuch benutzte. Neben dem Blockhaus stand ein neuer Handelsposten, und auf den Stufen saßen zwei oder drei Cherokesen, die darauf warteten, daß der Händler seinen Laden aufmachte. Ein paar Schritt hinter dem Handelsposten stand ein kleines Schulhaus, und ein paar hundert Schritt dahinter, nebeneinander zwei Wohnhäuser. Bullhead lag bestimmt in einem dieser Gebäude.
Long Warrior schlenderte zu dem Handelsposten hinüber, grüßte die dort sitzenden Cherokesen, stieg die Stufen hinauf und ging dann gleichmütig ohne besondere Eile einen hölzernen Fußweg entlang, vorüber an der Tür des Schulhauses. Dabei fiel ihm auf den grauen, verwitterten Bohlen des Fußweges etwas auf: kleine braune Flecken, nicht größer als ein Daumennagel. Die Spur getrockneter Blutstropfen bog am Ende des Bürgersteigs nach rechts ab und führte über eine Außentreppe zum Bodenraum über der Schule hinauf.
Long Warrior blieb stehen und warf einen Blick zurück auf die Cherokesen auf den Treppenstufen. Diese achteten nicht auf ihn. In den Stallungen regte sich offensichtlich auch kein Leben. Rasch und geräuschlos stieg er die Treppe hinauf. Die Tür oben stand ein wenig offen, wahrscheinlich zum Lüften; als er sie ganz aufmachte, erblickte er hinter einer Strohschütte auf dem Boden, auf dem jemand ganz von grauen Zudecken eingehüllt lag, ein kleines Fenster.
Da sich niemand anders im Raum befand und weder innen noch außen ein Posten aufgestellt worden war, überlegte Long Warrior, ob Bullhead wohl im Laufe der Nacht gestorben sei. Er durchquerte den Raum; die Dielen unter seinen Mokassins knarrten; er riß die Zudecke fort. Wie von einer Sprungfeder hochgeschnellt, saß Bullhead aufrecht, nackt bis auf die Unterhosen, riß die Augen weit auf und packte mit der Rechten einen Tomahawk, der neben seinem Lager lag. Seine linke Schulter war mit blutgetränkten Stoffstreifen verbunden.
»Wer bist du?« verlangte er zu wissen. »Und wo sind meine Leute?«
»Sie haben dich verlassen, Bullhead«, sagte Long Warrior leise. »Sie wissen, daß du verurteilt bist.«
»Du!« rief Bullhead. »Der Hasenfuß-Häuptling von Okelogee!«

»Es ist nicht leicht, dich umzubringen.«
»Ausgerechnet *dich* haben sie geschickt?« Bullheads Bauchmuskeln strafften sich, und noch ehe Long Warrior mit seiner Pistole zielen konnte, sprang er, den Tomahawk erhoben, von seinem Lager auf. Long Warrior duckte sich, doch Bullheads Knie trafen ihn seitlich an den Rippen, so daß die Pistole ihm aus der Hand gerissen wurde und er einen Augenblick nach Atem rang. Mit einem unterdrückten Schmerzensschrei stürzte Bullhead schwerfällig auf den Boden. Ehe er sich wieder erheben konnte, sprang Long Warrior ihm auf den Rücken und versuchte ihm den Tomahawk zu entwinden.
Als er ihn abschütteln wollte, lockerte er den Griff um den Tomahawk, Long Warrior packte ihn, riß ihn in die Höhe und ließ ihn mit aller Kraft, die er aufbringen konnte, auf Bullheads rasierten Schädel herniedersausen. Der schmatzende Laut, mit dem scharfes Metall sich in Fleisch, Knochen und Gehirn hineinfraß, sollte ihm für den Rest seines Lebens im Traum in den Ohren klingen.
Später zerbrach er sich immer wieder den Kopf darüber, warum er wohl das Bedürfnis gehabt haben mochte, den Tomahawk herauszuziehen. Die Schneide stak so tief, daß er dem Toten einen Fuß auf den Nacken setzen, und mit beiden Händen anpacken und ziehen mußte, um ihn freizubekommen. Aber er tat es und wischte das Blut an der Zudecke ab. Dann hob er seine Pistole auf, verließ den Raum und machte die Tür hinter sich zu. Als er die Außentreppe halb geschafft hatte, sprang er den Rest hinunter und ging hinter den Gebäuden herum, bis er wieder auf den Brunnen stieß. Zum erstenmal bemerkte er, daß seine Hände blutverschmiert waren und er immer noch Bullheads Tomahawk in der Hand trug. Er ließ die Waffe in den Brunnen hinunterfallen, wusch sich die Hände in dem Wasser, das er im Eimer zurückgelassen hatte, und kehrte dann in die Stallungen zurück. Zwei junge Männer, einst Gefährten von Bullhead, waren dabei, ihre Pferde zu satteln.
»*Siyu*«, sagte Long Warrior und sah sie kaum an.
»Hast du Tabak?« fragte einer von ihnen.
Er gab den Männern zwei Pfeifen voll. »*Wadan, wadan*«, sagten sie beide. »Danke, danke.«
Während sie rauchten, sattelte er, saß dann auf und ritt von Hiwassee Garrison fort.

11

»Monatelang nachdem mein Großvater Bullhead erschlagen hatte«, sagte Dane, »herrschte große Unruhe unter den Cherokesen. Bullheads Verwandte und Freunde befürchteten, daß es zu noch mehr Ermordungen kommen würde, doch das geschah nicht so. Die Gründe für diese Hinrichtung waren bekannt, und die meisten Cherokesen billigten sie. Als jedoch Präsident Jefferson einen Agenten schickte, der die Dörfer der Cherokesen aufsuchen und die Leute bewegen sollte, noch über den Mississippi hinaus weiter nach Westen zu ziehen, beschloß einer von Bullheads Schwägern, der um sein Leben fürchtete, hinzuziehen; die Regierung übernahm sein Land im Austausch für das, was man ihm im Westen zuwies. Er, seine Angehörigen und Freunde waren die ersten Cherokesen, die nach Arkansas zogen; alle anderen wollten den Agenten jedoch nicht einmal anhören. Es wäre ihnen nicht im Traum eingefallen, daß sie binnen weniger Jahre fast ausnahmslos ohne ihre Zustimmung von ihrem geliebten Land gezerrt und in das dunkle Land der untergehenden Sonne getrieben werden würden.

Es müssen aufregende Zeiten gewesen sein, diese Jahre kurz vor meiner Geburt. Die ganze Grenze entlang, zwischen den Appalachen und dem Mississippi, von den Großen Seen bis hinunter an den Golf von Mexiko, wuchs bei den Stämmen immer mehr die Entschlossenheit, sich jeder weiteren Inbesitznahme des Landes durch die Weißen zu widersetzen. Für viele Indianer-Stämme hieß der Held der Zeit Shooting Star – Häuptling Tecumseh von den Shawnees – der dabei war, ein Bündnis aller Stämme zuwege zu bringen. Ohne einen solchen Stammesbund, behauptete Tecumseh, würden die Indianer dem Vormarsch der Weißen Männer in den Westen nie Einhalt gebieten können.

Sein stärkster Verbündeter im Süden war der alte Freund meiner Großmutter, Menewa von den Creeks. Eines Tages im Spätsommer besuchte eine Schar von Shawnees und Creeks die Dörfer der Cherokesen und forderte die Häuptlinge auf, mit Tecumseh an einer Großen Ratssitzung in Tallagalla teilzunehmen, jenem Ort am Tallapoosa-River, den Menewa gebaut hatte, nachdem er durch die Grenzüberfälle gezwungen worden war, Georgia zu verlassen.

Mittlerweile waren die Cherokesen zu der Überzeugung gekommen, daß es unmöglich sei, einen einzigen Häuptling zu haben; daher bildeten sie einen Ausschuß von Dreizehn, der mit Dingen befaßt war, welche den ganzen Stamm angingen. Diese dreizehn Häuptlinge wurden darauf eingeschworen, kein Land mehr abzutreten und allen Bemühungen der Vereinigten Staaten zu widerstehen, den Stamm weiter nach Westen abzudrängen. Da Long Warrior zu diesem Ausschuß der Dreizehn gehörte, war den Abgesandten Tecumsehs ganz besonders daran gelegen, daß er an der Zusammenkunft teilnahm.

Als sie nach Okelogee kamen, hieß Long Warrior sie freundlich willkommen, sagte ihnen jedoch, er sei zu sehr mit anderen Angelegenheiten beschäftigt, um den fünf Tage langen Ritt nach Tallagalla zu unternehmen. Nun, Mary war selbstverständlich außer sich. Sie war eine große Anhängerin Tecumsehs und behauptete sogar, über seine Mutter, die eine Creek war, mit ihm blutsverwandt zu sein.

›Der Rat wird jemand anderen wählen, an meiner Stelle hinzugehen‹, versicherte Long Warrior ihr an diesem Abend, nachdem sie ihn tüchtig gescholten hatte.

›Das wäre eine Beleidigung für den größten Führer unseres Volkes‹, schrie sie ihn an. ›Du mußt selbst hin.‹

›In Nashville behaupten sie‹, hielt Long Warrior ihr entgegen, ›Shooting Star sei ein Spion, ein Agent der Engländer, die sich darauf vorbereiten, wieder Krieg gegen die Amerikaner zu führen.‹

›Wozu sagst du das? Wer behauptet das? Die *Unegas*? Deine sauberen Pferdehändler-Gesellen, über die du dich immer beschwerst, weil sie lügen, betrügen und stehlen?‹

Long Warrior hatte letzthin viel Zeit mit dem Pferdehandel zugebracht. Großmutter erzählte mir, das sei für ihn an die Stelle des Glückspiels getreten, und zu der Zeit, an der die Versammlung für Tecumseh in Tallagalla stattfinden sollte, hatte er es eingerichtet, ein paar Pferdehändler – Weiße – bis nach Natchez hinunterzubringen, wo sie Mustangs aus Texas einhandeln wollten. Zum Teil verzieh sie ihm, nachdem er ihr ein sanftes, kleines, buckelnasiges Pony zum Geschenk gemacht hatte, das sie an ihren Choctaw erinnerte, auf dessen Rücken sie Bluff Village verlassen hatte.

Zu einem weiteren Streit zwischen ihnen kam es, als Mary beschloß, daß sie Okelogee beim Tecumseh-Rat vertreten wollte. Durch ihren Rang als Geliebte Frau genoß sie hohes Ansehen bei den Männern von Okelogee. Außerdem hatte sie mittlerweile die Wechseljahre hinter sich, was ihr das Recht gab, an Ratsversammlungen und Zeremonien teilzunehmen, die menstruierenden jüngeren Frauen verbo-

ten sind. Long Warrior wandte jedoch ein, sowohl die Creeks als auch Tecumseh könnten beleidigt sein über einen weiblichen Abgeordneten.
›Menewa würde mich mit den offenen Armen der Freundschaft willkommen heißen‹, erklärte Mary.
Vielleicht war das der eigentliche Grund, warum Long Warrior so sehr etwas dagegen hatte, daß sie nach Tallagalla ging. Er war von jeher eifersüchtig gewesen auf den Platz, den Menewa in Marys Erinnerungen einnahm. Doch am Ende setzte Mary ihren Willen durch wie gewöhnlich. Freudig und in Begleitung ihres jüngsten Sohnes, Talasi the Runner, machte sie sich auf den Ritt ins Creek-Land.
In meinen Knabenjahren bekam ich über dieses Ereignis immer wieder zu hören, von meinem Vater, von Runner und von Großmutter Mary. Sie lernte die Worte, die Tecumseh sprach, auswendig, schrieb sie auf und zitierte häufig bei Ratsversammlungen daraus. Nach all den Jahren, die seither vergangen sind, kann ich mich einiger der Worte Tecumsehs heute noch erinnern, als ob ich dabeigewesen wäre.«

12

Creek-Mary und Runner verließen Okelogee im Kleinen Kastanien-Mond und hatten für ihren Ritt ideales Wetter. Die Tage waren warm und sonnig, der Himmel blau, und die Nächte gerade eben frisch genug, daß man eine Wolldecke vertragen konnte. Als sie nach Tallagalla hineinritten, war sie überwältigt von der Zahl derer, die dort zusammengekommen waren, um Tecumseh willkommen zu heißen, über fünftausend Creeks, Choctaws, Chickasaws und Cherokesen. Außerdem war sie überrascht festzustellen, daß Menewa ein reicher Mann geworden war, der in einem schönen, auf hohen Pfeilern errichteten Haus lebte, hinter dem sich saubere weite Weideflächen mit Rinder- und Pferdeherden darauf erstreckten. Er prahlte mit dem Handel, den er mit den Spaniern trieb, sagte, daß er manchmal über hundert Pferde mit Hirschfellen und Pelzen belade, sie nach Pensacola hinunterzubringen. Britische Agenten seien an der Küste tätig, sagte er, und träfen Vereinbarungen für einen Militärstützpunkt, der bei einem neuen Krieg gegen die Amerikaner benutzt werden sollte. Falls es zu diesem Krieg komme, werde er aus Rache für das, was sie seinem Volk angetan hätten, gegen Georgia am Kampf teilnehmen.

Menewa hatte seit ihrer Jugend gewaltig an Leibesumfang zugenommen. Sein Gesicht war aufgedunsen, aber in seinen Augen glomm immer noch das alte Feuer, und sie spürte, daß er das Idol der Creek-Frauen war, wenn er in seinen glänzendgestreiften Jacken und rotgefiederten Kappen im Dorf umherging. Er hieß Mary und ihren Sohn willkommen, als wären sie Blutsverwandte, und bestand darauf, daß sie während der Festwoche in seinem bereits überfüllten Haus Wohnung nähmen.
In den Tagen, die ihnen bis zum Eintreffen Tecumsehs noch blieben, erneuerte sie ihre Bekanntschaft mit jenen Angehörigen ihres Volkes aus Bluff Village, die nach Tallagalla geflohen waren. Zu ihnen gehörte Tolchi mit einer Frau, die Mary, wie sie sich erinnerte, als kleines Kind gekannt hatte; jetzt hatten sie vier Kinder, eines davon war so alt wie ihr jüngster Sohn. Ihr war angesichts dieses Zeichens für das rasche Dahingehen ihres Lebens nach Weinen zumute, doch statt dessen lachte sie und pries Tolchi, so prächtige Kinder gezeugt zu haben.
Die Ankunft Tecumsehs am nächsten Tag und seines aus vierundzwanzig Shawnees, Kickapoos und Sioux bestehenden Gefolges erregte großes Aufsehen. Nach der förmlichen Begrüßung im Versammlungshaus empfing Menewa den großen Führer in seinem Hause. Als Mary ihm vorgestellt wurde, umarmte sie ihn und nannte ihn Cousin. Runner war diese ehrerbietige Haltung seiner Mutter dem Mann aus dem Norden gegenüber peinlich, zumal Tecumseh durchaus nicht eine so eindrucksvolle Gestalt war, wie er sie sich vorgestellt hatte. Tecumseh war nicht so groß wie Long Warrior, sein Körper war schmal, seine Haut eher blaß als kupferfarben, und außerdem hatte er ein leicht verkrümmtes Bein und hinkte. Was Runner wesentlich besser gefiel, das waren die sechs Sioux-Krieger, große, stattliche junge Männer, die ihr üppiges Haar zu breiten Zöpfen geflochten hatten. Es ging etwas Ungezähmtes und Ungebundenes von ihnen aus, sie sprachen mit niemand und blieben ganz unter sich.
Endlich kam der Abend des großen Ereignisses, Tecumsehs eindringlich vorgetragener Aufruf an die Creeks. Am Nachmittag war der Ballspielplatz sauber gefegt und die Tanzfläche dadurch vergrößert worden, daß man Grassoden weggenommen hatte. In der Mitte wurde ein hoher Pfahl aufgerichtet und nahe seinem Fuß ein Feuer entzündet. Gegen Sonnenuntergang versammelten sich die Zuschauer, und als es wirklich dunkel wurde, standen Männer, Frauen

und Kinder dicht an dicht um das Spielfeld herum. Menewa hatte für sich, seine Gäste und alte Helden und Heldinnen der Creeks eine Tribüne errichten lassen. Von diesem erhöhten Platz aus, zwischen seiner Mutter und Menewa sitzend, konnte Runner alles sehen und hören, was sich auf diesem von den orangefarbenen Flammen des Fichtenfeuers erhellten Ballfeld abspielte.

Tecumseh führte seine vierundzwanzig Gefolgsleute aus dem Versammlungshaus heraus und durch ein aus Creek-Kriegern gebildetes Spalier hindurch nach unten. Bis auf den Lendenschurz und die hirschledernen Beutel an der Hüfte waren sie nackt, hatten sich den Körper schwarz bemalt und reckten ihre Kriegskeulen, als sie auf den Pfosten in der Mitte des Spielfeldes zutanzten. Dort machten sie kehrt und tanzten einer hinter dem anderen am Rand der dichtgedrängten, wogenden Menge entlang. Dreimal umtanzten sie das gesamte Spielfeld, und bei jedem Mal nahm Tecumseh eine Handvoll Tabak aus seinem Beutel und verstreute ihn, um den Boden zu reinigen. Nachdem sie im Bogen wieder zu dem Pfosten in der Mitte zurückgetanzt waren, leerten alle den Inhalt ihrer Beutel in das Feuer aus, und Tecumseh stieß einen durchdringenden Kriegsschrei aus, der wie aus einem Mund echogleich von den Tänzern wiederholt wurde und im ganzen Tal widerhallte. Als der Klang verhallte, begannen sie einen Kriegstanz, langsam, gleichsam als bereiteten sie sich auf einen Hinterhalt vor und pirschten sich leise an etwas heran, um sich dann unversehens auf einen unsichtbaren Gegner zu stürzen, tanzten schneller und immer schneller und schlugen sich die Hand vor den schreienden Mund. Es war der markerschütterndste und schreckenerregendste Laut, den Runner jemals in seinem Leben gehört hatte, aber Mary war hingerissen, klatschte in die Hände und stampfte im Rhythmus des Tanzes mit den Füßen auf die Bohlen der Tribüne.

Unversehens zogen die Tänzer sich zurück, verschwanden am Rande der Menge, und ließen Tecumseh allein in der Mitte des Platzes stehen, wo ihm der Widerschein des Feuers voll ins Gesicht fiel. Er sprach in der Sprache der Muskogee zu ihnen, der Sprache seiner Mutter, Creek-Marys Sprache, und seine Stimme war so volltönend und schlug alle so sehr in den Bann, und sein Körper war dermaßen geladen mit Gefühl, daß keiner von den Tausenden Versammelter sich regte, sondern sie alle mucksmäuschenstill waren.

»Einst war unser Volk zahlreich. Einst gehörte das Land uns – von Sonnenaufgang bis Sonnenuntergang. Unsere Lagerfeuer flackerten

des Nachts, als wären sie Sterne eines herabgestürzten Himmels. Der Weiße Mann kam. Die Zahl unserer Lagerfeuer schwand.
Überall sind unsere Leute verschwunden, so wie der Schnee auf den Bergen schmilzt im Maulbeer-Mond. Wir sind nicht mehr die Herren der Wälder, und mit unseren Jagdgründen ist auch das Wild weniger geworden. Selbst unser Land ist fast dahin. Jawohl, meine Brüder, meine Schwestern – unsere Lagerfeuer sind nur noch wenige. Diejenigen, die noch brennen, müssen sich zusammentun.
Seht euch an, was der Weiße Mann unserem Volk angetan hat! Verschwunden sind die Pequot, die Narranganset, die Powhatan, die Tuscarora und die Mohikaner. Der Weiße Mann hat seine Hand auf sie gelegt, und es gibt sie nicht mehr. Wir können dem Weißen Mann nicht länger trauen! Wir haben ihm unseren Tabak und unseren Mais gegeben. Was geschah? Jetzt bleibt uns kaum noch Land, diese beiden heiligen Pflanzen anzubauen.
Sie haben uns vom großen Salzwasser weggedrängt, uns über die Berge getrieben und wollen uns über den Großen Fluß abdrängen – aber wir werden nicht noch weiter weichen. Der einzige Weg, diesem Übel Einhalt zu gebieten, besteht darin, daß wir uns zusammentun und gemeinsam das Besitzrecht auf das Land beanspruchen, wie es zuerst war und jetzt wieder sein sollte, denn es war nie geteilt, sondern gehörte uns allen. Kein Stamm hat das Recht, das Land zu verkaufen. Warum nicht die Luft verkaufen, die Wolken und das große Meer genauso wie das Land? Hat nicht der Eine droben all dies gemacht, damit seine Kinder es nutzen?«
Er hielt inne, reckte eine Hand in die Höhe, sein ganzer Körper zitterte, sprach dann weiter, mit leiser Stimme zuerst, dann lauter werdend, bis er zuletzt seine Worte hinausschleuderte, als wären es fliegende Pfeile.
»Einst waren die Muskogees und die Creeks ein mächtiges Volk. Die Bewohner Georgias haben bei ihrem Kriegsgeschrei gezittert, doch jetzt ist unser Blut weiß, sind unsere Tomahawks stumpf geworden, sind unsere Pfeile und Bogen mit unseren Vätern begraben. Erwacht, ihr Muskogees, Brüder meiner Mutter, wischt euch den Schlaf der Knechtschaft aus den Augen und laßt die weiße Rasse zugrunde gehen!
Sie bemächtigen sich eures Landes, sie verderben eure Frauen, sie trampeln auf den Gräbern eurer Toten herum. Sie müssen dorthin zurückgedrängt werden, von wo sie auf einem blutigen Pfad gekom-

men sind. Das Land gehört uns, und die Bleichhäute dürfen sich seiner nicht erfreuen.
Alle Stämme des Nordens tanzen den Kriegstanz. Bald wird die Zeit zum Losschlagen kommen, und wir werden alle zusammen losschlagen, vom Norden bis zum Süden. Schüttelt eure Kriegskeulen, schüttelt euch selbst, und ihr werdet die Amerikaner zu Tode erschrecken. Die Waffen werden ihnen aus der Hand fallen. Reckt eure Kriegskeulen, seid stark, und wenn die Zeit zum Kämpfen kommt, werdet ihr meinen Kriegsruf vernehmen, denn ich kämpfe neben euch, meine Verwandten vom Volk der Muskogee!«
Er redete bis in die Nacht hinein, bis sein bemalter Körper schweißbedeckt war und seine Stimme zu einem Flüstern wurde. Als er aufhörte, ließ die Menge, aus dem Zauberbann seiner Worte entlassen, ihren aufgestauten Gefühlen freien Lauf. Viele Minuten verstrichen, ehe Menewa, der auf seiner Tribüne stand, ein paar Worte der Zustimmung sprechen konnte. Menewa berichtete, wie die Creeks von ihrem fruchtbaren Boden in Georgia vertrieben worden waren, rühmte sich jedoch der Schläge, welche seine Krieger der Bürgerwehr an der Grenze versetzt hatten. Sie hätten ihnen so große Blutverluste zugefügt, daß sie sich jetzt hüteten, zu nahe an die Dörfer der Creeks heranzukommen. »Sollen sie nur kommen!« rief Menewa, »wir werden sie ausbluten bis auf die Knochen. Diesmal werden unsere Feinde es nicht mit einem einzelnen Stamm zu tun haben, sondern mit allen Stämmen, die sich um einer einzigen gemeinsamen Sache willen gegen einen gemeinsamen Feind zusammengetan haben.«
Er blickte hinunter auf Mary, die immer noch gebannt Tecumseh anblickte, der jetzt nur als Umriß vor dem schwächer werdenden Feuer zu erkennen war. »Ehe wir uns heute nacht schlafen legen«, fuhr Menewa fort, »laßt uns aufblicken und die Worte der Geliebten Frau unseres Stammes der Creek hören.«
Das hatte Mary nicht erwartet. Menewa hatte sie mit keinem Wort darauf vorbereitet. Sich unsicher das Haar aus dem Gesicht streichend, stand sie hochgereckt da. »Welche Worte könnte ich der Magie Tecumsehs und der Weisheit Menewas hinzufügen?« rief sie. »Tecumseh hat uns gesagt, daß wir unsere Lagerfeuer zusammenlegen müssen. Ich bin eine *Miko* der Muskogee, die seit Jahren ihr Lagerfeuer mit dem eines Häuptlings der Cherokesen zusammengelegt hat.« Sie griff hinunter und verkrallte ihre Finger in den Haaren von Runner, zerrte ihn so ungestüm hoch, daß es ihn schmerzte. »Schaut!

Hier seht ihr ein Sinnbild der Vereinigung zweier Erbfeinde – mein Sohn, Talasi, Creek-Blut vermischt mit Cherokesen-Blut. Unsere Völker müssen und werden sein wie eines und es auch bleiben. Aber nehmen wir Abstand davon, uns zu rühmen, wie es Menewa getan hat, wie so viele andere Creeks und Cherokesen es tun – daß wir einen hohen Blutzoll von den *Unegas* gefordert haben, als sie uns das letztemal aus unserer Heimat vertrieben und uns unser Land geraubt haben. Jetzt lassen sie uns in Ruhe, gewiß, weil sie das uns geraubte Land noch nicht mit ihren Städten und Dörfern und Farmen überzogen, noch nicht alle Tiere vernichtet und noch nicht alle Bäume der uns geraubten Wälder gefällt haben. Sobald sie alle diese Dinge getan haben, werden sie wieder kommen. Wir sollten das nicht vergessen! Laßt uns sein wie ein Stamm, und nie wieder werden wir aus unserer Heimat vertrieben werden wie gefallenes Laub vom Wind.«

13

»Mary wollte unbedingt, daß Tecumseh mit ihr nach Okelogee zurückkehrte, um dort seine Botschaft unter den Cherokesen zu verbreiten, doch der Shawnee lehnte höflich ab. Er sei wie ein Zugvogel, sagte er ihr. Sein Weg sei festgelegt; er müsse bei seiner Rückkehr durch das Land der Chickasaws und weiter nach Prophet's Town am Tippecanoe-River. Zu einem späteren Zeitpunkt, so versprach er, werde er dem Dorf der Geliebten Frau gern einen Besuch abstatten.
Runner war erleichtert, daß Tecumseh und seine Begleiter nicht zusammen mit seiner Mutter nach Okelogee ritten. Er wußte, daß Shooting Star ein großer und redegewaltiger Mann war, doch was ihm Unbehagen einflößte, war die Wirkung, die er auf Mary ausübte. In der Gegenwart des großen Redners war sie ganz anders als sonst. Sie wurde zu einem albernen jungen Mädchen, das Tecumseh verliebte Augen machte und ihn mit den Händen liebkoste.
Eines Abends, während ihrer Rückreise nach Okelogee, nachdem Mary laut geseufzt und zum zwanzigstenmal erklärt hatte, wie unglücklich sie darüber sei, daß Tecumseh nicht mit ihnen reite, sagte Runner ihr unverblümt, wie glücklich er darüber sei, daß der Shawnee einen anderen Pfad eingeschlagen habe als sie.
›Dann ist mein Sohn also eifersüchtig auf den großen Tecumseh?‹ sagte sie verwundert.

›Wenn du in seiner Nähe bist, benimmst du dich wie meine Liebste, Sehoya.‹

Mary starrte ihn einen Augenblick an, brach dann jedoch in schallendes Lachen aus. ›Und was ist an Sehoyas Benehmen auszusetzen? Du hast uns doch gesagt, du wirst sie zur Frau nehmen.‹

›Sie ist kaum siebzehn. Von ihr erwartet man, daß sie sich in meiner Gegenwart ziert und kokett ist.‹

›Und ich bin eine alte Frau, nicht mehr jung genug für solche Dinge?‹ Zorn blitzte in ihren Augen. ›Ich habe mich nie jünger gefühlt in meinem Leben als jetzt, Talasi. Mit Tecumseh zusammen zu sein, bedeutete für mich, daß ich mich wieder jung fühlte. Menewa hat mir das Gefühl gegeben, jung zu sein. Beide betrachten mich, als wäre ich jung, und so fühlte ich mich in ihrer Gegenwart auch jung. Du und Opothle und dein Vater, Long Warrior – in euren Augen bin ich nicht mehr jung. Ihr seid alle sehr entmutigend.‹

Runner wußte, daß er ihr weh getan hatte. ›Du bist für mich schön‹, sagte er. ›Aber du bist meine Mutter. Ich erwarte von dir nicht, daß du dich aufführst wie Sehoya.‹

Immer, wenn unangenehme Gefühle sie heimsuchten, konnte Mary lachen. So lachte sie auch jetzt, trat zu ihrem Sohn und schloß ihn in die Arme. ›Wann wirst du Sehoya heiraten?‹

›Sobald Long Warrior und Qualla mir helfen, ein Haus zu bauen.‹

›Du brauchst kein Haus. Mein Haus ist groß genug, die ersten Kinder darin aufzuziehen. Wir werden die Hochzeit feiern, sobald alles Nötige geregelt ist.‹

Hätte Runner es sich wegen Sehoya anders überlegen oder die Feier auch nur auf später verschieben wollen – die Chancen, das zu tun, waren gering, nachdem Mary die Dinge einmal in die Hand genommen hatte. Sehoya war die Tochter eines Häuptlings in Oostanaula, und Runner hatte sie begehrt, seit er sie bei einem seiner häufigen Besuche zusammen mit der Ballmannschaft von Okelogee in diesem Dorf kennengelernt hatte. Nach ihrer ersten Begegnung hatte Sehoya oft ihren Vater nach Okelogee begleitet, immer wenn die Spieler von Oostanaula dort Freundschaftsspiele austrugen. Da ihr Vater ein Häuptling war, waren sie jedesmal Gast von Long Warrior und Mary gewesen. Nachdem feststand, daß Runner und Sehoya heiraten würden, hatten sie schon manche Nacht in den Maisspeichern ihrer Eltern miteinander verbracht.

Mary sorgte dafür, daß es eine richtige Cherokesen-Hochzeit wurde.

Runner machte sich in den tiefen Wald jenseits der Schlafenden Frau auf, erlegte einen Bären und brachte das Fleisch als seinen Beitrag zum Hochzeitsschmaus mit nach Hause. Sehoya buk Brot aus selbstangebautem Mais und aus Kastanien, die sie selbst gesammelt hatte.
Okelogee hatte seit Jahren keine solche Ausgelassenheit mehr erlebt wie an diesem Hochzeitstag; es wurde gesungen und Musik gemacht, getanzt und bis weit in die Nacht hinein geschmaust. Die Trauung selbst war ganz schlicht; Mary vollzog sie nach ihrer Creek-Tradition. Sehoya und Runner, die jeder einen kleinen Stab in der Hand trugen und von einem Kreis von weißgekleideten Tänzern umringt waren, trafen sich im Tanzgeviert. Dort warfen sie die Stäbe nebeneinander auf den Boden; dann brachten Opothle und Sehoyas ältester Bruder eine lange Ranke von einem Schlinggewächs und umwanden die beiden Stäbe damit.
Mary umarmte sie als erste. ›Macht mir viele Großkinder!‹ rief sie, wischte sich die Tränen aus den Augen und erbebte zugleich unter ihrem üblichen herzhaften Gelächter. Alle brachten Geschenke. Opothle überreichte ihnen feine Wolldecken aus seinem Lagerhaus, und Long Warrior schenkte ihnen ein Gespann zueinander passender Pferde. Der einzige Dämpfer bei diesem Fest war die Tatsache, daß Long Warrior gleich nach dem Festmahl zur Mittagsstunde abreiten mußte. Er mußte nach Nashville hinauf, um größere Geschäfte mit einem bedeutenden Gentleman abzuschließen – einem Pferde- und Sklavenhändler, Anwalt, Bodenspekulant und Generalmajor der Bürgerwehr von Tennessee. Er war auf der Suche nach Pferden, um seine Bürgerwehr damit auszurüsten. Sein Name: Andrew Jackson.
Im Frühjahr nach der Heirat von Runner und Sehoya erreichten Okelogee beunruhigende Nachrichten, daß die Engländer wieder Krieg mit den Amerikanern führten. Rund um sie her bewaffneten sich die Grenzer, und die Häuptlinge der Cherokesen kamen eilends zusammen, um zu beraten, welchen Weg der Stamm jetzt einschlagen solle. Eine Zeitlang hatte der Rat der Cherokesen daran gedacht, daß es vorteilhaft sein könnte, eine Regierungsform ähnlich jener der Vereinigten Staaten anzunehmen. Solange sie zurückdenken konnten, hatten freundlich gesonnene weiße Männer ihnen geraten, wie die *Unegas* zu werden – ihre Anführer durch Wahlen zu bestimmen, Missionare einzuladen, ihnen das Christentum nahezubringen, und Schulen zu bauen, damit ihre Kinder englisch lesen und schreiben lernten. Wenn auch Long Warrior zu sehr mit anderen Dingen beschäftigt war, als

daß er an vielen dieser Beratungen hätte teilnehmen können – seine Söhne hatten damit zu tun, begruben endlich einmal ihre alten Meinungsverschiedenheiten und meldeten sich beide freiwillig, eine neue Regierung ins Leben zu rufen. Opothle ging sogar so weit, nach der Verfassung der Vereinigten Staaten einen Entwurf für die von ihnen anzunehmende Verfassung zu entwerfen.
Der Ausbruch des Krieges im Jahre 1812 machte das Erreichen dieser Ziele nur noch dringlicher; freilich entbrannten bittere Streitigkeiten und Auseinandersetzungen darüber, wie die Cherokesen sich verhalten sollten. Sollten sie neutral bleiben, oder entweder den Engländern oder den Amerikanern ihre Hilfe anbieten in der Hoffnung, von den Siegern nach dem Krieg als unabhängiges Volk anerkannt zu werden?«

14

»Zwei Cherokesen«, sagte Dane, »fällt es immer schwer, über längere Zeit hinweg einer Meinung zu sein. Als Mary hörte, daß sowohl Tecumseh im Norden als auch Menewa im Süden sich mit den Engländern gegen die Amerikaner verbündet hätten, fing sie an, die Cherokesen zu drängen, dem Beispiel der beiden Häuptlinge zu folgen. Sie stattete einigen Dörfern Besuche ab und setzte sich bei den Ratsversammlungen für ein Bündnis mit den Briten ein. Long Warrior hingegen, ganz unter dem Einfluß von Andrew Jackson, vertrat genau die entgegengesetzte Ansicht. General Jackson, sagte er, stelle eine nach Tausenden zählende Armee auf und wünsche sich von den Cherokesen, daß sie ihre Krieger schickten, damit sie unter seinem Befehl kämpften. Mit einem solchen Anführer und einer solchen Streitmacht stehe es fest, daß die Amerikaner die Engländer besiegen würden; und wenn der Krieg vorbei sei, dessen war Long Warrior sich ganz sicher, würden die Cherokesen als Volk gleichrangig von den Vereinigten Staaten anerkannt werden und brauchten keine Angst mehr vor unrechtmäßiger Aneignung von Land oder vor eindringenden Siedlern zu haben.
Runner und Opothle jedoch hegten beide tiefes Mißtrauen gegen Andrew Jackson. Opothle wurde immer wohlhabender und baute ein großes Handelsunternehmen auf. Mit seinem Schwiegervater, John Rogers, als Teilhaber, betrieb er auch noch eine große Farm, pflanzte tausend Pfirsichbäume, schaffte sich mehrere Pflüge und Maultiere

zum Ziehen derselben an und begann Mais anzubauen und Rinder und Schweine zu züchten. Um all diese Arbeit zu bewältigen, ritt er nach Nashville hinauf und kaufte sich ein paar schwarze Sklaven. Runner wollte, daß Opothle sie freigab; er verabscheute die Sklaverei und hat Opothle nie verziehen, sie nach Okelogee gebracht zu haben. So ungefähr das einzige, worin die beiden Brüder sich wirklich einig waren, war, daß die Cherokesen im Krieg des Jahres 1812 absolut neutral bleiben müßten.

Sie sehen also, die Familie war gespalten und blieb eine Zeitlang bitter entzweit. Opothle kam oft genug nach Nashville und erfuhr im Laufe der Zeit eine ganze Menge über Andrew Jackson, und jedesmal, wenn Long Warrior den Mann rühmte und die cherokesischen Krieger aufrief, sich Jacksons amerikanischer Armee anzuschließen, pflegte Opothle zu erklären, Andrew Jackson sei für mehr den Cherokesen in Tennessee gestohlenes Land verantwortlich als irgendein Mensch sonst, und daß die Cherokesen deshalb nichts mit ihm und seinem Krieg zu tun haben wollten.

Um diese Zeit baute Opothle sich ein großes neues Haus in der Nähe seiner Farm – acht oder zehn Zimmer, mit einer Veranda davor und weißgetünchten Wänden. Am Tag, da das Haus fertig war, lud er Mary und Long Warrior ein, zu kommen und es sich anzusehen. Long Warrior ging in den leeren Räumen umher, stieg die gewundene Treppe hinauf, spähte durch die Fensterscheibe hinaus und fragte Opothle, ob er nicht so sehr ein Weißer Mann geworden sei, daß er jetzt glaube, er lebe ewig.

›Ich weiß, daß ich eines Tages zu Staub werde‹, erwiderte Opothle auf seine würdevolle Weise, ›aber ich möchte den Weißen Männern mit diesem Haus beweisen, daß Cherokesen genausogut leben können wie sie. Wenn sie sehen, daß wir genauso zivilisiert sind wie sie, werden sie aufhören, uns zu sagen, wir sollen weiterziehen nach Westen, aufs andere Ufer des Mississippi.‹

Mary schüttelte den Kopf. ›Du machst sie bloß neidisch‹, sagte sie. ›Die *Unegas* werden dir dieses Haus wegnehmen. Mein Gott, Opothle, dies Haus ist groß genug für zwanzig Kinder, und du hast nur drei. Du und Suna-lee, ihr arbeitet soviel, um euch *Dinge* anzuschaffen, daß euch keine Zeit bleibt, mir mehr Großkinder zu machen.‹

Ständig haderte sie mit Opothle wegen der englischen Namen, die er seinen Kindern gab – William, Priscilla und Jotham. Mary gab jedem

Enkelkind noch einen Cherokesennamen, doch die habe ich vergessen, nur den von Priscilla nicht. Mary nannte sie Telassie, und gelegentlich schien Priscilla diesen ihrem Kosenamen Prissie vorzuziehen.«

»Sie waren doch Ihre Cousins«, sagte ich. »Wesentlich älter als Sie?«

»William und Prissie kamen mir immer wie Erwachsene vor, dabei können sie kaum mehr als acht oder zehn Jahre älter gewesen sein als ich. Aber Jotham war nur ein Jahr älter. Jotham und ich wurden dicke Freunde, wiewohl wir immer Rivalen geblieben sind.«

Leise kicherte Dane in sich hinein, wie ich annahm, über irgendeinen erheiternden Zwischenfall aus jener längst vergangenen Zeit; doch in Wirklichkeit beobachtete er den Reiter draußen, der bis auf hundert Schritt an das Blockhaus herangekommen war und jetzt darum herumritt. »Der junge Crow dort draußen – er weiß, daß ich einen Besucher habe, und jetzt hält er nach dem Pferd Ausschau, aber es gibt kein Pferd.« Er saß da, schaukelte hin und her und lächelte immer weiter, bis er seinen Namen rufen hörte.

»Kommen Sie mit an die Tür«, sagte er, erhob sich von seinem Schaukelstuhl und stampfte mit den Füßen auf, um die Steifheit aus seinen Beinen zu vertreiben. »Wenn er einen Fremden zu sehen bekommt, der vielleicht ein Nebenbuhler sein könnte, hat er etwas, worüber er nachdenken kann.«

Ein recht stattlicher junger Indianer saß auf einem gescheckten Pony.

»Haben Sie den Hereford-Bullen von meinem Alten irgendwo hier gesehen?« Die Frage war an Dane, die forschenden Blicke jedoch auf mich gerichtet.

»Kein Bulle hiergewesen«, erwiderte Dane.

»Dann muß er irgendwo anders hin sein.«

Dane nickte.

»Wenn er hier vorbeikommt, würden Sie ihn einsperren?«

Dane versprach, das zu tun.

Der junge Mann tippte an die Krempe seines hohen Hutes. »Wiedersehen.« Er bedachte mich noch einmal mit einem bohrenden Blick, dann ritt er den Feldweg in Richtung Dundee hinunter.

Dane schloß der kalten Morgenluft wegen die Tür und lachte dann schelmisch, wie ein Kind, das sich diebisch freut. »Er hat überhaupt nicht nach einem Bullen gesucht. Er hat gehofft, Mary Amayi hier zu treffen. Wollen doch mal sehen, ob er schlau genug ist, sie zu finden, dieser junge Mann mit Visionen.« Er trat an den Kamin heran, nahm eine langstielige indianische Pfeife vom Sims herunter und stopfte Tabak in den schräg angebrachten Pfeifenkopf. »Visionen«, sagte er. »Wir Indianer leben von Visionen.« Er nahm mit bloßen Fingern ein kleines Stück organgefarbener Kohle von der Feuerstelle und ließ es in den Pfeifenkopf hineinfallen.

»Illusionen würden Sie das wohl nennen. Großmutter Mary hatte eines Tages Visionen, als ein Wanderfalke klagend aus dem Norden kam und ihr verriet, daß Tecumseh in einer Schlacht mit den Amerikanern den Tod gefunden habe. Ein paar Tage später wurde dieses Ereignis durch einen Boten aus Tennessee bestätigt. Sie gehörte nicht zu denen, die viel Zeit damit zubringen, sich um geliebte oder bewunderte Menschen zu härmen und zu trauern. Der Schöpfer des Atems hatte Tecumseh gerufen, und niemand konnte ihn zurückbringen. Sie wandte ihre Gedanken dem Lebenden zu, Menewa, von dem sie annahm, daß er Tecumsehs Platz einnehmen würde.

Long Warrior wollte selbstverständlich nichts hören von ihren Bitten, sich mit Menewa zu verbünden, zumal sie aus dem Lande der Creeks hörten, daß Menewa die Roten Stangen des Krieges in etliche Creek-Dörfer getragen hatte und jetzt gegen jene aus seinem eigenen Volk kämpfte, die sich ihm in seinem Kampf bis auf den Tod gegen die Amerikaner nicht anschließen wollten. Genauso wollte Opothle sie in keiner Weise unterstützen. Zuletzt wandte sie sich an Runner und sagte ihm, sie wünsche, daß er zusammen mit ihr nach Süden reite, um Menewa zu finden und ihn zurückzubringen ins Land der Cherokesen. Sie sei sicher, daß sie und Menewa gemeinsam den Cherokesen begreiflich machen könnten, in welch großer Gefahr sie sich befänden, es sei denn, sie täten sich mit den Creeks zusammen, um gemeinsam um ihr Überleben zu kämpfen.

Als Runner begriff, daß er seine Mutter nicht bewegen konnte, von ihrer Vision Abschied zu nehmen, erbot er sich, sie zu begleiten, sofern sie so lange wartete, bis Sehoya ihr erstes Kind zur Welt gebracht hätte. Sehoya hatte es nicht gerade leicht.

Mary bekundete zwar Verständnis, fürchtete jedoch, daß eine Verzögerung ihren ganzen Plan zunichte machen könne. Eines Nachts, nachdem alle anderen sich hingelegt hatten, schlüpfte sie aus dem Haus und ritt allein auf ihrem buckelnasigen Pony fort, um Menewa zu suchen – genauso, wie sie vor vielen Jahren davongeritten war, nur, daß sie diesmal nicht durch ein kleines Kind behindert wurde und selber keine junge Frau mehr war. Sie muß damals nahe an die sechzig gewesen sein. Hinterher wußte sie selbstverständlich, daß alles nur eine Vision gewesen war – eine Illusion, wie Sie sagen würden. Aber Großmutter hat nie viel übrig gehabt für ein vernünftiges und gesichertes Leben. Ohne Visionen – oder Illusionen – vermochte sie dem Leben keinen Geschmack abzugewinnen.

Am nächsten Morgen wußten alle, daß sie fortgeritten war. Long Warrior beratschlagte nachsichtig mit Qualla, ob er nicht hinter ihr herreiten solle, doch Qualla riet ihm davon ab. Sie werde erst dann zurückkehren, wenn ihre Vision ihr das befehle. Opothle meinte, sie müsse senil geworden sein, doch die anderen lachten ihn nur aus, daß er etwas so Törichtes sagen könne. Runner machte sich Sorgen um ihre Sicherheit, und versprach, sobald Sehoya ihr Kind zur Welt gebracht hätte, hinter ihr herzureiten und sie nach Hause zurückzubringen.

Ein paar Tage später trat Marys Davonreiten durch die Ankunft General Andrew Jacksons und einer Kompanie der Bürgerwehr in Okelogee in den Hintergrund des Interesses. Jackson war verzweifelt auf der Suche nach mehr Soldaten. Er war den Coosa River hinuntergezogen und hatte Creeks abgeschlachtet unter dem Vorwand, daß alle Creeks für seine englischen Feinde kämpften. Die meisten seiner Männer von der Bürgerwehr waren jedoch nach Ablauf ihrer Freiwilligenzeit nach Tennessee zurückgekehrt, etliche von seinen Kavalleristen desertiert, und die regulären Soldaten, die ihm von der Armee der Vereinigten Staaten versprochen worden waren, waren immer noch nicht eingetroffen.

Damals, so hat mein Vater mir später erzählt, habe Jackson wie der leibhaftige Tod ausgesehen, über einsachtzig groß, aber knochig und ausgemergelt, einen Arm einer früheren Verwundung wegen in der Schlinge, die Wangen eingefallen und die Augen glasig und glänzend vom Fieber. ›Wir sind alle Brüder, die für ein und dieselbe Sache kämpfen‹, sagte er den Leuten von Okelogee, ›gegen die Creeks mit den Roten Stäben, die von unseren britischen Feinden bewaffnet worden sind. Wenn die Roten Stäbe die Oberhand gewinnen, werden sie eure Cherokesen-Dörfer niederbrennen, wie sie auch die Dörfer friedlicher Creeks niedergebrannt haben. Schließt euch mir an, um sie zu vernichten, und ihr könnt der Dankbarkeit eurer amerikanischen Brüder gewiß sein. Erringt die Freundschaft eurer amerikanischen Brüder jetzt durch euren Mut.‹

Er versprach Long Warrior, er werde ihm den Rang eines Majors der Freiwilligen verleihen, wenn er aus vier Dörfern Cherokesen-Kompanien zusammenstelle und sie zu einem Fort in der Nähe der Ten Islands auf dem Coosa bringe. Sobald Jackson nach Süden davongeritten war, wandten Opothle und Runner sich gegen Long Warrior und drangen in ihn, Jackson nicht zu helfen, doch Long Warrior hatte längst seinen Entschluß gefaßt. Nachdem er den meisten jungen Männern das Versprechen abgenommen hatte, ihm als Krieger zu folgen, ging er hin und rekrutierte Freiwillige in drei anderen Dörfern. Wäre Mary dabeigewesen, hätte sie höchstwahrscheinlich ihre alte Steinschloßpistole herausgeholt und General Jackson aus dem Sattel geschossen; und letzten Endes wäre das ein Segen für die Cherokesen gewesen. Weiß der Himmel, was sie mit Long Warrior gemacht hätte.«

15

Nachdem sie Okelogee verlassen hatte, ritt Mary jeden Tag tüchtig und ausdauernd, so daß sie schon spät am vierten Tage Tallagalla erreichte. Die Nächte waren kalt, denn es war erst der Kleine Frühlings-Mond, ehe die Knospen anschwollen. Als sie sich durch das letzte Gehölz noch völlig unbelaubter Bäume dem Ort näherte, wunderte sie sich über die Stille. Kein Hundegebell, kein Kinderlachen, keine laute Geschäftigkeit verriet, daß Leben in Tallagalla herrschte. Als der Pfad sie auf eine Anschwemmung von Kies hinausbrachte, erblickte sie nur Verwüstung, wo sie noch wenige Monate zuvor das Dorf gesehen hatte. Statt Häuser sah sie Aschenhaufen, schwarze Skelette von Gebäuden, niedergebrannte Zäune. Sie ritt weiter bis zu der Stelle, wo Menewas großes Haus gestanden hatte. Nur der halb zertrümmerte Kamin aus Lehm war übriggeblieben. Seine Rinder- und Pferdeherden waren verschwunden. In einer Notunterkunft entdeckte sie einen alten Mann und zwei alte Frauen, die ihr berichteten, daß eine große Anzahl weißer Soldaten und Halbblut-Creeks sie ohne jede Warnung überfallen hätten, als der Ort schutzlos dagelegen hatte, und alles verwüstet hätten. Menewa, seine Krieger und die Überlebenden von Tallagalla sollten, so hieß es, sich an der Great Bend – der großen Schleife – eine Tagereise den Tallapoosa hinaus verschanzen.
Gegen Sonnenuntergang des nächsten Tages fand Mary Menewa, tausend Krieger und noch einmal ebenso viele Frauen und Kinder, die

sich alle abrackerten, vor dem Zugang zu einer von drei Seiten von der großen Schleife des Flusses umspülten Halbinsel eine Feldschanze aus Baumstämmen zu errichten. Sie hatten den Ort Tohopeka genannt, Eingefriedete Befestigung.

Falls Menewa überrascht war, Mary zu sehen, ließ er es sich jedenfalls nicht anmerken. »Wo sind deine Söhne, und wo ist der Cherokesen-Häuptling von Okelogee?« fragte er. »Wir brauchen Krieger, die kämpfen können, nicht noch mehr Frauen.«

»Meine Männer sind verblendet«, antwortete sie. »Komm zurück mit mir nach Okelogee und hilf mir, ihnen die Augen zu öffnen.«

Er schüttelte den Kopf. »Es ist keine Zeit, den Cherokesen den Star zu stechen«, erklärte er. »Tohopeka ist das letzte Bollwerk der Red Stick-Creeks. Man hat uns aus Tallagalla vertrieben, aus Hillabee, aus Artussee, aus allen Dörfern, die sich dem Vordringen der weißen Eroberer in den Weg stellten. Hier können wir wieder zu Kräften kommen, um noch einmal mit unseren Feinden zu kämpfen. Kehr zurück ins Land der Cherokesen, Geliebte Frau, und berichte ihnen von Tohopeka, wo Männer Krieger seien, die sich nicht fürchten zu sterben.«

»Nicht, ehe ich dir nicht geholfen habe, diese Befestigung zu bauen. Wenn sie fertiggestellt ist, will ich fortreiten und dir Cherokesen-Krieger zuführen, die dir helfen, sie zu verteidigen.«

Zusammen mit Menewa befand sich Red Eagle an der Great Bend, ein Halbblut-Creek, den seine weißen Feinde als William Weatherford kannten, und er war es, der anordnete, wie die Verschanzung aussehen sollte. Fichtenstämme wurden über den Fluß herübergeschafft, dort hingerollt, wo sie liegen sollten, die Ende miteinander verbunden und Schießscharten eingeschnitten. Tagelang arbeitete Mary mit einer Axt, bis ihre Hände voller Blasen waren und Muskeln und Knochen sie schmerzten. Zuletzt erstreckte sich die Barrikade von einem Ende der Landenge bis zum anderen. Sie ragte übermannshoch auf und wies oben und unten eine Reihe von Schießscharten auf. Außerdem verlief sie nicht gerade, sondern war zum Innern hin so im Bogen angelegt, daß Angreifer, die von vorn kamen, darauf gefaßt sein mußten, von zwei Seiten und aus zwei übereinander angeordneten Reihen von Schießscharten heraus mit Feuer bestrichen zu werden.

Am Tag, ehe Mary beschloß, nach Okelogee zurückzureiten, trafen aus dem Westen Creek-Melder ein und warnten Menewa vor einer näherrückenden Streitmacht von Soldaten unter dem Befehl von Sharp Knife – Andrew Jackson. Ihre Marschkolonne sei so lang, daß man sie nicht überblicken könne. Hunderte von Fußsoldaten, manche in blauer Uniform, und Hunderte von berittenen Schützen. Das schlimmste von allem war jedoch die Nachricht über die vielen der aus Cherokesen bestehenden Hilfstruppen, die behauptet hatten, Freunde der Creeks zu sein.

»Man hat sie mit falschen Versprechungen von Sharp Knife geködert«, sagte Menewa, und seine Stimme klang verbittert, als er sich an Mary wandte: »Was wirst du jetzt tun, Geliebte Frau der Creeks?«

»Mein Platz ist hier«, sagte sie zu ihm. »Ich bin entschlossen, hier in Tohopeka zu sterben oder zu leben.«

Doch am nächsten Vormittag flammte ihr Zorn auf, als Menewa ihr befahl, die Frauen und Kinder an einen sicheren Ort auf der anderen Seite des Flusses zu begleiten. »Ich kann genausogut schießen wie jeder andere Krieger«, protestierte sie.

»Geh mit den Frauen und Kindern«, Menewa ließ sich nicht erweichen. »Die Saat dieses Stammes muß erhalten bleiben.«

»In meinem Alter«, hielt sie ihm entgegen, »liegt der Samen unfruchtbar in mir.«

»Geh! Sie bedürfen deiner. Du bist ihre Geliebte Frau.«

Und so ging sie mit den anderen Frauen, überquerte in Kanus den Fluß und watete dann durch Sumpf und Morast hinüber zu einem trockenen, unter hohem und dichten Gebüsch verborgenen Erdbukkel. Dort sollten sie in aller Stille warten und keine Feuer anzünden, um ihre Mokassins und Beinkleider zu trocknen.

Vor Mittag hörten sie das erste Geknatter von Musketenfeuer, dem gelegentlich der Abschluß kleinerer Kanonen folgte. Wiewohl Mary von all dem Furchtbaren, das sich während der Schlacht von Horseshoe Bend abspielte, nichts zu sehen bekam, waren zwei Mitglieder ihrer Familie dabei; einer sollte überleben und ihr berichten, was er gesehen hatte.

Zwei Tage, nachdem Sehoya einen Sohn geboren hatte, verließ Runner Okelogee, um bei der Suche nach seiner Mutter weit in das Gebiet der Creeks hinein vorzustoßen. Genauso, wie sie es getan, folgte er erst dem alten Pfad, der nach Tallagalla führte, doch am dritten Tag, irgendwo am Wasserlauf des Chockelocko, stieß er auf eine breite Fährte, die von einer Armee – Andrew Jacksons Armee – hinterlassen worden war. Er wußte, daß Long Warrior und seine Cherokesen zu diesen marschierenden Männern gehörten. Da er sich sagte, daß Jackson wohl Menewas Red Sticks verfolgte und Mary bestimmt dort war, wo auch Menewa war, beschloß Runner, dieser Armee zu folgen, von der er annahm, daß sie ihm höchstens einen oder zwei Tage voraus sei.

Runner überholte Jacksons Armee nicht, war jedoch nahe genug, um denselben Lärm der sich entfesselnden Schlacht zu hören, den auch Mary hörte. Er überquerte einen schmalen Wasserlauf, gelangte auf einen offenen Hang und war überrascht, als er Massen von Männern in Reih und Glied angetreten vor sich erblickte. Zwei Kanonen, die auf einer Kuppe vor der drohenden Verteidigungsanlage der Red Sticks aufgebaut waren, feuerten abwechselnd Schüsse ab, aber die Kugeln versanken in weichen Fichtenstämmen, ohne irgendwelchen größeren Schaden anzurichten. Aus den Schießscharten der Befestigung heraus erzielten Scharfschützen der Creek gelegentlich einen Treffer unter den Kanonieren oder unter den blauuniformierten US-Soldaten, die versuchten, den Kanonieren Feuerschutz zu geben.

Nach ein paar Minuten dieses völlig nutzlosen Hin und Hers ertönte ein Hornsignal, und man hörte Trommeln schlagen. Drei Reiter sprengten rechterhand von Runner einher und hielten an; in dem mittleren erkannte er Andrew Jackson. Das ausgemergelte Gesicht des Generals zeigte eine säuerliche Miene. Er hielt seinen verwundeten und immer noch nicht ausgeheilten Arm gegen die Brust gepreßt. Befehle hallten übers Feld, und ein paar Formationen von Fußsoldaten setzten sich in Richtung auf die Barrikade in Bewegung. Angehörige der Bürgerwehr mit Waschbärmützen und Hirschlederjacken gesellten sich zu den blau uniformierten US-Soldaten, um einen plötzlichen Sturmangriff auf den Verteidigungswall zu laufen. Ehe sie ihn jedoch erreichen konnten, eröffneten die Creeks aus ihren Schießscharten heraus das Feuer, und die Angreifer zogen sich rasch mit ihren Gefallenen und Verwundeten zurück. Auch die Kanonen wurden den Hang hinaufgeschafft.

Jackson fluchte und schrie. Er schickte einen Adjutanten im Galopp zu seiner Linken, den anderen zu seiner Rechten davon. Runner beobachtete ihn, wie er unter Schmerzen dasaß, seinen Zügel mit dem verkrüppelten Arm festhielt und neben seinem Pferd das Wasser abschlug.

Im Gebüsch hinter Jackson bemerkte Runner plötzlich eine Bewegung, und dann kam mit hocherhobenem Tomahawk ein Creek-Krieger hervorgestürmt. Augenblicklich einen Warnruf ausstoßend, lenkte Runner sein Pferd auf Jackson zu, der herumgefahren war und sich abmühte, seinen Säbel zu ziehen. Dieser fiel zu Boden. Eine Sekunde später war Runner aus dem Sattel und griff nach dem Säbel. Als er die Spitze auf den Krieger richtete, blieb der Red Stick unvermittelt stehen. Ein Pistolenschuß ertönte, so nahe an Runners Ohr, daß es darin sang. Der Red Stick stürzte. Die Pistole in der Hand, trat Jackson ein paar Schritte vor und drehte den Leichnam mit der Stiefelspitze um. »Gottverdammter Schleicher«, sagte er und starrte Runner an, der ihm seinen Säbel reichte. »Wer bist du? Du trägst keinen Hirschwedel am Kopf.«

»Talasi the Runner. Der Sohn von Long Warrior.«

Jackson runzelte die Stirn. »Deine Leute stehen auf der anderen Seite des Flusses.« Als er auf die Schleife des Tallapoosa zeigte, kamen seine beiden Adjutanten im Galopp zurück. Jackson empfing sie mit einem Schwall von Flüchen und machte sich nicht einmal die Mühe, Runner dafür zu danken, daß er ihm das Leben gerettet hatte.

Als Runner sein Pferd über den schlammigen Fluß hinübergebracht hatte, nahm das Musketenfeuer hinter ihm an Stärke zu, und als er höhergelegenes Gelände erreichte, sah er, daß die Kanonen über den Verteidigungswall hinweg in das Bollwerk der Creeks hineinschossen. Die gesamte Länge der Flußschleife entlang standen Cherokesen mit Hirschwedeln am Kopf, damit man sie von den Red Sticks unterscheiden konnte. Und verstreut in den Bäumen hinter ihnen hockten berittene Schützen von Jacksons Tennesseer Bürgerwehr.

Sein nervöses Pferd mit kurzem Zügel bändigend, suchte Runner die lange Reihe der Cherokesen entlang nach Long Warrior. Plötzlich lenkte gellendes Geschrei seine Aufmerksamkeit wieder auf die Barrikade. Durch Wolken von Pulverdampf hindurch sah er, daß Jacksons Soldaten dabei waren, sie mit Leitern zu erklettern. Wenige Minuten darauf, als flüchtende Red Sticks sich am Ufersaum der Halbinsel sammelten, eröffneten Cherokesen und berittene Schützen ein mörderisches Feuer auf sie. Hinterher erfuhr Runner, daß die Creeks Kanus am Ufer festgemacht hatten; doch die Cherokesen waren unter Wasser hinübergeschwommen und hatten die meisten von ihnen entführt. Jetzt bestand die einzige Möglichkeit des Entkommens darin, in den Fluß zu springen, wo sie, ohne sich selbst verteidigen zu können, ein leicht zu erkennendes Ziel boten.

Eine kurze Weile hindurch war Runner im Kopf ganz leicht zumute, fühlte er sich berauscht vom Knattern des Musketenfeuers, von den

Jubel- und Schmerzensschreien, vom Geruch bitteren Pulvers, der über der Erde und dem Fluß hing, dem raschen Wogen von Männern, die töteten und starben. Für diesen kurzen Augenblick sollte er Teil dieses Wahnsinns sein; er hatte das Gefühl, sich unbedingt an dieser Raserei des Blutvergießens beteiligen zu müssen; sein Leben aufs Spiel setzen zu wollen, wie andere es aufs Spiel setzten.
Und dann sah er seinen Vater im Fluß; das Wasser reichte Long Warrior bis zur mächtigen Brust, sein weißes Haar leuchtete wie Silber unter dem Kopftuch und dem Hirschwedel. Er drängte seine Krieger, ihm zu folgen. Er schien es darauf abgesehen zu haben, die Halbinsel selbst zu erreichen – aus welchem Grunde, blieb Runner unerfindlich. Jacksons blauberockte US-Soldaten waren bereits dort und brachten die wenigen Red Sticks um, die dort in Gräben und Erdlöchern zurückgeblieben waren.
Seinen Zügel lockernd, trieb Runner sein Pferd durch ein Dickicht knospender Weidenbüsche hindurch. Als er wieder zum Fluß hinüberblickte, sah er Long Warrior im Wasser treiben. Zuerst dachte Runner, sein Vater schwimme, doch dazu bewegte er sich viel zu schnell, drehte sein Körper sich in einer schmalen Strömung. Runner trieb sein Pferd durch einen Schlag zu größerer Eile an, streifte dabei Baumstämme, als er das sumpfige Ufer entlangsprengte, ließ seines Vaters auf- und abtauchendes Haar nicht aus den Augen, bis es in einen Uferstrudel am Ufer hineingeriet. Dort gesellte er sich zu einem Dutzend Toter, die sich in einem Kreis blutigen Schaums drehten, die nackten Glieder ineinander verschlungen. Um die ganze Schleife herum waren viele andere Leichen an Baumstämmen und Gesträuch festgekeilt. Wenn irgendwelche Krieger der Creeks das tödliche Feuer von Cherokesen und berittenen Schützen überlebt hatten, so war nicht einer von ihnen zu sehen.
Long Warrior war tot. Eine Musketenkugel steckte in seinem Gehirn. Von irgendwoher tauchte plötzlich Qualla auf und half Runner, den Leichnam ans Ufer zu ziehen. »Vor langer Zeit«, sagte Qualla, »hat Stalking Turkey das in einem Traum geschaut. Es war vorherbestimmt.«
Runner hatte immer einen der größten Männer in seinem Vater gesehen, ein Riesenbild, das er aus seiner Kindheit bewahrt hatte, doch jetzt, im Tode, sah er geschrumpft und preisgegeben aus. Qualla baute ein Feuer, sie saßen die ganze Nacht neben dem Toten und verharrten in Schweigen.

Gegen Morgengrauen stieß Jacksons Armee weiter nach Süden vor, um die Überreste von Menewas Red Sticks zu verfolgen. Als die Grenzer abritten, blieben ein paar von ihnen gerade lange genug zurück, um tote Creeks aus dem Fluß herauszuholen und von den Leichen lange Streifen Haut abzuziehen, die sie trocknen und zu Leibriemen oder Zügeln verarbeiten wollten.

Sobald es hell genug war, schwamm Runner zur Halbinsel hinüber und fand eine Axt. Dann ging er auf die Suche nach einer Zeder, fällte sie und höhlte sie mit der Axt aus. Nachdem er Long Warrior in den Zedernstamm gebettet und ihn mit seiner Wolldecke zugedeckt hatte, hielten er und Qualla überm Feuer eine Zeremonie ab, beteten zum Schöpfer des Atems und löschten dann das Feuer mit Wasser, was sinnbildlich den Tod darstellen sollte. Da in der Nähe keine Felsbrokken zu finden waren, den Zedernstamm damit zu bedecken, gruben sie ein Loch im Sand und begruben Long Warrior am Hochufer des Flusses.

Da sich im Innern der Befestigungsanlagen der Creeks weder Frauen noch Kinder befunden hatten, erriet Runner, daß sie sich irgendwo in der Nähe verborgen halten mußten; freilich wußte er nicht, ob sie den fliehenden Red Sticks gefolgt waren oder nicht. Auch war er sich nicht sicher, ob seine Mutter bei ihnen wäre.

Nach entgegengesetzten Richtungen auseinandergehend, schickten Qualla und er sich an, um das Gebiet, auf dem die Kämpfe stattgefunden hatten, herumzureiten.

Er war noch keine hundert Schritte durch den frühmorgendlichen Dunst geritten, als er unterhalb einer gewölbten Erdkuppe mehrere Frauen sich mit dem Schlamm eines Morasts abmühen sah. Sie gerieten in Angst, als er näherkam, und so rief er hinüber: »Amayi, die Geliebte Frau – habt ihr sie gesehen?« Eine von ihnen zeigte auf die Erdkuppe.

Er fand zwei Frauen an der Seite eines Schwerverwundeten und wollte schon fragen, wo seine Mutter sei, als er sie plötzlich in einer der Frauen in der völlig verschmutzten und abgerissenen Kleidung erkannte. Ihr Haar war wirr und starrte vor Schmutz. »Talasi!« rief sie, lief auf ihn zu, wiederholte seinen Namen immer und immer wieder und schloß ihn, als er absaß, in ihre Arme.

Der Verwundete war Menewa, die andere Frau seine Frau. Menewa war durch einen Säbelhieb zu Boden geworfen worden, als die Soldaten den Schutzwall überrannt hatten. Wiewohl sein Arm heftig blutete, war er regungslos liegengeblieben und hatte gehofft, daß man ihn für tot halten und liegenlassen würde, doch ein Soldat hatte ihn in den Kopf geschossen. Die Kugel war durch seinen Mund gefahren und hatte ihm ein paar Zähne weggerissen. Als er das Bewußtsein wiedererlangte, war es dunkel gewesen. Er kroch in den Fluß, ließ sich flußabwärts treiben und schleppte sich dann über den Morast zu der Erdkuppe hinüber.

Während Mary ihrem Sohn davon erzählte, erkannte sie etwas in seinem Gesicht, was sie innehalten ließ. »Was hast du, Talasi?« begehrte sie zu wissen.

»Long Warrior«, sagte er. »Qualla und ich haben ihn beim Fluß begraben.«

Er las den Schmerz in ihren Augen, ehe sie sie schloß. »Er hat den falschen Pfad eingeschlagen«, flüsterte sie. »Aber er hat nach Kräften das Gute getan, wie er es sah. Er hat mich gelehrt, über die Welt zu lachen, gleichgültig, wie schwer etwas sein mag.«

Sie setzte sich auf einen Haufen Gras und atmete tief. »Du hast nach mir gesucht, nicht wahr, mein kleiner Runner? Aber jetzt besteht für mich kein Grund mehr zurückzukehren. Bald wird nirgends mehr ein Platz für uns sein. Die Creeks werden ihre Heimat als erste verlieren, dann werden die Cherokesen an die Reihe kommen. Die zähesten und widerstandsfähigsten Krieger sind jetzt alle tot oder wie Menewa so verwundet, daß sie nie wieder werden kämpfen können.« Sie blickte auf zur Sonne, die wie ein blasser Mond durch den sich hebenden Frühdunst schimmerte. »Vielleicht ist Long Warrior besser daran als wir. Er ist im Lande der Geister. Es heißt, dort herrsche immer gutes Wetter und niemand leide jemals Hunger. Möge er in einem warmen und angenehmen Land mit klaren Wasserläufen und aller Art von Wild leben. Nein, Talasi, es besteht kein Grund für mich, mit dir zurückzukehren. Ich werde hier bei den Gebeinen von Long Warrior bleiben, bis der Schöpfer des Atems auch mich holt.«

Runner ließ sich auf die Knie vor ihr nieder und legte ihr die Hände auf die Schulter. Er hatte immer noch ein wenig Angst vor ihr und war verstört, da er nie zuvor Tränen in ihren Augen gesehen hatte. »Creek Marys Blut ist nicht hier«, sagte er. »Das ist in Okelogee. Du hast ein neues Großkind.«

Augenblicklich leuchtete es auf in ihren Augen. »Sehoyas Kind? Mein erster reinblütiger Großsohn!«

»Du solltest ihn sehen«, sagte er.

»Ja, ich muß ihn sehen. Ich werde mit dir zurückkehren, Talasi, wenn du mir zugestehst, daß ich diesem Knaben den Namen gebe.«
Er nickte.
»Ach, Talasi, du hast keine Ahnung, wie sehr mich meine Knochen schmerzen. Ich bin alt geworden. Es verlangt mich, deinen Sohn zu sehen, und ich habe Heimweh nach der Schlafenden Frau.«

16

»Horseshoe Bend – die Schlacht an der Hufeisen-Biegung«, sagte Dane, »war das Waterloo der nordamerikanischen Indianer.« Ein sardonisches Lächeln huschte flüchtig über sein Gesicht. »Das hat mir Mr. Teddy Roosevelt gesagt, Ihr Präsident. An der Schlacht am Horseshoe Bend haben mehr Indianer teilgenommen und sind gefallen als in irgendeiner anderen Schlacht in der langen Geschichte der kriegerischen Auseinandersetzungen zwischen Ihrem und meinem Volk.«
Ich gestand, daß ich noch nie von Horseshoe Bend gehört hatte.
»Nein«, sagte er, »in den Schulbüchern finden Sie nichts über indianische Geschichte. Für uns war das der Wendepunkt, der Anfang vom Ende. Mr. Roosevelt und ich, wir haben uns einmal darüber unterhalten, er kam damals auf einem Jagdausflug hier vorbei. Hätte Andrew Jackson die Red Stick Creeks bei Horseshoe Bend nicht vernichtet, sagte Mr. Roosevelt, wäre er vom Gouverneur von Tennessee zurückbeordert worden und hätte als vergessener Grenzer geendet; dann stünde auch sein Name heute nicht in den Schulbüchern. Aber mit Hilfe seiner Verbündeten, der Cherokesen, brachte er den Red Sticks eine vernichtende Niederlage bei, und das war *sein* Wendepunkt. Für die Siedler an der Grenze wurde er zu einem großen Helden, tat sich dann noch bei New Orleans hervor und wurde ein womöglich noch größerer Held; und da er den Siedlern versprach, er werde *alle* Indianer über den Mississippi hinweg nach Westen treiben und ihr Land für sie eröffnen, machten sie ihn zum Präsidenten. Ohne die Cherokesen am Flußufer von Horseshoe Bend hätte Andrew Jackson keinen Sieg errungen. Die meisten der Red Stick-Creeks wären entkommen und hätten später weitergekämpft.«
»Dann haben also die Cherokesen selbst die Maschinerie für ihre eigene Vernichtung in Gang gesetzt, indem sie General Jackson zu einem Helden machten?«

»Damals haben sie sich selbstverständlich eingebildet, sich auf diese Weise seiner nie endenden Freundschaft zu versichern und zu gewährleisten, daß der Stamm der Cherokesen als Verbündeter der Vereinigten Staaten weiterbestehen könnte. Die besten der jungen Cherokesen-Krieger waren bei Horseshoe Bend dabei. Ridge, der sich von da an Major Ridge nannte, nahm genauso daran teil wie mein Großvater und wie Junaluska und Going Snake, der große John Ross und verschiedene andere Halbblut-Schotten. Als Jackson sie später verriet und sich gegen sie wandte, bedauerten sie bitterlich, was sie getan hatten. Der alte Junaluska sagte, hätte er gewußt, daß Jackson die Cherokesen aus ihrer Heimat vertreiben würde, er hätte ihn an diesem Tage am Horseshoe getötet. Und in meiner Jugend habe ich mindestens hundertmal gehört, wie mein eigener Vater sich verfluchte, ein solcher Dummkopf gewesen zu sein, und Jackson an diesem Tag das Leben gerettet zu haben. Hätte er zugelassen, daß der Creek, der ihn anschlich, Andrew Jackson mit dem Tomahawk den Schädel spaltete, wären die Indianer ihren mächtigsten Feind losgewesen.
Nur Großmutter Mary hat damals die Wahrheit erkannt und gewußt, was auf uns zukommen würde. Sie hat die Bedeutung der Schlacht von Horseshoe Bend begriffen und war schon entschlossen, dort zu sterben, doch nachdem Runner sie zurückbrachte nach Okelogee, war sie bald wieder von ihrem alten Kampfesgeist erfüllt. Sie hat es mir immer hoch angerechnet, daß ich ihr ihre Lebensgeister wiedergeschenkt hätte.«
»Dann waren Sie also Runners und Sehoyas erstgeborenes Kind?«
»Und ihr einziges Kind. Sehoya starb bald, nachdem Mary und Runner nach Okelogee zurückgekommen waren, am ›großen Schüttelfrost‹. Wie Sie wissen, nannte sie mich nach jenem jungen dänischen Schiffskapitän, der mit seinem Schiff den Savannah-River hinaufgefahren war, ehe sie John Kingsley kennenlernte. Bis ich vier oder fünf Jahre alt war, hielt ich Creek-Mary überhaupt für meine Mutter. Als mein Vater sich eine neue Frau nahm – Walina – mußte ich diese ›Mutter‹ nennen, und Mary wurde meine *Alisi* oder Großmutter. Aber ich habe Mary immer nähergestanden als Walina. Wir alle lebten in dem Haus, das Mary und Long Warrior gehört hatte, obwohl Mary es als Eigentum Walina übertrug. Opothle wollte, daß Mary zu ihm und seiner Familie in sein üppig eingerichtetes Haus mit der schwarzen Dienerschaft zog, aber sie wollte nicht fort vom Kleinen Singenden Fluß und dem herrlichen Anblick der Schlafenden Frau.

Es ist merkwürdig, wie sich die Erinnerungen alter Leute mit Kleinigkeiten verbinden. Das erste, woran ich mich erinnere, ist Marys Halskette, die dänische Münze. An warmen Sommertagen trug sie nur einen Rock und ließ ihre Brüste unbedeckt, wie alle Creek-Frauen es taten, ehe die Weißen Männer kamen und ihnen die Scham einimpften, so daß sie ihren ganzen Körper bedeckten. Ihre Brüste waren rund und fest wie die einer jungen Frau, bis weit in ihre alten Tage hinein. Sie pflegte im Schatten der Laube mit mir zu sitzen, mich auf dem Schoß zu halten, mir vorzusingen und zu erzählen und manchmal auf ihre tiefe, volltönende Art zu lachen, bis ich in ihr Lachen einfiel. Und ich erinnere mich, daß diese dänische Münze immer zwischen ihren nackten Brüsten baumelte. Außerdem besaß sie ein Stundenglas, das Long Warrior ihr einmal aus Nashville mitgebracht hatte. Sie ließ es mich halten und zusehen, wie der weiße Sand Korn um Korn verrann, bis ich einschlief.

Und bis auf den heutigen Tag steht mir Großmutters Gesicht vor Augen, sobald ich gedörrtes Obst rieche – Pfirsiche oder Äpfel – oder das Summen von Wespen höre. Jeden Sommer erhielt sie vom Kleinen Reifenden Mond an bis zum Großen Reifenden Mond Pfirsiche und Äpfel aus Opothles Obstgarten, schnetzelte sie und trocknete sie auf dem Dach, wo sie große Schwärme träger Wespen anlockten.

Sobald ich anfing, cherokesisch zu sprechen, brachte sie mir Creek und Englisch bei, jeden Tag ein paar neue Wörter, und sagte mir immer und immer wieder, daß es Wörter sind, die uns Macht verleihen, daß wir ohne Wörter nichts sind und nicht existieren. Außerdem ließ sie mich nie vergessen, daß das Blut von Creek-Mary in meinen Adern floß, daß ich ihr einziger reinblütiger Nachkomme war. ›*Sogonisi*‹ sagte sie wohl. ›Kind meines Sohnes, eines Tages mußt du dir eine andere Reinblütige zur Frau nehmen. Hab nie Augen für die Töchter der *Unegas,* nicht einmal für die Halbblut-Töchter. Sorge dafür, daß Creek-Marys Blut immer rot bleibt.‹

Doch wie bei den meisten von uns, vertrugen sich ihre Gedanken nicht immer miteinander. Eines Tages erzählte sie mir die Geschichte der Dame von Cofitachequi, einer Creek aus Georgia, welche den spanischen Forschungsreisenden De Soto willkommen hieß. ›Sie war die Geliebte Frau meines Volkes‹, erzählte Mary, ›und ihre Krieger trugen sie in einem mit vielen Farben geschmückten Tragestuhl, um die *Aniskawani* zu begrüßen, die Spanier. Sie nestelte ein Perlenhalsband von ihrem Hals und schenkte es De Soto, und typisch für den bösen Menschen, der er war, lohnte er es ihr damit, daß er Cofitachequi plünderte und sämtliche Perlen raubte, deren er im Dorf habhaft werden konnte. Sodann bemächtigte er sich der Dame und führte sie auf seinem Weitermarsch mit. Erst viele Tage später gelang es ihr zu fliehen; sie kehrte nach Hause zurück und brachte später De Sotos Kind zur Welt. Von dieser Dame von Cofitachequi stammte mein Vater ab; du siehst also, daß ich *Aniskwani*-Blut in den Adern habe.‹ Nun, als Großmutter mich das nächstemal ermahnte, ich müsse ihr Blut rein halten und dürfe nur eine Reinblütige zur Frau nehmen, erinnerte ich sie an das spanische Blut, das in ihren Adern floß. Ach, war sie wütend auf mich, so wütend, daß sie mir eine Tasse Wasser auf den Kopf schüttete. ›Du kleiner Dummkopf‹, rief sie. ›Das war doch nur eine Geschichte. Kannst du denn Geschichten nicht von der Wahrheit unterscheiden?‹

Aber so schlimm sie auch sein konnte, nie bestrafte sie mich mit Stockschlägen, wie die Schotten es bei ihren Kindern tun. Statt dessen tat sie alles, mich in den Augen anderer lächerlich zu machen, ganz egal, was ich angestellt hatte. Ihre größte Strafe bestand darin, daß sie mich nicht mehr anfaßte oder nicht mehr mit mir sprach, so daß ich Angst hatte, sie liebte mich nicht mehr. Das quälte mich mehr, als Schläge mit der Rute oder der Gerte es jemals hätten tun können.

In mancher Hinsicht mußte sie auch an die Stelle meines Onkels Opothle treten. Als meinem einzigen Onkel war es Opothles Pflicht, mich in die Kunst des Jagens einzuweihen, doch dazu hatte er nur selten Zeit. Er versuchte vielmehr, mir *Anetsa* und andere Ballspiele beizubringen, aber er war linkisch, und da übernahm mein Vater diese Aufgabe. Ich spielte mit den Knaben aus der Sippe der Vögel, war aber nie gut genug, um in eine der Mannschaften von Okelogee aufgenommen zu werden. Nachdem mein Vater Walina zu sich genommen hatte, als seine zweite Frau mit ihm zu leben, fand Großmutter Mary Zeit, mir das Jagen beizubringen. Wie sie sich oft rühmte, konnte Mary genausogut schießen wie ein Mann, mit einem Vorderlader oder ihrer alten Steinschloßpistole. Sie verstand auch recht gut mit Pfeil und Bogen umzugehen, doch nachdem sie mir beigebracht hatte, was sie konnte, übertraf ich sie bald in Weitschießen und Zielgenauigkeit und verfehlte selten einen Hirsch, nachdem ich ihn aufgespürt hatte. Das schien ihr zu gefallen. ›Die alte Art der Hirschjagd ist die beste‹, sagte sie. ›Schießpulver ist der Fluch des Weißen Mannes für uns.‹ Sie lehrte mich, nie ein Tier zu erlegen, ohne es vorher um Verzeihung gebeten zu haben, und niemals zu töten, wenn wir kein Fleisch brauchten.

Das war die schönste Zeit meines Lebens, bis ich Sweet Medicine Woman kennenlernte, aber das war viel später und viele lange Meilen von Okelogee entfernt.« Er reckte die Arme, stand auf und stampfte mit den Füßen auf. »Alte Knochen.« Er verengte die Augen und schaute zum Fenster hinaus. »Die Sonne steht hoch, und ich bin hungrig. Es ist Zeit zu essen.«

»Vielleicht sollte ich nach Dundee zurückkehren«, sagte ich.

»Dort gibt es nichts zu essen. Und Ihr Zug in den Osten kommt auch erst nach Einbruch der Dunkelheit. Ich habe reichlich Rindfleisch-Eintopf und etwas geräucherte Büffelzunge.«

»Büffelzunge? Ich dachte, Büffel gibt es nicht mehr?«

»Sie kommen wieder zurück. Die Cheyenne halten unten am Lame Deer heimlich eine Herde. Der einzige Weiße, der jemals einen unserer Büffel geschossen hat, war Mr. Teddy Roosevelt. Aber ihm ging es nur um die Trophäe.«

»Dann hätte ich gern etwas Büffelzunge und eine Schale von Ihrem Rindfleisch-Eintopf«, sagte ich. »Und würde gern den Rest von Creek-Marys Geschichte hören.«

Er schob einen rotgeblümten Kaliko-Vorhang beiseite, trat an eine kleine Anrichte und kam mit einem großen Topf und einer alten Büffelhauttasche zurück, in der er die Büffelzunge aufbewahrte. Nachdem er die Glut im Kamin geschürt hatte, setzte er den Rindfleisch-Eintopf auf und hockte sich mit dem Rücken zum Feuer mit übergeschlagenen Beinen auf den Boden.

»Ich habe gesagt, daß ich glücklich war, als ich in Okelogee heranwuchs; aber ich wußte, daß die älteren Leute es oft nicht waren. Über die Köpfe von uns Halbwüchsigen hinweg redeten sie viel von der Zeit, da Jackson sie betrogen hatte, über Agenten, die in ihrer unstillbaren Habgier nach unserem Land versuchten, die Führer der Cherokesen zu bestechen, über die weißen Siedler, die sich in immer größerer Zahl rund um uns her niederließen. Am meisten Angst hatten sie jedoch vor der Regierung, die nie aufhörte, die Cherokesen zu bewegen, über den Mississippi weiter nach Westen zu ziehen. Das gleiche geschah den Creeks, was half, die beiden Stämme nach den alten Wunden von Horseshoe Creek wieder zusammenzubringen.

Die Cherokesen befürchteten so sehr, aus ihrer alten Heimat vertrieben zu werden, daß sie beschlossen, sich soweit wie möglich den Weißen anzugleichen. Die Häuptlinge arbeiteten eine Art von Regierung mit schriftlich niedergelegten Gesetzen aus, konnten sich jedoch nicht einigen, ob sie weiterhin ein unabhängiger Stamm sein oder ein Bundesstaat wie Georgia oder Tennessee werden wollten. Sie forderten Missionare auf, zu ihnen zu kommen und Kirchen aufzubauen, und einige von den wohlhabenderen unter ihnen schickten ihre Kinder nach Norden auf die Schulen in New England.

Eine der lebendigsten Erinnerungen an meine Jugend besteht darin, daß ich mit Großmutter Mary nach Oothcaloga Town hinüberritt, um die ersten Studenten willkommen zu heißen, die aus New England heimkehrten. Nahezu tausend Cherokesen versammelten sich, sie als Helden willkommen zu heißen, und auf dem Heimritt redete ich von nichts anderem als davon, gleichfalls eine Schule in New England zu besuchen, sobald ich alt genug dafür wäre.

Daraus ist allerdings nie etwas geworden. Verstehen Sie, zwei Studenten verliebten sich in weiße Töchter von Neu-Engländern, heirateten sie und kehrten mit ihnen zurück zum Volk der Cherokesen. Es handelte sich um den Sohn von Major Ridge, John, und Buck Watie, der später seinen Namen in Elias Boudinot änderte, um einem alten Gentleman dieses Namens, mit dem er sich angefreundet hatte, eine Freude zu machen.

Nun war es zwar durchaus in der Ordnung, wenn weiße Missionare sich Cherokesinnen zur Frau nahmen, doch paßte es den geistlichen Herrn in New England nicht, daß dunkelhäutige Cherokesen sich mit ihren reinblütigen, lilienweißen Töchtern einließen. *No, Sir,* das kränkte sie tief. Nachdem John und Buck mit diesen Yankee-Mädchen davongingen, schlossen die Kirchenleute aus New England ihre Schulen für Cherokesen und machten im Cherokesenland kleine Schulen auf. Damit waren ihre Töchter sicher vor uns Cherokesen-Jungen, die ihr Herz daran gehängt hatten, Schulen im Norden zu besuchen.« Mit einem an Kichern grenzenden Lachen drehte Dane sich um und rührte den Eintopf um. »Nun«, sagte er, »ich würde meinen, sie waren wie Creek-Mary und wollten ihr Blut reinhalten. Aber damals machte Mary sich weit mehr Sorgen um die Rettung des Stammes der Cherokesen als um die Reinerhaltung ihres Blutes. Sie machte die Runde in allen benachbarten Dörfern, hielt Ansprachen in den Ratsversammlungen und redete auf jeden ein, der ihr zuhören wollte. Jede Rede endete sie damit, daß sie rief: ›Kein einziger Fußbreit Land mehr an die Weißen!‹ Und für gewöhnlich wiederholten

ihre Zuhörer diese Worte mehrere Male in einer Art Chor. Sie wurden zu einem Wahlspruch der Cherokesen.
Auf diesen Ritten nahm sie mich immer mit; ich mußte ihre Sachen tragen und mich um die Pferde kümmern. Sie wollte, daß die Cherokesen ihre ungeschriebenen Blut-Gesetze schriftlich festhielten, denen zufolge jeder zum Tode verurteilt wurde, der Cherokesenland verkaufte oder Bestechungsgelder für eine Landabtretung annahm. Außerdem wollte sie, daß die Cherokesen Wahlen abhielten wie die Weißen, und daß jeder einen obersten Häuptling wählte. Ihre Wahl fiel auf ›Little John‹ Ross. ›Mag auch *Unega*-Blut in seinen Adern fließen‹, pflegte sie zu sagen, ›in seinem Herzen ist er Cherokese.«
Bei einer ihrer Reden-Reisen lernte sie Sequoyah kennen und gab keine Ruhe, bis er sich einverstanden erklärte, mit uns nach Okelogee zu kommen. Vielleicht haben Sie schon von Sequoyah gehört. Vor noch nicht langer Zeit haben die Weißen in Kalifornien eine bestimmte Baumart nach ihm benannt. Sequoyah ist der Erfinder einer Silbenschrift für das Cherokesische, was unsere Leute zum erstenmal instand setzte, etwas in unserer Sprache aufzuschreiben und zu lesen. Sequoyah stand ungefähr in Marys Alter und hatte ein arg verkrüppeltes Bein. Sie erzählte mir, seiner Art sich zu kleiden nach habe er sie an Long Warrior erinnert – er trug ein altmodisches Tuch um den Kopf geschlungen, einen karierten Wollmantel, einen perlenbestickten Gürtel, Baumwollhose und Ledergamaschen. Jedesmal, wenn wir auf unserem Ritt nach Hause haltmachten, steckte er sich eine langstielige Pfeife an und rauchte so angestrengt, daß er bald in eine Rauchwolke eingehüllt war. Mir gefiel Sequoyah ausnehmend gut. Er lächelte oft, redete mit sanfter Stimme, und noch ehe wir Okelogee erreicht hatten, hatte er mir beigebracht, ganze Sätze auf cherokesisch zu schreiben und zu lesen. Irgendwie war er dahintergekommen, daß die gesprochene Sprache der Cherokesen aus sechsundachtzig verschiedenen Lauten oder Silben bestand, und so entwickelte er sechsundachtzig Schriftzeichen, eines für jeden Laut. Die Silbenschrift von Sequoyah fiel mir leichter zu lernen als das englische Alphabet, denn sobald ich die sechsundachtzig Schriftzeichen kannte, konnte ich anfangen, cherokesisch zu schreiben und zu lesen. Ich hörte, wie Mary erzählte, er habe seine Frau verlassen. Sie habe alle seine Papiere verbrannt, weil sie meinte, er hexe. In gewisser Weise, meine ich, tat er das wohl auch.«

17

Um die Zeit, da Dane in die ersten schmerzlichen Jahre des Jünglingsdaseins eintrat, eine Zeit, in der er und die meisten seiner Freunde anfingen, nicht mehr den Lendenschurz zu tragen, sondern die Hosen der Weißen Männer, nahmen die Cherokesen eine nach dem Vorbild der Vereinigten Staaten ausgearbeitete schriftliche Verfassung an. Um weiterhin zu beweisen, daß sie als Stamm genauso fortgeschritten wären wie ihre ihnen immer wieder zusetzenden Nachbarn, setzten sie eine gewählte gesetzgebende Versammlung ein, die sich daran machte, Gesetze für die Abgabe von Steuern, über die Vergabe von Lizenzen, den Straßenbau, die Regelung von Alkoholverkauf, die Unterhaltung von Schulen und all die anderen Dinge zu erlassen, wie dies die Weißen durch ihre Regierungen machen ließen. Sie wählten auf Creek-Marys Vorschlag hin John Ross zu ihrem Obersten Häuptling. Durch eine besondere Verfügung erklärten sie, daß jeder einzelne Cherokese, der ohne Zustimmung des gewählten Rates über den Verkauf von Land an die Weißen verhandelte, des Verrats schuldig sei und hingerichtet werden müsse.

In Okelogee kam es außerdem zu raschen und eingreifenden Veränderungen. Nachdem Long Warrior bei Horseshoe Bend gefallen war, wählte der Rat Qualla zum Häuptling, aber Qualla starb eines Nachts friedlich und eines natürlichen Todes, woraufhin sich die Leute an Talasi the Runner wandten, ihre Führung zu übernehmen. Vielleicht wußten sie, daß er wohlberaten sein würde von seiner Mutter, Creek-Mary.

Sie war es, die am nachdrücklichsten dafür eintrat, daß Okelogee eine Schule für die jungen Leute baute, die jetzt die Schulen der Weißen in New England nicht mehr besuchen durften. Ein Blockhaus wurde als Schule eingerichtet und ein Wohnhaus daneben nicht weit vom Kleinen Singenden Fluß und vom Dorf gebaut, und mit Unterstützung von John Ross fanden sie einen Lehrer, der sich Methodistenprediger nannte und bereit war, zu ihnen zu kommen.

In den ersten Tagen des Schwarzen Schmetterlings-Mondes fuhren Runner und Dane in einem von Opothles Farm-Wagen nach Ross' Landing am Tennessee-River hinüber, um Missionar Isaac McAlpin und seine Frau Harriet abzuholen. Unerwartet traf zusammen mit den McAlpins noch eine dritte Person ein, Isaacs jüngere Schwester Jerusha. Der Missionar erklärte, seine Schwester sei Waisenkind und habe kein anderes Zuhause als bei ihm und seiner Frau. Wiewohl Jerusha und ihr zusätzliches Gepäck, das sie mitgebracht hatte, den Wagen füllten, freute Dane sich insgeheim über ihre Anwesenheit. Noch nie in seinem Leben hatte er ein so hellhaariges Mädchen gesehen. Die meisten schottischen Mädchen waren dunkelhaarig und hatten dunkle Augen, doch Jerusha war blond, ihre Haut wie Porzellan und ihre Augen hellblau. Ihr Haar hatte die Farbe gereiften Weizens, war kurz geschnitten, streng in der Mitte gescheitelt und ließ ihre durchscheinenden zarten Ohren sehen. Drei oder vier Locken hingen ihr in die Stirn.

Der Wagen war eigens mit zwei Sitzbänken ausgestattet worden, und da Isaac McAlpin zusammen mit Runner vorausritt, nahmen Harriet McAlpin und Jerusha die zweite Sitzbank ein. Dane mußte sich hinten zwischen Koffern und Kisten einen Platz suchen, so gut es ging. Er konnte die Augen nicht von Jerusha lassen, und sie, die das merkte, drehte sich oft nach ihm um und flirtete mit kecken Blicken, lächelnden Lippen und machte mit ihrer hohen Sopranstimme gelegentlich triviale Bemerkungen über das schöne Wetter und die Landschaft.

Erst am nächsten Tag, nachdem die Neuangekommenen sich in ihrem Blockhaus neben der Schule eingerichtet hatten, wäre Dane imstande gewesen, eine einigermaßen zutreffende Beschreibung der beiden anderen McAlpins zu geben, die er während der Wagenfahrt kaum angesehen hatte. Isaac war ein hagerer Mann mit einer langen, knochigen Nase, durch die hindurch er zu sprechen schien. Sein Gesicht war über und über mit großen Sommersprossen bedeckt, und sein Haar war von einem verblichenen Rot. Seine Frau Harriet war untersetzt und pummelig und hatte leuchtende kleine, durchdringende Augen, die überall gleichzeitig hinzusehen schienen. Sie war recht wortkarg, gab ihre Meinung vornehmlich durch kaum hörbare Seufzer und Bewegungen ihrer Schultern kund.

Ein paar Tage, bevor die Missionsschule eröffnet werden sollte, wurden die McAlpins eines Abends ins Versammlungshaus gebeten, wo sie die Cherokesen von Okelogee kennenlernen und Fragen beantworten sollten, die über die Schule gestellt werden könnten. Dane begleitete seine Großmutter, und sobald sie sich auf ihrem üblichen Platz auf einer der Bänke nahe dem Ratsfeuer hingesetzt hatte, kletterte er zu dem höchsten der als Sitzgelegenheit dienenden, in der Mitte durchgesägten Baumstämme hinauf, um sich zu seinem Cousin Jotham und anderen Jungen seines Alters zu gesellen. Im Versammlungshaus durfte von ihnen nicht laut gesprochen, gelacht oder sich irgendwie gebalgt werden. Folglich saß er schweigend da, ließ den einzigen schmalen Eingang nicht aus den Augen und hoffte, daß Jerusha zusammen mit ihrem Bruder und ihrer Schwägerin kommen würde.

Jerusha begleitete die McAlpins in der Tat, und Dane beobachtete sie, wie sie sich hinter ihnen in ihrem langen weißen Kleid bewegte, so daß sie zu schweben schien wie eine Sommerwolke. Runner wies Isaac und Harriet Plätze auf der Ratsbank an und gab Jerusha durch eine Handbewegung zu verstehen, sie solle weiter oben Platz nehmen. Sie stieg langsam hinauf, ihre Augen suchten unter den vielen fremden Gesichtern, und dann erkannte sie durch das Dämmer und den Rauch hindurch Dane und lächelte. Der rutschte unbehaglich hin und her und wußte nicht, ob er das Lächeln erwidern sollte. Als sie die oberste Reihe erreicht hatte, fragte sie mit ihrer sanften, melodischen Stimme: »Darf ich mich hierhersetzen?« Er nickte, stieß Jotham mit dem Bein an, er solle auf dem schmalen Halbstamm Platz machen. Sie setzte sich ans Ende, so nahe, daß er ihren Atem auf seiner Wange spürte. »Du bist der einzige jüngere Mensch, den ich in Okelogee kenne«, sagte sie. Sie duftete nach irgendeinem fremdartigen Gewürz. Da er nicht wußte, was er sagen sollte, machte er sie mit Jotham bekannt.

»Hast du weißes Blut?« fragte sie Jotham unverblümt.

»Mein Vater und meine Mutter haben beide weißes Blut«, erwiderte Jotham in einem Ton, von dem er meinte, er sei der gedämpften Unterhaltung in einem Versammlungshaus angemessen.

»Aber Dane ist reinblütiger Cherokese«, sagte sie, berührte Danes Unterarm mit dem Finger und strich damit über seine kupferfarbene Haut.

»Halb Cherokese, halb Creek«, berichtigte er sie.

»Ach, das ist für mich alles eins«, sagte sie und hüstelte leicht. »Der Rauch ist ja schrecklich hier oben. Warum gibt es denn keine Fenster in diesem alten Gebäude? Aber ihr habt ja auch sonst keine Fenster in euren Häusern, nicht wahr?«

Dane hatte noch nie über das Fehlen von Fenstern in den Häusern von Okelogee nachgedacht, doch während er nach irgendeiner Erklärung suchte, bemerkte Jotham voller Stolz, seine Familie habe Fenster in ihrem Haus, ja, sein Vater habe die Fensterrahmen für das Haus der McAlpins und die Schule gestiftet. Unten drehte man sich nach ihnen um. Ihre Stimmen waren zu laut geworden; und am Ratsfeuer hatte Runner sich erhoben und sprach auf cherokesisch über die McAlpins und die Missionsschule.

Als Isaac McAlpin auf englisch anfing zu reden, fungierte Mary als Dolmetsch und übersetzte das, was er sagte, ins Cherokesische. Nachdem er geendet hatte, erklärte sie, jeder der Anwesenden könne Fragen über die Schule stellen. Das regungslose Publikum verharrte in Schweigen.

»Dann hört zu«, erklärte sie fröhlich. »Dann werde ich den Anfang machen. Isaac McAlpin, Ihr kommt als Methodist zu uns, um unsere Kinder zu unterrichten. Wir wissen nichts über die Methodisten, wohl aber über die Presbyterianer, die hinter der Schlafenden Frau ihre Kirche haben. Diese Presbyterianer reden viel über ihren Gott. Werdet Ihr unsere Kinder in der Lehre des Methodisten-Gottes unterweisen?«

»Es gibt nur einen Gott«, erwiderte McAlpin.

»Unser Gott ist Esaugetuh Emissee, der Schöpfer des Atems«, sagte Mary.

McAlpin stieg die Röte in das sommersprossige Gesicht, als er nach den richtigen Worten suchte. »Wen immer Ihr Gott nennt«, erklärte er mit großem Ernst, »es ist derselbe Gott. Der Schöpfer des Atems ist Gott. In unserer Schule werden wir jeden Tag aus der Heiligen Schrift, der Bibel lesen. Wir werden euren Kindern christliche Moralvorstellungen beibringen.«

»Unsere Kinder lügen nicht und stehlen nicht, und sie achten ihre Eltern«, antwortete Mary mit einer Stimme, die belegter nicht sein konnte. »Wir möchten, daß Ihr ihnen das Rechnen beibringt, damit sie nicht übervorteilt werden, wenn sie mit den Weißen zu tun haben. Wir möchten, daß Ihr sie Lesen und Schreiben lehrt. Und wir möchten, daß Ihr sie über die große Welt um uns herum aufklärt. Wir möchten, daß Ihr sie lehrt, was war, ehe sie auf die Welt kamen. Und wir möchten, daß Ihr ihnen beibringt, stolz darauf zu sein, daß sie Cherokesen sind. Wenn Ihr all diese Dinge getan habt, könnt Ihr sie in christliche Moralvorstellungen unterweisen und ihnen aus Euren Heiligen Schriften vorlesen.« Sie verneigte sich knapp vor McAlpin und ließ dann den Blick über die Reihen der Anwesenden schweifen, um zu sehen, ob noch jemand etwas zu sagen hätte.

Stalking Turkey erhob sich vom Ratstisch. Sein blindes Auge schien wild starrend auf McAlpin gerichtet. Graue Strähnen waren in sei-

nem Haar zu sehen, aber er stand aufrecht da wie ein junger Krieger.
»Kommt der *Unega*, McAlpin, aus dem Himmel zu uns?« fragte er.
McAlpin erwiderte, er komme nicht vom Himmel, sondern sei hier auf Erden geboren wie die Cherokesen auch. Er sei aus dem Norden nach Okelogee gekommen, erklärte er, aus Pennsylvania.
»Wenn er denn nicht vom Himmel kommt«, fuhr Stalking Turkey fort, »wie will er uns dann sagen, was Gott möchte, daß wir tun?«
Mit einem Seufzer erwiderte McAlpin, er habe das Wort Gottes in der Bibel studiert, womit er eine Heilige Schrift hochhob, auf daß jedermann sie sehen könne.
»Der Schöpfer des Atems hat den *Unegas* Bücher gegeben«, sagte Stalking Turkey. »Den Cherokesen hat er Pfeil und Bogen gegeben. Wir wären es zufrieden, auf die Jagd zu gehen, um unseren Lebensunterhalt zu bestreiten. Wir haben die Kleider und die Werkzeuge des Weißen Mannes übernommen. Wir haben Betten und Tische wie er. Einige von uns haben auch Bücher und Katzen. All das ist schlecht für uns. Der Schöpfer des Atems ist böse, und das Wild verläßt unser Land.«
Ein paar der älteren Cherokesen stießen zustimmende Laute aus, aber Stalking Turkey wußte, daß er seine Meinung nur für ein paar wenige kundtat. Niemand ergriff das Wort, ihn zu unterstützen; auch hatte niemand in der Menge anderes zu sagen oder andere Fragen zu stellen.
Mary setzte sich, und Runner nahm ihre Stelle vorm Ratsfeuer ein. »Unser Herz ist gut und redlich«, sagte er und machte ein Zeichen, daß die Versammlung beendet sei.
Für Dane und Jotham stellte der Besuch der Missionsschule ein neues und aufregendes Abenteuer dar, und daß Jerusha McAlpin gleichfalls die Schule besuchte, verlieh einer ungewohnten Zucht, die sonst vielleicht rasch lästig geworden wäre, zusätzlichen Reiz. Etwa dreißig Schüler zwischen sechs und siebzehn Jahren nahmen am Unterricht teil. Zum erstenmal in ihrem jungen Leben trugen die meisten Jungen Hosen statt der gewohnten Lendentücher. Da Dane und Jotham zur Gruppe der Älteren gehörten und außerdem die einzigen Cherokesen waren, die bereits englisch lesen und schreiben konnten, setzte Isaac McAlpin die beiden Knaben in dem recht verzwickten Unterrichtsplan, den er in seiner aus nur einem Klassenraum bestehenden Schule befolgen mußte, mit Jerusha zusammen. Die drei verbrachten daher viel Zeit gemeinsam, und Jerusha flirtete, sobald sie sicher war,

daß die wachsamen Augen ihres Bruders sie nicht beobachteten, erst mit dem einen und dann mit dem anderen.
In den Pausen am Vormittag, da die Schüler für ein paar Minuten im Schulhof umhertollen und sich austoben durften, machten die drei es sich zur Gewohnheit, sich auf den Boden zu setzen und den Rücken gegen den Stamm einer großen Buche zu lehnen. Von diesem Platz aus verfolgten sie geringschätzig das Treiben der jüngeren Schüler, und Jerusha quälte erst Dane und dann Jotham mit Bemerkungen, die darauf abzielten, jedem das Gefühl zu geben, sie ziehe ihn dem anderen vor.
Eines Tages kam Jotham nicht in die Schule, da er seinem älteren Bruder, William, helfen mußte, eine Rinderherde zusammenzutreiben, die sich verstreut hatte, und so war Dane zum erstenmal während einer Unterrichtspause allein mit Jerusha zusammen. Ihm war wegen dieser Vertraulichkeit nicht recht wohl in seiner Haut, und dieses Unbehagen wurde womöglich noch verstärkt durch das, was sie gleich zuerst sagte: »Welche Gefühle bringst du mir entgegen, Dane?« fragte sie mit einer Stimme, die ihn stets zu verzaubern schien.
Es war ihm unmöglich, Worte zu finden, um auf eine solche unverblümte Frage zu antworten, und so fuhr sie fort: »Du meinst, ich mag Jotham lieber als dich, aber das tue ich nicht. Wenn wir älter sind, werde ich deine Frau werden.«
Er war wie vor den Kopf geschlagen, denn er hatte seinen Träumen nie gestattet, sich in etwas zu ergehen, was hinausging darüber, dieses ätherische Wesen in den Armen zu halten und sich mit ihr zu vereinigen, wie Männer es mit Frauen taten, etwas, wovon er bis jetzt nur wenig Ahnung hatte.
In seiner freudigen Erregung wagte er es, ihr in die blaßblauen Augen zu schauen, und dann stand plötzlich das Bild Creek-Marys zwischen ihnen, und er hörte, wie seine Großmutter ihn mit kehliger Stimme ob seiner Treulosigkeit schmähte: *Kind meines Sohnes, hab nie Augen für die Töchter der Unegas. Sorge dafür, daß Creek-Marys Blut immer rot bleibt.*
»Ich kann dich nicht heiraten«, sagte er, und die Worte schienen sich unter Schmerzen ihren Weg aus seinem Mund zu bahnen. »Ich kann nur ein reinblütiges Mädchen meines Stammes heiraten.«
Er hatte Angst, sie könnte gekränkt sein, doch sie brach nur in fröhliches Lachen aus und griff mit einer Hand herüber, ihm den dichten Haarschopf zu zausen. »Du wirst schon sehen«, sagte sie. »Unsere

Kinder werden schimmerndes schwarzes Haar haben wie du und Kornblumenaugen wie ich.«

Nachdem die Schule an diesem Tag aus war und bis in den Abend hinein, als er zu Bett ging, konnte er sich dem hartnäckigen Bild von Jerusha McAlpin nicht entziehen. Sie suchte ihn in seinen Träumen heim, und am nächsten Morgen mied er seine Großmutter aus einer sonderbaren Angst heraus, sie könnte seine Gedanken lesen.

Als Jotham kam, um ihn zur Schule abzuholen, änderte sich alles im Handumdrehen. Jotham stolzierte auf eine Weise einher, die sonst so gar nicht zu ihm paßte, und hatte ihm in verschwörerischem Ton viel zu erzählen. Tags zuvor, nachdem er und sein Bruder William ihre verstreuten Rinder wieder zusammengetrieben hatten, waren sie mit ihren Pferden über Moonherrins Mühle zurückgeritten. Der alte Jack Moonherrin war nicht daheimgewesen, dafür jedoch seine vier Töchter, welche die Brüder aufgefordert hatten, bei ihnen einzukehren. Im Verlauf dieses Besuches hatten die beiden älteren Töchter Jotham und William mitgenommen auf den Mühlenspeicher. William war schon früher dort gewesen, doch für Jotham war es das erstemal, und jetzt beschrieb er Dane dieses Abenteuer anschaulich und in allen Einzelheiten. »Nach der Schule gehe ich gleich wieder hin«, sagte Jotham, »und du sollst mitkommen.«

Vor noch nicht ganz einem Jahr hatte Jack Moonherrin seine Mühlenräder und sein Mahlwerk aus Carolina über die Berge herübergeschafft und sich rund eine Meile von dem neuen Schulhaus an einer Stelle, wo der Kleine Singende Fluß besonders rasch dahinfloß, eine neue Mühle aufgebaut. Er hatte zwar seine vier Halbblut-Töchter mitgebracht, nicht aber seine Frau, und die Mädchen halfen ihm beim Schälen und dem Entkernen des Mais, den er dann zu Mehl mahlte. Moonherrin hatte erwartet, daß er am meisten von den Schotten und ihren Halbblut-Abkommen beschäftigt werden würden, doch fanden auch die Cherokesen es bequem, ihm ihren Mais in die Mühle zu bringen und dem Müller einen Teil davon abzugeben, wofür er es ihnen rasch zu Mehl vermahlte.

In der Zwischenzeit waren eine Menge Gerüchte über Moonherrin in Okelogee in Umlauf. Es hieß, er habe seine Frau, die Cherokesin, umgebracht und Carolina deshalb verlassen müssen. Außerdem wurde geflüstert, er brenne eine Art *Tafia* aus Mais, das viel stärker sei als Rum, und daß er und seine Töchter sich manchmal bezechten und die ganze Nacht hindurch lachten und sangen und tanzten. Von Zeit zu Zeit belud der Müller seinen Wagen mit Säcken und Fässern und fuhr davon, um in den Dörfern östlich der Schlafenden Frau Handel zu treiben. Seine Töchter nahm er auf diese Fahrten, die etliche Tage dauerten, nie mit. Bei solchen Gelegenheiten hatten die jungen Männer von Okelogee entdeckt, daß die Moonherrin-Töchter feil waren und besuchten sie für gewöhnlich im Schutz der Dunkelheit.

So kam es, daß Dane an diesem einen Tag im Spätherbst das hartnäkkig verweilende Bild von Jerusha McAlpin aus seinem Geiste vertrieb und durch das dunkle Bild einer der Moonherrin-Töchter ersetzte. In Wirklichkeit fand er, Ellen Moonherrin sei nicht sehr ansprechend gewachsen und größer als alle Cherokesen-Mädchen, die er kannte. Aber sie war geduldig, lustig und lehrreich, und er war ihr dankbar, daß sie ihn in die geheimen Freuden der Vereinigung von Mann und Frau einweihte.

Am folgenden Tag kehrte Jerusha vor sein geistiges Auge zurück, drängender diesmal denn je zuvor. Als er sie im Klassenzimmer insgeheim betrachtete, überlegte er, ob sie wohl die fleischliche Leidenschaft von Ellen Moonherrin besaß. Wie weich waren ihre Hüften, und wie dicht mochte ihr Haarbusch sein? Im Gegensatz zu dem drahtigen Dreieck von Ellen Moonherrin waren ihre goldenen Haare dort gewiß so fein wie Daunen auf der Brust eines jungen Adlers.

Ein Schlag mit einem hölzernen Lineal traf ihn auf den Scheitel, und die näselnde Stimme von Isaac McAlpin zerriß seine Vision. »Aufgemerkt, junger Mann! Ich werde diese Frage nur noch ein einziges Mal wiederholen.«

18

Der Rindfleisch-Eintopf des alten Dane bestand aus wohlausgewogenen Mengen zarter Fleischwürfel, Flüssigkeit und Gewürzkräutern und übertraf alles in dieser Art, was der berühmte *Chef de cuisine* von *Willard's Hotel* in Washington seinem bewundernden Publikum jemals vorsetzte. Die Büffelzunge hingegen wies für meinen überzivilisierten Gaumen ein wenig zuviel *hautgoût* auf, was mein weiser Gastgeber offensichtlich ahnte. »Zunge ißt man besser roh, gleich nachdem das Tier erlegt worden ist«, sagte er geradezu in entschuldigendem Ton, als ich an dem herumkaute, was eigentlich ein epikuräischer Hochgenuß sein sollte. »Ich kann mich heute kaum noch erin-

nern, wie mein Cherokesenmagen gegen rohe Zunge und Leber rebellierte, als ich bei den Cheyenne meinen ersten Büffel-Festschmaus mitmachte.«
Wir aßen an einem Klapptisch, der sinnvoll unter dem nach Osten hinausgehenden Fenster angebracht worden war und einen prachtvollen Ausblick auf die gewaltige Landschaft gewährte, auf den fern ragenden Restberg mit der abgeflachten Spitze und dem hohen blauen Himmel darüber. »Sonderbar, an was ein Mensch sich aus längst vergangenen Zeiten erinnert. Ein paar Worte, die jemand gesagt hat, den unversehens im Gesicht eines Menschen aufschimmernden Ausdruck, Szenen im Geist, die wie erstarrte Stücke Zeit sind. In jenen Tagen, da ich dem blühenden Leben gegenüber viel feinfühliger war als heute, war ich mir der großen Dinge bewußt, die um mich herum stattfanden, aber ich dachte nicht, daß sie mich persönlich beträfen. Es waren Dinge, mit denen die Älteren fertig werden mußten, während ich frei war, durch die Wälder zu streifen, beim Ballspiel mitzumachen und die Geheimnisse des Fleisches zu erkunden.
Damals wurde viel geredet über den Bau einer Hauptstadt für den Stamm der Cherokesen. New Echota sollte sie heißen, und die cherokesischen Führer sahen darin ihr Washington. Die neue Stadt lag nur einen Tagesritt von Okelogee entfernt, und ich weiß noch heute, wie begeistert mein Vater schilderte, wie sie dermaleinst aussehen sollte; er beschrieb uns die breiten Straßen und prophezeite, der Tag werde kommen, da die rohen Holzbauten von New Echota dauerhaften Ziegel- und Steinbauten weichen würden. Auch entsinne ich mich noch deutlich, in welcher Hochstimmung meine Großmutter Mary war, als mein Vater die erste Ausgabe des *Cherokee Phoenix* aus New Echota mit nach Hause brachte. Buck Watie oder Elias Boudinot, wie er sich damals nannte, war der Herausgeber, und die Zeitung wurde sowohl in englisch als auch in cherokesisch gedruckt, und zwar mit einer Type, die eigens nach Sequoyahs Silbenschrift gegossen worden war. Es war die erste von Indianern in Nordamerika veröffentlichte Zeitung. Sie enthielt Nachrichten von unserem Stamm, den Wortlaut der Gesetze, die von unserer Gesetzgebenden Versammlung erlassen wurden, sowie gelegentlich kleine Beiträge, die gedacht waren, uns Appetit zu machen auf Bildung, Zivilisation und Politik. Wir alle waren sehr stolz auf den *Cherokee Phoenix*, denn mehr als alles andere war er ein Sinnbild für den Erfolg unserer Bemühungen, uns den Anglo-Amerikanern so weit anzugleichen, daß sie aufhören würden, uns

für Wilde zu halten. Wir dachten, sie müßten den Wunsch haben, daß wir auf dem angestammten Land unserer Väter blieben, ein gutnachbarliches Volk, genauso wie sie, und daß keine Rede mehr davon sein würde, die Cherokesen über den Mississippi hinweg weiter nach Westen abzudrängen.

Viele reinblütige Cherokesen nahmen jetzt andere Namen an, so daß sie Vor- und Familiennamen hatten wie die Anglo-Amerikaner. Onkel Opothle benutzte zeitweise den Namen Kingsley – so hatte ja, wie Sie wissen, sein Vater geheißen – und mein Cousin erregte meinen ganzen Neid, als er in der Schule mit dem Namen Jotham Kingsley unterschrieb. Eine Zeitlang nannte ich mich Dane Warrior, doch Großmutter Mary wollte sich ausschütten vor Lachen über soviel Angabe, und so ließ ich es bald wieder bleiben.

Etwa um diese Zeit wurde Andrew Jackson Präsident der Vereinigten Staaten, und wenn die Cherokesen hätten wählen dürfen, sie würden fast ausnahmslos für ihn gestimmt haben. Wie Sie sich wohl erinnern, hatten viele unserer Anführer ihm geholfen, die Schlacht bei Horseshoe Bend zu gewinnen, und glaubten, daß er jetzt als Präsident seine Dankbarkeit beweisen und die Cherokesen vor dem ständig zunehmenden Eindringen von Siedlern aus Georgia in unser Land schützen würde.

Um Präsident Jackson zu ermuntern, uns zu unterstützen, ritt Häuptling John Ross an der Spitze einer Delegation nach Washington, und mein Vater gehörte zu denen, die für dieses Unternehmen ausgewählt worden waren. Hinterher erfuhr ich, daß Ross zuerst Großmutter Mary gebeten hatte mitzukommen, doch die hatte in ihrem Herzen wegen dem, was er den Creeks bei Horseshoe Bend angetan hatte, eine derartige Abneigung gegen Andrew Jackson gefaßt, daß sie befürchtete, ihren Mund nicht halten zu können und der Sache der Cherokesen nur zu schaden. Deshalb ging Runner, mein Vater, an ihrer Stelle mit. Damals war ich so sehr damit beschäftigt, im Wald Jagd auf die Hirsche und im Dorf auf die Mädchen zu machen, daß ich mich nicht einmal mehr daran erinnere, wie mein Vater sich von uns verabschiedete. Woran ich mich jedoch sehr wohl erinnere, das war die Miene verbissenen Zorns, mit der er tagelang nach seiner Rückkehr umherging.

Großmutter Mary versuchte, ihn zum Reden zu bringen, doch er wollte nicht mehr sagen, als daß Präsident Jackson ein Verräter am Volk der Cherokesen sei. Mit eindringlichen Worten hatte Jackson der Abordnung der Cherokesen bedeutet, sie sollten mit ihrem Volk weiterziehen nach Westen, ehe die Weißen aus Georgia ihre Dörfer überrannten und es zu Blutvergießen käme. Ich glaube, dasjenige, was meinem Vater am meisten wider den Strich ging, war die Art, wie Jackson sich der Abordnung von Cherokesen gegenüber verhielt, von denen die meisten während des Krieges treu zu ihm gehalten hatten. Er nannte sie ›meine Kinder‹, als wären sie nicht würdig, als ebenbürtig behandelt zu werden. Und als sie daraufhin versuchten, sich der Hilfe von Kongreßabgeordneten zu versichern, mußten sie noch mehr gönnerhafte Worte über sich ergehen lassen. ›Ziel des Kongresses ist es von jeher gewesen, die Indianerstämme als persönliches Eigentum zu betrachten‹, sagte Runner zu Mary, ›und wenn sie damit durchkommen, glauben sie eines Tages womöglich, alle Weißen seien gleichfalls ihr persönlicher Besitz.‹

Der vernichtendste Schlag fiel allerdings erst, nachdem mein Vater aus Washington zurückgekehrt war. Den Worten und dem Gesichtsausdruck der Erwachsenen von Okelogee entnahm ich, daß wir in irgendeiner großen Gefahr waren, nachdem die Regierung des Staates Georgia erklärt hatte, so etwas wie ein Stammland der Cherokesen gäbe es nicht mehr. Alle Gebiete, die von den Cherokesen beansprucht würden, seien jetzt Teil des Staates Georgia und würden bald für die Besiedelung durch die Weißen freigegeben. Mit anderen Worten hätten die Cherokesen keinerlei Besitzrecht mehr auf das Land, auf dem sie lebten. Außerdem sollten alle unsere eigenen cherokesischen Gesetze nicht mehr gelten. Weiße brauchten sich an Verträge, die sie mit Cherokesen abgeschlossen hätten, nicht mehr zu halten, und Cherokesen könnten vor Gericht auch nicht mehr als Zeugen gegen Weiße aussagen, gleichgültig, von welcher Schwere das Vergehen sei, um das es gehe. Und was noch am schlimmsten war: wir durften keine Versammlungen mehr abhalten.

Ich entsinne mich noch, daß Großmutter Mary sagte, die Politiker von Georgia versuchten, uns angst zu machen, damit wir unser Land im Stich ließen und flöhen, daß wir uns aber nicht ins Bockshorn würden jagen lassen. In jedem Dorf der Cherokesen wurde gleich, nachdem dieses Gesetz aus Georgia bekannt wurde, heimlich eine Versammlung abgehalten, und Häuptling John Ross war bald auf dem Weg nach Washington, um dieses Gesetz über die Gerichtshöfe der Weißen anzufechten.

Wie Sie bestimmt wissen, ist es für uns Indianer nie leicht gewesen,

vor Ihren Gerichten Gehör zu finden, und deshalb war John Ross nicht überrascht, als er feststellte, daß ihm überall, wohin er sich auch wandte, die Tür vor der Nase zugeschlagen wurde. Der Vorsitzende des Obersten Bundesgerichtshofs, ein Mann namens Marshall, gab vor, Verständnis für die Cherokesen zu haben, sagte jedoch, sein Gericht könne über unseren Fall gegen den Staat Georgia nicht verhandeln, da wir ein ausländischer Staat seien! Es war, als ob wir kein Recht hätten, in Amerika zu sein. Ross und seine Delegation kehrten in dem Glauben nach Hause zurück, die Vereinigten Staaten anerkennten uns als selbständige Nation und hofften, das würde die Weißen in Georgia davon abhalten, in unser Gebiet einzudringen.
Ein paar Monate später wurden jedoch alle Hoffnungen auf Hilfe durch die Bundesregierung der Vereinigten Staaten zunichte gemacht, als der Kongreß den *Indian Removal Act* erließ, also das Gesetz zur Umsiedelung der Indianer. Es war spätes Frühjahr, glaube ich, im Mond der Veilchen, da die Blätter in sattem Grün an den Bäumen prangten, Blumenduft, Vogelgezwitscher und Insektengesumm die Luft erfüllten, der Kleine Singende Fluß über die Ufer trat, daß diese Nachricht Okelogee erreichte.
Großmutter Mary hatte diesen schwarzen Tag vorausgesagt, da alle Stämme östlich des Mississippi aus ihrer angestammten Heimat vertrieben werden würden. Das sei etwas, was der landgierige alte Andrew Jackson schon immer vorgehabt habe, und jetzt liege es in seiner Macht, es gesetzlich verankern zu lassen.
Auf der Versammlung, die mein Vater als Häuptling von Okelogee sofort einberief, schalt Mary die Krieger erbarmungslos. Noch heute höre ich ihre Worte, die kräftig fielen wie Gesang: ›Ihr habt nicht auf Tecumseh hören wollen. Statt dessen habt ihr euch gegen eben jenen Stamm gewandt, der uns hätte retten können. Jetzt ist die Sonne über all dem untergegangen. Wir werden nicht zurückschauen. Jetzt müssen wir den *Unegas* entgegentreten, die uns von dem Land unserer Ahnen vertreiben möchten. Ich überlasse es unseren Anführern, uns zu sagen, was wir tun sollen. Wenn sie uns sagen, wir sollen hier kämpfen und sterben, wird Creek-Mary kämpfen und sterben. Meine Füße werden mich jedenfalls niemals aus eigenem Willen von diesen Bergen und Wassern forttragen, die ich lieben gelernt habe wie meine eigenen Kinder!‹
Die Versammlung zog sich etliche Tage hin, und dann, eines Nachmittags, kam ein Läufer aus New Echota mit einer Botschaft von

Häuptling John Ross an meinen Vater in unser Haus. Präsident Andrew Jackson habe alle Anführer der Indianerstämme östlich des Mississippi aufgefordert, sich in Nashville zu versammeln. Jackson wolle dort mit ihnen zusammentreffen, um über die Bedingungen zu verhandeln, unter denen ihre Stämme augenblicklich in Gebiete westlich des Mississippi umgesiedelt werden könnten.

Dem Ausdruck, der sich auf dem Gesicht meines Vaters malte, als er diese Nachricht las, konnte ich entnehmen, daß er sowohl wütend als auch erfreut war. Er rief Mary, sie solle kommen und sich das ansehen. ›Little John Ross wird Sharp Knife Jackson die Stirn bieten‹, rief er. ›Kein Cherokese wird dem Präsidenten in Nashville aufwarten. Statt dessen wird unser Stamm in New Echota zusammenkommen, um seine eigenen Entscheidungen zu fällen.‹

Zum erstenmal seit vielen Tagen hallte Marys tiefes Gelächter im Hause wider. ›Eine Stammesversammlung ungeachtet der Gesetze aus Georgia‹, sagte sie. ›Hört – jetzt kann einzig der Schöpfer des Atems Creek-Mary davon abhalten, vor dieser Versammlung in New Echota das Wort zu ergreifen.‹«

19

In den letzten Sommerwochen dieses Jahres 1830 fielen nur vereinzelte Tropfen Regen, und an einem bestimmten Tag im Frühherbst hätte ein Beobachter auf dem höchsten Punkt der Schlafenden Frau anhand träger Staubwolken, die in die stehende Luft über den Bäumen gewirbelt wurden, erkennen können, wo genau die Wege oder Fährten verliefen, die nach New Echota führten. Es sah so aus, als zöge jede lebende Seele aus dem Stamm der Cherokesen auf die Hauptstadt zu, um zu erfahren, was ihnen ihre Anführer über ihre Zukunft zu sagen hätten. Sie kamen in Planwagen, in Pferdewagen, zu Pferde und zu Fuß über viele Meilen aus Bergen und Tälern.

Manche mögen die Möglichkeit gefürchtet haben, daß diese große Zusammenkunft, mit der man sich den Gesetzen Georgias und dem Begehren des Präsidenten der Vereinigten Staaten widersetzte, die letzte Gelegenheit bot, zu sehen, wie ihr selbstgewählter Rat sich in der übereilt errichteten Hauptstadt dieser dem Untergang geweihten Demokratie der nordamerikanischen Indianer versammelte. Doch abfinden wollte sich damit niemand.

Bei Sonnenuntergang brachen zwei von Opothles mit neun Personen, Decken, Bettzeug, Zeltplanen und Lebensmitteln für drei oder vier Tage beladenen Einspännern auf. Mit ihnen fuhren Opothle und seine Frau Suna-lee, seine Tochter Priscilla und Jotham im ersten, und Runner, Mary, Dane, Isaac und Jerusha McAlpin im zweiten Wagen. Bei jeder Rast tauschten wohl einige von den jungen Leuten die Plätze, und wenn es langsam voranging wie etwa bei Steigungen, stiegen sie aus und liefen nebenher.
Vor diesem Morgen der Abfahrt hatte es unter den Familien lange Auseinandersetzungen darüber gegeben, wer in Okelogee zurückbleiben und wer nach New Echota fahren solle. Runners Frau, Walina, die sehr schüchtern war, und sich aus größeren Menschenansammlungen nichts machte, bat, daheim bleiben zu dürfen, um die spätsommerliche Ernte aus ihrem Garten einzubringen. William wollte zwar mit, doch Opothle forderte ihn auf zurückzubleiben und sich um Haus, Herden und ihre schwarzen Sklaven zu kümmern. Opothle hatte sich in letzter Zeit Sorgen gemacht wegen Berichten über weiße Reiter aus dem Süden, die sich selbst Georgia Pony Guards nannten. Unter dem Vorwand, Sachwalter des öffentlichen Friedens zu sein, überfielen diese Pony Guards wohlhabende Cherokesen und stahlen ihnen Rinder, Pferde und Sklaven. Bis jetzt waren sie noch nicht soweit in den Norden vorgestoßen wie Okelogee, doch schärfte Opothle William ein, vor Fremden jetzt ganz besonders auf der Hut zu sein und dafür zu sorgen, daß die Sklaven die Tiere auch jeden Abend in die Ställe trieben.
»Ich wünschte, du könntest mitkommen nach New Echota«, erklärte Opothle ihm. »John Ross hat uns gebeten, unsere Söhne und Töchter mitzubringen, damit sie mit eigenen Ohren hören, was beschlossen wird, um es sich einprägen und dann ihren Söhnen und Töchtern erzählen zu können. Es könnte sein, daß sich auf dieser Versammlung das Schicksal unseres Stammes entscheidet. Jeder einzelne von uns wird sich bemühen zu behalten, was gesprochen wurde, und dir dann sagen, was er gehört hat.«
Da die Missionsschule für die Zeit der Ratsversammlung in New Echota geschlossen wurde, forderte Runner Isaac auf, als Beobachter mitzukommen. Bald danach gelang es mit Danes bereitwilliger Unterstützung auch Jerusha, sich dem Pilgerzug anzuschließen. Ob Harriet McAlpin nun von sich aus gern mit wollte oder nur etwas dagegen hatte, allein zurückgelassen zu werden, ließ sie nie klar erkennen. Am

Morgen der Abfahrt gab Harriet Isaac einen flüchtigen Abschiedskuß auf die Wange, doch ihre leuchtenden und durchdringenden Augen waren ganz auf Jerusha gerichtet, die ihren Rock geschürzt hatte, um mutig auf den Wagen zu steigen und unter einem Berg von Bettzeug recht nahe an Dane heranzurücken. Harriet räusperte sich vernehmlich und stieß einen ergebenen Seufzer aus, als sie den Wagen davonrollen sah.

Die beiden Einspänner erreichten New Echota kurz vor Sonnenuntergang, und als sie einen Lagerplatz in einem Fichtenhain gefunden, ein Feuer zum Kochen gemacht und Wasser von der stets sprudelnden Quelle geholt hatten, um die herum die neue Hauptstadt entstanden war, hatte sich die Dunkelheit über sie alle gesenkt.

Am frühen Abend statteten sich die Familien, deren Gefährte und Lagerfeuer jenes ebene Gelände säumten, auf dem, wie sie hofften, eines Tages eine dem Stamm der Cherokesen würdige Hauptstadt sich erheben würde, gegenseitig freundschaftliche Besuche ab. Es wurde weder getanzt noch Musik gemacht; dafür war der Anlaß der Zusammenkunft zu ernst. Gleichwohl hatten sich alle ihre besten Kleider angezogen, die Frauen und Mädchen in leuchtendfarbenen Kalikos, wohingegen die Männer anglo-amerikanische Hemden und Hosen und gelegentlich sogar eine Bibermütze trugen, wobei die meisten übrigens die Mokassins immer noch den steifen und unbequemen Stiefeln, die man in den Handelsposten kaufen konnte, vorzogen. Hier und da war ein alter Mann noch in einen Hirschleder- oder Wolldekkenumhang gehüllt, trug eine rote Schärpe um die Hüfte geschlungen und ein blaues Baumwolltuch turbangleich um den Kopf gewunden wie in den alten Tagen.

Nachdem man zu Abend gegessen und alles Nötige erledigt hatte, machten Hunderte von jungen Leuten die Runde um sämtliche Lagerfeuer. Zu Dane und Jerusha und Jotham und seiner Schwester Priscilla gesellte sich bald auch Griffa McBee, eines der halbblütigen Schottenmädchen, die seit neuestem Isaac McAlpins Schule besuchte. Wie sie von einem Feuer weitergingen zum anderen, das hatte etwas von einem langsamen Reigen, und die flackernden Flammen, die sich auf den sich bewegenden Gestalten spiegelten, verliehen dem Herbstabend einen Hauch von Romantik. Jerusha ging sehr nahe neben Dane, und ihr Körper streifte den seinen in verstohlenen kleinen Liebkosungen.

»Wie hübsch ihr Cherokesen heute abend alle seid«, flüsterte sie.

»Aber ganz besonders du, Dane. Wann werden wir heiraten? Damit wir immer so zusammen sein können wie jetzt?«
Bevor er ein Wort sagen konnte, tauchte Marys vorwurfsvolles Gesicht aus dem Dämmerlicht auf und verschwand wieder, als Jerushas zitternder Mund sein Ohr berührte: »Ich würde heute nacht gern zusammen mit dir auf der Erde schlafen statt im Wagen mit deiner Großmutter«, sagte sie.
So hielt man es stets, wenn Cherokesen mit Pferd und Wagen unterwegs waren; Frauen und Mädchen schliefen auf den hölzernen Lagerstätten der Gefährte, wobei Zeltplanen an den Seitenwänden hochgezogen wurden, um sie vor Tau oder Regen zu beschützen und ihnen Ungestörtheit zu verschaffen. Männer und Knaben hingegen schliefen, wo immer sie wollten, manchmal unter den Wagen oder unter einer Zeltplane unter den Bäumen.
Am nächsten Morgen versprach eine gelbe Sonne am dunstigen Himmel einen weiteren kühlen Tag. Zum erstenmal konnten sie deutlich die Anfänge von New Echota erkennen – ein riesiges, aus behauenen Stämmen gebautes Versammlungshaus, ein Gerichtsgebäude, vier Läden und ein Handelsposten, die Druckerei des *Cherokee Phoenix* sowie sechs Wohnhäuser, einige davon mit gemauerten Schornsteinen und Bretterwänden.
Man erwartete von jedem, daß er den Ansprachen folge, die gleich nach Beendigung des Frühstücks begannen; dabei war die Menge, die dem Versammlungshaus gegenüber einen riesigen Halbkreis gebildet hatte, so groß, daß nicht die Hälfte von ihnen verstehen konnte, was gesprochen wurde. Am Rand der Versammlung hielten zwei Kompanien der cherokesischen Leichten Kavallerie in blauen Tuchüberwürfen Ausschau nach Nachzüglern und Fremden. Diese Kavallerie-Wache war von Major Ridge ins Leben gerufen worden und sollte der Aufrechterhaltung des Friedens dienen, war jedoch für die Versammlung verstärkt worden.
Der alte Going Snake wurde zum Vorsitzenden dieser Versammlung gewählt. Gekleidet in einen Gehrock und auf dem Kopf den kokardengezierten Hut, den Andrew Jackson ihm bei Horseshoe Bend geschenkt hatte, setzte er seine Stimme ein wie eine Trompete: »Die *Unegas* sind in ihrer Habgier nach unserem Land wie die Pumas, die wir in den Wäldern sehen, rings um sich her gerissenes Wild und so vollgefressen von Fleisch, daß sie kaum den Bauch über die Erde schleppen können, gleichwohl nie gesättigt, immer gierig nach mehr.

Wir haben dieses Land von unseren Ahnen überlassen bekommen. Wir haben ein Blutsrecht darauf. Wir rufen den Schöpfer des Atems, der Erde, des Himmels und des Wetters an, Zeuge dessen zu sein, was wir hier tun, und uns zu helfen, uns für das zu entscheiden, was das Beste ist für unseren Stamm.«

Die Reden dauerten den ganzen Vormittag über an. Viele große Führer der Cherokesen gaben Erklärungen ab, darunter Major Ridge, sein Sohn John, der in Neuengland erzogen worden war, Zeitungsherausgeber Elias Boudinot und sein jüngerer Bruder, Stand Watie. Opothle setzte sich dafür ein, es noch einmal über die Gerichtshöfe des Weißen Mannes zu versuchen, riet aber gleichzeitig, die Bewohner einer jeden Ortschaft sollten eine Kompanie der Leichten Kavallerie aufstellen, um sich vor marodierenden Weißen aus Georgia zu schützen, die von Cherokesen jetzt nicht mehr wegen Überfalls auf ihre Person oder ihr Eigentum vor Gericht gebracht werden konnten. Als Mary an der Reihe war, das Wort zu ergreifen, standen die Zuhörer auf und drängten sich näher heran, um ihre Worte zu verstehen.

»Ich spreche für die Frauen unseres Stammes«, rief sie, »für diejenigen, welche die Schmerzen erlitten haben, euch alle zur Welt zu bringen, für die Frauen, die unser Land bestellen und die Nahrung anbauen, mit der ihr euren Hunger stillt. Wer weiß den Wert des Landes besser zu schätzen als wir Frauen? Ich spreche zu den Männern: Eure Mütter, eure Frauen, eure Schwestern und eure Töchter bitten euch, kein Land mehr wegzugeben, sondern es für unsere Kinder zu bewahren. Der Schöpfer des Atems hat uns hierhergestellt, damit wir in Frieden leben, aber wir Frauen haben Krieger geboren und aufgezogen, uns in unseren Dörfern zu verteidigen. Benehmt euch nicht wie der feige Hund, der den Schwanz hoch erhoben überm Rücken trägt, ihn jedoch, wenn er bedroht wird, zwischen die Beine klemmt und davonläuft. Unser Leben liegt in der Hand des Schöpfers des Atems. Er hat unseren Ahnen das Land gegeben, auf dem wir heute leben. Wir sind entschlossen, es zu verteidigen, und wenn es in seinem Willen liegt, werden unsere Knochen auf diesem Boden bleichen; nur aufgeben werden wir es nie! Kein Fußbreit Land mehr an die *Unegas*!« *Keinen einzigen Fußbreit Land mehr an die Weißen!* hob die Menge an zu singen, *Keinen einzigen Fußbreit Land mehr an die Weißen!* Wie der dumpfe Donner eines Sommergewitters hallte der Klang dieser Worte über New Echota dahin.

Nach der Mittagsruhe wären Dane und seine Gefährten am liebsten durch die Wälder ringsum gestreift, doch bis auf Jerusha McAlpin hätte keiner es gewagt, dabei erwischt zu werden, wie er das Gelände der Ratsversammlung verließ. Als die Menge sich am Nachmittag wieder versammelte, wurden Jotham und Griffa McBee irgendwie von Dane, Jerusha und Priscilla getrennt. Längst, ehe die letzte beschwörende Rede endete, war Jerusha eingeschlafen. Ihr Kopf ruhte an Danes Schulter, und Prissie sah mißbilligend herüber.

Als sie alle wieder um ihr Lagerfeuer versammelt waren, war es noch eine Stunde bis Sonnenuntergang. Während Suna-lee und die Mädchen mit den Essensvorbereitungen begannen, berührte Jotham Dane an der Schulter und gab ihm zu verstehen, er solle sich mit ihm ein Stück von den Wagen entfernen. »Meinst du, du könntest Jerusha überreden, sich heute abend aus dem Wagen zu schleichen?« fragte er vorsichtig flüsternd.

Dane spürte, wie ihm plötzlich der Mund trocken wurde. »Ich werde sie fragen.« Auch er brannte auf ein nächtliches Abenteuer, fürchtete jedoch, was wohl geschehen würde, wenn dasjenige, was geschehen konnte, ihn Jerusha für immer verpflichtete.

»Griffa sagt, sie kommt raus, wenn Jerusha mitkommt«, sagte Jotham.

Die Verabredung wurde getroffen, während sie im Dämmer alle gemeinsam zu Abend aßen, und Jerusha war plötzlich so aufgekratzt, daß Dane befürchtete, sie müsse aller Welt Argwohn erregen. Als es Zeit wurde, sich schlafen zu legen, was bald geschah, nachdem das Feuer bis auf die Glut herabgebrannt war, trugen die beiden Jungen ihre Wolldecken ein paar Schritte zurück in den Fichtenhain, wo ihre Väter und Isaac McAlpin unter einer breiten Zeltplane, die über einen Ast geworfen war, ihr Lager bereitet hatten. Hellwach vor lauter Erwartung, warteten die Jungen, bis aus dem Zelt tiefe und regelmäßige Atemzüge zu hören waren. Dann schlüpften sie unter ihren Decken hervor und krochen tiefer in den Wald hinein bis zum verabredeten Treffpunkt, einem riesigen Kastanienbaum mit tiefhängenden Zweigen.

»Und was ist, wenn die Mädchen nicht kommen?« sagte Dane, halb in der Hoffnung, daß sie kommen, halb, daß sie es nicht tun würden.

»Griffa kommt bestimmt. Aber möglich, daß Jerusha doch Angst hat.«

Ein Rascheln im dürren Unterholz und das Knacken von Zweigen verriet, daß jemand näherkam. Obwohl der Mond nicht schien, ließ der

Sternenschimmer eine weibliche Gestalt erkennen, die tastenden Schrittes auf sie zukam.
»Griffa!« rief Jotham in lautem Flüsterton hinaus.
»Nein, ich bin's, Jerusha.« Sie lachte, plötzlich froh, die beiden so mühelos gefunden zu haben.
»Du mußt leise sein«, schärfte Dane ihr ein. Sie trug immer noch das rote Kleid mit dem zierlichen weißen Kragen, das sie auch am Nachmittag angehabt hatte, und schien geradenwegs aus dem Sternenlicht heranzuschweben, um ihm die Arme um den Hals zu schlingen und seine Lippen zu küssen. »Deine gute Großmutter«, sagte sie. »Ich könnte mir denken, daß sie doch gesehen hat, wie ich mein Nachthemd über mein Kleid gezogen habe. Sie ist aber gleich eingeschlafen und hat dabei ganz leise geschnarcht. Ich brauchte nur aus dem Wagen hinauszuschlüpfen ins Freie.«
Ein paar Minuten später war auch Griffa da und hätte sie ums Haar durch ihr plötzliches Auftauchen erschreckt. Jotham hielt die tiefhängenden Zweige der Kastanie auseinander. Es war, als beträte man ein Zelt; die tanzenden Blätter dämpften das Sternenlicht und ließen die fernen Lagerfeuer wie Glühwürmchen tanzen.
Einer unausgesprochenen Übereinkunft zufolge verschwanden Jotham und Griffa auf der anderen Seite des mächtigen Stammes. Nachdem sie altes Laub und Kastanienschalen beiseitegefegt hatten, um eine Stelle auf dem sandigen Boden freizumachen, setzte Jerusha sich dort im Schneidersitz hin und streifte ihre Schuhe aus Saffianleder von den Füßen. Im feinen Lichtschimmer war sie ein rätselhafter, lächelnder Geist.
»Ich liebe dich, Dane«, flüsterte sie und lehnte sich vor, um seine Stirn mit der ihren zu berühren.
Die Worte, die er sagen wollte, blieben ihm in der Kehle stecken. Statt ihr zu sagen, daß sie auch in *seinem* Herzen sei, er jedoch nie eine *Unega* heiraten könne, umschlang er sie mit den Armen, und dann lagen sie auf dem Sand. Erst suchte er ihre Lippen, dann drängten sich ihre Körper aneinander. Einen Moment wünschte er, sie wäre Ellen Moonherrin, die keiner Unterweisung bedurfte, und dann hielt sie seine wandernde suchende Hand fest. »Ich hab' noch nie – ich bin doch erst siebzehn, Dane.« Sie entwand sich ihm, setzte sich auf und sah ihn stirnrunzelnd an, doch ihre Finger lockerten ihren Griff, mit dem sie sein Handgelenk gepackt gehalten hatte, und sie begann, seinen Handrücken zu streicheln. Sie neigte sich vor und küßte ihn, und

ihre Lippen drückten sich weich und willfährig auf die seinen. Er konnte ihre Brüste an seiner Brust fühlen.
Ein Lichtstrahl und plötzliche Geräusche – das Knacken von Unterholz – traf ihre Sinne. Jemand mit einer Kienholzfackel schlich ganz in der Nähe umher. Durch die Kastanienblätter hindurch sah Dane das Licht geradenwegs auf ihren Baum zukommen. »Das ist Bruder Isaac«, flüsterte Jerusha. »Er sucht nach mir.«
Ohne ein weiteres Wort huschten sie um den Baumstamm herum. Wiewohl immer noch umschlungen, beobachteten Jotham und Griffa das näherkommende Licht. Dann standen sie auf, und alle vier drückten sich gegen den Stamm der Kastanie. Als Isaac seine Fackel durch die überhängenden Zweige auf der anderen Seite hindurchsteckte, flüsterte Jerusha Dane aufstöhnend ins Ohr: »Meine Schuhe, meine Schuhe!« Doch offenbar sah ihr Bruder diese Schuhe unter den Blättern und den stachligen Kastanienschalen nicht liegen. Er ging weiter, stolperte durch dichtes Gestrüpp und hinterließ den Geruch brennenden Kienholzes.
»Ich muß laufen«, sagte Jerusha atemlos. »Ich überhole ihn auf dem Weg zum Wagen. Wenn er mich hier erwischt hätte, das hätte Hiebe gesetzt, bis ich nicht mehr sitzen könnte!« Dane folgte ihr um den Stamm herum und half ihr dann, die Saffianschuhe wieder anzuziehen.
»Isaac weiß aber, daß du vom Wagen weggegangen bist«, sagte er.
Verächtlich schnaubte sie. »Wenn er es wagt, was zu sagen, werde ich ihm vorhalten, er bilde sich ein, Mädchen brauchten einem menschlichen Bedürfnis nicht genauso nachzukommen wie Männer und Jungen.«
Bei dieser Bemerkung fing Griffa an zu lachen, doch Jotham hielt ihr den Mund zu. »Hör auf! Sonst hört er uns.«
Jerusha war in geduckter Haltung bereits durch die Zweige hindurch und lief auf die Fichten zu. Nach einer Weile folgte Dane ihr, ging jedoch zuerst ganz langsam. Dann sah er weit linker Hand von ihm Isaacs Fackel sich bewegen und wagte es, den Versuch zu unternehmen, sie einzuholen. Doch als er seine und Jothams Wolldecken erreichte, wußte er, daß sie bereits wieder im Wagen bei seiner Großmutter war.

Am nächsten Tag gab es einige Aufregung, als das Redenhalten durch die unerwartete Ankunft eines wohlgekleideten Weißen, eines Regie-

rungsagenten aus Washington, unterbrochen wurde. Die Kavalleriewache geleitete ihn samt Pferd an die Ratsbank, wo er Going Snake sein Beglaubigungsschreiben überreichte. »Ich suche Häuptling John Ross«, sagte der Mann, »und man hat mir gesagt, er sei hier.«
Über den Tisch hinweg nickte Ross ihm zu. »Was habt Ihr zu berichten, Sir?«
Ehe der Agent antworten konnte, war Creek-Mary aufgesprungen. »Laßt ihn zu uns allen sprechen«, sagte sie. »Laßt ihn sagen, warum er hierhergekommen ist, damit wir alle es hören.«
Ross lächelte. »Einverstanden«, sagte er und forderte den Besucher durch eine Handbewegung auf, zur ganzen Versammlung zu sprechen.
»Ich bin Colonel John Lowrey«, sagte der Agent mit vernehmlicher Stimme und wandte sich der Versammlung zu. »Ich danke euch, mir Gelegenheit zu geben, die Ansichten der Regierung der Vereinigten Staaten hinsichtlich der Förderung des zukünftigen Friedens und des Glücks für unser ganzes Volk zu erläutern.«
Major Ridge klopfte mit den Knöcheln auf den Tisch. »Für wen sprecht Ihr, Colonel Lowrey?«
»Für die amerikanische Regierung, Sir«, erwiderte Lowrey, und sein Gesicht übergoß sich mit Röte.
»Die amerikanische Regierung besteht aus Männern, so wie unsere aus Männern und Frauen besteht. Welcher Mann hat Euch geschickt?«
Einen Moment zögernd, antwortete Lowrey: »Ich bin persönlicher Referent des Kriegsministers.«
»Aha!« diesmal war es Elias Boudinot, der sich aufrichtete. »Ihr sprecht also von Minister John Eaton, dessen Mund die Worte von Andrew Jackson spricht.« Boudinots schönes Gesicht verriet Zorn, und seine Stimme hatte etwas Schneidendes.
»Wir haben einen Bericht aus Washington, Eaton habe öffentlich erklärt, seiner festen Überzeugung nach könne man die Cherokesen genausowenig in Denk- und Lebensgewohnheiten der Weißen Männer ausbilden wie wilde Truthähne. Seht Euch um, Colonel Lowrey. Sehen wir aus wie eine Schar wilder Truthähne, die in den Wäldern leben?«
Der Buhrufe und des Gelächters wegen war Lowreys Antwort nicht zu hören. Wenn ihm auch mittlerweile höchst unwohl in seiner Haut war, fuhr er dennoch fort: »Ich werde euch klipp und klar sagen, was

ich eurem Oberhäuptling John Ross auszurichten beauftragt worden bin. Es ist jetzt Gesetz in diesem Lande, daß alle Indianerstämme östlich des Mississippi auf das westliche Ufer ziehen müssen. Denjenigen Stämmen, die friedlich dorthin ziehen, wird die amerikanische Regierung eine angemessene Entschädigung für das persönliche Eigentum auszahlen, das zurückgelassen werden muß. Sie trägt außerdem die Übersiedelungskosten und garantiert die Zuweisung von Stammesland, an Fläche genauso groß wie das verlassene. Doch für diejenigen Stämme, die sich der friedlichen Umsiedelung widersetzen, die also mit Gewalt dazu gebracht werden müssen, dorthin zu ziehen, gibt es selbstverständlich keinerlei Entschädigung.«

Ehe Lowrey mehr sagen konnte, erhob sich in den vordersten Reihen der Menge spontan ein beschwörender Gesang, der rasch zu einer donnernden Antwort anschwoll: »Nicht einen Fußbreit Boden mehr an die *Unegas*! Nicht einen Fußbreit Land mehr an die *Unegas*!«

Kaum hatte der Abgesandte aus Washington sein Pferd wieder bestiegen und den Rückritt angetreten, sprang Creek-Mary auf und forderte, daß der Rat eine Entschließung formuliere, mit welcher gegen das Umsiedelungs-Gesetz protestiert wurde. Im Laufe des Nachmittags gingen die Papiere in der Menge um, und als es Nacht wurde, hatten über dreitausend Cherokesen ihren Namen unter die Bittschrift gesetzt. Sie sollte zum frühestmöglichen Datum nach Washington gebracht und von Häuptling John Ross dem Kongreß vorgelegt werden.

Beim späten Essen diesen Abend war Mary außerordentlich ausgelassener Stimmung. Sie scherzte mit Dane, und es gelang ihr, ihn für einen Augenblick beiseite zu ziehen. Er hörte nie auf zu staunen, wie viel sie von ihm wußte. »Das Mädchen mit dem gelben Haar«, sagte sie in rauhem Flüsterton, »es besitzt die Süße des Honigs. Koste von dem Honig, wenn es unbedingt sein muß, Dane, aber vergiß nicht, was du mir versprochen hast. Creek-Marys Blut!« Ihre Augen weiteten sich, als sie ihm tief in die seinen blickte. Er war sich nicht sicher, ob sie sich über ihn lustig machte, aber er war sich sicher, daß sie das, was sie gesagt hatte, ernst meinte.

An diesem Abend fiel es ihm nicht schwer, sich zu entscheiden, was er des süßen Honigs von Jerusha McAlpin wegen zu tun hatte. Als es Zeit wurde, schlafen zu gehen, legte sich ihr Bruder Isaac unter den Wagen, und seine langen Beine schauten unter der hinteren Wagenklappe hervor.

Die meisten Cherokesen verließen New Echota bereits in der Frühe des nächsten Morgens nach der Ratsversammlung. Häuptling John Ross ließ seinen leichten Wagen vor das Versammlungshaus bringen, und die noch zurückgebliebene Kompanie der Leichten Kavallerie wartete neben ihren gesattelten Pferden, um ihm nach Hause das Geleit zu geben. Als Dorfhäuptling mußte Runner bis zu einer letzten Zeremonie mit dem schwarzen Tee aus Stechpalmenblättern bleiben, und Opothle half, die Protestnote endgültig zu formulieren, auf daß Ross und seine Abordnung sie bald nach Washington bringen könnten.

Suna-lee und ihre Töchter bereiteten im Fichtenhain noch ein schnelles Mittagsmahl, während Dane und Jotham die Pferde vor den Wagen spannten. Isaac McAlpin war noch dabei, Bettzeug aufzuladen, als Opothle und Runner aus dem Versammlungshaus heraustraten und über einen der krautbewachsenen Pätze von New Echota direkt auf die Wagen zugingen.

Plötzlich tauchten zwischen den Bäumen auf der anderen Straßenseite sechs Reiter auf, die sich in gemächlichem Trab näherten. Es handelte sich um nachlässig gekleidete Weiße, von denen einige Dragonermützen aufhatten, andere breitrandige Hüte. Alle waren sie mit langläufigen Steinschloßflinten bewaffnet, die sie neben den Beinen am Sattel befestigt hatten, und manche waren zusätzlich noch mit Pistolen, langen Säbeln und kurzstieligen Äxten ausgerüstet. Die Reiter hielten direkt auf die Wagen zu; leichtes Glöckchenklingeln machte den Rhythmus ihrer Pferde deutlich. Gerade als Opothle und Runner bei den Wagen anlangten, brachten die Reiter ihre Pferde ein paar Schritt davon entfernt zum Stehen.

Der Anführer dieser Reiter wies dort, wo sein linkes Auge hätte sein sollen, nur eine leere Augenhöhle auf; das verheilte Fleisch war zu einem leuchtendroten Narbengewebe geworden. Ein Stück von seinem Nasenflügel war bei dem Kampf, in dem er sein Auge verloren hatte, weggerissen worden. Langes, ungepflegtes Haar von der Farbe schmutzigen Riedgrases quoll ihm unter der Krempe seines schwarzen Hutes hervor, der unter dem Gewicht mehrerer kleiner Glöckchen, die am Rand festgenietet waren, herunterhing. Als Hutband trug er die verschrumpelte Haut einer Klapperschlange.

»Was is' – lebt ihr hier?« fragte er. Beim Sprechen troff ihm Tabaksaft aus den Mundwinkeln. Er spuckte aus und ließ dabei eine Lücke zwischen den gelben Hauern erkennen.

Runner sah Opothle an, der antwortete: »Wir alle leben in Okelogee.«
»Un' was macht Ihr so weit fort von zu Haus?«
Opothle sah ihn an, ohne den Blick abzuwenden. »Wir hatten hier Geschäfte.«
»Geschäfte?« Der Mann lachte, so daß die Glöckchen klingelten, und ein paar von seinen Kumpanen fielen in sein freudloses Gelächter ein. »Was versteht 'n ihr Hohlköpfe von Rothäuten von Geschäften? Die Kleider der weißen Männer, in die ihr euch geworfen habt, machen noch längst keine weißen Männer aus euch. Ihr seid 'n Halbblut?«
Opothle vermochte den Abscheu aus seinem Blick nicht herauszuhalten, schaffte es jedoch, würdevoll zu bestätigen: »Mein Vater war Engländer.«
»Angezogen, als wärt Ihr 'n Gentleman, was? Naja. Wir ha'm erfahren, daß ihr Cherokesen hier oben 'ne Versammlung abhaltet. Wenn ihr das tut, verstößt das gegen die Gesetze von Georgia, un' wir sin' gekommen, ihr 'n Ende zu bereiten. Ich nehm' an, Ihr habt schon von der Pony Guard gehört. Das sin' wir.«
Der Mann wandte den Kopf, und die Sonne blitzte auf den Schuppen der Klapperschlangenhaut an seinem Hut. Er sah mit dem einen ihm verbliebenen Auge Jerusha an. »Wer 's 'n das weiße Mädchen?«
»Sie ist meine Schwester«, entgegnete Isaac McAlpin. »Ich bin der Schullehrer von der Mission in Okelogee.«
Der Mann nickte. »Ich nehm' an, Ihr wißt, daß Ihr 'ne schriftliche Erlaubnis vom Gouverneur von Georgia braucht, um unter diesen gottlosen roten Niggern zu leben. Habt Ihr diesen Erlaubnisschein bei Euch?«
Isaac schüttelte verneinend den Kopf.
Der Anführer der Pony Guard holte einen Strang Kautabak aus der Tasche und biß ein Stück ab. Dann sah er grinsend einen verpickelten Reiter mit schütterem Kinnbart an, der links von ihm hielt. »Was meinst du, Cyrus, soll'n wir diesen Schulmeister mit nach Milledgeville nehm'n?«
Cyrus wies ruckartig mit dem Daumen auf das Versammlungshaus. »Sieh mal dort.«
Die Leichte Kavallerie der Cherokesen in ihren blauen Jacken hatte Aufstellung genommen und schaute wegen der Anwesenheit der Pony Guard aus Georgia offensichtlich besorgt herüber.
»Diese verdammten roten Hunde!« knurrte der Einäugige.

»Verflucht, aber es sin' zwei gegen einen von uns. Wenn's mal umgekehrt ist, knöpfen wir sie uns vor.« Er sah Isaac McAlpin an. »Wenn ich Euch das nächste Mal seh', Schulmeister, rat' ich Euch, diese Erlaubnis bei Euch zu tragen. Ich hab' was dagegen, daß 'n weißer Mann seine kleine Schwester mit diesen Rothäuten rummachen läßt. Los, reiten wir weiter!« Er machte mit seinem Pferd kehrt, seine fünf Kumpane folgten seinem Beispiel, und in dem gleichen gemächlichen Trab ritten sie einer hinter dem anderen davon in Richtung auf den Wald, aus dem sie gekommen waren.

»Abschaum!« rief Mary hinter ihnen her. »Dieses Gelichter sollte am nächsten Baum aufgeknüpft werden!«

Der Wagen von Häuptling John Ross bog von der Straße ab und rollte, die Leichte Kavallerie hübsch im Gefolge, über das offene Gelände. Ross zog am Zügel, brachte sein Gespann zum Stehen und erhob sich dann. »Sie haben Drohungen ausgestoßen, nehme ich an?«

»Die Drohungen waren zur Hauptsache gegen mich gerichtet«, erklärte McAlpin.

»Der Anführer dieser Bande ist ein Mörder und Dieb«, sagte Ross. »Sein Name ist Suggins. Seine Männer nennen ihn One-Eye-Jack. Wo er die Gesetze Georgias hinter sich hat und wir kein Gesetz auf unserer Seite, stellt er eine gefährliche Bedrohung für uns dar. Wir sollten ihm möglichst aus dem Weg gehen, bis wir uns einigen Schutz von der Amerikanischen Regierung verschafft haben.«

»Wir müssen darauf gefaßt sein, uns gegen solche Marodeure zu verteidigen«, erklärte Opothle.

»Möglich, daß er es auf euch abgesehen hat«, sagte Ross, »und ihr werdet einen großen Teil eurer Heimreise bei Nacht zurücklegen. Sechs Mann von der Leichten Kavallerie werden euch heimgeleiten nach Okelogee.«

20

»Ohne Zwischenfall kehrten wir zurück nach Okelogee«, sagte Dane, »aber Onkel Opothle verlor keine Zeit, für uns einen Trupp Leichter Kavallerie aufzustellen, der uns vor Leuten wie One-Eye-Jack und seiner Pony Guard schützen sollte. Möglich, daß diese Rabauken von der kleinen Berittenentruppe bei uns hörten und deswegen fernblieben, aber wahrscheinlicher war es die abgelegene Lage unseres Dorfes

und die Tatsache, daß Moonherrins Mühle in der Nähe lag und die Schotten in unserer Gegend siedelten, an der es lag, daß wir eine Zeitlang unbehelligt blieben. Doch wie dem auch sei, jedenfalls verging kaum ein Tag, da wir nicht von den Nöten anderer Cherokesen-Dörfer hörten, und zwar nicht nur mehr von gestohlenen Pferden und Vieh, sondern von niedergebrannten Scheunen und Einzäunungen; und wenn die Leute anfingen, sich zu wehren und zurückzuschlagen, wurden sie geschlagen und wegen Verstoßes und Widerstands gegen die Gesetze Georgias verhaftet. Eines Tages erfuhren wir, daß sie Elias Boudinot festgenommen hatten, weil er Berichte über diese Überfälle im *Cherokee Phoenix* veröffentlicht hatte.
Nicht lange danach tauchten One-Eye-Jack Suggins und seine Marodeure wieder bei uns auf. Sie kamen nicht den Hauptweg aus dem Süden herauf, wo unsere Truppe von Berittenen regelmäßig einen Posten unterhielt, sondern heimlich von Westen, folgten dem Kleinen Singenden Fluß aus den Bergen heraus und umzingelten unser Schulhaus; rund zwanzig waren es diesmal. Es war Freitag nachmittag, und Isaac McAlpin übte mit den jüngeren Schülern Buchstabieren, während wir älteren uns darauf vorbereiteten, daß wir mit Lesen drankämen. Ich hörte draußen Hufgeklapper, achtete jedoch nicht weiter darauf, bis in unserem Rücken die Tür aufgestoßen wurde und ich Glöckchen hinter uns klingeln hörte. Noch ehe ich mich umgedreht hatte und voller Furcht die Augen hob, um in sein schreckliches Gesicht zu sehen, wußte ich, daß es Suggins war. Er hatte sich einen schweren Zugriemen über die Schulter geworfen und grinste wie ein Raubtier aus dem Wald. Fünf oder sechs Männer kamen mit ihm herein, ihre schweren Tritte ließen die Dielen erbeben, als sie auf den armen, bleich gewordenen Isaac zugingen.
›Ihr seid verhaftet, Schulmeister‹, erklärte Suggins. Dann befestigte er den Zugriemen um Isaacs Hals und zog ihn fest wie ein Hundehalsband.
›Ich habe eine schriftliche Lehrerlaubnis vom Gouverneur von Georgia‹, protestierte Isaac.
›Das ist jetzt egal‹, erklärte Suggins. ›Im Gesetz heißt es, nichts mehr von wegen diese roten Nigger unterrichten.‹ Er riß am Riemen und zerrte Isaac hinter sich her durch das Klassenzimmer und zur Tür hinaus. Wie vor den Kopf geschlagen und unfähig, uns zu rühren, saßen wir alle da. Durch ein Fenster sah ich Harriet McAlpin über den Schulhof fast fliegen, doch noch ehe sie Isaac erreichte, hatte einer der

Bärtigen ihr mit der Peitsche einen Hieb über die Schulter gezogen, so daß sie zu Boden stürzte. Und ab ritt die ganze Bande in leichtem Trab, und Suggins zog den laufenden und stolpernden Isaac am Zugriemen hinter sich her. Den beiden Berittenen unserer kleinen Schutztruppe, die südlich des Dorfes Wache hielten, blieb keine Zeit, Alarm zu schlagen. Es blieb ihnen nichts anderes übrig, als den gewalttätigen Burschen aus dem Wege zu gehen und ohnmächtig zuzusehen, wie sie mit Isaac am Zugriemen vorüberritten. Mein Vater berief augenblicklich eine Ratsversammlung ein und schickte Boten nach New Echota und Ross' Landing, doch wußten wir alle, daß wir nur wenig für Isaac McAlpin tun konnten. Noch ehe die Beratung spät in der Nacht zu Ende ging, hörten wir, daß auch noch andere weiße Lehrer und Missionare, ja, sogar ein paar Schmiede in Cherokesen-Dörfern rings um uns herum verhaftet worden waren. Am nächsten Morgen erfuhren wir, daß Pony Guards Häuptling John Ross in einen Hinterhalt gelockt und versucht hatten, ihn umzubringen, es Ross jedoch gelungen sei zu entkommen.

Suggins und seine Leute ließen Isaac McAlpin die ganze Strecke bis nach Lawrenceville zu Fuß zurücklegen; dort gab es ein Gerichtsgebäude des Staates Georgia. Sein Hals war ganz wundgescheuert und die Füße bluteten ihm, als sie ihn zusammen mit anderen Lehrern und Missionaren einsperrten. Ein Grenzer-Gericht verurteilte sie alle zu vier Jahren Zuchthaus in einem Arbeitslager, weil sie mit uns Cherokesen verkehrt hatten, was bewies, wie begriffsstutzig diese Weißen waren. Sie besaßen nicht einmal soviel Verstand, um zu begreifen, daß hinter jedem einzelnen der Missionare im ganzen Norden und Osten, ja, sogar in Georgia selbst eine mächtige Kirche stand. Wie Großmutter Mary sagte, die Pony Guards waren so strohdumm, daß es ihnen an den Kragen gegangen wäre, hätte man ihrer habhaft werden können. Als die Kirchen hörten, wie ihre Missionare behandelt worden waren, schlugen sie einen Heidenlärm und schickten Dutzende von Anwälten nach Georgia. Selbst die amerikanische Bundesregierung griff die Sache auf, denn hier handelte es sich ja um Weiße und nicht um Indianer, die unterdrückt wurden. Sie peitschten Prozesse durch, und bald erklärte der Oberste Bundesrichter namens Marshall, Georgia habe kein Recht, die Missionare einzusperren, und überhaupt seien diese Gesetze gegen die Cherokesen null und nichtig. Er sagte, die Weißen aus Georgia hätten kein Recht, ohne unsere Erlaubnis Cherokesengebiet zu betreten.

Sie können sich vorstellen, welch ein Jubel bei den Cherokesen herrschte, als diese guten Nachrichten bekannt wurden. Aber selbstverständlich dauerte es nicht lange. Wie ich schon sagte, hatten Indianer bei Ihren weißen Gerichtshöfen nie viel Glück. Außerdem begingen wir den Fehler, unseren mächtigen Feind, Sharp Knife Andrew Jackson zu vergessen. Es war Elias Boudinot, der uns die schlechte Nachricht aus Washington brachte. Präsident Jackson hatte wissen lassen, er werde die Entscheidung des Obersten Bundesgerichts nie durchsetzen. Wenn die Cherokesen in Frieden leben wollten, erklärte Sharp Knife zum hundertsten Mal, müßten sie ans Westufer des Mississippi hinüberziehen.

Als der Gouverneur von Georgia dahinterkam, hielt er die Missionare noch eine Weile länger im Gefängnis fest und ließ wieder die Pony Guard auf uns los. Und um das Maß vollzumachen, erließ seine gesetzgebende Versammlung sogar noch ein paar neue, gegen uns gerichtete Gesetze. Es wurden Landvermesser ausgeschickt, das Cherokesenstammland in Hundertsechzig-Morgen-Anwesen aufzuteilen, die nach einer Art Glückslotterie an weiße Siedler vergeben werden sollten. Sie konnten Nummern ziehen, und wenn bei dem Anwesen, für das sie die Nummern gezogen hatten, auch noch ein Haus heraussprang, bekamen sie das noch als Dreingabe.

Eine Zeitlang wimmelte es diesen Sommer in den Wäldern und auf den Weideflächen um Okelogee herum von diesen Landvermessern mit ihren Äxten und Ketten, die Bäume anschalten und auf den von der Borke befreiten Teilen mit schwarzer Farbe Nummern malten. Die Rogers und die Moonherrins ließen sie in Ruhe, dafür mußte aber Opothles Farm und das kleine Anwesen dran glauben, auf dem mein Vater, Runner, jedes Frühjahr den Boden umgrub, damit Walina den zartesten Mais und Melonen anbauen konnte. Selbst die Schule und das Wohnhaus der McAlpins, in dem nach Isaacs Verhaftung weiterhin Harriet und Jerusha lebten, wurde in die Vermessungen mit einbezogen.

Ich nehme an, diese Vermessung und Glücksspielverlosung war der letzte Schlag, der die Hoffnungen vieler Anführer der Cherokesen zunichte machte. Manche von denen, die sich bis jetzt am unerbittlichsten dafür eingesetzt hatten, daß wir unser Land behielten, gaben jetzt auf. Die Ridges, Elias Boudinot und sein Bruder Stand Watie – sie alle sagten, wenn der Präsident der Vereinigten Staaten ein so schändlicher Mann sei, daß er sich weigerte, die Gesetze des Landes, das er regierte, auch durchzusetzen, wäre es besser, soweit von diesem gesetzlosen Land entfernt zu leben, wie nur irgend möglich. Häuptling John Ross hingegen blieb standhaft; er glaubte, wir brauchten bloß Zeit, und wenn wir aushielten, bis Sharp Knife Jackson nicht mehr Präsident sein würde, werde der Stamm der Cherokesen überleben. ›Wenn Jackson uns in Georgia keinen Schutz angedeihen läßt‹, sagte er uns immer wieder, ›wie sollen wir dann glauben, daß er sein Wort hält und uns im Westen schützt?‹

Zu Großmutter Marys größtem Kummer ging Opothle auf die Seite der Ridge-Boudinots über. Bald, nachdem seine Farm der Vermessung zum Opfer gefallen war, fing er an, jeden in Okelogee zu überreden, auf die andere Seite des Mississippi zu ziehen. ›Je früher, desto besser‹, erklärte er. ›Bleiben wir doch nicht hier und warten wir ab, bis wir von solchem Abschaum wie Suggins und seinen Pony Guards davongetrieben werden. Nur wenn der ganze Stamm der Cherokesen fortzieht, können wir ein eigenständiges Cherokesenstammland retten.‹

›Was da aus dir spricht, ist das Blut von John Kingsley‹, fuhr Mary ihn an. ›Nicht das von Creek-Mary.‹ Sie und mein Vater, Runner, hatten sich geschworen, Okelogee nie zu verlassen. Dieses gegensätzlichen Standpunkts wegen spaltete sich die Familie abermals. Lange Zeit hindurch weigerte Mary sich, Opothles Anwesenheit auf Ratsversammlungen überhaupt zur Kenntnis zu nehmen; auch wollte sie nicht mit ihm sprechen, wenn er sie besuchte. Die beiden Brüder schwiegen sich feindselig an. Das gleiche geschah in vielen Cherokesen-Familien. Ein großer Riß ging durch unser Volk, und das ausgerechnet in einer Zeit, da wir der Einheit bedurft hätten, um zu überleben.

Hätte Opothle jedoch das Umsiedlungs-Gesetz der amerikanischen Regierung nicht unterstützt, wären wir bestimmt noch früher aus Okelogee vertrieben worden, als das dann tatsächlich geschah. Weil weder meine Großmutter noch mein Vater auf Opothle hören oder mit ihm reden wollten, wußten sie nicht, daß er Erlaubnis erhalten hatte, in seinem Hause zu bleiben, bis die amerikanische Regierung ein Datum festsetzte, da alle Cherokesen nach Westen ziehen mußten. Erst viel später erfuhren wir, daß Opothle die Regierungsagenten überredet hatte, mit der Inbesitznahme der Anwesen von Okelogee so lange zu warten, bis wir alle nach Westen ziehen könnten.

Ein paar der Gewinner in der Lotterie erhielten Erlaubnis, sich auf

Anwesen in der Nähe von Okelogee niederzulassen, und eines der ersten, die besetzt wurden, war das Haus der McAlpins samt dem umliegenden Land. Bei dem Gewinner handelte es sich um einen rothaarigen Trottel, den Jack Moonherrin von einer seiner Fahrten in die Siedlungen mitgebracht hatte. Dieser rothaarige Bursche heiratete die älteste Moonherrin-Tochter, und die Tatsache, daß es ihm gelang, einen Lotteriegewinn ausgerechnet für das nahegelegene Anwesen mit dem McAlpin-Haus darauf zu ziehen, bewies, wie unredlich es bei dem ganzen Georgia-Vorhaben zuging, uns unser Land wegzunehmen. Moonherrins rothaariger Schwiegersohn und seine Tochter, diese läufige Hündin, zogen mitten im Winter ins Haus der McAlpins ein, und da er viel zu faul war, um Holz zu schlagen, riß er sämtliche Bänke aus dem Schulhaus heraus und verbrannte sie in seinem Kamin.

Die McAlpins? Nun, Harriet und Jerusha wußten ja nicht wohin, und so bewog Mary Walina und meinen Vater, Platz für sie in unserem Hause zu machen, bis der Staat Georgia Isaac aus dem Gefängnis freiließ. Es ist schon sonderbar, wie ein einzelnes Ereignis wie dieses einem ganzen Leben eine neue Richtung geben kann –, in diesem Falle ist es Jerushas und mein Leben, an das ich denke.«

21

Als Isaac McAlpin – nachdem die Missionare in Georgia endlich wieder auf freien Fuß gesetzt wurden – nach Okelogee zurückkehrte, mußte er feststellen, daß sein Haus im Besitz eines ›Lotterie-Gewinners‹ war, sein Schulhaus aller Bänke, Fenster und Türen beraubt und seine Frau und seine junge Schwester im Hause von Creek-Marys Familie Zuflucht gefunden hatten. Zögernd nahm er die Einladung von Walina und Mary an, auch noch in dem bereits überfüllten Haus unterzukommen, und erklärte, es werde gewiß nur für eine kurze Zeit sein.

»Ich werde augenblicklich den Missionarsvorstand davon unterrichten, wie es hier aussieht«, versicherte er Mary. »Ich bin überzeugt, man wird Gelder lockermachen, um das Haus zurückzukaufen und das Schulhaus wieder instand zu setzen. In der Zwischenzeit werde ich die Kinder im Freien unterrichten, und bei schlechtem Wetter, und sofern Häuptling Talasi das gestattet, im Versammlungshaus.«

Isaacs Verbitterung über den Verlust des Hauses legte sich ein wenig, als er erfuhr, daß Häuptling John Ross nicht nur sein Haus an einen der Lotterie-Gewinner aus Georgia verloren hatte, sondern aus Sicherheitsgründen auch noch über die Grenze nach Tennessee hatte fliehen müssen. Zu wiederholten Malen entschuldigte er sich bei Walina und Mary, daß seine Familie und er ihnen so zur Last falle, und als er dahinterkam, daß Dane sein Bett für ihn freigemacht hatte und jetzt draußen im *Asi* schlief, dem Winterhaus, erbot er sich, selber im Winterhaus zu nächtigen.

Dane jedoch war das Alleinsein im *Asi* lieber als das überfüllte Haupthaus. Er war es gewohnt, unbekleidet zu schlafen, doch nachdem Harriet und Jerusha bei ihnen eingezogen waren, brachte Walina ihn dazu, daß er zum Schlafen ein langes Hemd anzog, was er verabscheute. Wiewohl es nachts bereits empfindlich kalt wurde, war es in dem *Asi* mit dem runden Kegeldach und den dick mit Lehm verschmierten Wänden so heimelig, daß er nur eine dünne Decke brauchte. Long Warrior hatte das Haus fest gebaut, doch seit seinem Tod hatte niemand darin geschlafen, und Walina benutzte es, um Kürbis und andere Früchte darin aufzubewahren.

An dem Tag, da Isaac in das bereits überfüllte Haus einzog und es daher notwendig war, daß Dane im *Asi* schlief, zündete Mary in der vertieften Feuerstelle in der Mitte ein Feuer an, um die Insekten zu vertreiben, und brachte aus dem Haupthaus eine Rohrmatte, um sie über das Lager aus Eichenspänen zu breiten, auf dem sie und Long Warrior, eingewickelt in das alte Bärenfell, das er ihr einst geschenkt, so manche Winternacht verschlafen hatten.

Als Mary gebückten Hauptes aus dem vier Fuß hohen Eingang des *Asi* heraustrat, vernahm sie den Schrei eines Wanderfalken. Rasch reckte sie sich, suchte mit den Augen den Himmel ab und war nicht verwundert, über sich einen Wanderfalken seine Kreise ziehen zu sehen. Sein Schrei hatte etwas ausgenommen Trauervolles, wie der Klageschrei eines trauernden Menschen. »Was willst du mir zu verstehen geben? Wovor willst du mich warnen, Wanderfalke?« rief sie zu dem Vogel hinauf.

Beim Klang ihrer Stimme, trat Walina aus dem Haupthaus hervor. »Was habt Ihr, Mutter Amayi?«

»Der Wanderfalke. Er warnt uns vor etwas Schlimmem.«

Walina blickte zu dem kreisenden Raubvogel hinauf. »Vielleicht ist er nur hungrig«, sagte sie und kehrte zurück ins Haus.

Spät am Nachmittag langte eine Gruppe von Creeks in Okelogee an. Sie waren in kaum mehr als Lumpen gehüllt und standen unter der Führung eines alten Mannes.
Der alte Mann war niemand anders als Tolchi, Creek-Marys Freund aus Kindertagen, da sie beide in Bluff Village gelebt hatten, und bei seinen Begleitern handelte es sich um seine Kinder und Großkinder. Sie befanden sich auf der Flucht vor Chaos und Hungersnot, die über ihren Stamm hereingebrochen waren, und hofften, der Vertreibung in den Westen zu entkommen, indem sie Zuflucht bei den Cherokesen suchten.
Lange Jahre hindurch hatte Mary nichts von ihren Verwandten den Creeks, gehört, und was Tolchi und seine Söhne ihr jetzt berichteten, erfüllte sie mit Traurigkeit. Vor zwanzig Monden oder noch längerer Zeit hatten Menewa und die anderen Häuptlinge der Creeks auf Drängen der Agenten der amerikanischen Regierung den größten Teil ihres Landes an den Staat Alabama abgetreten, damit es freigegeben werde für die weiße Besiedelung, hatten es getan aufgrund des Versprechens, als freier und unabhängiger Stamm fürderhin auf dem Gebiet leben zu können, das ihnen noch geblieben war. In dem Abkommen hatte die amerikanische Regierung versprochen, Leben und Besitz der Creeks zu schützen und weiße Eindringlinge draußen zu halten.
Kein einziges der Versprechen war eingehalten worden. Kaum waren die Regierungsagenten mit dem unterzeichneten Abkommen abgezogen, hatten die *Unegas* angefangen, die Creeks auszuräubern, ihnen das Vieh zu stehlen, ihre Häuser niederzubrennen, ihre Frauen zu vergewaltigen und die Männer umzubringen. Um genug Nahrung zu finden und nicht zu verhungern, hatte Tolchi mit den Seinen das Dorf verlassen und in die Siedlungen der Weißen ziehen müssen, wo sie um Essenreste bettelten. Die Weißen hatten sie wie wilde Hunde behandelt, mit Steinen nach ihnen geworfen und sie mit einem Schwall von Flüchen überschüttet. In ihrer Verzweiflung hatten sie sich daraufhin nach Norden gewandt in der Hoffnung, bei den Cherokesen überleben zu können.
An diesem Abend schloß Runner für Tolchi und seine Angehörigen das Versammlungshaus auf, und jede Familie im Ort brachte Nahrung und Kleidung für sie. All das geschah während des Mondes der Fallenden Blätter, in einer klaren und besonders kalten Nacht, einer Nacht, die Dane nie vergessen sollte. Er verließ zusammen mit seiner

Großmutter das Versammlungshaus und stützte sie mit seinem Arm, als der ganze Himmel plötzlich in Millionen Einzelteile zu bersten schien.

»Alle Sterne des Himmels fallen herab!« rief Mary. »Der Wanderfalke hat mir klarzumachen versucht, daß etwas Schlimmes geschieht. Jetzt wirft der Schöpfer des Atems seine Sterne auf uns herab, um uns vor kommendem Unglück zu warnen.«

Nach etwa einer Minute wurde der Meteorschauer schwächer, um dann mit neuerlichen Lichtbahnen wieder aufzuflammen. Alle, die aus dem Versammlungshaus herausgekommen waren, blieben stehen und blickten voller Furcht zum feurigen Himmel hinauf.

Der alte Stalking Turkey packte Dane mit seiner klauenartigen Hand bei der Schulter. Er schnitt sich sein schlohweißes Haar nicht mehr, und so fiel es ihm wie eine Schneewehe über den gebeugten Nacken. »So habe ich die Sterne als junger Mann kreisen sehen«, sagte er mit schwacher Stimme. »Wir waren auf dem Rückweg von Charles Town, wo wir zum erstenmal Hirschfelle bei den *Unegas* eingetauscht hatten. Der Sternenfall war eine Warnung für uns, doch wir waren jung wie du, Junge, und schlugen die Warnung in den Wind. Als ich ein junger Mann war, hatten wir keine Eisenbeile, keine eisernen Äxte, Töpfe, Messer oder Gewehre. Wir bedienten uns unserer Steinäxte, unserer irdenen Gefäße und Messer aus Feuerstein und jagten mit Pfeil und Bogen. Damals kannten wir so etwas wie Furcht gar nicht. Die ersten Dinge, die ich eingetauscht hatte, trug ich auf dem Rücken von Charles Town heim, über eine Entfernung, die die *Unegas* als vierhundert Meilen bezeichnen, den ganzen Weg zu Fuß, denn damals gab es bei uns noch keine Pferde. Aber auch Angst hatten wir damals noch nicht. Die *Unegas* haben uns viele Dinge gebracht – das schlimmste davon ist die Angst.«

»Ja«, bestätigte Mary mit heiserer Stimme, »zum erstenmal in meinem Leben habe ich Angst vor dem, was kommt. Erst der Wanderfalke, dann der arme Tolchi mit seinen Angehörigen, und jetzt die fallenden Sterne. Meine Knochen schmerzen mich, *sogonisi*, Kind meines Sohnes. Bring deine alte *alisi* heim in ihr Bett.«

Dane brachte sie über den breiten Weg den Kleinen Singenden Fluß entlang heim und behielt den Himmel dieweil wachsam im Auge, doch jetzt fuhr nur gelegentlich ein einzelner Meteor über die sternenfunkelnde, weite Schwärze. Als sie auf den Kieselpfad zu ihrem Hof kamen, sah er, wie Jerusha sich von der Bank in der Laube erhob.

»Gott sei Dank, daß ihr kommt«, rief sie ihnen entgegen. Obwohl sie einen schweren Mantel umgenommen hatte, klapperte sie mit den Zähnen. »Was für eine Angst ich vor den stürzenden Sternen gehabt habe!«

»Wo sind denn Harriet und Isaac?« fragte er.

»Sie schlafen. Ich hatte Angst vor Geräuschen im Wald hinterm Haus und konnte nicht einschlafen. Als ich hinausging, um nachzusehen, ob ihr nicht von der Ratsversammlung heimkehrt, sah ich den Sternensturz.« Zaghaft streckte sie eine Hand aus, als ob sie sich durch eine Berührung Sicherheit bei Dane holen wollte, ließ sich aber durch Marys Gegenwart davon abhalten. »Ich hatte solche Angst, daß ich am liebsten davongelaufen wäre.«

»Geh jetzt wieder ins Bett«, sagte Mary. »Die Sterne waren nur eine Warnung.«

»Eine Warnung vor was?« fragte Jerusha.

»Das kann ich dir nicht sagen, aber wir werden es bald genug erfahren.« Mary blieb wartend an der Tür stehen, nachdem Jerusha im Inneren des Hauses verschwunden war. Dann flüstete sie Dane zu: »Hüte dich vor dem gelbhaarigen Mädchen, *sogonisi.* Ihre Augen glitzern wie bei einem Waschbären, wenn sie dich ansieht.«

»Schlaf gut, Großmutter!« Er machte kehrt und ging geradenwegs auf den *asi* zu, beugte des niedrigen Eingangs wegen den Kopf und wand den Körper geschmeidig durch den L-förmigen Eingang, den Long Warrior gebaut hatte, um die kalten Winde abzuhalten. Er hieß das freundliche Dunkel willkommen, in dem er mit seinen Gedanken allein sein konnte. Jerusha war oft in seinen Gedanken da, das wußte er. Seit sie und Harriet zu ihnen gezogen waren, war sie immer nahe, ihre Augen abends immer auf ihn gerichtet, wiewohl er es absichtlich mied, mit ihr zu sprechen. Sie und Harriet verbrachten einen Großteil des Tages im Hause der Rogers, halfen bei der Arbeit und brachten dafür Milch, goldgelbe Butter und Maismehl heim, welche sie Walina gaben. Wäre Jerusha doch nur Indianerin gewesen! Wie oft hatte er das gedacht! Er streifte seine Kleidung ab, legte sie sorgfältig ans Fußende seines Lagers aus Eichenspänen und rollte sich in seine Decke. Der Duft der Kürbisse, die Walina unter dem Bett aufbewahrte, umfing ihn, als er einschlief.

Wie lange er geschlafen hatte, wußte er nicht, doch war er plötzlich hellwach und sich augenblicklich eines herben Körpergeruchs bewußt, der sich mit dem Duft der Kürbisse mischte. Noch jemand war im *asi*. Nahebei, im Dunkeln, hörte er, wie langsam Atem ausgestoßen wurde. »Dane!« Sie flüsterte seinen Namen nur, doch er wußte, daß es Jerusha war.

Er setzte sich auf, befreite seine Hand aus der zusammengerollten Decke. »Jerusha! Was hast du nur?«

»Ich habe Angst vor den peitschenden Geräuschen im Wald. Meinst du, es könnten die Pony Guards aus Georgia sein?«

Eine ihrer Hände berührte die Decke über seiner Brust. Sie setzte sich auf den Rand des Lagers, und er spürte die Rundungen ihrer Gesäßbacken an seiner Hüfte.

»Die Pony Guards würden nicht in den Wäldern bleiben«, versuchte er, sie zu beruhigen.

Sie zitterte, und ihre Worte kamen halbgeformt durch die zusammengebissenen Zähne hindurch. »Es ist so dunkel hier drinnen. Hast du denn keine Kerze?«

»Nein.«

»Warum gehst du nicht hinaus und siehst nach, ob nicht doch die Pony Guards da sind?«

Sanft strich er ihr über den Nacken. Sie hatte bloß ein dünnes Nachtgewand an. »Die *Anisgaya Tsundi*, die Donnerjungen, sind aus ihren Felshöhlen in den Bergen herausgekommen«, sagte er und behandelte sie jetzt wie ein kleines verängstigtes Kind.

»An klaren, kalten Nächten kommen sie heraus und tanzen, um sich aufzuwärmen. Sie wären böse, wenn man sie stört.«

»Noch nie zuvor habe ich dich von diesen Donner-Jungen sprechen gehört.«

»Wir reden nicht über sie. Wenn sie mich jetzt hörten, könnten sie mich mit einem Fluch belegen.«

»Hast du sie jemals gesehen? Sind sie so furchtbar wie die Pony Guards?«

»Es sind kleine Knirpse und gehen einem höchstens bis ans Knie, und ihr langes Haar reicht ihnen bis auf den Boden.«

»Du machst dich lustig über mich.« Er spürte, wie sie am ganzen Körper zitterte. »Du hast kein Herz, daß du dich über mich lustig machst, während ich friere wie ein Eiszapfen.« Sie zog an seiner Decke. »Laß mich ein bißchen von der Zudecke nehmen und bring mich dann zurück ins Haus, Dane, bitte.« Sie zitterte so heftig, daß er ihr die Hälfte seiner Decke um die Schulter legte. »Wärme mich, du bist so warm, wärme mich«, sagte sie mit zusammengebissenen Zähnen und schmiegte sich mit dem Rücken an seine nackte Haut. Ihre Füße an seinen Schienbeinen fühlten sich eiskalt an. Lange lagen sie so da, bis sie wieder warm war und atmete wie ein schlafendes Kind. Behutsam löste er sich von ihr, sie rollte sich auf den Rücken, ihn anzusehen, und beim Umdrehen öffnete sich ihr dünnes Nachtgewand. Sie schlief nicht, und sie war auch kein Kind. Als sie zusammenkamen, mußte er daran denken, daß sie ein Jahr älter war als er.

In den folgenden Nächten dieses Herbstes kam Jerusha noch oft zu ihm in den *asi*, und wenn mehrere Nächte vergangen waren, ohne daß sie ihn besucht hätte, hatte Dane immer eine Möglichkeit gefunden, sie zu bitten, zu ihm zu kommen und ihr Liebesspiel wieder aufzunehmen. In besonders dunklen Nächten hatte sie ihn immer gebeten, sie zum Haupthaus zurückzubringen, und einmal, als sie aus dem *asi* herausgekommen waren, hatten sie vor einer schmalen Sichel des aufgehenden Monds gestanden, der greifbar nahe über den Baumwipfeln hing. »Der Mond ist fast dunkel«, flüsterte sie, klammerte sich an ihn und war unwillig, ihn zu verlassen.

»Großmutter Mary behauptet immer, ein solcher Mond verbirgt sein Gesicht vor Scham. Nachdem er zwei oder drei Nächte hindurch mit der Sonne geschlafen hat, schämt er sich, sein Gesicht zu zeigen.«

Jerusha entzog sich ihm und blickte ihm gerade in die Augen. »Glaubst du, ich schämte mich, mit dir zu schlafen?«

»Nein.«

»Eigentlich sollte ich das, weil wir nicht verheiratet sind. Wann heiratest du mich, Dane?«

Langsam schüttelte er den Kopf. Sie schlang die Arme um ihn, preßte sich mit ihrem Körper fest an ihn. »Mir macht es nichts aus. Selbst wenn du eines von deinen reinblütigen Mädchen heiratest. Ich werde dich lieben bis zu dem Tag, da ich sterbe.«

Irgendwann im Spätsommer eröffnete sie ihm, sie erwarte ein Kind von ihm. »Jetzt mußt du mich heiraten, Dane.«

22

Siebzig Jahre später gähnte dieser selbe Dane in einer Blockhütte in Montana und reckte die Arme. Er stellte das schmutzige Geschirr zusammen und trug es in die kleine Anrichte mit dem Kaliko-Vorhang davor. »Ich habe mal einen Liedersänger von den Blackfoot erlebt –

drüben in Miles City«, sagte er, kam wieder an den Tisch am Fenster zurück und unterdrückte ein weiteres Gähnen. »Sie könnten ihn einen Dichter nennen. Er saß immer auf einer Bank vorm Mietstall und sang Geschichten aus dem Kopf. Bei einer mußte ich an Jerusha denken. Sie handelte von einem jungen Mädchen, das hinausging über die Grenzen des Herzens, weit hinaus über die Grenzen des Herzens in ihren Gefühlen für einen jungen Mann, so daß sie krank wurde und starb. Über die Grenzen des Herzens hinauszugehen, ist gefährlich für eine Frau oder für einen Mann. Vielleicht ist Jerusha McAlpin über die Grenzen ihres Herzens hinausgegangen.«

»Sie haben sie nicht geheiratet, nachdem sie Ihnen eröffnet hatte, sie bekomme ein Kind von Ihnen?«

Er stieß einen Seufzer aus. »Ich hatte Creek-Mary mein Wort gegeben, ich würde es nicht tun.« Er schloß die Augen. »Stolz auf die eigene Rasse ist etwas sehr Törichtes – wenngleich mein Stamm damals eine Entschuldigung dafür hatte, genauso, wie er das heute noch hat. Ihr Volk versucht immer noch, uns das Gefühl einzuflößen, wir stünden auf niedrigerer Stufe als sie. Ein menschliches Herz, das immer und immer wieder verletzt wird, legt sich ein Narbengewebe aus Stolz zu. Creek-Mary machte mich glauben, wir wären besser als die *Unegas*. Heute freilich bin ich klüger geworden. Dieser Rassenstolz ist bedeutungslos. Was heißt schon reinblütig? Sehen Sie mich an. Manche Leute behaupten, ich sehe aus wie ein Chinese.« Er lehnte den Kopf gegen die Fensterscheibe, suchte den Himmel ab, um den Sonnenstand festzustellen, und mir ging auf, daß er weder selbst eine Uhr trug noch eine in seiner Hütte hatte. »Ein alter Mann muß tagsüber einmal kurz schlafen.« Etwas spöttisch verneigte er sich vor mir und ging hinüber in seine Schlafkammer. »Machen Sie es sich bequem«, sagte er und schloß die Tür.

Ich ging zur Vordertür und trat hinaus in die Landschaft von Montana. Am frühen Nachmittag lag sie in verwaschenen Grau-, Gelb- und Brauntönen da, die unter der blendenden Sonne am strahlend blauen Himmelsgewölbe mit breiten Pinselstrichen hingesetzt schienen. Über der fernen Hügelkette hatten sich dunkle Wolken zusammengeballt, und ich überlegte, ob es dort wohl regnen mochte.

Wie mochte Dane überhaupt hierher gekommen sein, wo es so ganz anders und so weit entfernt war von den sanften, grünbewaldeten Hügeln Georgias? Das hatte er mir noch nicht erzählt. Ich weiß, daß unsere Regierung seinen Stamm in eine Verbannung getrieben hatte,

die grausamer war als die der Israeliten in der babylonischen Gefangenschaft. Aber hier – ein Cherokesen-Creek inmitten der ungebärdigen Cheyenne? Und was war aus Jerusha geworden und seinem ungeborenen Kind? Wie lange hatte Creek-Mary noch weitergelebt?
Wir beschäftigten uns in Gedanken mit dem Überleben von Menschen, während weiter im Westen mein Abendzug auf diese kleine, braungefleckte Haltestelle in Dundee zueilte. Die Zeit verflog, und mein Orakel hatte beschlossen, sie zu verschlafen. Voller Ungeduld und auch mit einem gewissen Groll drehte ich der Landschaft mit dem Wind, der einem bis auf die Knochen ging, den Rücken zu und kehrte wieder zurück in die Hütte, um mich auf einem der großen Schaukelstühle vorm Kaminfeuer zu wärmen. Ich wollte mir ein paar Notizen machen, war jedoch selbst eingenickt, als Dane munter wie ein junges Füllen aus seiner Schlafkammer heraustrat. Er nahm einen Zinnkrug vom Kaminsims. »Schlaf und ein tüchtiger Schluck von geschmolzenem Schneewasser machen den Geist wieder rege«, sagte er. Damit war er zur Tür hinaus, unten beim reißenden Bach und schon wieder zurück, ehe ich noch richtig wach war. Er reichte mir ein Glas Wasser, das so kalt war, daß mir die Zähne weh taten.
»Habe ich Ihnen mehr über Amayi und ihre Kinder erzählt, als Sie hören wollten?« fragte er mich, wandte das Gesicht und schloß halb die strahlenden Augen.
»Nein, nein. Während Sie schliefen, habe ich darüber nachgedacht, was wohl Jerushas Bruder, Isaac, gesagt hat, als er dahinterkam, daß Jerusha ein Kind von Ihnen bekam.«
Ehe er antwortete, verzerrten sich seine Lippen, als hätte er Schmerzen. »Isaac hat das nie erfahren, glaube ich, wenngleich ich meine, daß Harriet etwas geargwöhnt haben muß. Verstehen Sie, sie erhielten um jene Zeit ihr Haus wieder zurück, und das sollte sich als verhängnisvoll für sie erweisen. Wie es gemacht worden war, weiß ich nicht genau – ich weiß nur noch, daß von den Methodisten in Georgia die Rede war. Aber wie dem auch sei, Moonherrins Tochter und sein rothaariger Schwiegersohn wurden wider ihren Willen wieder aus dem Haus hinausgetrieben. Ein Mann vom Sheriff kam aus Lawrenceville und setzte sie hinaus. Dann gingen wir alle hin und halfen, das Haus von dem Schmutz zu säubern, den sie hinterlassen hatten. Jerusha und ich trafen uns weiterhin heimlich. In manchen Nächten trafen wir im *asi* zusammen, und an manchen im Schulhaus. Die Schwangerschaft war ihr noch nicht anzumerken, aber sie ließ mich

die Hände über ihren sich rundenden Leib legen, wo unser Kind wuchs. Wir konnten nicht voneinander lassen und flehten darum, daß die Zeit stillstehen möchte.
Eines Nachts lagen wir halb schlafend, die Arme umeinandergeschlungen, in dem *asi*, da hörten wir Rufen und das Geräusch sich entfernender Schritte. Das ging eine lange Zeit so. Jerusha war überzeugt, die Pony Guards wären dabei, Okelogee zu überfallen. Ich ging zum Eingang des *asi* und spähte hinaus. Weiter oben am Lauf des Kleinen Singenden Flusses erkannte ich einen schwachen Feuerschein, und der Wind trug Brandgeruch herüber. Die lauten Stimmen kamen aus der Richtung des Feuers. Etwa hundert Schritt weiter unten am Weg erkannte ich die Umrisse von Mary und Walina.
Ich ging wieder hinein, zog mich an und sagte Jerusha, sie solle liegenbleiben, während ich hinausging, um nachzusehen, was geschah. Sie zitterte vor Angst und war immer noch davon überzeugt, daß die Pony Guards zurückgekommen seien.
Bald stellte ich fest, was geschehen war. Irgend jemand hatte das Haus der McAlpins in Brand gesteckt. Man hatte die Wände mit Terpentin übergossen und harziges Fichtenholz an einer Seite aufgehäuft, das noch brannte, als ich hinkam; der größte Teil des Hauses stand jedoch bereits nicht mehr. Die nächsten Nachbarn waren gerade noch rechtzeitig gekommen, um Isaac und Harriet ins Freie zu schaffen. Ihr Bett hatte bereits gebrannt. Schlimm waren ihre Verbrennungen nicht. Dennoch waren beide tot. Später kam man zu dem Schluß, daß sie an Rauchvergiftung im Schlaf gestorben sein müßten, ehe das Feuer sie erreicht hatte. Alle waren fest überzeugt, daß auch Jerusha im Feuer umgekommen sei. Das jedenfalls sagte mein Vater mir. Ich brachte stotternd heraus, daß sie davongekommen und sicher bei uns sei. Er bedachte mich mit einem sonderbaren Blick, sagte jedoch kein Wort.
Bei der ersten sich bietenden Gelegenheit schlich ich mich zurück ins *asi*. Ich mußte Jerusha sagen, was geschehen war, und brachte dann die Schreiende und Weinende über den Hof ins Haupthaus. Walina und Mary trafen uns an der Tür, und ich berichtete ihnen, was geschehen war. Sie versuchten, Jerusha zu trösten, aber ich glaube, die war in diesem Augenblick vollkommen von Sinnen.
Die nächsten paar Tage verbrachte sie die meiste Zeit im Bett und weinte. Wann immer ich eine Gelegenheit fand, mit ihr allein zu sein, wollte sie mir einreden, ihre Sünden seien es, die den Tod ihres Bruders und seiner Frau verursacht hätten. Ihr Gott habe sie gestraft, in-

dem er sie umkommen ließ, erklärte sie mir. Es fruchtete auch überhaupt nichts, ihr zu sagen, daß jemand das Haus angesteckt habe, daß jeder in Okelogee überzeugt sei, Moonherrins Schwiegersohn habe es getan. Immer wieder setzte ich ihr auseinander, wenn sie nicht zufällig im *asi* bei mir gewesen und mit mir ›gesündigt‹ hätte, wäre jetzt auch sie tot. Auch das nützte nichts. Ich war überzeugt, daß sie sterben würde, doch das tat sie nicht.

Während sie sich wieder erholte, kamen Walina und Mary dahinter, daß sie bald ein Kind bekommen würde. Jerusha sagte ihnen zwar nicht, daß ich der Vater war, aber Mary machte sich da nichts vor. Ich wußte vor Angst weder aus noch ein, als meine Großmutter mir Vorhaltungen machte, ich hätte nicht auf sie gehört, als sie mich Jerushas wegen gewarnt, aber sie war noch nicht fertig damit, mir die Leviten zu lesen, da lachte sie schon wieder. Sie wußte, daß ich Jerusha nicht zu meiner Frau machen würde.

Als jedoch mein Vater von der Sache erfuhr, erklärte der, ich sei jetzt verantwortlich für Jerusha und ihr Kind, und das in zweifacher Hinsicht, besonders deshalb, weil sie eine *Unega* sei und sich nicht auf irgendeine Sippe verlassen könne. Wäre sie Cherokesin gewesen, sagte er, wäre das etwas ganz anderes, weil dann die Sippe sich ihrer annehmen würde, wenn ich sie nicht heiraten wollte. Ich sagte ihm, ich hätte Großmutter Mary geschworen, niemals eine *Unega* zu heiraten, und folglich sei das ausgeschlossen. ›Wenn die Familie mich zwingen will, sie zu heiraten‹, sagte ich, ›laufe ich lieber fort in den Westen, als daß ich das täte.‹ Nun, Sie erinnern sich gewiß, wie das von altersher bei den Cherokesen gewesen ist; der Onkel, nicht der Vater, ist es, der Gewalt über den Sohn hat. So zornig Runner auch auf Opothle war, daß er für die Übersiedlung unseres Stammes in den Westen eintrat, suchte er ihn doch auf, und bald kam Onkel Opothle zu mir, um mir seinen Rat zuteil werden zu lassen.

›Das Mädchen braucht jemand, der sie beschützt‹, sagte er, strich sich über den grauen Bart und sah mich gelegentlich kurz an.

Ich erklärte ihm, wieso ich nicht Jerushas Ehemann werden könne. Außerdem stellte ich klar, Jerusha habe von Anfang an gewußt, daß ich sie nicht heiraten könne.

›Trotzdem hast du ihr beigewohnt‹, sagte er vorwurfsvoll.

›Sie ist zuerst in mein Bett gekommen‹, antwortete ich.

Er schüttelte den Kopf, seufzte und schüttelte ihn abermals. ›Wir werden sehen, was sich machen läßt‹, sagte er. Ich wußte, daß er ge-

nauso Angst vor Großmutter Mary hatte wie mein Vater und ich auch.
Während all dieser Spannungen in der Familie traf für Jerusha ein Brief von der Cherokesen-Agentur in Hiwassee ein. Die Missionsgesellschaft, die Isaac McAlpin unterstützt hatte, erbot sich, Jerusha in einem methodistischen Waisenhaus in Pennsylvania unterzubringen.
Der einzige in unserer Familie, der sich über diesen Brief freute, war mein Vater. Runner sah darin ein Ende aller unserer Verpflichtungen. Weder Mary noch Walina sagten etwas dazu, doch ich merkte, daß der Brief sie tief aufgewühlt hatte und sie ganz verstört waren. Was Jerusha selbst betraf, so zog sie sich wieder ins Bett zurück und weinte, als ob aller Lebenshoffnung für sie damit ein Ende bereitet wäre. Und ich? – All das geschah vor so langer, langer Zeit, doch spüre ich immer noch, wie sich mir das Herz zusammenzog, als mir die Möglichkeit aufging, daß Jerusha für immer aus meinem Leben verschwinden könnte. Was für ein hochmütiger junger Tor war ich doch, daß ich sie nicht auf der Stelle zu meiner Frau gemacht habe! Nachdem sie sich ausgeweint hatte, bat Jerusha, weiter bei uns leben zu dürfen, und zu meiner Überraschung willigten sowohl Mary als auch Walina ein; sie könne tun, was sie wolle. Bald danach geriet mein Vater im Hof mit Großmutter Mary zusammen; er wollte von ihr wissen, wieso um alles auf der Welt sie wolle, daß die gelbhaarige hochschwangere *Unega* bei uns bliebe. ›Weil‹, antwortete meine Großmutter scharf, ›ihr Kind mein Blut haben wird.‹
Das war also das. Das einzige Problem war jetzt nur noch, daß Jerusha sich an mich hängte, sobald ich im oder in der Nähe des Hauses war. Sie fing an, nachzumachen, wie ich ging und wie ich redete. Sie ging hinaus über die Grenzen des Herzens.
Es war mein Cousin Jotham, der das Problem löste – wie ich vermute, auf Anraten von Onkel Opothle hin. Da die Schule nach Isaacs Tod geschlossen blieb, sorgte Opothle dafür, daß Jotham bei einem Schmied in die Lehre gegeben wurde, und zwar bei einem Neffen seines Schwiegervaters. Mr. John Rogers Neffe, Timothy, hatte in der Nähe der Rogers-Farm eine Schmiede aufgemacht, und es dauerte nicht lange, und Jotham wurde ein tüchtiger Hufschmied, der sich besonders gut aufs Pferdebeschlagen verstand.
Als Jotham mich aufforderte, zusammen mit ihm das Schmiedehandwerk zu erlernen und ein Zimmer mit ihm in Onkel Opothles großem

Haus zu teilen, ergriff ich die Gelegenheit beim Schopfe, um von Jerusha wegzukommen. Zuerst kam ich mir ihr und besonders meiner Familie gegenüber wie ein Verräter vor, wußte ich doch, wie sie Opothle und seinen Freunden gegenüber, die für die Umsiedlung eintraten, eingestellt waren. Ich ließ nicht nur die junge Frau im Stich, die die Mutter meines Kindes werden sollte, sondern ging auch noch in das Lager der Feinde über. Nicht besonders schön, nicht wahr? Zum damaligen Zeitpunkt sah ich jedoch einfach keinen anderen Ausweg und war im übrigen bald vollauf damit beschäftigt, zu lernen, wie man mit Blasebalg und Zangen umgeht und wie man den Huf eines Pferdes festhält, ihn mit Messer und Raspel säubert und mit einem rotglühenden Hufeisen versengt, das ich selbst so hingeschmiedet hatte, daß es dem Tier paßte.

Mr. Tim Rogers' Spezialität war der Wagenbau, und Wagen bauen taten Jotham und ich eigentlich noch lieber als Pferde beschlagen. Beim Wagenbau machten wir praktisch alles selber, bis auf die Räder, die wir von einem Stellmacher in Hiwassee Garrison bezogen. Ich freute mich daher über die Maßen, als Mr. Rogers Jotham eines Tages sagte, er werde uns mit einem Fuhrwerk nach Hiwassee schicken, um von dort eine Ladung Wagenräder abzuholen. Keiner von uns war jemals weiter von Okelogee weggekommen, und so war diese Fahrt für uns ein großes Abenteuer. Wir waren rund drei Wochen unterwegs und warteten darauf, daß die Räder fertiggestellt wurden. Als wir eines Tages nach Einbruch der Dunkelheit zurückkamen nach Okelogee und in das Anwesen von Onkel Opothle einfuhren, kam Priscilla zu unserer Begrüßung herausgelaufen. ›Dane, mach, daß du so schnell wie möglich zu Großmutter Mary hinüberkommst‹, rief sie mir zu.

›Was ist denn los?‹ fragte ich.

›Jerusha hat ihr Baby bekommen.‹

Hm, die Gefühle, die mich bewegten, könnte ich heute nicht genau beschreiben – ich war verängstigt, glücklich –, mir schwamm einfach der Kopf. Ich wollte nichts anderes als dort sein, wo Jerusha war. Ich bin den ganzen Weg gerannt – es war, wie ich es mir im Traum vorstellte: es war, von einer Welt in die andere zu fliegen. Vielleicht den ganzen Weg bis zum Haus und durch die Tür hindurchzutanzen. Großmutter Mary, Runner und Walina saßen am Feuer, hoben den Kopf und wandten mir verwundert das Gesicht zu. Mary hielt ein nacktes Baby auf dem Schoß, das nicht größer aussah als ein abgebalgtes Eichhörnchen, und fütterte es mit irgendwas.

Rings um das Feuer herum lagen die Schalen aufgeknackter Hickory-Nüsse; sie flößte dem Baby Hickory-Milch ein.
›Wo ist Jerusha?‹ verlangte ich zu wissen.
›Im Bett, wo sie hingehört‹, erwiderte Mary. ›Schau, *sogonisi*, das hier ist das erste Großgroßkind, in dem Creek-Marys Blut fließt.‹
›Ist alles in Ordnung mit ihr?‹
›Das hier ist ein Mann-Kind, kein Mädchen!‹
›Ich meine Jerusha.‹
›Es geht ihr gut, bloß, daß sie nicht viel Milch hat.‹ Sie reichte mir das hellhäutige Kind, meinen Sohn, hin, doch das kleine Wesen fing an, prustend Hickory-Milch zu spucken, zu schreien und mit den Beinchen zu strampeln, und so reichte ich es ihr zurück.
›Hat sie ihm schon einen Namen gegeben?‹ fragte ich.
Mary verzog das Gesicht. ›Ich wollte ihm einen Creek-Namen geben, aber Jerusha nennt ihn Pleasant.‹
›Pleasant *McAlpin*‹, sagte mein Vater und bedachte mich mit einem kalten Blick.
›Ach, was‹, sagte Mary und streichelte die bleiche Haut ihres ersten Großenkels, ›der Name ist besser als der, den John Ridge seinem neugeborenen Sohn gegeben hat.‹
›Andrew Jackson Ridge!‹ Mein Vater spie die Namen förmlich aus vor Abscheu, so erbost war er. ›Die Ridges sind wirklich Verräter, die sich jetzt beim alten Sharp Knife einschmeicheln wollen – dem Mann, der uns von Haus und Hof vertreiben könnte –, indem sie einem ihrer Kinder seinen verhaßten Namen geben.‹
Ich ging in die hintere Kammer, um Jerusha aufzusuchen.

23

Im Jahre 1835, dem Jahr, in dem Dane einundzwanzig wurde, stellte der Kongreß der Vereinigten Staaten – der die Bewohner des Cherokesen-Gebietes als Vasallen betrachtete, die den Launen dieser erhabenen Körperschaft zu gehorchen hatten – Mittel zur Verfügung, um eine Volkszählung vorzunehmen. Die Beamten vom Büro für Indianerangelegenheiten des Kriegsministeriums brauchten die genaue Zahl der Indianer, um abschätzen zu können, wieviel die Umsiedelung des Stammes von seiner Heimat im Osten in ein fernes Territorium irgendwo jenseits des Mississippi kosten würde. Die mit der

Zählung Beauftragten berichteten, daß innerhalb der Staaten Georgia, North Carolina, Alabama und Tennessee 16542 Cherokesen lebten, obwohl ihre Zahl zweifellos wesentlich größer war.
Um die Zwangsumsiedelung eines ganzen Volkes mit einem Mantel der Legitimität zu umhüllen, ernannte das Kriegsministerium eigens einen Beauftragten, den Reverend John F. Schermerhorn, ein besonderes Abkommen auszuhandeln, in dem die Cherokesen sich freiwillig bereit erklärten, ihre Heimat zu verlassen. Schermerhorn war ein großspuriger Mann, der bei Verhandlungen mit solchen, die weniger Macht besaßen als er, ein beträchtliches Maß an Gerissenheit an den Tag legen konnte. Sowohl seiner weittragenden Stimme wegen als auch aus anderen Gründen nannten die Cherokesen ihn Devil's Horn – Teufelshorn.
Devil's Horn ließ verbreiten, daß diejenigen, welche den Umsiedlungsvertrag unterstützten, gut für ihr Eigentum entschädigt werden würden, und daß die amerikanische Regierung außerdem Mittel bereitstellen würde, sie samt ihrer Habe in das neue Stammesgebiet West zu transportieren. Devil's Horn verhandelte zunächst ausschließlich mit der für die Umsiedelung eintretenden Ridge-Boudinot-Gruppe und kündigte an, daß am dritten Montag des Großen Winter-Monds in New Echota über das Abkommen gesprochen werden solle. Unter Verwendung von Lettern, die für Sequoyahs Silbenschrift gegossen worden waren und die er dieserhalb aus dem Setzraum des *Phoenix* entwendete, ließ er große Flugblatter drucken und in allen Dörfern des Cherokesenstammlands Ost verteilen. Devil's Horn versprach, jeder Cherokese, der an dieser Ratsversammlung teilnehme, erhalte eine schwere Wolldecke aus allerfeinster Wolle und überdies Gelder zur Bestreitung des Lebensunterhaltes. Außerdem, hieß es in dem Flugblatt, werde von denjenigen Cherokesen im wahlfähigen Alter, die an der Versammlung nicht teilnähmen, angenommen, daß sie sich mit allem einverstanden erklärten, was in New Echota beschlossen werden würde.
Wenige Wochen vor dem Datum, das für die Zusammenkunft festgesetzt worden war, untersagten die Behörden in Georgia das weitere Erscheinen des *Cherokee Phoenix*. Eine Einheit der Georgia Pony Guards setzte über den Grenzfluß Tennessee hinweg, nahm widerrechtlich den Oberhäuptling John Ross fest und steckte ihn in Georgia ins Gefängnis. Die Anklage lautete auf Vorbereitung einer Erhebung der schwarzen Sklaven, eine völlig aus der Luft gegriffene Beschuldi-

gung, allerdings eine, die verhinderte, daß Ross während dieser entscheidenden Tage dem Regierungsbeauftragten Schermerhorn mit seinen Plänen ins Gehege kam.
Nicht lange danach versammelte sich in New Echota die Ridge-Boudinot-Gruppe und eine Handvoll ihrer Freunde und Anhänger und kam damit der Aufforderung von Devil's Horn nach. Insgesamt waren es nicht mehr als dreihundert, von denen außerdem höchstens achtzig in wahlfähigem Alter standen – das heißt, insgesamt noch nicht einmal zwei Prozent der offiziellen Einwohnerzahl des Cherokesenstammlandes Ost. Die Versammlung selbst war vom Stamm in keiner Weise zu irgend etwas ermächtigt worden; einberufen worden war sie von einem Vertreter der amerikanischen Regierung, nicht von den Cherokesen-Häuptlingen. Gleichwohl hielten diejenigen Cherokesen-Führer, die dem Ruf der Regierung folgten, sich für echte Patrioten, deren ganzes Ziel es war, die Eigenständigkeit des Stammes der Cherokesen zu bewahren. Zu ihnen gehörte Opothle Kingsley; außer ihm war jedoch kein Angehöriger von Creek-Marys Familie dabei.
Bei dieser Versammlung hörte man nichts von der sonst üblichen, gutmütigen Neckerei und den vertrauten Erinnerungen. Der alte Major Ridge, dessen einst gelocktes dunkles Haar jetzt zu einem Flachsgelb ausgebleicht war, schlug mit seiner Ansprache einen feierlichen Ton an: »Dieses Land wurde uns vom Schöpfer des Atems gegeben, aber die *Unegas* sind jetzt stärker als wir. Wir können hier nicht bleiben und in Frieden und Ruhe leben. Wenn wir bleiben, werden wir alles verlieren, das ewige Land, unser Leben und das Leben unserer Kinder. Wir müssen dieses Land aufgeben und hinübergehen über den Großen Fluß.«
Einer nach dem anderen standen die meisten Teilnehmer auf und ergriffen das Wort. »Ich habe über sechzig Sommer und Winter im Cherokesenstammland zugebracht«, sagte Opothle. »Wiewohl dem Blute nach ein Creek, habe ich von Kind auf als Cherokese gelebt. Ich liebe diese Berge und Täler, die Wälder und Wasserläufe dieses lieblichen Landes, in dem es mir wohl ergangen ist. Gleichwohl ist es der Stamm und sein Stammland, um den es uns gehen muß. Um das Stammland zu retten, müssen wir es verlegen. Falls wir dieses Abkommen unterzeichnen, ist unser Leben von unseren eigenen Leuten bedroht. Meine eigenen Blutsverwandten, meine Mutter und mein Bruder, haben sich gegen mich gewendet. Wir können sterben, aber der Stamm und das Cherokesenstammland werden gerettet werden.

Wer ist hier, der nicht bereit wäre zu sterben, wenn dadurch Stamm und Stammland gerettet werden können?«
Bei der Unterzeichnung von Reverend Schermerhorns Abkommen ging es womöglich noch feierlicher zu als beim Redenhalten. Devil's Horn las ihnen den Text noch einmal vor, und ein aus zwanzig Männern bestehendes Komitee setzte seine Namen darunter. »Kann sein, daß ich mein Todesurteil unterschreibe«, sagte Major Ridge. Und Opothle, einer der letzten, die unterschrieben, standen die Tränen in den Augen. »Es ist möglich, daß ich hierfür sterben muß, aber ich sehe darin die einzige Möglichkeit, unseren Stamm zu retten.«
Am nächsten Morgen zahlte Devil's Horn ihnen die versprochenen Gelder für den Lebensunterhalt aus und verteilte die Wolldecken, dann kehrten sie zurück in ihre verschiedenen Dörfer.
Inzwischen rief Häuptling John Ross, der mittlerweile freigelassen worden war, seine Anhänger auf, Unterschriften für ein Dokument zu sammeln, in dem das Schermerhorn-Abkommen abgelehnt und für null und nichtig erklärt wurde. Ungeachtet ihrer schmerzenden Knochen ritt Creek-Mary auf ihrem Pferd zu den nahegelegenen Dörfern hinüber, um diejenigen, die es bisher noch nicht getan hatten, zu bewegen, die John Ross-Deklaration zu unterzeichnen. Runner ritt sogar noch weiter in die Berge hinein, nur um festzustellen, daß Dutzende anderer bereits dabei waren, das gleiche zu tun. Binnen weniger Wochen war der Häuptling mit den Unterschriften von zwölftausend Cherokesen – zwei Drittel des Stammes – in Washington, um gegen das illegale Abkommen von New Echota zu protestieren. Viele Mitglieder des Senats der Vereinigten Staaten, jenem Arm des Kongresses, der ermächtigt worden war, das Schicksal aller Indianer-Stämme durch Abkommen zu bestimmen, waren beeindruckt von diesem Akt demokratischer Einheit von seiten eines Stammes, der sein ganzes Vertrauen auf die Gerichtshöfe und Gesetze des Weißen Mannes gesetzt hatte.
In dem Mond, da auf den Hügeln Georgias der Weißdorn reift, billigten die allwissenden Senatoren angesichts der Landgier ihrer Wähler mit nur einer Gegenstimme das Abkommen von New Echota und unterzeichneten es. Damit hörte das Cherokesenstammland Ost auf zu existieren. Großzügig – so wird es für gewöhnlich angesehen – gestand die amerikanische Regierung diesen enteigneten Menschen, die versucht hatten, inmitten der Kultur ihrer Unterdrücker zu leben, eine Frist von zwei Jahren zu, ihre angestammte Heimat zu verlassen

und sie den Scharen landhungriger Grenzsiedler zu überlassen, die bereits jetzt in ihr Gebiet eindrangen.
Während die Cherokesen immer noch wie vor den Kopf geschlagen waren und erst nach und nach voll und ganz begriffen, was eigentlich geschehen war, trafen aus dem Süden Nachrichten ein, daß Soldaten Tausende ihrer früheren Feinde und Freunde, der Creeks, auf das Indianer-Territorium jenseits des Mississippi trieben. Diejenigen, die sich widersetzten, wurden in Ketten fortgeschafft.
Mary weinte, als sie von diesen Dingen hörte, doch als sie erfuhr, daß Chickasaws und Choctaws dasselbe Schicksal erlitten, fing sie an, sich und ihre Familie auf das Unvermeidliche vorzubereiten. Doch noch eher als sie es befürchtet hatte, ritt eines Tages eine mit Säbel und Karabinern bewaffnete, blauberockte Kompanie US-Dragoner in Okelogee ein und durchsuchte gründlich alle Häuser nach Waffen. Mary blieb gerade noch Zeit, ihre alte Steinschloßpistole im Korb für die schmutzige Babywäsche zu verstecken, aber die beiden Flinten der Familie hingen deutlich sichtbar an Pflöcken an der Wand, als vier Dragoner ohne Erklärung oder Entschuldigung hereinstürmten. Sie nahmen die Waffen von der Wand, kehrten bei den Betten das Innere nach außen, durchsuchten den Vorratskeller, machten Jerushas Koffer auf, hoben Pleasant aus seiner Wiege, schütteten die Schmutzwäsche aus dem Korb und fanden Marys Pistole. Zu ähnlichen Durchsuchungen und Beschlagnahmungen kam es in jedem Dorf im Cherokesenstammland, und innerhalb kurzer Zeit blieb den Cherokesen nichts mehr als ein paar alte Pfeile und Bogen, um auf die Jagd zu gehen und sich zu verteidigen.
An einem Tag im frühen Frühjahr des Jahres 1837 stattete Opothle seiner Mutter und seinem Halbbruder einen letzten Besuch ab und unternahm einen allerletzten Versuch, sie zu bewegen, zusammen mit ihm in den Westen zu ziehen. Wiewohl Runner sich weigerte, ein Wort mit seinem Bruder zu wechseln oder ihm auch nur ins Gesicht zu sehen, saß er auf der Bank unter der Reisiglaube und hörte höflich zu. »Wenn du jetzt mitkommst, Talasi«, sagte Opothle, »entschädigt man dich gut dafür. Wenn du wartest, bis die Soldaten dich zwingen zu gehen – und dazu wird es früher kommen, als du meinst –, werdet ihr, du und deine Familie, nichts haben außer dem, was ihr auf dem Rücken tragt, wenn ihr das Indianer-Territorium erreicht.«
Fest blickte Mary ihren Ältesten an. »Talasi the Runner läßt sich von den *Unegas* nicht kaufen, Opothle. Sein Fleisch und seine Knochen

gehören zu diesem Land, diesem Cherokesenstammland. Sein Herz kann die Erde, deren er ein Teil ist, nicht verraten.«
Mit der Faust hieb Opothle mit solcher Gewalt gegen einen der Laubenpfosten, daß die Zweige, die ihn umrankten, erzitterten. »Begreift ihr denn nicht, daß die einzige Möglichkeit, das Stammland zu retten, darin besteht, in dieses neue Land zu ziehen? Land ist Land. Was spielt es für eine Rolle, ob mein Fleisch und meine Knochen hier oder im Indianer-Territorium zu Staub werden? Allerdings habe ich den Wunsch, noch eine längere Zeit zu leben. Meiner Kinder wegen möchte ich leben. Deshalb gehe ich.«
»Wenn mein Creekblut in dir stärker wäre als das *Unega*-Blut«, sagte sie, »würdest du hier bei uns bleiben, Opothle.«
Er streckte die Hand nach ihr aus, doch sie zuckte davor zurück. Als er sprach, weigerte sie sich, ihn anzusehen. »Mutter Amayi, es tut mir in der Seele weh, dich und Talasi zu verlassen. Aber ich muß meinem Weg folgen.«
»Ziehe dahin, Sohn von John Kingsley«, sagte sie mit Bitterkeit in ihrer kehligen Stimme. »Sollten wir uns wiedersehen in dieser Welt, dann werden die Soldaten uns zu dir bringen müssen.«
Im Erdbeer-Mond verließen Opothle und seine Familie Okelogee in einem Einspänner und drei mit Kleidung, Bettzeug, Küchengerät, Werkzeugen und einem Pflug beladenen schweren Wagen. Außer Suna-lee, William und Priscilla gehörten noch vier schwarze Sklaven dazu; für sein Haus und seine Farm bezahlte die Regierung der Vereinigten Staaten ihm in Form von Schatzbriefen eine erkleckliche Summe. Opothle Kingsley war der viertreichste Mann unter den Cherokesen, die das Abkommen von New Echota unterzeichnet hatten, und die Unterzeichner zogen gemeinsam ins neue Cherokesenstammland im Westen. Opothles Sohn Jotham und sein Neffe Dane begleiteten die Karawane nur bis nach Ross' Landing, von wo aus sie mit zwei Wagen wieder zurückfuhren nach Okelogee, nachdem sie alles Gepäck auf ein dampfgetriebenes Flußboot verladen hatten.
Da Schmied Timothy Rogers sich vom Kriegsministerium einen Vertrag gesichert hatte, eine beträchtliche Anzahl von Wagen zu liefern, mit denen einige der Tausende von Cherokesen in den Westen gebracht werden sollten, erteilte Opothle Jotham die Erlaubnis, in Okelogee zu bleiben, bis Creek-Marys Familie gezwungen sein würde, fortzugehen. Jotham und Dane zogen in einen Schuppen neben der Schmiede und wurden bei den Rogers verköstigt.

Viele Monde, fast ein ganzes Jahr, vergingen, ehe Jotham endlich etwas von seinen Eltern hörte, und dann kam ein langer Brief aus dem Indianer-Territorium, der zum Teil von seinem Vater, zum Teil von seiner Schwester Priscilla geschrieben worden war. Laut las er ihn Dane und Tim Rogers vor. *Sag Tim, er soll alles zusammenpacken und seine Schmiede in Park Hill im neuen Cherokesenstammland West wieder aufbauen,* schrieb Opothle. *Bei uns gibt es bis jetzt nur einen einzigen Schmied, und der kann die Bedürfnisse unserer Leute bei weitem nicht erfüllen. Bald wird hier in der Nähe eine neue Hauptstadt für unseren Stamm errichtet werden, die für alle, die bereit sind zu arbeiten, Gelegenheit genug bietet. William und ich sind gerade fertig geworden, das Dach unseres Handelspostens zu decken, und sobald es aufhört zu regnen, werden wir nach Independence, Missouri, fahren, um uns mit Waren und Vorräten für den Verkauf einzudecken.* In ihrer Schulmädchenschrift hatte Priscilla angefügt, ihre Hütte sei sehr roh und klein, sie vermisse ihren jüngeren Bruder sehr und wünsche, er komme ins Indianer-Territorium. *Übermittelt unsere allerherzlichsten Grüße an Dane, Großmutter Mary und Onkel Talasi und schreibt, wie es Jerusha und dem kleinen Pleasant geht. Hat Dane sie schon geheiratet?*
»Diesen Brief würde ich gern Großmutter Mary zeigen«, sagte Dane.
»Meinst du, sie macht sich was draus?« fragte Jotham.
»Oh, kann sein, daß sie so tut, als ginge sie das gar nichts an. Aber sie sind von ihrem Blut, verstehst du?«
Ehe er die Schmiede an diesem Abend verließ, nahm Dane einen mageren, schlappohrigen Welpen auf, der ihnen vor einigen Tagen zugelaufen war und nach Futter verlangt hatte. Da die Frühlingsluft lind war, traf er Mary und Jerusha auf der Bank in der Laube sitzend an.
»Ich habe Pleasant einen kleinen Hund mitgebracht«, sagte er. »Er ist jetzt alt genug, seinen eigenen Hund zu haben.«
»Du hast seinen Geburtstag nicht vergessen«, rief Jerusha und lächelte plötzlich voller Freude.
Der Dreijährige erschien, nur mit einem langen grauen Hemd bekleidet, auf der Schwelle der Haustür. Sein Haar war von der gleichen Farbe reifen Weizens wie Jerushas, seine Haut leicht olivfarben.
»Komm her, Pleasant«, rief Dane. »Ich habe dir ein Hündchen mitgebracht.«
Mit kleinen tapsigen Schritten kam Pleasant auf die Laube zu, doch als

Dane die Hand nach ihm ausstreckte, wich der Junge aus, lief auf Mary zu und barg das Gesicht in ihrem Schoß. Spielerisch zauste sie ihm das Haar.

Dane setzte den jungen Hund zu Marys Füßen ab.

»Wie heißt er?« fragte Pleasant und sah auf das Tier hinab, das sich auf den Rücken wälzte.

»Wie immer du ihn nennen willst«, antwortete Dane.

Mary schnupperte. »Er riecht wie ein Stinktier«, sagte sie. »Wir werden ihn Dila nennen.«

»Dila«, wiederholte Pleasant und hockte sich hin, um sich eingehend den rosigen Bauch des Welpen zu betrachten.

Wörter, Wörter, Wörter, dachte Dane. *Großmutter Mary lehrt meinen Sprößling mehr Wörter, als er in seinem Kopf behalten kann. Wie alt sie jetzt aussieht mit den vielen Runzeln im Gesicht und den dicken Säcken, die sich unter ihren Augen bilden.*

»Jotham hat von seinen Eltern gehört«, sagte er.

»Geht es ihnen gut?« erkundigte sie sich rasch. Er reichte ihr den Brief. »Lies du vor«, sagte sie. »Selbst bei hellem Kerzenlicht kann ich nicht mehr lesen, und bei diesem Dämmer...« Sie hatte die Stimme gesenkt, und sie verhallte.

Langsam las er den Brief vor und ließ nur Priscillas Nachfrage aus, ob er Jerusha schon zu seiner Frau gemacht habe.

»Armer Opothle«, sagte Mary. »Über sechzig Winter ist er alt – zu alt, um noch so schwer zu arbeiten. In seinem Alter ein Haus decken? Er hat nie gern mit den Händen gearbeitet. Das hat er von seinem *Unega*-Vater.« Sie gähnte und rieb sich langsam die müden Augen mit den Fingern. »Du und Jotham, habt ihr denn schon genug Wagen gebaut, uns alle ins Indianer-Territorium zu karren?«

24

Dane schaute sinnend zum Fenster hinaus, und während er die braune Weite Montanas vor sich hatte, standen ihm die grünen Hügel Georgias vor Augen. »Bis zum allerletzten Tag weigerte mein Vater sich eigensinnig zu glauben, daß wir von Haus und Hof vertrieben werden würden. So etwas war wider die Gesetze der Natur, dachte er, zu entsetzlich, es sich vorzustellen; so gefühllos konnten nicht einmal die christlichen *Unegas* sein.

Aber Anfang Mai – Großmutter Mary nannte diese Jahreszeit immer den Maulbeer-Mond – rückte General Winfield Scott mit siebentausend Soldaten in das alte Cherokesenstammland ein. Damit standen einem jeden von uns unbewaffneten Cherokesen etwa zwei Soldaten gegenüber. Der General schlug sein Hauptquartier in New Echota auf und ließ von Kompanien seiner Leute mehrere Palisaden errichten, uns darin einzupferchen, bis sie uns mit Booten und Wagen auf den Weg nach Westen bringen konnten. Runner schlug trotzdem alle Warnungen und Gerüchte in den Wind. Jeden Morgen ging er zusammen mit Walina hinaus auf seinen Acker; er grub den Boden um, und sie säte, als ob sie für immer dort bleiben würden.

Eines Vormittags kam Walina an der Schmiede vorbei und lud Mr. Tim Rogers, Jotham und mich ein, zum Mittag die ersten zarten Maiskolben dieses Jahres mit ihnen zu teilen. Kaum hatten wir angefangen zu essen, da hörten wir Pferdegetrappel – die Hufe vieler Pferde knrischten im Kies irgendwo weiter oben am Kleinen Singenden Fluß.

›Was ist das für ein Geräusch?‹ fragte Jerusha. Sie hatte immer noch vor den Georgia Pony Guards Angst, obwohl die sich schon seit langer Zeit nicht mehr in Okelogee hatten blicken lassen.

›Ich habe heute einen Wanderfalken gesehen‹, sagte Großmutter Mary. ›Er kreiste hoch oben und stieß seinen Warnschrei aus.‹

›Wovor wollte er denn warnen?‹ fragte jemand.

Ich weiß noch wie heute, daß sie einen zarten Kolben zwischen den Fingern hielt und vor ihrem Gesicht damit hin und her fuhr. ›Vielleicht war es auch gar kein Warnschrei‹, sagte sie. ›Wahrscheinlich hat er uns nur Lebewohl sagen wollen.‹

Das Pferdegetrappel wurde immer lauter. Ich stand auf und trat an die Tür. Eine lange Reihe Berittener kam den gewundenen Pfad heruntergeritten, und bei jedem Haus, an dem sie vorüberkamen, blieben vier Reiter vom Schluß zurück, ritten in den Hof ein und saßen ab.

›Wer ist es, Dane?‹ rief Mr. Rogers.

›Soldaten‹, gab ich ihm Bescheid.

Vier waren bereits in unseren Hof eingeritten, sprangen von ihren Pferden und nahmen die Karabiner zur Hand. Jotham trat neben mich, gerade in dem Augenblick, da der Anführer, ein Sergeant, mich mit dem Lauf seines Gewehrs beiseitedrückte und mit großen Schritten ins Haus ging. ›Alles raus aus dem Haus!‹ befahl er mit lauter Stimme und zeigte mit seinem Karabiner auf die Tür. Der erste, der gehorchte, war der kleine Hund mit den Schlappohren, Dila. Pleasant rutschte von der Bank herunter und tapste hinter seinem Hund her. Mr. Rogers war der erste, der die Sprache wiederfand. ›Was hat das alles zu bedeuten?‹ fragte er.

›Hinaus!‹ wiederholte der Sergeant. ›Wenn ihr euch weigert, haben wir Befehl, Gewalt anzuwenden.‹

Wir traten also alle hinaus auf den Hof und standen den drei Soldaten gegenüber, welche, den Karabiner im Anschlag, im Halbkreis um uns herum standen. So blieben wir stehen, während der Sergeant das Haus durchsuchte. Als er wieder herauskam, sagte er uns, wir sollten im Hof auf die Wagen warten, die uns in die Palisade bringen würden. ›Einer nach dem anderen könnt ihr ins Haus zurück‹, sagte er, ›und euch jeder eine Decke und soviel persönliche Dinge holen, wie ihr tragen könnt. Mehr nicht!‹

Mr. Rogers erklärte dem Sergeant, er sei nur zu Besuch hier und bat, zu seinem eigenen Haus gehen zu dürfen. ›Eure Frau – ist das eine Rothaut?‹ fragte der Sergeant. Mr. Rogers sagte, seine Frau sei Cherokesin. ›Dann wird sie mitgenommen‹, sagte der Sergeant. ›Aber Ihr seid ein Weißer. Ihr braucht nicht mit in die Palisade.‹ Mr. Rogers sagte, er werde überall hingehen, wohin seine Frau gehe, doch müsse er unbedingt zurück in sein Haus, um ein paar Habseligkeiten einzupacken. Der Sergeant erklärte, er solle gehen. ›Geht direkt zu Eurem Haus‹, warnte er ihn. ›Wenn Ihr Dummheiten macht oder Euch einmischt, werdet Ihr genauso erschossen, als ob Ihr eine Rothaut wäret.‹

Daraufhin sprach Jotham und sagte, er wohne bei Mr. Rogers und wolle mit ihm gehen. Der Sergeant schüttelte den Kopf. ›Nein, du bist eine Rothaut. Du bleibst hier und wartest, bis die Wagen kommen.‹ Damit drehte er sich um, winkte zwei der anderen Soldaten heran, ließ einen zurück, uns zu bewachen, saß auf und ritt zum nächsten Haus. Weiter oben am Weg den Kleinen Singenden Fluß entlang sahen wir, wie unsere Nachbarn sich das gleiche gefallen lassen mußten wie wir.

Einer nach dem anderen gingen wir ins Haus und holten eine Wolldecke, Ersatzmokassins, Kleider und ein paar Erinnerungsstücke heraus. Mein Vater brachte ein Handbeil, das er hoch schätzte, doch der Soldat wies ihn an, es zurückzubringen ins Haus. Walina fragte schüchtern, ob sie ihr Spinnrad mit in den Wagen nehmen dürfe. ›Du kannst das Spinnrad doch nicht mitschleppen‹, erklärte der Soldat.

Walina hatte das Spinnrad gegen Hirschfelle eingetauscht, und viele der warmen Kleider, die wir trugen, waren aus dem Garn gemacht, das sie aus der Wolle gesponnen hatte, die sie von den Schotten erhalten hatte. Runner sah das gequälte Gesicht meiner Stiefmutter, ging ins Haus und brachte das Spinnrad heraus, reichte es Walina und hob es in die Höhe, um dem Soldaten zu beweisen, daß sie es sehr wohl tragen könnten.

Während all dies sich abspielte, ging Jerusha hin und her und spähte ängstlich den Weg hinauf. ›Darf ich gehen und meinen kleinen Sohn suchen?‹ fragte sie. Sie trug eine Schürze und hatte sie mit nervösen Händen zerknüllt.

›Nein, Ma'am‹, antwortete der Soldat. ›Meine Order lautet, Euch alle hier zu halten.‹ Ich sah, daß es ihn verwirrte, Jerusha unter uns zu sehen. ›Ihr lebt hier, nicht wahr?‹

›Bitte, Sir, laßt mich gehen und ihn suchen‹, bat sie.

›Darf ich nicht, Ma'am.‹ Er war ein schmalgesichtiger Bergsiedler, verbissen gegen alles Indianische, und jetzt aus dem Gleichgewicht gebracht, weil er jemand seiner eigenen Art behandeln mußte, wie er uns behandelte.

Etwa um diese Zeit ratterte ein Dutzend Wagen heran, von denen einige unterwegs stehenblieben, während die anderen weiterrollten, bis einer in unseren Hof hineingelenkt wurde. Der Kutscher trug eine speckige lederne Dragonermütze. Sein Gesicht war mit Pickeln übersät, und er trug einen schütteren Kinnbart. Es war jener junge Mann von den Pony Guards, Cyrus, der damals zusammen mit One-Eye-Jack Suggins in New Echota gewesen war. Jotham und Jerusha erkannten ihn gleichfalls, und ich war überzeugt, daß Jerusha vor Angst ohnmächtig werden würde. Ich trat daher dicht an sie heran und stützte sie.

›Ladet sie ein!‹ rief Cyrus gellend dem Soldaten zu. Der trat hinzu, ließ die Hinterklappe herunter, setzte sein Bajonett auf den Karabiner und befahl uns einzusteigen. Mein Vater half Mary und Walina hinauf, und dann hob ich Jerusha hoch. Ihre verängstigten Augen füllten sich mit Tränen. ›Dane‹, flüsterte sie, ›wir können unmöglich ohne Pleasant fort.‹ Ich sagte ihr, Pleasant sei bestimmt in einem der Wagen, und wir würden ihn gewiß wiederfinden, sobald wir dort angekommen seien, wo sie uns hinbringen wollten.

Bis auf den Fahrersitz waren keine Sitze im Wagen, wir mußten daher mit ausgestreckten Beinen und den Rücken an die Seitenwand gelehnt auf dem Boden sitzen. Als wir alle eingestiegen waren, kam ein Soldat zu Fuß durch den Kleinen Singenden Fluß gepatscht und zog an einem Strick, den er dem alten Mann um den Leib gelegt hatte, Stalking Turkey hinter sich her. ›Habt ihr noch Platz für einen anderen?‹ rief er dem Kutscher zu. ›Ich hab' ihn gefunden, wie er sich in einem Maisfeld versteckte.‹

›Soll er sich reinquetschen‹, sagte Cyrus.

Wir rückten zusammen und machten Platz für Stalking Turkey. Sein langes weißes Haar war voll von dürrem Laub, und Schlick drang aus seinen Mokassins hervor; sein Atem ging rasselnd, nachdem er so schnell hatte laufen müssen. Mary kämmte ihm den Schmutz aus dem Haar.

›Wir hätten sie damals, als sie in unser Land kamen, gleich alle umbringen sollen, Amayi‹, sagte er und mußte zwischen den einzelnen Satzteilen nach Luft schnappen.

›Ich weiß, Onkel Turkey‹, gab sie ihm recht. ›Statt dessen haben wir sie als Freunde willkommen geheißen.‹

›Wir haben verloren, weil wir versucht haben, so zu sein wie sie‹, flüsterte er. ›Es liegt nicht in der Natur der *Tsalagi*, zu sein wie die *Unegas*.‹

›Verloren haben wir, weil wir nicht auf Tecumseh gehört haben‹, sagte Mary. ›Wir haben bei Tohopeka und an der Horseshoe-Bend verloren.‹

Der Kutscher ließ die Peitsche knallen, und schaukelnd fuhren wir über den geschotterten Saumpfad davon. ›Schau‹, sagte Mary und weitete die Augen, als sie zu einem Regenschauer hinüberzeigte, der den grünen Kopf der Schlafenden Frau verhüllte. ›Sie weint wegen uns.‹ Wir waren erst wenige Schritte gefahren, als eine Rotte von Reitern quer vor uns über den Weg trabte und den Wagen zum Stehenbleiben zwang. Die Reiter trugen sämtlichst lederne Dragonermützen, genauso wie der Kutscher, so daß ich One-Eye-Jack Suggins ohne seinen glöckchenbewehrten Hut nicht sogleich erkannte.

›Ja, wen ha'm wir denn da?‹ sagte Suggins kichernd, lenkte sein Pferd unmittelbar an den Wagen heran und richtete sein häßliches Auge auf Jerusha. ›Die Kleine mit dem gelben Schopf! Willst du mit mir komm', Kleine, un' loskomm' von diesen stinkenden roten Niggern?‹

Sie wollte ihn nicht ansehen, hielt den Kopf nur gesenkt. Ich ergriff ihre zitternde Hand, wagte jedoch nicht, mehr zu tun.

Suggins bemerkte das Spinnrad, das Walina zwischen den Knien hielt. Er griff nach dem Rad, hob es über das Seitenbrett des Wagens und warf es in Richtung auf den Kleinen Singenden Fluß. Ich sah meinen Vater an, erkannte den Haß in seinen Augen und hatte eine entsetzliche Angst, er könnte etwas tun. ›Gib mir den Radrahmen‹, sagte Suggins zu ihm. Runner blieb regungslos sitzen. ›Du weißt doch genau, solche Sachen darfst du nich' mit in die Palisade nehm'‹, erklärte Suggins mit quengeliger Stimme. Dann gab er seinem Pferd die Sporen, ritt auf die andere Wagenseite hinüber, streckte die Hand aus, riß meinem Vater den Rahmen aus der Hand und schleuderte ihn auf den Boden.

Während dies geschah, waren ein paar seiner Leute in unser Haus hineingegangen und trugen Stühle, Zudecken und alles, was von Wert war und was sie vielleicht würden gebrauchen können, heraus. ›Habt ihr irgendwas gefund'n, was sich mitzunehm'n lohnt?‹ rief Suggins ihnen zu.

›'ne Kerze und 'n gutes Handbeil‹, gab einer ihm Bescheid.

›Alles Brauchbare müssen sie bei sich haben.‹ Langsam wandte Suggins den Kopf, suchte mit seinem einen Auge nach irgendwelchem Schmuck, der Silber enthalten könnte. Als er die Dänische Münze an Marys Hals erblickte, trieb er sein Pferd dicht heran und streckte klauengleich seine schmutzige Hand danach aus. Ehe seine Finger sie erreicht hatten, war ich aufgesprungen und ließ meine Faust auf sein Handgelenk herniedersausen. Fluchend zog er die Hand zurück. Der Kutscher, Cyrus, warf sich auf mich und drückte mich mit seinem schweren Körper auf den Wagenboden. Jotham jedoch sprang mir sofort zu Hilfe, packte Cyrus mit beiden Händen bei den Ohren und ließ ihn um Gnade schreien.

Inzwischen hatte Suggins sein Gewehr gezogen, und die Mündung stieß hart gegen meinen Backenknochen. ›Ich pust' dir den Kopf weg, Rothaut!‹ Dann schrie er Cyrus zu: ›Nimm dem alten Mann den Strick ab und fessle die beiden Jungs.‹ Cyrus befreite Stalking Turkey von dem Strick, und während Suggins das Gewehr auf Jotham und mich gerichtet hielt, fesselte Cyrus uns die Hände auf den Rücken, stieß uns so hart wie möglich zu Boden und trat uns beiden mit einer solchen Wut in die Rippen, daß es uns den Atem nahm.

Als ich durch den Nebel, der sich vor meine Augen gelegt hatte, wieder hindurchblickte nach oben, hatte Suggins sein Gesicht zu einem Grinsen verzogen und ließ vor lauter Freude seine gelben Zähne se-

hen. ›Un' jetzt laßt mich mal das hübsche kleine Ding sehen, das die alte Squaw da um ihr'n Hals baumeln hat‹, sagte er. Diesmal war es mein Vater, der ihn davon abzuhalten versuchte, indem er hochschoß und sich gegen Suggins Schultern warf, damit er aus dem Sattel rutschte. Doch Runner muß das Gleichgewicht verloren haben, Suggins, der sein Leben lang ein tückischer und hinterlistiger Kämpfer gewesen war, zog blitzschnell sein Messer, stieß es meinem Vater in den Arm und schleuderte ihn gegen das eisenbeschlagene Wagenrad. Mein Vater muß mit dem Kopf gegen den Reifen oder gegen die Radnabe geprallt sein, oder aber Suggins mußte ihn, nachdem er aus dem Sattel gesprungen war, mit seinem Gewehrkolben bearbeitet haben. Jedenfalls würde er Runner auf der Stelle umgebracht haben, hätte nicht der Soldat, der zu unserer Bewachung zurückgelassen worden war, nach seinem Sergeanten gerufen, der herangeritten kam und Suggins anherrschte, er solle aufhören. Suggins behauptete, Runner habe ihn angegriffen, doch da reckte Großmutter sich in die Höhe und sagte, die Georgia Guards wären in unser Haus eingedrungen und hätten dann versucht, uns auch noch das wenige zu rauben, was wir auf dem Leibe trugen. Zwar hatte ich sie auch schon vorher, wenn sie wütend gewesen war, rüdes Gassen-Englisch gebrauchen hören; doch diesmal, glaube ich, stieß sie jedes unflätige Schimpfwort aus, das sie in ihrem Leben gelernt hatte. Ein kaum erkennbares Lächeln umspielte den harten Mund des Sergeanten. Er wandte sich Suggins zu und wies ihn an, samt seinen Kumpanen aus Okelogee zu verschwinden.
›Wir sind Wagenfahrer‹, erhob Suggins Einspruch.
›Dann fahrt eure verdammten Wagen‹, herrschte der Sergeant ihn an, ›und hört auf, diese Leute auszuplündern.‹
Während die Georgia Guards davonritten, hoben der Sergeant und einer seiner Männer Runner auf den Wagen. Der Ärmel meines Vater war vollgesogen mit Blut, und er wies eine schlimme Kopfwunde auf. Walina hielt seinen Kopf auf ihrem Schoß, während Mary und Jerusha versuchten, die Wunden zu säubern und die Blutung zu stillen. Ein Soldat kletterte auf den Wagen herauf und durchschnitt den Strick, mit dem Jotham und mir die Hände auf dem Rücken gefesselt worden waren. Eine Seite meines Gesichts war benommen und geschwollen, und meine Rippen taten weh von Cyrus' Fußtritt, aber ich war viel zu sehr um meinen Vater besorgt, als daß ich mich um solche Kleinigkeiten hätte kümmern können.

Keiner sagte ein Wort, bis wir die Weggabelung erreichten, wo es zum Begräbnisplatz von Okelogee abging. One-Eye-Jack Suggins und seine Männer waren dabei, die Gräber unserer Leute aufzugraben, lachten und warfen jedesmal mit Knochen umher, wenn sie irgendeine Kleinigkeit fanden, die zusammen mit den Toten begraben worden war.
›Unholde!‹ schrie Mary ihnen zu, doch wenn sie sie gehört hatten, kümmerten sie sich nicht darum. Bald stießen wir zu den anderen Wagen, die langsam in westlicher Richtung auf Ross' Landing zurollten. Jerusha versuchte zu stehen, hielt sich dabei mit einer Hand an meiner Schulter fest, beschattete mit der anderen die Augen und bemühte sich zu sehen, ob Pleasant in einem der Wagen hinter oder vor uns wäre.
Nachdem wir den Kamm des letzten Hügels erreicht hatten, drehte Mary sich um und sah zu, wie die Schlafende Frau langsam unseren Blicken entschwand und hinter uns versank. Zum erstenmal in meinem Leben sah ich Tränen in ihren Augen; dann beugte sie den Kopf und blickte Runner forschend ins Gesicht. Mein Vater atmete unter großer Mühe, seine Augäpfel verdrehten sich, so daß nur das Weiße zu sehen war, und kleine Blutbläschen traten ihm auf die Lippen. Für mich war mein Vater immer mein Schutz und Schild gewesen, den es immer geben würde; doch jetzt existierte plötzlich der Mittelpunkt meines Universums nicht mehr, hörte meine Welt auf zu sein. Das letzte, was irgendeiner von uns von Okelogee sah, war Rauch, der vom brennenden Schulhaus aufstieg. Endlich war es den Pony Guards gelungen, das verhaßte Symbol zu zerstören, das die Indianer gleichstellte mit den Weißen.
Im übrigen gehörte der Wagen, mit dem wir fuhren, zu denjenigen, die Jotham und ich Mr. Rogers für die Armee der Vereinigten Staaten hatten bauen helfen.«

25

Es war hoher Nachmittag in Montana. »Wie wär's mit einem kleinen Spaziergang?« fragte Dane. »Zu dieser Tageszeit ist es am schönsten.«
Ich sagte, ich würde sehr gern mitkommen.
»Sie brauchen aber Ihren Mantel.« Er selbst zog eine Joppe mit breitem Kragen aus Wolldeckenstoff an und setzte einen Hut mit hoher

Krone auf. Nachdem wir das Haus verlassen hatten, lenkte er unsere Schritte auf den schmalen Pfad, den die Rinder den Bach entlang gemacht hatten; er trug derbes Schuhwerk und drückte beim Gehen die Knie durch. Wir gingen durch einen kleinen eingezäunten Korral mit einem Unterstand aus Eisenblech darin hindurch und gelangten dann auf eine freie Strecke festgetretenen Sandes, wo wir nebeneinander hergehen konnten. »Schauen Sie, das Grün der Weiden«, sagte er, und Erregung sprach aus seiner Stimme. Die Weiden waren wohl hundert Schritt von uns entfernt und noch nicht belaubt, aber schon färbte ein Hauch von Grün die Reihe der Bäume den Bach entlang.
»Die schnellste Methode, einen Indianer umzubringen«, sagte er, »ist es, ihn einzusperren. Uns liegt die Freiheit im Blut, und ich glaube, so muß es immer gewesen sein. Ihr Weißen redet viel von Freiheit, aber ihr wißt nicht, was das ist. Wenn ihr die Freiheit habt, dann werft ihr sie weg und kerkert euch ein.« Aus seinen Augen, die aus dem Netzwerk der Runzeln seines Gesichts herausschauten, leuchtete der alte Schalk auf.
»Unser amerikanisches Glaubensbekenntnis beruht auf der Freiheit des einzelnen«, hielt ich ihm entgegen.
»Freiheit für einzelne Ihrer eigenen Art meinen Sie damit«, erwiderte er. »Ihre Leute haben meine Leute immer aus dem Weg haben wollen, uns in irgendeiner abgelegenen Ödnis einsperren, wo ihr uns nicht sehen könnt. In Ross' Landing und an anderen Orten den ganzen Lauf des Tennessee entlang habt ihr uns hinter Palisaden gesperrt, die übermannshoch waren, damit wir nicht euch und ihr nicht uns sehen könntet. So ist es in gewisser Weise seither immer geblieben, nur daß heute die meisten von uns in Reservaten leben, wo nur der Geist der Palisaden immer noch zwischen uns steht.
In Ross' Landing kämpften meine Familie und tausend andere Cherokesen darum, unter Verschlägen aus Fichtenholz, die die Hitze der Sonne aufsaugten oder den Regen hindurchließen, am Leben zu bleiben. Innerhalb der Palisade war jeder Baum gefällt worden, so daß es keinen Schatten gab. Die meisten von uns überlebten irgendwie mit fader Grütze, die wir zweimal täglich bekamen, mit dem fauligen Wasser, das aus dem Fluß herausgeholt wurde, und in schmutzstarrender Kleidung, die wir nicht waschen konnten; uns selbst konnten wir selbstverständlich auch nicht waschen. Talasi the Runner, mein Vater, starb dort, da kein Arzt sich um ihn kümmerte, außer einem alten *adanowski*, einem Medizin-Mann, der weder Heilkräuter bei sich

hatte noch eine Möglichkeit sah, sich welche zu beschaffen, und der nichts weiter tun konnte, als heilige Gebete zum Schöpfer des Atems zu schicken. Großmutter Mary trauerte um ihren einzigen reinblütigen Sohn, wurde von Tag zu Tag weniger und hätte es fast nicht überstanden. Jerusha war halb von Sinnen, weil wir keine Spur von unserem kleinen Sohn, Pleasant, finden konnten; keiner der Soldaten kümmerte sich um unsere Bitten, ihn zu suchen.

Eines Nachts ließ Jotham mich auf seine Schultern steigen, damit ich mich über die zugespitzten Palisadenstämme hinwegschwingen und auf der anderen Seite hinunterlassen konnte. Irgendwie hatte ich die wahnwitzige Vorstellung, ich würde ihn vielleicht in einer der anderen Palisaden finden, ehe Jerusha vollends den Verstand verlor. Aber die Soldaten hatten sämtliche Bäume um die Palisade herum abgeholzt, und ich war erst halb in Richtung auf den Fluß durch den Ring von Wurzelstrünken hindurchgekrochen, da eröffneten sie das Feuer auf mich. Ich richtete mich auf, blickte ihnen im Halbdunkel entgegen und wartete darauf, daß sie mich töteten. Statt dessen brachten sie mich wieder hinein und schlossen mich in einem Abort aus Fichtenbohlen ein, der zu klein war, sich hinzulegen, und in dem ich ständig vom Gestank der Exkremente umgeben war – wie viele Tage, weiß ich nicht mehr.

Für welches Verbrechen habt ihr freiheitsliebenden Amerikaner uns gestraft? Für das Verbrechen, euch den Weg zu irgendeinem unbestimmten Ziel zu versperren, oder weil wir uns weigerten, uns mit Geld für den Verlust unserer Heimat entschädigen zu lassen und uns in ein Exil zu begeben, wo wir euch aus den Augen waren, oder weil wir euch zwangen, uns mit Gewalt ins Land des Dunkels zu schikken?

An einem heißen Sommertag warfen die Soldaten das große Tor der Palisade auf und sagten uns, wir sollten uns bereitmachen, die Palisade zu verlassen. Lange Wagenreihen warteten. Wie das Vieh trieb man uns hinauf. Meilenweit holperten wir über eine Straße mit kniehohem Staub darauf, so daß unsere Kleider, unsere Gesichter und unser Haar damit bestäubt waren und der Staub uns Nasen und Augen verstopfte, bis wir kaum noch sehen und atmen konnten. Wir gelangten an den Fluß, stiegen dann unter den Augen von Soldaten, die immer noch ihre Gewehre auf uns gerichtet hielten, von den Wagen herab und gingen einer nach dem anderen hinunter zu einer merkwürdigen kleinen Flotte – vier Flachboote, die um ein Dampfboot herum vertäut waren. Man trieb uns an Bord eines der Flachboote, wobei unsere Familie sich aneinanderklammerte, damit wir nicht auseinandergerissen würden. Nachdem wir uns in einem Kreis niedergelassen hatten, bestand Großmutter Mary darauf, uns mit dem Saum ihres Rockes den Staub von den Gesichtern zu wischen. Die Sonne sengte auf uns herab und unser Schweiß ließ den Staub auf unserer Haut und im Haar zu einer Kruste erstarren.

Ich saß dort neben Jerusha. Beiden war uns hundeelend zumute, so daß wir nicht redeten, da kam ein gelber, schlappohriger kleiner Hund den Rand des Flachbootes entlanggeschlichen. ›Dila!‹ riefen wir wie aus einem Mund. Als er unsere Stimmen hörte, hob der Hund den Kopf, drehte sich von uns weg und klemmte den Schwanz zwischen die Beine. Ich raffte mich hoch, sah, wie der Hund ans andere Ende des Bootes lief, und da hockte Griffa McBee mit einem roten Tuch um den Kopf, und auf ihrem Schoß hielt sie Pleasant.

Ich packte Jerusha bei der Hand und zog sie hinter mir her, bahnte mir den Weg über ausgestreckte Beine hinweg, kümmerte mich nicht um das wütende Knurren jener, auf die wir traten. Ich glaubte, Jerusha würde Pleasant zu Tode drücken, als sie sich niederbeugte und den entzückten kleinen Jungen in die Arme schloß.

Wir erfuhren, daß die Soldaten Pleasant und sein Hündchen auf der Straße gefunden und ihn glücklicherweise zusammen mit den McBees in ein und denselben Wagen gesteckt hatten; sie hatte man in eine Palisade keine zehn Meilen von der unseren geschafft. Es wäre den Offizieren also ein leichtes gewesen, ihn für uns zu finden, aber sie hatten keinen Finger gerührt, es zu tun.

Doch wie dem auch sei, daß wir Pleasant wiedergefunden hatten, machte die höllische Hitze dieses Tages erträglich für uns. Viele Leute auf unserem Flachboot wurden in der sengenden Sonne ohnmächtig, und andere wurden schwer krank. Obwohl Dampfboot und Flachboote vollgeladen waren mit Cherokesen, blieb die kleine Flotte den ganzen Nachmittag über regungslos liegen. Gerüchte schwirrten umher, aber keiner wußte, warum wir nicht ablegten. Als die Sonne tief am Himmel hing, stellten die Soldaten sich am Ufer auf, und uns wurde befohlen, einer nach dem anderen die Boote wieder zu verlassen und wieder in die Wagen zu steigen. Die ganze Nacht hindurch rollten die Wagen zwischen der Palisade und dem Fluß hin und her und brachten uns zurück in das Gefängnis, das wir glaubten, für immer verlassen zu haben.

Erst nach Ablauf von einigen Tagen erfuhren wir den Grund für all dies. Wegen der langen Trockenheit diesen Sommer war der Wasserspiegel des Flusses so tief gesunken, daß keine Schiffe mehr flußabwärts fahren konnten. Wir würden warten müssen, bis genug Regen fiel, so daß das Wasser wieder stieg. Außerdem erfuhren wir, daß andere Gruppen von Cherokesen – bis zu dreitausend – vor uns den Tennessee hinunter über den Ohio und den Mississippi und dann den Arkansas hinauf ins Indianer-Territorium gebracht worden waren.
Mittlerweile war es Häuptling John Ross irgendwie gelungen, die verstreuten Mitglieder seines Rates wieder zusammenzubringen, und als ihnen Berichte zugingen, daß Hunderte von unseren Leuten auf den überfüllten Booten umgekommen waren, wandte Ross sich mit der Bitte an General Winfield Scott, dem Rat der Cherokesen zu gestatten, den Zug unseres Stammes in den Westen selbst in die Hand zu nehmen. Der Rat schlug vor, wir sollten in Wagen über Land hinziehen; auf diese Weise würde der Weg um viele Meilen verkürzt werden. Wiewohl General Scott sich mit dem Plan einverstanden erklärte, hielten seine Soldaten uns noch wochenlang in den Palisaden fest.
Das Wetter war weiterhin heiß und trocken. Unser Trinkwasser war vom Flußschlick durchsetzt. Schwärme von Schmeißfliegen setzten uns bei Tag zu, und in der Nacht wurden wir von den Moskitos gestochen. Die meisten von uns bekamen Durchfall und Fieber. Die arme Walina! Sie war die sanfteste von uns allen und verzehrte sich unter ihrer Decke Nacht für Nacht nach Runner, ohne daß sie jemals ein einziges Wort der Klage laut werden ließ. Sie war die nächste aus unserer kleinen Familie, die starb, vielleicht an gebrochenem Herzen, vielleicht aber auch an der Krankheit, die uns allen zu schaffen machte. Ein paar Soldaten folgten uns hinaus zum Begräbnisplatz, wo Jotham und ich neben meines Vaters Grab ein Loch aushoben. Wir hüllten Walina in ihre Wolldecke und bedeckten sie mit Erde. Fünfzig Gräber zählte dieser Begräbnisplatz, ehe wir die Palisade verlassen konnten, die meisten von den Gestorbenen waren Kinder und alte Leute. Großmutter Mary konnte nicht begreifen, warum der Schöpfer des Atems Walina ausgewählt hatte und nicht sie und den alten Stalking Turkey, die den Jungen nur zur Last fielen. Wir waren nur noch fünf – Mary, Jotham, Jerusha, Pleasant und ich –, sechs, wenn wir Stalking Turkey, der sich uns angeschlossen hatte, dazurechneten.«

Wir waren einen niedrigen Sandhügel hinaufgestiegen, und Dane stand da und blickte zurück zu seiner Blockhütte, während der kräftige kalte Wind ihm durch seine Zöpfe fuhr. »Ich habe seit vielen Monden nicht an diese Dinge gedacht«, sagte er. »Es war eine schlimme Zeit, aber wir haben dort gelernt, alle anderen schlimmen Zeiten, die noch kommen sollten, zu durchstehen. Aber es waren auch einige gute Zeiten darunter, einige gute. Ich war damals erst vierundzwanzig Jahre alt.«

Zweites Buch

Im Westen

26

Spät im Mond der Schwarzen Schmetterlinge (September 1838) verließ ein erstes Kontingent von tausend Cherokesen eine Palisade am Hiwassee und brach nach Westen auf. Eine kleine Einheit von Soldaten begleitete den Wagentreck, allerdings nur als Beobachter. Häuptling John Ross und sein Rat hatte die Zwangsumsiedlung eines ganzen Stammes in Kontingenten von rund tausend Menschen organisiert; jedes Kontingent sollte sich jeweils vier Tage nach dem anderen in Bewegung setzen. Mit Zustimmung des Kriegsministeriums zahlte General Scott pro Person fünfundsechzig Dollar für den Treck aus, wobei die amerikanische Regierung gut wegkam, da der Rat der Cherokesen aus diesem Fonds Küchengeräte, Verpflegung, Wolldecken, Wagen und Zugpferde bezahlen mußte.

Für je fünfzehn Personen wurden ein Wagen nebst Gespann sowie sechs Reitpferde zur Verfügung gestellt, und jedem Wagentreck stand ein Anführer vor, wie gewöhnlich ein cherokesischer Dorfhäuptling. Ihm zur Seite stand ein Wagenmeister, ein Hufschmied, ein Proviantmeister, ein Medizinmann, der sich um die Kranken kümmern sollte, sowie ein paar Mann von der cherokesischen Leichten Kavallerie, die als Polizeitruppe fungierte.

Jene Palisade, in der Creek-Mary und ihre Familie eingepfercht waren, gehörte zu den letzten, die sich für die Abreise bereitmachen mußten. Erst um den Frost-Mond, also Anfang September, standen wieder ausreichend Wagen und Gespanne zur Verfügung, um die Reise beginnen zu können. An einem frostigen grauen Morgen wurden die Cherokesen mit einer Fähre über den Fluß gebracht und ihren Wagen, den Pferden und ihrer Ausrüstung zugeteilt. Der Anführer ihres Trecks war Häuptling Salali aus Coosawatie, und um die Mittagsstunde hatten er und seine Helfer es endlich geschafft, die Wagen hintereinander zum Treck aufzustellen, und teilten den körperlich Gesunden mit, welche besonderen Pflichten sie während der Fahrt zu

übernehmen hatten. Ohne weitere Umstände setzte die Wagenkolonne sich dann endlich in Bewegung.
Jotham machte irgendwie die McBees ausfindig, eine ziemlich große Familie, und bewog sie, sich zusammen mit Creek-Marys Leuten einen Wagen nebst Gespann und Reittieren zu teilen. Wiewohl die McBees in der Nähe von Okelogee gesiedelt hatten, hatte Creek-Mary jahrelang kaum mehr als Grüße mit John McBee getauscht, einem wortkargen Schotten mit karottenroten Brauen. »Warum habt Ihr«, fragte sie ihn jetzt, »ein weißer Mann, frei, auf dieser Erde zu gehen, wohin es Euch beliebt, Euch entschlossen, das Elend der enteigneten Cherokesen zu teilen?«
McBees leuchtende Augen weiteten sich vor Verwunderung, und er rieb sich den Stoppelbart, der auf seinem langen, knochigen Kinn sproß. »Ich wäre gar nicht auf die Idee gekommen, daß ich eine Wahl hätte, Madam«, entgegnete er.
»Ihr hättet mit den anderen gehen und Geld von den *Unegas* annehmen können, wie mein Halbblut-Sohn es getan hat. Und Ihr könntet jetzt allein losziehen, als weißer Mann mit seiner Familie. Könnte es sein, daß Ihr ein wenig beschränkt seid, John McBee?«
»*Aye,* schon möglich, daß ich nicht besonders helle bin. Könnte aber auch sein, daß es eine Sache des Anstands meinen Kindern gegenüber ist, die meine Cherokesen-Frau mir geschenkt hat, und Treue dem Stamm meiner Frau gegenüber, der mich als einer der seinen willkommen geheißen und bei sich aufgenommen hat.«
Sie trat vor und packte ihn bei den dicken Muskeln seines Oberarms. »Ich freue mich, daß Ihr der Erste Mann unseres Wagens seid, John McBee.«
Zum erstenmal lächelte er, und dann verneigte er sich dankbar vor ihr.
Diejenige, um die es Jotham in der Familie der McBees ging, war selbstverständlich Griffa, doch sollte er auf der Fahrt keineswegs besonders viel von ihr zu sehen bekommen, wie er es eigentlich gehofft hatte.
Da er wie Dane zu den wenigen Schmieden dieses Trecks gehörte, wurden beide der Schmiedeabteilung zugewiesen und verbrachten viele Stunden des Tages damit, die Wagenkolonne auf und ab zu reiten und dem Wagenmeister zu helfen. Nach den ersten paar Tagen unterwegs arbeiteten sie oft bis in die Nacht hinein an einer tragbaren Esse, die der Army abgekauft worden war, beschlugen Pferde, flickten

das Geschirr und reparierten Wagen, an denen etwas entzweigegangen war.
John McBee lenkte den Wagen, und seine Frau, die Cherokesin, saß neben ihm, während Mary, Jerusha, Pleasant und sein Hund sowie Griffa und die jüngeren Kinder der McBees es sich unter den Decken im hinteren Teil des Wagens so bequem wie möglich machten. Die älteren Söhne McBees und Stalking Turkey pflegten zu reiten. Die ersten beiden Tage waren warm und sonnig, und die Erleichterung nach dem langen Eingesperrtsein überdeckte ein wenig ihre Trauer, die Heimat zu verlassen. Doch als sie die Cumberlandberge erreichten, setzte ein stetiger Herbstregen ein. Die Planen über den Wagen mußten aufgezogen werden, so daß diejenigen, die mit dem Wagen fuhren, abermals das Gefühl des Eingesperrtseins befiel.
Nach ein paar Stunden im kalten, alles durchdringenden Regen machte Stalking Turkey sein Pferd hinten am Wagen fest und kletterte hinein. Mary brachte ihn dazu, daß er seine durchnäßten Kleider auszog und sich in zwei Wolldecken hüllte, doch zitterten dem zahnlosen alten Mann noch eine lange Zeit hinterher die Kinnbacken.
Die Bergpisten waren rauh und schwierig zu bewältigen. Häufig brachen, wenn die Pferde sich schwer ins Zeug legen mußten, die Wagenschwengel, und manchmal mußten Gespanne der hinteren Wagen ausgespannt und nach vorn gebracht werden, um diesen bei den schwierigsten Steigungen zu helfen. Man hatte ihnen gesagt, die Entfernung bis zum Indianer-Territorium betrage achthundert Meilen und der Treck müsse jeden Tag fünfzehn Meilen zurücklegen, wenn sie vor dem Eis-Mond im Januar ihr Ziel erreichen wollten. In den Cumberlandbergen schafften sie zwischen Sonnenaufgang und Sonnenuntergang aber höchstens vier oder fünf Meilen pro Tag.
Endlich gelangten sie unter großen Mühen aus den Bergen hinaus, mußten jedoch feststellen, daß die schweren Regenfälle und die Wagenräder der Trecks, die vor ihnen hier durchgezogen waren, den Weg nach Nashville in einen Morast verwandelt hatten. Als sie bei Nashville den breiten Cumberland-River erreichten, weigerte sich der Fährmann nicht nur, Häuptling Salalis Schatzanweisungen anzunehmen, sondern forderte, in Gold bezahlt zu werden und verdoppelte obendrein auch noch das übliche Fährgeld pro Wagen. Der Treck wurde einen halben Tag aufgehalten, da Salali und seine Helfer einen Nashviller Bankier suchen mußten, der für sich auch noch einen ansehnlichen Gewinn herausschlug, indem er die Schatzanweisungen

beträchtlich unterbewertete. Die Cherokesen vermuteten, daß Fährmann und Bankier unter einer Decke steckten, wunderten sich jedoch nicht, daß man ihnen hier, in der Heimatstadt ihres Erzfeindes, Präsident Andrew Jackson, das Fell über die Ohren zog; auch wußten sie, daß sie nur Atem verschwendeten, wenn sie protestierten.

Den ganzen nächsten Tag über folgte ihnen eine Bande von Schurken aus Tennessee. Da sie gewarnt worden waren, wenn sie den Ohio erreichten, vor Banditen auf der Hut zu sein, ließ Häuptling Salali beim Nachtlager die Wache verdoppeln. Die Pferdediebe wußten jedoch, daß es den Cherokesen verboten worden war, Waffen zu tragen, und so überfielen sie bald nach Einbruch der Dunkelheit mehrere Korrale, feuerten auf die Wachen, die sich nicht verteidigen konnten, und ritten mit etwa dreißig der besten Pferde davon. Ein Cherokese von der Wache wurde getötet, etliche andere verwundet.

Am nächsten Morgen konnte der Treck nicht weiter, weil es ihnen an Pferden mangelte, und so verloren sie einen weiteren kostbaren Tag, da Häuptling Salali und sein Wagenmeister die Umgebung abritten, um bei den Farmern Ersatzpferde zu kaufen. Nach langem Suchen fanden sie jedoch nur einen Pferdehändler in der ganzen Gegend. Seine Preise waren gepfeffert, aber er wußte, daß die Cherokesen würden zahlen müssen, was er verlangte, wenn sie weiterziehen wollten. Obgleich es sich bei den meisten Pferden, die Salali kaufte, um dieselben Tiere handelte, die ihnen die Nacht zuvor gestohlen worden waren, beschränkten er und sein Wagenmeister sich in ihren bitteren Kommentaren auf das Cherokesische. Fremde in einem Land, das einst ihren Großvätern gehört hatte, gewöhnten sie sich nachgerade daran, ausgebeutet zu werden. Aber die Gelder, die ihnen zugewiesen waren, schmolzen dahin, und noch hatten sie sechshundert Meilen vor sich.

In Kentucky trafen sie auf Leute, die Straßenzoll erhoben, raffgieriges weißes Gesindel, das vor seinen Hütten an Ketten befestigte Bohlen quer über den schmalen Weg legte. Diese Hindernisse nannten die Hüttenbesitzer »Zollschranken«, und sie weigerten sich, die Bohlen fortzunehmen, bis nicht jeder Wagen seinen Zoll entrichtet hatte.

In der Nähe von Hopkinsville überfiel sie der erste bedrohliche Vorbote des frühen Winters, ein schweres Unwetter; aus dem Regen wurde Hagel, und der Regen gefror auf den Wagenplanen zu Eis. In der Nacht ging nasser Schnee auf ihr Lager nieder. Als Mary beim ersten Morgengrauen erwachte und hinten zum Wagen hinausschaute, stieß sie einen Schreckensruf aus, als sie sah, daß die schlafenden Männer unter ihren Decken von einer weißen Hülle umgeben waren. Das Lager sah wie ein geisterhafter Begräbnisplatz mit weißen Grabhügeln aus. Als die Wagen sich wieder in Bewegung setzten, schmolz der Schnee, und der Straßenschlamm wurde so weich, daß die Wagen bis zur Achse darin versanken.

Etliche Nächte hindurch gefroren die schlammigen Wagenspuren zu steinharten Furchen. Vormittags zu fahren, war so beschwerlich, daß viele der alten Leute und der Kinder es vorzogen, in der eisigen Kälte zu Fuß zu gehen, statt das harte Gerüttel ihrer Lagerstätten auf den Wagen über sich ergehen zu lassen. Gegen Mittag taute es, und der Weg verwandelte sich für gewöhnlich wieder in einen Morast. Doch nachdem sie über den Ohio übergesetzt hatten und nach Illinois hineingelangten, taute es nicht mehr und die Temperatur stieg nie wieder über den Gefrierpunkt.

An dem Abend, da der Treck in der Nähe des Städtchens Jonesboro, Illinois, haltmachte, teilte der für die Verpflegung Verantwortliche dem Leiter des Trecks mit, daß sie kein Rindfleisch mehr hätten und die Pökelfleisch- und Maismehlrationen um die Hälfte herabgesetzt werden müßten, wenn die Vorräte noch eine Woche reichen sollten. Dreißig Meilen weiter, in Cape Girardeau, Missouri, sollten Vorräte auf sie warten; aber durch die Verzögerungen war der Treck um zwei Wochen zurückgeworfen worden, und niemand konnte sicher sein, wieviel Proviant wirklich dort sein würde.

Häuptling Salali und seine Helfer nahmen einen der leeren Vorratswagen, fuhren in die Stadt hinein und fanden einen Händler, der eine gute Gelegenheit witterte, einen größeren Posten Speck, der schon halb von Maden zerfressen war, mit gutem Gewinn an die Indianer loszuschlagen.

Am nächsten Morgen, beim Frühstück, weigerte Pleasant sich, die Scheibe Speck zu essen, die man ihm gegeben hatte; sie stinke. Die anderen hingegen zwangen sich, das verdorbene Fleisch durchzukauen und herunterzuschlucken. Ihre Mahlzeit wurde durch die Ankunft zweier unbekannter Weißer unterbrochen, von denen der eine behauptete, er sei der Sheriff, und das graue Reitpferd, bei ihrem Wagen gehörte seinem Begleiter.

»Das kann nur ein Irrtum sein«, entrüstete John McBee sich. »Wir haben diese Pferde aus Tennessee mitgebracht, von jenseits der Cumberlandberge.«

»Er lügt, Sheriff«, sagte der andere weiße Mann. »Der Graue da, das ist mein Gaul.«
Mary ging mit ihrem üblichen Schwall von saftigen Verwünschungen gegen diese Unterstellung an und schickte Dane und Jotham in die entgegengesetzte Richtung aus, Häuptling Salali zu suchen, doch ehe die beiden zurück waren, hatten die Weißen das Pferd längst mitgenommen. McBee wußte, daß er in ihren Augen genausosehr ein Cherokese war wie seine Frau, und er war sich auch darüber im klaren, daß es für die mittellosen Cherokesen weder in Illinois noch in irgendeinem anderen Bundesstaat irgendwelchen rechtlichen Schutz gab. Er wähnte sich noch glücklich, daß sie ihm nur das Pferd weggenommen hatten; den Rest des Trecks mußte einer der älteren Jungen zu Fuß gehen oder im überfüllten Wagen mitfahren.
Drei Tage später, im kältesten Wetter, das ihnen bis jetzt widerfahren war, erreichten sie das Ufer des Mississippi. Rund hundert Cherokesen, gleichsam die Nachhut des Trecks, der ihnen vorangezogen war, lagerten dort mit einem Dutzend Wagen. Statt sich als mächtig dahinfließender Strom darzubieten, war der Fluß mit Treibgut und Eisschollen verstopft. Auf der gegenüberliegenden Seite, dem Cape Girardeau-Ufer, saß eine Fähre in dem gefrorenen Gewirr fest. Von den hier lagernden Cherokesen erfuhren sie, daß dem Übersetzen ihres Kontingents vor zwei Tagen nach Einsetzen der Dunkelheit ein Ende bereitet worden sei; in der Nacht seien die Eisschollen vom Norden heruntergekommen und hätten das Fährboot blockiert.
Den Neuangekommenen blieb nichts anderes übrig, als gleichfalls ein Lager aufzuschlagen. Hinterher konnte niemand sich erinnern, wie viele Tage sie dort festgesessen und gefleht hatten, daß der Strom vom Eis befreit würde. Die Verpflegung für sie selbst sowie das Futter für die Pferde wurde knapp und mußte streng rationiert werden. »Mir war, als hätte ich von Tag zu Tag mehr Hunger«, erinnerte Dane sich. »Jotham und ich stiegen hinunter an den Fluß, um Rinde von den Bäumen zu reißen und die Pferde damit zu füttern; außerdem gruben wir alle möglichen Wurzeln für uns und unsere Familien aus, die wir fanden. Tausend andere taten das gleiche, so daß wir jeden Tag weiter laufen und unsere Suche ausweiten mußten. Wir haben ständig gefroren, unsere Füße schmerzten uns vor Kälte, weil unsere Mokassins längst durchlöchert waren.«
Dann breitete sich Krankheit aus – zuerst unter den Kindern. Masern und Keuchhusten gab es auf allen Wagen. Hinterher bekamen die al-

ten Leute Lungenentzündung. In den bitterkalten Nächten hörte man aus allen Wagen die Laute des Krankseins – hartnäckiges Gehuste, das Weinen von Kindern, rasselndes Ringen nach Luft, das Gestöhn der alten Männer und Frauen.

Eines Morgens war Pleasants Hund weg. Dane suchte überall danach, war jedoch überzeugt, daß irgend jemand ihn getötet und aufgegessen hatte. Häuptling Salali hatte dem Proviantmeister Erlaubnis gegeben, jeden Tag ein Pferd zu schlachten, aber es war nie genug Fleisch für die tausend leidenden Wartenden da, und jetzt verschwand ein Hund nach dem anderen in irgendwelchen Kochtöpfen.

Pleasant muß gespürt haben, was geschehen war; vielleicht hatte er auch gehört, wie man über die fehlenden Hunde und die Gründe ihres Verschwindens redete. Er weinte den ganzen Morgen über, am Nachmittag hustete er fast ohne Unterlaß, und sein Körper glühte vor Fieber. Der Medizinmann des Trecks, der alte Jukias, der selbst erschöpft war und kränkelte, kam endlich und verabreichte dem kleinen Jungen Extrakte von Schlangenwurz und Blättern der Zwergkastanie. Das Fieber ging herunter, aber der rasselnde Husten blieb.

Am nächsten Morgen schaffte Stalking Turkey es, sich von seinem Lager unter dem Planwagen zu erheben, und die jungen Männer mußten ihn ins Wageninnere schaffen. Zwei der kleineren McBee-Kinder fingen immer wieder an zu weinen; Masernflecken blühten ihnen an Hals und Gesicht. Der Planwagen war zu einem überfüllten Hospital geworden, und Griffa und Jerusha verbrachten den größten Teil ihrer Zeit mit der Krankenpflege.

An diesem Abend nahm Mary, ohne ein einziges Wort darüber zu verlieren, ihre beiden Wolldecken und legte sich zu den Jungen unter den Wagen. »Hier wird es dich frieren, Großmutter«, sagte Dane. »Wir werden in einem anderen Wagen einen Platz für dich finden.«

»Nein«, antwortete sie, »es ist überall das gleiche. Alle haben Kessel und Kochgeräte rausgeworfen, um Platz zu machen für die Kranken.« Sie weigerte sich einfach, woanders untergebracht zu werden, doch als die Kälte aus dem gefrorenen Boden hochstieg, brachten Dane und Jotham sie dazu, sich zwischen sie zu legen; sie rückten möglichst nahe an sie heran, damit sie etwas von ihrer jugendlichen Wärme abbekam.

»Ich bin alt und tauge zu nichts mehr«, knurrte sie. »Ich bin meinen Großkindern nur noch eine Last.«

»Du hältst uns warm, Großmutter«, sagte Dane.

»Ich habe lange genug gelebt«, meinte sie verschlafen. »Meine Kinder haben mich geliebt, und ich habe sie geliebt. Ich habe lachend meinen Weg durch diese schöne Welt zurückgelegt, seit Long Warrior mich gefunden hat, aber jetzt ist keine Zeit zum Lachen. Die Zeit ist gekommen, meinen Geist freizugeben. Ich möchte im Land der Geister die Freunde meiner Jugend wiedersehen.«

»Nein«, ereiferte sich Jotham. »Wir brauchen dich, daß du in unserem neuen Land bei uns bist.«

»Damit du uns den Weg weist«, fügte Dane hinzu. Er konnte sich keine Welt vorstellen, in der es keine Großmutter Mary gab. Dennoch – ihr Körper war ausgemergelter, als er geahnt hatte. Durch die Wolldecken hindurch konnte er ihre Knochen spüren. Immer hatte er sie für kerngesund gehalten, für unbezwinglich, für jemand, der nie unterging. Beim Einschlafen erinnerte er sich der langen Sommertage in der Laube, da sie ihn auf dem Schoß gehalten hatte, die Brüste nackt, und ihm Geschichten aus ihrer Jugend erzählt hatte, während der Kleine Singende Fluß melodisch vorüberplätscherte.

Bei Tagesanbruch wurden sie durch den schrillen Sirenenton des Fährschiffs geweckt. Der Mississippi war eisfrei! Der Fährmann riet ihnen, sich zu eilen; wer weiß, ob nicht noch mehr Eis den Fluß herunterkam! Und so rollten den ganzen Tag über unablässig die Wagen auf die Fähre und wurden einer nach dem anderen hinübergeschafft, wobei die abgemagerten, halbverhungerten Pferde es kaum schafften, ihre Lasten zu ziehen.

In Cape Girardeau fanden sie unerwartet Vorräte an Futter und Maismehl vor; Fleisch jedoch war nicht da. Die Vertreter von Häuptling John Ross, die sie dort erwarteten, sagten ihnen, sie würden beim Durchqueren von Missouri von dem Wild leben müssen, auf das sie stießen. Es wurde ihnen geraten, die nördliche Route einzuschlagen, da schon so viele Wagen über die südliche Route dahingerollt seien, daß das meiste Wild getötet oder vertrieben worden sei. Von den Cherokesen in Cape Girardeau erfuhren sie auch die traurige Nachricht, daß John Ross' Frau, Quatie, auf dem Weg in den Westen in Arkansas gestorben sei.

Unter der Leitung eines Führers, der die nördliche Route bereits kannte, fuhren sie los, und jetzt begann das Sterben. Statt wie bisher zwei, mußten jetzt jeden Tag fünf oder sechs begraben werden, sobald sie hielten, um das Lager für die Nacht aufzuschlagen. Stalking Turkey war einer der ersten von den alten Kriegern, die die Augen für immer schlossen. Eines Morgens fanden sie ihn erfroren in seiner Wolldecke und begruben ihn am Rand der Piste. Mary weinte nicht um ihren alten Freund, weigerte sich jedoch zu erlauben, daß die Reise fortgesetzt wurde, ehe nicht ihre Großsöhne einen Baum gefällt und aus dem Stamm einen Pfahl gemacht hatten, mit dem sie das Grab kennzeichneten.

Erst nachdem sie die Stadt Farmington hinter sich hatten und in westliche Richtung durch dichten Urwald hindurchfuhren, fanden die Jäger, die nur mit Pfeil und Bogen jagten, genug Wild, um alle mit Fleisch zu versorgen. Gleichwohl hörte unter den Geschwächten das Sterben an den Krankheiten und den Unbilden der Witterung nicht auf. Pleasant erholte sich zwar langsam, aber zwei der jüngeren McBees starben an zwei aufeinanderfolgenden Tagen und wurden in der Nähe von Springfield bestattet.

Jeder Reisetag wurde zu einer schweren Prüfung, zu einem Kampf, die endlosen Meilen zu überleben. Als sie Washburn's Prärie hinter sich ließen und nach Arkansas hineinrollten, wurden so viele von heftigem Durchfall befallen, daß eines Morgens kaum genug Männer da waren, die Pferde vor den Wagen zu spannen. Weder John McBee noch seine Frau hatten die Kraft, aufrecht zu sitzen, und nachdem Dane und Jotham die Pferde vor den Wagen gespannt hatten, wechselten sich Griffa und Jerusha auf dem Kutschbock ab. Es lahmten so viele Pferde, und so viele Wagen standen kurz vorm Zusammenbrechen, daß die beiden jungen Männer über die ganze Länge des langsam vorwärtsrückenden Trecks hin gesucht waren.

Fünfzehn starben an diesem Tag, und es waren kaum noch genug übrig, die Kraft hatten, die Gräber auszuheben, in denen sie die Toten begruben.

Jukias, der Medizinmann, hatte alle seine Vorräte an Heilkräutern aufgebraucht und den Kranken nichts weiter als Gebete und Gesänge zu bieten. In dieser Nacht bekam auch Jotham heftige Leibschmerzen, und als es Tag wurde, stellte sich heraus, daß so viele andere das gleiche Geschick getroffen hatte, daß es unmöglich war, weiterzufahren.

Griffa entfachte das Morgenfeuer, und als das Wasser im Topf siedete, zeigte Mary ihr, wie man ein altes Tuch in kochendem Wasser auswrang, Jotham einen heißen Leibwickel damit machte und aus einer Kumme ständig heißes Wasser darüber träufelte. »Stechpalmentee würde die Schmerzen lindern«, sagte Mary. »Aber wir haben keinen, und Kaffee auch nicht. Alles, was ich meinem Großsohn bieten kann, seine Schmerzen zu lindern, ist heißes Wasser.«

Jerusha brachte Pleasant ans Feuer, damit er sich aufwärmte, während sie einen Teil der Tagesration Maismehl in einen Topf siebte und heißes Wasser darüber goß. Das war ihr Frühstück. Dane rollte sich unter dem Wagen hervor und sattelte sein Pferd.

Etwa um diese Zeit kamen Häuptling Salali und der cherokesische Scout ans Feuer herangeritten. »Was sollen wir tun, Salali«, fragte Mary. »Wenn wir hierbleiben müssen, werden wir alle sterben.«

»Ich weiß es nicht, Amayi«, erwiderte er. »Nach dem Scout ist es bis zum Cherokesenstammland West nicht mehr weit. Nur noch drei oder vier Tagesreisen, und wir erreichen Park Hill, wo es Medizin, bessere Verpflegung und Unterkunft gibt.«

»Wir haben nicht einmal für die Hälfte der Wagen einsatzfähige Männer«, sagten die Leute.

»Richtig, aber ich habe gedacht, diejenigen, die dazu imstande sind, sollten weiterfahren«, meinte der Häuptling und verriet in seinem Ton Unsicherheit.

Stirnrunzelnd sah sie ihn an. »Wir können unsere Leute unmöglich ohne Proviant hier zurücklassen, wo doch niemand Wild für sie jagen kann.«

»Jukias hat nichts mehr, was er ihnen geben könnte.«

»Gestern abend habe ich durch die Bäume Lichter gesehen.« Mary wies in Richtung Westen. »Nicht weit von hier ist eine Siedlung.«

»Cane Hill wird sie genannt«, erklärte der Scout. »Die *Unegas* dort können nichts für uns tun, selbst wenn sie wollten.«

»In den meisten Siedlungen gibt es einen *Unega*-Arzt«, fuhr sie fort. »Der hat bestimmt etwas gegen Darmlaufen.«

Der Häuptling schüttelte den Kopf. »Der würde uns lieber Gift geben.«

»Dane!« rief sie ihren Großsohn herbei. »Ich will, daß du in das Dorf reitest und einen *Unega*-Arzt zu mir bringst. Kein einziges Wagenrad wird sich drehen, ehe du nicht wieder zurück bist.«

»Amayi, Amayi«, beschwor Salali sie. Dane sah den Häuptling an, der mit den Achseln zuckte und ihm zu verstehen gab, er solle tun, wie seine Großmutter ihm geheißen.

»Warte!« rief Jerusha. »Mit deinen dreckigen Händen und dem Gesicht, das du hast, deinem struppigen und fettigen Haar und deinen verschmutzten Kleidern kannst du einen Panther das Fürchten lehren. Kein Arzt würde mit dir kommen.« Jerusha strählte sich eilends mit dem Kamm durchs Haar, zog ein verblaßtes Band aus der Schürzentasche und wand es sich um den Kopf.

»Sie hat recht, *Sogonisi*«, erklärte Mary. »Sattle Jothams Pferd für sie.«

Jerusha mußte sich im Herrensitz auf Jothams Sattel setzen, und als sie und Dane in die einzige Straße von Cane Hill einritten, ließ die Hälfte der Bewohner alles stehen und liegen, um zu erfahren, was das seltsame Paar wollte, das da in ihr Dorf gekommen war. Am Ende der Straße stand ein kleiner, aus dicken Brettern roh zusammengezimmerter Schuppen mit der Beschriftung SCHMIEDE über der Tür. Rings um den Schuppen verstreut standen ein paar mehr oder weniger reparaturbedürftige Wagen.

»Sieh!« Dane zeigte auf einen Mann, der an einem Wagenreifen herumhämmerte.

»Mr. Tim Rogers!« rief Jerusha, nicht weniger erstaunt als er.

Als er seinen Namen hörte, sah Rogers auf und erkannte sie sofort. Als sie zum Schmied hinüberritten, saß Dane ab und packte die ihm dargebotene Hand. Beide redeten sie zugleich, jeder versuchte dem anderen zu erklären, wieso es sie nach Cane Hill verschlagen habe.

»Gibt es einen Arzt hier?« unterbrach Jerusha sie. Sie saß immer noch im Sattel.

»Wenn Ihr das einen Arzt nennen wollt.« Rogers blickte zu ihr auf, und ein feines Lächeln umspielte seine Lippen, als er bemerkte, wie ihr Rock bis hinunter zu den Steigbügeln Falten warf. »Ihr wollt einen Damensattel eintauschen, Miss Jerusha?«

»Nein«, erklärte sie ungeduldig. »Das hier ist Jothams Pferd. Wo wohnt der Arzt?«

»Seht Ihr den Barbierladen unten an der Straße? Höchstwahrscheinlich werdet ihr in den Räumen darüber Miss Saviah Manning finden, eine Kräuter-Ärztin.«

»Eine Frau? Gibt es keinen anderen Arzt?« Enttäuschung malte sich auf ihrem Gesicht, doch wendete sie das Pferd und sah über die Schulter zurück. »Kommst du mit, Dane?«

»Reite nur schon hin! Ich komme gleich.« Er wollte wissen, warum Rogers seine Schmiede in Arkansas aufgemacht hatte und nicht im neuen Stammland der Cherokesen.

»Um die drüben ist es schlimm bestellt, Dane. Bald wird es zu ernsthaften Reibereien zwischen den Cherokesen kommen, die das Abkommen unterstützt haben und zuerst hierherkamen, den Ridge-Boudinot-Leuten und den Anhängern von John Ross wie du und ich, die wir gezwungen wurden, hierherzukommen. So viele von unseren Leuten sind auf dem langen Treck gestorben...«

»Erzählt mir nichts vom Sterben, Mr. Rogers. Wir haben unterwegs mehr als zweihundert begraben. Ich hatte nur nicht gewußt, daß die anderen Trecks auch so große Verluste hatten.«

»Es ist furchtbar gewesen. Meine Frau und ich kamen mit einem der ersten Kontingente von Umsiedlern. Den größten Teil der Strecke haben wir auf überfüllten Schiffen zurückgelegt, auf denen Tag für Tag Krankheit und Tod herrschten. Selbst einige von den Kräftigeren haben es nicht durchgehalten. Von unserem Kontingent war es jeder dritte; wir haben sie überall am Flußufer von Tennessee bis nach Arkansas begraben.«

»Davon hat man uns berichtet«, sagte Dane. »Uns ist es in den Planwagen nicht besser ergangen.«

Sie tauschten noch mehr Informationen aus, und nochmals warnte Rogers Dane, wie schlimm die Bedingungen im neuen Stammland West seien. »Sie fangen jetzt an, eine neue Hauptstadt zu bauen. Talequah soll sie heißen. Erst hatte ich daran gedacht, meine Schmiede dort aufzumachen, aber mir gefällt nicht, wie sich dort alles entwikkelt. Die Neuankömmlinge sind Habenichtse und könnten mich für meine Arbeit nicht bezahlen. Und die Leute, die freiwillig hergekommen sind, werden sehr bald in der Minderzahl sein. Im Moment haben sie dort das Sagen, weil sie reichlich mit Regierungsgeld ausgestattet worden sind.«

»Wie mein Onkel Opothle«, sagte Dane.

»Ja, Opothle selbst kommt sehr gut voran. Sein Handelsposten ist der beste in Park Hill. Er wollte gern, daß ich meine Schmiede in der Nähe von ihm aufschlüge, aber nein – ich habe meiner Frau gesagt, wir gehen lieber rüber nach Arkansas, um in Sicherheit zu sein, wenn es zum Zusammenstoß kommt. Sieh, ich habe diese alten Wagen wieder hergerichtet, die uns auf dem Weg von Tennessee hierher zusammengebrochen sind, und einige habe ich verkauft.« Vom Laden des Barbiers her rief Jerusha mit heller Stimme.

»Sie hat die Kräuter-Ärztin also gefunden«, sagte Rogers. »Hast du das Mädchen schon geheiratet, Dane?«

»Nein.« Er setzte einen Fuß in den Steigbügel und saß auf.

»Nun, jedenfalls benimmt sie sich, als wäre sie deine Frau. Warum heiratest du sie nicht und läßt dich hier nieder? Du könntest dann auch für mich arbeiten.«

»Möglich, daß ich das tue, Mr. Rogers, aber erst müssen wir die anderen Wagen ins neue Stammland bringen. Lebt wohl!«

»Viel Glück, Dane. Grüß Creek-Mary von mir und sage Jotham, ich wünsche ihm gute Besserung.«

Dane trabte mit seinem Pferd zum Barbierladen hinüber, wo zusammen mit Jerusha auf einem Rappen eine großgewachsene, schwarzhaarige und dunkelhäutige Frau wartete. Die Frau trug Männerhosen, eine fransenbesetzte Hirschlederjacke und einen breitkrempigen flachen Hut mit einer gelbgefärbten Feder am Rand. Sie hatte etwas Indianisches an sich, was Dane ein gewisses Vertrauen einflößte. »Die Ärztin wird mit uns kommen«, sagte Jerusha.

»Wer ist *das* denn?« fragte die Frau, starrte Dane kurz an und wandte ihre Aufmerksamkeit dann ihrer Satteltasche zu, die so mitgenommen war, daß Dane chirurgische Instrumente durch die Risse im Leder hindurchschauen sah.

»Er heißt Dane«, erwiderte Jerusha mit Nachdruck. »Dane, das hier ist Dr. Saviah Manning.«

»Ist es Euer Mann?« fragte Dr. Manning.

»Dieser dreckige Nichtsnutz von einem Indianer – ganz gewiß nicht.« Sie ließ ihren Zügel knallen und lenkte ihr Pferd die schlammige Straße hinunter. »Reiten wir!«

Als die drei nach dem Dorfausgang die gewundene Straße hinter sich hatten, ritten sie nebeneinander her. Dane warf verstohlen immer wieder einen Blick auf Jerusha, die mit völlig ausdruckslosem Gesicht unwandelbar geradeaus sah. Irgendwie hatte sie sich verändert. So hatte er sie noch nie erlebt. Zuvor hatte sie sich ihm gegenüber stets unterwürfig benommen. Jetzt verhielt sie sich wie – nun ja, wie seine Großmutter, die alle Welt bedenkenlos herumkommandierte.

Als sie an einen steilen Hügel gelangten, verlangsamten die Pferde den Schritt, und Jerusha brach das Schweigen. »Dr. Manning – dürfte ich Euch eine Frage stellen?«

»Fragt!«

»Wenn er« – sie wies mit einem verächtlichen Ruck des Ellbogens auf Dane – »statt meiner zu Euch gekommen wäre, hättet Ihr Euch dann auch einverstanden erklärt, Medizin zu unseren Wagen zu bringen?«

Die großgewachsene Frau bedachte Dane mit einem forschenden

Blick. »Ehrlich gestanden, vermutlich nicht«, sagte sie und ließ lächelnd ihre Zähne sehen.
»Weil er Indianer ist?« fragte Jerusha weiter.
»Ich bin selbst zur Hälfte Indianerin, Miß. Nein, weil ich, wenn ich ihn mir angesehen hätte, befürchtet haben würde, er könnte die Absicht haben, mich auszurauben oder mir Gewalt anzutun.« Diesmal lachte sie laut, und Jerusha stimmte in ihr Lachen ein.
»Ich hab's dir ja gesagt, Dane.« Jerushas Stimme hatte etwas Triumphierendes. Als er zu ihr hinübersah, erkannte er, daß sie ihn anblickte. Zum erstenmal seit vielen Tagen trafen sich ihre Blicke, und er entdeckte ein unvertrautes Strahlen in ihren blauen Augen. Er vermochte nicht zu sagen, ob es Liebe sei oder Haß. Als die Pferde den Kamm des Hügels erreichten, trieb Jerusha ihr Tier zu einem flotten Trab an und ritt ihm und der Ärztin davon.
Zusammen mit Mary und anderen wartete Jukias beim Wagen. Nachdem er der Ärztin die Hand geschüttelt, musterte der Medizinmann mit großem Ernst ihr Gesicht und erkundigte sich dann, welche Art von Medizin die Ärztin ihren Patienten gebe.
»Ihr solltet froh sein, überhaupt irgendwelche Heilmittel von mir zu bekommen, Cherokese«, erwiderte sie rasch. »Ihr seid Eindringlinge im Gebiet meines Stammes. Ich bin zur Hälfte eine Osage.«
»Oh!« Der Ausdruck auf Jukias' Gesicht verriet Besorgnis. »Aber wir kommen nicht aus freien Stücken in das Land der Osagen.«
»Das weiß ich.« Sie kniete nieder, um ihre arg mitgenommene Instrumententasche aufzumachen. »Mein Vater war ein weißer Arzt, der unter den Osagen lebte. Meine Mutter war eine Osage.«
»Und Ihr wollt uns helfen, obwohl wir ...«
»Mein Vater hat mir vor seinem Tod einen Schwur abgenommen. ›Welches Haus ich auch betrete, ich trete ein zum Wohle der Kranken.‹ Es ist nicht das erstemal, daß ich Cherokesen behandele. Ich kenne die Medizin des Weißen Mannes, kenne mich aber auch in den Kräutern aus, wie Ihr, Jukias. Meine Extrakte und Destillationen stammen aus den Pflanzen, die in diesen Bergen hier gesammelt wurden. Mit einer Ausnahme. Mein Laudanum muß ich in St. Louis kaufen.«
»Stammt auch das aus einer Pflanze?«
»Aus dem Opium-Mohn. Vermengt mit einem Aufguß getrockneter Khaki-Pflaumen und wilder Kirschen, stillt es jede Blutung und nimmt jeden Schmerz.«

Jukias verneigte sich. »Wir heißen Euch in unserem Herzen willkommen, Osage-Ärztin.«
Drei Tage lang blieb Dr. Saviah Manning beim Treck und kehrte nur ab und zu nach Cane Hill zurück, um ihre Medizintasche wieder aufzufüllen. Am dritten Tag hörte das Sterben auf und hatten die meisten Kranken sich wieder soweit erholt, daß sie den Treck im Wagen fortsetzen konnten. Häuptling Salali erbot sich, die Ärztin aus der immer mehr dahinschmelzenden Reserve von Schatzanweisungen zu bezahlen, doch sie wollte nur soviel nehmen, um ihren Vorrat an Laudanum auffüllen zu können. Als die Wagen sich in Bewegung setzten, fuhr sie bis zur Abzweigung nach Cane Hill mit, und dort gebot Mary John McBee, den Wagen anzuhalten, stieg dann aus und überreichte Saviah Manning ein Geschenk. Es war das wohlgehütete Stundenglas, das Long Warrior ihr einst vor einem Vierteljahrhundert aus Nashville mitgebracht hatte. »Ich gebe Euch einen Cherokesen-Namen«, sagte Mary zu ihr. »Suyeta, die Erwählte. Von heute an seid Ihr eine von uns.«
»Ich bin auch Osage und Weiße«, flüsterte Saviah ihr zu. »Ich lebe an jenem einsamen Ort zwischen den hellen und den dunklen Rassen.«
Am nächsten Tag überschritten sie die Grenze zum neuen Stammland der Cherokesen. Noch hielt der Winter das Land in seinem Griff, doch hatte die Kälte ihre Schärfe verloren, und zum erstenmal seit Wochen ertönte Lachen und Frohsinn in den Wagen, die sich ächzend nach Westen weitermühten.
Ehe die Vertriebenen ihr Krankenlager in der Nähe von Cane Hill verließen, war Tim Rogers gekommen, um seine alten Freunde aus Okelogee zu besuchen. Für Jotham hatte er eine Karte gezeichnet und darin die Lage von Opothles Haus und Handelsposten beschrieben. Am Morgen des dritten Tages nach der Abfahrt aus Cane Hill trafen die Wagen bei einer Weggabelung ein, und Salali ließ den Treck halten. Creek Mary, Dane, Jotham, Jerusha und Pleasant luden ihre wenigen Habseligkeiten auf einen der leeren Proviantwagen um, und nach tränenreichem Abschied und dem Versprechen, sich bald wiederzusehen, machten sie sich auf den Weg nach Opothles Haus.
Nach Tim Rogers Karte sollten es nur noch drei Meilen sein, und Jotham, der den Wagen lenkte, ließ ungeduldig die Peitsche über den Rücken der müden Pferde zucken. Pleasant auf dem Schoß, saß Mary neben ihm, und summte Bruchstücke von Liedern vor sich hin. Der steinige Weg wand sich durch dichte unbelaubte Wälder, und die

Bäume, die sie kannte, benannte sie mit ihren Namen in Creek, Cherokesisch und Englisch – Hartriegel, Wilde Pflaume, Walnuß, Maulbeerbaum, Khakistrauch und Sykamore, Hickory und Eiche. Dann ging es über den Kamm einer Erhebung hinüber, und vor ihnen, jenseits des Flußbettes, erstreckte sich eine niedrige Hügelkette, ein verkleinertes Abbild der Schlafenden Frau. »Seht!« rief Mary, doch alle hatten es zur gleichen Zeit entdeckt. »Eine kleine Schlafende Frau.«
»Ihr Leib ist geschwollen«, sagte Jerusha.
»Ja«, pflichtete Mary ihr bei, und ihr Lachen erfüllte den Wagen. »Wir werden sie die Schwangere Schlafende Frau nennen.«
Kurze Zeit darauf gelangten sie an eine baufällige Hütte, die ein Stück weit ab von der Straße zwischen braunbelaubten Schwarzeichen stand. Die Baumstämme waren schlecht verzargt, die Ecken standen nicht im Lot, und das Dach bestand nur aus ein paar Rindenstreifen.
»Ist das das Haus?« fragte Dane.
»Nein«, erklärte Mary. »In so einem Haus würde Opothle nicht wohnen.«
Eine Meile weiter stießen sie auf eine Doppelhütte, größer, wiewohl nicht wesentlich besser gebaut als die erste, das Land drum herum noch voller Wurzelstubben. Auf der Veranda ohne Dach schüttelte eine Frau mit Sonnenhaube einen Strohbesen aus. Als sie das Rumpeln der Wagenräder hörte, blickte sie auf, ließ den Besen fallen und riß die Arme in die Höhe. »Ach, Prissie, komm schnell«, rief Sunalee. »Sie sind da.«

27

Als wir vom Sandhügel zu Danes Blockhütte zurückkehrten, mußten wir nicht nur gegen einen heftigen Wind ankämpfen, sondern hatten auch noch die blendende Sonne vor uns, die seit Mittag bereits über die Hälfte ihres Weges hinunter zum Horizont zurückgelegt hatte. Keiner von uns sagte etwas, ehe wir nicht den Schutz der Weiden wieder erreicht hatten.
»Das war der ›Weg der Tränen‹«, sagte ich.
»Ja. Den Namen hat er allerdings erst hinterher erhalten«, erklärte Dane rasch. »Auf cherokesisch hieße er: ›Der Weg, wo sie weinten‹, doch längst ehe die Überlebenden das Indianer-Territorium erreichten, hatten wir keine Tränen mehr zu weinen. Dazu waren zu viele von uns zu schnell gestorben. Erst als wir das Ende des Trecks erreich-

ten, füllten sich unsere Augen wieder mit Tränen des Gedenkens. Jeder von unserem Kontingent, unserem fahrenden Dorf aus Wagen, meinte, dasjenige, was wir durchmachen mußten, sei eine Qual, die nur wir zu erleiden gehabt hätten. Erst viel später erfuhren wir, daß Hunderte von anderen auf genau die gleiche grausame Weise umkamen – nicht nur Cherokesen, sondern Creeks, Choctaws, Chickasaws und Seminolen aus dem Süden sowie Shawnees, Ottawas, Delawaren, Huronen, Miamis und viele andere Stämme mehr aus dem Norden, Tausend und aber Tausende von Menschen, die aus ihrer Heimat im Osten vertrieben wurden und sterben mußten, weil sie Indianer waren.

Allerdings meine ich, für die Cherokesen war das Leiden am schlimmsten. Nachdem die Häuptlinge die Leute aus ihren alten Dörfern gezählt hatten, stellte sich heraus, daß wir viertausend durch den Tod verloren hatten, von dem Zeitpunkt an, da man uns in die Palisaden einsperrte, bis der letzte Wagen unser neues Stammesgebiet erreichte. Die Gebeine eines jeden vierten von uns lagen verstreut zwischen dem Tennessee-River und dem Indianer-Territorium. Was die Qual noch verschlimmerte, war das bittere Gefühl, das zwischen denen herrschte, die nur unter Zwang gekommen waren, den Anhängern von Häuptling John Ross, und jenen, die das Abkommen unterzeichnet und Geld von der Regierung angenommen hatten, die Ridge-Boudinot-Leute, unter ihnen mein Onkel Opothle.

Jawohl, Mr. Tim Rogers hatte richtig erkannt, wie die Dinge standen. Er hatte den Haß gespürt, der in der Luft lag, und da er nur durch Heirat zu uns gehörte, war er unabhängig genug, sich den Gewalttätigkeiten zu entziehen, ehe sie zum Ausbruch kamen. Ich glaube, die Familien von John Ridge und Elias Boudinot sowie seinem Bruder, Stand Watie, und viele andere hatten keine Ahnung, wie tief die Feindseligkeit ging, die ihnen entgegengebracht wurde, wußten nichts von dem Zorn in so vielen Herzen.

Onkel Opothle jedoch machte sich in der Beziehung nichts vor. Er hatte mit seinem Handelsposten, der eine Meile weiter an der Straße lag, alle Hände voll zu tun, aber ich bin überzeugt, er litt unter Schuldgefühlen, weil er Großmutter Mary zurückgelassen und sie die Strapazen des Wegs der Tränen hatte durchmachen lassen; vermutlich fürchtete er ein gewisses Maß an Vergeltung durch den Schöpfer des Atems für den Tod meines Vaters, Runner, und meiner Stiefmutter Walina.

Ich stand neben Großmutter Mary, als Opothle von seinem Handelsposten heruntergeritten kam, um die neuangekommenen Überlebenden zu begrüßen. Er hatte gerade von dem Tod seiner Angehörigen erfahren, schloß Mary fest in die Arme und bat sie um Verzeihung.
›Worte ändern nichts, Opothle‹, sagte sie zu ihm. ›Wir leben weiter.‹
›Der Schöpfer des Atems hat mit meinem Leben etwas bezweckt‹, rief er aus. ›Und ich habe diesen Zweck noch nicht erfüllt. Dadurch, daß ich als erster hierhergekommen bin, ist es mir gelungen, ein großes Warenlager anzulegen. Ich werde alles in meiner Macht Stehende für diejenigen tun, die nur ein paar Wolldecken und wenig mehr als das zum Anziehen haben.‹
›Dein Vater, John Kingsley, war nicht ganz ohne Güte‹, sagte sie, als spreche sie mit sich selbst. ›Aber er hatte kein Herz, zu spüren, ob man ihn liebte oder ob man ihn haßte.‹
›Ich habe den Haß gespürt‹, gestand Opothle ein. ›Ich kann nur um Vergebung bitten. Ich habe Angst vor der Zukunft, Mutter Amayi.‹
Er bestand darauf, daß Großmutter Mary, Jerusha, Pleasant und ich bei seiner Familie wohnten. Er hatte sich ein größeres Haus gebaut als die meisten, und vorgehabt, die Hälfte davon für seinen Handelsposten zu benutzen, doch als sich weiter oben an der Straße ein Treffpunkt für viele entwickelte, hatte er seinen Handelsposten dorthin verlegt. Und so lebten wir eine Zeitlang in Onkel Opothles Haus.«

Wir standen an der Tür der Blockhütte. Dane hielt sie mir auf, und die Wärme vom Kaminfeuer hieß uns willkommen. Er legte noch zwei Scheite auf die Glut, und sie sprühte Funken wie ein Feuerwerkskörper. Ein paar Minuten wärmte er sich die Hände. »Sie müssen verstehen, was für Gefühle die Anhänger von John Ross hegten. Alle hatten sie das Leben in den Palisaden durchgemacht, und viele hatten Tote unter Verwandten und Freunden zu beklagen. Sie wußten, daß sie ihr Elend der amerikanischen Regierung verdankten, doch das war etwas schwer Vorstellbares, das weit weg und unerreichbar war. In ihrer Nähe jedoch konnten sie jeden Tag jene Leute sehen, die ihre Unterschrift unter ein Abkommen gesetzt hatten, durch welches uns unsere Heimat genommen worden war, und die bequem das neue Land erreicht hatten, in festen Häusern lebten, statt in Zelten oder in den Planwagen, die sie hierhergebracht hatten. Aber für mich war die Spaltung unserer Leute in so harter Zeit eine traurige und abstoßende Sache.

Trotzdem konnte ich mich dem nicht entziehen. Ein paar von den Reinblütigen gründeten einen Geheimbund, dessen Ziel es war, den unabhängigen Stamm der Cherokesen neu zu gründen, wie er es gewesen war, ehe der Weiße Mann gekommen war. Keiner, der weißes Blut in seinen Adern hatte, durfte Mitglied dieses Geheimbundes werden. Ein paar Männer aus Okelogee gehörten dazu, und da ich der Sohn eines Häuptlings war, setzte man mir so lange zu, bis ich gleichfalls eintrat.

Schon die Existenz dieses Geheimbunds mußte geheimgehalten werden; wir durften nicht einmal mit unseren Angehörigen darüber reden. Unsere Versammlungen hielten wir nachts in einer Hütte unten in den Wäldern ab, in der Nähe des Illinois-River.

Die meisten Sprecher waren ältere Männer, die heftig gegen die Unterzeichner des Abkommens wetterten. Manche richteten das Wort sogar gegen Häuptling John Ross. Sie sagten, er sei zu schwach in seiner Führerschaft gegen die Abkommensunterzeichner; was wir brauchten, sei ein reinblütiger Häuptling. Dann setzten sie uns zu, wir sollten zum alten Blutgesetz zurückkehren, das, wie sie sagten, von denen gebrochen worden sei, die das Abkommen unterschrieben hätten.

Eines Nachts wurde eine geheime Sitzung einberufen. Ich schlüpfte unauffällig aus Onkel Opothles Haus hinaus und ritt zusammen mit Turtle Catcher, einem jungen Mann meines Alters, den ich schon in Okelogee gekannt hatte, zu der Hütte. Es war inzwischen Sommer geworden, und den Fluß entlang quakten die Ochsenfrösche. Ich schlug meinem Gefährten vor, wir sollten lieber Ochsenfrösche fangen gehen, statt zu der Versammlung; doch er sagte, das gehe nicht, dazu sei die Sitzung zu wichtig. ›Heute abend werden diejenigen benannt, die nach dem Blutgesetz sterben müssen‹, sagte Turtle Catcher zu mir.

Wir ritten zur Hütte, die nur von wenigen Kerzen erhellt war, welche ganze Schwärme von Nachtfaltern angelockt hatten. Ich war gerade in den überfüllten Raum eingetreten, als einer der Anführer des Geheimbundes auf mich zutrat und mir leise erklärte, ich solle noch vor Beginn der Sitzung wieder fortgehen. ›Stell keine Fragen‹, sagte er, ›sondern verlaß die Hütte. Wenn dein Vater lebte, würde man ihn genauso darum bitten. Deshalb fordere ich dich auf zu gehen. Und vergiß deinen Schwur nicht. Zu keinem Menschen ein Wort über diese Versammlung.‹

Ich ging wieder hinaus und bestieg mein Pferd. Der halbe Himmel hing voller Sterne, doch aus dem Westen kroch eine niedrige Wolkendecke heran, und es roch nach Regen. Ziegenmelker schrien in den Flußniederungen, und das ständige Quaken der Frösche hörte sich an wie fernes Trommelgedröhn.
An diesem Abend sollten die Anführer die Namen der Verurteilten bekanntgeben; sie wollten mich nicht dabei haben, genausowenig, wie sie Talasi the Runner hätten dabeihaben wollen. Da wußte ich selbstverständlich, daß mein Onkel Opothle einer von denen war, denen es nach dem Blutgesetz bestimmt war zu sterben.
Kälte kroch mir über den Nacken, als ob sich Eis auf meinem Haar gebildet hätte. Eine Zeitlang war ich unfähig, einen vernünftigen Gedanken zu fassen. Ich ließ das Pferd langsam dahintrotten; eines war mir klar; ich konnte unmöglich zulassen, daß Onkel Opothle umgebracht würde, ohne gewarnt worden zu sein. Ich jedoch hatte Verschwiegenheit geschworen, und jetzt wußte ich nicht, wie ich ihn retten sollte. Nur ein Mensch konnte mir sagen, was ich tun sollte. Ich ließ mein Pferd die Peitsche spüren, bis es in Galopp fiel und ich die Häuseransammlung erreichte, wo Onkel Opothle seinen Handelsposten hatte. Im Handelsposten war alles dunkel, doch in dem Nachbarhaus, in dem mein Cousin William und seine junge Frau Tatsuwha lebten, brannte noch Licht. Ich wußte, daß Opothle bisweilen noch bis tief in die Nacht hinein arbeitete und bei ihnen zu Abend aß, ehe er dann heimritt. Ich brachte es jedoch nicht fertig anzuhalten und festzustellen, ob er da sei. Deshalb galoppierte ich weiter bis zur Doppelhütte und verlangsamte dann die Gangart des Pferdes, so daß es im Schritt an den Querbalken heranritt, an dem ich es anhalfterte.
Die Vordertür stand offen; es war ja eine Sommernacht, und so konnte ich hindurchsehen bis zu der kerzenerhellten Hinterkammer, wo Prissie und Jerusha den Abendbrottisch abräumten. Ich ging hinein, und da saß Großmutter Mary auf einem Stuhl mit gerader Lehne und blickte auf meine Silhouette.
›Dane?‹ Leise rief sie meinen Namen.
›Ja‹, flüsterte ich. ›Komm heraus, Großmutter.‹
Sie hinkte, als sie zur Tür kam, ich half ihr über die rauhen Dielen der unbedachten Veranda hinweg und ging mit ihr zu dem Querbalken zum Anhalftern der Pferde. Feiner Regen sprühte über uns hinweg.
›Wo ist Onkel Opothle?‹ fragte ich sie. ›Bei William‹, sagte sie. ›Eigentlich müßte er bald kommen.‹

Ich legte ihr die Hände auf die Schulter, sah ihr in der Dunkelheit in das wunderschöne alternde Gesicht und erzählte ihr alles.
›Ich habe heute einen Falken gesehen‹, sagte sie, ›der über diesem Haus kreiste. Kein Wanderfalke, sondern ein Würgfalke. Seit wir in dieses Land gekommen sind, habe ich keinen Wanderfalken mehr gesehen.‹
›Was soll ich tun?‹ fragte ich sie und schüttelte sie sanft.
›Die Creeks leben südlich von uns.‹ Sie schien sich ihrer eigenen Worte nicht sicher. ›Das stimmt doch, oder? Es ist genauso wie im alten Stammesgebiet, nicht wahr?‹
›Jetzt leben die Creeks westlich von uns, Großmutter‹, sagte ich ihr.
›Opothle könnte zu den Creeks gehen‹, begann sie langsam, ›aber die leben in noch größerem Elend als wir.‹
›Uns bleibt nur wenig Zeit, Großmutter.‹ Ich spürte, wie ihr Körper unter meinen Händen zitterte. ›Sie werden es heute nacht tun.‹
›Opothle hätte den Vertrag nie unterschreiben dürfen‹, sagte sie. ›Aber er ist von meinem Blut, mein Erstgeborener.‹ Tief und zitternd holte sie Atem. ›Du darfst ihn nicht warnen, also muß ich es tun. Hilf mir in deinen Sattel.‹
›Es fängt an zu regnen‹, sagte ich.
Sie entzog sich mir, ging zum Pferd und versuchte aufzusitzen. Ich hob sie in den Sattel.
›Am glücklichsten im Leben‹, sagte sie, ›war ich immer dann, wenn ich ein gutes Pferd unter mir hatte.‹ Sie lenkte es auf die Straße. ›Geh ins Haus hinein, *Sogonisi,* und warte dort auf mich.‹
Niemals ist mir die Zeit so lang geworden wie damals, als ich im Vorderraum der Hütte auf sie wartete. Ich wünschte, Jotham wäre da, doch der war bei den McBees. Außerdem hatten Jotham und ich uns seit der Gründung des Geheimbundes auseinandergelebt. Ich saß auf dem Stuhl mit der geraden Rückenlehne, blickte durch die offene Tür in die feuchte Nacht hinaus und lauschte dem Murmeln der Stimmen von Jerusha und Prissie in der Hinterkammer und Suna-lee mit Pleasant oben unterm Dach. Die Nacht zuvor war ich leise in die Dachkammer hinaufgestiegen, um mit Jerusha zusammenzusein, doch sie hatte mir nicht erlaubt, in ihr Bett zu kommen und gedroht, laut zu schreien, wenn ich sie zwänge. Seit wir in das Indianer-Territorium gekommen waren, hatte sie ein unsichtbares Gewebe um sich und Pleasant herum gewebt, duldete nur Großmutter Mary und Priscilla und sprach selten mit jemand anderem. An den Sonntagvormittagen

besuchten Jerusha und Priscilla seit neuestem die Missionsversammlungen der Christen. Sie lasen jeden Abend in der Bibel und sprachen abwechselnd ein Tischgebet. Priscilla war dick geworden und hatte fast das heiratsfähige Alter hinter sich. Sie mochte es nicht, wenn Jotham sie damit aufzog, sie sei eine alte Jungfer. Alles veränderte sich. Ich traf mich manchmal nachts mit dem einen oder anderen reinblütigen Mädchen aus Park Hill, doch wenn ich mit ihnen zusammen war, mußte ich immer an Jerusha denken. Meistens verbrachte ich die Tage in den Wäldern, auf der Jagd nach Hirschen, Truthähnen und Eichhörnchen und suchte Bienenstöcke in hohlen Bäumen – alles, was geeignet war, Nahrung auf Suna-lees Tisch zu bringen. Jetzt, wo wir wieder in unserem eigenen Stammesgebiet waren, durften wir auch wieder Feuerwaffen tragen, und während ich dasaß und auf Großmutter Mary wartete, konnte ich Opothles neue Gewehre vor der Wand aus Zedernstämmen an den Holzpflöcken hängen sehen, darunter die Pulverhörner, Messer und Kugeltaschen aus Pantherfell. Neben diesen Waffen hatte Suna-lee ein Dutzend Kürbiskalebassen aufgehängt.

Nach einer Zeit, die mir wie ein ganzes Leben vorkam, kehrte Großmutter Mary zurück. Als ich den langsamen Hufschlag hörte, ging ich nach draußen und half ihr aus dem Sattel. Ein leichter Nebel hatte sich ausgebreitet, und ihr Haar saß voller feiner Regentropfen. ›Es ist getan‹, sagte sie. ›Wir wollen nicht mehr darüber reden.‹ Sie hinkte in die Schlafkammer, die sie mit Prissie teilte, um die feuchte Kleidung zu wechseln.

Spät in der Nacht wurde ich davon wach, daß Jotham in den Raum im Schuppen hineinschlüpfte, in welchem wir vier Strohsäcke zum Schlafen auf dem Boden liegen hatten. Ich sagte nichts, und er legte sich auf seinen Strohsack. Halb wach und halb schlafend, lauschte ich auf seinen Atem, bis ich wußte, daß er eingeschlafen war, und nicht lange danach durchbrachen schrille Schreie, heisere Rufe und Pferdegetrappel die Stille der Nacht.

Ich schüttelte Jotham wach und ging auf dem Weg zur Vordertür der Hütte voran. Sie stand offen, und Großmutter Mary stand da und spähte hinaus in die Schatten der durcheinanderwurlenden Reiter. Ein schwacher rötlicher Schimmer durchdrang den Nebeldunst, und aus dem Nebel heraus traten mein Cousin William und seine junge reinblütige Frau. Sie trugen noch ihre Nachtgewänder. Mary breitete die Arme aus, sie willkommen zu heißen, und als sie einen Schritt bei-

seite tat, um sie vorüberzulassen, hörte ich sie fragen: ›Es ist der Handelsposten, der brennt, nicht wahr?‹
›Ja, und unser Haus auch‹, erwiderte William. Er zitterte am ganzen Leib, so groß waren der Schock und die Empörung.
Jotham und ich eilten an die Tür. Der nebelverhangene Himmel über der Häuseransammlung beim Handelsposten war gerötet vom Widerschein der Flammen. Jemand aus der Menge der Reiter rief nach Opothle. Suna-lee kam an die Tür, hielt eine Kerze in der Hand und sagte ihnen, er sei nicht da. ›Wo ist er?‹ verlangte die Stimme zu wissen.
Suna-lee wandte sich an ihren ältesten Sohn. ›Ich dachte, er wäre bei dir, William.‹
›Er ist heute abend irgendwo hingegangen‹, sagte William. ›Er ist mit Bibbs weggeritten.‹ Bibbs war der letzte schwarze Sklave, der Opothle gehörte. Die anderen hatte er verkauft, um Geld für den Aufbau eben jenes Handelspostens zu bekommen, der jetzt niederbrannte.
Finger krallten sich in meinen Arm, und Jerusha im Nachtgewand stand neben mir in der Tür; ihre Augen waren weit aufgerissen vor Angst, als sie den Widerschein des Feuers am Himmel sah. Gleich mir erinnerte sie sich an ein anderes nächtliches Feuer, da wir nackt zusammen im *asi* in Okelogee gewesen waren, jener Nacht, in der ihr Bruder Isaac und seine Frau Harriet in einem Feuer der Rache umgekommen waren. ›Dane!‹ sagte sie in lautem Flüsterton. ›Es könnte sein, daß Opothle in dem Feuer verbrennt.‹
›Das tut er nicht‹, sagte Mary, gerade, als einer der Anführer des Geheimbundes aus dem Dunst vor uns auftauchte und forderte, daß Opothle hervorkomme.
›Opothle ist nicht hier‹, erklärte Mary ihm. Sie hielt eines von Opothles neuen Gewehren in der Hand.
›Wo ist er?‹ wollte der Mann wissen.
›Opothle ist Händler‹, sagte sie, und Zorn stieg ihr in die Stimme. ›Er muß unterwegs sein, um Waren einzukaufen. Sorgt jetzt dafür, daß Eure gaffenden Wichtigtuer von unserem Hof verschwinden, ehe ich dies Gewehr auf sie abfeuere.‹
›Ich komme rein‹, sagte der Mann.
›Ihr werdet tot sein, wenn Ihr das tut!‹ Plötzlich besaß ihre Stimme wieder die Kraft und die Tiefe, wie sie es schon in meiner Kindheit getan hatte.
›Laß ihn reinkommen‹, mischte Suna-lee sich auf ihre stille Weise

ein. ›Er wird bald feststellen, daß wir die Wahrheit gesagt haben, und dann wieder wegreiten.‹

Selbstverständlich fanden die Männer keine Spur von Opothle, weder im Haus noch sonstwo im Umkreis des Hauses, und sie ritten wieder ab. Da ging mir auf, daß Großmutter Mary und ich die einzigen Mitglieder unserer Familie waren, die die ganze Bedeutung dessen begriffen, was geschah. Aber weder sie noch ich konnten uns das Ausmaß des Blutbades vorstellen, zu dem es diese Nacht noch kommen sollte.

Keiner von uns fand in den Stunden vor Tagesanbruch noch Schlaf. Jotham und ich gingen zu der Häuseransammlung beim Handelsposten, doch als wir hinkamen, waren die Flammen bereits am Erlöschen, und man konnte in den Gluten nichts weiter erkennen, als ein paar Töpfe und verbogene Metallgeräte.

Am frühen Morgen gingen wilde Gerüchte über Gewalttaten in unserer ganzen Gemeinde um. Als erstes hörten wir von dem Tod von Major Ridge und seinem Sohn, John. Die Mörder hatten den alten Mann im Haus eines Freundes aufgespürt, ihm eine Falle gestellt und seinen Körper mit Kugeln durchsiebt. Dann waren sie in das Haus seines Sohnes hineingestürmt, hatten ihn aus dem Bett geholt und hinausgezerrt in den Hof, wo sie ihn erdolchten. Es war bereits heller Tag, bis sie Elias Boudinot in Park Hill fanden, ihn gleichfalls tollkühn überfielen und einer von ihnen ihm von hinten das Messer in den Rücken stieß, während ein anderer seinen Schädel mit einem Tomahawk spaltete. Hinterher erfuhren wir noch, daß Boudinots Bruder, Stand Watie, vor dem Pakt unter dem Blutsgesetz gewarnt wurde und nach Fort Gibson entkommen konnte, einem Armeeposten an der Grenze zum Stammesgebiet der Creek.

Inzwischen versuchten Jotham und William verzweifelt herauszufinden, wo ihr Vater steckte, um ihn vor der drohenden Gefahr zu warnen. Bei erster Gelegenheit fragte ich Großmutter Mary, ob sie wisse, wohin Onkel Opothle gegangen sei, doch sie schüttelte den Kopf. ›Er hat mir gesagt, wir würden von ihm hören‹, sagte sie. ›Opothle hält sein Wort immer, und außerdem ist Bibbs bei ihm und ist seinetwegen auf der Hut. Wir werden von Opothle hören.‹

Ich vermutete, er sei zu den Creeks geflohen, doch darin sollte ich mich irren, und Mary irrte sich, weil wir niemals wieder etwas von Onkel Opothle hörten. Das heißt, niemals direkt von ihm. Von Bibbs erfuhren wir hinterher, auf welch blutige Weise Opothle Kingsley ums Leben gekommen war.

Als es am nächsten Abend dunkel wurde, kam Bibbs auf seinem verschwitzten grauen Wallach an die Tür geritten. Er war von einem solchen Schrecken gepackt, daß er kaum reden konnte, und nachdem er es geschafft hatte, uns die furchtbare Wahrheit beizubringen, daß wir Opothle nie wiedersehen würden, versanken auch wir in einem Zustand der Panik und der Trauer. Sie können mir ruhig glauben, daß Bibbs trauerte. Früher, in Georgia, mag er Opothle als seinen Herrn und Meister betrachtet haben, jemand, der seiner Freiheit im Wege stand, doch in dem fremden und wilden Indianer-Territorium hatte er gelernt, Opothle als seinen Beschützer zu betrachten, und jetzt war er von echtem Herzeleid erfüllt.
Genauso wie Bibbs waren wir von dem Unglück so erschüttert, daß wir völlig den Kopf verloren, die Frauen gotterbärmlich klagten und William, Jotham und ich beschlossen, Sicherheit für sie und uns zu suchen, da wir weitere Vergeltungsschläge fürchteten. Die ganze Nacht über waren wir damit beschäftigt, die Wagen, die dem Brand entgangen waren, zu beladen, die Doppelhütte ihres gesamten Inhalts zu entleeren, und bei Sonnenaufgang machten wir uns auf den Weg zur Grenze nach Arkansas.
Opothle hatte, wie wir von Bibbs erfuhren, denselben Weg eingeschlagen, und die Absicht gehabt, vorübergehend bei dem Verwandten seiner Frau, Mr. Timothy Rogers, in Cane Hill Zuflucht zu suchen. Er und Bibbs waren die ganze Nacht hindurch ohne Unterlaß zügig geritten, bis sie nach Arkansas hineinkamen. Es war spät, und Opothle beschloß, für die Nacht in einer jener schäbigen Schenken unterzukommen, die hauptsächlich davon leben, daß sie Whisky an die Cherokesen ausschenkten, da im Indianergebiet selbst Schnaps verboten war.
Als sie am nächsten Morgen zum Stall gingen, um ihre Pferde zu holen, wurden ohne jede Warnung verschiedene Gewehre auf Opothle abgeschossen. Bibbs sagte, die Mörder müßten sich hinter dem Heuhaufen verborgen gehalten haben, denn gleich hinterher sei eine Rotte Reiter hervorgestürmt gekommen und habe ihre Pferde über Opothles blutende Leiche hinweggelenkt. Dort, im dungverknoteten Stroh, war er gestorben.
Wir sollten nie erfahren, wer ihn umbrachte oder wie die Henker des Blutgesetzes Opothles Spur bis zu dieser Schenke hatten verfolgen können. Wir fragten Bibbs nach den anderen Gästen in der Schenke aus. Er erinnerte sich, bei ihrer Ankunft einen ihm unbekannten Che-

rokesen dort gesehen zu haben, bald hernach habe er ihn in Richtung Indianer-Territorium davonreiten sehen.
Bald konnten wir es uns nicht mehr erlauben, an diese Dinge zu denken. Das Leben war schwer für uns alle während dieser ersten Monate in Arkansas. Ohne die Hilfe von Mr. Rogers wären wir wohl Hungers gestorben. William sagte Bibbs, es stehe ihm frei, zu gehen, wohin er wolle, doch der Schwarze wollte uns nicht verlassen und packte härter mit an als alle anderen, um in der Nähe der Schmiede eine Unterkunft aus Baumstämmen für uns zu bauen. Wir jagten in den Boston Mountains Hirsche, Bären und Wildschweine, und die Frauen trockneten und pökelten das Fleisch ein. Dann ritt William nach Independence, Missouri, wo sein Vater mit einem Tuch- und Lebensmittelhändler ein Kreditabkommen geschlossen hatte. Er brachte einen kleinen Vorrat an Handelswaren mit zurück und fing an, sie in der Umgebung in den Siedlungen zu verkaufen.
Aber noch jemand anders half uns: die Halbblut-Osage, Saviah Manning, die Kräuterärztin. Suna-lee und der kleine Pleasant bekamen eine schwere Lungenentzündung, und ich glaube, sie wären im ersten Winter gestorben, hätte Saviah Manning ihnen nicht ihre Medizin verabreicht. Außerdem brachte sie uns Lebensmittel, obwohl wir kein Geld hatten, sie zu bezahlen oder ihr überhaupt irgend etwas dafür zu geben. Aus irgendeinem Grunde war mir in ihrer Gegenwart immer unbehaglich zumute; vielleicht lag das daran, daß sie stets Männerhosen trug. Zwischen ihr und Jotham flogen die Scherze immer hin und her, und ich wurde eifersüchtig auf ihn, nachdem er mir unter vier Augen anvertraute, er sei sicher, irgendwann mit ihr ins Bett zu gehen. Es sei nur eine Frage der Zeit, sagte er, sie sei ungebärdig wie nur je eine Stute, die er geritten habe.
Diesen Winter arbeiteten Jotham und ich für Mr. Rogers und reparierten Wagen. In diesem Teil des Landes hatte kaum ein Mensch so etwas wie Geld, und die einzige Möglichkeit für ihn, uns zu bezahlen, bestand darin, daß er jedem von uns einen der Wagen gab, die wir wieder fahrtüchtig gemacht hatten. Wir versuchten, sie zu verkaufen, um uns für den Erlös Kleider und andere Dinge zu beschaffen, die wir alle dringend benötigten, aber kein Mensch wollte unsere Wagen haben.
Irgend jemand – ich glaube, es war William – brachte uns auf den Gedanken, die Wagen nach Independence zu bringen. Ich erinnere mich noch daran, daß William uns von den langen Wagenkolonnen er-

zählte, die er aus Independence hatte hinausfahren und Waren an einen Ort namens Santa Fé schaffen sehen. Wir glaubten, vielleicht könnten wir dort einen guten Preis für unsere Wagen erzielen, wenn wir sie nur hinbrächten.

Im nächsten Frühjahr nahmen Jotham und ich daher vier unserer sechs Pferde und spannten sie vor die Wagen. Das Gras war bereift. Bibbs trug einen sonderbar aussehenden Mantel, den er sich aus einem Bärenfell gemacht hatte, und half uns, die Pferde anzuschirren und vorzuspannen. Großmutter Mary und Jerusha brachten Körbe mit Trockenfleisch und *gahawisita*, die wir sorgfältig unter den Sitzen verstauten. Prissie und Suna-lee hatten je ein Paar Ersatzmokassins für uns gearbeitet.

Kurz bevor ich in den Wagen stieg, versuchte Großmutter, mich in die Arme zu schließen. Ich drückte sie innig an mich und drehte mich um, zum Kutschbock hinaufzusteigen. Jerusha war bereits da und hielt die Zügel, ein spöttisches Lächeln im Gesicht.

›Du kannst nicht mitkommen‹, sagte ich.

›Ich würde auch nicht gehen, und wenn du mich darum bätest‹, erwiderte sie. ›Ich wollte nur hören, was du sagen würdest.‹

›Ich verstehe dich nicht mehr‹, sagte ich.

›Eines Tages wirst du mich verstehen. Es ist mir sehr schwergefallen, mich selbst zu verstehen, Dane. Aber jetzt weiß ich, wer ich bin.‹

Als ich sie anblickte und die Tränen in ihren blauen Augen sah, drückte sie mir die Lederriemen der Zügel in die Hand und sprang vom Kutschbock hinunter. ›Gib acht auf dich‹, sagte sie fast im Flüsterton. Mir war höchst unbehaglich zumute, ich trieb die Pferde mit einem Ruf an und blickte nicht zurück, bis ich Jothams Wagen hinter mir hörte.

Nachdem wir halb Amerika durchquert hatten, war die nur eine Woche dauernde Wagenfahrt nach Independence nichts für uns. Aber wir hatten nie etwas Ähnliches erlebt wie diese Stadt. Independence wies doppelt soviele Häuser auf wie Hiwassee Garrison und hatte hundertmal mehr Einwohner, welche die Straßen bevölkerten, in den Schmiedewerkstätten herumstanden, in den Schenken, den Pferchen für Ochsen, Maultiere, Pferde und Wagen. Wohin wir auch blickten, überall sahen wir große Stapel Kisten und Fässer mit Kleidung, Glas, Korn, Zucker, Schinken, Whisky und vielen anderen Waren, die auf Wagen verstaut wurden.

William hatte uns einen Brief an Mr. Louis Tessier mitgegeben, jenen

Händler, mit dem Onkel Opothle und er Geschäfte gemacht hatten. Folglich suchten wir diesen Mann auf und erkundigten uns bei ihm, wieviel ein guter Wagen in Independence wert sei und wo wir wohl einen Käufer finden könnten. Mr. Tessier war Franzose, und weder Jotham noch ich konnten viel von dem verstehen, was er sagte, doch war er ein sehr freundlicher Mann. Er erlaubte uns, in einem Raum hinter seinem Laden zu schlafen, und an diesem Abend, nachdem er die Türen abgeschlossen hatte, brachte er uns zu einem feinen Holzhaus am Ende einer der Straßen. Und dort lernten wir einen Gentleman namens Mr. Samuel Lykins kennen.«

Dane hörte auf zu sprechen und schloß der grellen Helligkeit wegen, welche die untergehende Sonne durch das Westfenster hereinschickte, einen Moment die Augen. »Unser Leben wird oft vom Zufall bestimmt, meinen Sie nicht auch?« Er drehte sich um und starrte mich an, als könne er irgend etwas nicht fassen. »Ich nenne es Zauber, wie unsere Pfade die Pfade anderer kreuzen, und wie rasch und vollkommen diese magischen Begegnungen uns in eine Richtung führen können, die wir uns nie hätten träumen lassen. So erging es mir an diesem Abend in Independence, da mein Pfad den des Santa-Fé-Händlers Samuel Lykins kreuzte.

Er war weder alt noch jung, hatte aber etwas Träumerisches in seinen Augen, dieser Lykins. Er hatte eine Vorliebe für feine Kleider, trug stets eine breite, farbenfrohe Krawatte, die er zu einem Knoten schlang, und eine Weste, aber ein Geck war er nicht, und was er nicht duldete, das war Faulheit. Ein höchst energiegeladener Mann, dieser Mr. Samuel Lykins.

Nun, er kam und sah sich unsere Wagen an, untersuchte die Räder und schaute sich das Fahrwerk genau an, und ich merkte, daß ich jemand vor mir hatte, der etwas von Wagen verstand. Er nannte einen Preis, den zu zahlen er bereit sei, und dann, ohne Zeit zu verlieren, sagte er zu Jotham und mir: ›Was ich noch dringender brauche als Wagen sind Fahrer. Besonders junge Männer, die Pferde beschlagen und Wagen reparieren können. Ich werde euch einen Höchstpreis für eure Wagen zahlen, wenn ihr sie in meinem nächsten Treck nach Santa Fé fahrt.‹

Diese Worte veränderten für mich alles, das kann ich Ihnen sagen, ich würde nämlich nicht hier im Staate Montana sitzen und Ihnen diese Dinge erzählen, hätte Mr. Lykins nicht diese Worte gesagt. ›Ihr jun-

gen Leute könnt euch das noch überlegen‹, sagte er in seiner bedächtigen Sprechweise. ›Ich werde morgen früh vorbeikommen und das Geld für eure Wagen bringen.‹
Schlafen taten wir nicht viel in dieser Nacht, doch gegen Morgen stand unser Entschluß fest. Einer von uns sollte das Geld und die Pferde zurückbringen nach Cane Hill, und zuletzt willigte Jotham ein, das zu tun. Er hatte vor, Griffa McBee zu heiraten und fürchtete, sie an einen Nebenbuhler zu verlieren, wenn er sie nicht bald zu seiner Frau machte. Gewiß, auch er hatte große Lust, nach Santa Fé zu gehen, aber er brannte nicht so sehr darauf wie ich. Keiner von uns beiden hatte auch nur die leiseste Ahnung, wie weit Santa Fé entfernt war oder wo es überhaupt lag.
Am nächsten Morgen kam Mr. Lykins wie versprochen mit dem Geld. Er ritt einen Rotschimmel, einen Hengst, und an einer Führleine hatte er ein Maultier hinter sich. Als wir ihm sagten, was wir hinsichtlich seines Angebots beschlossen hätten, sah er zuerst mit seinem Träumerblick vom einen zum anderen. ›Eigentlich hatte ich auf dich, den Hellhäutigeren von euch beiden, gehofft‹, sagte er zu Jotham. Dann schaute er mich an. ›Du‹, fuhr er fort, ›bist so dunkel wie ein wilder Pawnee, und wenn du auch Englisch genausogut sprichst wie ich – meine Fahrer haben nun mal nicht viel übrig für Indianer. Ich werde dich wohl verkleiden und als Mexikaner ausgeben müssen.‹
Genau als er das sagte, legte das graue Maultier an der Führleine den Kopf zurück und stieß seinen mißtönenden Eselsschrei aus. Es hatte fast etwas von einem tierischen Lachen. *Iiiiaaaa! Iiiiaaa!* Ich höre das Maultier mich noch heute auslachen. *Iiiiaaa!*«

Weit aus der Ferne drang in diesem Augenblick gleichsam als Kontrapunkt der verlorene, langgezogene Pfeifton einer Dampflokomotive herüber, und durch das Westfenster sah ich einen Personenzug, nicht größer als ein Spielzeug, über die weite Ebene kommen. Der Rauch schwarzer Kohle trieb darüber hin, und der Zug verlangsamte sich, um die Haltestelle Dundee anzulaufen.
»Ist das mein Zug?« rief ich und raffte mich eilends aus meinem Schaukelstuhl hoch.
»Ja, das ist er«, sagte Dane. »Und er wird schneller unseren Blicken entschwunden sein, als Sie ein Dutzend Schritte zu meiner Tür hinaus machen können.«

Ich glaube, insgeheim freute Dane sich darüber, daß ich meinen Zug verpaßte. Er sagte mir, etwas später fahre noch ein anderer Zug in den Osten, doch der halte nie in Dundee. Um mich zu beruhigen, zeigte er mir eine kleine Kammer hinter der Küche – die Kammer seiner Enkelin Amayi – und eine bequeme Couch, auf der sie schlief, wenn sie ihn über Nacht besuchen kam. Er ließ mir gegenüber keinerlei Zweifel daran, daß ich ihm als Gast willkommen sei und die vierundzwanzig Stunden abwarten könne, bis der nächste Zug halte, und da war auf einmal ich es, der sich darüber freute, den Zug verpaßt zu haben. Ehe wir schlafen gingen, erzählte er mir vom Zauber des amerikanischen Westens und von den überwältigenden Dingen, die man dort erleben konnte, als er als indianischer Wagenfahrer aus dem Osten das erstemal dorthin kam.

»Ich sollte bald feststellen, daß Mr. Samuel Lykins es durchaus ernst gemeint hatte, als er sagte, er wolle mich als Mexikaner verkleiden. An dem Tag, ehe seine Wagenkolonne nach Independence abfuhr, nahm er mich mit in sein Lagerhaus und verpaßte mir ein paar ganz lächerliche Hosen. Die Seitennähte der Hosenbeine waren offen und mit Hilfe von vielen Knöpfen zuzuknöpfen. Dazu sollte ich ein farbenfrohes Hemd und eine Weste tragen, einen spitzen, mit Ölhaut bespannten Strohhut aufsetzen und eine Serape überziehen. Gerade mit der Serape habe ich mich später als Kleidungsstück ausgesprochen angefreundet; eine Serape ist ein mexikanischer Umhang aus dickem Wollstoff mit einem Loch in der Mitte, durch das man den Kopf hindurchsteckt. Die Wolle war so geschickt und dicht verwoben, daß sie das Wasser abstieß, und ich habe seither immer Serapes getragen. Also in ein Kostüm verkleidet, das mir damals höchst exotisch vorkam, schämte ich mich, mich dem Rest der Fahrer zu zeigen, bis ich merkte, daß vier oder fünf von ihnen eine ähnliche Aufmachung trugen. Als Verkleidung erwies sich das Ganze jedoch als Fehlschlag für mich. Die echten Mexikaner kamen bald dahinter, daß ich kein Spanisch konnte, und sobald die weißen Fahrer mich reden hörten, wurden sie mißtrauisch. Aber inzwischen hatten sie mich als Kollegen akzeptiert, und keiner von ihnen machte mir irgendwelche Schwierigkeiten. Vielleicht hatte Mr. Lykins gewußt, daß es auf so etwas hinauslaufen würde.

Der Treck bestand aus zwanzig Wagen, von denen die meisten wesentlich größer waren als die beiden, die Jotham und ich an Mr. Lykins verkauft hatten. Im Gegensatz zu den anderen Santa-Fé-Händlern verwendete Mr. Lykins als Zugtiere keine Ochsen, sondern fand, daß Maulesel schneller und verläßlicher wären; außerdem ließen sich die Tiere, wie ich bald herausbekommen sollte, in Santa Fé mit wesentlich größerem Gewinn verkaufen als die Ochsen. Der Wagen, den ich lenkte, hatte Vorräte für die Reise geladen – rund fünfzig Pfund Mehl, fünfzig Pfund Speck, zehn Pfund Kaffee und zwanzig Pfund Zucker für jeden Mann; außerdem noch Säcke mit Futtergetreide für die Maultiere. Im übrigen erhielt jeder von uns eine Bratpfanne, einen Kessel, eine Kaffeekanne, einen Zinnbecher und ein Fleischermesser. Abends im Lager sollten wir jeder für sich kochen, doch taten sich bald jeweils zwischen zwei und vier Mann zusammen, die sich bei der Bereitung von Frühstück und Abendessen abwechselten. Mit Frischfleisch wurden wir von Mr. Lykins versorgt, der dem Treck immer etwa eine Meile vorausritt, jedoch nie unseren Blicken entschwand. Fast täglich brachte er besonders köstliche Stücke von Antilopen oder Büffeln, die er erlegte. Im Proviantwagen führten wir auch noch einen Sack Zwiebeln mit, um das Fleisch zu würzen.
Nach den ersten neun oder zehn Reisetagen ließen wir die Wälder hinter uns und fuhren auf die baumlosen Prärien hinaus. Da ich bisher stets von Wäldern und Bergen umgeben gelebt hatte, war das eine merkwürdige Erfahrung für mich. Zu Anfang stand das Gras hoch und grün und wiegte sich im ständig wehenden Wind; das Land war wellig und rollte gleichsam – so, wie die Wogen des salzigen Meeres rollen sollten, wie man mir erzählt hatte. Ein paar Tage darauf wurde das Gras jedoch wesentlich kürzer und dünner und war von nun an von graugrüner Farbe. Büffelgras nannte Mr. Lykins es, und die Herden des bemerkenswerten Tieres, die wir nun häufig links und rechts von uns grasen sahen, verdunkelten bisweilen den ganzen Horizont. Manchmal sahen wir weit in der Ferne berittene Indianer auf der Jagd. Einer von den Fahrern sagte, es handele sich um wilde Cheyenne und Arapaho, und ich wünschte, sie würden näher an den Treck herankommen, damit ich diese entfernten Verwandten von mir einmal richtig anschauen könne, doch näherten sie sich uns nie.
Bald wurde das Land vollkommen flach; es gab nicht einmal einen Erdbuckel, so daß die Wagen vorm geraden Horizont sich immer größer ausnahmen. Wegen der harten Arbeit tagsüber fiel ich jede Nacht

in einen traumlosen Schlaf, doch eignete meinen wachen Stunden dafür etwas Traumhaftes. Nichts kam mir wirklich vor, die Unendlichkeit des Himmels, die baumlose Erde, die sich um uns herum zu drehen schien. Es war wie verzaubert, und ich fragte mich, ob nicht das ganze Leben ein Traum sei, den irgendein Großer Geist träumte, der uns und das grenzenlose Land gemacht hatte, über das wir hinwegzogen.

Den Unterhaltungen meiner Gefährten entnahm ich, daß wir den längeren Weg nach Santa Fé über Bent's Fort nahmen, eine Route, die hundert Meilen länger ist als die Cimarron-Route. Mr. Lykins sollte beim Fort, das, wie ich bald herausfand, der Haupthandelsplatz auf den Südlichen Prärien war, eine Ladung Waren abliefern. Ich zählte die Tage nicht, aber wir müssen wohl an die zwei Monde unterwegs gewesen sein, ehe das Fort vor uns auftauchte. Selbst aus der Ferne sah es trutzig und unüberwindlich aus. Die Mauern aus luftgetrockneten Adobe-Ziegeln waren sechs Fuß dick und dreimal so hoch wie ein ausgewachsener Mann. Sich über die Mauern erhebend ragten an entgegengesetzten Ecken zwei runde Türme, die Bastionen genannt wurden.

Kennenlernen sollte ich das Innere von Bent's Fort erst viele Monde später. Als unser Treck bis auf etwa eine halbe Meile herangekommen war, trat ein weißer Mann, der vor einem Büffelhaut-Tipi neben der Piste gewartet hatte, auf Mr. Lykins zu und setzte ihn davon in Kenntnis, daß im Fort die Blattern ausgebrochen seien. Bei dem weißen Mann handelte es sich um Mr. William Bent persönlich. Er hatte seine Frau – eine Cheyenne – und seine kleinen Kinder vor die Mauern des Forts gebracht, weil er hoffte, daß sie auf diese Weise der innerhalb des Forts wütenden Krankheit entgehen würden.

Mr. Lykins' Anweisungen folgend, scherten die Treiber der mit den Waren für Mr. Bent bestimmten Wagen aus der Kolonne aus, während wir anderen die Wagen neben der Piste ringförmig anordneten. Als wir mit dem Ausspannen fertig waren, die Maultiere im Fluß getränkt und mit etwas Korn gefüttert hatten, war es dunkel geworden. Die Fahrer, die sich auf ein oder zwei ausgelassene Nächte im Fort gefreut hatten, versuchten, sich mit Kartenspielen bei Kerzenlicht bis tief in die Nacht hinein über ihre Enttäuschung hinwegzutrösten. Am nächsten Morgen, als ich aufwachte, bemerkte ich drei Wagen rund hundert Schritt von unserem ringförmigen Lager entfernt, die noch nicht dagewesen waren, als ich eingeschlafen war.

Bis auf die Versorgung der Maultiere hatte ich an diesem Tage keinerlei Pflichten zu erfüllen. Nachdem Mr. Lykins das Entladen seiner für Bent's Fort bestimmten Wagen in einem Korral außerhalb des Forts überwacht hatte, ritt er mit William Bent fort und überließ den Treck der Aufsicht eines älteren Fahrers, eines großgewachsenen Rotschopfs aus Kentucky namens George Gant. Beim Kaffeetrinken bemerkte Gant, Mr. Lykins sei zu einem nahegelegenen Lager der Arapaho hinübergeritten und hoffe, dort Büffelhäute einhandeln zu können, mit denen die beim Fort leergewordenen Wagen beladen werden sollten. ›Der übliche Preis für eine Büffelhaut hier beträgt drei Dollar‹, sagte Gant. ›In Santa Fé bringen sie sechs Dollar oder mehr. Und wenn man nicht mit Bargeld bezahlt, sondern mit Schießpulver und Zucker und Tabak, läßt sich noch mehr Gewinn herausschlagen.‹

Als ich diesen Nachmittag im Schatten unter meinem Wagen ruhte, sah ich weit draußen auf der Prärie eine feine Staubwolke aufwölken. Nach ein paar Minuten wußte ich, daß es sich um berittene Indianer handelte, sechs Mann, jeder mit einem Lasttier am Führseil, die mit etwas beladen waren, was ich zuerst für Hirschfelle hielt. Aber selbstverständlich handelte es sich um Büffelhäute, und die Indianer ritten geradenwegs auf die drei Wagen zu, die im Laufe der Nacht angekommen waren.

Da ich, wie gesagt, außerordentlich neugierig auf meine wilden Verwandten war und sie gern einmal von nahem in Augenschein genommen hätte, verschwendete ich weiter keine Zeit und ging zu Fuß hinüber zu den drei Wagen, bei denen ich nur etwa eine Minute nach den Cheyenne anlangte – denn zu diesem Stamm gehörten sie. Statt einer Bande von draufgängerisch aussehenden Wilden, wie man mich hatte glauben machen, erblickte ich sechs junge Männer ungefähr meines Alters, die lachten und fröhlich in einer Sprache miteinander redeten, die ich damals noch nicht verstand. Ein paar von ihnen trugen einen langen roten Lendenschurz, andere hirschlederne Beinkleider; manche hatten dazu farbenfrohe, offensichtlich im Tauschhandel erworbene Hemden an, andere nichts weiter als Streifen ungegerbten Leders um die Brust gewickelt. Sie sahen viel gesünder, muskulöser und kräftiger aus als meine halbverhungerten Stammesgenossen im Indianer-Territorium. Auch war ihre Haut dunkler als die unsrige, da sie einen Großteil ihres Lebens im Freien unter der Sonne verbrachten.

Ihr Anführer schien nicht mehr als ein Jahr älter zu sein als ich. Er war der erste, der absaß, indem er sich behende von seinem kleinen Pferd herabgleiten ließ und sich dem nächststehenden der Wagen näherte; er hatte das schöne Gesicht zurückgeworfen und zeigte breit lächelnd große weiße Zähne. Er trug zwei Federn in seinem gelockten, ungeflochtenen Haar und einen schimmernden Silberreif um den einen Arm. Er zeigte auf das Fort und tippte dann mit einer Fingerspitze gegen sein Gesicht. Der weiße Mann beim Wagen sagte: ›Ja, Blattern. Fort geschlossen. Handel hier.‹

›*Ese-von*‹, sagte der junge Cheyenne und zeigte mit raschen Gesten auf die mit Büffelhäuten beladenen Tragtiere. ›*Na-ox-to-va.*‹ Wiewohl ich das damals nicht wußte, hatte er dem weißen Mann gesagt, er wünsche Büffelhäute gegen Waren einzutauschen. Zum erstenmal nahm ich den weißen Händler genau in Augenschein, doch was ich sah, gefiel mir gar nicht. An Größe war er ein Riese, mit mächtigem Brustkorb, dickem Bauch und schütterem Bart; er bekam eine Glatze, und Büschel rötlicher Haare wuchsen ihm über den Ohren. Die Augen verengte er dermaßen, daß sie nur noch winzige Lichtpunkte in dem Gesicht waren, gierig wie die Augen eines aasfressenden Tieres auf der Suche nach leichter Beute. Er hatte bereits eine Laufgewichtswaage an einem Balken aufgehängt und bedeutete den Cheyenne mit seinen riesigen fetten Händen, ihre Büffelhäute heranzubringen.

Zunächst zählte er zehn Häute ab, die einer seiner Treiber auf einen Wagen laden mußte, und dann machte er ein großes Gewese darum, auf seiner Laufgewichtswaage für die Indianer abzuwiegen, was sie im Tausch dafür haben wollten. Ich erkannte bald, daß er den Cheyenne den Gegenwert von etwa einem Dollar für Häute gab, die eigentlich drei Dollar wert waren, und sie dann auch noch beim Abwiegen von Zucker und Mehl und anderen Waren übervorteilte. Großmutter Marys bitterer Zorn darüber fiel mir ein, wie ihre Leute von den Händlern mit den Hirschfellen übers Ohr gehauen worden waren, und genau das gleiche geschah jetzt vor meinen Augen den Cheyenne mit ihren Büffelhäuten. Nun, ich konnte es einfach nicht ertragen und zusehen, wie man die jungen Männer hereinlegte, ohne irgend etwas dagegen zu unternehmen. Doch was sollte ich tun, wo ich doch kein Wort ihrer Sprache verstand?

Ich trat daher einfach auf den jungen Cheyenne zu, zeigte auf den sie betrügenden Händler und hielt einen Finger in die Höhe. Dann wies ich hinüber zu unserer Wagenburg und hielt drei Finger in die Höhe. Zuerst verstand er mich nicht. ›Me-xi-can?‹ fragte er. Ich schüttelte

den Kopf. ›*Tsalagi* – Cherokese‹, erklärte ich. – ›*Ya?*‹ machte er und drehte sich zu seinen Gefährten um. ›*Sanaki.*‹ Das war, wie ich später erfuhr, das Cheyenne-Wort für Cherokese. Ich machte Fortschritte, hielt deshalb noch einmal einen Finger hoch und zeigte auf den riesigen Händler, der jetzt seine gemeinen Augen auf mich gerichtet hielt. ›*No-ka*‹, sagte der Cheyenne und hielt seinerseits einen Finger in die Höhe. Daraufhin zeigte ich noch einmal zu unseren Wagen hinüber, hielt drei Finger in die Höhe und zeigte auf die Büffelhäute, die bis jetzt noch nicht den Besitzer gewechselt hatten. ›*Na-a*‹, sagte er und zeigte drei Finger. Er nickte. Jetzt hatte er verstanden, und plötzlich war sein Lächeln wieder da. Er redete raschzüngig auf seine Gefährten ein und bestieg dann sein gescheektes Pony.
Der große Händler schrie mich an. ›Du Hundsfott von einem Mexikaner oder was du sonst bist! Du kannst mir nicht meine Büffelhäute stehlen.‹
›Derjenige, der hier gestohlen hat, seid Ihr‹, sagte ich, und ich glaube, aus meinem Munde völlig unvermutet klares Englisch zu hören, brachte ihn einen Augenblick völlig durcheinander. Aber wie dem auch sei, der junge Cheyenne auf dem Schecken legte mir die Hand auf die Schulter, mit einem Sprung saß ich hinter ihm auf, und in einer Reihe ritten wir zu Mr. Lykins' Wagen hinüber, wobei die Cheyenne sich noch umdrehten und den großen Händler auslachten, der seine Faust schüttelte und mir einen gewaltsamen Tod androhte.
Was ich jedoch nicht in Betracht gezogen hatte, war die Tatsache, daß George Gant nicht ermächtigt war zu handeln. Außerdem erklärte er mir, daß ich mir einen gefährlichen Feind geschaffen hätte. ›Das da drüben ist Flattery Jack Belcourt, einer der übelsten Schurken im ganzen Santa-Fé-Handel‹, sagte er. ›Ein Gauner und Pferdedieb. Dem würde es nicht weniger ausmachen, dir eine Kugel in den Rücken zu schießen, als auszuspucken. Der wird keine Ruhe geben, bis er nicht quitt mit dir ist, Amigo.‹
Gant sah sich die Büffelhäute an und erklärte, sie seien von guter Qualität, doch müßten wir bis zu Mr. Lykins' Rückkehr warten. Das brachte mich in arge Verlegenheit, und es bereitete mir einige Schwierigkeiten, das den Cheyenne begreiflich zu machen, aber zuletzt müssen sie wohl begriffen haben. Gant brühte Kaffee für sie auf, den er stark süßte, und während wir warteten, hatte ich Gelegenheit, die Cheyenne besser kennenzulernen. Der junge Anführer sagte mir, sein Name sei E-o-ve-a-no, was er mehrere Male wiederholte, um

mich dann damit zu überraschen, daß er auf englisch erklärte: Yellow Hawk. Daraufhin wiederholte ich etliche Male meinen Namen für ihn, bis er ihn ganz deutlich aussprechen konnte. Er konnte nur wenige Brocken englisch, und wir kämpften immer noch damit, uns gegenseitig verständlich zu machen, als Mr. Lykins und William Bent zurückkehrten.

Bent kannte die jungen Cheyenne, und als er erfuhr, daß ich sie davor bewahrt hatte, von Flattery Jack betrogen zu werden, kam er zu mir und dankte mir. Auch er warnte mich, auf meiner Hut zu sein. ›Ein bösartiger und hinterlistiger Mann, dieser Flattery Jack‹, sagte er. ›Ich erlaube ihm nicht, in meinem Fort Handel zu treiben.‹

Mr. Lykins tauschte die noch übriggebliebenen Büffelhäute ein und gab Yellow Hawk und seinen Freunden vier- oder fünfmal mehr an Waren, als sie von Belcourt bekommen hätten. Als sie mit ihren mit Beuteln und Säcken beladenen Pferden davonritten, wandte Yellow Hawk sich in meine Richtung, kam so dicht an mich heran, daß er sich herniederbeugen und mir einen brennenden Hieb auf den Rücken geben konnte. ›Verdammt viel böse‹, sagte er und zeigte hinüber zu Belcourts Wagen. Dann wendete er sein Pferd, reckte zum Abschied die Hand und rief laut: ›Dane‹!

›Eo-ve-a-no!‹ kam es gellend von mir zurück.

Nun, am nächsten Morgen machten wir uns daran, die Wagen zu überholen, Bremsen und Eisenreifen zu richten und die Achsen zu schmieren – was eben getan werden mußte. Am Nachmittag trafen die Arapaho mit ihren Büffelhäuten ein, und nachdem der Handel abgeschlossen war, erklärte Mr. Lykins uns, daß wir noch bei Tageslicht nach Santa Fé aufbrechen würden.

Als wir uns in Bewegung setzten, befand sich mein Wagen etwa in der Mitte des Trecks, und bei unserem ersten Halt an der Piste gaben die Fahrer der hintersten Wagen die Nachricht durch, daß Flattery Jack Belcourt mit seinen Wagen hinter uns herkomme. Da Mr. Lykins mit seinem Pferd einige Meilen vorausgeritten war, erfuhr er erst bei unserem Mittagshalt davon, und da erkannte ich, daß er mehr als ungehalten darüber war, daß der betrügerische Händler uns so dicht auf den Fersen folgte.

Als wir an diesem Abend unsere Wagen ringförmig aufstellten, um zu lagern, schärfte er uns allen ein, mit einem offenen Auge zu schlafen, falls Belcourt und seine Mietlinge versuchten, etwas von unseren Wagen zu stehlen. Die meisten Nächte schlug Belcourt jedoch mit seinen drei Wagen sein Lager in einiger Entfernung von uns auf, und nach George Gants Meinung hielt Flattery Jack sich deshalb so dicht an uns, weil er sich vor den Apachen fürchtete. ›Bald kommen wir durch die Ratons-Berge‹, sagte Gant, ›und damit sind wir dann in Apachen-Gebiet, und die Apachen fürchten sich nicht, es mit nur drei Wagen aufzunehmen. Dem alten Flattery Jack geht es um unseren Schutz.‹

Ich hatte noch nie etwas von den Apachen gehört, war jedoch genauso neugierig auf sie wie auf die Cheyenne und die Arapaho. Als ich Gant fragte, wie die Apachen denn seien, erklärte er, sie seien der wildeste aller Stämme. Mich in meinen mexikanischen Kleidern von Kopf bis Fuß musternd, fügte er noch hinzu: ›Und nichts tun die Apachen lieber, als einen Mexikaner über einem Bett glühender Kohlen zu rösten, Amigo.‹ Das war Gants Art zu reden. Ich habe später Apachen kennengelernt und festgestellt, daß sie genauso waren wie andere Stämme – manche von ihnen gut, manche schlecht.

In den Ratons-Bergen wurde die Piste steil und holperig, viel schlimmer als der Weg, den wir Cherokesen durch die Cumberland-Berge in Tennessee bewältigt hatten. Bei den schwereren Wagen mußten wir manchmal Seile benutzen und jeder Fahrer mit seinem Gespann an den Seiten mitziehen helfen. Nachdem wir den Paß geschafft hatten, meinte ich, daß wir Belcourt jetzt weit zurückgelassen haben müßten, doch eines Nachts, als wir am Ufer eines Flusses namens Ocate lagerten, tauchten seine drei Wagen aus dem Dämmer auf und machten nicht weit von uns entfernt halt.

Den nächsten Tag über folgte er uns in kurzem Abstand. Belcourt ritt auf seinem grauen Pferd voran. Einmal wagte er sich bis dicht an unseren Treck heran. Daß er da war, merkte ich, als er plötzlich zu mir herüberrief: ›Schlauer Mex-Indianer, wie wär's, wenn ich dir die Eier rausschnitte?‹ Er sah mich dabei an mit Augen wie eine listige Schlange, dann riß er sein Pferd herum und wartete, bis seine Wagen herankamen.

Drei oder vier Tage später lagerten wir unterhalb der Steine und Adobe-Ruinen eines Ortes, der einmal recht groß gewesen sein mußte. George Gant sagte, die Menschen, die hier gelebt hätten, seien Puebloindianer gewesen, die gegen die Herrschaft der Spanier aufbegehrt hätten; es seien so viele von ihnen getötet worden, daß die wenigen Überlebenden geflohen seien und in einem anderen Dorf Unterschlupf gefunden hätten. An diesem Abend erfuhr ich zum ersten-

mal, daß wir nicht mehr in den Vereinigten Staaten waren, sondern in einem fremden Land, das von den Mexikanern regiert wurde.
Ehe wir uns in dieser Nacht schlafen legten, ging Mr. Lykins zu jedem einzelnen Fahrer und erklärte uns vorsorglich, er werde uns vor Tagesanbruch wecken; wir sollten kalt essen und nicht erst umständlich Frühstück bereiten. Es gehe ihm darum, daß wir möglichst früh aufbrächen, um zu gewährleisten, daß die Wagen vor Sonnenuntergang des nächsten Tages Santa Fé erreichten. Niemand murrte dagegen, jeder von uns war begierig auf das Ende unserer Fahrt. Zumal mir war es darum zu tun, endlich unser Ziel, die Stadt Santa Fé zu sehen, von der ich während meiner langen, traumverlorenen Fahrt durch die Sonne soviel gehört hatte.
Am nächsten Tag ließen wir die Maultiere stetig dahingehen, machten die Pausen so kurz wie möglich und ruhten auch um Mittag nur wenige Minuten. Die Piste war die leichteste, die wir seit Bent's Fort erlebt hatten, und bis zum späten Nachmittag hatten wir keinerlei Schwierigkeit mit den Wagen oder den Gespannen. Wie das Schicksal es wollte, blieb das Pech ausgerechnet mir vorbehalten. Das rechte Hinterrad meines Wagens fing plötzlich an zu quietschen, und nach den vielen Tagen unterwegs wußte ich, daß das Rad bald eiern würde, wenn ich die Nabe nicht schmierte. Gellend verlangte ich nach einem Halt, und langsam hielten die Wagen einer nach dem anderen an.
Wie gewöhnlich befand ich mich mit meinem Wagen in der Mitte des Trecks, und noch ehe es mir gelang, den Wagenheber anzusetzen, kam Mr. Lykins von vorn auf mich zugetrabt. Er saß ab, und überzeugte sich durch Schnuppern davon, daß sich die Nabe heißgelaufen hatte und geschmiert werden mußte. ›Schere hier aus, ehe du das Rad hebst‹, sagte er. ›Dann können die Wagen hinter dir weiterfahren. Ich möchte noch vor Sonnenuntergang in Santa Fé sein. Du mußt sehen, daß du uns einholst, so gut du kannst.‹
Ich tat, wie mir geheißen, setzte den Wagenheber an und klatschte Fett sowie etwas Teer auf die Achse, wie ich es für richtig befand, und erledigte alles so schnell wie möglich. Ich überzeugte mich, daß der Achsnagel festsaß und kurbelte den Wagenheber wieder runter. Inzwischen war längst der letzte Wagen unseres Trecks an mir vorbeigerollt und kaum noch etwas von ihm zu sehen.
Ich war gerade auf den Bock geklettert und wollte die Maultiere mit Hüh! und Hott! wieder zurück in die Fahrspur lenken, als Belcourts erster Wagen rumpelnd längsseits kam und mir den Weg versperrte.

Als ich die Maultiere zurückriß, um es zu keinem Zusammenstoß kommen zu lassen, tauchte von der anderen Seite seines Wagens auf seinem Pferd Belcourt auf. Er winkte seinem Fahrer anzuhalten und schrie dann zu mir herüber: ›Schaff dein verdammtes Maultiergespann aus dem Weg, Mex-Indianer!‹
Ich sagte nichts. Die Maultiere waren erregt wegen der Anwesenheit eines anderen Gespanns, und ich konnte sie gerade noch eben bändigen und ruhig halten. Belcourt schob sich mit seinem Pferd zwischen die beiden Wagen, so daß kaum mehr als die Breite meines Kutschbocks Raum zwischen uns war. ›Sam Lykins ist mit seinem Treck abgehauen und hat dich sitzen lassen, was?‹ sagte er und spähte unter die Plane. ›Nichts von Bedeutung mehr auf deinem Wagen, wie ich sehe. Hat sich also nicht gelohnt, auf dich zu warten.‹
Dieser Gedanke hatte sich bei mir auch schon eingeschlichen. Ich lenkte ja den Vorratswagen, und wir hatten fast alles, was darin gewesen war, aufgebraucht. Wäre der Wagen voll beladen gewesen mit Halsketten und Spiegeln, Whisky, Leder, Werkzeugen und Nägeln, Gewehren und Munition wie die anderen, hätte Lykins – das wußte ich – die anderen nicht ohne ihn weiterziehen lassen. Meine gute Meinung von ihm war angekratzt, doch in gerade diesem Augenblick war meine ganze Aufmerksamkeit auf Flattery Jack Belcourt gerichtet, der noch eine Rechnung mit mir zu begleichen hatte.
Mit der behandschuhten Hand rieb er sich den Bart; die riesigen Stulpen waren mit einem weißen Stern geschmückt. Seine Augen verengten sich zu jenen leuchtenden gelben Schlitzen, die ihm den Ausdruck eines nach Beute spähenden Raubtiers verliehen. Unversehens weiteten diese Augen sich jedoch, waren nicht auf mich gerichtet, sondern auf etwas hinter mir, und im selben Augenblick hörte ich Hufgeklapper auf Fels. ›Apachen!‹ rief er. Da sah auch ich sie, wie sie auf drei sehnigen Mustangs aus einer hinter knorrigen und halb zerspellten Fichten verborgenen Schlucht hervorgeritten kamen. ›Los, weg mit den Wagen!‹ kreischte Belcourt, doch es war schon zu spät. Die Apachen ritten bereits zwischen den Wagenspuren und ließen ihre kleinen Reitpferde die ganze Breite der Piste einnehmen, zogen sich auseinander und ritten auf uns zu – vier Reiter auf drei Ponys, einer davon eine junge Frau. Ihre mokassinbewehrten Füße waren unter den Bauch des Pferdes mit einem aus ungegerbten Lederstreifen geflochtenen Lasso gefesselt. Ihre auf einem spanischen Sattel ruhenden Hände hatte man ihr gleichfalls gebunden. Sie trug ein lohfarbenes,

fest ihre Brüste umspannendes, hirschledernes Mieder und einen kurzen Lederrock. Angst saß ihr in den Augen. Der Mann hinter ihr auf dem Mustang trug ein verschossenes rotes Tuch um den Kopf geschlungen, ähnlich wie ich das bei alten Cherokesen gesehen hatte. Die beiden anderen Männer trugen violette Stirnbänder, mit denen sie ihr langes, staubiges Haar festhielten. Bis auf den schmutzigen Lendenschurz und die Mokassins mit Schäften, die ihnen fast bis ans Knie reichten, waren sie nackt. Sie waren dünn und sehnig wie ihre Reittiere.

Belcourt hatte sein Gewehr in Anschlag gebracht, und von der rechten Seite meines Wagens her vernahm ich das Klicken eines Hahns, der gespannt wurde. Einer seiner Fahrer war hinten herumgeschlichen und benutzte meinen Wagen als Deckung, was bedeutete, daß ich ein wunderbares Ziel bot, falls es zu einer Schießerei kam. Ich besaß keinerlei Waffen. Aber der Apache mit dem verschossenen Kopftuch umfaßte vor der Brust seine Hände – ein Zeichen des Friedens.

›Wir könnten sie alle umlegen‹, sagte Belcourt halblaut und ließ sein Pferd ein paar Schritte vorangehen. Der Apache machte andere Zeichen; mir war klar, daß er Tauschhandel treiben wollte.

›Zeig mir, was du hast‹, rief Belcourt. ›Zeig's mir.‹

Der Apache hielt irgendwelchen Schmuck in die Höhe – aus Türkisen, glaube ich –, doch Belcourt schüttelte den Kopf, zeigte dann aber auf die junge Frau. Seine Flinte quer vor sich auf dem Sattel, machte Belcourt ein rasches Zeichen des Kopulierens. Der Apache nickte, lachte und ließ sein Pferd vorangehen. ›Stehenbleiben!‹ rief Belcourt ihm zu und brachte sein Gewehr wieder in Anschlag. Die Finger der jungen Frau zitterten auf dem Sattelknopf.

›Er will Tabak‹, sagte Belcourt zu dem Fahrer, der rechts hinter meinem Wagen kniete. ›Bring mir fünf Stränge, aber halt dich weiterhin bereit. Ich trau' dem Kerl nicht über den Weg.‹

Nachdem der Fahrer den Tabak gebracht hatte, hielt Belcourt drei Stränge in die Höhe. Der Apache schüttelte den Kopf und machte das Zeichen für Trinken. Belcourt hielt vier Stränge in die Höhe. Nein, der Apache wollte Whisky.

›Gib mir die Flasche, die unterm Bock steht‹, rief Belcourt dem Fahrer des vorderen Wagens zu. ›Die ist noch halb voll.‹ Er zeigte die Flasche dem Apachen, der nickte, jedoch außerdem noch vier Finger für die vier Stränge Tabak hochhielt. Er glitt von seinem Reittier herunter, löste das geflochtene Lasso von den Fesseln der jungen Frau und half ihr zu Boden. Er schickte sich an, das Lasso an den Sattel zu schnallen, doch Belcourt rief ihm zu: ›Ich brauch' die Riata. Fünf Stränge Tabak und die Flasche für die Indianerin und die Riata.‹

Belcourt saß ab, hielt aber sein Gewehr weiter in Anschlag, warf die Tabakstränge auf die Piste und ließ die Flasche hinterhertrudeln. Der Apache knüpfte das Lasso mit einer Schlinge um den Hals der jungen Frau, führte sie zu den Waren, gegen die er sie eintauschen wollte und stieß sie in Richtung auf Belcourt vorwärts. Dann hob er unverzüglich seinen Tabak und den Whisky auf, und gleich darauf ritten die Apachen genauso schnell, wie sie gekommen waren, in Richtung Süden davon und waren bald in dem Ödland aus Beifuß und Zederngesträuch verschwunden.

Belcourt hatte mittlerweile die junge Frau gepackt und ließ sie auf dem Kutschbock Platz nehmen, wo er ihr die Füße fesselte. Der Treiber rechts von meinem Wagen ging ihm dabei an die Hand. Einen Moment flüsterten die beiden Männer miteinander, lachten, als sie die junge Frau hochhoben und sie zum hinteren Teil des ersten Wagens hinübertrugen. Ich hörte den dumpfen Aufprall, wie sie sie auf den Boden fallen ließen; sie hatten sie einfach hineingeworfen. Abermals lachten beide Männer. Ich bildete mir ein, daß sie über die junge Frau lachten, doch bald sollte ich erfahren, daß das nicht stimmte, zumindest nicht ganz.

›Fahr jetzt weiter!‹ rief Belcourt dem Fahrer des ersten Wagens zu. ›Die Sonne geht unter, und bis Santa Fé ist es noch ein ganzes Stück.‹

Zu meiner Überraschung und Erleichterung ritt er mit seinem Pferd voran, und ich überlegte, ob die Erregung, die mit dem Einhandeln der jungen Indianerin verbunden gewesen war, ihn mich wohl ganz hatte vergessen lassen.

Sobald sein letzter Wagen vorüber war, ließ ich meine Peitsche über den Rücken der Maultiere knallen und lenkte den Wagen zurück auf die Piste. Er war noch keine zehn Schritte weit gerollt, als das rechte Hinterrad mit einem Krachen von der Achse sprang. Die Maultiere machten einen Satz, so daß ich mich mit meinem ganzen Körper gegen die Zügel stemmen mußte, um sie daran zu hindern, den Wagen einfach auf der Achse weiterzuschleppen. Ich knüpfte die Zügel fest und sprang vom Wagen hinunter; das Rad lag auf dem Boden und drehte sich noch. Den Achsnagel konnte ich nirgends finden, und da wußte ich, daß das etwas mit Belcourt und seinem Fahrer und ihrem Geflüster und Gelache zu tun haben mußte. Der Fahrer mußte den

Achsnagel herausgezogen haben, während meine ganze Aufmerksamkeit auf die Apachen gerichtet gewesen war.
Glücklicherweise fand ich noch einen Ersatzachsnagel unter den Vorräten. Bald hatte ich den Wagen aufgebockt und das Rad wieder aufgesetzt. Gerade, als ich damit fertig war, hörte ich voraus Hufschläge. Überzeugt davon, daß das Belcourt sein müsse, und unbewaffnet wie ich war, wollte ich schon in den Spalt hinüberspringen, aus dem vor kurzem die Apachen aufgetaucht waren, doch dann erkannte ich, daß der Reiter Mr. Lykins war.
Er wollte den Grund für meine Verspätung wissen, und so berichtete ich ihm, was geschehen war. ›Du kannst von Glück sagen, daß Flattery Jack dir nicht übler mitgespielt hat‹, sagte er. Er zog einen Karabiner aus seinem Sattelhalfter und reichte ihn mir mit der Bemerkung, da Belcourts Wagen zwischen mir und unserem Treck führen, brauchte ich vielleicht eine Waffe, ehe ich Santa Fé erreichte. Mein Glaube an Mr. Lykins war augenblicklich wiederhergestellt. Nachdem er mir Anweisungen gegeben hatte, wie ich den Wagenhof in Santa Fé finden würde, wünschte er mir viel Glück und ritt in leichtem Trab zwischen den Räderspuren zurück.
Möglich, daß Belcourt meinte, er habe jetzt genug mit mir abgerechnet, möglich aber auch, daß er es nur eilig hatte, mit seiner hübschen jungen Gefangenen nach Santa Fé zu kommen. Jedenfalls machte er mir an diesem Tag weiter keine Scherereien. Die Sonne ging unter, als ich an einem Maisfeld vorüber, über eine Brücke einen langen Hügel hinunter und direkt hineinrollte nach Santa Fé. Als ich in die Plaza einrollte, legte sich ein weiches graues Licht über die Stadt. Rings um mich her hörte ich viele Stimmen Wörter sprechen, die ich nicht verstand. Glockengeläut hob an, und der klare Klang ließ mich im ersten Augenblick zusammenfahren, so wohltönend war er. Am Ende der Plaza wandte ich mich Mr. Lykins' Anweisungen entsprechend nach links und sah dann den Wagenhof, doppelt so groß wie je einer, den ich bisher in Independence gesehen hatte.
Ich hatte keinerlei Mühe, unseren Zug zu finden. Die anderen Fahrer waren immer noch dabei, ihre Maultiere zu versorgen, und Mr. Lykins wartete auf mich. Als ich ihm seinen Karabiner reichte, gab er mir eine Münze. ›Das ist ein kleiner Vorschuß auf den Lohn, den du erhältst, sobald ich morgen meine Geschäfte abgeschlossen habe‹, sagte er. ›Jetzt geh zu George Gant und laß dich für die Wache einteilen.‹

Wir mußten die ganze Nacht bei den Wagen Wache stehen, die Hälfte von uns bis Mitternacht, die andere Hälfte von Mitternacht bis Morgengrauen. Gant sagte mir, ich solle um Mitternacht zum Dienst antreten. ›Die ersten Wachen sind um die Ecke und holen sich in der Cantina was zu essen‹, sagte Gant. ›Sobald sie wieder hier sind, könnt ihr anderen hingehen und essen. Das mexikanische Geld, das Mr. Lykins dir gegeben hat, ist fürs Essen, nicht für Schnaps. Sobald du gegessen hast, komm zurück und leg dich unter deinem Wagen schlafen. Falls du nicht da bist, wenn ich dich um Mitternacht zur Wache wecke, bekommst du morgen keinen Lohn, Amigo.‹
Als ich endlich mit dem Ausspannen, Tränken und Anpflocken der Maultiere fertig war, kam die erste Wache zurück. Gewiß, ich hatte Hunger, aber da war noch etwas anderes, woran ich denken mußte. Deshalb entfernte ich mich ungesehen in der Dunkelheit und suchte den ganzen Hof nach drei Wagen ab. Ich fand sie, einer hinter dem anderen an der Steinmauer eines Stalles tief im Schatten abgestellt. Nicht ein Laut kam von ihnen. Ich duckte mich ins Dunkel und hatte den Geruch von Heu und Pferdemist in der Nase. Dann erkannte ich ein schwaches Aufglühen unter dem vordersten Wagen. Einer der Fahrer rauchte. Da von einer Unterhaltung nichts zu hören war, vermutete ich, daß nur einer als Wache zurückgeblieben war. Ich schlich zum hintersten Wagen, richtete mich auf und schlug die Plane zurück. Der Wagen war voll mit Fässern beladen. Mit der ganzen Umsicht und Lautlosigkeit, die Großmutter Mary mich beim Anpirschen ans Wild gelehrt hatte, schlich ich mich zum mittleren Wagen vor. Die Plane war nicht festgezurrt, und der Wagen war zum Teil leer. Katzengleich kletterte ich hinauf. Das Dunkel im Wageninneren war nahezu undurchdringlich. Ich vernahm ein schwaches Wimmern, den Laut wie von einem in die Enge getriebenen Tier, und da wußte ich, daß sie da war.
In diesem Augenblick hatte ich das Gefühl, ich könnte Bäume ausreißen. Nichts konnte mich aufhalten oder mir Schaden antun, denn ich hatte Kräfte, die größer waren als die anderer Menschen. Sie kennen dieses Gefühl gewiß auch, nicht wahr? Da Sie jünger sind als ich, ist es vermutlich längst noch nicht so lang her, daß Sie es gespürt haben; dabei hat das Alter vielleicht noch nicht einmal was damit zu tun, daß man es verliert. Dieses Gefühl von übermenschlicher Kraft geht uns verloren, sobald wir zum Schutzschild für andere Menschen werden und anfangen, Risiken zu fürchten.

An diesem Abend war ich bereit, alles aufs Spiel zu setzen. Da ich nicht wollte, daß sie aufschrie, flüsterte ich ihr sämtliche Wörter für ›Freund‹ zu, die ich kannte, darunter das spanische *amigo*, das ich von George Gant hatte. Sie antwortete nicht, und es war viel zu dunkel, als daß sie irgendwelche Zeichen hätte erkennen können, die ich machte. Das einzige, was mir einfiel, war das Wort *Sanaki*, das Cheyennewort für Cherokese, und zu meiner Überraschung wiederholte sie es. Dann berührte ich sie äußerst behutsam, holte mein Messer heraus und durchschnitt die geflochtenen Lederriemen, mit denen sie an Händen und Füßen gefesselt war. Weil ich Belcourt glauben machen wollte, daß sie sich selbst befreit habe, stopfte ich mir die durchgetrennten Lederriemen ins Hemd. Während ich mich damit abmühte, versuchte sie aufzustehen, doch war sie sehr unsicher auf den Beinen.

Ich führte sie zur hinteren Klappe und half ihr so lautlos hinaus wie nur irgend möglich. Auf Händen und Knien krochen wir fort, bis wir fast meinen Wagen erreicht hatten, der am Ende der Reihe stand. Einer unserer Wachen ging auf und ab. Als er uns den Rücken zukehrte, hob ich sie hinein. Des bestirnten Himmels wegen war es hier hell genug, daß sie sehen konnte, wie ich mit der geschlossenen rechten Hand nach unten zeigte, um ihr zu bedeuten, daß sie hierbleiben solle. Dann legte ich meine Finger vor den Mund und zeigte auf die Plaza; sie muß verstanden haben, daß ich versuchen wollte, ihr etwas zu essen zu besorgen. Jedenfalls lächelte sie zum erstenmal.

In der Cantina um die Ecke konnte ich mit der mexikanischen Münze, die Mr. Lykins mir gegeben hatte, genug zu essen für einen kräftigen Mann erstehen – sechs hauchdünne Maismehlfladen, die sie Tortillas nannten, und zwei große Brocken mit scharfem Pfeffer gewürztes Hackfleisch, das in einer dicken Maisbreihülle gegart worden war. Mit Hilfe eines Mexikaners, der Englisch verstand – und recht verwirrt war, daß ich die Landeskleidung trug, jedoch kein Wort Spanisch sprach – erklärte ich dem Koch, ich müsse einem kranken Kameraden das Essen und etwas Trinkwasser bringen. Er schlug das Essen in eine Serviette ein und gab mir einen Krug Wasser, freilich erst, nachdem er mich bei *Dios* hatte schwören lassen, Krug und Serviette innerhalb einer Stunde zurückzubringen.

Als ich zurückkam zu meinem Wagen, hielt die Wache mich an. Ich rief meinen Namen und sagte ihm, ich würde mich bald unterm Wagen schlafen legen. Dann kletterte ich hinein, doch die junge Frau war fort. Ich sah mich um, und das Herz sank mir, denn selbstverständlich glaubte ich, sie sei davongelaufen. Ein paar Schritte weiter weg im Schatten einiger Kräuter, die den Zaun eines leeren Korrals entlang wuchsen, hörte ich ein leichtes Plätschern. Einen Augenblick später tauchte sie auf und bewegte sich lautlos wie ein Gespenst auf mich zu. Ich reichte ihr meine Hand hinaus und half ihr herein. Sie war nur hinausgestiegen, ihre Notdurft zu verrichten.

Sie trank das Wasser, als wäre es das köstlichste Getränk der Welt, und stöhnte nach jedem Schluck wohlig auf. Dann lehnten wir uns weit zurück und genossen jeden einzelnen Brocken des geteilten Essens. Nachdem wir fertig waren, berührte sie ganz leicht mit ihrer Hand meine Backe, doch als ich versuchte, sie in die Arme zu schließen, entwand sie sich mir rasch.

Wie sehr ich wünschte, mich ihr mit Worten verständlich zu machen! Ich dachte darüber nach, wie wichtig Worte doch waren, als der Klang einer wütenden Stimme die Stille durchbrach. Sie kam von der anderen Seite des Wagenhofs herüber, und ganz bestimmt war es Flattery Jack Belcourts betrunkenes und zorniges Gezeter. Was die Ursache seines Ausbruchs betraf, gab es bei mir keinen Zweifel.

Durch Gesten machte ich der jungen Frau begreiflich, daß sie mucksmäuschenstill bleiben und sich nicht rühren solle. Dann rollte ich eine Zeltplane aus und warf sie über sie. Meine Serape nehmend, sprang ich aus dem Wagen, rollte mich auf dem Stroh unterm Wagen zusammen und tat so, als schliefe ich.

Die Schritte der Wache in meiner Nähe trapsten hin und zurück, und dann kam, wie erwartet, der unsichere Schritt von Belcourt, und seine undeutlich gesprochenen Worte: ›Jemand 'ne flüchtige Indianerin geseh'n?‹

›Hab' niemand gesehen‹, erwiderte die Wache.

›Ich werde bei euren Wagen nachseh'n müssen‹, sagte Belcourt. Er ging in die Hocke, und durch meine halbgeschlossenen Augen konnte ich sehen, wie er trunken auf seinen Fußspitzen schwankte und zu mir herüberspähte. ›Wer 's 'n das da unten?‹ fragte er.

›Einer von unseren Fahrern‹, sagte die Wache. ›Ich hab' Euch doch schon gesagt, daß sich hier keine Fremden haben blicken lassen. Jeder Wagen wird bewacht.‹

Belcourt wollte auch in den Wagen nachsehen, doch das schlug die Wache ihm ab. ›Wo 's Lykins?‹ wollte Belcourt wissen.

›Nicht hier‹, sagte die Wache. ›Wahrscheinlich ist er schon zu Bett ge-

gangen. Ihr wißt doch, jeder Wagen ist versiegelt, bis morgen der Handel losgeht. Kommt dann wieder!‹
Belcourt fluchte, drehte sich jedoch um und stapfte schwankend und in seinen Bart brummelnd davon. Ich lag hellwach da und überlegte, was ich um alles in der Welt jetzt mit der jungen Frau über mir im Wagen anfangen sollte. Wenn sie bis Tagesanbruch dablieb, mußte Belcourt oder irgend jemand sonst sie ja sehen. Ich dachte daran, zu George Gant zu gehen und ihn um Hilfe zu bitten, doch wußte ich, daß er ohne Mr. Lykins' Einverständnis nichts tun könne. Folglich mußte ich Mr. Lykins finden, und zwar ehe die Sonne aufging.
Es blieb mir also nichts anderes übrig, als mich auf die Suche nach ihm zu begeben. Auf der einen Seite der Plaza war mir ein großes Gasthaus aus Lehmziegeln aufgefallen, und dorthin begab ich mich jetzt durch die vielen Menschen hindurch, deren Menge sich freilich zu so später Stunde bereits gelichtet hatten. Der Angestellte am Empfang sah mich stirnrunzelnd an. Vermutlich machte ich nicht gerade den Eindruck, als gehörte ich in ein so feines Gasthaus, denn mein Haar war schon seit Wochen nicht mehr geschnitten worden, und meine mexikanischen Kleider waren nach der langen Fahrt ziemlich speckig und abgetragen. ›Ich bin einer von Mr. Lykins' Fahrern‹, erklärte ich und war erleichtert, als der Angestellte auf englisch nachfragte: ›Mr. Samuel Lykins?‹
Ich nickte und sagte ihm, es sei etwas sehr Wichtiges geschehen. Der Angestellte kratzte sich am Ohr. ›Mr. Lykins hat heute abend hier gespeist‹, meinte er und sah mich wieder stirnrunzelnd an. Plötzlich drehte er sich und ging zu einem grauhaarigen, auf einem ausladenden Sessel sitzenden Mann hinüber. Beide sahen zu mir herüber und flüsterten miteinander, und ich dachte schon, daß sie mich aus ihrem vornehmen Gasthaus hinauswerfen wollten. Doch dann kam der Angestellte zurück und sagte mir, Mr. Lykins wohne im Haus eines anderen Händlers, Mr. Felix Aubry, das nur wenige Schritte vom Ende der Plaza entfernt stehe.
Ich bedankte mich, machte mich auf die Suche nach dem Haus und war froh, als ich hinter einem der Fenster mit den vorgezogenen Vorhängen Kerzenlicht sah. Auf den Stufen zum Eingang sank mir jedoch mein Mut; ich hatte Angst, Mr. Lykins werde mich fortschicken und mir befehlen, die junge Frau an Belcourt zurückzugeben und ihn endlich in Ruhe zu lassen. Ich klopfte gegen die Türfüllung.
Als er öffnete, trug Mr. Lykins eine Kerze in der Hand und war recht

überrascht, mich zu sehen. ›Stimmt irgendwas nicht mit den Wagen?‹ fragte er rasch.
›Nicht mit Euren Wagen, Sir‹, antwortete ich, ›aber ich bin dringend auf Eure Hilfe angewiesen.‹
›Schon so schnell Scherereien in Santa Fé?‹ Offensichtlich ärgerte er sich über mich. ›Hat Gant dir denn nicht helfen können?‹ Die Hand hatte er auf der Klinke liegen, als wolle er mir die Tür vor der Nase zumachen, doch muß er die Verzweiflung in meinem Gesicht gelesen haben. ›Ach, dann komm rein‹, sagte er.
Der Raum, in den er mich führte, war sehr klein und einfach eingerichtet: ein kleiner Tisch, zwei hochlehnige Ledersessel und ein Gemälde mit einem Pferd darauf an der Wand.
Über den Tisch verstreut lagen mit Zahlen bedeckte Papiere herum, was mich an Onkel Opothle und Okelogee erinnerte. Mr. Lykins forderte mich mit einer Geste auf, auf einem Stuhl Platz zu nehmen, doch ich blieb stehen und erzählte ihm alles, was ich heute abend getan hatte. Am Tisch sitzend, hörte er zu, ohne daß sich der Ausdruck in seinem Gesicht auch nur im mindesten verändert hätte.
›Mit wilden Indianern möchte ich nichts zu tun haben‹, sagte er dann, ›und nachgerade bekomme ich auch so meine Zweifel, was euch zivilisierte Cherokesen betrifft. Wilde Indianer bedeuten Scherereien. Und ihre Frauen erst recht.‹ Leise trommelte er mit den Fingern auf das Tischtuch. Der Träumerausdruck trat ihm in die Augen, und er fuhr fort zu reden, als ob er laut denke: ›Trotzdem, irgendwie bereitet es mir eine gewisse Genugtuung, Flattery Jack Belcourt eins auszuwischen. Er wird mich morgen unterbieten, wird mich zwingen, einiges von meinen Wagen unter Selbstkostenpreis zu verkaufen, weil die Hälfte seiner Sachen gestohlen sind. Wir ehrlichen Händler wissen, wie Belcourt es macht, aber bislang haben wir nur wenig dagegen unternehmen können.‹ Seine Lippen verzogen sich zu einem leichten Lächeln. ›Kannst du diese Indianerin hierherbringen, in dieses Haus, ohne daß euch jemand sieht?‹
Ich versicherte ihm, daß ich das schaffen würde.
›Dann bring sie her‹, sagte er. ›Meine Herren, was für eine Geschichte werde ich Felix Aubry erzählen können, wenn ich ihn das nächstemal sehe. Ich in seinem Haus, zusammen mit einer wilden Indianerin!‹
Nun, ich brachte die junge Frau zu ihm ins Haus, und Mr. Lykins erkannte gleich, daß sie eine Cheyenne war. Im Laufe der Jahre hatte er bei seinen Geschäften ein paar Wörter der Sprachen der Prärieindia-

ner aufgeschnappt und kannte auch mehr von ihren Zeichen als ich. Sie hieß Mae-ve-kse-a. ›Das heißt Red Bird Woman, Rote Vogel *Frau*‹, sagte Mr. Lykins mit einem Blick auf mich. ›Nicht nur Red Bird. Sie ist eine *verheiratete* Frau.‹

Die Apachen hatten Red Bird Woman irgendwo am Ufer eines kleinen Flusses namens Nako gefangengenommen, südöstlich von Bent's Fort. Sie war gemeinsam mit mehreren anderen jungen Frauen ihres Büffeljagd-Lagers wilde Beeren pflücken gegangen. Die Apachen hatten sie überrascht, doch während sie sich Red Bird Womans bemächtigten, war es den anderen gelungen zu fliehen. Mr. Lykins stellte ihr eine Reihe von Fragen, in denen mehrere Male der Name *Nako* fiel. Er schien außerordentlich interessiert an ihren Antworten, doch erst nachdem er Red Bird Woman die Kammer gezeigt, wo sie die Nacht verbringen sollte, und ich eine gute Nacht gewünscht hatte, erzählte er mir, was er von ihr erfahren hatte.

Wir standen unter seiner Tür, und ich dankte ihm, daß er mir aus meiner Schwierigkeit herausgeholfen hatte. ›Was, meinst du, fangen wir denn nun mit deiner Cheyenne-Schönen an?‹ fragte er.

›Ich würde sie gern ihren Leuten zurückbringen‹, erwiderte ich.

Lächelnd schüttelte er den Kopf. ›Damit könntest du möglicherweise ein ganzes Leben zubringen. Sie gehört zu den südlichen Cheyenne, und von denen gibt es Dutzende unabhängiger kleinerer Gruppen. Sie sind ständig unterwegs und folgen den Büffelherden.‹

›Sie weiß doch bestimmt, wo sie hinziehen.‹ Ich war nicht gerade in der Stimmung, mir meine Träume kaputtmachen zu lassen.

›Du bist ein Romantiker‹, sagte er. Damals wußte ich nicht, was dieses Wort bedeutete, doch meine ich heute, er hat wohl recht gehabt. Wie ich schon sagte, an diesem Abend meinte ich, nichts sei mir unmöglich, ich könnte alles erreichen, was ich mir vornahm, wenn Red Bird Woman an meiner Seite ritt. Was machte es mir aus, daß sie die Frau eines anderen Mannes war? Was spielte das für eine Rolle? Dem Aufleuchten ihrer Augen hatte ich bereits entnommen, daß sie in mir einen Mann mit übernatürlichen Kräften sah. Zumindest bildete ich mir das ein.

›Sie könnte nützlich für mich sein‹, sagte Mr. Lykins. ›Wir Händler haben von einer Route gehört, die die Apachen bei ihren Überfällen benutzen, wenn sie den Komantschen die Pferde stehlen. Manche behaupten, sie sei drei Tage kürzer als die Cimarron-Route. Vor Jahren habe ich ganz auf mich allein gestellt versucht, sie ausfindig zu machen. Nur ist es mir nicht gelungen, auch nur eine einzige Wasserquelle zu finden. Hätte ich nicht das Glück gehabt, eine Antilope zu erlegen und ihr Blut zu trinken, wäre ich verdurstet dabei. Diese Red Bird Woman ist über diese Route hergebracht worden; sie haben an Quellen und Wasserlöchern halt gemacht. Sie könnte sich als Scout nützlich erweisen, wenn ich beschließe, auf dem Weg zurückzukehren. Gute Nacht.‹

Daß etwa ich ihn und Red Bird Woman begleiten sollte, davon hatte er kein Wort verlauten lassen, und in den nächsten zwei, drei Tagen merkte ich, daß ich zunehmend eifersüchtig auf Mr. Samuel Lykins wurde. Sie mußte ja Tag und Nacht in seinem Hause bleiben. Obwohl Flattery Jack Belcourt die Suche nach ihr offensichtlich nach dem zweiten Tag aufgegeben hatte, hielt er im Wagen-Hof stets die Augen offen, und jedesmal, wenn er mich sah, bedachte er mich mit einem haßerfüllten, finsteren Blick; er wußte ganz genau, daß außer seinen eigenen Leuten ich der einzige war, der ihr bei der Flucht geholfen haben konnte.

Jeden Abend nach Einbruch der Dunkelheit und nach dem Glockengeläut besuchte ich sie und Mr. Lykins, und bei jedem Besuch kam es mir mehr so vor, als ob ihre Bewunderung für mich, die ich in jener ersten Nacht in ihren Augen zu erkennen geglaubt hatte, zwischen mir und dem Händler geteilt wurde, der ihr Zuflucht geboten hatte. Nachdem er mir meinen Lohn gezahlt hatte, gab ich einen guten Teil des Geldes für Kleidung aus und entledigte mich aller meiner mexikanischen Kleidungsstücke bis auf die Serape und kaufte statt dessen ein ledernes Jagdhemd, Jeans mit Lederhosenboden und ein Paar reich verzierte Stiefel. Schweigend billigte sie meinen neuen Aufzug, doch war ich enttäuscht, daß sie nichts sagte, wenngleich ich ihr Cheyenne ohnehin nicht verstanden hätte. Sie sehen also, was für ein junger Tor ich war, selbstgefällig und von sich überzeugt wie ein balzender Prärie-Hahn.

Eines Abends ging ich auf Mr. Lykins' Einladung zum Abendessen dorthin, und nachdem er mir eine Zigarre gegeben hatte, erklärte er mir in aller Seelenruhe, wir würden morgen früh vor Morgengrauen losreiten. Er habe die Hälfte seiner Wagen und Maultiere verkauft, und George Gant und die anderen Fahrer würden mit dem Rest nach Independence zurückkehren. Ich solle ihn und Red Bird Woman über den Apachenpfad zum Nako River begleiten, das heißt, sofern ich bereit sei, die damit verbundenen Gefahren zu riskieren. Ich sprang förmlich von meinem Stuhl hoch, so daß das Geschirr auf dem Tisch wackelte, und streckte ihm dankbar die Hand hin.

Wir hatten Santa Fé bereits hinter uns und ritten auf der Piste auf den verlassenen Ort der Pueblo-Indianer zu, als vor uns die Sonne über den Horizont tauchte. Jeder von uns hatte ein gutes Pferd, und außerdem hatte Mr. Lykins noch zwei Maultiere für die Vorräte mitgebracht, zu denen etliche mit Leder überzogene Wassergefäße gehörten. Meine Hauptaufgabe bestand darin, dafür zu sorgen, daß die Maultiere sich genauso schnell vorwärtsbewegten wie die Pferde, was keineswegs leicht war. Als wir jene Stelle auf der Piste erreichten, wo ich meinen Wagen angehalten hatte und die Apachen aufgetaucht waren, führte Red Bird Woman uns durch eine hinter Fichten verborgene Felsschlucht einen gewundenen Pfad hinunter, der an manchen Stellen so schmal war, daß ich gezwungen war, abzusitzen und meine Maultiere eines hinter dem anderen weiterzuführen. Danach folgten wir eine Zeitlang dem ebenen Lauf eines trockenen Flußbetts, dessen Sand hart verkrustet war, was uns erlaubte, eine wesentlich raschere Gangart einzuschlagen. Gleichwohl galt es den größten Teil des Nachmittags über, sich langsam durch öde Felsengebiete hinauf- und hinunterzuarbeiten.

Als wir an diesem Abend unser Lager aufschlugen, bemerkte Mr. Lykins, wir seien den größten Teil des Tages über immer in großer Nähe der Wagenpiste entlanggeritten und wären auf dieser wesentlich weiter gekommen als auf unserem Pfad, doch wünschte er, daß Red Bird Woman den Wahrzeichen in der Landschaft folge, nach denen man sie in den Süden gebracht habe. Früh am folgenden Tag ließ sie uns nach Osten abbiegen und folgte einem kleinen Strom, bis wir die Wagenpiste an einer Stelle kreuzten, wo unser Treck einmal die Nacht verbracht hatte.

Danach ging es jeden Tag der aufgehenden Sonne nach, und mit jedem Tag wurde der Apachenpfad leichter zu bewältigen, da das Land immer flacher wurde. Die kärgliche Vegetation sah grau aus, der Boden war trocken, und die Sonne sengte hernieder wie Feuer. Ich überlegte, das Jahr müsse im Trockenen Mond stehen, wenn wir wieder im alten Stammland der Cherokesen wären. Von Red Bird Woman lernte ich Cheyenne-Wörter und -Zeichen, so daß wir uns einander verständlich machen konnten. Als ich sie fragte, was für einen Mond wir hätten, schien sie nicht zu begreifen, lachte dann jedoch und sagte, in ihrem Land müsse es der Mond, da die Pflaumen rot werden, sein

und sie würde wesentlich glücklicher sein, wenn sie jetzt dort sein könnte. Ich gestand ihr, auch ich hätte Heimweh nach meiner Heimat, doch könne ich niemals dorthin zurückkehren, da meinem Stamm das Land weggenommen worden sei. Wie man denn Land wegnehmen könne? Ob die Weißen Männer denn auch den Himmel wegnähmen.
Sie überraschte mich ständig mit ihrer Fähigkeit, dem Pfad über Felsgestein oder auch durch dichtes Gras folgen zu können, wo ich überhaupt keinerlei Anzeichen erkennen konnte, daß hier je jemand durchgezogen sei. Eines Nachmittags, während wir eine weite Ebene durchquerten, die leerer und flacher zu sein schien als irgendeine, die ich auf dem Weg nach Fort Bent erlebt hatte, verdunkelte sich unversehens der Himmel hinter uns. Ich dachte, der Wind bringe Regen, doch statt dessen überrannte uns eine Mauer aus Sand, die mir ins Gesicht fiel und deren feine Staubteilchen sich in Nase und Augen festsetzten. Nachdem der Wind vorübergegangen war, war von dem Pfad, dem wir gefolgt waren, nichts mehr zu sehen, und obwohl die Sonne noch hoch am Himmel stand, war ich mir der vier Himmelsrichtungen nicht sicher. Red Bird Woman ergriff die Zügel ihres Pferdes, drehte sich langsam in ihrem Sattel und zeigte zum Horizont. Dort erblickte ich kaum noch erkennbar die Umrisse eines rötlichen Felsens. Hätte sie unsere Augen nicht auf diesen gerundeten Buckel gelenkt, ich bin überzeugt, weder Mr. Lykins noch ich wären seiner in dieser Unendlichkeit gewahr geworden.
›Das ist Norden‹, sagte Mr. Lykins. ›Falls du von dort gekommen bist.‹ Sie neigte den Kopf und gab durch Zeichen zu verstehen, daß sie in der Tat von dorther gekommen sei. Mr. Lykins saß ab, entnahm einer der Maultierlasten einen Pfahl und trieb ihn in den Boden. Dann kritzelte er etwas auf ein Stück Papier, steckte das in eine leere Flasche und befestigte diese mit der Öffnung nach unten an der Spitze des Pfahls. ›Richtungsweiser‹, sagte er. ›Falls ich es an meine Freunde unter den Händlern weitergebe, daß ich eine bessere Route gefunden habe. Die Cimarron-Route verläuft nicht weit im Süden von uns. Könnte sein, daß dies die Abkürzung ist, nach der ich gesucht habe.‹
Nun, wie es sich ergab, wurde dieser nahezu unsichtbare Pfad, über den Red Bird Woman uns führte, hinterher unter dem Namen Lykins' Abkürzung bekannt. Zwei- oder dreimal ließ Mr. Lykins uns an diesem Tag noch halten und trieb einen solchen ›Richtungsweiser‹ in den Boden. So heiß und trocken es war, nie brauchten wir auf die

Wasservorräte zurückgreifen, welche die Maultiere in den lederbezogenen Gefäßen von Santa Fé her mitgeschleppt hatten. Es schien, als ob Red Bird Woman uns jedesmal, wenn wir und unsere Tiere Durst bekamen, an eine kleine Quelle oder einen verborgenen Bach führte. Mr. Lykins äußerte jedesmal seine Verwunderung und Dankbarkeit. ›Auf diesem Pfad gibt es mehr Wasser, mehr Holz und mehr Gras als auf der Cimarron-Route‹, erklärte er.

Um die Mittagsstunde sichtete sie eines Tages den Nako, stieß einen Freudenschrei aus und gab ihrem Pferd die Gerte zu spüren, so daß es in einen schnellen Galopp verfiel. Wir folgten ihr bis auf eine niedrige, mit Dorngebüsch bewachsene Hügelkette über dem Flußbett. Das war die Stelle, wo sie den Apachen in die Hände gefallen war. Mit einer Hand beschattete sie ihre Augen und spähte über den Nako hinüber zu einer verlassenen Lagerstätte.

›Sie sind fortgezogen, ja‹, sagte Mr. Lykins. ›Ihre Leute sind weitergezogen und den Büffelherden gefolgt. Aber ob nach Norden, Osten oder Westen? Was, meinst du, willst du jetzt mit ihr machen, mein romantischer junger Freund?‹

›Ihr helfen, ihre Leute zu finden‹, erwiderte ich.

›Und ihren Mann. Könnte sein, daß er versucht, dich umzubringen, wenn ihr ihn findet.‹

›Dafür, daß ich sie ihm zurückbringe?‹

›Sofern er sich einbildet, daß du mit ihr geschlafen hast. Wilde Indianer! Sie sind unberechenbar. Ich verstehe sie nicht.‹ Er sah zu Red Bird Woman hinüber. Sie war vom Pferd gestiegen und stand jetzt – mit herabhängenden Schultern ein Bild der Verzagtheit – neben ihrem Reittier.

›Nun, wenn wir dem Lauf des Nako folgen, können wir vor Dunkelwerden den Arkansas erreichen, ihn an einer Furt überqueren und in östlicher Richtung weiterreiten nach Independence.‹

›Ich bleibe bei ihr‹, sagte ich.

›Na, schön.‹ Er saß ab, ging zu den Maultieren hinüber, machte zwei von den Wassergefäßen los, ein Paket mit Proviant und seinen Ersatz-Karabiner und brachte all dies zu mir her. Dann steckte er mir eine Handvoll Patronen und Kugeln in eine meiner Brusttaschen. ›Ihr werdet meine beiden Pferde brauchen‹, sagte er, als er wieder in den Sattel stieg. ›Aber meine Maultiere nehme ich mit. Viel Glück!‹ Ohne ein weiteres Wort ritt er los, doch als er um eine Schleife des Nako herumritt, drehte er sich noch einmal um und rief mir zu: ›Falls ihr

findet, wonach ihr sucht – denk dran, daß die Pferde mir gehören. Du wirst dann verdammt gut daran tun, sie mir nach Independence zu bringen. Und meinen Karabiner auch.‹ Das war Mr. Samuel Lykins. Er hatte im Grunde mehr von einem wilden Indianer an sich als irgendein anderer weißer Mann, den ich je kennengelernt habe.«
Dane stand auf und reckte die Arme. »Himmel, bin ich müde!« Er stampfte mit den Füßen auf und trat an den Kamin, um sich den Rükken zu wärmen. »Der alte Westen, da konnte man was erleben, er steckte voller Zauberei. Manchmal war das, was wirklich schien, durchaus nicht wirklich. Vielleicht war überhaupt alles ein Traum.« Er kratzte sich das Gesäß und gähnte. »Ich geh' besser zu Bett, ehe die Kojoten kommen und mir von ihren Träumen erzählen.«
»Einen Augenblick«, protestierte ich, »hat Red Bird Woman ihre Leute gefunden?«

29

Spritzend ritten sie an einer seichten Stelle über den Nako hinüber zum verlassenen Lagerplatz der Cheyenne, wo Kreise von vergilbtem Gras und Steine ringsum erkennen ließen, daß hier vor noch nicht langer Zeit Tipis gestanden hatten. Red Bird Woman sagte, ihre Leute seien fast schon einen ganzen Mond fort, aber es seien immer noch schwache Schleifspuren der *Travois* zu sehen, die in nordwestliche Richtung wiesen. Sie folgte diesen Spuren, bis sie jene Stelle erreichten, wo die Cheyenne über den Arkansas übergesetzt hatten. Doch dort mußten in den letzten Tagen viele Reisende übergesetzt haben, die ein Dutzend oder noch mehr Spuren hinterlassen hatten, welche alle in eine andere Richtung wiesen, und Red Bird Woman gestand, die einen nicht von den anderen unterscheiden zu können.
»Die Büffelherden haben sich nach Norden gewandt«, sagte sie, »weil es dort saftigeres Gras und Wasser geben muß.« Dane erinnerte sich, daß sie, seit sie die Gegend um die Cimarron-Route verlassen hatten, nur noch gelegentlich kleinere Herden gesichtet hatten, und zwar in so großer Ferne, daß Sam Lykins sich nicht die Zeit genommen hatte, sie zu verfolgen. »Meine Leute sind an den Hotoa gezogen oder sogar weiter an den Smoking Land River«, vermutete sie und brach nach Norden auf.
Spät am Nachmittag sichteten sie mehrere Antilopen, die in einer Senke zwischen zwei niedrigen, zedernbewachsenen Hügelketten

ästen. Dane und Red Bird Woman wechselten einen Blick; nachdem sie tagelang nichts anderes gegessen hatten als Lykins' Trockenfleisch, verspürten beide großen Appetit auf frisches Wild. Sich nach rechts wendend, ritten sie einen Halbkreis, bis sie den Fuß der Hügelkette erreichten. Dort stiegen sie vom Pferd und pflockten die Tiere an. Dane ergriff Lykins' Karabiner und ging den Weg durch die Zedern hinauf voran. Als sie den Kamm erreicht hatten, waren die meisten der Antilopen außer Schußweite weitergezogen. Es waren Hunderte, alle von der gleichen Farbe wie das braune Gras. Er lud seine Waffe, zielte sorgfältig und schoß auf dasjenige Tier, das ihnen am nächsten äste. Die Kugel prallte wenige Finger breit links von seinem Ziel singend von einem Felsen ab. Die Antilope machte einen Satz in die Luft und fuhr herum, als suche sie den Ursprung dieser plötzlichen Explosion. Die anderen entfernten sich noch weiter.

Leise lachte Red Bird Woman. »Antilopen hören nicht so wie wir«, sagte sie. »Die da weiß nicht, woher der Knall gekommen ist.«

Nachdem Dane nachgeladen hatte, nahm sie den Karabiner und zielte so hoch, daß die Kugel im trockenen Boden hinter der Antilope einschlug. Vom aufstiebenden Staub erschreckt, sprang das Tier vorwärts und hetzte in mehreren Fluchten auf sie zu, ehe es am Fuß der Hügelkette haltmachte, wo es mit einem Schuß leicht zu erreichen war. Red Bird Woman reichte Dane den Karabiner zurück, und er brachte das Tier mit dem nächsten Schuß zur Strecke.

Ehe die Nacht sich herniedersenkte, brieten sie auf glühenden Kohlen neben einem spärlich rinnenden Bach Antilopensteaks. Dane aß, bis er den Druck des vielen Essens gegen seine Bauchdecke spürte, streckte sich dann aus und bettete den Kopf auf den Sattel, um zu beobachten, wie die ersten Sterne am dunkelnden Himmel sichtbar wurden. Bei aller Sättigung verspürte er eine gewisse Unruhe in sich. Red Bird Woman lag auf der anderen Seite des im Ausgehen begriffenen Feuers und hatte die Beine in die Wolldecke gewickelt. Bis auf das Sirren der Insekten und das Grasrupfen der Pferde lastete Schweigen auf dem Land. Es war, als wären sie die einzigen Menschen auf der Erde.

Er dachte daran, was Mr. Lykins gesagt hatte – was geschehen könne, wenn er sie ihrem Mann zurückbrachte. *Könnte sein, daß er versucht, dich umzubringen... Sofern er sich einbildet, daß du mit ihr geschlafen hast.* Heute abend war er zum erstenmal allein mit Red Bird Woman. Auch in den anderen Nächten hatte es ihn nach ihr verlangt, und er hatte beobachtet, daß auch Lykins sie auf jene gewisse Weise angesehen hatte. Seit vielen Monden war er nicht mehr mit einer Frau zusammen gewesen. Vielleicht fanden sie ihre Leute nie. Ob sie dann für alle Ewigkeit weitersuchen und getrennt schlafen würden wie Bruder und Schwester? Er setzte sich auf, schaute über das Feuer zu ihr hinüber und erkannte an der Art, wie sie sich rührte, daß auch sie wach war.

Lautlos um das erloschene Feuer herumgehend, kniete er sich hin, um ihr ins Gesicht zu sehen, und sah das Zucken ihrer geschlossenen Augenlider. Doch als er ihr die Hand auf die Schulter legte, schlug sie ihn mit offener Hand so heftig gegen das Ohr, daß er fast umgefallen wäre. »Ich bin Lean Bears Frau«, sagte sie, freilich ohne jeden Zorn.

»Ich wollte dich nur spüren«, flüsterte er. »Ich bin so allein.«

»Auch ich bin allein«, sagte sie, »aber ich bin Lean Bears Frau.« Dann drehte sie ihm den Rücken zu, als ob die Angelegenheit damit erledigt sei.

Am nächsten Morgen war er sich nicht sicher, ob diese kurze Begegnung tatsächlich stattgefunden oder ob er sie nur geträumt hatte. Den ganzen Tag über schaute er Visionen am Himmel – Trugbilder, die Wolken sein konnten oder aber Dinge, die er in seinem Geiste sah. Er kam sich verloren vor auf der endlosen Grasebene ohne jeden Baum, die Eintönigkeit der Erde und des Himmels zu unterbrechen. Er sehnte sich nach den grünen Hügeln von Okelogee, der Schlafenden Frau und dem Kleinen Singenden Fluß.

Die Dunkelheit überfiel sie auf dieser trostlosen Ebene. Während Red Bird Woman getrockneten Büffelkot zusammentrug, um ein Feuer damit zu entfachen, pflockte er die Pferde an und benutzte dazu eiserne Pflöcke aus Lykins' Satteltaschen. Der Himmel hatte sich bezogen, es herrschte ein unheilverkündendes Schweigen, und Blitze tanzten über den westlichen Horizont.

Den ganzen Tag über hatten sie nur wenige Worte miteinander gewechselt, doch als sie ihr kärgliches Mahl aßen, redete Red Bird Woman nahezu ununterbrochen. Sie befürchtete, ein Sturm werde losbrechen, schärfte ihm ein, dafür zu sorgen, daß die Pferde auch sicher angepflockt wären und plapperte über Winde, die ganze Tipis in die Luft gewirbelt hätten, wobei sie bisweilen derart raschzüngig redete, daß er ihren unvertrauten Cheyenne-Worten nicht zu folgen vermochte. Er war froh, als sie endlich aufhörte und er sich schlafen legen konnte.

Ein plötzlicher kalter Windstoß weckte ihn. Blitze zuckten über den Himmel und malten groteske Bilder auf die brodelnden Wolken. Das Grollen des Donners wollte überhaupt nicht wieder aufhören. Im Aufblitzen sah er Red Bird Woman zu den Pferden laufen, um sie durch ihre Gegenwart zu beruhigen.

Dicke Wassertropfen, denen eichelgroße Hagelkörner folgten, schlugen ihm hart ins Gesicht und prasselten zu Boden. Er stand auf, bedeckte seinen Kopf mit der Serape und hörte sie schmerzgepeinigt aufschreien. Er sah sie mit der vom Wind geblähten Wolldecke kämpfen und lief, ihr zu helfen. Ein gezackter Blitzschlag blendete ihn, dem Blitz folgte ein ohrenbetäubender Donner, der die Erde erbeben ließ. Wild wiehernd, zerrten die Pferde an ihren Pflöcken, rissen sie aus der Erde heraus und verschwanden in rasendem Galopp im Sturm.

»Hinlegen!« rief sie. »Donnervogel ist böse heute nacht, schlägt mit den Flügeln und blinkert mit seinen Augen. Leg dich hin, sonst treffen dich seine Pfeile.«

Der einzige Schutz, den sie gegen den prasselnden Hagel und den immer stärker werdenden Wind hatten, waren seine Serape und ihre Wolldecke. Sie versuchten, damit einen gemeinsamen Schutz über sich zu spannen, indem sie sich aneinanderklammerten und versuchten, die Ränder niederzuhalten. Allmählich nahmen Hagel und Windstärke ab, doch Blitz und Donner schienen über ihnen stehen zu bleiben, und die Blitzschläge gingen rings um sie her nieder. Bei jedem Einschlag klammerte sie sich fester an ihn, zitterte und barg ihr Gesicht an seinem Hals und wimmerte vor Angst. Völlig durchnäßt, suchten sie, sich gegenseitig zu wärmen und atmeten den tierischen Geruch von nassem Hirschleder und Wolle ein.

Beim ersten Tageslicht erwachten sie, die Arme locker umeinander geschlungen. Der Himmel war wolkenlos. Er drängte sich an sie, doch sie schob ihn mit Gewalt fort, setzte sich auf und suchte nach ihrem Lederrock. »*Aho-ya!*« sagte sie. »Dieser böse Donnervogel. Wenn ich das Recht hätte, den *Nihpihist* zu tragen, wäre das nicht geschehen.«

»*Nihpihist?*« fragte er, da er das Wort nicht verstand. Sie war überrascht, daß er die aus weichem Hirschleder gedrehte Schutzschnur nicht kannte, die die jungen Frauen nach ihren Reifezeremonien trugen. Wenn sie umherzogen oder schliefen, schlangen die ledigen jungen Cheyenne-Mädchen dieses Band um die Hüfte und zwischen den Beinen hindurch und wanden es dann fast bis zu den Knien herunter um die Oberschenkel. Entfernte ein Mann dieses Band oder unternahm er auch nur einen Versuch, das zu tun, mußte er darauf gefaßt sein, von den männlichen Verwandten erschlagen oder von den Frauen gesteinigt zu werden. »Verheiratete Frauen«, sagte sie, »hätten kein Recht, es zu tragen.«

»Das ist bei den Cherokesen nicht Sitte«, erklärte er ihr und rieb sich eine empfindliche Stelle am Halsansatz. Sie prickelte schmerzlich. Ihm fiel ein, daß sie ihn dort gebissen hatte.

Dann machten sie sich auf die Suche nach ihren Pferden und schleppten dabei Sättel und Gepäck auf dem Rücken. Es war nicht genug Regen gefallen, die Spuren völlig zu verwischen, und selbst dort, wo das Büffelgras dicht stand – das hatte er von Red Bird Woman gelernt –, ließen sich Zeichen erkennen: umgeknickte Halme, ein leichter Unterschied in der Färbung, Gräser, die in eine andere Richtung zeigten. Vor Mittag sichteten sie ein kleines Lager, ein Dutzend Tipis, die sich den Saum eines Pappelgehölzes entlangzogen. Die Hand der Sonne wegen über die Augen legend, nahm sie das Lager mehrere Minuten lang in Augenschein. »Arapaho«, sagte sie dann und ging mit raschen Schritten auf das Lager zu.

Als sie näher kamen, erkannte Dane ihre Pferde, die ihnen weggelaufen waren. Sie grasten in der Nähe eines großen Tipis und waren mit den Eisenpflöcken angepflockt, die sie die ganze Strecke hinter sich hergeschleift hatten. Ein alter Mann lehnte sich gegen eine weidengeflochtene Rückenlehne und sonnte sich. Zwei Frauen schabten Fleischreste von einer Büffelhaut, die sie mit Hilfe von Pflöcken am Boden festgesteckt hatten. Kinder spielten am Rand eines kleinen seichten Baches unter den Pappeln. »Die jungen Männer sind auf der Jagd«, sagte Red Bird Woman. Sie begrüßte den alten Mann, der sich erhob, um sie willkommen zu heißen, und dann auf ihre Pferde zeigte. Er habe gedacht, sie gehörten weißen Männern, wegen der Metallpflöcke, die an den Stricken befestigt waren.

»Ich bin die Frau von Lean Bear«, erklärte sie ihm. »Habt Ihr die Cheyenne Hunds-Krieger gesehen?«

Er nickte, und in seinen Augen leuchtete es auf. Er zeigte nach Norden. Vor drei Nächten habe er sie gesehen, wie sie mit Big Stars Leuten am Hotoa gelagert hätten. Sie hätten dort auf eine große Herde gewartet, die zur Tränke an den Fluß ziehe; und er bete, daß ein paar von diesen Büffeln auch in die Nähe dieses Arapaho-Lagers kommen möchten.

Red Bird Woman entnahm ihren Essensvorräten den letzten Rest

Zucker, der in ein Stück Ölhaut eingewickelt war, und reichte ihn dem alten Mann. Dann sattelten sie die Pferde, und sie ritt in einem leichten Galopp voran.

Am Nachmittag dieses Tages sah Dane die größte Büffelherde, die er jemals erblickt hatte, gemächlich einen sanften Hang nach Osten hinunterziehen und den Horizont verdunkeln, von wo aus sie – einem breiten Strom gleich – nach Norden weiterzog. »Sie ziehen zur Tränke an den Hotoa«, sagte sie, »aber nicht so schnell wie wir.« Vor Sonnenuntergang zeigte sie auf ein aus zwei Kreisen von Tipis bestehendes Lager, der eine wesentlich größer als der andere, insgesamt etwa hundert Zelte, durch deren Mitte ein klarer Bach dahinfloß.

Red Bird Woman ritt auf den kleineren Kreis zu. Spritzend ritten sie durch das Wasser hindurch, das den Pferden bis an den Bauch reichte. Ein paar Schritt den Bach hinunter trank ein weißhaariger Mann aus den zusammengelegten Händen Wasser. Als er sie sah, stand er behende auf und rief Red Bird Womans Namen.

»Big Star! Onkel!« rief sie.

»Und du bist doch noch am Leben«, sagte er und lächelte, bis er Dane ansah. »Lean Bear trauert um dich, Nichte. Er hat keine andere Frau genommen.«

»Ist er drüben im Kreis der Hunds-Krieger?«

Big Star nickte zustimmend, und sie sprengte das Ufer hinauf. Dane folgte ihr, doch in diesem Augenblick wäre er lieber woanders gewesen, bedauerte er, daß er nicht zusammen mit Sam Lykins nach Independence geritten war. Als sie in das kleine Rund von Tipis einritten, faßte eine alte Frau Red Bird Woman ins Auge und stieß einen spitzen Schrei aus: *Aie-eee*, bedeckte ihr Gesicht mit einem Tuch und wiegte den Oberkörper vor und zurück.

Ein Mann trat heraus, zwinkerte der Sonne wegen, ein großer Mann mit langem, bis auf die Schulter reichendem, in der Mitte gescheiteltem Haar. Er trug nur einen leuchtend roten Lendenschurz und ein eng am Hals anliegendes, perlenbesticktes Halsband. Red Bird Woman sprang aus dem Sattel und stürzte auf ihn zu, doch er hielt abwehrend die Hand hoch, die Augen immer noch verengt, der vollippige Mund unter seiner Adlernase ein harter Strich. Mehrere Male wanderte sein Blick von Red Bird Woman zu Dane, wobei er immer zögerte, wenn er Danes mexikanische Stiefel wahrnahm, als ob dem Ganzen eine verborgene Bedeutung innewohnte, die sie erklären könnten. Dane saß ab und hielt beide Pferde am Zügel.

Mit einer gewissen Rauheit streckte Lean Bear die Hand aus, packte seine Frau am Arm und zog sie ins Innere des Tipis. Dane vernahm an- und abschwellende Stimmen, ohne freilich zu verstehen, was gesprochen wurde, und dann stand die alte Frau auf, kam näher und drehte den Kopf wie ein neugieriger Vogel, um ihn anzustarren. Sie begutachtete die Bißmale an seinem Halsansatz. Er wandte sich von ihr ab und befestigte die obersten Schlaufen seines Jagdhemdes an den Knöpfen.

Als Lean Bear allein aus dem Tipi hervorkam, würdigte er Dane keines Blickes, sondern ging steifbeinig um das Tipi herum, um gleich darauf mit einem kleinen, großgescheckten Pferd zurückzukommen. Er führte das Pony zu Dane und reichte ihm die ledergeflochtene Schnur, die das Tier um den Hals hatte. »Ich habe zwei Pferde«, sagte Lean Bear. »Eines davon gehört dir.«

»Nein, ich...« Dane wollte schon sagen, er brauche kein anderes Pferd, sah dann jedoch Red Bird Woman am Eingang des Tipis stehen und ihm durch hektische Zeichen verstehen geben, er solle das Pferd annehmen.

»Es ist ein schönes Tier«, sagte Dane leise und ergriff die Schnur.

»Eine Kleinigkeit für das, was du mir gebracht hast.« Lean Bear umfaßte seine Hände und lächelte zum erstenmal.

An diesem Abend gab Big Star ein Festessen in seinem großen Tipi, um die Heimkehr von Red Bird Woman zu feiern, an dem Dane als geehrter Gast teilnahm. Als der Abend weiter fortschritt, erfuhr Dane manches über die Kriegerbünde der Cheyenne, die so gar nichts mit den Sippen seines eigenen Stammes zu tun hatten und völlig unabhängig waren von Geburt oder Verwandtschaftsbeziehungen. Big Star, der Häuptling, war gleichzeitig der Anführer des Rotschild-Bunds. Sein Neffe, Lean Bear, führte die Hunds-Krieger an, die so berühmt waren, daß eine Reihe von Sioux ihren Stamm verlassen hatten, um Mitglieder zu werden. Wenn Hunds-Krieger mit Angehörigen ihres Stamms ein Lager aufschlugen, errichteten sie immer ihr eigenes Tipirund.

Für Dane kam es zur Überraschung des Abends, kurz bevor der Festschmaus begann. Der untere Teil von Big Stars Tipi war hochgerollt worden, um die Luft hereinzulassen. In der Mitte flackerte ein großes Feuer, und ein Kreis von Cheyenne, in der Mehrzahl ältere Männer, hatten darum herum Platz genommen. Big Star saß mit Dane auf der einen und Red Bird Woman und Lean Bear auf der anderen Seite.

Dane sah der Frau und der Tochter des Häuptlings zu, die sich um Töpfe und Kessel über dem Feuer kümmerten. Der Widerschein der Flammen spielte auf ihrem Gesicht, und das junge Mädchen kam ihm so wunderschön vor, daß er nicht aufhören konnte, sie anzusehen. Sie erinnerte ihn an jemand, freilich nicht an Red Bird Woman, die gleichfalls recht hübsch war, sondern an jemand anders. Dies Mädchen hatte etwas Scheues, aber von Zeit zu Zeit blickte sie ihn doch von der Seite an. Wenn ihre Augen einander begegneten, wandte sie den Blick rasch ab. Big Star entzündete eine Pfeife und zeigte Dane, wie man zu Ehren des Geistes in der Höhe rauchte, als vom Lagereingang her Hufgetrappel zu hören war. Die Reiter, sechs oder sieben junge Männer, gingen in verschiedenen Richtungen auseinander, doch einer von ihnen lenkte sein Pferd vor das Tipi des Häuptlings.

Big Star legte seine Pfeife beiseite. »Die Büffelscouts«, sagte er. »Hören wir uns an, was sie zu berichten haben.«

Die Tochter des Häuptlings trat vor Dane, hatte das Gesicht dem Reiter zugewandt, und als sie lächelte, wußte er, an wen sie ihn erinnerte – an Yellow Hawk, den jungen Cheyenne, den er in Bent's Fort kennengelernt hatte. Und es war Yellow Hawk, der vom Pferd glitt und in das Tipi eintrat.

»Große Jagd morgen«, verkündete er. »Die Herde ruht am kleinen Arm des Hotoa aus.«

Zustimmend nickte Big Star. »Nach dem Festessen werden die Ausrufer es bekanntmachen. Wir brechen bei Tagesanbruch auf.«

Yellow Hawk wandte den Kopf. Offensichtlich überraschte ihn die Zahl der Gäste. »Was ist denn hier los – ein Festschmaus?« Dann erblickte er Dane und Red Bird Woman und gab mit einem lauten Schrei seiner Verwunderung Ausdruck. Nach umständlichem Händeschütteln, Lachen und Erklärungen brachte Yellow Hawk seine Schwester zu Dane. »Viele Male habe ich Sweet Medicine Girl von meinem Freund, dem *Sanaki* erzählt. Sie ist schüchtern Jungen gegenüber, aber von dir zu hören, davon konnte sie nie genug bekommen.«

Scheu neigte Sweet Medicine Girl den Kopf, reichte ihm jedoch die Hand. Ihre Finger fühlten sich zart in seiner Hand an und zitterten wie ein gefangener Vogel.

Nach dem Festmahl, das, wie Dane später erfuhr, aus gekochtem jungem Hund bestand, der dann in einer Sauce aus Büffelfett und wilden süßen Kartoffeln gegart worden war, erklärte Big Star, die jungen Leute könnten den Nachttanz tanzen und damit die Feier beenden.

Die alten Männer begaben sich in ihre Tipis, und an ihren Plätzen ließen sich junge Männer und Frauen nieder, die draußen gewartet hatten. Die Mädchen versammelten sich neben dem Feuer, die jungen Männer auf der anderen Seite, zwischen ihnen nahm ein Trommler seinen Platz ein und schlug seinen langsamen Rhythmus. Auf einen Schrei vom Trommler hin erhoben die Mädchen sich und tanzten mit vor der Brust verschränkten Armen langsam hinüber zu den noch sitzenden jungen Männern. »Nicht nach oben sehen«, flüsterte Yellow Hawk Dane zu, »richte deinen Blick auf deine Füße.«

Ein hübsches Mädchen tanzte vor Yellow Hawk hin und trat ihn mit der Fußspitze gegen die Sohle seines Mokassins. Yellow Hawk sprang auf, packte sie bei ihrem Gürtel, woraufhin sie ihre Finger an seinem Leibriemen verhakte und sie sich an die Spitze einer Reihe von Paaren setzten, die um das Feuer herumtanzten. Einen Augenblick später spürte Dane einen leichten Stoß gegen die Sohle seiner mexikanischen Stiefel. Als er aufsah, blickte er direkt in Sweet Medicine Girls erwartungsvolles Gesicht. Ein wenig linkisch hielten sie sich gegenseitig am Gürtel gepackt und reihten sich in die Reihe der Tanzenden ein. Er hoffte, es möchte ewig dauern, doch war es bald zu Ende. Big Star gab dem Trommler durch ein Zeichen zu verstehen aufzuhören und holte Sweet Medicine Girl, damit sie ihrer Mutter beim Herabrollen der Seitenwände des Tipis half.

In dieser Nacht schlief Dane im hinteren Teil von Big Stars Zelt, auf einem Lager, das für Gäste bereitstand. Er träumte von Sweet Medicine Girl – ihren sanften feuchten Augen, mit denen sie verstohlen nach ihm blickte, ihrer kleinen Hand, die er in der seinen hielt, und ihren anmutigen Bewegungen, als sie langsam um den Trommler und um das Feuer herumtanzten. Ein unsanftes Ziehen an seinem Haar weckte ihn. »Büffeljagd«, flüsterte Yellow Hawk. Auf Anraten von Yellow Hawk ritt Dane den Schecken, den Lean Bear ihm geschenkt hatte und der für die Büffeljagd abgerichtet war. Zusammen mit hundert anderen jungen wie alten Männern brachen sie zum kleinen Nebenarm des Hotoa auf, als eine riesige orangenfarbene Sonne über dem Horizont emporschwebte.

Sie fanden die Büffel in verschiedenen Gruppen zwischen hundert und tausend Stück aufgeteilt, wie sie am Rande des Hotoa grasten. Big Star suchte eine Herde von etwa fünfhundert Stück aus, die sich in einer wie ein Dreieck geformten Ebene zwischen dem Fluß, einem Nebenarm und einem Hügelzug zusammendrängte. Auf sein Signal hin

teilten sich die Reiter in zwei Kolonnen, von der eine zum Höhenzug abbog, während die andere direkt am Flußufer weiterritt. Dane folgte Yellow Hawk die Hügelkette hinauf, und als sie den Kamm erreichten, konnten sie erkennen, daß die Reihe der Reiter unten die Büffel einkreisten, die bereits anfingen, wie ein Strudel umeinanderzulaufen. Doch ehe die Tiere einen Ausbruchsversuch machen konnten, war der Kreis geschlossen und wurde jetzt von den Cheyenne enger und immer enger gezogen. Die eigentliche Jagd begann.
Der Schecke riß an seinem Zügel und tänzelte, als sei er ungeduldig loszulegen. »Schau ihn dir an«, sagte Yellow Hawk. »Er tanzt, als ob Freude in seinem Herzen wäre.« Er setzte einen Pfeil auf die Sehne seines Bogens. »Für meine Begriffe ist der Bogen die beste Waffe gegen den Büffel«, sagte er, »wenngleich manche von uns ihn lieber mit der Lanze oder dem Gewehr jagen.«
Dane sagte ihm, er habe noch nie einen Büffel erlegt, und fragte, welcher Körperteil der verwundbarste sei.
»Ziele einfach ein kleines Stück hinter die linke Schulter, wenn er gerade die Beine nach vorn wirft. Dann werden die Rippen auseinandergezerrt, und Pfeil oder Kugel können ungehindert bis zum Herzen vordringen.« Er ließ seinen Vater nicht aus den Augen, der plötzlich den Arm in die Höhe reckte und damit das Signal zum Schießen gab. »Ziel auf das Herz!« rief Yellow Hawk, sprengte davon, ritt dicht an ein weibliches Tier heran und trieb ihm einen Pfeil durch die Rippen.
Bei seinen ersten Schüssen verfehlte Dane sein Ziel, bis er dahinterkam, daß der Schecke nicht gelenkt zu werden brauchte. Den Zügel lockernd, ließ er sich von ihm in die Herde hineintragen, wo er von nahem zielen konnte. Er feuerte, und der Büffel machte einen Satz, stürzte zu Boden und schlug noch mit den Beinen um sich, wobei der Schecke ihm wohlweislich aus dem Weg ging. Dane bat das Tier um Verzeihung, wie er es von Creek-Mary gelernt hatte, und überlegte, ob die Cheyenne wohl das gleiche täten, denn so viele sterbende Büffel bedeckten den Boden. Hier und da entkam ihnen ein Tier, nahmen Jäger die Verfolgung auf. Der ungelenkte Schecke schloß sich einer dieser Verfolgungsjagden an, und zu seinem größten Verdruß segelte Dane, als der Schecke über einen grasbewachsenen Erdhaufen hinwegsetzte, durch die Luft und landete, alle viere von sich gestreckt, auf dem Boden. Als es ihm gelang, wieder auf die Beine zu kommen und seinen Karabiner wiederzufinden, war das Pferd im Halbkreis wieder zu ihm zurückgekehrt, stand still und schüttelte den gescheck-

ten Kopf, gleichsam als wolle es sich entschuldigen. Dane vernahm Yellow Hawks fröhliches Lachen hinter sich.
»*Ya!*« schrie Yellow Hawk. »Der Schecke denkt, du mußt ein *Veheo*, ein weißer Mann sein. Für einen Tag haben wir genug Beute gemacht. Laß uns den Frauen entgegenreiten. Sie kommen mit Messern, um die Büffel zu häuten und zu zerlegen.«
Nachdem dieser Tag vorüber war, glaubte Dane, niemals härter gearbeitet zu haben oder jemals in seinem Leben verdreckter und mehr von Blut und Staub bedeckt gewesen zu sein. Nachdem sie das Fleisch und die Felle zurückgebracht hatten ins Lager, verschwanden Mädchen und Frauen hinter einer Flußbiegung, und die Männer gingen weiter flußabwärts. Kleidung und Körper wurden gründlich gesäubert, und dann kamen alle zurück ins Lager, um sich an den großen Feuern trocknen zu lassen, an denen Büffelhöcker und Markknochen und andere erlesene Leckerbissen brieten. Während sie darauf warteten, daß diese Stücke garten, verspeisten sie Zunge und Leber roh.
Dem üppigen Mahl folgte der Tanz, doch wenn Dane sich auch einem der Kreise anschloß, war er von der ungewohnten und aufregenden Tagesarbeit so erschöpft, daß er sich bald zurückzog. Er ging im Lager umher, suchte nach Sweet Medicine Girl und entdeckte sie schließlich, wie sie zusammen mit anderen Mädchen vorm Tipi ihres Vaters tanzte. Big Star und seine Frau, Bear Woman, die dem Tanz zusahen, forderten ihn auf, neben ihnen Platz zu nehmen.
»Hat der Tag dir gefallen?« fragte Big Star.
»Ich bin ein glücklicher Mann«, sagte Dane. »Zum erstenmal fühlte ich, daß ich wirklich zu dem großen Volk gehöre, das die Weißen Männer Indianer nennen.«
»Die *Sanakis*, dein Stamm, leben schon lange mit den Weißen zusammen, wie ich von meinem Sohn höre.«
»Jawohl, die Cherokesen haben viel von der Lebensweise des Weißen Mannes angenommen.«
Big Star stieß einen Seufzer aus. »Irgendwann, so fürchte ich, werden noch mehr *Veheos* in unser Land kommen. Ich könnte nicht leben wie ein Weißer Mann.«
Der Reigen der Mädchen tanzte jetzt angeregter als zuvor; sie lachten und spielten sich gegenseitig kleine Streiche. »Die Jungen werden nie müde«, sagte Bear Woman. »Ich aber denke an morgen, an das viele Fleisch, das getrocknet, und die Häute, die gesäubert werden müssen. Mich verlangt es nach meinem Lager.«

»Ja, auch ich muß schlafen«, sagte Big Star. »Die Männer ziehen morgen wieder auf die Jagd.«
Dane gab seiner Verwunderung darüber Ausdruck, daß sie sobald schon noch mehr Büffel erlegen sollten.
»Büffel sind wie wilde Pflaumen«, erklärte Big Star ihm. »Sie bleiben nicht lange. Wir bitten jedes Tier um Verzeihung, daß wir ihm das Leben nehmen, und wir verwerten alles, was wir erlegen: Fleisch und Fell und Knochen. Bald werden die Herden davonziehen, und wir werden nach Ghost Timbers aufbrechen, wo wir mit unseren Verwandten aus dem Norden überwintern wollen.«
Aus dem Dunkel tauchte Yellow Hawk auf und rief den tanzenden Mädchen Scherzworte zu. »Mein Körper ist wie ein Stein«, sagte er zu Dane. »Warum legst du dich nicht hin, damit du für die Jagd morgen ausgeruht bist?« Sie folgten Yellow Hawks Eltern ins Tipi, und nach kurzer Zeit streckte Dane sich unter einer leichten Decke auf einem behaglichen, aus Weidenruten und Büffelsehnen geflochtenen Lager aus. Er sah zu, wie aus dem niedrigen Feuer kleine Flämmchen hochleckten, und seine müden Muskeln entspannten sich. Bear Woman rief ihre Tochter, sich gleichfalls zur Ruhe zu begeben. Gelächter und Tanz verstummten, dann vernahm man vom Eingang her leise Mädchenstimmen und unterdrücktes Lachen.
Er sah einen geduckten Schatten auf der anderen Seite des Feuers geräuschlos über den Tipiboden gleiten, nicht jedoch auf die Lagerstätten der Familie, sondern im Bogen auf die seine zu. Hinter dem ersten Schatten tauchten andere auf und bewegten sich auf allen vieren voran wie Tiere. Der erste Schatten war bald ganz in seiner Nähe. Er erhaschte ihren Duft, dann sprang sie auf sein Lager zu, hob seine Decke und streckte sich neben ihm aus, so daß ihr Kopf auf seinem ausgestreckten Arm ruhte. Sie schien zu zittern, doch spürte er, daß es nur unterdrücktes Lachen war. Da richteten sich die anderen Gestalten in die Höhe und kicherten im Halbdunkel über ihnen, während Sweet Medicine Girl versuchte, ihn zu verlassen. Doch jetzt drehte er den Spieß um und drückte sie fest an sich, bis er durch den dünnen Stoff ihres Kleides die Schnüre um ihren Schenkel spürte, die *nihpihist*, die ihm zu lösen verboten war, und so gab er sie frei.
Mit schläfriger Stimme gebot Bear Woman ihnen allen und Sweet Medicine Girl sich schlafen zu legen. Die anderen Mädchen huschten hinaus und verschwanden im Dunkel. Von jenseits des Bettes hörte er Kleider rascheln und dann einen Seufzer, nachdem sie unter ihre

Decke geschlüpft war. Was ihn einhüllte, war der Duft von süßem Gras in ihrem Haar und der schwindende weibliche Duft ihres sauberen jungen Körpers.

Den ganzen Mond der Reifenden Pflaumen über blieb Dane bei den Cheyenne und wachte jeden Morgen mit einem erhebenden Gefühl der Freude auf, wie er es kaum je zuvor kennengelernt hatte. Hin und wieder beschlich ihn jenes Gefühl der Unwirklichkeit, das ihn gepackt hatte, als er zum erstenmal auf die Großen Prärien gekommen war – das Gefühl, daß das Leben ein Traum sei. Doch seine Sinne waren so wach, daß er nicht einen Augenblick daran zweifeln konnte: das hier war Wirklichkeit – die Erregung der Jagd, die harte, schweißtreibende Arbeit, die Freude des Tanzens, die glücklichen, immer zu kleinen Streichen aufgelegten Kinder, die ungebundene, freiheitliche Lebensweise der Cheyenne, die scheuen und unschuldigen Koketterien von Sweet Medicine Girl.

Als die ersten Frostnächte kamen, verkündete Big Star, sie würden jetzt nach Ghost Timbers – *Hinta Nagi*, dem Geisterwald – aufbrechen, um dort ihr Winterlager aufzuschlagen. Da wußte Dane, daß diese glückliche und unbeschwerte Zeit bei den Cheyenne zu Ende ging. Er konnte nicht ewig Gast des Häuptlings und seiner Familie bleiben; er hatte Sam Lykins sein Wort gegeben, ihm Pferde und Karabiner zurückzubringen; er sehnte sich danach, Creek-Mary wiederzusehen und ihr von seinen Abenteuern zu erzählen. Auch kehrten seine Gedanken immer wieder zu anderen Mitgliedern seiner Familie zurück – zu Pleasant, Jerusha und Jotham. Es war Zeit, aufzubrechen und zu seinem alten Leben zurückzukehren.

An dem Morgen, da er davonritt, war er überrascht, welch große Zahl von Cheyenne Big Stars Tipi betraten, um ihm einen glücklichen Heimritt zu wünschen und kleine Abschiedsgeschenke zu überreichen. Lean Bear, der ihn bisweilen immer noch sonderbar ansah, kam mit den Büffeljägern. Red Bird Woman und ihre Mutter Rainbow, die alte Frau, die als erste zu ihm gekommen war und nach den Bißspuren an seinem Halsansatz Ausschau gehalten hatte, brachten ihm ein Paar perlenbestickte Mokassins.

Er ritt auf dem Schecken fort und hatte Lykins' beide Pferde an der Führleine hinter sich. Yellow Hawk und Sweet Medicine Girl gaben ihm bis auf den Kamm des ersten Hügelzugs das Geleit. Dort reichte Yellow Hawk ihm zum Abschied die Hand. Und dann, offenbar einer Eingebung des Augenblicks nachgebend, stieg seine Schwester vom

Pferd und band ein Glöckchen los, das ihr Reittier um den Hals trug. Sie trat mit dem Glöckchen an den Schecken heran und befestigte es an seinem Hals. Dane beugte sich hinunter und griff nach ihr, doch sie machte rasch einen Schritt zurück.

»Dieses Geschenk kommt wahrhaft von Herzen«, sagte Yellow Hawk. »Das Glöckchen war ein Geschenk von mir; sie hat es über alles andere geliebt.«

»Eines Tages werde ich dir das Glöckchen zurückbringen«, versprach Dane ihr.

Sie saß auf. »Mögen die Geister dich beschützen«, sagte sie. Ehe sie ihr Pony wenden ließ, sah er Tränen in ihren Augen blinken. Dann setzte sie zu einem schnellen Galopp an und war fort; ihr Bruder folgte ihr. Dane schickte sich an, die andere Seite des Hügels hinunterzureiten, und sah ihnen nach, bis sie hinter ihm entschwanden wie Gestalten in einem Traum.

Es war der Abend eines staubigen Spätsommertages, als er Sam Lykins' weißes Holzhaus erreichte und am Querbalken für die Pferde aus dem Sattel stieg. Lykins mußte ihn von einem Fenster aus gesehen haben; eine brennende Zigarre schwenkend, kam er heraus. »Ich hätt' ein Vermögen gewettet«, rief er, »daß ich dich und meine Pferde nie wieder zu sehen bekäme! Hast du Red Bird Woman zu ihren Leuten zurückbringen können?«

Dane berichtete von seinen Erlebnissen und verbrachte, nachdem er in Lykins' großem Waschzuber ein belebendes warmes Bad genommen und das Abendessen des Händlers geteilt hatte, das ihm nach den einfachen Mahlzeiten der Cheyenne viel zu stark gewürzt erschien, die Nacht in seinem Hause. Eigentlich hatte Dane vorgehabt, gleich in der Frühe des nächsten Tages weiterzureiten nach Arkansas, doch von einer so schnellen Abreise wollte Lykins nichts wissen. Den ganzen Vormittag über forderte der Händler ihn auf, in seinem Herbsttreck nach Santa Fé einen Wagen zu übernehmen, doch Dane machte immer wieder Ausflüchte. Zuletzt stellte Lykins es so hin, als sei es geradezu Danes Pflicht, sein Angebot anzunehmen. Dane sei schließlich der einzige Fahrer, der den Abkürzungsweg, den Red Bird Woman ihnen gezeigt hatte, bereits kannte; deshalb sei seine Anwesenheit beim ersten Wagentreck über diese schlecht markierte Route unbedingt erforderlich. »Außerdem«, fügte Lykins hinzu, »habe ich dir meine Pferde und mein Gewehr für dein völlig verrücktes Unternehmen zur Verfügung gestellt.«

»Gut, ich fahre«, versprach Dane ihm zuletzt, »aber nur, wenn ich Scout zu Pferde bin, genauso wie Ihr. Nicht als Wagenlenker.«
»Für einen der angeblich so unaufgeklärten Indianer«, sagte Lykins in gespielter Entrüstung, »verstehst du es aber, einen ganz schön in die Mangel zu nehmen.« Dann stieß er ihm die Faust gegen das Knie. »Abgemacht! In einer Woche brechen wir auf.«
Diese zweite Fahrt nach Santa Fé war bei weitem nicht so aufregend für Dane wie die erste. Sie hatten eine erregende Begegnung mit einem Trupp jagender Komantschen, und er und Lykins wären ums Haar in einen Hinterhalt geraten, doch dadurch, daß sie ihren Pferden die Sporen gaben und sie zwangen, eine tiefe Schlucht im Sprung zu nehmen, schafften sie es, mit heiler Haut in die Sicherheit des Wagentrecks zurückzukommen. Bei ihrer Ankunft in Santa Fé mußten sie feststellen, daß der Markt mit Billigwaren überschwemmt war. Lykins weigerte sich, zu diesen allgemein niedrigen Preisen zu verkaufen und überredete Dane, weiterzuziehen mit ihm nach El Paso.
In seiner Erinnerung war diese Fahrt hinterher eine einzige ununterbrochene Strapaze – tagsüber sengende Sonne, und nachts Kälte, Sand und Durst und immer wieder Anfälle von Heimweh. Es kam zu einer Verzögerung nach der anderen – zusammengebrochene Wagen, Schneestürme und Hochwasser bei den Flüssen, so daß sie nicht übersetzen konnten – und so trafen sie erst im späten Frühjahr wieder in Independence ein.
Am letzten Morgen der Rückfahrt wachte Dane vor Sonnenaufgang auf; ein Gefühl der Angst bedrückte ihn. Er lag in einem der leeren Wagen, und als er schweigend auf das taufeuchte Gras hinuntersprang und den grauenden östlichen Himmel betrachtete, entdeckte er die schwarzen Umrisse eines tief kreisenden Raubvogels – eines Falken. Plötzlich stieß der Falke einen Schrei aus und schoß mit einem einzigen raschen Flügelschlag in jene Richtung davon, wo die Sonne bald aufgehen sollte. Im schwachen Licht war es Dane unmöglich, die Farbe seiner Federn zu erkennen. Der Vogel war nur ein dahingleitender Schatten vor dem schiefergrauen Himmel. Er dachte an Creek Mary, und wieder beschlich ihn die Angst. Es verlangte ihn schmerzlich danach sie zu sehen, sie anzurühren und ihr von seinen Fahrten zu erzählen. Ihre Stimme klang in seinem Ohr, und dann hörte er Stiefel über den sandigen Boden schlurfen. Er drehte sich um, sah Sam Lykins neben dem Wagen stehen und sich gähnend das Hemd zuknöpfen. »Hast du's eilig, weiterzukommen?« fragte Lykins ihn.

»Ich reite voraus«, sagte Dane.
»Bleibst du in Independence bei mir?«
»Nein, ich reite heim.«
Er sattelte seinen Schecken und ritt im Galopp in Richtung Independence. Dort schlug er die Straße ein, die nach Süden in die Ozarks führte. Vier Tage später ritt er unter einem bedrohlich tiefhängenden Himmel in die einzige Straße von Cane Hille ein und trabte an Dr. Saviah Mannings Barbierladen und Praxis vorüber, ohne ein Zeichen von ihr zu sehen. Als er sich Timothy Rogers' Schmiede und der Blockhütte näherte, die sie nach ihrer Flucht aus dem Stammesgebiet der Cherokesen gebaut hatten, erschrak er über das verfallene und heruntergekommene Aussehen der Gebäude. Jemand hatte die robuste Vordertür der Hütte herausgenommen sowie die meisten Schindeln vom Dach heruntergerissen. Schmiedeesse und Werkzeuge waren verschwunden; die arg mitgenommenen Türen des leeren Schuppens schwenkten auf. Unkraut wucherte im Garten auf den Beeten. Er brauchte nicht erst abzusteigen um festzustellen, daß hier seit vielen Monaten kein Mensch gelebt hatte. Krank im Herzen, wendete er das Pony und blickte die leere Straße hinunter; der düstere Himmel verstärkte seine gedrückte Stimmung nur noch. Was mochte ihnen allen zugestoßen sein?
Aus einer engen Seitengasse kam ein leichter Einspänner herausgefahren und entfernte sich von ihm. Über dem heruntergelassenen Verdeck konnte er den flachen schwarzen Hut mit der verblichenen gelben Feder erkennen: Dr. Saviah Manning. Er überholte den Wagen, als er vor dem Barbiersalon hielt.
»Dane!« rief sie. »Du siehst ja aus, als hättest du ein Nachtgespenst gesehen.«
Er wies auf die verlassene Blockhütte und die Schmiede. »Habe ich auch. Was ist mit ihnen geschehen?«
Sie sprang in ihren Jeans geschmeidig wie ein Knabe vom Wagen herunter. »Das weißt du nicht? Aber selbstverständlich, woher solltest du – du bist ihnen ja weggelaufen.« Regentropfen platschten von den über ihnen sich drängenden Wolken herunter. Sie begann, die schwarze Stute eilends auszuspannen.
»Sie sind zurück ins Indianer-Territorium«, sagte sie. »Häuptling Ross hat sie eines Tages besucht und ihnen gesagt, die Cherokesen hätten die Gebeine der Toten mit Erde bedeckt, es sei sicher für sie zurückzukommen.«

»Dann ist also alles in Ordnung mit ihnen?« fragte er besorgt.
»Gehört habe ich nichts von ihnen. In letzter Zeit hört man überhaupt nur sehr wenig aus dem Territorium. Jotham hat versprochen, zurückzukommen und mich zu besuchen, hat es aber nicht getan.«
Sie führte ihr Pferd zum Stall hinter ihrem Anwesen, und er folgte ihr. »Stell dein Pony hier unter«, sagte sie, »es sei denn, du willst in eine Regennacht hineinreiten.«
»Der Schecke braucht Ruhe«, sagte er. »Genauso wie ich.«
Sie lud ihn ein, in ihrem Zimmer über dem Barbierladen ihr Abendessen mit ihr zu teilen. Beim Essen tauschten sie nur wenige Worte. Er erzählte ihr kurz, wo er gewesen sei, und sie redete über die Unterschiede zwischen ihm und Jotham. »Du hast so etwas Wildes an dir, das mich abstößt«, sagte sie offen, »obwohl du deinem Halbblut-Cousin in manchem recht ähnlich siehst. Er und ich, wir haben vieles gemeinsam – unser weißes Blut liegt ständig im Kampf mit dem Indianer in uns.«
Der Regen, der aufs Dach trommelte, machte ihn schläfrig. Er griff nach seinem Gepäck, erhob sich und dankte ihr fürs Essen. »Ich werde mir einen Platz zum Schlafen suchen«, sagte er.
Nachdenklich ruhten über die Kerze hinweg, die auf dem kleinen Tisch brannte, ihre dunklen Augen einen Moment auf ihm, und dann brachte sie ihn die Treppe hinunter bis an die verriegelte Vordertür. Als sie sie aufmachte, peitschte ihnen Regen ins Gesicht. »Wohin willst du gehen?« fragte sie.
Er zuckte mit den Achseln. »In die alte Blockhütte.«
»Die hat kein Dach mehr«, erinnerte sie ihn, »und die Schmiede auch nicht.«
»Aber dein Stall hat ein Dach.«
»Nur Dachsparren.« Flüchtig berührte sie seinen Arm. »Bleib hier. Vergiß nicht, deine Großmutter hat mich zu einer eures Stammes gemacht: Suyeta, die Auserwählte.« Sie lächelte. »Ich werde dir etwas zu trinken geben, wonach du träumst.«
Nachdem er seine mexikanischen Stiefel abgestreift und seine Serape auf dem Boden ausgebreitet hatte, brachte sie zwei Becher mit einer hellbraunen Flüssigkeit und setzte sich mit übereinandergeschlagenen Beinen ihm gegenüber auf den Boden. Schweigend tranken sie, nippten an dem leicht bitteren Getränk. »Leg dich nieder«, sagte sie, »und träume.« Sie verschwand mit der Kerze, und er trieb halb unbewußt, halb bewußt in einen sonderbaren Schlaf hinein.

Leuchtende Farbstreifen wirbelten von oben herab und umspielten ihn. Gesichter und dann die ganzen Gestalten von Menschen, die er einst gekannt, schwebten in leuchtende Rot- und Grüntöne gekleidet durch die Luft. Die Hände von Red Bird Woman, Jerusha und Sweet Medicine Girl griffen nach ihm, bis Saviah Manning, die einem Adler gleich in brauner Nacktheit mit ihren kräftigen männlichen Händen zwischen sie fuhr, ihn mit einem Mund packte, der zu einem Schnabel wurde, welcher auf seinem Bauch herumhackte. Beider Gestöhne vermischte sich. Ihre Stimme rief immer wieder Jothams Namen, als erleide sie Folterqualen. Er wollte schreien, doch sein Mund war ihm verstopft.

Schweißüberströmt wachte er in ihrem Bett auf. Sie hämmerte gegen seine Brust. »Steh auf und zieh dich an«, gebot sie ihm. »Ich möchte, daß du hier raus bist, ehe es Tag wird.«

»Warum?« Er fühlte sich schlaff, unfähig, sich zu bewegen.

»Die Leute in diesem Dorf halten mich für eine alte Halbblut-Jungfer, die Männer haßt. Es ist besser für mich, wenn ich sie bei diesem Glauben lasse.« Sie stieß ihn aus dem Bett, und nachdem er sich angezogen hatte, folgte sie ihm nackt bis an die Tür, schob den Riegel zurück und stieß ihn hinaus in die feuchte Dunkelheit. »Sag Jotham, er hat mich belogen«, sagte sie und schloß die Tür hinter ihm.

30

An diesem Punkt seiner Lebensgeschichte angelangt, verließ Dane mich, um sich zur Ruhe zu begeben. Ich hatte keinerlei Schwierigkeiten einzuschlafen, wurde jedoch bald wieder durch melodisches Kojotengeheul geweckt; es kam mir vor, als wäre es kein Quartett oder auch ein Oktett, sondern ein mächtiger Chor aller Präriewölfe Montanas. Ich war überzeugt, von Zeit zu Zeit Danes Stimme vernommen zu haben, wie sie in den Chor einfiel. Zuletzt verzogen die Sänger sich, verebbte der Klang ihrer Melodien allmählich, gleichsam als wären sie Mitglieder eines Opernensembles, das in den Kulissen verschwand.

Hinterher mußte ich in einen tiefen Schlaf gefallen sein. Als ich erwachte, badete Dane bereits im eisigen Schmelzwasser des Baches, der unter meinem Fenster dahinfloß. Gerade als ich damit fertig war, mich in der empfindlichen Kälte des Frühlingsmorgens in Montana

anzukleiden, trat federnden Schritts Dane herein, um seinen Rücken am Kaminfeuer zu wärmen. Das Frühstück hatte er bereits fertig.
»Saviah Manning hat Sie also in das feuchte Morgengrauen hinausgestoßen«, erinnerte ich ihn.
»Ja. Ich habe gestern abend gerade an dieser Stelle aufgehört, weil ich nicht mit den bösen Erinnerungen an meine Rückkehr ins neue Cherokesenstammland einschlafen wollte. Vermutlich ist es so, daß jeder, der seine Familie für längere Zeit verläßt und dann zurückkehrt, den gleichen Schock erlebt, wenn er entdeckt, daß alles sich verändert hat und er nicht der Mittelpunkt der Welt ist, wie er es sich eingebildet hat, sondern nur ein Staubkorn im Leben anderer. Für mich war diese Entdeckung ganz besonders schmerzvoll und traurig.
Es muß schon nach Mitternacht gewesen sein, als mich mein ausgepumpter Schecke vor die Doppelhütte trug, die Onkel Opothle gebaut und die wir Hals über Kopf verlassen hatten, um nach Arkansas zu fliehen. Im Haus war alles dunkel, und ich war mir ja nicht sicher, ob sie hier wieder eingezogen waren. Außerdem wußte ich, wenn ich Großmutter Mary jetzt weckte, würde sie sich nicht wieder hinlegen, sondern alles hören wollen, was ich erlebt hatte.
Deshalb rollte ich mich auf der Veranda in meine Serape ein und schlief. Tante Suna-lee weckte mich, und es roch nach Holzfeuer und brutzelndem Schweinefleisch. Sie hatte vom Fenster aus den Schekken gesehen und war hinausgegangen, um nachzusehen, wer gekommen wäre. Als ich mich erhob, sprang sie herbei, schloß mich in die Arme und weinte so hemmungslos, daß ich ihre warmen Tränen auf meinem Gesicht spürte. Nie zuvor hatte ich einen solchen Gefühlsausbruch bei ihr erlebt. Immer noch schluchzend, führte sie mich ins Haus und in die nach hinten hinausgehende Küche, wo Prissie mich ungläubig anstarrte, bis auch ihr die Tränen in die Augen stiegen.
›Wo ist Großmutter Mary?‹ fragte ich, wußte ich doch, daß sie sonst morgens immer die erste war, der Schutz aller Vormittage meiner Kindheit.
›Sie schläft noch‹, sagte Prissie. ›Jeden Tag flüstert sie einem von uns zu, daß sie nicht ins Land des Dunkels eintreten will, bis du nicht zurück seist.‹ Prissie brachte mich an die offenstehende Tür von Großmutter Marys Kammer. Ich erkannte die Umrisse ihrer gebrechlichen Gestalt unter der Zudecke. Ihr Gesicht war nur mehr ein mit dunkler, runzeliger Haut bespannter Schädel. Langsam schlug sie die Augen auf, versuchte, sich zu erheben und griff dabei mit zitternden knochi-

gen Händen nach mir. Als sie meinen Namen aussprach, hatte ihre Stimme etwas vom Knistern trockener Maisblätter.
Ich trat zu ihr und hielt sie an beiden Schultern fest, während sie mir die Hände übers Gesicht legte. Ihr Körper schüttelte sich, und ich dachte, sie weine, doch dann hörte ich sie lachen, heiser und triumphierend, und ich beugte mich vor, um den Schimmer des Sieges in ihren alten Augen zu sehen. ›Ich habe ihnen ein Schnippchen geschlagen‹, flüsterte sie. ›Ich hab' gewußt, daß du kommen würdest, *Sogonisi,* ehe die dunklen Geister mich fortbrächten.‹
›Du hast mir den Falken geschickt, Großmutter.‹
›Ja, ich habe dir den Falken geschickt, und er hat dich zurückgebracht zu mir.‹ Sie zog an der Silberkette mit der dänischen Münze daran, hob sie von ihrer Brust und gab mir zu verstehen, ich solle den Kopf neigen, damit sie sie mir um den Hals legen könne.
›Nicht‹, flüsterte ich.
Zornig schüttelte sie den Kopf, als ich versuchte, ihr die Silbermünze zurückzugeben. ›Du bist der einzige Reinblütige, der mir geblieben ist‹, sagte sie. ›Deshalb mußt du sie für mich hüten.‹
Ich blieb bei ihr, bis sie wieder einschlief und mühelos atmete wie ein Kind. Hinterher erzählte Prissie mir, Jotham habe Griffa McBee geheiratet, und beide wohnten jetzt in einem Blockhaus beim Handelsposten, den er und William wieder aufgebaut hätten. Timothy Rogers habe daneben seine Schmiede. Alle hätten sie viel zu tun und es gehe ihnen gut.
›Und Pleasant und Jerusha?‹ fragte ich. ›Wo sind die?‹
Prissie schüttelte den Kopf und schnalzte mit der Zunge. ›Du bist zu lange fortgeblieben, Dane. Dein Sohn ist nicht mehr dein Sohn. Bald nachdem wir zurückgekehrt sind ins Stammland, hat Jerusha Reverend Thomas Crookes geheiratet.‹
›Reverend Thomas Crookes?‹ wiederholte ich verwundert. ›Wer ist denn das?‹
›Ein wahrer Mann Gottes‹, erwiderte Prissie. ›Er weiß, daß Pleasant in Sünde geboren wurde, hat ihn aber trotzdem als seinen Sohn angenommen und erzieht den Jungen im wahren Glauben des Heils.‹
Ich wollte hingehen und sie sehen, doch konnte ich Großmutter Mary nicht allein lassen. Jedesmal, wenn sie nach kurzer Zeit wieder aus dem Schlummer aufwachte, verlangte sie nach mir. In dieser Nacht streckte ich mich auf dem Boden neben ihrem Lager aus und meldete mich jedesmal, wenn sie meinen Namen flüsterte. Kurz bevor die

Dämmerung begann, blieb sie still, und als es hell war und ich aufstand und ihr Gesicht betrachtete, wußte ich, daß sie meinen Namen nie wieder rufen würde. Ich konnte nicht weinen, so benommen und erstarrt war ich innerlich. Immer war Creek-Mary dagewesen, genauso verläßlich wie die Sterne, die sie mir am Nachthimmel gezeigt, und ich hatte gewähnt, sie würde immer da sein. Jetzt war sie ins Land des Dunkels eingegangen.

Ich weckte Prissie und Tante Suna-lee, ging dann nach draußen und sattelte den Schecken. Wohin das Pony mich trug, war mir gleichgültig. Das einzige, was ich wollte, war, mich bewegen, über die Erde schweifen, irgend etwas suchen – was, wußte ich nicht. Als ich die Flußniederungen des Illinois erreichte, bog ich in tiefe Wälder ab und ritt und ritt, bis die Dunkelheit kam. Wie lange ich in dem Wald blieb, weiß ich nicht, zwei oder drei Tage vielleicht, das Herz voller Trauer. Erst als ich bei einem heftigen Regen bis auf die Haut naß wurde und mir das Hemd auszog, um es zu trocknen und dabei die dänische Münze an meiner Brust erblickte, kam ich wieder zu mir.

Am nächsten Morgen ritt ich in Tante Suna-lees Hof ein, fand jedoch niemand zu Hause vor und ritt weiter zu der Häuseransammlung beim Handelsposten, die sich inzwischen stark vergrößert hatte – eine neue Kirche mit einer dünnen Schicht weißer Kalkfarbe darüber war hinzugekommen, drei oder vier Wohnhäuser, und neben dem Handelsposten jetzt auch noch die Schmiede. Mr. Tim Rogers und Bibbs arbeiteten im Schuppen, doch hatte ich im Augenblick keine Lust, mit ihnen zu reden; außerdem waren sie zu beschäftigt, um meine Anwesenheit zu bemerken. Rings um die Kirche herum stand eine Reihe maultiergezogener zwei- und vierrädriger Wagen, und aus dem Kircheninneren vernahm ich die hohe Stimme eines Predigers, die von den Fenstern widerhallte.

Hinter der Kirche lag der neue Friedhof mit mehreren Grabhügeln aufgeworfener Erde. Ich stieg vom Pferd und fand Großmutter Marys Grab mit einem mächtigen Zedernstumpf, in den mit einem Schmiedeeisen folgendes eingebrannt worden war: AKUSA AMAYI. Es tat mir wohl, zu sehen, daß Jotham diese Inschrift gewählt hatte statt ›Creek Mary‹, nahm mir vor, ihm das ausdrücklich zu sagen und versuchte, die Tränen zurückzuhalten. Dann wehte aus den vollbelaubten Wäldern der süße Duft wilder Blüten und ein solcher Ausbruch von Vogelgesang herüber, daß meine Großmutter gejauchzt hätte vor Lebensfreude. Meine Tränen flossen, bis ich hörte, wie sie mich mit ihrem tiefen, heiseren Lachen auslachte, und ich überlegte, wie sie sich wohl vorkommen mochte, auf einem Friedhof einer *Unega*-Kirche zur letzten Ruhe gebettet zu sein. Ich bemerkte ein paar gelbe Blumen, die im Schatten der Bäume wuchsen, ging hin und pflückte einen Strauß. Als ich mich hinkniete, um sie neben dem Zedernblock niederzulegen, spürte ich die dänische Münze kühl an meiner Haut, und mir war, als berühre sie mich sanft und sage mir Lebewohl. Dann hörte ich meinen Namen rufen, drehte mich um und stand Jerusha gegenüber. Hinter ihr rollten gerade die Wagen von der Kirche fort. Über die Gräber hüpfend kam ein kleiner Junge auf uns zu, Pleasant, mein Sohn, größer und magerer, als ich ihn in der Erinnerung hatte.

Jerusha strich sich ein paar Strähnen ihres blonden Haares aus dem Gesicht und wartete darauf, daß ich etwas sagte, doch das war mir unmöglich.

›Deine Großmutter war gut zu mir, mehr als irgendein anderer Mensch‹, sagte sie und blickte auf das Grab. ›Aber dich, dich hat sie am meisten geliebt.‹

›Sie wollte aber nicht zulassen, daß wir heirateten‹, sagte ich. ›Wie sollst du sie da nicht gehaßt haben?‹

›Wenn du mich wahrhaft geliebt hättest, würdest du mich geheiratet haben‹, entgegnete sie. ›Als du nicht zusammen mit Jotham aus Independence zurückkamst, wußte ich, daß ich dich für immer verloren hatte.‹ Ihre Lippen zitterten, sie wandte den Blick von mir und brachte stotternd hervor: ›Ich... ich mußte... einen Vater für Pleasant finden.‹

Der Junge war inzwischen näher an sie herangekommen, stand mit weit gespreizten bloßen Beinen da, betrachtete mich und schien sich meiner ganz schwach als etwas aus der Vergangenheit zu erinnern. Sein Gesicht hatte sich verändert. Ich erkannte, daß meine Nase, mein Kinn und meine Ohren aus seinem unreifen Antlitz herauswuchsen. ›Kannst du das Gelöbnis?‹ fragte er mich mit ernster Stimme, die immer noch hoch und dünn war wie die seiner Mutter.

Jerusha lächelte. ›Wir kommen gerade von Reverend Crookes vormittäglicher Temperenzversammlung‹, erklärte sie, ›bei der jeder das Gelöbnis spricht.‹

›Ist das dein Mann?‹

Sie nickte, und Pleasant sagte mechanisch auf: ›Gelobest du feierlich, niemals Whisky, Brandy, Rum, Gin, Wein, vergorenen Apfelmost, starkes Bier oder berauschende Getränke jeder Art zu trinken, zu kaufen oder zu verkaufen und als Getränk weder anzubieten noch anzunehmen?‹

Ich konnte nicht anders, ich mußte einfach lachen, doch sollte später eine Zeit kommen, da ich mich dieser kindlichen Worte voller Bedauern erinnerte. Ich wollte vortreten, meinen Halbblut-Sohn in die Höhe heben und ihn loben, doch ein weißer Mann in einem schwarzen Anzug näherte sich uns von der Kirche her. ›Ist das Reverend Crookes?‹ fragte ich.

›Er ist gut zu mir und Pleasant gewesen‹, sagte sie, und dann bewegten sich ihre Lippen kaum, als sie flüsterte: ›Und doch kann ich ihn niemals so lieben, wie ich dich geliebt habe, Dane.‹

Reverend Thomas Crookes sah aus wie ein Mann, der oft und gut aß und überhaupt gewohnt war, daß alles so lief, wie er es wollte. Er war von rundlicher Gestalt und rundem Gesicht, sein Mund von einem struppigen, sandfarbenen Bart bedeckt, der dringend geschnitten werden mußte. Als er näherkam, wanderte sein Blick zwischen Pleasant und mir hin und her.

›Ihr seid der Vater des Jungen‹, erklärte er vorwurfsvoll. ›Das könnt Ihr nicht leugnen.‹ Und sagte das in einem Ton, der mich erkennen ließ, daß er mich als ein Werkzeug seines Teufels betrachtete, wo nicht gar als den Teufel selbst. Er kam nicht näher als Jerusha und streckte mir nicht die Hand hin.

›Er hat Großmutter Marys Grab besucht.‹

Er warf einen Blick auf Großmutter Marys Grab. ›Ich habe bei ihrer Beerdigung gepredigt‹, sagte er in einem Ton, der einen gewissen Dünkel verriet. ›Obwohl sie als Heidin gestorben ist und es abgelehnt hat, sich taufen zu lassen und von ihren Sünden reingewaschen zu werden.‹

›Sie hat an *Esaugetuh Emissee,* den Schöpfer des Atems geglaubt‹, sagte ich und schickte mich an, auf den Schecken zuzugehen. Crookes fiel neben mir ein, während Jerusha und Pleasant uns folgten. ›Ich liebe Sünder‹, sagte er fast fröhlich. ›Besonders die Heiden. Dadurch, daß ihr euren heidnischen Göttern gefolgt seid, habt ihr euch in den Augen des wahren Gottes gegen die gute Frau versündigt, die heute mein Eheweib ist.‹

Was hätte ich zu ihm sagen sollen? Worte hätten nichts geändert. Folglich schwieg ich. Er jedoch fuhr fort in seiner Predigt, und salbungsvoll kamen seine Worte wie eine Flut: ›Reinblütige wie Ihr‹, sagte er, ›sind die schwierigsten. Die hier leben, sind heruntergekommene Wilde, aber der Tag wird kommen, da meine schweren Kämpfe wider die Sünde, die Welt und den Teufel mit Gottes Hilfe den Sieg bringen werden. Mein Märtyrergeist wird die Schwierigkeiten meistern, den Cherokesen Zivilisation und Religion zu bringen.‹

›Wir haben in unserem Stammland im Osten Eure Zivilisation und Eure Religion ausprobiert‹, sagte ich zuletzt, ›aber Eure christlichen Brüder haben Tausende von uns von Haus und Hof verjagt und in den Tod getrieben. Nehmt Euch meines Sohnes an, Mr. Crookes.‹ Ich drehte mich um und verneigte mich lebewohlsagend vor Jerusha und Pleasant; sie taten mir leid, doch gab es nichts, was ich hätte für sie tun können, und so bestieg ich mein Pony und ritt hinüber zum Handelsposten, um Jotham zu sehen.

Auch Jotham hatte sich verändert, freilich nicht in dem Maße wie die anderen. Wir redeten über alte Zeiten, lachten über lustige Erlebnisse und taten die traurigen mit einer Handbewegung ab. Er lebte glücklich mit Griffa, die bereits ein Kind erwartete, und deshalb erinnerte ich ihn nicht an Saviah Manning und ihren Vorwurf, er habe sie belogen.

In den nächsten zwei oder drei Tagen sah ich die meisten meiner alten Freunde und Bekannten wieder. Sie erzählten mir von ihren Hoffnungen und Ängsten um das neue Stammland der Cherokesen, berichteten aber auch Neues aus der Ferne. Sequoyah war irgendwo in Mexiko und suchte nach einer Schar ›verlorener‹ Cherokesen, die während der Unabhängigkeitskriege gen Westen gezogen waren, und ich fragte mich, ob sich unsere Wege auf meinen Fahrten nicht womöglich gekreuzt hätten. Ich war betroffen, als ich erfuhr, daß mehrere hundert Cherokesen General Scotts Soldaten entwischt waren und in stark befestigten Siedlungen immer noch in den Smoky Mountains lebten. Einen Tag etwa dachte ich daran, zurückzukehren in den Osten und mich ihnen anzuschließen, doch stammten sie aus den nördlicheren Regionen des alten Stammlandes und waren mir daher bestimmt fremder als die Freunde, die ich vor kurzem unter den Cheyenne gefunden hatte.

Tatsächlich kehrten meine Gedanken ständig zurück zu Big Stars glücklichen Nomaden, zu Yellow Hawk und den Büffeljägern, und zu Sweet Medicine Girl. Sollte ich es wagen, zu ihnen zurückzukehren? Meine Familie, meine Sippe und meinen Stamm zu verlassen und ein Cheyenne werden? Nun, dachte ich, wenn meine Großmutter den

Mut gehabt hatte, ihrem Herzen zu folgen und ihre Leute zu verlassen, um Cherokesin zu werden, konnte ich ihrem Beispiel doch gewiß folgen. Amayis Blut würde mir schon nicht den Mut sinken lassen.
Als Jotham eines Tages verkündete, er und Bibbs würden bald nach Independence fahren, um Waren für den Handelsposten einzukaufen, sagte ich ihm, ich würde ihn begleiten, doch solle er trotzdem Bibbs mitnehmen, denn ich würde nicht wieder mit ihm ins Stammland zurückkehren.
Das bekümmerte ihn. ›Das Stammland braucht dich, Dane‹, sagte er. ›Warum bleibst du nicht hier? Du hast einen Anspruch auf Land. Du könntest Farmer werden, gut leben und eine Familie gründen, wie ich es getan habe.‹
Ich versuchte, ihm meine Gefühle, meine Ruhelosigkeit zu erklären, aber ich glaube, er begriff nicht, daß wir von dem, was uns in den Schoß fällt, oft nichts wissen wollen, wohingegen wir dem, was unseren Händen zu entgleiten droht, oft bis ans Ende der Welt folgen.
Als wir Independence erreichten, nahm ich das Geld, das Mr. Lykins mir gezahlt hatte, um mir ein Gewehr und eine Pistole zu kaufen. Eine Enttäuschung für mich war es, als ich hörte, daß er in Mexiko sei, doch Mr. Louis Tessier, der Franzose, der Jotham und William belieferte, fand eine Stelle für mich in einem Treck, der nach Bent's Fort ging. Im späten Sommer, nach langem Suchen, fand ich Big Stars Leute, die weit nordöstlich von Bent's Fort an einem Fluß namens Sand Creek ihr Lager aufgeschlagen hatten.«

Dane hob die rußgeschwärzte Kaffeekanne von der Feuerstelle und schenkte mir Kaffee nach. »So, jetzt kennen Sie die Geschichte von Creek-Mary«, sagte er.
»Nicht ganz«, antwortete ich. »Sie haben mir gerade eben gesagt, wie überzeugt Sie davon gewesen seien, daß ihr Blut Sie in Ihrer Entscheidung, Cheyenne zu werden, bestärkt habe. Durch Sie und Ihre Kinder und Enkelkinder hat sie weitergelebt.«
Das Aufleuchten in seinen Augen und das Lächeln, das seine Lippen umspielte, verriet mir, daß das, was ich gesagt hatte, ihn freute. Er wollte schon etwas dazu sagen, als das Knirschen von Wagenrädern ihn bewog, zum Fenster hinauszuschauen. »Wieder dieser junge Crow«, sagte er. »Diesmal mit dem Wagen seines Alten. Möcht' mal wissen, was er nun schon wieder will.« Er ging an die Tür, machte sie auf, trat hinaus und wartete, daß der Wagen in seinen Hof einbog.

»Hallo, Dane«, rief der junge Fahrer ihm zu. »Old Red Bird Woman schickt dir ein paar Zeltstangen. Wo sollen sie hin?«

»Verdammt!« sagte Dane. »Ich hatte gedacht, sie wollte mich mit ihrem Gerede nur auf den Arm nehmen. Wie viele schickt sie denn?«

»Sechzehn oder vielleicht auch siebzehn.«

»Himmel! Das reicht für ein großes Tipi. Dann bringst du sie wohl am besten im Schuppen im Korral unter.«

»Mach' ich.« Der junge Mann lenkte den Wagen auf den verrosteten Wellblechschuppen zu, und Dane folgte ihm.

Ich trat hinaus, um zuzusehen, und spürte, wie die Sonne mit der eiskalten Luft um mich herum kämpfte, bis sie zurückkehrten. Diesmal stellte Dane mich John Bear-in-the-Water vor, doch die Augen des jungen Crow verrieten immer noch Argwohn, was meine Gegenwart wohl zu bedeuten hätte. Er fuhr los, hielt aber, noch ehe wir die Tür der Hütte erreicht hatten, wieder an und rief: »He, Dane! Wann kommt Amayi denn wieder her?«

»Bald«, rief Dane zurück. »Bald – hoffe ich jedenfalls.«

Nachdem wir wieder drinnen waren, ließ er sich in seinen Schaukelstuhl fallen, schüttelte den Kopf und stöhnte. »Red Bird Woman will unbedingt ein Tipi aus Büffelfellen machen. Behauptet, sie und ich müßten in einem Tipi sterben.«

»Red Bird Woman?« wiederholte ich. »Dieselbe...«

»Ja, ja, die Red Bird aus meiner heißblütigen Jugendzeit. Sie ist ein Kojote, genauso wie ich, schwer totzukriegen.« Er verengte die Augen angesichts des Sonnenstrahlenbündels, das durchs Fenster hereinfiel. »Man kann wohl sagen, daß Red Bird Woman immer eine Art Schutzengel für mich gewesen ist, jemand, der mir Glück gebracht hat. Sie war die erste, die mich sah, als ich zurückkehrte, um mich den Cheyenne in ihrem Lager am Sand Creek anzuschließen. Ich hatte meinem Schecken das Glöckchen umgebunden, das Sweet Medicine Girl mir geschenkt hatte, und sie erkannte den Klang. Als ich den seichten Fluß überquerte, hatte sie inzwischen dafür gesorgt, daß Sweet Medicine Girl da war, mich zu begrüßen. Ich sprang vom Pony und mußte an mich halten, um das scheue kleine Mädchen nicht fest in die Arme zu schließen. Zum erstenmal in meinem Leben wußte ich, daß ich dort war, wo ich sein wollte. Nun, am Abend dieses Tages, als ihr Bruder, Yellow Hawk, mit den Büffeljägern heimkehrte, nahm ich ihn beiseite und sagte ihm, ich wolle Cheyenne werden und begehre seine Schwester zur Frau. Was für Taten ich verrichten, welche

Prüfungen ich auch bestehen müßte – ich würde es freudigen Herzens tun.
Wir redeten lange miteinander, und bald war es mir klar, daß ich drei Dinge schaffen mußte. Als erstes galt es, mir Sweet Medicine Girls Einverständnis zu verschaffen, meine Frau zu werden, indem ich um sie warb, wie es bei den Cheyenne Sitte war. Dann mußte ich versuchen, in einen der Kriegerbünde aufgenommen zu werden, um mich der Tochter eines Häuptlings als würdig zu erweisen. Und drittens mußte ich ihrem Vater, Big Star, mehrere Pferde zum Geschenk machen, ehe er mir seine Tochter zur Frau geben konnte.
Ohne die bereitwillige Hilfe von Yellow Hawk wäre mein Weg noch mühseliger gewesen, als er es ohnehin war. Das erste Hindernis, das sich mir in den Weg stellte, war Magpie Eagle, ein oder zwei Jahre jünger als ich, der es sich in den Kopf gesetzt hatte, Sweet Medicine Girls Herz zu gewinnen. Bei der Büffeljagd hatte ich Magpie Eagles Können und Kühnheit bewundert; aber als Nebenbuhler um die Gunst eines Mädchens störte mich sein Mut. Beim Tanzen trug er rote Bänder im Haar, leuchtende Porzellanperlen um den Hals und Wolfsschwänze unterhalb der Knie an den Beinen. Er ersann Mittel und Wege, Sweet Medicine Girl aus dem Kreis der anderen herauszulotsen, und dann sah ich ihn in den Schatten mit ihr stehen, seine Wolldecke über beider Kopf und die Körper sehr nahe beieinander. Das war durchaus üblich unter den jungen Cheyenne, mußte jedoch einem jungen Cherokesen merkwürdig vorkommen, das kann ich Ihnen sagen. Anfangs brachte ich es einfach nicht über mich, das Wolldeckenwerben zu versuchen, und ihr dadurch den Hof zu machen; und auf einer Knochenpfeife zu blasen, erwies sich auch nicht als wesentlich leichter. Magpie Eagle verstand sich auch darauf besonders gut und stand oft des Abends vor Sweet Medicine Girls Tipi und spielte immer und immer wieder dieselben Töne.
Als jemand, der um Big Stars Tochter freite, konnte ich nicht mehr im Tipi des Häuptlings schlafen und erhielt deshalb ein Lager im Tipi eines alten Mannes namens Whistling Elk. Er interessierte sich für mein Werben und schenkte mir eine Pfeife aus Vogelknochen, mit der er, wie er mir sagte, einst die Gunst seiner verstorbenen Frau errungen habe. Whistling Elk lehrte mich, auf dem schrillen kleinen Instrument zu spielen. ›Du mußt dir selbst eine Melodie einfallen lassen‹, riet er mir, ›damit sie deine Anwesenheit in der Dunkelheit erkennt.‹ Nach etlichen Abenden, an denen ich übte, nahm ich dann al-

len Mut zusammen, trat im Abenddämmer vor ihr Zelt und spielte mein Lied. Magpie Eagle ließ nicht lange auf sich warten und spielte mit so großem Geschick, daß ich mich gedemütigt fühlte. Ich sah Sweet Medicine Girl im offenen Eingang des Tipi stehen und uns zulächeln und überlegte, ob meine Serenade sich in ihren Ohren wohl genauso kläglich ausnahm wie in den meinen.

Nicht lange danach besuchte Red Bird Woman mich eines Morgens und erklärte mir, die Zeit sei gekommen, meine Werbung mit mehr Nachdruck zu betreiben. ›Ich weiß, daß Magpie Eagle Sweet Medicine Girl ein paar Ringe geschenkt hat‹, sagte sie. ›Aber bis jetzt hat sie sie noch nicht angesteckt.‹ Sie selbst streifte ein Armband von ihrem Handgelenk, einen Silberreif mit den Klauen von zwei Grizzly-Bären daran. ›Schenk Sweet Medicine Girl dies Armband‹, sagte sie, ›und paß auf, ob sie es trägt. Tut sie das, brauchst du Magpie Eagle als Nebenbuhler nicht mehr zu fürchten.‹ Nachdem ich ihr gedankt hatte, vertraute sie mir an, dieses Armband habe Lean Bear ihr geschenkt, als er um sie geworben habe, und sie habe es für ihn getragen. ›Es besitzt Zauberkraft‹, versicherte sie mir.

›Was wird denn Lean Bear sagen, wenn er dahinterkommt, daß du mir dieses Armband geschenkt hast?‹ fragte ich.

›Er ist es doch gewesen, der mir riet, es dir zu bringen‹, erwiderte sie lachend angesichts meiner Befürchtungen. ›Lean Bear sagt, Magpie Eagle ist nicht gut genug für seine Cousine, Sweet Medicine Girl.‹

Beim nächsten Tanz fand ich Gelegenheit, Sweet Medicine Girl das Armband zuzustecken. Sie sagte nichts und wandte schüchtern die Augen ab, als ich versuchte, darin zu lesen, was für Gefühle sie mir entgegenbringe und wie sie auf mein Geschenk reagiere, und da hatte ich schon Angst, bei mir habe der Zauber des Armbands versagt.

Doch als ich am nächsten Abend vor ihr Tipi ging, um die Vogelknochen-Pfeife zu blasen, trat sie heraus und hob den Arm, damit ich den Armreif an ihrem Handgelenk sehen könne. Augenblicklich hörte ich auf zu spielen, mein Herz klopfte wie das eines Vogels, der steil in den Himmel aufsteigt, ging zu ihr hinüber, hob meine Serape und hüllte uns beide mutig darin ein. Sie duftete nach süßem Gras und weißem Salbei. ›Warum hast du nur so lange gewartet?‹ flüsterte sie. Daraufhin sagte ich ihr, ich sei nicht besonders klug und verstünde mich immer noch nicht gut auf die Sitten und Gebräuche der Cheyenne. Dann versprach ich ihr, wenn sie auf mich warten wolle, würde ich so übermenschliche Taten vollbringen, daß die Kriegerbünde mich auffor-

dern würden, ihnen beizutreten; und ich würde eine Herde der schönsten Pferde vor ihres Vaters Tipi führen.
Sie versprach mir zu warten, gleichgültig, wie viele Monde vergehen müßten, ehe ich diese Aufgaben bewältigt hätte. Ihre Finger fanden Creek-Marys Dänenmünze, die ich immer um den Hals trug. ›Das hier ist deine Medizin?‹ fragte sie.
›Das ist ein großer Zauber‹, sagte ich. ›An dem Tag, da du meine Frau wirst, gehört sie dir. Sie ist uralt und für dich aufgehoben worden.‹
Als der Mond des Trockenen Grases näherrückte, brachen Big Stars Leute in den Norden nach Ghost Timbers auf, um dort ihr Winterlager aufzuschlagen, und Lean Bears Hunds-Krieger zogen als Nachhut hinter uns her.
Unterwegs erzählte Yellow Hawk mir, daß sein Bund, die Füchse, einen Herbstüberfall auf Crows oder Shoshonen plane, um die Pferdeherden aufzufüllen. Auf einer ihrer Versammlungen habe er, Yellow Hawk, vorgeschlagen, mich als Gast bei diesem Unternehmen mitzunehmen, doch Magpie Eagle habe Einspruch dagegen erhoben. Der Anführer des Kriegerbundes der Füchse habe sich jedoch über diesen Einwand hinweggesetzt; ich hätte also Erlaubnis, an diesem Unternehmen teilzunehmen. ›Sei auf der Hut vor Magpie Eagle‹, schärfte Yellow Hawk mir ein. ›Er ist immer noch eifersüchtig auf dich, weil du das Herz meiner Schwester gewonnen hast.‹
Nachdem das Lager bei Ghost Timbers aufgeschlagen worden war, verbrachten die Füchse vier Tage damit, sich auf den Überfall hoch im Norden vorzubereiten. Ich nahm an allen Ritualen teil – Tanzen, Singen und Gebet zur Großen Medizin. Wir reinigten unsere Gewehre und schärften unsere Messer und Speerspitzen. Um in den Besitz von Pfeil und Bogen und einem roten Lendenschurz zu gelangen, wie die anderen ihn trugen, gab ich im Tausch meine Pistole an Whistling Elk. Er gab mir außerdem noch einen Medizinbeutel mit etlichen Zauberkräutern und einer Adlerklaue darin. Ich brachte es nicht übers Herz, ihm zu sagen, daß Creek-Marys dänische Münze mir allen Schutz gewährte, den ich brauche, und trug den Beutel daher ebenfalls.
Frühmorgens brachen eines Tages an die dreißig von uns ins Shoshonen- und Crow-Gebiet auf. War Shirt führte uns über einen Umweg durch ausgetrocknete Bachläufe und im Schutz von Weiden und Pappeln, auf daß irgendwelche Gruppen auf der Jagd oder auf dem Kriegspfad nichts von unserer Anwesenheit merkten. Nachts schlugen wir

unser Lager im Dickicht auf, bauten kein Feuer und aßen nur wenig von unserem Dörrfleisch und getrockneten Beerenkuchen.

Eines Tages fanden unsere Späher, als sie an einen Ort gelangten, wo gerade vor kurzem eine Büffeljagd stattgefunden hatte, einen Pfeil im hohen Gras. Da der Schaft dicker und schwerer war als unsere Pfeilschäfte, mußten die Jäger Crows gewesen sein. War Shirt schickte augenblicklich vier unserer besten Spurenleser aus und hielt den Rest von uns in einer tiefen Schlucht verborgen. Nach kurzer Zeit kehrten die Spurenleser zurück und berichteten, die Crows hätten ihr Lager auf der anderen Seite einer Flußfurt aufgeschlagen und besäßen eine ungewöhnlich große Herde Pferde. Einige der Ponys trügen immer noch die Sioux-Zeichen, die ihnen auf die Flanken gemalt seien, und müßten erst vor kurzem gestohlen worden sein. Beim Lager handele es sich um ein provisorisches, und insgesamt seien es etwa sechzig Crow-Krieger mit ihren Frauen und Kindern. Nach allem, was die Späher hätten in Erfahrung bringen können, schienen sie sich darauf vorzubereiten, am nächsten Tag weiterzuziehen.

Als die Dämmerung hereinbrach, rückten wir alle näher an den Fluß heran, und nachdem War Shirt das Lager erkundet hatte, schlug er einen Plan vor, nach dem wir vorgehen sollten. Die Crows seien sehr sorglos, sagte er, und ein Großteil der Pferde sei auf der anderen Seite unten am Fluß in einem Korral eingepfercht und keinerlei Wachen aufgestellt. Er rief nach zehn Freiwilligen, die weiter flußabwärts den Fluß überqueren und dann beim Morgengrauen zu Fuß einen Scheinangriff machen sollten, um die Crow-Krieger von ihrem Korral fortzulocken.

Da dieser Scheinangriff gefährlicher werden konnte, als eine unbewachte Pferdeherde davonzutreiben, meldeten sich sämtliche jüngeren Fuchs-Krieger freiwillig, unter ihnen Yellow Hawk und Magpie Eagle; daß ich mich meldete, versteht sich von selbst, denn schließlich wollte ich ja meine Tapferkeit unter Beweis stellen. Unter denen, die sich gemeldet hatten, befand sich auch ein sehr junger Mann von vierzehn oder fünfzehn Jahren. Ich hatte ihn zwar bereits bei Büffeljagden gesehen, wußte aber nicht, wie er hieß.

Die Nacht ging sehr kalt zu Ende, und als wir kurz vor Tagesanbruch unsere Pferde durch den Fluß schwimmen ließen, war das Wasser wie Eis. Wir halfterten unsere Ponys in einem kleinen Dickicht nahe beim Fluß an und machten uns dann stromaufwärts auf den Weg zum Lager der Crows.

Als wir uns soweit genähert hatten, daß wir über den Weiden hinweg die Funken ihrer Feuer aufsteigen sahen, zogen wir uns weit auseinander, schlichen uns langsam voran und versuchten, möglichst kein Geräusch zu machen. Einer ihrer Hunde muß uns gerochen haben. Er brach in ein Warngeheul aus, und die Crows kamen zu Fuß aus den Weiden hervorgebrochen. Es war gerade eben hell genug, daß sie uns undeutlich sehen konnten, doch da wir alle gleichzeitig feuerten und weit auseinandergezogen waren, konnten sie nicht mit Sicherheit sagen, wie groß unsere Gruppe war. Auf Yellow Hawks Signal hin zogen wir uns ein kurzes Stück zurück, gingen hinter Büschen oder Bäumen in Deckung, luden wieder und feuerten abermals. Auf diese Weise lockten wir die Crows nach und nach aus ihrem Lager fort. Sobald wir die Schreie unserer berittenen Fuchs-Krieger und das Aufspritzen der eingefangenen Herde in den seichten Stellen des Flusses hörten, machten wir alle kehrt und rannten zu unseren Ponys. Die Crows wußten nicht, was sie jetzt tun sollten – uns zu Fuß verfolgen oder zurücklaufen in ihr Lager und dort besteigen, was ihnen noch an Pferden geblieben war.
Sie mußten eine ganze Menge Pferde um ihre Tipis herum angepflockt gehabt haben, denn wir zehn waren kaum zur Hälfte über den Fluß hinüber, als ein Dutzend Crows hinter uns hergesprengt kam. Wir hieben auf unsere Pferde ein und ritten auf eine Schlucht zu, in der War Shirts Männer und die gefangene Herde auf uns warten sollten. Plötzlich rutschte mein Schecke an einer verschlickten Stelle aus, drehte sich um die eigene Achse, um wieder auf die Füße zu kommen, und dabei sah ich einen meiner Kameraden und sein Pferd auf dem Boden hinter mir. Die anderen jungen Männer waren uns mittlerweile weit voraus. Die Crows fielen auf dem festen Land sofort in Galopp, einer von ihnen auf einem besonders schnellen Renner den anderen weit voraus.
Was ich dann tat, tat ich ohne zu überlegen. Bei dem vom Pferd abgeworfenen Cheyenne handelte es sich um eben jenen vierzehn- oder fünfzehnjährigen Jungen, dessen Namen ich nicht kannte. Sein Pony lag noch regungslos da, und er humpelte auf mich zu. Wie ich schon sagte: ohne zu überlegen und ohne an so etwas wie Mut oder Gefahr überhaupt zu denken, stach ich meinem Schecken eine Pfeilspitze in die Flanke, so daß er einen Satz voran machte. Ich wendete, so daß ich unmittelbar vor den humpelnden Jungen gelangte, doch der Crow an der Spitze unserer Verfolger kam gefährlich näher, hatte die Lanze er-

hoben und war im Begriff, sie auf uns zu schleudern. Daran mußte ich ihn mit meinem ersten Schuß hindern. Ob es an Amayis Münze lag oder an Whistling Elks Zauberbeutel, werde ich selbstverständlich nie wissen können; auf jeden Fall war jedoch meine Medizin stark an diesem Tag. Ich schoß den Crow aus dem Sattel, packte den Jungen beim Handgelenk und zog ihn hinter mir aufs Pferd. Dann hörte ich Gewehrfeuer von vorn. Yellow Hawk und die anderen hatten kehrt gemacht, um zu helfen, und nicht weit hinter ihnen ritten auch War Shirt und die Seinen heran. Die Crows sahen sich einer großen Überzahl gegenüber und ritten in heillosem Durcheinander zum Fluß zurück.

Als wir die erbeutete Pferdeherde erreichten, glitt der Junge hinter mir vorsichtig vom Pferd, um nicht mit seinem verknacksten Fuß auf dem Boden zu landen. Magpie Eagle stürzte auf uns zu, schloß den Jungen in die Arme und wischte ihm den Schlamm ab. ›Erst nimmst du mir mein Mädchen weg‹, schrie Magpie Eagle mich an, ›und dann gehört dir auch noch das Leben meines jüngeren Bruders. Was willst du sonst noch!‹ Sein finsteres Gesicht verzog sich unversehens zu einem Grinsen, und er reichte mir die Hand. Als ich sie ergriff, um sie zu drücken, riß er mich aus dem Sattel, so daß ich ziemlich unsanft auf dem Boden landete. Alle brachen in Gelächter aus.

An diesem Abend, nachdem wir unser Lager aufgeschlagen hatten, machte Magpie Eagle den Vorschlag, mich in den Bund der Füchse aufzunehmen. Außerdem schenkte er mir seinen Anteil an den Pferden, die uns in die Hand gefallen waren, und dann sagte War Shirt, wenn wir die Pferde gleichmäßig unter uns aufgeteilt hätten, würden noch acht übrig bleiben. Für gewöhnlich wären diese Pferde War Shirt und Yellow Hawk zugefallen, weil sie die Anführer bei diesem Unternehmen gewesen waren, doch beide meinten, ich solle sie für mein Geschenk an Big Star bekommen.

Sobald wir nach Ghost Timbers zurückkehrten, wollte ich meine Pferde Big Star vor seinem Tipi zuführen, doch Yellow Hawk und Magpie Eagle erklärten mir, das dürfe ich nicht selber tun. Erst müsse ich eine ›Mutter‹ suchen, die mich an Kindes Statt annahm; sie würde dann die Pferde zu Big Star bringen und für mich um Sweet Medicine Girl bitten. Mir fiel ein, welche Schwierigkeiten Großmutter Mary gehabt hatte, einen ›Bruder‹ zu finden, um Cherokesin werden zu können, doch ihre Mühen schienen leicht verglichen mit dem, was mir beschieden war. Jede Frau, die alt genug war, meine Mutter zu sein und an die ich mich wandte, weigerte sich, mich als Sohn anzunehmen, manche wurden sogar recht grob, und als der Tag verging, fing ich an, Verdacht zu schöpfen, daß die Frauen im Stamm sich gegen mich verschworen hätten, damit ich Sweet Medicine Girl nicht bekäme.

Das Ganze war jedoch ein Streich, etwas, was Yellow Hawk und Magpie Eagle eingefädelt hatten, um meine Standhaftigkeit auf die Probe zu stellen. Längst ehe die Sonne unterging, war ich voller Verzweiflung, saß neben Whistling Elks Tipi und haßte alle Cheyenne-Frauen; da trat Red Bird Womans alte Mutter, Rainbow, auf mich zu und sagte, sie suche einen Sohn, den sie an Kindes Statt annehmen wolle. Als ich aufsprang, sie zu umarmen, tauchten alle meine Brüder, die Füchse auf, und wollten sich ausschütten vor Lachen darüber, wie herrlich sie mich hereingelegt hatten.

Von dem Augenblick an verlief alles wie im Traum. Rainbow brachte meine Pferde eines nach dem anderen vor Big Stars Tipi, während ich ihren Anweisungen folgte und meine Sachen in ihr Tipi hinüberbrachte. Dort sollte ich auf Big Stars Antwort warten. Mir gegenüber, am Rand des Kreises der Hunds-Krieger, saßen Lean Bear und Red Bird Woman vor ihrem Tipi und sahen höchlichst erheitert zu. Ab und zu machte Lean Bear eine foppende Bemerkung, doch dann sprang er plötzlich auf und rief: ›Da kommen sie!‹

Zu meiner großen Freude hatte Big Star sein Einverständnis gegeben, und die Hochzeitszeremonie begann. Angetan mit einem schönen roten Gewand, saß Sweet Medicine Girl auf einem der besten der erbeuteten Ponys, einem prachtvollen Appaloosa. Geführt wurde es von einer jungen Frau zu Fuß, und andere junge Frauen brachten mehrere von den Geschenkpferden heran, die Big Star mir großzügig wieder zurückgab. Lean Bear kam mit einer neuen Wolldecke angelaufen und breitete sie auf dem Boden vor Rainbows Tipi aus; Yellow Hawk und Magpie Eagle, beide in ihren Festkostümen, hoben Sweet Medicine Girl aus dem Sattel und setzten sie mitten auf der Wolldecke ab. Dann packten sie die Decke an den vier Zipfeln und trugen sie ins Tipi hinein.

Während ich und all die anderen Männer, die an der Zeremonie teilnahmen, draußen warteten, gingen die Frauen hinein, um Sweet Medicine Girl zu kämmen und ihr das Haar neu zu flechten, ihr das Gesicht anzumalen und sie mit Schmuck, den sie ihr schenkten, zu schmücken. Gleichzeitig bereitete Rainbow, meine Adoptivmutter,

das Hochzeitsmahl vor. Als dies fertig war, wurden wir jungen Männer ins Tipi hineingebeten.
Wenn ich heute sagen sollte, welches der glücklichste Tag meines Lebens war, würde ich sagen, dieser. Die letzte zeremonielle Handlung am Abend bestand darin, daß ich Sweet Medicine Girl Großmutter Marys Halskette umlegte.
Als wir am nächsten Morgen in Rainbows Tipi erwachten, war sie nicht mehr Sweet Medicine Girl, sondern Sweet Medicine Woman. Ihre *nihpihist*-Schnur lag neben unserem Lager auf dem Tipi-Boden, und sie ließ mich ohne Scheu die silberne Dänenmünze betrachten, die zwischen ihren nackten Brüsten lag.
Rainbow rief uns zu einem Frühstück, das sie vor ihrem Tipi auf der Glut des Feuers bereitet hatte. Ich zog mich zuerst an, ging hinaus und dankte ihr noch einmal dafür, daß sie mich an Sohnes Statt angenommen habe. Rainbow trat dicht an mich heran und zog meinen Kopf herunter, um meinen Halsansatz in Augenschein nehmen zu können. Sie konnte keine Bißspuren entdecken. ›Deine Frau ist wunderschön‹, sagte sie, ›aber sie besitzt nicht das Feuer meiner Tochter.‹
›Das Feuer meiner Frau brennt auf andere Weise‹, erklärte ich ihr, doch sie lachte so laut, daß ich glaube, sie hat mich gar nicht gehört.

31

Nachdem der letzte Schnee des Winters um Ghost Timbers herum weggeschmolzen war, gab Big Star bekannt, im Mond des Grünenden Grases würden sie aufbrechen, den Sommer an den Flüssen zu verbringen, die in den Yellowstone einmündeten. Lean Bear und die Hunds-Krieger beschlossen dagegen, für den Sommer nach Süden zu ziehen, und so erhielten die Füchse den Auftrag, den Zug anzuführen.
Für Dane war dieser gemächliche Zug gen Norden ein so angenehmes Erlebnis, daß er nicht umhin konnte, es mit dem Elend der Cherokesen bei ihrem Auszug aus dem Osten zu vergleichen. Seine Pflichten als Angehöriger des Kriegerbunds der Füchse bestanden darin, die Karawane entlang ständig hin und her zu reiten und dafür zu sorgen, daß die Familien dicht beieinander blieben. Statt in Planwagen zu trecken, verwendeten die Cheyenne *Travois*. Dabei handelte es sich um Tipi-

Pfähle, die zu beiden Seiten am Sattel des Pferdes befestigt wurden, und deren Enden am Boden nachschleiften. Bespannt waren diese Pfähle mit Büffelhäuten, die sonst zum Decken der Tipis verwendet wurden, und darauf transportierten sie Büffelhautsäcke, vollgepackt mit Kleidung, Lebensmitteln, Gerätschaften zum Kochen und so weiter. Auch alte Leute, die zu schwach waren, um zu reiten oder zu Fuß zu gehen, sowie einige der jüngsten Kinder reisten gleichfalls mit diesen *Travois*. Statt unter Hunger, Krankheit, Entbehrungen und Quälereien zu leiden wie damals die Cherokesen, erfreuten die Cheyenne sich einer Fülle von Nahrung und einer ständig sich verändernden Landschaft. Manchmal legten sie für drei oder vier Tage an schönen klaren Bächen Ruhepausen ein, um zu jagen oder die bereits wärmer werdenden Nachmittage hindurch einfach zu faulenzen. Gelegentlich trafen sie auf Gruppen befreundeter Stämme, doch auf Weiße Männer stießen sie nicht ein einziges Mal.

Das aus Wäldern und saftigen Grasflächen bestehende Land war ein Wildparadies. Überall gab es Büffel und Antilopen, und selten verging ein Tag, ohne daß sie Elche und Hirsche, Biber und Bären zu Gesicht bekommen hätten. Am Himmel kreisten alle möglichen Arten von Falken und Adlern, auf dem Wasser schwammen Enten und Gänse, und die Erde bot ihnen wilde Beeren, Würgkirschen und saftigen Klee.

Ihr Sommerlager schlugen sie an einem Fluß mit süßem Wasser auf, der von den Bighorn-Bergen herunterkam, und zum erstenmal lernte Dane die nördlichen Verwandten dieses Stammes kennen, den er zu dem seinen gemacht hatte. Viele der Nördlichen Cheyenne hatten immer noch nichts als Verachtung übrig für die Kleider und Wolldekken des Weißen Mannes, fertigten ihre Kleider aus Hirschleder oder Büffelhaut und sprachen in einem härteren Dialekt, wobei sie oft Lakota-Wörter einfließen ließen, die sie von ihren Nachbarn, den Sioux, übernommen hatten. Außerdem traf Dane einige dieser Sioux, die in Unterstämme aufgeteilt waren – Oglalas, Brules, Minneconjous und Uncpapas. Was all diese Menschen diesem Paradies auch entnahmen, um zu leben – es schien keine größere Wirkung darauf zu haben als eine Handvoll Wasser, die man einem See entnimmt. Man sagte ihm, daß noch nie ein Weißer Mann dieses Land gesehen habe.

Dieser Sommer war der glücklichste seines Lebens. Er und Sweet Medicine Woman hatten jetzt ihr eigenes Tipi und verbrachten jeden Tag Stunden damit, einfach nahe beieinander zu sitzen, geborgen von diesem gastlichen Land und dem offenen Himmel. Jeden Tag beim Aufwachen blickte er seine junge Frau an und dankte seinem Schöpfer des Atems und ihrer Großen Medizin, sie auf Erden zusammengebracht zu haben. Sie hatte etwas von der anmutigen Zartheit einer Blume, doch er wußte, daß sie kräftig war und zäh wie eine Wildpflanze, deren Wurzeln selbst feinrissigen Granit zu sprengen imstande waren. Eines Morgens vertraute sie ihm an, daß sein Kind in ihr reife.

Da ihr Sommerparadies sich in ein Winterland mit Schnee und Eis verwandelte, machten die Stämme sich im Mond der Fallenden Blätter auf, ihre Winterlager aufzusuchen. Wieder führte Big Star sie nach *Hinta Nagi*, Ghost Timbers, wo die Wände riesiger Pappeln und dichtstehende rote Weidensträucher sie vor den bitterkalten Präriewinden schützten.

Im Mond der Hirschbrunft fiel dort Schnee, anfangs nur wenig, dann jedoch in Blizzards, dergleichen nur die ältesten Cheyenne hier erlebt zu haben sich erinnerten. Des unwirtlichen Wetters wegen verbrachten sie die meiste Zeit in ihren Tipis, lauschten den Geschichtenerzählern, die miteinander wetteiferten, Geschichten von Geistern und Ungeheuern, Helden und Bösewichtern, listigen Tieren und hemmungslosen Liebespaaren zu erzählen. Nach dem Schlafengehen brachten die heulenden Winde die Bäume zum Stöhnen und Ächzen wie die Geister, nach denen sie benannt waren.

Sweet Medicine Womans Bauch wurde dick von dem Kind, und sie und Dane arbeiteten unablässig daran, ihr Tipi gegen die eisige Luft abzudichten. Sie sammelten Brennholz, mit dem sie später ihr Kind warm halten wollten, und handelten sich Bärenpelze ein, um eine Wiege zu machen, in die keine kalte Luft eindringen konnte. Im Mond der Ausschießenden Bäume wurde das Kind geboren, ein Knabe mit hellen Augen und einer Stimme, die sogar noch die Schmerzensschreie seiner Mutter übertönte. Sie gaben ihm den Namen Swift Eagle.

Am nächsten Tag, als Bear Woman kam, um ihr Großkind zu baden, hielt sie sein Gesicht nahe an das ihre und schüttelte den Kopf. »Er hat die Nase des Franzosen«, sagte Bear Woman.

Dane, der im Feuer stocherte, sah zu ihr auf. »Was willst du damit sagen: die Nase des Franzosen?« fragte er.

»Darüber kann Big Star dir mehr erzählen als ich«, sagte Bear Woman. »Sein Großvater war ein französischer Trapper. Big Star hat nicht die Nase des Franzosen, aber sein toter Bruder hatte sie.«

Dane war außer sich. »Warum hast du mir das nicht gesagt?« schrie er Sweet Medicine Woman an. Zugedeckt mit einem Bärenfell lag sie auf ihrem Lager und lächelte zu dem Baby hinüber.
»Ich hab' das nicht für wichtig gehalten«, erwiderte sie, verwundert über seinen plötzlichen Ausbruch. »Mein Vater spricht nur selten von dem Franzosen.«
»Ich habe meiner Großmutter geschworen, nur eine Reinblütige zur Frau zu nehmen«, schrie er wütend. Er ging auf sie zu, die Hände halb zur Faust geballt, als wollte er sie packen und schütteln. »Und jetzt muß ich feststellen, daß meine Frau Blut von den *Veheos* in den Adern hat.«
Niemals hatte sie ihn so wütend gesehen. Tränen stiegen ihr in die Augen, und sie versuchte, sich aufzusetzen. Sanft stieß er sie zurück und steckte unbeholfen den Bärenpelz um sie fest. »Es ist nicht wichtig«, sagte er leise. »Wichtig ist nur das Kind.«
Er verlor kein weiteres Wort mehr über den Franzosen, dachte jedoch oft über die Ironie des Schicksals nach, das ihm eine Frau und einen Sohn beschert hatte, die nicht reinblütig waren. Dann fragte er sich, wie wohl Creek-Mary damit fertig geworden wäre. Höchstwahrscheinlich würde sie einen herrlichen Streich darin gesehen haben, den der Schöpfer des Atems den Sterblichen spielte. Fast meinte er, ihr heiseres Lachen über Hinta Nagi hinweghallen zu hören. Manchmal freilich hielt er Swift Eagle in seinen Händen, betrachtete forschend Beschaffenheit und Farbe der Haut seines Kindes und die schmale edle Nase, die das Erbe des Franzosen war.
Einmal ertappte Sweet Medicine Woman ihn dabei, und ihre Entrüstung flammte auf. »Du findest deinen Sohn also häßlich?« rief sie vorwurfsvoll. Sie zerstampfte gerade getrockneten Büffeldung zu Pulver.
»Sie behaupten, er sieht dir ähnlich«, neckte Dane sie.
Sie jedoch war nicht in der Stimmung, albern zu sein. Heftig stellte sie die Pfanne mit dem Büffelmistpulver neben das Feuer, um es zu erwärmen. »Wenn er so wenig ansprechend ist«, sagte sie, »ist das vielleicht das Cherokesische an ihm. Schieb nicht alles auf den Franzosen.« Sie trat zu ihm, nahm ihm Swift Eagle ab und zog das Kind im Bereich der Wärme des Feuers aus. Dane sah, daß das kleine Gesäß des Jungen ganz wund war und sah zu, wie seine Frau Büffelmistpulver über die stark geröteten Stellen streute und ihn dann sanft zurücklegte in seine Wiege.

»Es ist der hübscheste Junge in ganz Hinta Nagi«, sagte Dane, umfaßte ihre Taille und sagte: »Komm, laß uns noch einen machen.«
Ehe der Winter zu Ende ging, versuchten große, von den Blizzards getriebene Büffelherden in Hinta Nagi Schutz zu suchen. Mit ihren vereisten Zottelfellen ähnelten sie selbst Geistern und waren eine so leichte Beute, daß jede Familie gefrorenes Fleisch in den Bäumen hängen hatte – damit Hunde und Wölfe nicht herankönnten. Dane jagte fast jeden Tag und besaß bald einen großen Stapel Büffelfelle, die er im Frühling eintauschen konnte.
Im Laufe des Monds, da die Gänse Eier legen, besuchte ein Halbblut-Arapaho, der die Kleider des Weißen Mannes trug, Hinta Nagi und forderte die Cheyenne auf, ihre Büffelfelle nach Fort Laramie zu bringen. Er war der Vertreter einer Pelzhandelsgesellschaft aus St. Louis, die in diesem Fort viele Handelswaren gelagert hatte und Höchstpreise für die Felle bot. Da Fort Laramie leichter zu erreichen war als Bent's Fort, beschloß Big Star, die Cheyenne sollten dorthin gehen, um Tauschhandel zu treiben.
Fort Laramie war ein robustes, aus Lehmziegeln und Holz errichtetes Bauwerk mit Spitzdachwehrgängen an den gegenüberliegenden Seiten und über dem Haupttor. Es erhob sich auf der anderen Seite eines seichten Flußlaufs, der gleichfalls Laramie hieß. Ein paar Brule-Sioux lagerten in einem Hain nahe den Mauern, und so schlugen die Cheyenne ihre Tipis inmitten einer Fülle von wilden Blumen auf dem grasbewachsenen Ostufer auf. Bis jetzt waren noch keine Soldaten bis zum Fort Laramie gekommen, doch flatterte eine amerikanische Flagge am Mast, und etliche weiße Männer, Angestellte der Pelzhandelsgesellschaft, waren da, sie willkommen zu heißen.
Dane und Yellow Hawk ritten gemeinsam über den Fluß hinüber und hatten ihren Pferden ein paar Büffelhäute aufgeladen, um die Marktlage zu erkunden. Rund zwei Jahre waren vergangen, daß Dane das letztemal einen Weißen gesehen hatte; jetzt kamen sie ihm fremd vor, und er fand, daß sie einen eigenartigen Geruch hätten. Er begegnete dem freundlichen Blick eines ausgemergelten, wettergegerbten Mannes mit flachsblondem Haar, das ihm bis auf die Schultern reichte, und einem verwegenen gelben Schnauzbart und einem kurzgeschnittenen Spitzbart.
»Handeln?« fragte der Mann und begann in einer Art Singsang-Kauderwelsch von Cheyenne und Arapaho zu reden.
»Nennt eure Preise auf englisch«, sagte Dane.

Ungläubig starrte der Händler ihn an. »Guter Gott, Mann! Wo hast du denn englisch reden gelernt?«
Dane erklärte es ihm und sagte, ursprünglich sei er Cherokese und stamme aus dem alten Cherokesenstammland in Georgia.
»Uff! Und ich stamm' aus Augusta Town am Savannah! Das muß begossen werden!«
Der Händler hieß Jim Carrothers, den es als jungen Mann von noch nicht zwanzig Jahren nach St. Louis verschlagen hatte, wo er für die *American Fur Company* – die Amerikanische Pelzhandelsgesellschaft – in den Westen ging. Er hatte ein Arapaho-Mädchen zur Frau genommen. »Vier Kinder haben wir«, sagte Carrothers. »Leben oben am North Platte. Bin nur ein einziges Mal wieder in St. Louis gewesen.«
Dane tauschte seine ersten Felle gegen Zucker, Kaffee, Mehl und eine Elle groben roten Wollstoffs für Sweet Medicine Woman ein. Dann fielen ihm ein paar in schwarzes Leder gebundene, kleinformatige Notizbücher auf Carrothers Arbeitstisch auf. »Wieviel für ein Notizbuch?« fragte er.
»Geht auf meine Rechnung«, sagte Carrothers und reichte ihm eines.
»Ich brauch' aber auch Feder und Tinte«, fügte Dane hinzu.
»Guter Gott! Kannst du auch englisch schreiben? Ich selbst kann nur meinen Namen schreiben und Zahlen.« Achselzuckend schenkte er Dane auch noch eine Flasche Tinte und eine Schreibfeder.
Als sich Sweet Medicine Woman an diesem Abend in ihrem Tipi schlafen gelegt hatte, holte Dane das Notizbuch hervor, tauchte die Feder in die Tinte und machte seine erste Eintragung: *Swift Eagle, Robert Dane, zur einen Hälfte Cheyenne-Blut mit französischem Blut, zu drei Achteln Cherokesen-Blut und zu einem Achtel von Creek-Marys Blut, dem auch etwas spanisches Blut beigemischt sein kann, geboren zu Ghost Timbers im Jahre 1844 im Mond der Ausschießenden Bäume.*
Wiewohl er das Datum des Tages nicht genau festlegen konnte, wußte er, während er die Worte hinschrieb, mit denen er seinem Sohn Swift Eagle auch einen englischen Namen gab, daß er durch den Akt des Schreibens sich selbst klarmachte, daß er die Bande, die ihn mit der Welt des Weißen Mannes verbanden, doch noch nicht ganz durchtrennt hatte.

»Mein zweiter Sohn, Little Cloud, wurde 1845 geboren«, sagte Dane. »Auch für ihn trug ich einen englischen Namen in mein Buch ein – William Jotham Dane –, aber wir haben ihn nie verwendet, nicht einmal als ich ihn hinbrachte, ihn im Seminar einschreiben zu lassen. Eine Zeitlang versuchte ich, ihn Little Billy zu rufen, aber darauf wollte er nicht hören, und so ließ ich es. Little Cloud besaß nicht die Nase des Franzosen. Als kleiner Junge sah er seiner Mutter so ähnlich, daß Fremde ihn für ein Mädchen hielten. Er blieb immer ein wenig klein, war aber ein hervorragender kleiner Kämpfer. Ich habe mich immer gefragt, wie er wohl gewesen wäre, wenn er das Erwachsenenalter erreicht hätte...«

Er wandte den Kopf, doch nicht, ehe ich einen feuchten Glanz in seinen Augen gesehen hatte. »Es ist schon merkwürdig, wie man sein Leben in ganz anderem Lichte sieht, wenn man dahinterkommt, daß es für andere Menschen wichtig ist. Ich weiß nicht, warum ich dieses Gefühl nie in bezug auf Jerusha und Pleasant gehabt habe. Vielleicht war ich damals noch zu jung. Vielleicht aber auch, weil sie so sehr ein Teil der Welt des Weißen Mannes waren, daß sie mich nicht brauchten.

Verstehen Sie, damals gab es immer zwei Ebenen in der Welt der Cheyenne. Für uns war nicht die Welt der Jagd, des Häutegerbens oder Pfeile- und Mokassinfertigens oder irgendeiner der anderen Tätigkeiten die wirkliche Welt. Die wirkliche Welt, das war ein Ort des Zaubers, des Traums, in dem wir Geister wurden. Ich habe eine lange Zeit mit einer Cheyenne gelebt, ehe ich lernte, in diese wirkliche Welt hinüberzugehen, wohingegen meine Frau und die Kinder dazu sehr wohl imstande waren und nicht verstehen konnten, warum ich mich dort nicht zu ihnen gesellte. Durch langes Fasten und durch die Zeremonie der Medizin-Hütte wurde ich endlich instand gesetzt, mit meiner Familie Zugang zu der wirklichen Welt zu finden. Ich kam geheimnisvollen Kräften in meiner Erinnerung auf die Spur und lernte, daß wenn man für die Stärke anderer betet, man gleichfalls stark wird. Man wird Teil von allem, und auf diese Weise erfuhr ich, daß ich für meine Familie notwendig war, genauso, wie sie für mich notwendig war.«

»Worin bestand denn die Zeremonie in der Medizinhütte?« fragte ich neugierig.

»Ach, im Grunde war es der Sonnentanz der Cheyenne. Die Sioux haben einen Teil der Zeremonie bei den Cheyenne entliehen und nannten ihn Sonnentanz. Es geht um die Erneuerung des Lebens. Als die Weißen Männer uns in den Reservaten einsperrten, verboten sie allen Stämmen diese Zeremonien. Die Missionare hielten es einfach nicht aus zuzusehen, wie wir durch Einschnitte in der Brust Schnüre mit Pfeilen daran hindurchzogen und dann durch Tanzen und Ziehen an der Schnur, die an dem Mittelpfahl der Medizinhütte befestigt war, das Fleisch losrissen. Wir haben die Missionare nie daran gehindert, zu taufen oder irgendwelche andere Dinge durchzuführen, die in unseren Augen barbarisch waren.« Er knüpfte sein Hemd auf und zeigte mir die alten gelben Narben auf seinen Brustmuskeln, rollte dann den Ärmel hoch und zeigte mir noch eine andere Narbe. »Mir hat das nicht mehr geschadet als diese Narbe von einer Pockenimpfung, zu der ein Kontraktarzt mit unsauberen Fingern mich zwang, als wir aus Kanada hierher zurückkehrten.«

»Und wie ist sie beschaffen, die wirkliche Welt?« fragte ich.

Eine Weile verharrte er in Nachdenken, und als er dann sprach, tat er das betont bedächtig. »Als jemand, der die Worte liebt, habe ich oft darüber nachgedacht. Aber manche Dinge lassen sich nicht in Worte fassen. Die Erklärung, die dem am nächsten kommt, war ein englisches Wort: *shimmering* – schimmernd.«

»Schimmernd?«

»Ja, wie wenn man im Mondschein schwimmt.« Er grinste mich an, und ich war mir nicht sicher, ob er sich über mich lustig machte oder ob er es ernst meinte.

»So, wie Sie das Leben der Cheyenne beschrieben haben, muß es idyllisch gewesen sein«, sagte ich. »Ist es das wirklich gewesen?«

»Idyllisch?« wiederholte er. »Angenehm, malerisch, romantisch – all das bedeutete das doch, nicht wahr? Ich würde meinen, es war alles das, insbesondere für einen Außenseiter wie mich. Ach, wir töteten und wurden getötet. Wir hatten unsere Auseinandersetzungen, Unglücksfälle, Seuchen und Todesfälle. Aber die meisten der Krankheiten kamen von den Weißen. In der Hauptsache war es eine ausgeglichene Welt, in der wir lebten. Wir lebten im Einklang mit den Tieren und Pflanzen, den Wäldern und Gewässern. Als die Weißen Männer kamen, zerstörten sie diese Harmonie und hätten ums Haar auch uns alle vernichtet. Sie sind immer noch dabei, es zu tun. Eines Tages wird es hier nur Kojoten geben.«

»Hat irgend jemand von euch vorausgesehen, was auf euch zukam?«
»Darüber habe ich mehr nachgedacht als die anderen, vermutlich, weil ich erlebt hatte, was den Cherokesen widerfahren war. Red Cloud von den Oglalla Sioux hat es auf uns zukommen sehen, und später auch Sitting Bull von den Uncpapas. Aber keiner von uns hätte sich träumen lassen, wie schnell der Sturm über uns hinweggehen sollte.«
»Ist denn kein Versuch unternommen worden, die Stämme zu einigen, so wie Tecumseh es im Osten versucht hatte?«
»Red Cloud brachte alle Sioux, Cheyenne und Arapaho zusammen, aber seine Welt war das Paradies den Yellowstone entlang, die Black Hills und die Flußtäler von Powder, Tongue und Little Bighorn. Das war seine Wunschvorstellung von einem eigenständigen Indianerland.
Als mehr und immer mehr Weiße über die Prärie hinweggezogen kamen, war es eine nur allzu natürliche Reaktion, daß die Stämme sich zusammentaten. Stämme, die lange miteinander verfeindet gewesen waren, hielten gemeinsame Versammlungen ab und schlossen Frieden.
Eine meiner deutlichsten Erinnerungen an meine frühe Zeit bei Big Stars Leuten war eine Ratsversammlung, die wir eines Sommers zusammen mit den Kiowa und Komantschen in der Nähe von Bent's Fort abhielten. In der Vergangenheit hatten die Cheyenne und die Sioux diese Stämme aus dem nördlichen Paradies auf die südlichen Ebenen abgedrängt. Eine Zeitlang bekämpften sich Kiowa und Komantschen gegenseitig wegen Territorialrechten, doch als sie feststellten, daß Platz genug für beide Stämme da war, wurden sie treue Verbündete. Jetzt wollten sie sich auch noch mit ihren alten Feinden, den Cheyenne, verbünden, und so hielten wir eine Ratsversammlung mit ihnen ab. Es waren leidenschaftliche, stolze und sehr schöne Menschen, die Kiowa und die Komantschen, und ihr Pferdereichtum war groß.
Als der Zeitpunkt kam, Geschenke untereinander auszutauschen, erklärte der Häuptling der Kiowa, sein Stamm besitze mehr Pferde, als er gebrauchen könne. ›Wir wünschen uns keine Pferde als Geschenk‹, sagte er, ›aber irgendwelche anderen Geschenke würden wir mit Freuden entgegennehmen.‹ Und so brachten wir unsere besten Decken und stapelten sie auf dem Boden, bis der Stapel übermannshoch war. Als Gegengabe schenkten die Kiowa und Komantschen uns Pferde,

flinkfüßige kleine Mustangs, so viele, daß manche von uns fünf oder sechs erhielten.
Da Big Star das Gefühl hatte, daß wir bei diesem Austausch sehr viel besser wegkämen, lud er alle Kiowa und Komantschen zu einem großen Festmahl ein. Ich glaube, es gab keinen Kessel, den wir hatten, der keine Verwendung gefunden hätte. Alle Lebensmittel, die wir in Bent's Fort eingehandelt hatten, wurden in die Kessel gesteckt, Maismehl, Dörräpfel, Bohnen und Sirup. Unsere Gäste erklärten, es sei das schönste Fest, das sie jemals erlebt hätten, und das muß ihr Ernst gewesen sein, denn sie aßen alles auf, was in den Kesseln war. Den folgenden Tag, nachdem sie ihre Tipis abgebaut hatten und fortgezogen waren in den Süden, kehrten wir zurück nach Bent's Fort und tauschten einige von den Pferden, die sie uns geschenkt hatten, gegen einen neuen Vorrat Wolldecken, Maismehl, Dörräpfel, Bohnen und Sirup ein.« Schmunzelnd erhob Dane sich von seinem Stuhl, nahm eine langstielige Pfeife vom Kaminsims, und stopfte mit dem Daumen tüchtig grobgeschnittenen Tabak hinein. Nachdem er sie mit einem glühenden Stück Kohle angezündet hatte, blies er den ersten Rauch himmelwärts und neigte den Stiel dann mit großem Bedacht zur Erde und in die vier Himmelsrichtungen, ehe er neuerlich einen Zug tat.
»Sind Sie denn jemals wieder ins Cherokesenstammland zurückgekehrt?« fragte ich. »Um Ihre Verwandten zu besuchen?«
»O ja, mehrmals sogar. Ich muß Ihnen von Jotham und seinem Handelsposten erzählen. Fort Carrothers. Das veränderte unser aller Leben. Sie erinnern sich gewiß, daß ich Ihnen erzählt habe, wie ich in Fort Laramie Jim Carrothers, den alten Pelztierjäger, der Händler wurde, kennenlernte. Nun, nachdem die US-Army das Fort übernahm und einen Militärstützpunkt daraus machte, baute der alte Jim sich östlich von Laramie selber einen Handelsposten auf, zwischen Ghost Timbers und Laramie. Den nannte er Fort Carrothers. Er brachte seine Arapaho-Frau und seine Kinder dorthin und trieb viel Tauschhandel mit den Cheyenne und den Sioux. Wir haben bei unseren Trecks von und nach Ghost Timbers, unserem Winterlager, immer in Fort Carrothers Station gemacht. Als es auf dem Großen Medizin-Weg – dem Oregon Trail – lebendig wurde, viele Planwagen in den Fernen Westen gingen und die Mormonen nach Utah zogen, hatte der alte Jim mehr zu tun, als er bewältigen konnte. Eines Frühlings, als wir auf dem Weg nach Norden bei ihm vorbeikamen, fragte er mich, ob ich nicht Lust hätte, nach Independence mit ihm zu gehen,

vielleicht sogar noch weiter nach St. Louis. ›Ich alter Büffelhauthändler möchte mal 'ne Zeitlang weg von hier‹, sagte er. ›Von dem dauernden Gerechne, meiner Alten und den Sprößlingen. Man wird ja nicht jünger, und da möchte ich sehen, wie's dahinten aussieht, eh' ich mein Augenlicht ganz verliere. Außerdem kann ich an den Fellen doppelt soviel verdienen, wenn ich sie selber abliefere, statt sie an einen Fuhrunternehmer zu verkaufen. Ich hab' zwei Wagen und brauch' noch einen Fahrer.‹

Ich überlegte mir das Angebot den ganzen Tag und einigte mich am Abend mit ihm darauf mitzufahren. Ein alter französischer Trapper, der für Carrothers arbeitete, sollte sich um den Handelsposten kümmern, solange er fort blieb, und Carrother's Arapaho-Frau versprach mir, sich gut um meine Familie zu kümmern. Ich half Sweet Medicine Woman, unser Tipi hinter dem Handelsposten am Rand des klaren Baches aufzurichten. Sie weinte die ganze Nacht hindurch, ehe Jim und ich nach Osten aufbrachen. Vermutlich hat sie gedacht, ich wollte sie verlassen.

Carrothers verschaffte mir Kredit, um westliche Kleidung für den Treck zu kaufen, und als Sweet Medicine Woman mich in schwarzen Tuchhosen, schwarzen Stiefeln und einem Leinenhemd sah, wandte sie mir den Rücken zu und weigerte sich, mir Lebewohl zu sagen. Nachdem ich vier Jahre hindurch Hirschleder getragen hatte, fühlte ich mich mehrere Tage hindurch alles andere als wohl in der neuen Kleidung.

Aber der alte Jim und ich waren wie ein Gespann von Arbeitspferden, die plötzlich freigelassen werden, brauchten uns um nichts weiter zu kümmern als um die beiden Wagenladungen voller Felle und Pelze. Das einzige, was uns aufregte, war der unablässige Strom von Planwagen, dem wir auf unserer Fahrt begegneten, langen Wagentrecks voll mit Männern, Frauen und Kindern. ›Guter Gott!‹ rief Jim immer wieder aus. ›Sieht so aus, als ob die ganze verdammte weiße Menschheit der Sonne im Westen hinterherläuft. Muß für alte Trapper und Indianer massig Platz sein im Osten.‹

Nun, an Menschen schien es in den Ansiedlungen, die den Missouri entlang aus dem Boden schossen, nicht zu mangeln. Westlich von Independence war eine ganz neue Stadt entstanden. Westport Landing nannten sie sie, und für unsere Begriffe sah es so aus, als ob sämtliche Dampfschiffe der Welt draußen auf dem Strom darauf warteten, entladen zu werden. Bald entdeckte ich, daß Mr. Louis Tessier einen neuen Warenspeicher in Westport Landing gebaut hatte, und großzügig bot er Carrothers und mir an, einen seiner Räume als Unterkunft zu benutzen. Mr. Tessier sagte, William und Jotham trieben immer noch Handel mit ihm, und er erwarte die Ankunft des einen oder des anderen jeden Tag aus dem Cherokesenstammland, um sich mit neuen Vorräten einzudecken. Eine Woge von Heimweh nach meiner alten Familie ging über mich dahin, wenn ich nur an sie dachte.

Eines Morgens war ich unten an der Schiffslände und sah zu, wie die Dampfschiffe entladen wurden. Mir fiel ein Junge auf, der wenige Schritte vor mir das gleiche tat. Irgend etwas an seiner Haltung kam mir vertraut vor. Sein sandfarbenes Haar mit einigen braunen Strähnen darin quoll unter einem runden Hut hervor, der eigentlich viel zu klein für ihn war. Ich schlug einen Bogen, um das Gesicht des Jungen besser in Augenschein zu nehmen, als ich rechts hinter mir eine Stimme vernahm: ›Ja, er ist es, Dane. Bis auf seine hellere Haut und sein Haar könntest du es sein, so wie du in Okelogee ausgesehen hast.‹

Ich fuhr herum. ›Jotham!‹ rief ich, und nachdem wir uns umarmt und vor Freude auf die Schultern geklopft hatten und in wildes Lachen ausgebrochen waren, rief er Pleasant zu uns herüber. Der Junge schüttelte mir die Hand und betrachtete mich mit beträchtlicher Neugier. Ich konnte Jerusha in seinen hellblauen Augen sehen und hatte das Gefühl von etwas Kostbarem, das für immer verloren war.

Hinterher erzählte Jotham mir, Pleasant habe mit seinem Stiefvater, dem Reverend Crookes, gestritten und sei von zu Hause weggelaufen. Jotham habe ihn aufgespürt und überredet, eine Schmiedelehre anzutreten. ›Er ist ein guter Arbeiter, und ich kann es ihm nicht verargen, daß er nicht mit dem alten Crookes unter einem Dach leben will. Mir ist es unbegreiflich, wie Jerusha diesen Mann erträgt.‹

Jotham und Pleasant schliefen in ihren Wagen hinter Mr. Tessiers Speicherhaus, und während der nächsten drei oder vier Tage verbrachten wir eine Menge Zeit miteinander. Jim Carrothers und Jotham fanden Gefallen aneinander, und eines Abends verkündete der alte Jim, er wolle Fort Carrothers an Jotham verkaufen und sich auf einer der Höhenzüge oberhalb von Westport Landing Grund und Boden kaufen, um ein Blockhaus darauf zu errichten. ›Das soll zwei Veranden bekommen‹, sagte er. ›Eine, um den Sonnenuntergang zu genießen, und eine, um die Dampfboote unten auf dem Fluß zu beobachten.‹

Ich erkannte, daß Jotham die Vorstellung, weiter draußen im Westen seinen eigenen Handelsposten zu besitzen, erregte. Er und Jim hockten stundenlang beieinander und redeten über Preis und Kredite. Ich glaubte jedoch nicht, daß jemals etwas daraus werden würde. Carrothers schien mir nicht die Art Mann zu sein, in so großer Nähe eines Städtchens wie Westport Landing zu leben, wo es von Menschen nur so wimmelte, und ich wußte, daß Jotham nicht sehr viel Geld hatte. Aber die Welt ist voller Wunder, und im folgenden Frühjahr sollte Fort Carrothers mit einer großen Überraschung für mich aufwarten.«

33

Im Frühling des Jahres 1849 brachen Big Stars Cheyenne ihr Winterlager in den Ghost Timbers ab und zogen nach Norden; dabei fiel ihnen auf, daß auf der Großen Medizin-Straße wesentlich mehr los war als sonst. Von Ochsen und Maultieren gezogene Wagen und viele Reiter zogen in einem rascheren Tempo dahin als früher, und die Cheyenne wunderten sich, warum die *Veheos* es so eilig hätten.
Was Dane und seine Freunde miterlebten, war der erste wahnsinnige Ansturm von Weißen aus dem Osten auf die Goldfelder Kaliforniens. Dieser Menschenstrom war außerdem auch noch ein Signal dafür, daß das Ende ihrer ungebundenen indianischen Lebensweise abzusehen war. Doch an jenem schönen Frühlingsmorgen im Mond, da die Ponys ihr Fell verlieren, hatten die Cheyenne nicht die geringste Ahnung von der bösen Vorbedeutung der Piste mit den Staubwolken darüber.
Sie hielten sich an das Südufer des Platte River, auf der anderen Seite der Wagentrecks, bis sie Fort Carrothers sichteten. Dort überquerten sie den Fluß an einer sandigen Furt, die so seicht war, daß sie ihre *Travois* nicht zu entladen brauchten. Dane ritt ziemlich an der Spitze ihres Zuges, neben ihm, auf einem sanften grauen Pony, sein fünfjähriger Sohn, Swift Eagle. Little Cloud war noch zu klein zum Reiten und daher hinter Sweet Medicine Womans Braunem auf dem *Travois* festgeschnallt.
Als sie abbogen und auf die Vorderfront des Handelspostens zuritten, wurmte es Dane, daß bereits ein Dutzend Conestogas dort lagerten, Weiße Männer, Frauen und Kinder durch das Tor ein- und ausgingen und wie ein Schwarm hungriger Vögel durcheinanderzwitscherten.

Er hatte sich darauf gefreut, hier ein oder zwei Tage lang lagern zu können, in aller Ruhe ein paar Tauschgeschäfte zu machen und sich mit dem alten Jim Carrothers zu unterhalten. Doch über Nacht hierzubleiben, kam überhaupt nicht in Frage, denn so weit das Auge reichte, hatten vorüberziehende Maultier- und Ochsengespanne das Gras bis auf die Wurzeln abgefressen.
Er blickte zurück und erkannte, daß sich auf Big Stars Gesicht die gleiche Enttäuschung und der gleiche Unmut malten. Dann bemerkte Dane, daß neben dem Hauptgebäude unter einem offenen Schuppen eine Schmiede aufgemacht worden war. Zu seiner Überraschung erkannte er Bibbs, der gerade dabei war, ein Pferd zu beschlagen – und Pleasant, der mit ernstem Gesicht einem großen Einwanderer behilflich war, einen Eisenreifen auf ein Wagenrad aufzuziehen. Augenblicklich sprang Dane vom Pferd, und sein Blick begegnete dem des Schwarzen. »Heiliger Geist!« rief Bibbs aus. »Dane! Dane! Sie haben mir erzählt, du bist richtig zu einem wilden Indianer geworden, und ich fress' 'n Besen, wenn das nicht stimmt.« Bibbs ließ sein Werkzeug fallen und bot ihm eine schweißnasse Hand. Pleasant trat rasch zu ihnen und starrte gebannt die Cheyenne-Kleidung seines Vaters an.
Bald waren sie alle beisammen, wobei Jotham aufgeregt umhersprang und noch einmal zurücklief, um Griffa zu holen, die unschlüssig schien, ob sie ihren alten Freund Dane umarmen oder sich in respektvoller Entfernung von jemand halten sollte, der sich für sie wie ein wilder Indianer in Hirschlederkleidung ausnahm. Dane half Sweet Medicine Woman abzusitzen, woraufhin sie den Verwandten ihres Mannes schüchtern die Hand reichte. Danach mußten die Kinder vorgeführt werden, Swift Eagle und Little Cloud, woraufhin auch Griffa flugs ihre und Jothams beiden Sprößlinge herbeiholte. Den Jungen hatten sie nach Danes Vater Opothle genannt, riefen ihn jedoch Young Opothle. Er war ein Jahr älter als Swift Eagle. Meggi, das kleine Mädchen, war erst vier und brach in ein Angstgeschrei aus, als Dane die Arme nach ihr ausstreckte. »Sie hat Großmutter Marys Stimme«, erklärte er.
»O ja«, pflichtete Jotham stolz bei. »Sie hat sehr viel Ähnlichkeit mit Akusa Amayi.«
»Wenn sie doch bei uns wäre«, sagte Dane. »Und wenn auch noch Williams Kinder und Prissie hier wären, würden alle von Creek-Marys Blut wieder einmal zusammen sein.«
Jotham lachte. »William und Prissie halten mich für verrückt, daß ich

diesen Handelsposten hier im Wilden Westen übernommen habe. Ich weiß wirklich nicht, wer von beiden das schlimmste alte Weib ist.«
Mittlerweile waren die Weißen aus dem Handelsposten hervorgekommen und drängten sich um ihre Wagen, um sich gegenseitig zu beschützen. Ihre größte Aufmerksamkeit galt Big Star und seinen Cheyenne, die mit ihren *Travois* rund hundert Meter weiter fortgezogen waren. Die Weißen sperrten Mund und Nase auf, zeigten mit dem Finger auf sie und flüsterten miteinander.
Plötzlich tauchte Jim Carrothers im Eingang auf. »Ich will verdammt sein«, rief er, »es sind also Big Stars Leute, die diese ganze Aufregung verursacht haben. Dane, alter Freund, Jotham und ich haben vorgehabt, zu den Timbers rüberzureiten, aber jeden Tag kommen Massen von diesen verrückten und verblendeten Goldsuchern an. Eigentlich sollte ich auf dem Weg nach Westport sein, aber ich bring's nicht über mich, dieses Greenhorn hier im Stich zu lassen.« Carrothers stieß den Atem aus, daß die Enden seines nach unten gebogenen gelben Schnauzbartes flatterten. »Jetzt, wo du hier bist, alter Freund, kannst du meine Stelle übernehmen. Bleib hier in Fort Carrothers und werd zusammen mit deinem Cousin reich. Diese irren Goldsucher auf dem Weg nach Kalifornien scheinen alle reichlich betucht. Sie zahl'n dir glatt drei Dollar pro Gaul fürs Beschlagen, und wenn du meinen Korral mit guten Pferden aufstockst, könntest du ein blendendes Geschäft machen, wenn du ihre ausgepumpten Gäule in Zahlung nimmst.«
»Was ich im Augenblick brauche«, fiel Jotham ihm in die Rede, »ist ein Wagen-Mann, der Vorräte aus Westport herbeischafft. Wir haben weder Seife noch Brandy, und das Schießpulver geht uns auch allmählich aus. Ich brauch' dich, Dane.«
Während sie sprachen, war Sweet Medicine Woman ganz nahe an Dane herangetreten, und als er ihre Hand auf seinem Arm spürte, drehte er sich um und erkannte die Verzweiflung in ihrem Gesicht. Sie hatte von ihm genug englisch gelernt, um zu begreifen, was Carrothers und Jotham ihm vorschlugen. »*E-have-se-va*«, flüsterte sie. »Es ist schlecht. *Maka-eta*, Geld. Es ist schlecht. Ich will nicht hierbleiben. Wenn du bleibst, gehe ich mit meinen Leuten.« Er faßte sie am Arm und drückte ihn, um sie zu beruhigen.
»*Na-tsi-sta*«, sagte er zu Jotham und sprach Cheyenne, damit Sweet Medicine Woman verstand, was er sagte. »Ich bin jetzt Cheyenne. *Zes-tan*. Cheyenne. Cherokese nur dem Blut nach. Das ist nicht mein Leben, Jotham.«

»Hab' ich's dir doch gesagt, Greenhorn«, sagte Carrothers und versetzte Jotham einen Schlag auf den Rücken. »Dein Cherokesen-Cousin ist ganz und gar ein wilder Indianer geworden.«
Ehe die Cheyenne von Fort Carrothers weiterzogen, lernte Dane noch ein Mitglied der ›Familie‹ kennen, die es so rasch aus dem Stammland West hierher verschlagen hatte. Im letzten Augenblick, als Dane bereits dabei war, Sattelgurte und *Travois*geschirr festzuziehen, brachte Bibbs seine neue Frau heraus zu den Pferden. »Wewoka«, sagte er voller Stolz. Wewoka war halb Seminolin, halb Schwarze, eine Sklavin, die ihrem Seminolenherrn entsprungen und sich durch das Indianer-Territorium bis zu den Cherokesen durchgeschlagen hatte, wo Bibbs sie kennengelernt hatte. »Reverend Crookes, er hat uns zusammengegeben, Dane – wir sind also ganz richtig verheiratet. Dann haben Jotham und William mich zu einem freien Mann gemacht, und sie sagen, Wewoka ist auch eine freie Frau.«
Wewoka besaß eigentümliche violett schimmernde Augen; Dane jedoch las Furcht darin, und er war ganz verstört, als ihm aufging, daß er und die Cheyenne es waren, auf die ihre Angst sich bezog. Was für Geschichten, was für entsetzliche Lügenmärchen mußte sie über die wilden Präriestämme gehört haben, daß sie ihren Schrecken nur schlecht verhehlen konnte?
Später an diesem Tag wurde er daran noch einmal erinnert, als sie sich einem ihrer Lieblingslagerplätze näherten, einer im Schatten von Weidengesträuch gelegenen saftigen Grasfläche am Ufer des Lodgepole Creek. Eine Anzahl von Planwagen war bereits dort; sie waren im Halbkreis aufgebaut worden, und als die weiter draußen aufgestellten Posten die Cheyenne näherkommen sahen, brachten sie ihre Gewehre in Anschlag. Dane hörte Big Stars Abscheu verratenden Ausruf, als der Häuptling seiner Karawane mit erhobenem Arm das Signal zum Abbiegen gab. Es war zwar reichlich Platz vorhanden, und die Cheyenne hätten ohne weiteres auch noch dort lagern können, aber die Weißen Männer hatten Angst vor ihnen. Die Cheyenne ließen den Oregon Trail und den Platte River hinter sich, ritten in die Freistatt der trockenen Sandhügel hinein und kampierten diese Nacht ohne frisches Wasser.
Das war der Sommer, da sie einer großen Büffelherde aus dem Gebiet um den Powder River herum bis hinunter an den North Platte folgten, und es war auch der Sommer, da Dane Red Cloud von den Oglala Sioux kennenlernte. Die Oglalas folgten derselben Herde und lager-

ten den ganzen Mond der roten Kirschen hindurch stets in der Nähe der Cheyenne. Beiden Stämmen ging nachgerade die Munition aus, und so beschlossen rund ein Dutzend junger Männer aus jedem Lager, darunter Dane und Red Cloud, hinunterzureiten nach Fort Laramie, um Schießpulver und Gewehrkugeln einzutauschen. Sie waren drei Tage unterwegs und machten einen fröhlichen Sommerausflug daraus – das heißt, bis sie Fort Laramie erreichten. Dort wurde ihnen von dem Händler mit der Handelslizenz mit Entschiedenheit erklärt, ihm sei es von der U.S. Army verboten, ›feindlichen‹ Indianern Gewehre oder Munition einzutauschen.

So behandelt zu werden, erboste sie. Schließlich hatten sie fast ihr ganzes Leben hindurch Tauschhandel mit den Händlern getrieben und für den größten Teil der Waren zumeist den doppelten Wert bezahlen müssen; deshalb empfanden sie es jetzt als grobe Beleidigung, daß man ihnen Munition und Feuerwaffen vorenthalten wollte. Dane beruhigte sich schließlich und schlug ihnen vor, noch zwei Tage weiterzureiten bis nach Fort Carrothers.

Auf diesem Teil des Rittes verbrachte Dane die meiste Zeit mit Red Cloud, lernte Lakota-Worte von ihm und brachte seinem Gefährten dafür englische Ausdrücke bei. Der zukünftige Führer der Oglalas war damals Ende Zwanzig, ein paar Jahre jünger als Dane, und als er von Danes Herkommen erfuhr, setzte er ihm mit zahllosen Fragen über die Weißen im Osten zu und ließ den Wunsch erkennen, irgendwann einmal dorthin zu reiten und sich die riesigen Dörfer anzusehen.

Nachdem sie wieder auf der Piste den Platte entlangritten, begegneten ihnen mehrere lange Wagentrecks. Red Clouds Reaktion war ähnlich jener von Jim Carrothers, als er zusammen mit Dane nach Westport Landing geritten war – daß die vielen weißen Einwanderer den ganzen Osten leer zurückgelassen haben müßten. »Zähle die Grashalme auf diesen Prärien«, erklärte Dane ihm, »und du wirst die Zahl der Weißen haben.«

Als sie sich Fort Carrothers näherten, war Red Cloud entsetzt über die sträflich abgegrasten Prärien, bei denen Wind und Regen bereits angefangen hatten, die fruchtbare Humusdecke wegzuschwemmen oder fortzuwehen, weil die Pappelhaine zerstört worden waren, in deren Schutz sein Stamm überwintert hatte, als er ein Knabe gewesen war, und durch das völlige Fehlen von Wild, von dem es einst hier in Hülle und Fülle gegeben hatte. Als sie den Lagerplatz am Lodgepole Creek erreichten, war Dane an der Reihe, seinem Abscheu Luft zu machen. Die freundlichen Weiden waren abgeholzt worden, und das einst klare Wasser des Bachs war durch Ochsenkadaver, einen zusammengebrochenen Ochsenkarren, weggeworfene Fässer, Zuggeschirr, Büchsen, Kisten und andere Abfälle der vorbeiziehenden Weißen verunreinigt.

»Sie sind schlimmer als die Sommer-Heuschrecken«, erklärte Red Cloud, »wie die Maden, die unserem Land das Herz aus dem Leib fressen.«

In Fort Carrothers waren Jotham und die anderen hocherfreut, Dane wiederzusehen, wiewohl sie sehr auf der Hut zu sein schienen vor seinen ungebärdigen und hochfahrenden Gefährten. Jotham hatte gleichfalls Anweisungen erhalten, im Tauschhandel weder Waffen noch Munition an »feindliche« Indianer weiterzugeben, doch da Dane ein »zivilisierter« Cherokese war und daher nicht als »feindlich« eingestuft werden konnte, wurde ihm ein beträchtlicher Vorrat übergeben. Im Schutz der Nacht ritten sie wieder davon, die Satteltaschen gefüllt mit Pulver und Blei.

Den ganzen Ritt bis zu ihrem Lager am North Platte unterhielten sich Red Cloud und Dane darüber, daß der Schatten, den ihre Lebensweise warf, immer kürzer wurde; sie stimmten darin überein, daß die einzige Hoffnung für ihre Stämme darin bestand, die Weißen davon abzuhalten, in den Norden einzudringen – in die Flußtäler von Powder, Tongue und Yellowstone und in die heiligen Black Hills.

34

»Ich habe nur wenige Menschen kennengelernt – ganz gleich ob unter Indianern oder Weißen –, die so zielbewußt gewesen wären, wie Red Cloud es damals war«, sagte Dane. »Hatte er einen Einfall, behielt er den Gedanken im Kopf und ließ ihn reifen. Als die Heimsuchungen über uns kamen, wußte er, was zu tun sei, die anderen Häuptlinge hörten sich an, was er zu sagen hatte, und folgten ihm. Red Cloud errang viele Siege, aber am Ende mußte er Zugeständnisse machen, um überhaupt zu überleben, und da verließ der Geist ihn. Als ich das letztemal in Pine Ridge war, stattete ich ihm einen Besuch ab. Er ist fast erblindet, hat weißeres Haar als ich, ist aber immer noch ein Mann mit einem Gesicht, das man mit Wohlgefallen betrachtet.

Er brachte uns Geschenke in unser Lager am Powder River, als er hörte, daß Sweet Medicine Woman eine Tochter bekommen hatte: Wolldecken, Halsketten aus Bärenkrallen und Ohrringe. Die meisten der jungen Cheyenne-Frauen in unserem Lager drängten sich um uns, um nur einen Blick auf diesen stattlichen jungen Mann von den Oglalas zu werfen. In jenem Abschnitt seines Lebens geriet Red Cloud dauernd in Schwierigkeiten wegen irgendwelcher Frauen – den Frauen anderer Männer –, weil er so ansehnlich und so prächtig gekleidet war.

An diesem Tag, da er uns am Powder River besuchte, hatte er allerdings kein Auge für die jungen Frauen. Ihn bewegten andere Dinge. Nachdem er Sweet Medicine Woman seine Geschenke überreicht hatte, fragte er, welchen Namen sie unserem ersten Mädchen geben werde. ›Amayi‹, sagte sie ihm. ›Dane möchte, daß sie nach seiner Großmutter gerufen wird.‹

›Amayi, das ist kein Cheyenne-Name‹, sagte er.

›Das ist Muskogee‹, erklärte ich, ›Creek-Sprache!‹

›Jedenfalls klingt es gut in meinen Ohren‹, sagte er, und packte mich dann am Arm. ›Ich muß mit dir reden. Gehen wir irgendwohin, wo nicht so viele durcheinanderplappernde Frauen sind.‹

Red Cloud wollte über eine große Ratsversammlung reden, die bald in Fort Laramie abgehalten werden sollte. Broken Hand Fitzpatrick, ein Beauftragter der Regierung der Vereinigten Staaten, hatte die Stämme zwischen Missouri und Arkansas besucht, sie aufgefordert, an dieser Ratsversammlung teilzunehmen und allen, die teilnehmen würden, viele wertvolle Geschenke versprochen. Den meisten Indianern gefiel Broken Hand. Er war zusammen mit Jim Carrothers in den Westen gekommen, um Pelztiere zu jagen, und gleich Carrothers hatte er sich eine indianische Frau genommen, mit der er etliche Kinder hatte. Unsere Anführer bewahrten dieser Ratsversammlung gegenüber großes Mißtrauen.

›Was, meinst du, wollen sie, die *Wasicus*?‹ Red Cloud benutzte das Lakota-Wort für Weiße Männer.

›Unser Land wollen sie‹, erklärte ich und erzählte ihm, wie die *Wasicus* sich im Cherokesengebiet eingenistet hatten, indem sie erst den Häuptlingen um den Bart gegangen waren, um ihnen die Erlaubnis abzuschwatzen, Straßen, Handelsposten und Forts zu bauen.

Und in der Tat, als wir im Mond des Trockenen Grases nach Fort Laramie hinunterritten, war das erste, worum die Beauftragten aus Washington baten, ein Versprechen aller Häuptlinge, alle Reisenden auf dem Oregon Trail und allen anderen Pisten, die durch unser Land angelegt werden mochten, zu beschützen. Die Ratsversammlung in Laramie war überhaupt die größte Versammlung von Indianern in der Geschichte unseres Volkes – dort hatten sich noch mehr von uns versammelt als am Little Bighorn, als Custer so verblendet war, uns anzugreifen. Es waren so viele von uns zusammengekommen, daß die Regierungsbeauftragten uns bitten mußten, etliche Meilen an den Horse Creek weiterzuziehen, wo genug Gras für die Pferde war, die in die Tausende gingen, und Raum für die Tipis, die sich so weit erstreckten, wie das Auge reichte. Das Bemerkenswerte an dem Ganzen war, daß die Hälfte der dort versammelten Stämme alte Feinde der anderen Stämme waren – Sioux und Arikara, Cheyenne und Crow, Arapaho und Shoshonen ebensosehr wie Assiniboin, Hidatsa und Mandanen. Fast den halben Mond über kampierten wir gemeinsam, und zwischen uns befanden sich nur ein paar Dragoner in schmucken blauen Uniformen, uns auseinanderzuhalten. Wenn wir gegeneinander hätten kämpfen wollen, wären diese Dragoner einfach über den Haufen gerannt und zertrampelt worden.

Wie die Dinge standen, kam die einzige Schwierigkeit, die sich ergab, durch einen aufbrausenden Dragoner-Offizier. Eines Tages führte Lean Bear auf Bitten der Beauftragten mit seinen Hunds-Kriegern einen Scheinangriff vor, wobei er ausschließlich die Hand benutzte, um in raschem Wechsel Bewegungen und Vorstöße seiner berittenen Krieger vorzuführen, die so taten, als kämpften sie mit ihren Gewehren und Lanzen, Pfeilen und Bogen. Nachdem die Vorführung vorüber war, ritt Lean Bear vor das große Zelt, in dem die Beratungen stattfanden. Er saß ab und verneigte sich vor den Regierungsbeauftragten und Armee-Offizieren, die ihm Beifall klatschten. Er war gerade dabei, sein Pferd wegzuführen, um Platz zu machen für einen Vorbeiritt von Oglala-Kriegern, und kam dabei an einem Einspänner vorüber, in dem ein Dragoner-Offizier mit seiner Frau saß. Diese Dame ließ eine Hand zum Einspänner hinaushängen, und an einem ihrer Finger trug sie einen Ring, der hell im Sonnenlicht blitzte – einen Diamantring, wie ich annehme. Nun fühlte Lean Bear sich immer von schönen Dingen angezogen. Er besaß selbst eine ansehnliche Sammlung von Schmuck – Armreifen, Ringe und Halsketten. Impulsiv griff er nach der Hand der Frau, um den glitzernden Ring zu betrachten, wahrscheinlich, um ihr ein Kompliment zu machen, doch sie schrie auf. Ihr Mann griff nach der Peitsche und versetzte Lean Bear einen Hieb über Hals und Schulter. Lean Bear hätte diesen Offizier womöglich umgebracht, wäre er nicht sogleich von mehreren Dragonern umringt gewesen. Woraufhin er wortlos aufsaß, in unser Cheyenne-Lager zurückritt und sich das Gesicht schwarz und weiß anmalte. Dann ritt er zwischen den Tipis hindurch und sammelte seine Hunds-Krieger, um die Dragoner anzugreifen und die Beleidigung zu rächen; Big Star, sein Onkel, kam vom Versammlungszelt und versuchte ihn zu beruhigen. Zuletzt brachte Broken Hand Fitzpatrick die Angelegenheit in Ordnung, indem er dafür sorgte, daß der Dragoner-Offizier Lean Bear eine schöne Wolldecke zum Geschenk machte und sich bei ihm entschuldigte.

Wie ich schon sagte, wollten die Regierungsbeauftragten, daß wir ein Abkommen mit ihnen schlössen – was auf die Herausgabe von einigem Land hinauslief –, und um das zu schaffen, bestanden sie darauf, daß jeder Stamm von einem Häuptling vertreten sei. Die Cheyenne hatten selbstverständlich nicht nur einen Oberhäuptling. Wir hatten viele Häuptlinge, von denen jeder eine kleine Gruppe anführte. Little Wolf und Dull Knife stammten aus dem Gebiet um den Rosebud Creek und Black Kettle und vom Flußlauf des viele hundert Meilen entfernten Arkansas im Süden. Big Stars Gruppe zog ständig hin und her, und es waren noch viele andere da. Zuletzt einigten wir uns auf den alten Wannesahta, den Bewahrer der Heiligen Medizin-Pfeile der Cheyenne. Wannesahta war genausowenig ein Häuptling wie ich und wollte auch kein Häuptling sein, nahm aber dennoch als solcher an den Ratsversammlungen teil.

Da ich englisch und cheyenne sprach, wurde ich zum Dolmetsch des Stammes gewählt und erhielt infolgedessen unmittelbaren Einblick, wie gerissen die weißen Regierungsbeauftragten die Indianer mit den Verträgen übers Ohr hauten. Zuerst redeten sie darüber, daß der Oregon Trail nur ein schmaler Streifen Land sei, nicht breiter als zwei Wagenräder auseinanderstehen, doch wie das dann im Vertrag formuliert wurde, fiel ihnen meilenbreit das gesamte Flußtal des Platte River zu. Sie redeten von den ausgedehnten Gebieten, in denen die Stämme frei von jedem weißen Eindringen leben könnten, trafen jedoch gleichzeitig Vorkehrungen für weitere Straßen samt zu ihrem Schutz bestimmten Forts, wo immer die Weißen später vielleicht einmal Straßen zu bauen beabsichtigen mochten.

Jeden Abend redete ich mit Big Star darüber, der als kleiner Häuptling an den Ratsversammlungen teilnehmen durfte. ›Warum sollten die Weißen jemals Straßen durch unser Land legen und Forts bauen wollen?‹ fragte er dann wohl. ›Jenseits des Yellowstone gibt es kein Gold.‹

›Vielleicht finden sie dort eines Tages Gold – oder etwas anderes, was sie begehren‹, sagte ich dann. ›Wenn sie erst in unser Land hereinkommen, werden sie es nie wieder verlassen.‹

Red Cloud sah den Vertrag genauso wie ich, doch damals vermochte er daran nichts zu ändern. Die Regierungsbeauftragten benannten Brave Bear, einen Brule, zum Häuptling aller Sioux, obwohl die Oglala die Brules zahlenmäßig bei weitem überwogen. Red Clouds Onkel, Old Smoke, sowie Whirlwind und Red Water nahmen nur als kleine Häuptlinge der Oglalas an den Versammlungen teil. Red Cloud konnte nichts anderes als schäumen und sich darüber aufregen, daß Brave Bear ein alter Handelsposten-Schnorrer sei, der tun würde, was die Beauftragten von ihm wollten.

Die Art, wie sie das Land für die verschiedenen Stämme aufteilten, befriedigte niemand. Die Sioux erhielten die Black Hills, obwohl das heiliges Cheyenne-Land war. Die Crows bekamen das Gebiet zwischen den Flüssen Bighorn und Powder, wiewohl das Jagdgründe der Cheyenne und der Sioux waren. Die Nordgrenze des Cheyenne-Gebiets sollte der North Platte bilden; dabei lebten unsere nördlichen Verwandten weit jenseits dieses Flusses. Das damit verbundene Problem lösten die weisen Regierungsbeauftragten dadurch, daß sie sagten, jagen könnten die Stämme, wo sie wollten, solange sie nur in den ihnen zugewiesenen Gebieten ihre Wohnsitze aufschlügen. Darüber wollten Red Cloud und ich uns ausschütten vor Lachen.

Neun Tage lang stritten Häuptlinge und Regierungsbeauftragte sich und hielten hochtrabende Reden, dann wurde der Vertrag auf den Tisch gelegt – und zwar genau in derselben Form, in der die Beauftragten ihn niedergeschrieben hatten, ehe die ›Verhandlungen‹ überhaupt begonnen hatten. Die Beauftragten gestatteten uns, zu Jagdzwecken Waffen und Munition einzutauschen, doch durften wir nicht im Tal des Platte oder in der Nähe der Baustellen für neue Straßen jagen. Nachdem das erledigt war, traten die Häuptlinge an den Tisch und unterzeichneten mit einem Kreuz, und wir Dolmetscher schrieben ihre Namen daneben. Dann wurden die Häuptlinge in ein kleines Zelt geführt, wo man ihnen besondere Geschenke gab: Dragoneruniformen, hellblaue Beinkleider und blaue Gehröcke mit Goldknöpfen und Epauletten. Außerdem erhielten sie große Orden, die sie am Hals tragen konnten, sowie handschriftliche Abschriften des Vertrags mit Wachssiegel und scharlachrotem Band. Die Medaillen zeigten auf der einen Seite zwei verschränkte Hände und auf der anderen Seite ein Bild von Präsident Millard Fillmore.

Die Häuptlinge wurden aufgefordert, die Uniformen anzuziehen und die Medaillen anzulegen und dann zusammen mit den Dragoner-Offizieren vor dem Zelt Aufstellung zu nehmen, wo ein Maler aus Washington sie abkonterfeite. Den Häuptlingen schien gar nicht wohl in ihrer Haut, doch die meisten waren stolz auf ihre Uniform. Big Star behielt die seine mehrere Jahre hindurch und trug sie nur zu bedeutenden Anlässen, von denen einer der Tag war, da die Soldaten ihn töteten.

Nachdem der Künstler mit seinen Skizzen fertig war, feuerte ein Dragoner eine kleine Kanone ab, die neben dem Zelt stand, und eine Reihe von Wagen, beladen mit Kalikoballen, Säcken mit Mehl, Zukker und Kaffee kam herangerumpelt. Die Soldaten kippten all diese Geschenke auf den Boden, und die Häuptlinge verbrachten den Rest des Tages damit, alles unter sich aufzuteilen. Im Vertrag wurden uns fünfzehn Jahre hindurch jedes Jahr ähnliche Geschenke versprochen, doch in späteren Jahren behielten die Regierungsbeauftragten die meisten dieser Waren für sich und verkauften sie unter der Hand an Händler.

Damals, als wir noch vergleichsweise wohlhabend waren, brauchte keiner von uns wirklich die Dinge, die man uns am Horse Creek schenkte. Wir hätten an einem einzigen Tag bei der Büffeljagd am Powder River genug Büffelhäute bekommen können, um all das einzuhandeln. Noch etwas sehr Törichtes taten die Regierungsbeauftragten – sie schlachteten etwa hundert Rinder, die eigens von Westport Landing herübergetrieben worden waren, und luden uns zu einem Festessen ein, bei dem am Ufer des Flusses große Stücke Fleisch am offenen Feuer gebraten wurden. Ein paar von uns folgten dieser Einladung, doch das Fleisch war zäh und schmeckte süß. Die meisten Kadaver überließen wir den Fliegen. Nachdem wir den ganzen Mond, da das Gras trocknet, hindurch das Essen des Weißen Mannes gegessen hatten, hatten wir großen Apetit auf ein paar Büffelzungen und Biberschwänze. Infolgedessen wurden binnen Tagesfrist die Tausende von Tipis abgebaut, und das war das Ende des ersten großen Landraubs im Westen.«

35

In dem Winter, welcher den Vertragsberatungen in Fort Laramie folgte, wurde im Lager in den Ghost Timbers Danes zweite Tochter geboren. Sweet Medicine Woman nannte sie Susa, und kurz nach der Geburt brachte Dane seine Familie hinüber nach Fort Carrothers, um zusammen mit Jotham und Griffas Familie die Geburt zu feiern. Im Laufe mehrerer Tage, die sie nun alle zusammen waren, verlor Sweet Medicine Woman viel von ihrer Scheu den *Sanaki*-Verwandten ihres Mannes gegenüber. Ganz besonders ans Herz wuchs ihr der siebzehnjährige Pleasant, da dieser viel Zeit damit verbrachte, mit seinen Halbbrüdern, Swift Eagle und Little Cloud, umherzutollen und sie huckepack zu tragen. Sie sagte Pleasant, sie nehme ihn an Sohnes Statt an, und er erzählte das stolz jedem, der es hören wollte.

Eines Tages brachten Bibbs und seine Frau, halb Seminolin und halb Negerin, ein Schaukelpferd, das sie aus starkem Schmiedeeisen, geschnitztem Holz und Wolldeckenstoff gearbeitet hatten, als Geburtstagsgeschenk für Susa. Wewoka hatte das Pferdchen leuchtend in Rot- und Gelbtönen angestrichen, und alle ergingen sich in den höchsten Tönen darüber, wie schön es geworden sei. Die dreijährige Amayi meinte, das Schaukelpferd sei für sie bestimmt, woraufhin Dane ihr erklärte, sie dürfe darauf reiten, bis sie alt genug sei, ein lebendiges Pony zu bekommen; dann freilich müsse sie das Spielzeugpferdchen an Susa abgeben.

An dem Vormittag des Tages, da Dane mit seiner Familie zu den Ghost Timbers zurückreiten wollte, trat Pleasant im Korral auf ihn zu und fragte ihn: »Liegt es an meiner hellen Haut, daß du mich nicht so gern magst wie deine Cheyenne-Söhne?«

Dane war durch diese Frage wie vor den Kopf gestoßen. »Ich mag dich genausogern wie meine anderen Kinder«, sagte er.

»Und warum lebe ich nicht mit dir zusammen?«

»Ich dachte, du wärest hier glücklicher«, erwiderte er, wiewohl er innerlich zugeben mußte, darüber noch nie nachgedacht zu haben.

»Sweet Medicine Woman hat mir erzählt, was für eine herrliche Zeit ihr im Sommer im Norden verlebt. Ich glaube, sie hätte es gern, wenn ich dieses Jahr mit euch käme.«

»Dann solltest du das unbedingt tun«, sagte Dane. »Das ist ein Leben, wie du es bisher noch nie kennengelernt hast. Vielleicht gefällt es dir auch gar nicht, aber ein Sommer Büffeljagd unter der Sonne wird

deine helle Haut, um die du dir Gedanken machst, schon dunkler färben.«
So kam es, daß Pleasant in diesem Frühjahr mit den Cheyenne nach Norden ritt. Er wollte keinen Lendenschurz tragen, weil er nicht zuviel von seiner hellen Haut zeigen wollte, doch Dane besorgte ihm ein altes Paar hirschlederner Hosen und ein langärmeliges Hemd aus dem Leder des Dickhornschafs, und er schien es zufrieden.
Wenn Dane auch anfangs Angst hatte, daß Pleasant vielleicht nicht akzeptiert werden würde, errang sich der Junge innerhalb kurzer Zeit die Anerkennung fast aller Cheyenne aus der Gruppe von Big Star. Den Mädchen gefiel sein sandfarbenes Haar, und die jungen Männer bewunderten die Tollkühnheit, die er bei der Büffeljagd an den Tag legte. Dann nahm Lean Bear ihn unter seine Fittiche und half ihm, mit der Lebensweise und den Zeremonien der Cheyenne vertraut zu werden. Einen Tag, nachdem sie ihr ständiges Lager am North Platte aufgeschlagen hatten, kam Lean Bear zu Dane und erklärte, die Hunds-Krieger planten einen Überfall auf die Shoshonen, um denen Pferde wegzunehmen. Er wollte Pleasant als Gast mitnehmen.
»Den Regierungsbeauftragten haben wir bei den Verhandlungen um den Vertrag versprochen, mit unseren alten Feinden in Frieden auszukommen«, gab Dane ihm zu bedenken.
»Ach, wir wollen ja keinen Krieg gegen die Shoshonen führen«, entgegnete Lean Bear. »Wir werden uns nur ein paar von ihren Pferden holen. Sie haben mehr, als sie brauchen. Woher sonst sollten wir uns Pferde holen, wenn nicht von den Shoshonen und den Crows?«
Dane lachte. »Na, schön. Du kannst meinen Sohn mitnehmen, wenn du versprichst, auf ihn aufzupassen und dafür zu sorgen, daß er nicht allzu draufgängerisch ist.«
»Ich werde auf ihn achtgeben wie auf meinen eigenen Sohn«, versprach Lean Bear.
Drüben am Sweetwater fanden Lean Bear und seine Hunds-Krieger ein Shoshonenlager mit vielen Pferden. Der Überfall endete mit einem hin und her wogenden Kampf, bei dem jede Seite der anderen kleinere Wunden zufügte. Lean Bear richtete es so ein, daß beim Erbeuten der Pferde Pleasant das schönste Paar in die Hand fiel, Appaloosas mit wunderschöner ebenmäßiger Zeichnung am Körper. Pleasant gelang es, den Tieren blitzschnell die Schlinge um den Hals zu werfen, und er galoppierte überlegen mit ihnen davon wie einer, der sein Leben lang Überfälle dieser Art gemacht hatte.

Die Einstellung der anderen Hunds-Krieger in bezug auf das Glück ihres jungen Gastes ging von Neid bis zur Bewunderung. Wenn einer von ihnen argwöhnte, daß Pleasants Glück zur Hauptsache auf den Machenschaften von Lean Bear beruhte, so ließ er darüber jedenfalls kein Wort verlauten.
Bald, nachdem sie den sie verfolgenden Shoshonen entwischt waren, stießen sie auf ein provisorisches Lager von Arapaho, die sich aus demselben Grund wie die Cheyenne so weit in den Norden hinaufgewagt hatten. Lean Bear beschloß, schon wegen der zusätzlichen Unterstützung die Nacht bei den Arapaho zu verbringen, falls es den Shoshonen gelang, ihre Kräfte zu vergrößern und die Verfolgungsjagd wieder aufzunehmen.
Die Herde der Beutepferde zog augenblicklich die Aufmerksamkeit der Arapaho auf sich, und Pleasants Appaloosas wurden zum Mittelpunkt des Interesses. Mehrere Krieger waren begierig, eines oder gar beide der gescheckten Tiere einzutauschen. Zuerst schlug Pleasant alle ihre Angebote aus, doch dann brachte einer der älteren Arapaho einen Büffelhautsack, schnürte die Lederriemen auf, mit denen er verschlossen war, und holte zwei merkwürdige, schimmernde Dinge hervor, ein spanisches Kettenhemd und einen Metallhelm mit ledernem Nackenschutz daran. Der Arapaho hatte beides vor vielen Jahren beim Pferdehandel von einem Mexikaner erhalten. Er hatte sie wohl verwahrt und jeden kleinen Rostfleck beseitigt, sobald er sich zeigte. Doch jetzt war er bereit, sie gegen einen Appaloosa einzutauschen. Sein Lebtag hatte er sich schon einen solchen Palouse gewünscht.
Pleasant sah sich das Kettenhemd genau an. Es bestand aus dicht verwebten Metallringen und -plättchen, die auf ein Hemd aus dickem Ziegenleder aufgenäht worden waren. Er zog es über und stellte fest, daß es ihm bis zur Hüfte ging, seinem kleinen Körper also genausogut paßte wie dem Spanier, der es vor zweihundert Jahren mitgebracht haben mochte nach Amerika. Am Ende bekam Pleasant das Kettenhemd im Tausch gegen eines seiner Pferde. Für den eisernen Helm, sagte er, habe er keine Verwendung.
Als die Hunds-Krieger das Lager der Arapaho am nächsten Tag verließen, trug Pleasant sein Kettenhemd und trabte stolz auf dem ihm noch verbliebenen Appaloosa dahin. Am späten Nachmittag, als sie sich der Stelle näherten, wo der Poison Spider Creek in den North Platte einmündete, nicht weit von dem Ort entfernt, wo die Brücke des Oregon Trail über den Fluß hinüberführte, sahen sie eine Pa-

trouille berittener Blauröcke auf sie zukommen. Die Cheyenne hatten gehört, daß bei der Brücke einige Soldaten stationiert seien, hatten bisher aber noch keinen davon zu Gesicht bekommen. Lean Bear gab seinen Kriegern ein Zeichen, haltzumachen, und so erwarteten sie die sich nähernden Soldaten. Lean Bear zählte sie: sechsundzwanzig, das waren sechs Mann mehr als die Krieger, die er für diesen Überfall mitgenommen hatte. Die Kavalleristen waren vermutlich sehr viel besser bewaffnet als sie und außerdem nicht mit einer Herde erbeuteter Ponys belastet. Lean Bear gab seinen Leuten ein Zeichen, sich schußbereit zu machen.

Die Kavalleristen hielten etwa vierzig Schritt von ihnen entfernt, und ein junger Lieutenant ritt ein paar Schritt vor. »Wir möchten uns eure Pferde ansehen«, rief er.

Lean Bear, der sich nicht sicher war, was der Lieutenant meinte, sah fragend Pleasant an.

»Die haben wir den Shoshonen abgenommen«, erwiderte Pleasant. Ihm fiel ein, daß drei der Tiere US-Brandzeichen an den Flanken trugen. Ein Hunds-Krieger namens Sata hatte eines erbeutet und die beiden anderen eingetauscht. Sata bewunderte die US-Brandzeichen ganz besonders.

»Wir kommen näher!« rief der Lieutenant, offensichtlich erleichtert, englisch sprechen zu hören; was ihn jedoch verwirrte, war Pleasants Kettenhemd. »Uns sind ein Dutzend Pferde abhanden gekommen; jemand hat sie uns gestohlen.«

Die Kavalleristen näherten sich in langsamem Tempo und ritten im Bogen mitten in die Pferdeherde hinein, bis sie die US-Brandzeichen sahen. Ein Sergeant war dabei, diesen Tieren Schlingen um den Hals zu werfen, da drängte sich Sata mit seinem tänzelnden Pferd neben ihn und riß ihm die Seile aus der Hand. »Die gehören mir«, schrie er auf cheyenne. »Wir haben sie den Shoshonen abgenommen.«

Der Sergeant nahm den Karabiner vom Rücken und scheuchte ihn fort. Sata zog eine alte Pistole aus dem Gürtel. »Erschießt ihn!« befahl der Lieutenant mit hoher erregter Stimme. Ein Schuß aus dem Karabiner riß Sata aus dem Sattel.

Einen Augenblick herrschte größtes Durcheinander. Die verängstigte Pferdeherde begann nach allen Seiten auseinanderzustieben. Erregt schrie der Lieutenant Befehle, seine Leute zogen sich zurück und bildeten eine Verteidigungslinie, während der Sergeant die drei Pferde zur Seite führte.

Sata war schwer verwundet, zwang sich jedoch auf die Knie und schrie nach seinen Pferden. Lean Bear gab seinen Kriegern ein Zeichen, ein einziges Glied zu bilden, das sich den Soldaten entgegenstellte.
»Ich werde dafür sorgen, daß sie ihre Gewehre abschießen«, sagte Pleasant und packte Lean Bears Lanze. »Wenn sie nachladen, reitet auf sie zu und holt euch Satas Pferde zurück, ehe sie wieder laden können.«
»Nein!« rief Lean Bear. »Heute bin ich dein Vater, und ich verbiete es dir.«
Pleasant trat seinem Appaloosa in die Flanken, daß er in einen schnellen Galopp fiel, legte die Lanze ein und ritt unverwandt auf den Lieutenant zu. »Tötet ihn!« schrie der Lieutenant. Pleasant lenkte den Palouse nach rechts und lehnte sich seitwärts aus dem Sattel, um das Tier als Deckung zu benutzen. Überall krachten die Gewehre der Kavalleristen, und dann hörte er die Schreie der auf sie zustürmenden Hunds-Krieger und das Donnern der Hufe ihrer Pferde.
Als die Kavalleristen in heilloser Flucht davonstoben, tötete Lean Bear persönlich den Sergeant, um ihn daran zu hindern, Satas Pferde mitzunehmen. Aber Pleasants Appaloosa ging zu Boden. Blut schoß ihm aus dem Hals, und er verendete, während Pleasant neben seinem vorgestrecktem Kopf saß und weinte. Bald nachdem sie ihre verstreute Herde wieder zusammengetrieben hatten, starb Sata. Sie legten ihn auf eine Bahre, stellten die drei Pferde mit den US-Brandzeichen daneben auf und gaben ihnen mit Pfeilen den Tod. Als sie am Abend ihr Lager aufschlugen, fand Pleasant zwei Kugeln, die sich in dem Kettengewirr seines spanischen Panzerhemds verfangen hatten.

36

»Nach diesem Scharmützel mit den berittenen Blauröcken«, sagte Dane, »galt Pleasant als junger Mann mit starker Medizin. Sie nannten ihn Iron Shirt, und er wurde ein Hunds-Krieger – eine große Ehre für jemand, der so jung war. Aber es sah aus, als lege er keinen Wert darauf, besonders herausgestellt zu werden. Er war gern allein, jedenfalls einen Großteil seiner Zeit, und fragte sich, was er nun eigentlich sei, ein Weißer oder ein Indianer. Er gab Sweet Medicine Woman sein Kettenhemd zum Aufbewahren. Manchmal ließ er es sich von ihr geben, um Rostflecken zu entfernen, und dann bat er sie, es weiter zu verwahren. Oft wachte ich des Nachts in unserem Tipi von Gestöhn und von Angstschreien auf, die von Pleasants Lager herüberdrangen, und dann wußte ich, daß er in seinen Träumen Schreckliches erlebte.

Eines Tages saß ich mit Swift Eagle und Little Cloud auf einer Sandbank und erzählte ihnen cherokesische Geistergeschichten. Ich hatte beiden beigebracht, ihre Namen sowie ein paar andere englische Wörter zu schreiben, und während ich eine Geschichte erzählte, nahm Swift Eagle einen Stock und kratzte seinen Namen in den Sand. Dann zeichnete er die Umrisse eines Wolfs, von dem gerade die Rede war, und schrieb ›W-o-l-f‹ darunter.

›Er kann Wörter schreiben‹, rief Pleasant hinter uns. Er war die Uferböschung so lautlos heruntergekrochen gekommen, daß ich keine Ahnung von seiner Anwesenheit hatte. Das hatte Lean Bear ihn gelehrt.

›Ich kann auch meinen Namen schreiben‹, brüstete Little Cloud sich und versuchte, seinem Bruder das Stöckchen wegzunehmen.

›Wieso hast du mir niemals das Schreiben beigebracht?‹ fragte Pleasant in vorwurfsvollem Ton.

›Aber du kannst doch wohl lesen und schreiben‹, sagte ich.

›Jerusha hat mir nur beigebracht, meinen Namen zu schreiben.‹

›Hast du denn im Stammland nie eine Schule besucht?‹

Er schüttelte den Kopf. ›Reverend Crookes hat mir Wörter gesagt, die ich auswendig lernen sollte. Aber Lesen und Schreiben hat er mir nicht beigebracht.‹ Er zuckte mit den Achseln. ›Wozu braucht ein Indianer solche Dinge!‹ Er sprang auf die Sandbank herunter und verwischte mit dem Mokassin die Buchstaben, die Swift Eagle in den Sand geritzt hatte.

›Ich werde dich lehren, Wörter zu schreiben‹, sagte ich, doch er lief bereits den Ufersaum entlang davon.

Ein andermal, nicht lange nach diesem Zwischenfall, fand ich ihn, wie er brütend auf einer Hügelkuppe saß und gen Osten blickte; sein Gesicht war traurig und trübselig wie das eines alten Mannes.

›Wie weit ist es bis zum Cherokesenstammland? Wie viele Tage muß man unterwegs sein?‹ fragte er.

›Hast du Heimweh?‹ fragte ich.

›Ich möchte meine Mutter, Jerusha, wiedersehen‹, erwiderte er. ›Ich will ein Weißer Mann sein und kein Indianer.‹

›Du könntest doch das Seminar von Tahlequah besuchen‹, schlug ich vor. ›Dort kannst du lernen, wie ein Weißer Mann zu leben.‹ Ich war

überrascht, mit welcher Freude er diesen Vorschlag aufgriff. Er wollte noch am selben Tag losreiten.
Trotz Sweet Medicine Womans ernsthafter Einwände machten Pleasant und ich uns am folgenden Tag auf den Weg. Im Laufe des Monds, da alles trocken wird, den wir miteinander verbrachten, lernte ich meinen Halbblut-Sohn zum erstenmal richtig kennen.
Die einzigen anderen Menschen, mit denen wir auf dem Hinritt redeten, waren unsere Verwandten in Fort Carrothers. Den Abend und die Nacht, die wir in dem Handelsposten verbrachten, tauschten wir unsere indianische Kleidung gegen die des Weißen Mannes ein, und ich kam mit Jotham überein, mit Büffelhäuten für Pleasants Ausbildung im Cherokesenstammland zu bezahlen.
Nichts ist besser geeignet, Stärken und Schwächen eines Menschen kennenzulernen, über die man im gewöhnlichen Leben hinwegsieht, als zusammen mit ihm unterwegs zu sein. So kam ich bald dahinter, daß Pleasants Draufgängertum nichts anderes war, als eine Maske, hinter der er seine Ängste verbarg. Einmal erzählte er von dem Alleingang, den er gemacht hatte, um die Soldaten zu bewegen, ihre Gewehre abzufeuern und gestand, er hätte das ohne sein Kettenhemd nie geschafft, das eine Maske vor seinen Ängsten gewesen sei. Er träume immer noch Schreckliches darüber, sagte er, und spüre dann in seinem eigenen Fleisch die Kugeln, die in das Fleisch seines Schutzschilds, des Appaloosa, eingedrungen waren. Tag für Tag wurde auf unserem Ritt in den Süden sein Gemüt fröhlicher, und als wir in Tahlequah anlangten, hätte er vor Freude fast gesungen. Bald fanden wir Mr. Ebenezer Keys' Seminar für junge Männer, und ich meldete Pleasant für das kommende Jahr an. Mr. Keys war ein freundlicher kleiner Mann aus New England und versprach, Pleasant werde den besten Unterricht in Lesen, Schreiben, Rechnen und Erdkunde erhalten; der Unterricht werde sowohl auf englisch als auch auf cherokesisch abgehalten.
Am nächsten Tag ritten Pleasant und ich zu der Häuseransammlung hinüber, um Jerusha zu besuchen. Sie hatte keine Ahnung, daß wir im Stammland waren und konnte sich gar nicht fassen vor Überraschung und Freude. Sie machte ihren achtzehnjährigen Sohn mit ihren Umarmungen und Küssen ganz verlegen und behandelte ihn wie ein lange verlorenes Kind. Der ernste Reverend Crookes hatte uns wenig zu sagen, und so ließ ich Pleasant bald bei seiner Mutter, um meinerseits hinüberzureiten zu William und Tatsuwha. William

merkte man sein Alter nachgerade an. Er war mittlerweile fünfzig geworden und sehr zurückhaltend, gleichwohl aber sehr gastfreundlich, und wollte alles wissen, was ich ihm über Jotham und Griffa und den Handelsposten von Fort Carrothers erzählen konnte.

An diesem Abend ging ich im Mondlicht hinüber zum Begräbnisplatz, um Großmutter Amayis Grab zu besuchen. Vor der Kirche standen viele Wagen und Einspänner, die laute Stimme von Reverend Crookes drang durch die Kirchenfenster und warnte vor der Hand des Todes, des erbarmungslosen Gottesboten, vor der Geißel des Alkohols und der Sündhaftigkeit, welche den Stamm der Cherokesen ins Unglück gestürzt habe.

Ich stand unter dem Walnußbaum, der über Akusa Amayis Grab mit dem schlichten Zedernblock aufragte, als ich von einer weißen Gestalt aufgeschreckt wurde, die im Schatten dahinhuschte und alle hell im Mondlicht daliegenden Stellen mied. Einen Moment war ich versucht, an einen Geist zu glauben, doch dann wußte ich, daß es Jerusha war. Nach Atem ringend blieb sie dicht neben mir stehen. ›Ich hab' dich durchs Kirchenfenster hindurch gesehen‹, sagte sie. ›Als wir zum Gebet niederknieten, bin ich hinausgeschlüpft. Ich kann nur einen Moment bleiben.‹ Sie holte tief Atem. ›Ich möchte dir danken dafür, daß du mir Pleasant zurückgebracht hast. Er ist alles, was ich von dir haben kann.‹

Ich wußte nicht, was ich sagen sollte, deshalb ergriff ich ihre Hand, woraufhin sie noch nähertrat, die Arme fest um mich schlang und die Lippen an meine Wange, ja, den ganzen Körper gegen mich preßte, so daß ich spürte, wie dünn ihre Beine waren. Dann ging ein Zittern durch sie hindurch, sie riß sich von mir los und lief zurück zur Kirche. Wie ich schon gesagt habe: Ich glaube, daß Jerushas Gefühle hinausgingen über die Grenzen des Herzens.

Ich spürte ein sehr zärtliches Gefühl für sie in mir aufsteigen, und auf meinem einsamen Rückritt nach Fort Carrothers weilten meine Gedanken oft bei Jerusha und unserem Sohn Pleasant. Der Junge war mir ans Herz gewachsen. Beide waren sehr schmal und von zarter Gesundheit, beide waren sie ständig auf der Suche nach etwas, Kraft daraus zu ziehen, um zu leben. Um zu überleben, bedürfen die Schwachen der Herzen der Starken.

Über drei Jahre sollten vergehen, ehe ich Pleasant wiedersah. Nachdem er Schreiben gelernt hatte, schrieb er mir kurze, hingekritzelte Briefe, die er der Postkutsche nach Fort Carrothers mitgab. Dort holte ich sie jedesmal ab, wenn ich bei Jotham Station machte, manchmal Monate, nachdem sie aufgegeben worden waren, und ich beantwortete jeden einzelnen von ihnen.

In ihm wogte ein erbarmungsloser Kampf zwischen seinem indianischen und seinem weißen Blut, und wenn ich seine Briefe gelesen hatte, erinnerte ich mich oft jener Nacht mit Saviah Manning, in der sie mir erzählte, daß sie und Jotham einander sehr ähnlich seien und in ihnen beiden das weiße Blut mit dem indianischen in Widerstreit liege. Jotham jedoch schien Frieden mit sich selbst geschlossen zu haben. In ihm überwog das Weiße gegenüber dem Indianischen, und die Vorüberziehenden fragten ihn oft, ob er Spanier oder Portugiese sei oder irgendeinem anderen dunkelhäutigen Volk entstamme, wobei sie nur selten den Verdacht hatten, daß dieser Händler in den Kleidern des Weißen Mannes, der ihre Sprache ebensogut sprach wie sie selbst, ein Halbblut war, das von den Eingeborenen abstammte, die sie so sehr fürchteten oder verachteten.

Nachdem Pleasant die Schule durchlaufen hatte, arbeitete er eine Zeitlang für Mr. Tim Rogers, fand jedoch das Schmiedehandwerk allzu beschwerlich und versuchte, sich als Jäger und Fallensteller in den Boston Mountains drüben in Arkansas seinen Lebensunterhalt zu verdienen. Wie gut erinnere ich mich noch an den letzten Brief, den ich von ihm erhielt. ›Meine Verwandten sind arm. Ich besitze keinerlei Mittel, meine Zeit gewinnbringend anzuwenden. Um Sorgen und Schwierigkeiten zu vergessen, habe ich angefangen, Whisky zu trinken.‹

Ein paar Wochen darauf tauchte Pleasant unverhofft in Fort Carrothers auf. Er kam mit einer der Überland-Postkutschen, die seit geraumer Zeit jeden Tag auf ihren regelmäßigen Fahrten nach Kalifornien beim Handelsposten Station machten. Jotham und Biggs drangen in ihn, zu bleiben und ihnen in der Schmiede zu helfen, doch nach ein paar Tagen suchte er mich und die Meinen in unserem Tipi in den Ghost Timbers auf. Er tauschte seinen schlecht sitzenden Tuchanzug gegen hirschlederne Kleidung ein, und als wir nach Norden aufbrachen, begleitete Pleasant uns; er war fest entschlossen, von nun an wie ein Cheyenne zu leben.

Im Sommer heiratete er eine von Magpie Eagles Nichten, ein hübsches Mädchen namens Rising Fawn, und sein Weg hätte geebnet sein können, wäre nicht eines gewesen – sein Verlangen nach Whisky, das ihm arg zugesetzt hatte, seitdem er im Indianer-Territorium lebte.

Früher würde er es vermutlich überwunden haben, wäre ihm ja gar nichts anderes übriggeblieben, doch mittlerweile brachten weiße Händler in ihren Wagentrecks Whisky mit, gab es regelrechte rollende Schenken, die von einem Ort zum anderen fuhren und ihre Ware bei Indianern absetzten, die in den lizensierten Handelsposten keinen Schnaps bekommen konnten.

Sobald Pleasant Büffelhäute zum Eintauschen hatte, suchte er sich einen solchen Whisky-Wagen und kam so betrunken ins Lager zurück, daß er sich nicht mehr auf den Beinen halten konnte. Eines Abends forderte er mich vor unserem Tipi heraus, überschüttete mich mit Vorwürfen und warf mir vor, ihn mit einer Weißen Frau gezeugt zu haben, so daß er jetzt weder ein Indianer noch ein Weißer sei. Je mehr ich versuchte, ihn zu beschwichtigen, desto ausfallender wurde er und jagte Sweet Medicine Woman in Angst und Schrecken mit seinen Drohungen, mich umzubringen, weil ich ihn gezeugt hätte. Zuletzt stürzte er mitten in einem seiner Ausbrüche besinnungslos zu Boden, und ich trug ihn zu Rising Fawn, welche die ganze Nacht über ihn weinte.

Ein paar Tage darauf im selben Sommer jagten Pleasant und drei seiner Freunde, alles Hunds-Krieger, am Oberlauf des Platte Kolumbische Hirsche und gerieten dabei in Sichtnähe der Oregon Trail-Brücke, die hier über den Fluß führte. Sie befanden sich also auf einem Gebiet, in dem sie nicht hätten sein dürfen, aber sie hatten Whisky getrunken, und so überwog in ihnen die Tollkühnheit allen gesunden Menschenverstand. Von dem Hügel aus, auf dem sie hielten, konnten sie die Brücke und am einen Ende die Palisade überblikken, in der die Soldaten lebten. Am anderen Ende der Brücke graste eine kleine Herde angepflockter Pferde, die nur von einem einzigen Soldaten bewacht wurde.

›Seht‹, sagte Pleasant, ›diese Soldaten da unten, das sind dieselben, die Sata erschossen haben, nachdem wir zusammen mit Lean Bear die Shoshonen überfallen hatten. Die schulden uns noch drei Pferde.‹

Er und seine Gefährten sprachen eine Weile darüber. Aller Wahrscheinlichkeit nach war keiner dieser Soldaten vor drei Jahren dabeigewesen, ja, sie hatten vermutlich überhaupt keine Ahnung von Sata und den Pferden. Außerdem befanden sich jetzt zwei- oder dreimal soviel Soldaten in der Palisade wie damals, da sie in der Nähe des Poison Spider Creek gejagt hatten, und sie waren jetzt auch nur vier Hunds-Krieger. Dennoch beschlossen sie törichterweise, auf die

Herde zuzugaloppieren, die Wache niederzuschießen und mit drei US-Pferden davonzureiten.
Da die Soldaten einen solchen leichtsinnigen Überfall nicht erwartet hatten, kamen die vier Hunds-Krieger mit den drei Pferden davon und ließen die skalpierte Wache zurück. Doch kaum hatten Pleasant und seine Gefährten die Hügel hinter sich, als ein Trupp berittener Blauröcke hinter ihnen hergeprescht kam. Das erste, was wir im Lager von der ganzen Sache hörten, war das Hufgeklapper und der Anblick der vier Hunds-Krieger, die im gestreckten Galopp in unser Dorf geritten kamen. ›Blauröcke kommen!‹ schrie einer von ihnen, und selbstverständlich halfen wir alle sofort den Frauen und Kindern, sich zu verstecken. Zeit, erst noch Tipis abzubrechen oder irgend etwas zu packen, hatten wir nicht. Wir eilten, uns mit allem zu bewaffnen, was uns in die Hände fiel – Gewehren, Bogen, Lanzen, Keulen und Messern. Während wir das taten, setzten die Soldaten hohes trockenes Gras auf dem Abhang über unserem Lager in Brand, und ein starker Wind trieb Wolken schwarzen Rauchs zu uns herunter.
Aus dem Rauch heraus griffen die Soldaten uns mit blankgezogenen Säbeln an und schrien Zeter und Mordio. Manche trugen brennende Grasbüschel, die sie auf unsere Tipis warfen. Andere sprangen vom Pferd und benutzten unsere Lagerfeuer, um unser Bettzeug, unsere Kleider und Tipis in Brand zu stecken. Diejenigen, die im Sattel blieben, schlugen mit ihren Säbeln auf alles ein, was in Reichweite kam – Kinder, Frauen, alte Leute.
Wegen der Plötzlichkeit des Überfalls hatten wir kaum Zeit zurückzuschlagen, da waren sie auch schon wieder fort und hatten viele von unseren Pferden mitgenommen. Ich bin sicher, einen Soldaten mit meinem Karabiner ins Bein geschossen zu haben, denn er verzerrte das Gesicht und preßte die Hand auf seinen Oberschenkel, als er vor mir davongaloppierte. Dann sah ich noch einen anderen vorüberreiten, dem ein Pfeil tief in der Schulter saß. Sie mußten zwar auch einiges einstecken, aber wir erlitten weit größere Verluste als sie.
Zum Glück für meine Familie hatten wir unser Tipi genau am entgegengesetzten Ende des Lagers aufgeschlagen. Sweet Medicine Woman hatte Zeit, unsere vier Kinder in ein dichtes Gebüsch am Ufer des Flusses zu bringen, und unserem Tipi geschah nichts. Andere waren schlimmer daran. Der junge Sohn meines Schwagers, Yellow Hawk, trug eine schlimme Wunde von einem Säbelhieb davon, und wir hatten größte Schwierigkeiten, die Blutung zum Stillstand zu bringen.

Yellow Hawk und seine Frau und etliche andere Familien, die ihre Tipis weiter flußaufwärts aufgeschlagen hatten, verloren diese durch Feuer und dazu den größten Teil ihrer Büffelhautkleidung, Sättel und Büffelhautsäcke.
Sobald Big Star überzeugt war, daß die Soldaten zurückgekehrt waren in ihre Palisade an der Brücke, berief er eine Ratsversammlung ein. Wir erfuhren, daß wir zwei Tote zu beklagen hatten. Einer war Mitglied des Crooked Lance-Bundes, der einen Soldaten davon abzuhalten versucht hatte, Feuer an sein Tipi zu legen, und der andere war mein alter Freund, Whistling Elk, der mir einst für unseren Überfall auf die Crows mit den Fuchs-Kriegern seinen Medizin-Beutel gegeben hatte. Whistling Elk fand in seinem brennenden Tipi den Tod; er war zu schwach, hinauszukriechen und sich in Sicherheit zu bringen.
Lean Bear brachte Pleasant und die drei anderen Hunds-Krieger vor den Rat und befahl ihnen, zu erklären, warum die Blauröcke hinter ihnen hergewesen seien und unser Dorf so wütend angegriffen hätten. Nachdem sie ihre Geschichten erzählt hatten, beschuldigte Lean Bear sie, töricht und leichtfertig gehandelt zu haben, und überantwortete sie zur Bestrafung Big Star. Big Star wollte sie jedoch nicht bestrafen. ›Vor vielen Monden war auch mein Blut heiß, so wie ihres ihrer Jugend wegen heiß ist‹, sagte er. ›Daß wir so schlimm heimgesucht wurden, liegt an den Soldaten. Wären die Soldaten nicht in unserem Land, würden solche Dinge nicht geschehen. Wir müssen von den *Veheos* und ihren blauberockten Pferdesoldaten abrücken. Vergangenen Winter, als Black Kettles Gruppe ganz in unserer Nähe in den Hinta Nagi ihr Lager aufgeschlagen hatte, sagte er mir, die Büffel seien zurückgekehrt ins Tal des Smoking Land River – mehr als genug Büffel für uns alle. Das Land im Süden wurde im Großen Vertrag den Cheyenne zugesprochen. Ehe die Sonne untergeht, laßt uns unsere Tipis abbrechen und unser Gesicht nach Süden wenden.‹
Wiewohl die Soldaten viele unserer besten Pferde mitgenommen hatten – noch größere Verluste waren uns durch die Brände entstanden. Indem wir die *Travois*, für die wir Zugpferde hatten, so hoch beluden, wie es nur irgend ging, konnten wir fast alles mitnehmen, was uns geblieben war. Wir bauten Begräbnisgerüste, trauerten um die beiden Männer, die den Tod gefunden hatten, und dann machten wir uns nach Süden auf.
Zweimal wurden wir unterwegs von berittenen Blauröcken angehal-

ten, welche die Prärien kontrollierten, als ob wir kein Recht hätten, in diesem Land zu sein, das doch uns gehörte. Sie wollten wissen, woher wir kämen und wohin wir wollten. Nachdem wir den Lower Platte River bei Beaver Fork überquert hatten, begegneten wir keinen *Veheos* mehr, und als wir ins Tal des Smoking Land River gelangten, stellten wir fest, daß es in der Tat so reich an Büffeln und Schwarzedelhirschen war, wie Black Kettle es versprochen hatte.

In diesem Sommer, da wir in den Süden zogen, geschahen Schlag auf Schlag viele Dinge. Für einige unserer Schwierigkeiten habe ich immer Jotham die Schuld gegeben; dabei wären sie später doch über uns gekommen. Jotham hörte an seinem Handelsposten gerüchteweise immer wieder von Goldfunden in den Bergen, die heute im Staate Colorado liegen. Ein vorüberziehender Fremder zeigte ihm einmal einen Beutel mit Goldstaub, den er, wie er sagte, in jenen Bergen gefunden habe. Jotham berichtete in einem Brief an William darüber, und William verbreitete die Geschichte unter seinen Freunden, von denen einige schon in Dahlonega, Georgia, auf Goldsuche gewesen waren, ehe die Weißen in Georgia sie vertrieben hatten.

Einen Cherokesen – besonders einen Halbblut-Cherokesen – kann das Goldfieber genauso packen wie einen Weißen Mann, und so dauerte es nicht lange, ehe sechs oder sieben Männer aus dem Cherokesenstammland in Fort Carrothers auftauchten und wollten, daß Jotham ihnen den Weg zu einem zweiten *Dahlonega* oder Gelben Metall zeige. Jotham hatte jedoch genausowenig Ahnung, wo das Gold war, wie sie, ließ sich jedoch schlimm von ihrem Fieber anstecken und zog mit ihnen in die Vorberge der Rocky Mountains. Den größten Teil des Sommers brachten sie damit zu, von einem Wasserlauf an den anderen zu ziehen und gerade genug Spuren von Gold zu finden, um ihre Suche nicht aufzugeben. Sobald Jotham ein wenig Goldstaub fand, stopfte er es in den Kiel einer Gänsefeder. Als die Cherokesen die Goldsuche aufgaben und heimkehrten ins Indianer-Territorium, brachte Jotham einige von diesen goldstaubgefüllten Federkielen mit zurück nach Fort Carrothers. Alles in allem reichte der Inhalt nicht, um auch nur einen gebrauchten Sattel zu kaufen.

Ich will nicht behaupten, daß Jotham den ganzen *Pike's Peak or Bust*-Wahnsinn in Gang brachte, der uns etwa ein Jahr darauf zum Verhängnis wurde, aber er zeigte seine Goldkiele so manchem Reisenden, den er unterwegs traf, und pflanzte ihnen die Vorstellung vom Gold in den Rocky Mountains ein. Mit der Zeit zogen dann so viele Goldsucher in die Berge, daß ein paar von ihnen auch große Funde gelangen.

Jedesmal, wenn er seine goldstaubgefüllten Federkiele zeigte, prahlte Jotham mit dem großen Fund, den er machen werde, wenn er das nächstemal in die Berge ziehe; dabei kam es bei ihm gar nicht zu einem nächsten Mal. Griffa wollte nichts davon hören. Sie sagte, wenn er die Leitung des Handelspostens noch einmal ihr überlasse, werde sie zurückkehren ins Cherokesenstammland. So kam es, daß Jotham nicht mehr auf Goldsuche ging, aber es sah so aus, als ob alle Weißen Männer und Jungen im Osten gleichzeitig beschlossen hätten, über die großen Ebenen zu ziehen und in den Rocky Mountains Goldgräber zu spielen.

Zu Fuß, auf Maultieren und zu Pferd, in Planwagen und Postkutschen drängten sie sich auf dem Oregon Trail, ehe wir im Frühling Ghost Timbers verließen, um wieder hinunterzuziehen an den Smoking Land River. Kaum hatten wir dort unser Lager aufgeschlagen, als auch die Goldsucher schon in unser Tal eindrangen und mit alten Wagen, die eigentlich längst nicht mehr fahrtüchtig waren, breite Schneisen in die Prärie schlugen. Alle trugen Schilder mit der Aufschrift *Pike's Peak or Bust* an der Seite. An manchen Tagen waren sie wie eine abgerissene Armee zu Pferde und richteten unter den Büffelherden ein Blutbad an, um dann nur die besten Stücke zu essen und die Kadaver einfach liegenzulassen, so daß sie verwesten. Bald war der Himmel erfüllt von Aasvögeln, dann verließen die Büffel uns und wandten sich nach Süden zum Arkansas River.

Lean Bear war der erste, der seinem Zorn Luft machte. Er erklärte Big Star, er wolle mit seinen Hunds-Kriegern diese neue Piste aus dem Osten hinunterreiten und die verrückten Weißen Männer aus dem Tal des Smoking Land River fernhalten, ihnen Angst machen und sie zurückjagen zu den Pisten den Platte entlang; vielleicht, daß dann die Büffel wieder zurückkehren. Big Star warnte ihn, vor Soldaten auf der Hut zu sein; er hatte gehört, daß weiter östlich viele Forts entstünden.

Pleasant trug an dem Morgen, an dem er mit den Hunds-Kriegern aufbrach, sein Kettenhemd, und ich überlegte bei mir, ob ich ihn oder irgendeinen von den anderen Kriegern jemals wiedersehen würde. Ein paar Tage lang ließ sich aus keiner Richtung auch nur ein einziger weißer Mann bei uns blicken, doch dann kamen sie wieder. Lean Bear berichtete mir, es sei, als wolle man mit bloßen Händen einem Fluß

Einhalt gebieten. Zuerst habe er versucht, keine Weißen zu töten, sondern sie nur in Angst und Schrecken zu versetzen, doch als die Weißen auf die Hunds-Krieger zu schießen begannen, schossen die Hunds-Krieger selbstverständlich zurück. Bald wurden sie von den Soldaten aus den Forts gejagt, und die Hunds-Krieger waren gezwungen, sich abzusetzen und in eine ganz andere Richtung zu reiten. Sie ritten hinüber bis zum Santa Fé-Trail und überfielen dort Relaisstationen der Postkutschen und Ranchhäuser. Der Mond, da das Gras trocknet, kam und ging, die Hunds-Krieger kehrten nicht an den Smoking Land River zurück, und Big Star sagte, ohne Büffel zum Jagen könnten wir nicht länger dort bleiben. Wir würden frühzeitig nach Hinta Nagi zurückkehren. Vielleicht, daß mit dem Schnee auch die Büffel dorthin kämen.

Beim ersten Anblick der Ghost Timbers meinten wir, ein Wirbelsturm müsse in unserer Abwesenheit über unser altes Winterquartier hinweggefegt sein. Doch dann kamen wir dahinter, daß die Weißen Männer auf der Suche nach Brennholz den seichten Platte River überquert und unsere Bäume getötet hatten, wie sie zuvor unsere Büffel getötet hatten; sie hatten unsere Windbrüche abgeholzt und nur die größten Äste als Brennholz benutzt. Überall in den Timbers hatten sie gelagert und Erde und Wasser mit ihrer Hinterlassenschaft verunreinigt. Dort ging uns zum erstenmal auf, daß wir dabei waren, uns die Herrschaft über unser Leben aus den Händen nehmen zu lassen. Wir waren Ausgestoßene, denen es bestimmt war, entweder zu fliehen oder in einer Falle sitzenzubleiben. Es gab für uns keinen sicheren Ort, wo wir hätten hinziehen können. Deshalb säuberten wir das, was vom alten Hinta Nagi noch geblieben war, und verbrachten noch einen weiteren Winter dort.

Als ich hinüberritt nach Fort Carrothers, um Jotham zu besuchen, zeigte er mir eine Zeitung aus St. Louis mit einem Bericht über Indianerüberfälle auf den Treckpisten von Kansas. Am schlimmsten, so schrieb die Zeitung, wüte eine Gruppe von Hunds-Kriegern der Cheyenne, die von einem Halbblut mit einer spanischen Rüstung angeführt werde, ohne jede Warnung hilflose Reisende überfalle, wild um sich schieße und schlage und ihre Opfer gnadenlos foltere. ›Der Mann in der Rüstung – das kann nur Pleasant sein‹, sagte Jotham. ›Wir sollten versuchen, ihn zu finden und ihm Einhalt gebieten, ehe es zu spät ist.‹

Nun, ich meinte, der Zeitungsbericht sei genauso wie die meisten

Dinge, die über die Indianer gedruckt wurden: übertrieben und erlogen. Und außerdem – wie hätten wir Pleasant finden sollen? Wie es sich herausstellte, brauchten wir gar nicht auf die Suche nach ihm zu gehen. Eines Tages tauchte er völlig abgerissen in Ghost Timbers auf. Er war nur mehr Muskeln und Knochen, seine Haut war von der Sonne schwarz gebrannt, er trug sein spanisches Kettenhemd und eine alte Mütze aus Kaninchenfell. An seiner Lanze hingen vier Skalps, keiner von diesen dunkel genug, um von einem Indianer zu stammen. Er wollte nichts weiter über die Hunds-Krieger sagen, als daß sie nach wie vor die Prärien durchstreiften, er jedoch mit Lean Bear Streit bekommen habe und es müde sei, Menschen zu überfallen und zu skalpieren. Möglich, daß Red Bird Woman mehr von ihm erfuhr – erzählt hat sie es mir nie. Lean Bear traf ein paar Wochen später mit seinen Hunds-Kriegern und vielen mit Beute beladenen Pferden bei uns ein, doch mittlerweile war Pleasant wieder verschwunden, und Lean Bear hat mir nie etwas über ihren Streit erzählt, woraus ich schließe, daß es dabei um nichts Entscheidendes gegangen ist.
Pleasant versuchte, sich in Rising Fawns Tipi häuslich niederzulassen, war jedoch wie ein ausgebrannter Geist, viel zu unruhig, in den Ghost Timbers umherzuziehen und auf Büffel zu warten, die nie kamen. Ständig war er unterwegs zwischen den Timbers und Fort Carrothers. Im Fort traf eines Tages ein Mann aus Missouri ein, um mit Jotham über die Errichtung einer Relaisstation für etwas zu reden, was er den *Pony-Express* nannte. Dieser Mann stand unter Vertrag, zu Pferde Post von Leavenworth nach Kalifornien zu bringen. Als er sich erkundigte, ob jemand im Fort bereit sei, die Relaisstation beim Fort zu übernehmen, deutete Jotham auf Pleasant. ›Das ist Euer Mann. Versteht mit Pferden umzugehen, ist ein guter Hufschmied und kann lesen, schreiben und rechnen.‹
›Ich stelle dich ein‹, sagte der Mann zu Pleasant, ›allerdings nicht als Verwalter der Relaisstation. Du bist jung, drahtig und zäh. Ich möchte, daß du einer meiner Reiter wirst.‹
Und so kam es, daß mein Sohn Pleasant McAlpin auf der Strecke zwischen Fort Carrothers und Fort Laramie *Pony-Express-Reiter* wurde. Ich glaube, das waren die glücklichsten Tage im Leben des Jungen: schnell und frei dahinzureiten, ein rotes Hemd, blaue Hosen und hohe Stiefel anzuhaben und die hübsche Satteltasche voller wichtiger Briefe. Er war der ganze Neid meines zweiten Sohnes, Swift Eagle, und von Jothams Young Opothle, die beide alt genug gewesen wären,

um gleichfalls Reiter beim *Pony-Express* zu werden. Aber Swift Eagle hatte zuviel indianisches Blut, um den Leuten vom *Pony-Express* zu gefallen, und Young Opothle war zu schwer.
Young Opothle war, als er abgelehnt wurde, derart durcheinander, daß ich Jotham überredete, ihn zusammen mit uns diesen Sommer am Little Fork des Hotoa River auf Büffeljagd gehen zu lassen. Rising Fawn kam gleichfalls mit. Sie hatte eine womöglich noch größere Abneigung dagegen, in Fort Carrothers zu leben, als Sweet Medicine Woman.«

37

Im Spätsommer des Jahres 1860, da Big Stars Cheyenne ihr Lager am Hotoa aufgeschlagen hatten, erhielt Dane überraschend eine kurze schriftliche Nachricht aus Fort Carrothers. Sie wurde überbracht von einem Halbblut-Arapaho, der als Pferdepfleger in der Relaisstation des *Pony-Express* arbeitete. *Ich bin schlimm gestürzt*, hieß es in der Mitteilung. *Ich brauche Young Opothle hier und auch Dich, lieber Cousin, falls Du bereit bist herzukommen. Dein ergebener Diener, Jotham Kingsley*.
Wiewohl die Cheyenne am Hotoa auf mehrere kleine Büffelherden gestoßen waren und Dane noch mehr Büffelhäute für den Tauschhandel hätte gebrauchen können, beschloß er, sofort nach Fort Carrothers zu gehen und seine Familie mitzunehmen. Als er Big Star davon berichtete, sagte der Häuptling, diesen Winter werde er die Cheyenne nicht nach Hinta Nagi führen, sondern vermutlich zu Black Kettles Leuten am Sand Creek stoßen.
»Wenn ich es schaffe, vor Einsetzen der Schneefälle Fort Carrothers zu verlassen«, sagte Dane, »werde ich mit meiner Familie an den Sand Creek kommen. Sonst bleiben wir den Winter über im Fort.«
»Gib gut acht auf meine Tochter«, schärfte Big Star ihm ein. »Sie hat eine Abneigung vor dem Lärm und der Unruhe der *Veheos* rund um den Handelsposten.«
Es überraschte Dane nicht, daß Sweet Medicine Woman Einwände erhob, schon so früh im Jahr nach Fort Carrothers zu ziehen, doch als sie sah, wie ihre Kinder sich darauf freuten, erhob sie nur schwachen Protest. Dane lud Rising Fawn ein, sie zu begleiten, doch die lehnte ab und sagte, wenn Pleasant sie als Frau wolle, müsse er seine *Veheo*-Lebensweise aufgeben und mit den Cheyenne leben.

Gemächlich zogen sie dahin, mit zwei *Travois* und über Pfade, auf denen sie weder Patrouillen der Blauröcke in die Arme zu laufen drohten noch weißen Reisenden begegneten, und gleich nach ihrer Ankunft schickten Sweet Medicine Woman und die Mädchen sich an, ihr Tipi hinter dem Handelsposten unten am Fluß aufzuschlagen.

Dane fand Jotham im Bett liegend vor; sein Bein war mit Leinwandstreifen umwickelt. Er hatte es sich bei einem Ritt mit einem der Pferde, die er für den *Pony-Express* untergestellt hatte, gebrochen. Das Tier war mit einem Vorderbein in den verlassenen Bau eines Präriehunds eingebrochen. Jotham war zu Boden gegangen und das Pferd mit seinem ganzen Gewicht auf sein Bein gestürzt.

»Das Groteske daran ist«, erklärte Jotham, »daß Pleasant mit demselben Pferd Hunderte von Meilen geritten ist und nie einen Unfall gehabt hat. Ich hab's nur eine Meile bewegt und breche mir dabei ein Bein.«

Pleasant traf am nächsten Abend aus Fort Laramie kommend ein, und Dane freute sich darüber, wie gut und zufrieden er aussah. »Reiter beim *Pony-Express* zu sein, scheint dir wirklich Spaß zu machen«, sagte er.

»Mir gefällt die Erregung, die damit verbunden ist«, erwiderte Pleasant. »Aber es wird nicht mehr von langer Dauer sein.« Er zeigte auf eine Reihe entrindeter Stämme mit Querstücken oben, die sich auf der anderen Seite der Piste dahinzog.

»Soviel ich gehört habe, wollen die *Veheos* an diesen Masten Drähte ziehen«, sagte Dane. »Bibbs nennt sie sprechende Drähte.«

»Telegraph. Die Drähte sind schon bei Fort Kearney angelangt, und eines Tages werden sie den Ozean im Westen erreichen. Wenn man mittels dieser Drähte Nachrichten nach Kalifornien schicken kann, brauchte man keinen *Pony-Express* mehr.«

Dane schüttelte den Kopf. »Ich begreife nicht, wie so etwas gemacht werden kann. Die Weißen Männer besitzen neuerdings zuviel Medizin.«

Später an diesem Abend unterhielt Dane sich mit Jotham über die Masten und die sprechenden Drähte. »Ja, die Welt, in der wir beide aufgewachsen sind, Dane, verschwindet«, sagte Jotham. »Das Leben mit den Cheyenne, für das du dich entschieden hast, kann auch nicht mehr viel länger andauern.«

»Ich weiß nicht. Big Star meint, wir sollen den Vertrag brechen und zurückkehren in das Land am Powder River, wo die Nördlichen Che-

yenne immer noch unbehindert leben. Schließlich hält die amerikanische Regierung ihren Teil des Vertrages auch nicht unbedingt ein.«
Voller Unbehagen bewegte Jotham sich in seinem Bett. Dane fiel auf, daß das Haar an den Schläfen seines Cousins anfing, grau zu werden. Sie wurden beide älter, und die Tage vergingen wie im Flug. »Du und deine Cheyenne, ihr könnt eine Zeitlang weglaufen«, sagte Jotham. »Aber zuletzt wird die weiße Welt euch einholen. Wenn erst die Büffel verschwunden sind, werdet auch ihr anfangen zu verschwinden.«
»Ich habe viel über diese Dinge nachgedacht.«
»Und was ist mit deiner Familie?« Jotham stieß einen Seufzer aus. »Seit meinem Unfall habe ich über Young Opothle und über die Zukunft nachgedacht. Du hast diesen Sommer einen wilden Indianer aus ihm gemacht. Ich möchte, daß er genauso viel lernt, wie du Pleasant hast lernen lassen. Und Meggi auch, wenn sie älter ist.«
»Willst du sie ins Seminar in Tahlequah schicken?«
»Ja. Wenn sie sich in dieser Welt behaupten sollen, in der sie leben müssen, brauchen sie Bildung und Wissen. Großmutter Amayi würde mir da zustimmen, meinst du nicht auch?«
Dane überlegte und dachte an seine eigenen Söhne und Töchter. Im Norden waren sie glücklich, auf Cheyenne-Art zu leben, solange die Weißen Männer sie nicht bedrängten. Aber wie lange würden sie noch unbehelligt bleiben von den vorwärtsdrängenden Kräften – den Soldaten, den Wagentrecks, den Goldsuchern, den Siedlern und den sprechenden Drähten?
»Ich habe schon mit Mr. Ebenezer Keys korrespondiert«, fuhr Jotham fort. »Er hat Young Opothle aufgefordert zu kommen und ›an den süßen Wassern des Wissens zu trinken‹. Allerdings müßte der Junge bis September dort sein. Ich hatte vorgehabt, ihn nach Westport mitzunehmen, wo ich Vorräte holen muß, und dann weiterzureiten mit ihm ins Stammland, aber dieses Bein . . . Da ich weiß, wie arg es dir ist, deine Familie allein zu lassen, zaudere ich, dich darum zu bitten, Dane – aber würdest du Young Opothle ins Cherokesenstammland bringen?«
Als Danes Söhne, Swift Eagle und Little Cloud, erfuhren, daß ihr Vater Young Opothle in die Schule im Stammland bringen wolle, äußerten sie beide augenblicklich das starke Verlangen mitzureiten. Sie vergötterten Pleasant und waren überzeugt, daß sie genauso flotte Burschen werden würden wie ihr älterer Halbbruder, wenn sie nur das Seminar besuchen könnten, das auch er besucht hatte. Swift Eagle

war siebzehn, doch Little Cloud war ein Jahr jünger, und Dane verbrachte mehrere ruhelose Nächte, in denen er versuchte, sich zu einem Entschluß durchzuringen, ob er es wagen sollte, die beiden aus der Welt der Cheyenne herauszureißen. Als der Morgen nach einer dieser unruhigen Nächte anbrach, kam er zu dem Schluß, daß beide gemeinsam es schaffen könnten, sich in der Welt der Cherokesen zu behaupten und sich gegenseitig zu stützen. Ganz auf sich allein gestellt, konnte die Fremdartigkeit des Cherokesenlebens zuviel sein für Swift Eagle, selbst wenn Young Opothle in der Nähe wäre. Er beschloß, beide Söhne nach Tahlequah zu bringen.

Das Schwierigste von allem war, zu versuchen, Sweet Medicine Woman von der Vernünftigkeit seines Entschlusses zu überzeugen. Zuerst dachte sie, er habe vorübergehend den Verstand verloren und werde seinen Wahn bald abstreifen. Doch als sie erkannte, daß es ihm ernst war, fiel sie über ihn her und schrie ihn an, er versuche, ihre Söhne zu *Veheos* zu machen. Sie wolle nicht, daß ihre Söhne *Veheos* würden, und wollte nichts davon hören, als er von seiner Großmutter sprach, die überzeugt gewesen war, daß, wenn die Indianer gezwungen seien, von weißen Männern umgeben zu leben, sie von ihnen lernen müßten, zu überleben. Es war der erste erbitterte Streit ihres gemeinsamen Lebens.

Verbissen verfolgte er seine Pläne. Am Abend vor ihrem Aufbruch zogen die drei Jungen sich Kleider des Weißen Mannes an, doch Sweet Medicine Woman weigerte sich, sie sich anzusehen. Insgeheim gab Dane zu, daß seine jungen Söhne mit ihrem kurzgeschnittenen und an den Seiten mit Wasser am Schädel festgeklebtem Haar, den Kragen, langen Hosen und Strümpfen unnatürlich aussähen, wie falsche Spiegelbilder ihrer selbst. Einen Augenblick lang war er versucht, ihnen die fremde Kleidung herunterzureißen.

Am nächsten Morgen wollte Sweet Medicine Woman nicht herauskommen aus ihrem Tipi. Er mußte ihre Söhne zu ihr bringen, damit sie ihr Lebewohl sagten. Sie versuchte, sie nicht anzusehen und schloß sie gemeinsam in die Arme, aber die Worte blieben ihr im Hals stecken. Als sie hinausliefen, streckte Dane die Hand nach ihr aus. Sie entzog sich ihm, nahm Creek-Marys Kette mit der Dänenmünze vom Hals und hielt sie ihm hin. »Da hast du die heilige Kraft, die du mir gegeben hast«, sagte sie. »Ich will sie erst wieder tragen, wenn du mir meine Söhne zurückgebracht hast.«

38

»Während der drei oder vier Tage, da ich im Cherokesenstammland war und die Jungen in Mr. Ebenezer Keys Seminar unterbrachte«, sagte Dane, »hörte ich von allen Seiten über einen Krieg zwischen den Nord- und den Südstaaten Amerikas. Ich konnte nicht begreifen, wieso die Cherokesen sich für diesen Krieg interessieren sollten. Das Indianer-Territorium gehörte zu keinem dieser Staaten. Bald wurde mir jedoch klargemacht, daß es in diesem Krieg um die Negersklaverei ging. Der Norden wollte, daß der Süden seine schwarzen Sklaven freigäbe, und der Süden wollte seine Sklaven behalten.
Da viele von den Halbblut-Indianern und jenen Cherokesen, die für den Umsiedlungsvertrag gewesen waren, schwarze Sklaven besaßen, die sie aus Georgia und Tennessee mitgebracht hatten, aber nur sehr wenige von den Anhängern Ross' welche hatten, stellten sich die Vertragsunterzeichner auf die Seite des Südens und die Reinblütigen auf die Seite des Nordens. Ich erkannte, daß die alte Wunde, die seit der Zeit von Onkel Opothles Tod fast verheilt war, wieder aufgerissen wurde.
Nicht lange nach meiner Rückkehr nach Fort Carrothers brach der Sezessionskrieg allen Ernstes los. Als der Frühling im nächsten Jahr einsetzte, wartete ich darauf, von Big Star etwas über seine Jagdpläne für den Sommer zu erfahren, damit Sweet Medicine Woman und die Mädchen und ich uns den Cheyenne anschließen könnten. Aber auf den großen Ebenen wimmelte es plötzlich von berittenen Blauröcken, die in alle möglichen Richtungen marschierten. Ganze Wagentrecks Weißer Männer aus den Bergwerken setzten sich in Richtung Osten in Bewegung, um sich der einen oder der anderen der Armeen anzuschließen. Es war nicht der richtige Augenblick für Indianer, unterwegs zu sein, und so hörten wir nichts von den Cheyenne.
Das meiste, was wir über den Krieg hörten, erfuhren wir von Pleasant. Er hörte sich alle möglichen Geschichten an, die die Blauröcke sich in Fort Laramie erzählten, und jedesmal, wenn er von dort zurückkam, stritten er und Jotham sich stundenlang über die Kämpfe im Osten. Was mich betraf, so konnten die *Unegas* für alle Ewigkeit aufeinander schießen. Das war nichts, was Cheyenne oder Cherokesen in irgendeiner Weise anging.
Jeder Brief, den Jotham von William erhielt, war voll von der Aufregung, die im Cherokesenstammland herrschte. Der alte John Ross,

der immer noch Häuptling der Cherokesen war, trat strikt für die Bewahrung der Neutralität ein, doch als die Regierung der Konföderierten das Indianer-Territorium zu einem Teil ihres neuen Staatenbundes erklärte, mußte Ross nachgeben und zum Verbündeten der Südstaaten werden. Bald danach wurde Stand Watie zum General in der Armee der Konföderierten gemacht, und da er und William seit langem Freunde gewesen waren, bewiesen Williams Briefe bald, daß seine Sympathien sich dem Süden zugewandt hatten. William drängte Jotham, heimzukommen und zu helfen, das Cherokesenstammland gegen seine Feinde zu verteidigen. Ich vermochte in alledem keinen Sinn zu sehen.
Dann kehrte Pleasant eines Tages von Fort Laramie zurück und eröffnete uns, er sei zum letztenmal für den *Pony-Express* geritten. Die sprechenden Drähte hätten Kalifornien erreicht, und jetzt werde die Post mit der Postkutsche transportiert.
›Wir können dich hier im Handelsposten brauchen‹, ließ Jotham sich vernehmen. ›Du kannst dich der Pferde zum Auswechseln für die Postkutsche annehmen oder mit Bibbs in der Schmiede arbeiten.‹
Pleasant schüttelte den Kopf. ›Ich habe gestern abend ein Papier unterschrieben und bin in die Armee eingetreten‹, erklärte er stolz.
›In die Armee!‹ rief Jotham. ›In welche Armee?‹
›In die Missouri Kavallerie‹, erwiderte Pleasant. ›In ein oder zwei Tagen kommen die Rekruten in Postkutschen vorbei. Dann schließe ich mich ihnen an.‹
›Kavallerie der Missouri-Konföderierten oder der Missouri-Union?‹ wollte Jotham wissen.
Pleasant grinste. ›Der Werber hat eine blaue Uniform getragen.‹
›Verdammter Kerl‹, rief Jotham und humpelte auf seinem immer noch nicht ganz geheilten Bein hin und her. ›Dann übst du Verrat an deinem Volk.‹
›An was für einem Volk?‹ Pleasant versuchte, ein trotziges Gesicht zu machen. ›Verflucht, ich habe kein Volk. Wenn die Missouri-Konföderierten als erste an mich herangetreten wären, hätte ich womöglich bei ihnen unterschrieben. Was ich will, ist bloß etwas Abwechslung.‹
Jotham regte sich weit mehr auf als ich. Wiewohl ich jetzt ein Cheyenne war, hatte ich gelernt, den Anblick blauer Uniformen zu hassen. Blau oder grau – für mich war beides gleichbedeutend mit Schwierigkeiten, und ich bedauerte, daß mein ältester Sohn sich in diesen Wahnsinn hatte hineinziehen lassen.

Ein paar Tage später rollten zwei gewaltige Concord-Kutschen aus dem Westen herein und schaukelten unter der Last der lachenden und singenden Armee-Rekruten. Die Kutschen hielten nur gerade lange genug, damit Pleasant zusteigen konnte. Er schüttelte mir rasch die Hand und gab den Mädchen und Sweet Medicine Woman zum Abschied einen Kuß. ›Wenn ihr Rising Fawn seht, sagt ihr, ich komme bald zurück‹, erklärte er und kletterte dann in eine der Kutschen hinein. Ein Rekrut reichte ihm eine Whiskyflasche. Er nahm einen tüchtigen Schluck und winkte dann mit der Flasche, während die Kutsche davonrollte. Er war damals noch jung genug, um zu meinen, daß er ewig leben würde. Sweet Medicine Woman weinte, doch ich konnte nur im Staub dastehen und überlegen, ob Creek-Marys Blut nicht mit einem Fluch beladen sei.

Der nächste, der fortging, war Jotham. Ich glaube, es muß um den Mond der Hirschbrunft gewesen sein, daß ein Passagier einer Postkutsche eine ein paar Tage alte Zeitung aus St. Louis zurückließ, in der ein Bericht über die Kämpfe im Cherokesenstammland stand. General Stand Waties konföderierte Cherokesen und ein paar Texaner hatten eine Schlacht gegen Union-Cherokesen geschlagen und sie nach Kansas abgedrängt. ›Es heißt, die Kämpfe hätten um Round Mounds und Shoal Creek stattgefunden‹, sagte Jotham erregt. ›Ich glaube, es ist besser, ich reite nach Tahlequah und hole unsere Jungen nach Hause zurück. Die Postverbindung muß unterbrochen gewesen sein, sonst hätten wir von William darüber gehört.‹ Er wollte unbedingt William und seine Familie aufsuchen und sprach davon, sie zurückzubringen in die Sicherheit von Fort Carrothers.

Griffa und Meggi wollten ihn in der Postkutsche begleiten, doch er befürchtete, der Ritt von Westport nach Tahlequah könnte des Krieges wegen zu gefährlich sein. ›Ich bleibe nicht länger, als ich brauche, um die Jungen zu holen und William aufzusuchen‹, versprach er. ›Ehe der erste Schnee fällt, bin ich wieder zurück.‹

Obgleich Sweet Medicine Woman sich darauf gefreut hatte, sich für den Winter wieder ihren Leuten am Sand Creek anzuschließen, hätte nichts auf Erden sie bewegen können, Fort Carrothers zu verlassen, ehe ihre Söhne nicht zurück wären. Sie zählte die Tage. Die nächsten Wochen hindurch war es im Handelsposten sehr ruhig. Die wenigen Frachtwagen, die auf dem Weg von und nach Denver vorüberkamen, hielten für gewöhnlich, um Wasser aufzunehmen und den Pferden eine Ruhepause zu gönnen, aber es kamen keine Planwagen mit Einwanderern mehr und nur eine Postkutsche in Richtung Osten am Vormittag und eine in Richtung Westen am Nachmittag. Seit Wochen schon hatten sich keine Indianer mehr blicken lassen, um Büffelhäute einzutauschen. Seit es den *Pony-Express* nicht mehr gab, waren auch die Pferdebetreuer und Reiter fortgezogen. Die Familie, die zu Zeiten über ein Dutzend Mitglieder gezählt hatte, bestand jetzt nur noch aus Griffa und Meggi, Sweet Medicine Woman, Amayi, Susa und ich, doch selbstverständlich zählten wir auch Bibbs und Wewoka dazu. Da jetzt im Wohntrakt so viele Zimmer leer standen, drängte Griffa Sweet Medicine Woman immer wieder, den Winter über unser Tipi aufzugeben und in den Handelsposten einzuziehen. Für mich wäre alles sehr viel einfacher gewesen. Außer wenn ich Kaninchen oder Geflügel jagte, um unsere Fleischversorgung sicherzustellen, verbrachte ich einen Großteil meiner Zeit im Verkaufsraum und half Griffa, doch Sweet Medicine Woman wollte ihr Tipi nicht aufgeben. ›Mir ist mein Tipi lieber‹, pflegte sie mit Entschiedenheit zu sagen, ›es ist leichter sauber zu halten, im Winter ist es wärmer darin und im Sommer kühler. Amayi und Susa leben die ganze Zeit über in der frischen Luft und bekommen was von der Sonne ab. Es wäre nicht gut für sie, eingeschlossen von Mauern zu leben wie in einer großen Höhle, in die nie ein Sonnenstrahl hineinkommt.‹

Trotzdem kam Sweet Medicine Woman oft zu uns in den Verkaufsraum, setzte sich auf den Schaukelstuhl beim Fenster, nähte Perlen auf Mokassins oder verzierte die Kleidung der Mädchen mit Federkielen. Jedesmal, wenn die Postkutsche aus dem Osten kam, trat sie an die Tür, um nachzusehen, ob Jotham und die Jungen darin wären.

Wochen vergingen, es kam zu den ersten Schneefällen, doch von Jotham kam keine Nachricht. Ich schrieb William zwei Briefe, wir warteten sehnlichst auf Antwort, hörten jedoch nichts. Dann übergab der Fahrer der Postkutsche aus dem Osten mir eines Tages im Frühling einen Brief. Der Umschlag trug Spuren von Regentropfen und verschmiertem, mittlerweile jedoch wieder trocken gewordenem Lehm, doch ich erkannte Jothams Handschrift auf den ersten Blick, und machte den Brief sofort auf. Er adressiere dieses Schreiben an mich, schrieb er, weil es die traurigsten Worte enthalte, die er jemals zu Papier gebracht habe und er wolle, daß ich wie ein Schutzschild zwischen der Traurigkeit und Griffa stünde. Mit dem Schlag, der mich getroffen habe, müsse ich so gut fertig werden, wie ich könne und Sweet Medicine Woman nach Kräften trösten.

Jotham hatte größte Schwierigkeiten gehabt, bis nach Tahlequah durchzukommen, denn er mußte zwischen zwei Armeen hindurch und manchmal tagelang warten, ehe er weiter konnte. Bei seiner Ankunft fand er das Seminar geschlossen. Die meisten Jungen hatten sich General Stand Waties konföderierten Cherokesenkompanien angeschlossen; nur Little Cloud war bei William, da er für die Armee zu jung gewesen war.
Nachdem er von William fortgeritten war, hatte Jotham versucht, die Kompanie ausfindig zu machen, der Swift Eagle und Young Opothle sich angeschlossen hatten, doch niemand hatte ihm sagen können, zu welchem Regiment diese gehörten, und so war er von Lager zu Lager geritten, den ganzen Arkansas hinauf und den Verdigris hinunter, bis er erfahren hatte, daß Stand Watie mit all seinen Soldaten nach Arkansas gezogen sei, um sich auf eine große Schlacht vorzubereiten. Jotham erreichte das Nachschub-Lager der Cherokesen nur einen Tag nachdem sie in Richtung Fayetteville nach Norden marschiert waren. Am nächsten Tag hatte er den ganzen Nachmittag über Kanonendonner gehört, und ein Kurier, den er unterwegs traf, erzählte ihm, die Schlacht woge um Elkhorn Tavern herum.
Ehe Jotham dorthin kommen konnte, wurde ihm von Tausenden Konföderierten der Weg versperrt – Texanern, Cherokesen und Bewohnern von Arkansas – die sich vor den Unionstruppen zurückzogen. Zuletzt fand er einen Cherokesenoffizier, einen alten Bekannten, der ihn zu Stand Watie brachte. Erst als die Cherokesen sich bei ihrem Nachschub-Lager sammelten und die Kompanien gezählt wurden, sagte man Jotham, daß sich Swift Eagle und Young Opothle vermutlich unter den Gefallenen befänden. Ihr Kompanieführer, ein Lieutenant, der verwundet worden war, sagte, die Cherokesen hätten versucht, einen Hügel mit Namen Pea Ridge zu halten, und dabei seien sie unter schweren Artilleriebeschuß geraten. Viele seiner Leute seien in Stücke gerissen worden und der ganze Hang von blutigen Leichen übersät gewesen. Wenn die beiden Gesuchten sich nicht unter den Verwundeten befänden, seien sie vermutlich tot.
Jotham fand keine Ruhe, bis er nach Pea Ridge durchkam und sich den Kampfplatz ansah, wo die Kanonenkugeln die Erde aufgewühlt hatten. Die Soldaten der Unionstruppen hatten die Gefallenen und einzelne Leichenteile der Cherokesen bereits unter die Erde gebracht. Daraufhin war er zurückgekehrt zu William und nach Tahlequah, immer in der Hoffnung, daß die Jungen es vielleicht doch geschafft ha-

ben könnten, sich bis zurück ins Stammland durchzuschlagen, doch kein Mensch hatte etwas von ihnen gehört oder gesehen.
Der Brief schloß mit der Nachricht, er selbst, Jotham, schließe sich jetzt Stand Waties Armeen an, um seinen und meinen Sohn zu rächen; er hoffe, ich würde mich um seine Familie und den Handelsposten kümmern, bis er zurückkehre. Er sei sicher, daß die Unionstruppen bis Anfang des Sommers geschlagen werden könnten.«
Dane hielt in seiner Erzählung inne und brach angesichts dieser längst vergangenen Zeit in ein bitteres Lachen aus. »Was für Narren wir Menschen doch sind!«

39

Nachdem Swift Eagle und Young Opothle in die Cherokesenkompanie der Konföderierten eingetreten waren, marschierten sie mit anderen Klassenkameraden bis zu einem Lager am Arkansas. Dort hielt ein *Unega* von beträchtlichem Leibesumfang, mit langem gelocktem Haar und enormem Bart von einem Schimmel herab eine Ansprache an sie. Er sagte ihnen, er sei General Albert Pike, und er befehlige sämtliche Truppen des Indianer-Territoriums. Er versprach, bald würden sie Pferde und Uniformen und bessere Gewehre bekommen, doch bis dahin müßten sie eben in den Kleidern Soldat sein, die sie hätten, und die Vorderlader benutzen, die an sie ausgeteilt worden seien. »Ihr kämpft für die Sache der Freiheit«, rief er ihnen zu. »Gemeinsam mit euren weißen Brüdern werdet ihr die Yankee-Unterdrücker aus eurem Land verjagen.«
Wochenlang wurden die Cherokesen darauf gedrillt, in geschlossenen Formationen zu marschieren und auf Kommando zu schießen; dann mußten sie zu Fuß in den Osten ziehen; ein Treck von ratternden Versorgungswagen bildete die Nachhut. In Cross Hollow, einem Ort in Arkansas, kamen sie in ein Lager von Texanern und erfuhren, daß diese Texaner eine Ladung grauer Uniformen abgefangen hätten, die für sie bestimmt gewesen waren. Als von Fort Smith eine Herde Pferde herangetrieben wurde, nahmen die Texaner sich auch die Pferde. Im Laufe der nächsten paar Tage trafen Hunderte von Creeks, Choctaws, Chickasaws und Seminolen in diesem Nachschublager ein, manche beritten, andere zu Fuß, alle jedoch in alle mögliche Kleidung gehüllt, von der Stammeskleidung bis zu abgerissenen Sachen aus irgendeinem Handelsposten. Eines Vormittags traten die Kompanien

in Reih und Glied an, und General Albert Pike und Häuptling John Ross trafen in einem offenen Wagen ein, um sie gen Norden zu führen, wo sie gegen die im Vormarsch begriffene Armee der Union kämpfen sollten. General Pike trug einen fransenbesetzten Rock und einen breitrandigen Hut mit leuchtenden Federn im Hutband. John Ross trug wie immer seinen schwarzen Anzug und hatte eine schwarze Angströhre auf; sein Gesichtsausdruck war der eines Mannes, den man gefangengenommen und entwaffnet hatte.

Drei Tage lang marschierten Swift Eagle und Young Opothle durch Regen und schmelzenden Schnee und aßen nichts anderes als Puffmais und ranzig gewordenes Schweinefleisch. Young Opothle, der pummelig geworden war wie seine Mutter, konnte kaum mit seiner Einheit Schritt halten. Die Stiefel, die man ihm gegeben hatte, da die Sohlen seiner Mokassins durchgelaufen waren, rieben ihm erst die Füße wund, dann bekam er Blasen; erst hinkte er auf dem einen Fuß und dann auch auf dem anderen. Swift Eagle hatte Mitleid mit ihm und trug die meiste Zeit über auf ihrem Marsch durch die Black Boston Mountains sein Gewehr und seinen Tornister. Am Abend des dritten Tages bekamen die Cherokesen Befehl, Feuer zu bauen und sich in ihre Wolldecken einzuwickeln; doch um Mitternacht wurden sie geweckt, erhielten Anweisung, die Feuer möglichst hell brennen zu lassen, und marschierten eine schmale Straße entlang, während die feuchten Schneeflocken ihnen ins Gesicht fielen.

Kurz nachdem der Himmel im Osten heller wurde, hörten sie zum erstenmal noch in großer Ferne den Feind durch den Wald kommen – Hörnerklang, heftiges Trommelschlagen und das Gerumpel von Kanonenrädern. Als die Cherokesen plötzlich auf den Rand eines Feldes mit vertrockneten Maisstengeln stießen, erblickten sie Massen von Infanteristen, die stetig auf sie zumarschiert kamen. Weit hinter den Reihen der Blauuniformierten sprangen weiße Rauchwölkchen auf, vernahm man das Pfeifen von Eisenkugeln, die durch die Luft sausten, und die Erde erbebte wie von Donnergetöse.

Aus dem Wald zu ihrer Rechten kamen die Texaner herausgesprengt, brüllten wie wilde Panther, und dann kam von links die cherokesische Kavallerie mit General Stand Watie auf einem schimmernden Fuchs. Für Swift Eagle war es, als ob General Waties durchdringende, weit auseinanderstehende Augen gerade ihn ausgesucht hätten, und so war es Swift Eagle, der den Angriff seiner Kompanie anführte und einen Kriegsschrei anstimmte, der mehr Cheyenne als Cherokesisch

war, ein trotziger Schrei aus Bauch und Lungen und Stimmbändern heraus. Vor ihm, durch galoppierende Pferde und aufspritzenden Schlamm hindurch, sah er, wie die Reihen der Blauröcke zauderten und dann auseinanderbrachen, bis die Infanteristen der Union in hellen Haufen die Flucht ergriffen. Swift Eagle stürmte weiter über das verschlammte Feld hinweg, einen Abhang hinauf, auf dem cherokesische Kavallerie um eine aufgegebene Geschützstellung herum wirr durcheinanderritt. Gefallene Kanoniere der Union lagen in grotesken Stellungen um die Kanonen herum. Kein Mensch schien zu wissen, was jetzt zu tun sei. Die Cherokesenoffiziere schrien Befehle, doch nur wenige hörten auf sie. Swift Eagle gesellte sich zu seinen Kameraden und durchsuchte die Taschen der Blauröcke, fand jedoch nichts, was zu behalten sich lohnte. Plötzlich begannen von einer niedrigen Hügelkette zu ihrer Linken weitere Kanonen der Unionstruppen zu schießen und schickten heulend Granaten zu ihnen herüber. Die Cherokesen liefen auseinander, flohen zurück über das Maisfeld und brachten sich im Wald in Sicherheit. Während ihre Offiziere versuchten, sie wieder in Reih und Glied antreten zu lassen, kam eine weitere Welle blauberockter Infanteristen über das Feld herübergestürmt. Ihr gleichzeitiges Gewehrfeuer prasselte, wie Hagel auf die straff gespannte Büffelhaut eines Tipis schlägt. Die Cherokesen stießen ihr Kriegsgeschrei aus, liefen etwa hundert Schritt voran, feuerten gemeinsam und zogen sich wieder in den Schutz der Büsche zurück, um nachzuladen.
Nach und nach lösten sich die Formationen der Cherokesen auf, zogen sie sich tiefer in den Wald zurück. General Pike auf seinem Schimmel ritt ständig hin und her, fuchtelte mit seinem Säbel herum und brüllte sie wütend an, doch nach einer Weile führten er und Stand Watie sie zurück über den Weg, den sie während der Nacht hermarschiert waren. Als sie an einen Abhang gelangten, verließen sie die Straße und stiegen durch die Schwarzeichen hinauf bis auf die Kuppe des Hügels. »Ihr werdet diesen Hügel halten!« befahl General Pike. »Haltet ihn oder sterbt!« Sie befanden sich auf dem Pea Ridge.
Den Nachmittag über verfolgten sie das Kanonenduell, bis die Felder und Wälder unter ihnen unter dichten Rauchschwaden verborgen lagen. Die Nacht brach herein, doch es wurde ihnen nicht erlaubt, gegen die zunehmende Kälte Feuer zu bauen. Stundenlang hörten sie, zwischendurch immer wieder kurz in Schlaf sinkend, die Stimmen fluchender Männer und den Lärm von Wagen und Kanonen.

Beim Morgengrauen machte ein Kanonenschuß Swift Eagle auf einen Schlag hellwach. Der Schuß kam von der konföderierten Artillerie unten in der Nähe von Elkhorn Tavern, doch die Batterien der Unionstruppen erwiderten das Feuer mit mächtigem Aufbrüllen, und eine schwere Kanone nach der anderen dröhnte wie grollender Donner. Tief unter den Cherokesen flogen zerspellte Schwarzeichen in die Luft und barsten splitternd auseinander. Die nächste Salve kam schon wesentlich näher, und für Swift Eagle, der erstarrt und wie gebannt zusah, nahm sich die näherrückende Zerstörung unter ihm aus wie die alles zermalmenden Tritte eines unsichtbaren Riesen, der unerbittlich näherkam. Und dann schlug ein heulend heransausendes Geschoß mitten in die Reihen der Cherokesen ein und warf sie zu Boden. Als er sich wieder hochrappelte, sah er seine Kameraden den schwarzen Abhang hinunterlaufen oder -kriechen. Er folgte Young Opothle und den anderen, hielt sich mehr nach rechts und blieb nur lange genug stehen, um durch die braunen Blätter einer Schwarzeiche auf die blutigen Beine und kopflosen Rümpfe junger Cherokesen zu blicken, die zwischen Felsbrocken und Laub verstreut herumlagen. Er floh zusammen mit den anderen in Richtung Straße den Hang hinunter, und lief praktisch direkt einem Trupp Unions-Infanteristen in die Arme, die mit aufgepflanztem Bajonett vorrückten. »Werft eure Waffen weg!« schrie ein völlig verdutzter Sergeant den Cherokesen zu, doch die hatten ihre Vorderlader bereits oben auf dem Hang zurückgelassen und nur noch ihre Messer, die sie abgeben konnten. Sie wurden rasch hinter die Linien der Unionstruppen getrieben, wo ein Colonel voll angewiderter Neugier ihren buntscheckigen Aufzug musterte, insbesondere ihre Mokassins. »Habt ihr unsere Leute skalpiert?« wollte er wissen.

Sie waren elf Cherokesen, alle jung, alle im untersten Rang stehend, und alle viel zu verängstigt, um antworten zu können – bis auf Swift Eagle. »Nein, Sir«, sagte er.

Der Colonel befahl, ihnen die Hände auf dem Rücken zu binden, und zwei Tage und zwei Nächte waren sie dergestalt gefesselt unterwegs, folgten einem Wagentreck mit verwundeten und sterbenden Soldaten.

Swift Eagle und Young Opothle wußten nicht, daß es sich um dieselbe Straße handelte, auf der vor einem Dutzend Jahren ihre Väter auf Planwagen voller kranker und sterbender Cherokesen aus dem Osten gekommen waren.

Am Rande von Springfield mußten sie unter einer großen Eiche, deren Krone die Straße beschattete, halten. Die Ambulanzwagen rollten weiter, und sie warteten stundenlang, litten unter Durst und Hunger. Zuletzt hörten sie dumpfen Trommelschlag, und aus einer staubigen Straße kam eine Schwadron blauuniformierter Reiter herausgeritten. Zu Fuß, hinter ihnen, kam ein Zug abgerissener weißer gefangener Konföderierter, deren graue Uniformen staubbedeckt waren und vor Schlamm strotzten. Sobald die Gefangenen an der Eiche vorübergezogen waren, stieß man die Cherokesen vorwärts, sich dem Zug anzuschließen.

Zu den eintönigen Trommelschlägen wankten sie völlig ausgepumpt die Hauptstraße von Springfield hinunter, wo die hölzernen Bürgersteige voll waren von Schaulustigen, die in stummer Neugier die Gefangenen in den grauen Uniformen anstarrten und beim Anblick der abgerissenen Cherokesen in laute Pfiffe und fluchendes Gejohle ausbrachen.

Ebenfalls in Springfield weilte an diesem Tag Corporal Pleasant McAlpin, gekleidet in die blau-gelbe Kavallerieuniform, die man an ihn ausgegeben hatte, bald, nachdem er dem Hauptquartier von General Samuel R. Curtis als Sonderkurier zugeteilt worden war. Auf seinem Ritt vom Schlachtfeld bei Elkhorn Tavern hierher war Corporal McAlpin an dem Zug mit den Verwundeten und den gefangenen Cherokesen vorübergekommen, jedoch so schnell an ihnen entlanggaloppiert, daß er sie nur als undeutlichen Haufen sich mühsam vorwärtsschleppender Menschen wahrgenommen hatte. Längst vor Eintreffen der Cherokesen hatte er Springfield erreicht. Corporal McAlpin hatte seine Satteltasche mit Meldungen von General Curtis beim Quartiermeister der Unionstruppen abgeliefert; die Antworten, so hatte man ihm gesagt, würden erst in der Frühe des nächsten Tages fertig sein. Als der Zug der Gefangenen in die Hauptstraße einbog, war Corporal McAlpin, nach Stunden des Nichtstun gelangweilt, gähnend aus dem *Red Star Saloon* herausgetreten.

Young Opothle sah er als ersten: er hielt beim Vorüberhumpeln verzweifelt den Kopf gesenkt, und unmittelbar hinter ihm kam Swift Eagle, völlig verdreckt und größer, als Pleasant ihn in der Erinnerung hatte; doch jeder Irrtum war ausgeschlossen, dafür saß ihm die stolze Franzosennase, die er über seine Mutter ererbt hatte, viel zu deutlich im Gesicht. Pleasant wollte ihn schon anrufen, besann sich dann jedoch eines besseren und ging auf dem Gehweg neben dem Zug her.

Was ihn überraschte, war, daß ein berittener Sergeant der Unionstruppe, der zwischen den weißen Gefangenen und den Cherokesen dahinritt, die Indianer neben einem grauen Gebäude aus Stein halten ließ, das sich als Gefängnis von Springfield herausstellte. Die uniformierten Gefangenen schleppten sich zum Klang der dumpfen Trommeln weiter auf einen Stallhof zu, während der Sergeant absaß, sich von einem wartenden Zivilisten den Gefängnisschlüssel geben ließ und dann einen nach dem anderen die elf Cherokesen in das bereits übervoll belegte Gefängnis hineintrieb und ihnen am Eingang mit einem Schnitt die Fesseln am Rücken löste.
Pleasant blieb am Ende des mit Holzbohlen belegten Gehsteigs stehen; er war verwirrt, war sich nicht sicher, was hier eigentlich vorging. Er ging auf die andere Straßenseite hinüber und beobachtete, wie der Sergeant sein Pferd um das Gefängnis herum zum Hintereingang führte. Der Gefängnisaufseher in Zivil brachte eine schmale Bank heraus. Der Sergeant drehte sich um, sprach ein paar Worte zum Gefängnisaufseher, der daraufhin lachte, sich umdrehte und eiligen Schrittes hinunterging in die Stadt. Der Sergeant nahm auf der Bank Platz und stützte sich auf ein Gewehr, das er zwischen den Knien hielt.
Gemächlich schlenderte Pleasant auf den Sergeant zu. »Wachdienst?« fragte er.
Der Sergeant nickte und beförderte mit der Zunge seinen Kautabak von einer Seite des Mundes auf die andere, so daß dieser unter der Backe einen deutlich sichtbaren Klumpen bildete. »Wilde Rothäute«, sagte er.
»Die werden dann wohl nicht freigelassen oder ausgetauscht wie die weißen Gefangenen«, bemerkte Pleasant wie nebenbei.
»Nein. Ich hab' gehört, wie der Colonel sagte, daß wir sie nach Norden raufbringen. Sollen durch die Ortschaften geführt werden, um unseren Leuten zu zeigen, wie die Rebellen sich skalpierender Wilder bedienen, um gegen uns zu kämpfen.«
»Geschieht ihnen recht«, sagte Pleasant und grüßte den Sergeant lässig. »Vielleicht seh'n wir uns noch in der Stadt, Sergeant.«
Sobald die Dunkelheit sich herabsenkte, holte Pleasant sein Pferd aus den Stallungen und ritt die Straße hinunter am Gefängnis vorüber. Jetzt schoben zwei Soldaten Wache und hatten den Sergeant offensichtlich abgelöst. Pleasant lenkte sein Pferd in die nächste enge Gasse, die abzweigte, saß im Schatten ab und schlich sich zurück bis

an die Ecke eines leeren Speicherhauses, von wo aus er hören konnte, wie die Wachen sich miteinander unterhielten. Geduldig, wie Lean Bear es ihn gelehrt hatte, als sie Relaisstationen in Kansas überfallen hatten, wartete er.

Bis auf die Stimmen der Wachen war alles in der Stadt ruhig. Zuletzt stand eine der Wachen auf, streckte sich und sagte: »Ich geh' die Straße rauf zum Würfelspielen.« Sein Kamerad murmelte etwas, und der Wachsoldat entfernte sich. Pleasant kehrte zurück zu seinem Pferd, und führte es leise hinter das Gefängnisgebäude, wo die beiden Pferde der Wachen an einem Querbalken angehalftert waren. Die Tiere schnaubten und stampften mit den Füßen auf, als Pleasant sein Pferd neben ihnen festband. Dann schlich er sich die Seitenmauer des Gefängnisses entlang.

Die Wache saß nicht weiter als zwei Schritte von ihm entfernt; der Kopf war ihm auf die Brust gesunken. Pleasant zog die Pistole heraus, wog sie in der Hand, schob sie dann jedoch wieder ins Halfter und holte statt dessen ein Messer aus der Gürtelscheide. Ein einziger Sprung, und er hatte seinen Arm mit dem Messer unterm Kinn der Wache, doch der Hals des Mannes war dick und muskulös. Die Wache wehrte sich, Laute lösten sich von seinen gequetschten Stimmbändern, und Pleasant wußte, daß er ihn töten mußte. Seinen Griff lokkernd, zog er die Messerklinge rasch und kräftig über die Kehle des Wachsoldaten, bis der Mann vorwärtsstürzte und Blut heraussprudelte, als seine Lungen nach Luft schnappten. Ohne zu überlegen, griff Pleasant nach den Haaren des Toten und schickte sich an, ihm den Skalp zu nehmen. Doch dann fluchte er leise, ließ den Kopf fallen, drehte die Leiche um und griff nach dem großen Gefängnisschlüssel an seinem Koppel. Nach einem raschen Blick die wie ausgestorben daliegende Straße hinauf, steckte er den Schlüssel ins Schlüsselloch und schwenkte die Tür auf. »Swift Eagle! Opothle!« rief er. Aus der Schwärze des vollgestopften Gefängnisses kamen erschrockene Grunzer und das Geräusch von sich bewegenden Körpern. Swift Eagles Gesicht tauchte auf, und fragend rief er laut Pleasants Namen.

»Halt den Mund!« flüsterte Pleasant. »Wo ist Young Opothle?«

Swift Eagle zog ihn an einem Arm hinter sich her.

»Ihr beiden macht, daß ihr zur Hinterseite des Gefängnisses kommt. Da stehen Pferde.« Er sah sich die anderen neun Cherokesen an, die völlig verwirrt auf dem hölzernen Gehsteig durcheinanderwühlten.

»Für euch hab' ich keine Pferde«, sagte er. »Zerstreut euch in den Wäldern. Und kehrt so schnell ins Stammland zurück, wie ihr könnt.«

Damit drehte er sich um und eilte zu den Pferden. Die beiden Jungen waren bereits aufgesessen. Langsam führte er sie die Gasse hinunter bis auf die Straße und schlug dort eine zunehmend schnellere Gangart an. Sobald sie die letzten Häuser hinter sich hatten, fielen sie in Galopp und verlangsamten das Tempo erst wieder, als den Pferden der Schaum vom Gebiß flog.

Als sie durch eine kleine Siedlung hindurchkamen, die sternenerhellt und bis auf einen in der Ferne bellenden Hund ruhig dalag, bemerkte Pleasant Wäsche, die neben einem großen Haus auf einer Leine die Nacht über zum Trocknen hängengelassen worden war. Er lenkte sein Reittier in den nicht eingezäunten Hof hinein und riß ein Hemd und ein paar Hosen von der Wäscheleine. Bald danach gelangten sie an eine Brücke. Er sprang vom Pferd, zog seine Uniform aus und Hemd und Hosen über. Sie waren zu groß für ihn, aber er rollte Ärmel und Hosenbeine einfach hoch. Dann wickelte er seine Uniform um einen großen Stein und warf sie hinunter in den Bach unter der Brücke.

»Du steigst aus der Unions-Armee aus?« fragte Young Opothle.

»Wird wohl so sein. Dieser Krieg ist nichts für uns, die wir Creek-Marys Blut in den Adern haben.« Er kletterte wieder in den Sattel. »Es ist ziemlich weit bis Fort Carrothers. Los, reiten wir!«

40

»Mein Lebtag«, sagte Dane, »habe ich nicht solche erbärmlichen, solche völlig ausgepumpten Menschenwesen gesehen wie diese drei Jungen, als sie nach Fort Carrothers hereingeritten kamen. Selbstverständlich konnten wir nicht glauben, daß sie es waren. Seit Tagen hatten wir um Swift Eagle und Young Opothle getrauert, und von Pleasant hatten wir auch nichts mehr gehört, seitdem er uns verlassen hatte. Sweet Medicine Woman hatte sich die Haare abgeschnitten und sich stark blutende Schnitte in der Wade zugefügt, für die Cheyenne ein Zeichen der Trauer, doch nachdem Swift Eagle wieder da war, war der Kummer in ihrem Gesicht bald wieder verflogen. Ein paar Tage später feierten wir nochmals, als Little Cloud überraschend einer Postkutsche entstieg. Das heißt, wir hatten nicht viel, womit wir

hätten feiern können, denn Lebensmittel waren knapp. Allen war uns der Mund wäßrig nach Büffelfleisch.
Am Abend nach Little Clouds Rückkehr legte sich Sweet Medicine Woman wieder Creek-Marys Dänenmünze um den Hals und schlief in meinen Armen noch lange, nachdem die Sonne aufgegangen war, stöhnte nicht ein einziges Mal im Schlaf und stand auch nicht auf, um schweigend in der Nacht zu weinen wie in den Nächten zuvor.
Sie war jetzt bereit, nach Süden zu ziehen und sich den Leuten ihres Vaters anzuschließen, und Pleasant sehnte sich danach, Rising Fawn wiederzusehen. Ich redete mit Griffa darüber, daß wir fortwollten, und sie sagte, jetzt, wo nicht nur Bibbs, sondern auch wieder Young Opothle da sei, werde sie es schaffen, den Handelsposten auch ohne unsere Hilfe zu bewirtschaften. Da wir nicht wußten, wo Big Stars Cheyenne diesen Sommer ihr Lager aufgeschlagen hatten, unternahmen Swift Eagle und Pleasant lange Ritte in den Süden, um zu versuchen, irgendwelche Indianer zu treffen, die ihnen sagen konnten, wo unsere Leute wären, aber es war, als ob die Prärien bis auf die Blauröcke leergefegt wären von allem Lebendigen. Eines Tages kamen die Jungen gegen Abend zurück und berichteten, daß Soldaten bei South Fork ein neues Fort errichteten. ›Sie nennen es Fort Starke – nach einem General, der im Krieg im Osten gefallen ist‹, sagte Pleasant.
›Wie weit ist das denn von hier?‹ fragte ich ihn.
Er vermutete, so an die zwanzig Meilen.
›Was wollen die dort mit einem Fort?‹ fragte ich.
›Die wilden Indianer beobachten‹, sagte er unter Lachen, doch wußten wir beide, daß er die Wahrheit sagte.
Ehe wir unsere Sachen packten, um fortzureiten, hatten wir einen ungewöhnlichen Besucher. Eines Abends, es war schon lange dunkel geworden, hörte ich unmittelbar vor unserem Tipi ein Pferd schnauben, und dann rief eine Stimme leise nach Sweet Medicine Woman. Ich weckte sie, und gemeinsam traten wir an den Eingang, um hinauszusehen. ›Wer da?‹ fragte ich.
›Yellow Hawk.‹ Er sprang vom Pferd, und Sweet Medicine Woman flog auf ihren Bruder zu, ihn in die Arme zu schließen; sie hatte ihn seit vielen Monden nicht mehr gesehen.
Yellow Hawk war gekommen, uns Neuigkeiten von den Cheyenne zu bringen und uns davor zu warnen, etwa über die Prärie reiten zu wollen, um sie zu suchen. Die Soldaten, sagte er, hätten die meisten der Südlichen Cheyenne und Arapaho zwischen Sand Creek und den Ar-

kansas abgedrängt und drohten, auf sie zu schießen wie auf Feinde, wenn man sie außerhalb ihres Reservats antreffe. Da es in diesem Gebiet nur wenige Büffel gab, waren Big Star und ein paar andere Häuptlinge an die neuen Soldaten im Fort Lyon herangetreten, um den Anführer der Blauröcke dort zu bitten, ob sie nicht an den Hotoa oder an den Smoking Land River ziehen dürften, um dort zu jagen. Der Fortkommandant versprach, ihnen die Jagderlaubnis zu verschaffen, hatte es bis jetzt allerdings nicht getan.

›Wir haben es sehr schwer‹, sagte Yellow Hawk. ›Big Star hat jede Achtung vor dem Vertrag verloren und möchte zu unseren Verwandten im Norden ins Gebiet um den Powder River ziehen, aber dann müßten wir uns den ganzen langen Ritt über vor den Patrouillen der Blauröcke verborgen halten. Ich bin dort nur nachts geritten und hatte auch keine Schwierigkeiten, aber mit *Travois* und Frauen und Kindern wäre es schon sehr schwer.‹

Yellow Hawk blieb nur wenige Tage bei uns. Wiewohl ich wußte, daß es für meine Familie äußerst schwierig werden würde, mit den Lebensmitteln in Fort Carrothers zu leben, erkannte ich, nachdem er uns von den Mißlichkeiten der Cheyenne erzählt hatte, daß sie noch wesentlich mehr auszustehen hatten als wir. Sweet Medicine Woman und meine Söhne waren enttäuscht...«

Unvermittelt redete Dane nicht weiter, erhob sich von seinem Schaukelstuhl und verengte der grellen Montana-Sonne wegen, die durch das Fenster hereinfiel, die Augen. »Verdammt, wenn das nicht dieser junge Crow ist, der nochmals mit seinem Wagen hierherkommt! Jemand sitzt auf dem Bock neben ihm. Dafür, daß es Mary Amayi wäre, ist es noch viel zu früh.« Er beschattete die Augen. »Red Bird Woman! Was die wohl will?«

Er ging zur Tür hinüber und riß sie mit einem ungeduldigen Seufzer auf. Ich folgte ihm in diskretem Abstand. Der junge Crow, John Bear-in-the-Water, lenkte seinen Wagen mit großer Geschicklichkeit von der Straße ab und brachte ihn direkt vor Danes Haustür zum Stehen.

Red Bird Woman, das Haar nur leicht von grauen Fäden durchzogen und an den Seiten zu Zöpfen geflochten, ließ sich mit Hilfe eines langen Stockes behutsam vom Sitz herunter. Ihr Gesicht war rund und füllig und wies nicht eine einzige Runzel auf; die Augen weit offen, lächelte sie Dane an. »Wo hast du denn die letzten beiden Tage gesteckt?« fragte sie ihn.

»Hab' zugesehen, wie die Sonne auf- und unterging«, sagte er. Dann bemerkte sie mich hinter ihm und nickte, als ob sie verstünde. Er stellte mich vor und nannte meinen Namen mit großem Nachdruck. »Der Gentleman, der gern von mir über meine Großmutter hören wollte«, erklärte er.
»Dane redet viel über seine Großmutter«, sagte Red Bird Woman. »Muß große Frau gewesen sein.«
»Er hat mir aber auch von Ihnen erzählt«, sagte ich.
Nachdem sie die Blockhütte betreten hatte, wurde sie von einem kurzen Lachen geschüttelt, als sie auf einem der Schaukelstühle Platz nahm. »Glauben Sie kein Wort von dem, was der alte Dane Ihnen erzählt.« Ihre großen Augen betrachteten forschend mein Gesicht, dann ließ sie von mir ab und sah fragend Dane an. »Hast du Kaffee fertig, Dane?«
Er war bereits dabei, ihr einen Becher vollzuschenken. John Bear-in-the-Water hockte vorm Kamin und wärmte sich die Hände.
»Ich war gerade dabei, ihm von dem Tag zu erzählen, an dem Flattery Jack Belcourt zum Handelsposten kam«, sagte Dane.
»Dieser Belcourt war böser Geist«, erklärte sie, und das Lächeln schwand aus ihrem Gesicht. »Ich hoffe, er ist zur Hölle des Weißen Mannes gefahren.«
»Das war an demselben Tag«, fuhr Dane fort, »an dem auch Major Easterwood kam.«
»An den erinnere ich mich nicht«, sagte Red Bird Woman.
»Nein, den Major hast du nie kennengelernt. Er war auch ein Blaurock, aber ein guter *Veheo*. Ich verdanke ihm mein Leben. An dem Tag, da ich ihm das erstemal begegnete, waren meine Tochter Susa und ich auf der Kaninchenjagd gewesen. Sie muß damals zehn oder elf Jahre gewesen sein, aber schon eine verdammt gute Schützin. Jagen konnte sie wie ein Junge. Wir überquerten auf unseren Pferden den Fluß und blieben stehen, um zuzusehen, wie Amayi unser Tipi bemalte...«
»Mary Amayis Mutter?« fragte Red Bird Woman.
»Ja.« Dane runzelte die Stirn ob dieser Unterbrechung. »Amayi konnte alles malen, und sie war immer dabei, Symbole zu malen. Manchmal freilich bat sie Wewoka, ihr mit den Farben zu helfen. Gemeinsam mit ihr malte sie unsere ganze Familie auf die Tipiwand – eine schwebende gelbe Wolke, das war Little Cloud; ein in den Himmel aufsteigender Adler, Swift Eagle; ein fliegendes Pferd, Pleasant.

Amayi malte das Pony so, daß seine rötlichbraune Mähne und seine blauen Augen wirklich nach Pleasant aussahen. Er pflegte oft auf dem Boden davor zu hocken und voller Verwunderung den Kopf zu schütteln und das dahinfliegende Pony auf der Büffelhaut des Tipis zu betrachten. Für Susa malte sie einen Präriehund, wahrscheinlich deshalb, weil Susa soviel Zeit damit zubrachte, bei einem nahgelegenen Bau von Präriehunden zu sitzen, die possierlichen Tiere zu beobachten und sich Geschichten über sie auszudenken. Für sich selbst malte Amayi eine *castilleja* – die Weißen nennen sie indianische Farbenpinsel –, Tupfer von leuchtendem Rot, Flecken, hoch oben am Tipi, so daß die Blüten aussahen wie Feuer, das aus dem Rauchabzug herauskam.«
»Und was hat sie für dich und Sweet Medicine Woman gemalt?« fragte Red Bird Woman.
»Zwei hockende Kojoten, die sich links und rechts vom Tipieingang ansahen.« Danes Gesicht verzog sich bei dem für ihn charakteristischen dünnlippigen Schmunzeln in unzählige feine Runzeln. »Sie wußte, daß ihre Eltern in der wirklichen Welt waren.«
»Ich erinnere mich an dieses Tipi«, sagte Red Bird Woman. »Die Blauröcke haben es in Brand gesteckt, in jenem Winter, da wir zusammen mit Crazy Horses Leuten am Powder River lagerten.«
»Ja. Wie ich schon sagte, war Amayi gerade dabei, eines ihrer Symbole auf die Tipiwand zu malen, als Major Easterwood das erstemal von Denver kommend zu uns kam. Er ritt allein, entdeckte uns hinter dem Handelsposten und lenkte sein Pferd auf uns zu. Seine blaue Uniform war für mich sofort ein Warnzeichen, und selbstverständlich fragte ich mich augenblicklich, was er wohl wolle. Er erkundigte sich höflich, ob der Handelsposten Mahlzeiten an Reisende ausgebe, woraufhin ich ihm sagte, das täten wir wegen der Lebensmittelknappheit nicht mehr. Daraufhin bat er um einen Schluck Wasser.
Major Easterwood war ein großer Mann mit traurigen Augen und einer gezackten weißen Narbe am Hals und humpelte unter Schmerzen, nachdem er abgestiegen war. Später erfuhr ich, daß er Berufssoldat war. Er hatte West Point absolviert, war in irgendeiner Schlacht in Virginia verwundet und nach Camp Weld in Denver geschickt worden, um dort während seiner Genesungszeit einen leichten Dienst zu versehen. Er war ein so freundlicher Mann, daß ich ihn aufforderte, mit in den Verkaufsraum zu kommen, und Griffa überredete, ihm eine kostbare Tasse Kaffee zu geben und ein paar von ihren Maisku-

chen für ihn herauszurücken. Er war dankbar und entschuldigte sich immer wieder. Da er aus dem Osten stamme, sagte er, sei er nicht an die großen Entfernungen auf den Prärien gewöhnt und habe sich gründlich in der Zeit verrechnet, die er brauchte, um bis nach Fort Starke zu reiten.
Ihm war daran gelegen, sich zu unterhalten, und nachdem ich ihm erzählte, ich sei Cherokese, fragte er mich eine Zeitlang nach meinem Leben aus. Dann saß er schweigend da und starrte auf die Eingangstür. ›Ich freue mich weiß Gott nicht darauf, zu den Freiwilligen aus Colorado in Fort Starke zu stoßen‹, sagte er. Ich fragte ihn, warum, doch er schüttelte bloß den Kopf. Ich erkannte, daß er sehr abgespannt war, und als er den Kopf auf den Tisch stützte, erkundigte ich mich, ob er sich hinlegen wolle. ›Nein, vielen Dank‹, sagte er. ›Es geht bald wieder.‹ Gleichwohl war er nach kurzer Zeit eingeschlafen. Ich ging in die Küche, um Griffa zu sagen, sie solle ihn in Ruhe lassen, und während ich dort war, hörte ich das Geklapper von vielen Hufen draußen und den Tritt schwerer Füße im Eingang.
Als ich wieder in den Verkaufsraum kam, müssen mittlerweile ein Dutzend Kavallerie-Blauröcke darin gewesen sein, von denen einige zwischen unseren spärlichen Handelswaren herumsuchten. Ihr Anführer, ein großer, fleischiger Mann mit den Adlern eines Colonels auf den Schulterstücken, stand Major Easterwood gegenüber, der durch ihr lärmendes Eindringen wach geworden war.
›Wo seid Ihr stationiert, Major?‹ rief der Colonel. Als ich die Stimme des Mannes hörte, wußte ich sofort, wer er war, wiewohl ich ihn seit über zwanzig Jahren nicht mehr gesehen hatte. Sein spärlicher Bart und die Büschel seines einst rötlichen Haares über den Ohren waren grau geworden, aber in seinen verschlagenen Augen blitzte immer noch die Tücke des bösen Geistes, der er war.
Major Easterwood erzählte ihm, er sei unterwegs auf dem Weg von Denver nach Fort Starke. Flattery Jack stolzierte zum Tisch hinüber, zog einen Stulpenhandschuh aus und reichte ihm die Hand. ›Ich bin Colonel Belcourt, Kommandant von Fort Starke. Ihr müßt der Offizier sein, den man heruntergeschickt hat, sich um unseren Mangel an Waffen zu kümmern.‹ Major Easterwood neigte den Kopf, ohne zu lächeln.
›Ein Mann von Euren Fähigkeiten wird bald sehen, daß wir dringend auf bessere Waffen angewiesen sind, wenn wir mit den feindlichen Stämmen fertig werden sollen‹, sagte Belcourt auf die schlangenhafte

Weise, die ihm den Spitznamen Flattery Jack, Jack der Schmeichler, eingetragen hatte.

›Ich werde mich ernsthaft mit der Angelegenheit beschäftigen, Sir‹, sagte Major Easterwood.

›Ich habe persönlich die Aufgabe übernommen, diese Patrouille anzuführen‹, fuhr Belcourt fort, ›um umherstreifende Banden feindlicher Indianer auszulöschen, welche die reisenden Zivilisten aus dem Osten und die Nachschubsendungen von Denver bedrohen. Wollt Ihr Euch uns anschließen?‹

›Vielen Dank, Sir, aber ich habe das Bedürfnis, mir und meinem Pferd noch etwas Ruhe zu gönnen‹, erwiderte Major Easterwood höflich. ›Ich werde dann direkt zum Fort weiterreiten.‹

›Wie Ihr wünscht, Major. Also freue ich mich darauf, Euch morgen abend bei uns begrüßen zu dürfen.‹ Zum erstenmal sah Belcourt mich an; Haß auf alles Indianische an mir blinkte in seinen Augen auf. ›Wo ist der Händler?‹ wollte er wissen.

›Ich vertrete ihn‹, erklärte ich.

›Wer lebt in dem Tipi dahinten?‹

›Meine Familie und ich‹, erwiderte ich.

›Du bist Cheyenne?‹

›Meine Familie ist Cheyenne.‹

Die kleinen gelben Lichtpunkte in seinen verschlagen blickenden Augen musterten mich eingehend. Mein Gesicht war zwanzig Jahre älter als das des jungen Mannes, der ihn damals in Santa Fé überlistet hatte, gleichwohl muß es ihm irgendwie bekannt vorgekommen sein. ›Dich habe ich schon mal geseh'n‹, sagte er, ›und ich will dich nicht wiederseh'n. Wenn du und deine Squaw und was ihr an Bälgern habt und das Tipi nicht verschwunden seid von hier, wenn wir das nächstemal auf einer Patrouille vorüberkommen, wird das Tipi verbrannt, sämtliche Cheyenne hier in diesem Handelsposten unter Arrest genommen und in das Reservat unten am Sand Creek abgeschoben. Und noch was: wenn kein weißer Händler diesen Laden hier betreibt, wenn ich das nächstemal wiederkomme, wird die Tür zugenagelt. Ich berufe mich auf den Gouverneur dieses Territoriums, der mich ermächtigt hat, sämtliche feindlichen Indianer von diesen Ebenen zu vertreiben. Verstanden? – Du redest, als ob du eine Schule besucht hättest.‹

›Ich verstehe‹, sagte ich und bemühte mich, mir meine Angst nicht anmerken zu lassen. Dabei war das nicht einmal so sehr die Angst vor Belcourt selber. Der war ein feiger Windhund, und seine Bosheit grenzte an Aberwitz, aber rings um mich hier im Verkaufsraum ließen seine Männer – ungebildet und kaum menschlich, wie sie waren – mich keinen Moment aus den Augen; ihre Blicke und ihre Münder waren habgieriger als selbst die von Aasgeiern. Es waren dieselben Gesichter, die ich als junger Halbwüchsiger in Georgia erlebt hatte, die Gesichter der Georgia Pony Guards in New Echota und Okelogee, damals ermächtigt von einem anderen Gouverneur, menschlicher Abschaum, der mein Volk über ganz Amerika gehetzt hat und uns nicht in Ruhe lassen will. Gleichgültig, welche Barrikaden wir vor ihnen aufrichten, um uns vor ihnen zu schützen, die Angst steckt immer in uns, zumal dann, wenn es uns auch noch darum geht, andere zu beschützen. Als Belcourt großspurig zur Tür hinausschritt und seine Männer sich ihm anschlossen, kämpfte ich selber gegen diese Furcht in mir an und mußte dabei an Creek-Mary denken, die niemals aus Angst davongelaufen war; deshalb gelobte ich ihrem Geist, auch nicht davonzulaufen.

Kaum waren die Kavalleristen fortgeritten, kamen Griffa, Sweet Medicine Woman und Pleasant in den Verkaufsraum hereingestürmt. Alle hatten sie von der Küche aus unser Gespräch verfolgt, und jetzt redeten sie alle auf einmal. Sweet Medicine Woman wollte augenblicklich packen und nach Sand Creek ziehen, Griffa überlegte, ob sie den Handelsposten nicht Bibbs und Wewoka anvertrauen und ihre Kinder zurückbringen sollte ins Indianer-Territorium, und Pleasant ereiferte sich darüber, wir sollten Fort Carrothers zu einem regelrechten Fort ausbauen und uns verteidigen.

Während wir also miteinander redeten, schickte Major Easterwood sich an, uns zu verlassen, und bedankte sich für unsere Gastfreundschaft. Ich brachte ihn noch bis zum Eingang.

›Was wollt ihr jetzt tun?‹ fragte er.

›Ich weiß es nicht‹, sagte ich.

›Jetzt siehst du, warum mich meine Aufgabe in Fort Starke nicht im geringsten reizt. Seit ich in Denver war, habe ich eine Menge von diesem Colonel Belcourt und seinen Freiwilligen gehört. Das sind keine Soldaten, sondern Menschenschinder, Grenzerabschaum, viel zu feige, entweder für oder gegen die Union zu kämpfen. Die anständigen Leute in Denver verachten Belcourt, doch er besitzt nun mal Macht über den Territoriumsgouverneur, und mich hat man hergeschickt, die Waffen des Regiments zu inspizieren und Empfehlungen zu geben. Egal, was ich empfehle – Belcourt wird mehr Waffen bekommen. Bis jetzt hat er noch nicht viele Männer unter seinem Kommando, aber wenn sie sehen, daß Präsident Lincoln es auch hier an der Grenze ernst meint mit den Gesetzen zur Einführung der Wehrpflicht, wird das Gesindel in Denver sich ihm zu Hunderten anschließen. Wenn das geschieht – nun, dann erbarme Gott sich deiner und deines Volkes.‹

›Meint Ihr, sie werden Krieg gegen uns führen?‹

›Sie werden einen Indianerkrieg entfesseln, um zu verhindern, daß sie nach Osten geschickt werden, um in dem richtigen Krieg gegen die Konföderierten mitzukämpfen.‹

Er tippte mir auf die Schulter, um mir Lebewohl zu sagen. ›Euch bleiben bestenfalls ein paar Wochen‹, sagte er.«

41

Nur wenige Stunden, nachdem Flattery Jack Belcourt und Major Easterwood Fort Carrothers verlassen und jedermann dort in großer Aufregung zurückgelassen hatten, tauchten wie Geister aus einem Fluß Lean Bear und Red Bird Woman hinter dem Handelsposten auf. Lean Bear hatte eine Reihe von Hunds-Kriegern samt ihren Familien von Sand Creek bis ins frühere Winterlager der Cheyenne in Ghost Timbers geführt, war dabei nur des Nachts unterwegs gewesen und hatte, genauso wie Yellow Hawk, Flußbetten als Wege benutzt und weichen Boden möglichst gemieden, um so wenig Spuren wie möglich zu hinterlassen.

Andere Gruppen von Big Stars Cheyenne folgten ihnen jeweils im Abstand von ein paar Tagen, immer nur acht oder zehn Familien auf einmal, in der Hoffnung, daß die meisten von ihnen den Patrouillen der Blauröcke entgingen; ihr Plan war es, bei Ghost Timbers wieder aufeinanderzustoßen. Von dort aus wollten sie dann durch die trockenen Sandhügel gen Norden ziehen und so schnell wie möglich vorwärtskommen, bis sie im Gebiet des Powder River in Sicherheit wären.

»Big Star hat es sich lange überlegt«, sagte Lean Bear. »Wenn wir gen Norden ziehen, verstoßen wir gegen den Vertrag, den der alte Wanesahta bei Horse Creek für die Cheyenne unterzeichnet hat. Das bekümmert Big Star tief. Er möchte nicht wortbrüchig werden; allerdings haben die *Veheos* ihr Wort wohl an die zwanzig Mal gebrochen. Big Star hat ein Gesicht gehabt, daß wir alle Hungers sterben, wenn wir unten am Sand Creek bleiben. Den ganzen Sommer über ist dort kein Tropfen Regen gefallen. Selbst die Kaninchen haben das Weite gesucht. Wir müssen unser Wort brechen, um zu überleben.«

Da sie ohne *Travois* losgezogen waren, waren die Hunds-Krieger und ihre Familien in Ghost Timbers ohne jeden Schutz vor Wind und Wetter und hatten nur sehr wenig zu essen. »Unsere Tipis haben wir stehenlassen«, sagte Lean Bear. »Die anderen lassen ihre gleichfalls zurück. Wenn wir mit den *Travois* Schleifspuren hinterlassen, könnten wir den Blauröcken einfach nicht entgehen; außerdem sehen sie jetzt vom anderen Ufer des Sand Creek unsere Tipis und werden denken, wir seien immer noch da.«

Die Hunds-Krieger hatten zwischen den Weiden in den Timbers Erdlöcher gegraben, sich darin zu verstecken, und diese mit Zweigen und Ästen abgedeckt; doch da sie es nicht wagten, tagsüber hinauszugehen, um zu jagen, war abzusehen, wann sie regelrecht würden hungern müssen. »Ihr müßt sehr vorsichtig sein«, warnte Dane ihn. »Die Blauröcke haben am South Fork ein neues Fort errichtet, und das ist nur einen halben Tagesritt von den Timbers entfernt.«

Lean Bears voller Mund wurde zu einem harten Strich. »Von diesem Fort haben wir nichts gewußt«, sagte er. »Ich würde die Familien ja weiter nach Norden bringen, nur wird Big Star auf die Hunds-Krieger angewiesen sein, falls die Blauröcke ihn entdecken.«

Mit Griffas Erlaubnis gab Dane Lean Bear und Red Bird Woman ein paar Säcke Mehl aus den rasch schrumpfenden Vorräten des Handelspostens mit. Nachdem diese unerwarteten Besucher wieder abgeritten waren, saßen Dane und Sweet Medicine Woman und Griffa samt ihren Söhnen im unbeleuchteten Verkaufsraum und wägten bis in die frühen Morgenstunden hinein die Gefahren ab, die es mit sich bringen könnte, wenn sie noch länger in Fort Carrothers blieben.

Griffa wollte zusammen mit Young Opothle und Meggi bleiben, bis Jotham kam, sie zu holen. Sie, ihre Kinder und Pleasant hatten auch keine dunklere Hautfarbe als die sonnenverbrannten Blauröcke, und Cheyenne war keiner von ihnen. »Ich habe weniger Angst vor deinem Colonel Belcourt als vor dem Krieg im Cherokesenstammland«, erklärte sie. »Jotham will uns dort nicht haben, wo doch überall Häuser niedergebrannt und Kämpfe ausgetragen werden. Bibbs und Wewoka wollen nicht zurück. Sie haben Angst, wieder zu Sklaven gemacht zu werden. Deshalb bleiben wir hier.«

Auch Dane hielt es für das beste, wenn seine Familie in Fort Carrothers blieb, bis Big Stars Cheyenne die Timbers erreichten. Dann wollten er und seine Familie sich ihnen anschließen und an den Powder River fliehen. Dadurch, daß sie vorerst im Handelsposten ausharrten, konnten sie immerhin die hilflos in den Timbers sich verbergenden Cheyenne mit etwas Proviant versorgen; sie durften es schließlich wagen, bei Tageslicht zu jagen. Doch Belcourts Drohung wegen, jeden Cheyenne in Haft zu nehmen, den er bei seinem nächsten Besuch hier antraf, beschlossen sie, einen Ausguck oben unterm Dach einzurichten, von wo aus man durch Risse in den hohen Wänden im Umkreis von mehreren Meilen jede Bewegung auf der Prärie wahrnehmen konnte. Sobald eine Patrouille gesichtet wurde, die sich näherte, sollten sämtliche reinblütigen Mitglieder der Familie sich im Wurzelkeller verstecken.

Der alte Jim Carrothers hatte seinen Wurzelkeller sehr gut gebaut; der Eingang dazu war so versteckt und schwer zu öffnen, daß Jotham und Griffa sich niemals die Mühe gemacht hatten, irgend etwas darin zu lagern. Es gab keine Falltür. Um hineinzugelangen, mußte erst ein schwerer Küchentisch beiseitegerückt und dann zwei ganze Längen von Dielenbohlen mit vorgetäuschten Holzpflöcken darin herausgehoben werden. Bei Tagesanbruch inspizierte Dane den Keller und stellte fest, daß er trocken und frei von Schlangen war und überdies reichlich Platz bot, sich und seine Familie darin zu verstecken.

Sweet Medicine Woman schlug vor, daß Griffa und ihre Kinder nach Norden gingen und sich den Cheyenne anschlössen. »Niemals«, erwiderte Griffa und lachte. »In einem Tipi-Dorf würde ich so hilflos sein wie ein frisch ausgebrüteter Vogel. Nein, wir bleiben hier.«

Und so machten sie sich an ihre tägliche Arbeit, wobei sämtliche Mitglieder der Familie sich am Ausguck oben ablösten, Pleasant und Swift Eagle sich auf kurze Strecken vom Fort fortwagten, um alles Wild zu jagen, das sie finden konnten. Ein oder zwei Tage später rief Meggi ganz aufgeregt vom Speicher, ein einzelner Blaurock nähere sich aus dem Osten. Der Reiter entpuppte sich als Major Easterwood. Er schaute in den Verkaufsraum hinein, um sich auszuruhen, war freundlich, doch wortkarg und schon bald wieder unterwegs auf dem Weg nach Denver.

Im Laufe der nächsten paar Tage schafften noch mehrere kleinere Gruppen von Cheyenne den Weg nach Ghost Timbers; davon unterrichtet wurde die Familie von Lean Bear, der ihnen häufig nächtliche Besuche abstattete, um Fleisch oder anderen Proviant im Handelsposten abzuholen, den man dort entbehren konnte. Neben der Nahrungsknappheit, sagte Lean Bear, bestehe ihre größte Schwierigkeit darin, die Pferde zu verbergen, eine Herde, die mit dem Eintreffen einer jeden neuen Gruppe von Flüchtlingen aus dem Süden immer größer wurde. Er hatte mehrere Patrouillen von Blauröcken in der Ferne über die Prärie ziehen sehen und schon gefürchtet, daß sie näherkommen und die Pferde entdecken könnten. Falls Big Star nicht bald eintreffe, so meinte Lean Bear, sei es vielleicht doch das beste, mit den Frauen und Kindern in die Sandberge aufzubrechen.

Eines Tages rief Susa vom Speicher herunter, ein Blaurock zu Fuß nähere sich aus dem Westen. Dane trat hinaus auf die Piste und erkannte in dem Hinkenden bald Major Easterwood. Rasch sattelte er ein Pferd und ritt ihm entgegen. Der Major hatte kaum noch die Kraft, hinter Dane aufzusitzen. Sein Gesicht war zerschunden und voller blauer Flecken, seine Uniform von angetrocknetem Schlamm bedeckt.

»Meine beiden Wagen mit Gewehren, die ich nach Fort Starke bringen sollte, sind von Indianern überfallen worden«, berichtete er Dane.

»Von was für Indianern, und aus welchem Stamm?« fragte Dane.

»Ich kenne mich in euren Stämmen nicht aus. Ihr Gesicht und der Oberkörper waren wüst bemalt. Hätten sie nicht mein Pferd zu Fall gebracht, so daß ich in einem Graben landete und das Bewußtsein verlor, ich bin überzeugt, sie hätten mich genauso umgebracht wie zumindest einen meiner Fahrer. Als ich wieder zu mir kam, fehlte einer meiner Wagen samt Fahrer. Der andere Wagen war noch da, aber der Fahrer und beide Zugpferde waren tot.«

Mit den beiden stämmigsten Pferden aus dem Korral und einem Pony für Major Easterwood ritten sie zurück zu der Stelle, wo der Überfall stattgefunden hatte. Unterwegs überlegte Dane, ob wohl eine der kleinen Gruppen von Big Stars Leuten auf dem Weg von Sand Creek zufällig auf die Wagen gestoßen und sie angegriffen haben könnte, doch tat er diesen Gedanken bald als unsinnig ab. Die Cheyenne hatten ihre Familien dabei, taten alles, um nicht gesehen zu werden, und hätten ganz gewiß keine Kriegsbemalung angelegt. Er hatte gehört, daß Oglala-Sioux in der Nähe umherstreiften, doch bis Fort Carrothers war noch keiner von ihnen gekommen.

»Ihr hattet nur zwei Fahrer und keine Eskorte von Soldaten?« fragte er Major Easterwood.

»Ich hatte einen Trupp Reiter angefordert«, erwiderte Easterwood, »doch der Kommandant von Camp Weld versicherte mir, die brauchte ich nicht.«
Dane vermochte sich keinen Reim darauf zu machen. »Die Armee läßt doch jeden Waffentransport von mehreren Berittenen eskortieren«, erklärte er.
»Bei diesen Leuten handelt es sich nicht um die Armee«, antwortete Easterwood trocken. »Sie tragen Uniform, das ist alles.«
Sie ritten über eine schon recht baufällige Brücke über den stehenden Wasserarm eines Baches hinüber, der hier einen Bogen schlug und rechterhand von der Piste verlief. Hohes Gras und Dorngestrüpp machten die Ufer undurchdringlich.
»Der Wagen ist fort!« rief Easterwood.
Vor ihnen, mitten auf der Piste, lagen ein Mann und zwei Zugpferde ohne Zuggeschirr. Halb auf der Piste und halb im strauchgesäumten Bach lag Major Easterwoods Reitpferd.
»Sie müssen zurückgekommen sein, um auch noch den zweiten Wagen zu holen«, sagte Dane, saß ab und untersuchte eingehend die Spuren und die anderen Zeichen. Er fand es seltsam, daß die Wagenspuren in das Bachbett hineinführten. Dann hob er eine Adlerfeder aus dem Staub auf; sie war mit roter Farbe beschmiert. Zwei oder drei Pfeile lagen hier und da verstreut. Skalpiert worden war der Fahrer nicht.
»Haben sie mit Pfeilen geschossen?« erkundigte er sich.
»Ich erinnere mich nicht, welche gesehen zu haben, aber es könnte sein.« Easterwood zeigte auf eine Gruppe von dichtem Dorngestrüpp, das über den Bach mit dem grünlichen Schaum darauf hinauswuchs. »Dort bin ich hineingeworfen worden. Was für ein Glück, daß ich nicht mit dem Kopf im Wasser gelandet bin.«
»Was für eine Kleidung trugen die Indianer?«
»Es ging alles viel zu schnell, als daß ich richtig etwas hätte sehen können«, erklärte Easterwood in entschuldigendem Ton. »Derjenige, der am dichtesten an mich herankam, trug hirschlederne Leggins und hatte langes, schwarzes Haar. Gesicht und Oberkörper waren über und über mit schwarzer und roter Farbe bedeckt. Ich glaube, das war der, der mein Pferd getötet hat. Ich habe nur einen einzigen Schuß auf einen anderen abgefeuert, der zu Fuß aus dem Gebüsch herauskam. Er schoß auf die Zugpferde des ersten Wagens. Ja, ich entsinne mich noch, seinen Hosensaum hinunter Messingknöpfe aufblitzen gesehen

zu haben. Er strauchelte und fiel hintenüber, doch dann stürzte mein Pferd, und ich verlor das Bewußtsein.«
Dane ging ein paar Schritte am Rand der Piste entlang und betrachtete ein paar kleine schwarze Flecken im Staub. »Wenn er ungefähr hier gelegen hat«, sagte er, »müßt Ihr ihn getroffen haben.«
»Ja, dort etwa muß es gewesen sein.« Beide drangen sie ins Gebüsch ein. Dane erreichte den Rand des Wassers und erkannte etwas, was im Schaum aussah wie eine treibende grüne Wasserpflanze. Er griff danach, bekam glitschiges Haar in die Hand, zog einen Menschenkopf aus dem Wasser heraus und schleifte die Leiche dann hinauf auf die Piste. Die weiße Haut des Toten ließ schwache Farbspuren erkennen, die sich noch nicht vollständig im Wasser aufgelöst hatten. Seine wassertriefende schwarze Samthose war an der Biese mit Messingknöpfen verziert.
Major Easterwood beugte sich über ihn, um sein Gesicht genau zu betrachten. »Diesen Mann hab' ich schon in Fort Starke gesehen«, sagte er. »Er gehörte zu den Unteroffizieren – ein Weißer!«
»Dann waren aller Wahrscheinlichkeit nach die anderen auch Weiße«, sagte Dane.
»Aber warum sollten sie ihre eigenen Wagen überfallen, die doch ohnehin für sie bestimmt waren?«
Dane schüttelte den Kopf. »Vielleicht, um die Gewehre wieder an die Armee zu verkaufen. Vielleicht, um Angst und Schrecken vor Indianern zu verbreiten. Habt Ihr nicht gesagt, daß es das sei, was Belcourt und seine Männer vorhätten?«
»Ich kann es einfach nicht glauben, daß sie so weit gehen würden!«
»Vielleicht haben sie bereits einen Indianerüberfall gemeldet. Sie brauchen nichts weiter als Gerüchte, und die Postkutschen, die vorbeikommen, verbreiten es.«
»Vielleicht gelingt es mir, ihren Teufeleien ein Ende zu setzen«, sagte Easterwood. »Machen wir den Weg frei.« Mit Hilfe ihrer Pferde schleiften sie die toten Tiere in den Bach hinein. »Wenn du einverstanden bist, mir dieses Pony und eines deiner Pferde zu leihen«, fuhr der Major fort, »bringe ich die beiden Toten jetzt nach Fort Starke und melde den Überfall auf die Wagen durch Abtrünnige, die sich als Indianer verkleidet haben.«

Dane hob seine rußgeschwärzte Kaffeekanne über dem Schaukelstuhl in die Höhe, auf dem regungslos Red Bird Woman saß. »War das gleicher Tag, wo du und deine Söhne uns Wagen mit Gewehren brachtest?« fragte sie.

»Ja, am Abend«, erwiderte Dane.

John Bear-in-the-Water, der gespannt zuzuhören schien, zeigte mit dem Finger auf Dane. »Dann hast du und deine Söhne geholfen, die Wagen mit den Gewehren zu überfallen?«

»Halte dich mit deinen Vermutungen zurück«, erwiderte Dane und hängte die Kanne sorgfältig an den Haken über der Glut. »Versteht ihr, nachdem Major Easterwood in Richtung Fort Starke davongeritten war, kehrte ich zu Sweet Medicine Woman zurück und sagte ihr, sie solle alles zusammenpacken, was wir auf unseren Pferden mitnehmen könnten. Sie wollte das Tipi mit Amayis Zeichnungen und den Farben darauf nicht zurücklassen, wußte jedoch, daß ihre Leute die ihren am Sand Creek gleichfalls zurückgelassen hatten. Es mußte sein.«

»Aber du hast doch am Powder River in demselben Tipi gewohnt«, beharrte Red Bird Woman.

»Siehst du, jetzt machst du es genauso wie unser junger Crow-Freund und ziehst voreilige Schlüsse«, tadelte Dane sie. »So warte doch! Ich hatte vor, nach den Timbers hinaufzureiten und Lean Bear zu bewegen, mich zusammen mit den Frauen und Kindern nach Norden vorausreiten zu lassen, während er und seine Krieger Big Stars Ankunft abwarteten. Ich wußte, daß uns nicht viel Zeit blieb, ehe wir die Blauröcke im Nacken hätten.

Es war gerade dunkel geworden, da hörte ich von der anderen Seite des Flusses, gegenüber unserem Tipi, das langsame Rumpeln von Wagenrädern. Zuerst dachte ich, es wäre eine Patrouille der Blauröcke. Manchmal, wenn sie es nicht gerade eilig hatten, nahmen sie auch die Belastung eines Wagens auf sich. Aber nach kurzer Zeit kamen Pleasant und Swift Eagle zu Fuß durch den Fluß gewatet. Beide grinsten geheimnisvoll wie die Waschbären.

›Komm rüber und sieh es dir an‹, rief Pleasant, als er mich in der Dunkelheit erkannte.

Unter einem Baum am Ufer stand ein Wagen, und davorgespannt waren die beiden Reitpferde der Jungen. Pleasant hob die Plane hoch.

Der Wagen war mit Holzkisten voller Gewehre und Munition beladen.
Ich weiß heute nicht mehr, was ich damals zu ihnen gesagt habe, aber vermutlich habe ich einen Schwall jener alten Flüche auf sie herniedergehen lassen, die ich von Creek-Mary gelernt hatte. Begreift doch, genauso wie John Bear-in-the-Water dachte auch ich selbstverständlich zunächst, daß meine Jungen an dem Überfall teilgenommen hätten. Der Anschein trog. Pleasant und Swift Eagle waren draußen am Lodgepole River Jagen gewesen, und zwischen ihnen und der Piste hatte nur ein flacher bewaldeter Hügel gelegen. Dort hatten sie plötzlich Schüsse über den Hügel herüberhallen hören. Im hohen Gras schlichen sie bis zum Kamm des Hügels hinauf und erlebten noch den letzten Teil der Schießerei. Sie waren nahe genug, um zu hören, wie die Angreifer sich darüber stritten, ob sie den Wagen mit den beiden toten Pferden zurücklassen sollten. Für Pleasant und Swift Eagle war es völlig klar, daß es sich bei den Männern in hirschlederner Kleidung, den Federn und dem bemalten Gesicht und Oberkörper, wie sie es noch bei keinem Stamm gesehen hatten, nicht um Indianer handelte, sondern um Weiße Männer. Bald nachdem die Angreifer mit einem der Wagen in Richtung Denver davonritten, sahen die Jungen Major Easterwood sich aus dem Dornengestrüpp befreien. Sie warteten, bis er humpelnd in Richtung Fort Carrothers ihren Blicken entschwand und ritten dann zur Piste hinunter.
Als sie entdeckten, daß der verlassene Wagen mit Gewehren beladen war, meinten sie, daß diese Waffen genau das waren, was die Cheyenne in Ghost Timbers brauchten, um sich zu verteidigen. Folglich nahmen sie den toten Zugtieren das Geschirr ab, spannten ihre eigenen Pferde vor den Wagen, zogen damit durch das Bett des seichten Baches fort und versteckten sich bis Sonnenuntergang in einem Dikkicht.
Nachdem Pleasant erklärt hatte, wie sie an den Wagen gekommen waren, und mir die Gewehre zeigte, wurde er sehr aufgeregt. ›Das sind Springfields‹, sagte er. ›Die gleichen Gewehre, wie die Unionstruppen sie bei Elkhorn Tavern benutzt haben. Und ein reichlicher Vorrat an Patronen und Zündhütchen.‹ Er nahm eine Patrone aus einer der Kisten hervor, die sie aufgebrochen hatten. ›Ich habe mit einer solchen Waffe vier Schuß in der Minute abgefeuert. Wenn es uns gelingt, den Wagen nach Ghost Timbers zu schaffen, brauchen unsere Krieger keine Angst mehr vor den Blauröcken zu haben.‹

›Wir werden die Gewehre heute nacht hinbringen‹, erklärte ich. Ehe wir abritten, sagte ich Sweet Medicine Woman, sie solle mich und die Jungen spät am nächsten Abend zurückerwarten; wir würden Frauen und Kinder mitbringen, deshalb solle sie dann bereit sein, mit uns zu kommen. ›Solange morgen die Sonne scheint, bleibst du mit den Mädchen im Handelsposten‹, warnte ich sie. ›Falls ihr Blauröcke sichtet, wo auch immer, versteckt euch im Wurzelkeller.‹

›Und Little Cloud reitet mit euch?‹ fragte sie besorgt.

›Wir brauchen ihn, um bei den Frauen und Kindern Wache zu reiten‹, sagte ich, ohne ihr freilich zu erklären, daß wir ihn auch benötigten, falls wir einer Nachtpatrouille der Blauröcke in die Arme liefen und der Wagen mit den Gewehren verteidigt werden müsse.

Mit Bibbs Hilfe umwickelten wir die Wagenräder mit Jutesäcken, einmal, weil wir hofften, daß sie das Geräusch der sich drehenden Räder dämpften, und zum anderen auch, um etwaige Fährtenleser zu verwirren, die bei Tagesanbruch nach dem verschwundenen Wagen suchen könnten. Pleasant ritt voraus, ich lenkte den Wagen, und Swift Eagle und Little Cloud ritten links und rechts davon.

Weil wir erst so spät aufbrachen, standen die Bäume bereits als schwarze Silhouetten vor dem heller werdenden Himmel im Osten, als wir uns Ghost Timbers näherten. Ich trieb die Zugpferde zu einer schnelleren Gangart an, und Pleasant ritt voraus, um den Cheyenne zu sagen, welche Beute wir ihnen brächten. Sehr bald darauf kamen Lean Bear und seine Hunds-Krieger dem Wagen entgegengaloppiert, stießen Siegesschreie aus und reckten ihre Lanzen in die Luft.

Im Lager herrschte bereits lebhaftes Treiben, weil früher in der Nacht Big Star mit seinen Leuten vom Sand Creek eingetroffen war. Wir feierten sogleich ein Familienwiedersehen. Pleasant eilte augenblicklich zu Rising Fawn, und Big Star und Bear Woman umarmten ihre Großsöhne, fragten sie ausgiebig nach ihrer Mutter und ihren Schwestern aus und machten mir Vorwürfe, warum ich nicht auch sie gleich aus Fort Carrothers mitgebracht hätte.

Big Star war der letzte, der Sand Creek verlassen hatte, und machte sich Sorgen, weil die Gruppe, die vor ihm losgeritten war, immer noch nicht eingetroffen war. ›Ihr Anführer ist War Shirt‹, sagte er. ›Es sind alles Fuchs-Krieger mit ihren Familien, und manche müssen zu zweit auf einem Pony reiten.‹ Da ich selbst ein Fuchs war, waren die meisten von War Shirts Männern für mich wie Brüder, und ich wußte, daß sie von allen Cheyenne am listenreichsten waren, wenn es galt,

Verfolger abzuschütteln. Wenn sie nicht gerade ausgesprochenes Pech hatten, würden sie Ghost Timbers mit Sicherheit erreichen. Big Star freute sich selbstverständlich über die unverhofften Springfield-Gewehre und übernahm persönlich die Aufgabe, sie samt Munition an die besten Schützen unter den Kriegern zu verteilen. Dann berief er eine Beratung ein, und es wurde beschlossen, falls War Shirt bis zum Abend nicht eintraf, würden wir nach Norden aufbrechen und nur Hunds-Krieger zurücklassen, um die überfällige Gruppe zu erwarten. Die Versammlung löste sich bereits auf, als die Posten in den hohen Bäumen uns eine Warnung zuriefen. Mit ihren neuen Springfields eilten die Krieger in die mit Zweigen bedeckten Sandgruben. Einige der Frauen trieben die Kinder zusammen und ließen sie in Erdhöhlen Schutz suchen, während andere zu der in einem Weidendickicht verborgenen Pferdeherde eilten, um die Tiere ruhigzuhalten.

Swift Eagle und ich traten zu Big Star und meinem Schwager, Yellow Hawk, und gingen hinter den knorrigen Wurzeln einer riesigen Pappel in Deckung. Zwei kleine Staubwolken kamen über die Prärie auf uns zugewölkt.

›War Shirt und seine Fuchs-Krieger!‹ rief Yellow Hawk. ›Und Blauröcke, die sie verfolgen.‹

Ich beschattete meine Augen und versuchte, die Soldaten zu zählen. Mindestens fünfzig oder sechzig Mann waren es, die den Abstand zwischen sich und War Shirts kleiner Gruppe rasch verringerten, von denen viele zu zweit auf einem Pony saßen. Diese Fuchs-Krieger waren meine Brüder, und so stand ich auf, um ihnen zu Hilfe zu reiten.

Etwa um diese Zeit kam Lean Bear zu Big Star herübergesprungen und bat den Häuptling, die Hunds-Krieger auszuschicken, War Shirt zu retten. Ich unterstützte Lean Bears Bitte. Wir waren jetzt mit Gewehren ausgerüstet, die genauso gut waren wie die der Blauröcke, und wir waren die besseren Kämpfer. Wir konnten die Soldaten abschlagen und dann gen Norden aufbrechen.«

»Oh, ich mich erinnere an diesen Tag!« fiel Red Bird Woman Dane ins Wort und schaukelte plötzlich so aufgeregt, daß der Kaffee in ihrem Becher überschwappte und auf den Schoß ihres gepunkteten Rocks spritzte. »Sonderbares Gefühl kam über mich, als ich Lean Bear zu der Pferdeherde zurücklaufen sah mit Hunds-Kriegern. Wie stattlich und gut er diesen Tag aussah, wie er rief und lachte, und doch wütete etwas in Lean Bears Augen, etwas, was ich nie zuvor darin gesehen hatte. Ich lief hin, ihm zum Schutz meinen Medizin-Beutel zu geben, doch er hatte schon Schärpe von Hunds-Kriegern um und Rassel und Reitgerte. Galoppierte davon wie ein Geist und schwenkte sein neues Gewehr, als wär' das mehr Medizin, als er jemals gehabt hätte.«

»Wir waren alle leichtsinnig an diesem Tag«, erklärte Dane. »Ich sah Pleasant und seine Frau, Rising Fawn, wie sie Seite an Seite auf ihren Pferden aus den Weiden hervorbrachen, Little Cloud ihnen dicht auf den Fersen. Swift Eagle und Yellow Hawk und ich liefen alle zu den Pferden. Red Bird Woman ließ mich ihre Fuchsstute reiten.

Die Hunds-Krieger sangen ihr Kriegslied, als sie ausritten. Wir alle mußten den gleichen Gedanken gehabt haben, als wir sahen, wie die Blauröcke mit blitzenden Säbeln unsere Brüder und ihre Familien verfolgten. Welches Recht hatten die Blauröcke, uns von unserem Land zu vertreiben, das der Schöpfer des Atems uns gegeben hatte, ehe die Weißen gekommen waren? Kraft welchen Rechts durften sie uns verbieten, dorthin zu ziehen, wohin wir wollten in unserem Land, das reich war an Gras und an Büffeln?«

43

Kaum hatte Lean Bear den Wald hinter sich, gab er seinen Kriegern das Zeichen, die V-Formation einzunehmen. Dann setzte er sich an die Spitze und flog – die Krieger hinter sich – gleich einer Pfeilspitze auf eine oben abgeflachte Erhebung zu, die zwischen den Blauröcken und War Shirts hartbedrängter kleiner Gruppe lag. Hinter den Hunds-Kriegern schwärmten locker die Krieger der anderen Kriegerbünde aus. Lean Bear ließ seine Männer auf der Höhe der Erhebung halten und sie sich rasch in zwei Gliedern aufstellen, die sich den näherkommenden Blauröcken entgegenstellten; dann gebot er den anderen Kriegern, sich dahinter aufzustellen. Als er sah, daß War Shirts Leute sich völlig verwirrt im Kreis bewegten, befahl er einigen seiner Krieger hinten, hinzureiten und sie in die Timbers zu bringen. Unter denen, die diesen Befehl erhielten, befanden sich auch Yellow Hawk und Swift Eagle. Zwar verließen sie die anderen nur widerstrebend, doch Lean Bear war der Kriegshäuptling, und niemand stellte seinen Befehl in Frage.

Die Blauröcke verlangsamten das Tempo ihrer Pferde, und die vier Abteilungen bildeten auf Befehl eines schwarzbärtigen Captain eine kompakte, breitgezogene Einheit. Weit hinter ihnen war eine kleinere Staubwolke zu erkennen – eine Gebirgshaubitze, die hinter den aufgeregten Zugpferden wie ein lebendiges Ungeheuer über Salbeikraut und Grassoden herruckte und rumpelte. Die rasch herausgebrüllten Kommandos des Captain, die von heiseren Sergeants echogleich wiederholt wurden, erinnerten Dane an das Gebell sich streitender Hunde. *Zug zwei und drei! Absitzen! Fertig machen zum Gefecht! Marsch! In einem Glied! Zug eins und vier! Halt!* Das Klirren des Metalls, das Knirschen des Leders, all das ertönte unnatürlich laut in der drückenden Morgenluft, als die Männer in der Mitte absaßen und recht wenig präzise Formationen bildeten. Sie bewegten sich unbeholfen, waren sich nicht sicher, was sie eigentlich machten, und die Cheyenne rochen den Angstschweiß.

Dane hielt sein Pferd ein paar Schritte hinter Lean Bear ruhig und sah, daß die Adlerfeder, die Lean Bear im Haar steckte, nach unten wies. Lean Bear hatte das Kinn gereckt und hielt den Kopf starr, achtete jedoch gleichwohl hellwach auf jedes Anzeichen von Panik unter den nervösen Rekruten aus den Saloons und Spielhäusern von Denver. Er wußte, daß Angst bei solchen Männern wie diesen gefährlicher war als Tollkühnheit.

Lean Bear wollte kein Blutvergießen. Er hatte geschafft, was er sich vorgenommen hatte. War Shirts Gruppe ritt jetzt unbehindert in Ghost Timbers ein. Jetzt waren alle Cheyenne von Big Star beisammen, konnten sie gen Norden an den Powder River ziehen, wo keine Blauröcke sie behelligen würden. Für Lean Bear schien es ein Gebot der Vernunft, daß die Blauröcke sie ziehen ließen. Aber zuvor mußte er ihnen begreiflich machen, daß den Cheyenne, wenn sie nicht verhungern wollten, gar nichts anderes übrigblieb, als nach Norden zu ziehen. Er drehte sich im Sattel um und verengte des Sonnenlichts wegen die Augen. »Dane!« rief er und winkte ihn zu sich heran.

Dane lenkte seine Fuchsstute durch die dicht beieinanderstehenden Berittenen; eines jeden Kriegers Augen waren argwöhnisch auf die zwölfpfündige Haubitze gerichtet, die rund hundert Schritt hinter der Kavallerie haltgemacht hatte. Die Artilleriepferde wurden abgespannt, das Geschütz von der Lafette genommen. Der schwarzbärtige Captain riß sein Pferd herum, ritt ein paar Schritt zurück, rief den Kanonieren etwas zu, wendete dann wieder und nahm seinen Platz um

ein weniges hinter dem letzten Glied der abgesessenen Kavalleristen wieder ein. Er steckte sich eine lange Zigarre in den Mund und biß fest mit den Zähnen darauf.
»Ich will mit dem Soldatenhäuptling reden«, wandte Lean Bear sich an Dane. »Du sagst die *Veheo*-Worte. Ich will nicht, daß es zu Mißverständnissen zwischen mir und dem Soldatenhäuptling kommt.«
»Auf diese Entfernung hin hört er vielleicht nicht genau«, gab Dane zu bedenken.
»Wir reiten dichter ran«, sagte Lean Bear und ließ sein Pferd vorangehen.
Der Hunds-Krieger zu Lean Bears Linken, ein junger Mann namens Porcupine, setzte sein Pony gleichfalls in Bewegung. Lean Bear bedachte ihn mit einem gestrengen Blick.
»Ich traue dem Haar-Mund-Häuptling der Blauröcke nicht«, sagte Porcupine. »Mein Körper soll Lean Bears Schild sein.«
»Bleib hinter mir!« befahl Lean Bear ärgerlich. »Ich bin kein Feigling, der sich vor Angst krümmt wie die Blauröcke dort unten.« Nur Dane zur Seite, ritt er weiter. »Wirf dein Gewehr sanft auf die Erde«, sagte Lean Bear leise zu Dane. Als beide Waffen auf den Boden aufprallten, legte Lean Bear die Hände zum Friedenszeichen zusammen. Dann reckte er den linken Arm zur Sonne und schloß die Finger, als ob er die Hand des Großen Geistes umklammerte.
»Bleibt stehen, wo ihr seid!« rief der Captain.
»Sag ihm, wir kommen friedfertigen Herzens«, sagte Lean Bear.
Dane übertrug diese Worte ins Englische und rief sie laut und deutlich über die zwanzig Schritt hinweg, die sie voneinander trennten.
»Du hast mich an der Verfolgung dieser Reservat-Springer gehindert«, entgegnete der Captain brüsk. »Durch eine feindselige Aktion.« Hart blickten seine Augen unter dem Schirm seines Käppis.
»Sag ihm, daß diejenigen, hinter denen er hergewesen ist, unsere Brüder sind«, sagte Lean Bear. »Sag ihm, wir wollen nichts weiter, als in Frieden in den Norden ziehen. Sag ihm, daß wir verhungern müssen, wenn wir nicht nach Norden gehen, wo es Büffel gibt.«
Als er die englischen Worte hörte, reckte der Captain seinen Säbel in die Höhe und zeigte auf Lean Bear. »Ihr werdet dorthin gehen, wo die Armee sagt, daß ihr hingehen sollt«, rief er.
Lean Bear drehte sich im Sattel um und war überrascht, als er Porcupine, eine der neuen Springfields im Arm, hinter sich erblickte. Vier oder fünf Hunds-Krieger waren aus dem ersten Glied hervorgeritten

nach vorn. Lean Bear gab ihnen zu verstehen, sie sollten wieder zurücktreten und gab dann all seinen Kriegern ein Zeichen, ihre Gewehre hoch in die Luft zu recken. »Sag dem Häuptling der Blauröcke«, sagte Lean Bear leise, »er soll sich die Macht unserer Krieger ansehen.«

Wütend schüttelte der Captain den Kopf, Sonnenlicht blitzte auf dem Messingabzeichen der gekreuzten Säbel an seinem Käppi. »Ich habe Befehl, Cheyenne zu töten, wo ich sie finde!« erwiderte er. »*Zweite und dritte Abteilung! Zielt – Feuer!*«

Dane sah, wie blaue Rauchwölkchen an den Gewehrmündungen aufsprangen, hörte ein explosives Geknatter, fühlte, wie Feuer ihn an der Kopfseite versengte. Red Bird Womans Fuchs unter ihm wirbelte herum, die Erde drehte sich, und vor sich sah er Lean Bear aus dem Sattel gleiten, die nackte Brust voller Blut. Porcupine lag mit dem Gesicht nach unten auf dem Boden, der Fuchs schoß über seine Leiche hinweg. Dane sprang im Hechtsprung voran, klammerte sich am Hals der Stute fest, schwankte unsicher im Sattel, doch seine Ohren schienen wie verstopft gegen jeden Laut. Er versuchte, sich aufzurichten, schaffte es jedoch nicht. Seine Finger verkrallten sich in der Mähne des Fuchses, ehe ihm die Sinne schwanden.

In Erwiderung der ersten Salve der abgesessenen Kavalleristen sprengten die Hunds-Krieger voran, feuerten auf die Blauröcke, ehe diese wieder laden konnten, und benutzten dann ihre Ponys, um sie auseinanderzutreiben. Gleichzeitig preschten die anderen Cheyennekrieger um die Hunds-Soldaten herum, um die berittenen Kavalleristen links und rechts in Kämpfe zu verwickeln. Diese Soldaten versuchten, ihre Säbel zu schwingen, doch eine Salve aus den Springfields der Cheyenne sowie gleich darauf ein Hagel von Lanzen und Kolbenschlägen trieben die Blauröcke zurück zur Haubitze, einem Zwölf-Pfünder. Hastig zog der Captain sich zum Geschütz zurück, ritt hin und her und versuchte, die heillose Flucht seiner Leute aufzuhalten. Wütend schrie er einen jungen Hornisten an, der viel zu verängstigt war, als daß er seinem Instrument mehr als ein oder zwei krächzende Töne entlocken konnte beim Versuch, zum Sammeln zu blasen. Als zwei fliehende Kavalleristen an ihm vorüberpreschten, warf der Hornist sein Horn auf den Boden und schloß sich dem allgemeinen Rückzug an.

»Feuert die gottverdammte Kanone ab!« schrie der Captain. Das Wummen und Zischen der Haubitze ließ reiterlose Pferde über die

Ebene auseinanderspritzen. Schrotgleich prasselten die Kugeln der Granate über den flachen Kamm der Erhebung, wo Augenblicke zuvor noch die Cheyenne gewesen waren. Fluchend lehnte der Captain sich aus dem Sattel und zog dem Artillerie-Sergeant mit der flachen Seite seiner Säbelklinge eins über den Rücken. »Stell den Lauf tiefer ein, du Trottel! Kernschuß!« Die Kanoniere schossen noch einmal, und dieser Schuß zerriß ein hinkendes Kavalleriepferd. Rechts und links von der Haubitze befand sich mittlerweile alles in heilloser Flucht. Vom Captain war nichts mehr zu sehen. Ohne einen Befehl abzuwarten, saßen die Kanoniere rasch auf und ließen ihre nutzlose Kanone einfach im Stich.

Außer sich über den Tod von Lean Bear, verfolgten die Krieger der Cheyenne unerbittlich die fliehenden Blauröcke, gaben ihnen keine Chance, zu halten und sich zu sammeln. Wegen der Geschwindigkeit der Pferde konnten Verfolger und Verfolgte nur wenige Schüsse abfeuern.

Zu denen, die am rücksichtslosesten dahinritten, gehörte Pleasant McAlpin. Für ihn war Lean Bear mehr als ein Freund; er war der Vater, den er in Dane nie gefunden hatte. Als Pleasant die Blauröcke auf Lean Bear und auf Dane schießen sah, war es Lean Bear, den zu rächen er gelobte. Wutentbrannt schoß er allzu hastig auf den Captain der Blauröcke und verfehlte sein Ziel. Pleasant war der erste der Hunds-Krieger, die Lean Bear erreichten, der vom Pferd sprang und sein hirschledernes Hemd mit Blut tränkte, als er versuchte, noch eine Spur von Leben in dem blutenden Körper zu finden, und, als er kein Leben mehr in ihm fand, aufschrie, wie er am Poison Spider Creek neben seinem toten Appaloosa geschrien hatte. An diesem Tag war Lean Bear sein Vater gewesen.

Tränen der Wut verschleierten seine Augen, als Pleasant sich umwandte, um festzustellen, was mit seinem richtigen Vater geschehen war. Ihm fiel ein Stein vom Herzen, als er Dane über den Hals seines Fuchses hängen sah, der in wilder Flucht in Richtung Ghost Timbers davonsprengte.

Mit einer einzigen Bewegung saß Pleasant wieder auf; er hatte jetzt nur einen Gedanken – er mußte den Captain der Blauröcke töten. Erst als er sein Pferd um die aufgegebene Haubitze herumlenkte, merkte er, daß Rising Fawn auf ihrem schnellfüßigen Mustang immer noch neben ihm war. Little Cloud und Lean Bears junger Neffe, Spotted Shield, folgten dichtauf.

Mehrere Male schaffte Pleasant es, zu laden und sein Gewehr abzufeuern, doch wußte er, daß es höchst unwahrscheinlich war, vom Sattel aus ein sich bewegendes Ziel zu treffen. Er hatte seine ganze Hoffnung darauf gesetzt, daß die Pferde der Blauröcke ermüdeten, ehe sie Fort Starke erreichten, und als die Sonne am Himmel höher stieg, bemerkte er Anzeichen von Müdigkeit in den Kavalleriepferden.
»Hör doch!« rief Rising Fawn plötzlich und hob die Hand. Über dem dumpfen Laut der Pferdehufe erhob sich lautes Trommeln, und dann tauchte rechts voraus, über den Rand einer Bodenwelle ein Zug berittener Blauröcke auf, deren leuchtende Wimpel flatterten, als sie den Hang hinunterpreschten. Ein Reiter blieb auf der Höhe der Bodenwelle zurück, doch selbst aus dieser Entfernung konnte Pleasant untrüglich die ungeschlachte Gestalt erkennen, die sich arrogant im Sattel reckte. »Belcourt«, sagte er laut, »mit frischen Pferden aus Fort Starke.« Die erschöpften Blauröcke vor ihm brachen in Jubelrufe aus, und da wußte er, daß die Jagd aus war. Rising Fawn ein Zeichen gebend, wendete er sein Pferd. Die Cheyenne stoben in drei Richtungen auseinander, feuerten ihre ausgepumpten Ponys zu einer letzten Steigerung der Geschwindigkeit an, suchten Deckung im hohen Gras, in Erdsenken, Erdrinnen und Bächen.
Pleasant gelang es, ein paar sie verfolgender Blauröcke mit einem Schuß aus seinem Gewehr zu vertreiben. Er fand Deckung in einem röhrichtgesäumten ausgetrockneten Bachlauf. Als er absaß, war sein Pferd schaumbedeckt, zitterten seine Flanken. Er lud sein Gewehr, um der auf ihrem völlig ausgepumpten Mustang näherkommenden Rising Fawn Feuerschutz zu geben. Aber kein einziger Blaurock war zu sehen; Rising Fawn verlangsamte den Lauf ihres Ponys und blickte sich immer wieder suchend um.
»Mach schnell!« rief er ihr zu.
Angst malte sich auf ihrem Gesicht, als sie neben ihm vom Pferd glitt. »Little Cloud und Spotted Shield«, sagte sie atemlos. »Die Blauröcke haben sie abgeschnitten.«

44

»Alles, was ich über diesen Kampf weiß, erfuhr ich von Pleasant und einigen der anderen«, sagte Dane. Er hob einen seiner Zöpfe in die Höhe und zeigte mir eine Narbe hinterm Ohr. »Man sollte nicht denken, daß ein solcher Kratzer einen Mann ins Land des Dunkels befördern kann. Vielleicht wäre ich immer noch dort, hätte Red Bird Woman mich nicht zurückgebracht ins Land der Lebenden.«

»Da war alter Medizinmann, Two Crows, der dich wieder zurückgebracht hat«, erklärte Red Bird Woman unbeirrt. »Two Crows schwenkte sein Hirschhuf-Stöckchen und ein Stück Büffelschwanz über dir, bis du Augen aufschlugst.«

»Als ich die Augen aufmachte«, sagte Dane, »warst du dabei, lag dein Mund auf meiner Wunde und saugte mein Blut heraus.«

»Two Crows hat gesagt, ich soll das tun.«

Red Bird Woman blickte mich, den weißen Fremden an, und ein gewisses scheues Blitzen in ihren Augen ließ ihr Gesicht plötzlich wieder jung erscheinen. »Das war schrecklicher Tag«, sagte sie. »Als wir hörten, wie Gewehre anfingen zu schießen, rannten wir an Rand von Weidendickicht. Ich konnte Gewehrrauch sehen, und dann kam meine Fuchsstute auf mich zugaloppiert, und Dane hüpfte auf dem Sattel auf und ab, vornübergefallen wie ein toter Mann. Als es mich roch, hielt das Pferd in seinem Lauf inne und kam direkt auf mich zu. Ich zog Dane aus Sattel, aber seine Hände wollten Mähne nicht loslassen, waren wie festgefroren. Danes Beine hingen schlaff herunter, er hatte Gesicht gegen Hals von Pferd gepreßt, und ich mußte jeden Finger einzeln aus Mähne lösen.

Aber das war noch nicht Schlimmstes an dem Tag. Schlimmstes war, als sie Lean Bears blutige Leiche zu mir brachten und mir sagten, er ist tot.« Sie wandte mir das Gesicht zu. Ihre Scheu war jetzt verflogen, ihr voller breiter Mund drückte eine längst vergangene Trauer aus, und ihre Finger strichen über dünne weiße Linien auf ihrer vollkommen glatten Stirn. »Auch ich habe Narben von dem Tag. Ich habe mir um Lean Bears willen Stirn aufgeritzt, ließ Blut in meine Augen rinnen. Wäre hohe Klippe in der Nähe von Hinta Nagi gewesen, möglich, daß ich hinuntergesprungen wäre. Ich war Lean Bears Frau.«

Eine Minute oder noch länger saßen wir alle schweigend da, dann ließ Dane einen Holzscheit in den Kamin fallen, so daß Funken stoben und es knisterte. »Am späten Nachmittag fühlte ich mich wieder kräftig genug«, sagte er, »um zu helfen, Gerüste für die Toten aufzurichten. Für Lean Bear, Porcupine und vier andere. Die Leichen der Blauröcke ließen wir liegen, wo sie gefallen waren. Da sie sich so feige gezeigt hatten, wollte niemand ihnen den Skalp nehmen; es gingen nur ein paar Frauen hinaus und schnitten die Messingknöpfe von ihren Rökken ab. Die meisten unserer jungen Leute waren noch nicht von der

Verfolgung der Soldaten zurückgekehrt, und so waren wir alle beunruhigt, was ihnen wohl zugestoßen sein mochte. Die Frauen und Kinder waren bereit, nach Norden aufzubrechen, doch erst lange nach Einbruch der Dunkelheit kamen die Hunds-Krieger und die anderen allmählich einer nach dem anderen zurück. Als sie uns berichteten, was geschehen sei, wußten wir, daß wir in dieser Nacht noch nicht fortkonnten.
Pleasant war der erste, der mir davon berichtete. Er und Rising Fawn hatten sich im ausgetrockneten Bachbett versteckt gehalten, bis die Soldaten etwa um Sonnenuntergang ins Fort zurückkehrten. Daraufhin sammelten sich unsere Krieger in der Absicht, nach etwaigen Verwundeten oder Toten zu suchen. Nur Little Cloud und Spotted Shield fehlten, und einige der Hunds-Krieger berichteten Pleasant, sie hätten gesehen, wie die Blauröcke sich der Jungen bemächtigt hätten. Sie erschossen ihre Ponys, doch statt die Jungen zu töten, fesselten sie sie mit Stricken, und zwei Männer mit Streifen auf den Ärmeln machten sich zusammen mit ihnen nach Fort Starke auf. Pleasant wollte sofort hinterher und das Fort stürmen, doch die anderen erklärten ihm, sie würden alle von den großen Kanonen getötet werden, die auf den Mauern aufgestellt worden waren.«
Red Bird Woman stieß einen leisen, kehligen Laut aus. »Spotted Shield«, fiel sie ihm in die Rede, »war fast so etwas wie Sohn für mich. An dem Abend, als sie mir beibrachten, die Blauröcke hätten Spotted Shield gefangengenommen, sagte ich, es sei ebensogut, daß Lean Bear ins Land der Geister eingegangen sei. Lean Bear hatte sich immer einen Sohn gewünscht, doch ich konnte ihm keinen geben, und so betrachtete er Neffen Spotted Shield als Sohn. Jawohl, er und Pleasant, wenn sie allein das Fort gestürmt hätten, sie wären beide getötet worden.«
»Wir haben es in der Nacht genau durchgesprochen«, fuhr Dane fort. »Bear Woman und einige andere hatten genug alte Zeltstangen gefunden, um einen Tipirahmen zu errichten, und ihn mit Wolldecken, Gewändern und Kleidungsstücken zu bespannen, damit der Häuptling bei der Ratsversammlung einen angemessenen Platz hatte. Wir saßen dort in dem Tipi – Big Star, Swift Eagle, Pleasant, Yellow Hawk, Spotted Shields Vater und Brüder und etliche von den Frauen. Meine Wunde schmerzte und blutete ein wenig, doch der Medizinmann sagte mir, sie würde rasch heilen, wenn ich sie in Ruhe ließe und keinen Verband anlegte. Pleasants Wut hatte sich mittlerweile gelegt; er

wußte genausogut wie wir anderen, daß er die Jungen nicht dadurch zurückgewinnen konnte, daß wir das Fort stürmten. Die Blauröcke konnten uns alle umbringen. Keiner von uns hatte eine Ahnung, wozu sie die jungen Burschen haben wollten. ›Vielleicht wollen sie sie eintauschen oder verkaufen‹, sagte Big Star. ›Ich habe gehört, daß die *Veheos* solche Dinge tun.‹

›Sie gegen was eintauschen?‹ fragte Pleasant.

›Vielleicht gegen die große Kanone, die sie auf ihrer Flucht zurückgelassen haben‹, sagte Big Star.

Pleasant hielt das für möglich. Daraufhin befahl Big Star Yellow Hawk, hinzugehen, sechs seiner Fuchs-Brüder zu nehmen und die Kanone nach Hinta Nagi hineinzurollen, auf daß sie in unserem Besitz wäre, falls die Blauröcke sie gegen die Jungen eintauschen wollten.

Ich saß den größten Teil der Nacht da, lauschte den anderen, zerbrach mir den Kopf über Little Cloud und machte mir Sorgen um Sweet Medicine Woman, von der ich wußte, daß sie wach war und wartete, daß wir kämen, wie ich es ihr versprochen hatte. Dann sagte ich zu Big Star, das einzige, was wir tun könnten, wäre, daß ich unter einer Waffenstillstandsflagge nach Fort Starke ritte, um herauszufinden, was die Blauröcke im Austausch für unsere Jungen wollten.

›Das wäre außerordentlich gefährlich für dich, *Sanaki*‹, sagte Big Star.

›Richtig‹, pflichtete Pleasant ihm bei. ›Colonel Belcourt hat es ganz besonders auf dich abgesehen, seit er zum Handelsposten kam. Er haßt deine dunkle Indianerhaut. Wenn jemand zum Fort geht, dann ist es Pleasant McAlpin – also ich mit meiner bleichen Haut wie der eines Weißen Mannes und den blauen Augen.‹

Big Star sagte, er müsse eine Weile über dieses Unternehmen nachdenken und abwarten, ob er ein Gesicht haben würde. Er neigte dazu, noch einen weiteren Tag abzuwarten. Vielleicht ließen die Blauröcke uns wissen, was sie mit unseren Jungen vorhatten, doch wenn sie es nicht täten, müßten die Führer in der Ratsversammlung entscheiden, was wir tun sollten.

›Das Blut meiner Familie fließt in den Adern sowohl von Spotted Shield als auch von Little Cloud‹, sagte Big Star. ›Trotzdem – wenn sie geopfert werden müssen, um den Samen dieser Gruppe von Cheyenne – die Frauen und die Kinder – zu retten, dann muß es geschehen. Wir können es nicht riskieren, länger als einen Tag hier zu warten.‹

Aber soviel Zeit blieb uns nicht einmal. Ehe die Sonne über dem Rand der Erde auftauchte, ließen unsere Späher uns eine Warnung zukommen. Blauröcke, freilich nur ein paar wenige, näherten sich von Süden her unter einer Waffenstillstandsflagge. Ehe sie den flachen Hügel erreichten, wo der Kampf begonnen hatte, sammelten sie die gefallenen Blauröcke ein und zurrten die Leichen auf den Ponys fest, die sie an einer Führleine mitgebracht hatten. Dann hoben sie die weiße Flagge höher und ritten auf die Timbers zu, wobei sie ihre Pferde äußerst langsam gehen ließen. Der Offizier an ihrer Spitze war Major Easterwood. Bei den meisten, die mit ihm gekommen waren, handelte es sich um jene Kanoniere, die unsere Krieger von ihrer Kanone fortgejagt hatten.

›Diesen Häuptling der Blauröcke habe ich in einem Traum gesehen‹, sagte Big Star. ›Ich muß die Dragoneruniform anziehen, die die *Veheos* mir am Horse Creek geschenkt haben.‹ Er betrat sein notdürftig aufgerichtetes Tipi, während ich ein Pferd bestieg und zusammen mit Pleasant und einigen Hunds-Kriegern Major Easterwood entgegenritt. Er war überrascht, mich hier zu sehen, sagte jedoch nichts weiter, als daß er gekommen sei, unserem Häuptling einen Besuch abzustatten.

Als wir zum Tipi zurückkamen, stand Big Star sehr aufrecht davor – ein stattlicher alter Mann mit weißem Haar, das ihm bis auf die Schultern seines dunkelblauen Dragonerrocks fiel. Über den Messingknöpfen hing die Medaille mit den gefaßten Händen, welche die Unterzeichner des Großen Vertrages bekommen hatten. Außerdem hielt er eine Kopie des rotbebänderten Vertrags in der Hand.

Rund zwanzig Schritt vom Tipi entfernt ließ Major Easterwood seine Männer halten und befahl ihnen, zu bleiben, wo sie waren, während er absaß und langsam auf Big Star zuhinkte. Ich merkte, daß der militärische Aufzug und die würdige Haltung unseres Häuptlings Eindruck auf Major Easterwood machten. ›Ich bin Major Easterwood‹, sagte er. ›Und ich komme aus Fort Starke, das unter dem Kommando von Colonel Belcourt steht.‹

Ich mußte seine Worte dolmetschen, und nachdem ich fertig war, dankte der Major mir.

›Ihr seid gekommen, um über unsere jungen Leute mit uns zu sprechen‹, sagte Big Star.

Easterwood schien verwirrt; offenbar wußte er nicht, wovon der Häuptling redete, und deshalb nannte ich ihre Namen – Little Cloud und Spotted Shield. ›Mein Sohn und ein Verwandter des Häuptlings‹, fügte ich hinzu. ›Warum haben die Soldaten sie gefangengenommen?‹

›Ich bin nicht gekommen‹, erklärte Easterwood, ›um über die beiden Jungen zu reden. Meine Anweisungen von Colonel Belcourt gehen dahin, die Leichen unserer Gefallenen heimzuholen und die Berghaubitze mitzubringen – und dem Häuptling der Cheyenne samt seinen Leuten zu befehlen, zurückzukehren in ihr Reservat hinter dem Sand Creek.‹

Big Stars Zorn wallte auf, als er diese Worte hörte. ›Ihr habt die Leichen eurer Toten‹, sagte er zu Easterwood. ›Nehmt sie. Aber die Kanone bekommt ihr nicht, bevor ihr uns nicht die beiden Knaben zurückbringt.‹

Major Easterwood schwieg eine Weile, sah erst mich an und dann Big Star. ›Die beiden Jungen‹, sagte er dann, ›sollen nach Denver gebracht und dort vor ein Militärgericht gestellt werden. Es soll Anklage gegen sie erhoben werden wegen Überfalls auf Wagen mit Armee-Gewehren.‹

›Ihr wißt genau, daß das nicht stimmt‹, rief ich, ehe ich Big Star seine Worte dolmetschte.

Seine Worte kamen wie ein Flüstern. ›Ich weiß‹, sagte er. ›Aber Colonel Belcourt will es nun mal so haben. Ich kann nichts daran ändern.‹ Er bedachte mich mit einem durchdringenden Blick. ›Ihr habt hier einige von unseren Gewehren. Sie wurden gestern gegen unsre Leute eingesetzt.‹

›Das waren die Waffen, die auf dem Wagen lagen, der zurückblieb‹, erklärte ich. ›Hätten wir nicht diese schnell feuernden Waffen in der Hand gehabt, würden die Kavallerie und die Berghaubitze uns vernichtet haben.‹

Als Big Star begriff, was mit Little Cloud und Spotted Shield geschehen sollte, fiel es ihm sehr schwer, seinen Zorn zu bändigen und seine Worte maßvoll zu halten. Er entrollte den Vertrag und zeigte ihn Major Easterwood. ›Auf diesem Papier stehen die Namen unserer Krieger-Häuptlinge und der Beauftragten des Großen Vaters‹, sagte er. ›Der Name von Wannesahta, des Bewahrers unserer Heiligen Medizinpfeile, steht hier für die Cheyenne. Das Schriftstück des Weißen Mannes versprach uns das Land vom North Platte bis an den Arkansas, vom Großen Felsengebirge bis zum Zusammenfluß des Platte River; dort könnten wir jagen und uns frei bewegen, wie unsere Väter gejagt und sich frei bewegt haben in diesem Land, ehe die Weißen Männer kamen. Jetzt sagt ihr, wir müßten in dem unfruchtbaren Land jenseits des Sand Creek leben, wo es nichts gibt, wovon wir uns ernähren könnten. Wir wollen nichts weiter, als von euch fortziehen nach Norden, wo wir in Frieden leben können. Warum laßt ihr mein Volk nicht ziehen?‹

Easterwoods Gesicht verriet die Scham, die sein Herz erfüllte. Er schüttelte den Kopf. ›Ich weiß von diesen Dingen nichts‹, erklärte er bitter. ›Ich bin nur ein Bote, ein einfacher Soldat aus dem Osten.‹ Er blickte mich an, wandte die Augen dann jedoch rasch ab. ›Mit eurer Erlaubnis werden jetzt meine Leute die Haubitze drüben hinterm Weidengesträuch holen‹, sagte er.

›Wenn ihr uns die beiden Jungen zurückgebt, könnt ihr die große Kanone haben‹, erklärte Big Star.

Easterwood holte tief Atem, seufzte und breitete die Hände aus. ›Ihr macht einen großen Fehler‹, sagte er. ›Colonel Belcourt . . .‹ Ohne den Satz zu beenden, machte er kehrt, humpelte zu seinem Pferd zurück und saß auf. ›Wenn ihr nicht nach Sand Creek aufbrecht‹, rief er mir noch zu, ›fürchte ich für das Leben von euch allen!‹«

45

Kaum hatte sich der Staub gelegt, den Major Easterwoods Leute aufgewirbelt hatten, und waren sie hinterm Horizont verschwunden, verließen Pleasant McAlpin und ein Dutzend Hunds-Krieger Ghost Timbers und ritten in die entgegengesetzte Richtung davon. Nachdem sie die seichte Stelle des Platte durchquert hatten, folgten sie einem gewundenen Lauf eines kleinen Nebenflusses, über den an einer bestimmten Stelle die Piste der Postkutsche hinwegführte. Hier hatte man es nicht für nötig befunden, eigens eine Brücke zu bauen, denn das Gewässer war so seicht, daß kaum jemals die Speichen der durch sie hindurchfahrenden Kutschen benetzt wurden. Die Lenker der Postkutschen machen hier für gewöhnlich kurz halt, um die Tiere zu tränken, ehe sie den langen Weg bis zur nächsten Station wieder aufnahmen.

Am Ufersaum des gewundenen Wasserlaufs wuchs Sandgras, das jetzt, im Spätsommer, seine grüne Farbe verlor, sich goldgelb färbte und übermannshoch ragte. Hier stiegen die Hunds-Krieger vom

Pferd, zwei von ihnen führten die Ponys bachaufwärts, bis sie von der Piste aus nicht mehr zu sehen waren. Pleasant und der Rest der Krieger verbargen sich im hohen Gras und warteten auf die Postkutsche aus dem Osten.

An diesem Tag verspätete die Postkutsche sich und näherte sich der Furt mit einer solchen Geschwindigkeit, daß Pleasant schon fürchtete, sie könne womöglich heute nicht halten. Hinterm Gras verborgen, beobachtete er voller Beklemmung den Fahrer und war ganz erleichtert, als er sah, wie der Mann die Zügel zurückriß und seinem aus sechs Pferden bestehenden Gespann ein *Brrrrr* zurief. Die Kutsche war voll: obenauf saßen vier Männer und neben dem Kutscher noch eine Frau auf dem Bock.

Pleasant wartete, bis der Fahrer abstieg. Die schwarzen Schaftstiefel des Mannes patschten im Wasser. Er lockerte das Geschirr der Pferde, löste die Trensen und klopfte ihnen den Hals, als sie sich niederbeugten, um zu saufen. Einen schrillen Pfiff ausstoßend, stellte Pleasant sich vor das Gespann und legte auf den Fahrer an. Im selben Augenblick tauchten links und rechts neben der Kutsche je fünf Hunds-Krieger auf, und einer sprang auf die Kutsche hinauf, um einem überraschten Reisenden die Pistole aus der Hand zu schlagen und einem anderen das Gewehr wegzunehmen, ehe beide hatten in Aktion treten können. Während ihrer Überfälle auf die eindringenden *Veheos* in Kansas hatten diese Hunds-Krieger den Wert der Überrumpelung gelernt.

»Wir führen nichts weiter als Passagiere mit«, sagte der Fahrer ruhig zu Pleasant. »Nichts, was ihr Böcke brauchen könntet.«

Pleasant trat an die Kutsche heran, riß die Tür auf und gab den Reisenden mit einer Handbewegung zu verstehen, sie sollten aussteigen. Oben auf dem Kutschbock begann die Frau zu schreien. Zwei wohlgekleidete Männer, ein Soldat, einen Arm in der Schlinge, sowie drei junge Leute, fast Kinder noch, traten heraus auf den nassen Sand. Pleasant sah sich die Gesichter der jungen Leute an. Einer war ein Junge von vielleicht sechzehn oder siebzehn Jahren, der zweite ein sommersprossiger, rothaariger Junge von etwa zehn Jahren und ein blondes, lockenköpfiges kleines Mädchen, das sieben oder acht Jahre zählen mochte und ihn für einen flüchtigen Moment an seine Mutter Jerusha denken ließ.

Der älteste von den dreien zitterte vor Angst. Der Rotschopf machte zwar große Augen, konnte sich jedoch ein Grinsen nicht verkneifen,

wie es Kindern in Augenblicken gefahrvoller Aufregung bisweilen ergeht. Das kleine Mädchen sagte als erste etwas: »Wollt ihr uns ausrauben?«
»Nein«, erklärte Pleasant. Mit dem Gewehrlauf stieß er die beiden jüngeren Kinder auf die andere Seite des Baches. »Geht und bleibt dort drüben stehen«, befahl er.
»Du bist aber kein Indianer«, sagte der Rotschopf.
Pleasant spürte, wie Wut in ihm aufwallte. Er lauschte nach den Ponys, die sie versteckt hatten, doch die Frau auf dem Kutschbock schrie und schrie, so daß er sie anfuhr: »Seid endlich still – Euren Kindern geschieht nichts.«
»Was wollt ihr von ihnen?« schrie sie.
»Eure Kinder werden wahrscheinlich früher in Denver sein als Ihr«, gab er ihr barsch zur Antwort.
Zwei Hunds-Krieger spannten die Pferde aus. Pleasant sah, daß seine Leute die Cheyenne-Ponys brachten, deren Köpfe über dem hohen Gras auf- und abtauchten. Sobald die Ponys auf der Piste standen, saßen die Hunds-Krieger auf. Zwei von ihnen führten jeweils zwei Pferde des Postkutschengespanns fort. Zwei andere hoben den rothaarigen Jungen und das lockenköpfige Mädchen hinter sich auf den Sattel und setzten sich rasch in Bewegung. Die Frau fing wieder an zu kreischen.
»Krümmt den Kindern ein Haar, Halbblut«, wandte der Fahrer der Postkutsche sich an Pleasant, »und ihr habt die ganze männliche Bevölkerung von Denver auf dem Hals. Es sind Tom Boyles Bälger.«
Die Gewehre auf die pferdelose Kutsche gerichtet, zwangen die übrigen Hunds-Krieger und Pleasant ihre Ponys tänzelnd rückwärts, rissen sie dann herum und galoppierten in Richtung Platte River davon.
Als die Hunds-Krieger nach Hinta Nagi zurückkehrten, zogen die beiden *Veheo*-Kinder, die sie mitbrachten, rasch eine Menge neugieriger Cheyenne zusammen. Big Star schickte die Erwachsenen augenblicklich fort, weil er fürchtete, daß sie den Geiseln angst machen würden.
»Aber sie zeigen keinerlei Angst«, erklärte Bear Woman, und das stimmte. Der rothaarige Junge interessierte sich für die Berghaubitze, fragte Pleasant, woher die Cheyenne die Kanone hätten und ob sie sie auf die Soldaten abgefeuert hätten. Das kleine Mädchen untersuchte die Kleider der Cheyenne-Kinder, die sich um Big Stars rasch aufgestelltes Tipi geschart hatten, und war verwirrt, weil es nicht verstand,

was die Kinder zu ihm sagten. Bald traten das Mädchen und der Junge in den Kreis für das *suhkpakhit*-Spiel. Dabei hielten die Kinder sich an den Händen, während eines in der Mitte versuchte, aus den Kreis auszubrechen. Der Rotschopf meldete sich freiwillig, in die Mitte des Kreises zu treten und durchbrach mit einem Triumphgeheul den Ring, wurde jedoch daraufhin von den anderen verfolgt und zu Boden gestoßen, wo er sich lachend im Laub kugelte.
Die Frage, wer das Austauschanerbieten zum Fort bringen sollte, mußte von Big Star entschieden werden. Pleasant und Dane waren gleichermaßen entschlossen, die Botengänger zu sein. Pleasant führte an, er und die Hunds-Krieger seien es gewesen, welche die Kinder gefangengenommen hätten; deshalb stehe ihnen das Recht zu, den Austausch von Spotted Shield und Little Cloud in die Wege zu leiten. Dane erklärte, er sei der ältere, und er könne darauf zählen, daß Major Easterwood sich gegen Belcourt auf seine Seite stellte, falls der Colonel zögere, mitzumachen. In Anbetracht von Pleasants aufbrausendem Wesen und eingedenk des Leichtsinns, den er an dem Tag bewiesen hatte, da er dazu beigetragen hatte, die Soldaten von der Brücke über den Platte zum Cheyenne-Lager zu bringen, entschied Big Star, daß Dane nach Fort Starke reiten sollte.
»Wir reiten beide«, erklärte Pleasant eigensinnig.
»Nein!« Dane schüttelte den Kopf. »Wir sind für diese Kinder verantwortlich. Sie können sich mit ihrer *Veheo*-Sprache niemandem hier verständlich machen außer dir.«
Spät abends machte Dane sich auf den Weg nach Fort Starke und ritt gerade so langsam, daß er kurz nach Sonnenaufgang dort eintreffen mußte. Es war das erstemal, daß er das neue Fort zu sehen bekam, und bis auf die Tatsache, daß es wesentlich größer war, erinnerte es ihn an die Palisade in Tennessee, in der seine cherokesischen Stammesbrüder vor einem Vierteljahrhundert gelitten hatten und gestorben waren. Ein Rechteck aus hohen Baumstämmen verband vier an jeder Ecke errichtete massive Blockhäuser miteinander. Von den Wänden der Blockhäuser herab lugten aus schmalen Schießscharten die langen Läufe von Drehbassen hervor. Zwischen der Nordseite der Palisade und dem South Fork dehnte sich ein riesiger Korral mit Hunderten von Pferden, Dutzenden von Wagen und hohen Stapeln gefüllter Getreidesäcke und einer Feldschmiede mit einer Persenning darüber. Während er näherritt, überlegte Dane, vor was für einer mächtigen Streitmacht Flattery Jack Belcourt sich eigentlich fürchten mochte.

Wer war es, vor dem er Angst hatte, daß er auf dieser einsamen Ebene die Waffen gegen ihn erheben könnte?
Vom Wachtturm überm Tor herab wurde er von einer Wache angerufen. »Ich komme, um mit Colonel Belcourt zu reden«, rief Dane hinauf.
Er vernahm Stimmen im Inneren, und nach einigen Minuten öffnete sich knarrend das schwere Tor. Die beiden Wachen hielten Pistolen auf ihn gerichtet und hießen ihn vom Pferd steigen. Ein dritter Mann durchsuchte ihn. Er jedoch war ohne Waffen gekommen. Der dritte Mann brachte sein Pferd in den Korral, während die beiden anderen ihn in einen kleinen Raum im Erdgeschoß des nächststehenden Blockhauses führten.
Flattery Jack saß mit offenstehendem Offiziersrock und ungekämmtem Haar am Tisch und frühstückte. Er war gerade dabei, ein gewaltiges Stück Schinken hinunterzuschlingen und funkelte Dane an.
»Du! Wieder du! Wo hab' ich dich schon einmal geseh'n – vor langer Zeit? Was willst du, daß du mich beim Frühstück störst?«
»Ich überbringe eine Nachricht«, sagte Dane.
»Von wem? Woher?«
»Von Big Star, dem Häuptling der Cheyenne.«
Belcourt goß etwas Whisky aus der einen Flasche in seine Porzellantasse. Dane roch, wie sein Duft sich mit dem des heißen Kaffees vermischte.
»Die beiden weißen Kinder sind im Lager der Cheyenne von Ghost Timbers«, erklärte Dane ganz ruhig. »Sie werden gegen die beiden jungen Cheyenne ausgetauscht, die Ihr in diesem Fort festhaltet.«
»Diejenigen, die meine Wagen mit den Gewehren überfallen haben! Warum sollte ich ein paar Raubmörder freigeben? Kehr zurück zu Big Star und sag ihm, wenn er bis Sonnenuntergang nicht zurück ist auf dem Weg zum Sand Creek, rotte ich seinen ganzen Stamm aus – Männer, Frauen und Kinder.« Belcourt nahm einen tüchtigen Schluck Kaffee mit Whisky. »Wer sind diese weißen Kinder? Und woher kommen sie?«
»Aus Denver«, erwiderte Dane. »Ich glaube, sie heißen Boyle.«
»Von den Boyles aus Denver? Wie alt? Jungs? Mädchen?«
Dane beschrieb den rothaarigen Jungen und das blonde Mädchen.
»Tom Boyles Sprößlinge? Verflucht! Wie zum Teufel habt ihr...«
Belcourt rief nach einer der Wachen, die in der Tür standen. »Corporal, hol meinen Adjutanten!«

Nach dem Erscheinen des Adjutanten, eines hageren, sauertöpfisch dreinblickenden Offiziers, befahl man Dane, Belcourts Räume zu verlassen.

Von der Stelle aus, wo er immer noch unter Bewachung stand, konnte er sehen, daß innerhalb der Palisade viele Zelte aufgeschlagen worden waren. Außerdem stieg ihm der Duft von Fleisch in die Nase. Das Wasser lief ihm im Mund zusammen. Seit zwei Tagen hatte er nichts weiter zu essen bekommen als die kärglich bemessenen kalten Mahlzeiten der Cheyenne, und es verlangte ihn heftig nach Essen. Während er wartete, sah er sich überall nach Major Easterwood um und überlegte, in welchem Teil des Lagers er sich aufhalten mochte.

Belcourt und sein Adjutant kamen zum Vorschein. »Wenn ich's mir genau überlege«, sagte Belcourt gerade, »lassen wir besser zwei Kompanien hier zurück. Man kann nie wissen, womöglich kommt noch irgendein verrückter und besoffener feindlicher Indianerhaufen auf die Idee, dies Fort zu erobern.«

Er wandte sich den Wachen zu. »Bringt die Rothäute her!« Die Wachen faßten neben Dane Schritt und brachten ihn hinter Belcourt zum gegenüberliegenden Blockhaus. Ein Sergeant grüßte den Colonel und ging einen kurzen Korridor voran, von dem auf gegenüberliegenden Seiten zwei mit Eisenriegeln verschlossene Türen abgingen. Belcourt schob die Riegel zurück und machte die Tür auf. »Raus mit euch!« sagte er, und Little Cloud und Spotted Shield traten voller Mißtrauen heraus auf den Korridor. Die Sohlen ihrer Mokassins schlurften über den festgetretenen Boden; ihre Augen verrieten Ungewißheit; sie forschten in den Gesichtern jener, die vor ihnen standen, nach irgendwelchen Absichten.

Als Little Cloud plötzlich seinen Vater erkannte, machte er unwillkürlich einen Schritt auf ihn zu, doch Belcourt versetzte ihm einen kräftigen Tritt ins Gesäß, so daß er an den Wachen vorbei vorwärtsstolperte. Dann stieß Belcourt Dane mit einer seiner fleischigen Pranken in die nunmehr leere Zelle und schloß die eisenriegelbewehrte Tür hinter ihm. »Du bist es gewesen«, rief Belcourt von jenseits der Tür, »der den Überfall auf meine Waffensendung angeführt hat. Wenn du gelogen hast, was die Boyle-Kinder betrifft, bring' ich diese Jungs zurück und stell' sie zusammen mit dir in Denver vors Gericht.«

46

»Da ich in Fort Starke eingesperrt war, habe ich den Austausch selbst nicht miterlebt«, sagte Dane, »aber Red Bird Woman war dabei. Sie kann es Ihnen erzählen. Und von dem, was hinterher geschah.«

Sie ließ ihre dunklen Augen auf mir liegen, als wäre sie sich nicht ganz sicher, auf wessen Seite ich innerlich stand. Sie traute mir einfach nicht recht – mir, dem fremden Weißen. »Belcourt war böser Geist«, sagte sie langsam. »Manche bösen Geister kennen keine Angst, aber dieser Belcourt, der war Feigling. Er brachte viele Blauröcke nahe heran an Ghost Timbers; außerdem noch zwei große Kanonen auf Rädern. Dann schickte er seine jungen Männer mit Streifen am Ärmel zu Big Star, um über die weißen Kinder zu reden.«

»Belcourt hatte nicht einmal den Mumm, selbst zu kommen?« fragte ich. »Und deshalb schickte er Unterhändler?«

»Ja. Die jungen Männer mit den Streifen am Ärmel ritten immer wieder zwischen Big Star und Belcourt hin und her. Belcourt war weit draußen auf Erhebung, viele Blauröcke um sich her, als ob er große Angst vor uns hätte.

Dann brachten sie Doktor-Soldat. Er sagte, Belcourt wolle, daß er sich das kleine Mädchen ansähe, nachzuprüfen, ob ihr auch nichts geschehen sei. Wenn ihr was angetan worden wäre, würde Belcourt einen unserer Jungs erschießen, Little Cloud oder Spotted Shield, und seine Leiche gegen kleines Mädchen austauschen. Doktor-Soldat nahm kleines Mädchen mit in Big Stars Tipi. Bear Woman begleitete sie. Sie hat erzählt, das kleine Mädchen hätte geweint, als der Doktor-Soldat ihr die Kleider auszog und seine Finger an ihre *San* legte. Doktor-Soldat schien überrascht, als er feststellte, daß ihr kein Leid geschehen war.«

Bald danach brachten Big Star und Pleasant und einige andere Hunds-Krieger die Kinder bis an Rand von Ghost Timbers, und Blauröcke mit Streifen am Ärmel brachten Little Cloud und Spotted Shield. Kleiner Junge mit rotem Haar wollte nicht von uns fort. Er bat Pleasant immer wieder, er wolle bleiben und bei uns leben. Kleines Mädchen weinte und wollte nicht, daß Doktor-Soldat sie trug. Dann kamen zwei Soldaten mit Pferden und brachten große Kanone fort.

Ich dachte, Blauröcke gehen weg, nachdem die Kinder gegen Little Cloud und Spotted Shield ausgetauscht worden waren. Sie setzten Kinder in Wagen und fuhren mit ihnen Platte entlang in Richtung

Furt, wo's nach Denver geht. Dann Blauröcke überall um uns herum. Dann kommen noch mehr Wagen aus Fort. Sie richteten Zelt auf und aßen und sangen. Pleasant sagte mir, Zelt sei für Belcourt, und einer der Wagen war voll mit Whisky für Blauröcke zu trinken und Furcht zu vertreiben. Ich sage, braucht viel Whisky, damit sie keine Feiglinge mehr sind, aber ich glaube, sie haben viel Whisky getrunken.
Später diesen Tag feuerten sie große Kanonen auf Hinta Nagi ab. Metallstücke wie Hagel fetzten Blätter und Rinde von Bäumen und trafen unsere Pferde. Bis auf Big Star brachten wir uns alle in den Erdlöchern in Sicherheit. Big Star trug Blaurock-Uniform, die er von *Veheos* bei Horse Creek bekommen hatte. Ich dachte, Big Stars Medizin muß stark sein, weil überall Metallteile rumflogen aber keine ihn traf. Bear Woman war mit mir in Erdloch in der Nähe und hob immer wieder Äste und Zweige in die Höhe, um nachzusehen, daß Big Star nichts geschehen war.
Als das Morgenlicht war wie Farbe von braunem Wasser in Fluß, kurz vor Dunkelwerden, hörten wir, wie rings um uns her Hörner geblasen wurden. Die Blauröcke schrien alle zusammen, und dann kamen ihre Pferde aus allen vier Himmelsrichtungen auf uns zu, dumpf dröhnten die Schläge ihrer Hufe, schnelle Schläge der Hufe, wie damals, einen Sommer, als wir am Nako lagerten und Büffelherde Angst bekam vor Blitz von Donnervogel und mitten durch unser Dorf stürmte. Nur Blauröcke kamen aus allen vier Himmelsrichtungen, feuerten Gewehre ab und schrien wie toll gewordene Wölfe. Als sie über uns kamen, blieben die meisten Frauen und Kinder in Sandkuhlen und Erdlöchern. Einige Frauen, wie Bear Woman und Rising Fawn und ich, wir hatten Gewehre statt Kinder, und wie Krieger standen wir auf und schossen.
Einige von uns wurden getötet, andere schwer verletzt. Ein paar von unseren Kindern bekamen es mit der Angst und versuchten wegzulaufen, und die Blauröcke knallten sie ab wie Büffelkälber. Ich sah kleines Mädchen, das nicht ganz versteckt war in Erdloch. Zwei Blauröcke erschossen sie mit Pistolen, zogen sie aus Erdloch heraus und schleifen sie hinter sich her. Ich sah Frau, die versuchte, ihr Baby auf Arm zu schützen, aber ein Blaurock versetzte ihm Säbelhieb und schlitzte Frau den Bauch auf. Aber ich glaube, was bei Ghost Timbers mit uns geschah, war nicht so schlimm wie das, was später unseren Verwandten von Black Kettles Lager am Sand Creek geschah. Dort warteten Blauröcke, bis Black Kettles Krieger zur Büffeljagd abritten,

dann fielen sie über sie her und brachten viele Frauen und Kinder und alte Männer um. Die Blauröcke zerhackten Leichen, schnitten ihnen die Geschlechtsteile ab und steckten sie sich an den Hut. Wären wir alle an Sand Creek geblieben, hätte uns gleiches Schicksal geblüht. Bei Ghost Timbers hatten wir Krieger und gute Gewehre, uns zu wehren. Viele Blauröcke waren so betrunken, daß sie nicht richtig schießen konnten. Sie ritten mit Pferden in Erdlöcher und Sandkuhlen hinein, wobei sie und ihre Pferde sich Arme und Beine brachen und manche unserer Leute verwundeten. Unsere Krieger erschossen viele Blauröcke. Nachdem die Blauröcke einmal durchs ganze Lager gestürmt waren, kamen sie nicht noch einmal zurück, versuchten nicht einmal, ihre Toten und Verwundeten zu holen. Die Skalps dieser Blauröcke waren wertlos, denn sie waren Feiglinge, und keiner hatte Lust, ihnen Skalp zu nehmen. Aber als wir Big Star, tot vor seinem Tipi liegend, fanden, Augen offen und in Himmel gerichtet, die Medaille mit Hand von Weißem Mann, die Hand von Rotem Mann schüttelt, blutverschmiert und Big Stars Finger erstarrt um Vertragspapier, gerieten wir alle außer uns, die Frauen noch mehr als die Männer, und so gingen wir hin und brachten alle verwundeten Blauröcke um und skalpierten sie. Einer von den verwundeten Blauröcken hatte noch Pistole und erschoß Rising Fawn.«

47

Die Arrestzelle im Wachhaus von Fort Starke, in der sie Dane eingesperrt hatten, war so klein, daß der Platz kaum reichte, sich auf dem gestampften Boden auszustrecken. Keinerlei Licht drang herein bis auf das wenige, das durch einen nicht verstopften Spalt zwischen zwei Baumstämmen hereinfiel, eine Öffnung, die ihm einen winzigen Ausblick auf die Südseite des Fort gestattete. Von Zeit zu Zeit sah er Trupps von Berittenen vom Korral an der Nordseite kommen. Eine Stunde lang etwa hörte er Rufe und Kommandos. Gelegentlich ertönte ein Hornsignal, und alledem entnahm er, daß mehrere Kompanien Kavallerie in Richtung Ghost Timbers auszogen.
Nach und nach senkte sich Stille über das Fort. Manchmal vernahm er Stimmen durch die dünne Wand, und er erriet, daß diese an einen Raum grenzte, in dem sich die Wachen aufhielten, wenn sie keinen Dienst hatten. Eine Flasche zerscherbte, dann klirrte Glas, und es

wurde trunken gelacht. Er erinnerte sich an jene längst vergangene Zeit, da er in Tennessee in einer Palisade gleichfalls gefangengesetzt worden war – in jenem Abort aus Fichtenstämmen, der zu klein gewesen war, sich hinzulegen, und wo der Gestank der Exkremente ihm unablässig in die Nase gestiegen war. Der gleiche Gestank kam hier aus einer Senkgrube in einer Ecke der Zelle.

Im dämmerigen Licht konnte er die Stämme sehen und erkannte, daß als Fundament des Blockhauses Fichtenstämme tief in den Boden eingegraben worden waren; da wußte er, daß eine Flucht durch den Boden eine langwierige und schwierige Aufgabe sein würde. Gleichwohl tastete er den harten Boden ab, benutzte er seine Finger und danach einen kleinen Stein, den er freilegte. Die Anstrengung bewirkte, daß seine Kopfwunde wieder anfing zu bluten und Hunger und Durst sich verstärkten, doch den ganzen langen Nachmittag über brachte niemand ihm irgend etwas zu essen. Zuletzt ging die Sonne unter, und das Licht, in welches die friedliche Prärie im Süden eingetaucht war, färbte sich von Gold in Rosa und Bronze, und dann senkte die Dunkelheit sich herab. Die Stimmen der Soldaten auf der anderen Seite der Wand bekamen etwas Streitsüchtiges. Zwei überhäuften sich gegenseitig mit lauten Flüchen, ihr Streit endete in einer trunkenen Schlägerei, die Bretterwand erbebte, als ein Körper dagegenfiel oder dagegengestoßen wurde.

Obgleich es ihm nicht gelungen war, tiefer zu graben als eine Handspanne, war Dane immer noch dabei zu graben, als er hörte, wie die Kavallerie zurückkehrte. Wieder hallten Kommandos durch die Wand; dann vernahm er Rufe und wieherndes Gelächter. Das alles hörte sich mehr nach einem Pöbelhaufen an als nach der Armee und erinnerte ihn an das Gebrüll der Georgia Pony Guards, als sie in Okelogee die Häuser der Cherokesen geplündert hatten. Er faßte sich in Geduld, entsann sich der stoischen Ruhe, die Creek-Mary bewiesen hatte, wenn alles außer Rand und Band geraten war, und bemühte sich, nicht darüber nachzudenken, was in Ghost Timbers geschehen sein mochte.

Nachdem die Soldaten in hellen Haufen durch das Tor hereingeritten gekommen waren, wurde das Fort richtig zu einem Tollhaus, und der Lärm legte sich erst allmählich, nachdem die Männer sich an das andere Ende der Palisade zurückzogen, wo die Zelte standen. Ein paar Minuten später vernahm Dane ein leises metallisches Geräusch und ein verstohlenes Kratzen. Ein heller Spalt zeigte sich an der Tür.

»Jemand hier?« Dane erkannte die tiefe Stimme. Er erhob sich, wischte sich die Hände an den Hosenbeinen ab und ging an die Tür.
»Komm raus«, sagte Major Easterwood, und hielt eine Laterne in die Höhe. »Du und ich, wir sind die beiden einzigen Nüchternen im ganzen Fort Starke.«
Am Ende des Korridors lag schnarchend ein Sergeant im Schatten. Sein Kopf taumelte immer wieder gegen die Wand, und seine Mütze lag auf dem Boden neben ihm. Easterwood hob die Mütze auf und setzte sie Dane auf den Kopf. »In diesem Halbdunkel sehen die Wachen am Tor nicht zweimal zu dir hin«, sagte er.
Easterwood hielt die Laterne tief, als sie zwischen den beiden Wachen hindurchgingen; beide grüßten mit präsentiertem Gewehr und sahen Dane überhaupt nicht an. Die Luft draußen unter den Sternen war süß und rein nach dem langen Tag in der verpesteten Arrestzelle.
»Wo dein Pferd ist, weiß ich nicht«, erklärte Easterwood. »Aber ich hab' ein munteres Pony gefunden, das allerdings das US-Brandzeichen trägt.« Er führte ihn in den Korral. Das Pferd war bereits gesattelt.
»Was ist denn bei den Timbers passiert?« fragte Dane.
»Der Austausch hat stattgefunden. Dann befahl Colonel Belcourt einen Angriff, aber es war mehr eine betrunkene Schlägerei wie im Wirtshaus. Ein paar von euren Leuten sind verwundet worden, aber mehr von uns.« Easterwood versagte die Stimme, dermaßen ausgepumpt war er. »Ich hab' euren Leuten gesagt, sie sollen zurückkehren nach Sand Creek. Jetzt sage ich: Kehrt nicht dorthin zurück. Zieht nach Norden, irgendwohin, wo Belcourt und Leute seiner Art euch nicht mehr erreichen können. Und jetzt geh. Belcourt hat einen Boten nach Fort Kearney geschickt und um die Hilfe eines Nebraska-Regiments gebeten. Behauptet, er sei bei Ghost Timbers von einer überlegenen Streitmacht von Cheyenne überfallen worden.«
»Ich verdanke Euch das Leben«, sagte Dane und setzte sich auf dem unvertrauten Armee-Sattel zurecht.
»In Denver würden sie dich aufknüpfen und ein Volksfest daraus machen.« Easterwoods Stimme bekam etwas Bitteres. »Es ist schon eine Ironie des Schicksals, daß ausgerechnet ich, der einzige richtige Armee-Offizier hier im Fort, Hochverrat verübe und einem Gefangenen zur Flucht verhelfe.« Er reichte Dane die Hand. »Aber jetzt reite besser los. Und noch was. Belcourt streift mit einer Schar Betrunkener immer noch irgendwo da draußen herum. Sei also auf der Hut!«

Dane zog am Zügel. »In welche Richtung sind sie geritten?«

»Als wir losritten, hörte ich sie durchs Wasser spritzen. Sie müssen über den Fluß rübergeritten sein.«

Dane setzte sein Pferd in Bewegung. Ein eisiger Schauder saß ihm im Nacken, genau die gleiche Angst, die er im Stammland gespürt hatte, als ihm aufgegangen war, welche Gefahr seinem Onkel Opothle drohte. Sobald er offenes Gelände erreichte, hieb er auf das Pony ein, so daß es in Galopp fiel. Die Militärmütze flog ihm vom Kopf und segelte hinter ihm über die Prärie. Statt gen Norden in Richtung Ghost Timbers zu reiten, wandte er sich in Richtung Westen – zum Handelsposten von Fort Carrothers.

48

»Es war der Mond, da der trockene Staub weht«, sagte Dane. »Als die Sonne über dem Rand der Welt auftauchte, hatte der Himmel die Farbe des Blutes, und als es heller Tag war, wurde der Himmel ganz gelb: Wolken und Staub. ›Bald wird es regnen‹, dachte ich, ›und den Himmel reinwaschen, bis er wieder blau ist.‹ Mir fiel ein, wie Großmutter Mary das immer gesagt hatte.

Über mir hörte ich einen Falken schreien. Ich mußte mich zwingen, in die Höhe zu blicken, und mein Herz setzte aus, als ich erkannte, daß es ein Wanderfalke war, der seine Kreise über mir zog und immer weiter herunterkam und schrie, bis er seine Schwingen bewegte, steil in den Himmel aufstieg und in den gelben Wolken meinem Blick entschwand. Dann sah ich den Platte vor mir aufglänzen und ritt mit dem abgekämpfen Armee-Pony im Galopp über die Sandbänke durchs seichte Wasser, bis ich den Handelsposten sehen konnte. Über ihm kreisten keine Falken, sondern Aasvögel, die – immer noch aus großer Höhe – beobachteten, was sich dort unten tun mochte.

Sweet Medicine Womans Tipi war verschwunden. ›Belcourt hat es niedergebrannt‹, dachte ich, ›genauso, wie er es uns angedroht hat. Doch was ist aus Sweet Medicine Woman, Amayi und Susa geworden?‹

Müde trottete das Pony unter mir dahin. Als wir den Bach erreichten, der hinterm Handelsposten entlangfloß, wälzte es sich im Wasser. Ich sprang aus dem Sattel ins Wasser hinein, kletterte die grasbewachsene Böschung an der anderen Seite hinauf und war darauf gefaßt,

dort, wo das Tipi gestanden hatte, verkohlte Zeltstangen und Aschenreste zu finden. Statt dessen erblickte ich nur ein von Steinen umgebenes, kahles Bodenrund. Von Gewalttat keine Spur.
Erleichtert atmete ich auf; trotzdem wußte ich: es war unnatürlich still hier. Eigentlich müßte Bibbs in der Schmiede zu hören sein. Rauch sollte aus dem Kamin über Griffas Küche aufsteigen, überall sollten vertraute Stimmen zu hören sein.
Ich ging um die feste Holzwand herum, und als ich um die Ecke bog, sah ich drei Blauröcke regungslos auf dem festgetretenen Boden vorm Eingang liegen, zwei auf dem Rücken, der mir zunächst liegende mit dem Gesicht in einer Blutlache.
Mit dem Fuß drehte ich die Leiche um. Für mich sahen alle drei gleich aus, wächsern zwar jetzt im Tode, gleichwohl jedoch gezeichnet von tierischer Grausamkeit, jener ungebändigten Wildheit, die an Wahnsinn grenzt.
Die schwere Tür des Handelspostens hing nur noch in einer Angel; die Tür war mit einem Pfahl eingerammt worden, der danebenlag. Ein Paar Stiefel, die Sohlen mir zugekehrt, versperrten die schmale Öffnung. Ich stieß die Tür ganz auf und sah hinab auf das, was von Bibbs Gesicht übriggeblieben war. Sein muskulöser Körper war nur mit einem Paar dünner Baumwollhosen und schwarzen Stiefeln bekleidet. Im Verkaufsraum lagen noch zwei Blauröcke. Der eine hatte seinen Arm über den nackten Körper von Griffa geschlagen, die auf dem Boden lag. Ihre offenstehenden Augen starrten glasig im schmerzverzerrten Gesicht.
Durch die Küchentür sah ich nichts weiter als umgeworfenes Küchenmobiliar; nur in einer Schlafkammer entdeckte ich keinerlei Spuren von Gewalttätigkeit. In Meggis Kammer lagen eine Waschschüssel, ein zerbrochener Spiegel und eine Wolldecke auf dem Boden. Das verwühlte Bettzeug wies Blutflecken auf.
Die Tür, die zu Bibbs und Wewokas Räumen führte, stand sperrangelweit offen, und dort fand ich noch zwei Leichen: einen Blaurock mit einem Jagdmesser in der Schulter, und Wewoka, die halbnackt unter ihm lag. Ich wälzte den Blaurock auf die Seite, weil ich hoffte, noch Leben in Wewoka zu finden, doch sie war tot; violette Würgemale an ihrem Hals ließen erkennen, wie derjenige, der über sie hergefallen war, den Atem des Lebens aus ihr herausgepreßt hatte. Als ich Wewoka die Augenlider schloß, fiel mir ein, welche Angst sie vor den wilden Prärieindianern gehabt hatte, als sie zuerst zum Handels-

posten gekommen war. Alle ihre angsterfüllten Gesichter von feindlichen Wilden hatten sich bewahrheitet, doch in diesem Fall waren die Wilden Weiße Männer gewesen und keine Indianer.

Noch fehlten von meiner Familie und meinen Verwandten in Fort Carrothers fünf Personen, und ich betete, daß ich sie lebendig im Wurzelkeller finden möchte. Ich ging in die Küche und rief ihre Namen, um ihnen durch den Klang meiner Stimme die Angst zu nehmen. Der schwere Küchentisch, der für gewöhnlich auf den Bretterbohlen des Fußbodens stand, lag umgekippt auf der Seite. Nochmals rief ich: Sweet Medicine Woman, Amayi, Susa, Meggi, Young Opothle. Dann vernahm ich ein leises Wimmern, wie den Klagelaut eines gefangenen jungen Berglöwen. Ich hob eine der Bohlen heraus, und dort, im Lichtschimmer, erkannte ich Meggis tränenüberströmtes und völlig verschmutztes Gesicht. Sie war nur in eine Wolldecke gehüllt, klammerte sich mit aller Macht an mich und schluchzte. ›Wo sind die anderen?‹ fragte ich. Sie versuchte, es mir zu sagen, doch ›fortgegangen‹ war alles, was ich verstand. Dann sah ich Young Opothle sich aus dem Wurzelkeller hochstemmen; er hatte eine große blutige Beule auf dem Kopf, und seine Augen waren leer vom Schock.

Es dauerte eine Weile, bis ich sie bewegen konnte, mir von den Schrecken zu berichten, die sie in der dunklen Nacht durchgemacht hatten. Mit Rufen und lauten Flüchen hatten die Blauröcke sie geweckt und gegen die Eingangstür gehämmert. Als sie versuchten, mit dem Pfahl die Tür einzurammen, hatte Griffa Bibbs gerufen, und sie beide hatte mit ihren Gewehren im Anschlag dagestanden.

›Waren Sweet Medicine Woman und die Mädchen denn bei euch?‹ fragte ich.

›Nein‹, sagte Meggi. ›Die waren im Tipi. Sie waren es, die Soldaten vertrieben!‹

Als die Tür zersplitterte, erschoß Bibbs einen der Blauröcke, doch die anderen brachten ihn auf der Stelle um und setzten dann die Mündung ihrer Gewehre an sein Gesicht und feuerten hinein, bis es völlig zerfetzt war. Sie stießen Griffa zu Boden, rissen ihr das Nachtgewand vom Leibe, und mehrere von ihnen taten ihr Gewalt an, während andere Meggi in ihrer Schlafkammer vergewaltigten und ein anderer den Tod fand, als er sich auf Wewoka stürzte. Young Opothle versuchte, seine Mutter zu verteidigen, erhielt jedoch einen Schlag mit einem Gewehrkolben und verlor das Bewußtsein.

›Hast du Colonel Belcourt gesehen, den Mann, der hier war und uns gedroht hat?‹ fragte ich.
Meggi schüttelte den Kopf. Sie war sich nicht sicher. Durch die eingeschlagene Tür hatte sie nur die Schatten anderer Soldaten zu Pferde auf der Straße gesehen. Nachdem Sweet Medicine Woman und Susa anfingen, auf die Soldaten auf der Straße zu schießen, kamen die Soldaten herausgelaufen. ›Amayi erzählte mir, Susa hätte zwei von ihnen im Hof erschossen‹, sagte Meggi. ›Dann ritten die Soldaten sehr schnell fort. Ich brach über meiner Mutter und Young Opothle in Tränen aus. Ich glaubte, auch er wäre tot. Amayi half mir und half dann auch Young Opothle, das Bewußtsein wiederzuerlangen, und dann, so erinnere ich mich, hörte ich das Getrappel vieler langsam reitender Pferde. Ich blies die Kerze aus, Sweet Medicine Woman ging nachsehen, und dann rief sie, es seien ihre Leute, die von Ghost Timbers kämen. Die nächsten, die ich sah, waren Swift Eagle und Pleasant. Pleasant trug einen blutigen Fetzen um den Kopf und war so schwach, daß Swift Eagle ihn stützen mußte. Sie sagten uns, Little Cloud sei tot, und Pleasants Frau Rising Fawn sei tot und Big Star sei tot. Sie führten die Leichen mit sich auf dem Weg gen Norden, denn sie wußten, wenn sie sie in Ghost Timbers auf Begräbnisgerüste gelegt hätten, wären die Soldaten gekommen, um ihnen die Medizinbeutel und andere Dinge zu stehlen, die den Toten gehörten.
Meggi erzählte mir auch noch, Sweet Medicine Woman habe in sie und Young Opothle gedrungen, zusammen mit den Cheyenne nach Norden zu ziehen, aber sie wollten nichts davon hören. Sie versprachen, sich im Wurzelkeller zu verstecken und auf die Postkutsche zu warten. Sweet Medicine Woman wollte ihr Tipi nicht zurücklassen und auch nicht ohne *Travois* losziehen, auf dem Susa mitkönnte. Amayi und Swift Eagle halfen ihr, das Tipi abzubauen und zwei *Travois* zu machen. Sie hatten bereits alles gepackt, und als die Sonne im Begriff stand aufzugehen, machten sie, daß sie fortkamen. Sobald sie fort waren, hatten Meggi und Young Opothle sich im Wurzelkeller versteckt, wo ich sie gefunden hatte.
Ich wußte, daß die Postkutsche in Richtung Osten bald vorüberkommen müsse, und so sagte ich ihnen, sie sollten ihre besten Kleider anziehen und zusammensuchen, was sie brauchten und mitnehmen wollten. Dann nahm ich Wolldecken von den Betten und deckte sie über die Leichen im Handelsposten. Danach schleifte ich die drei toten Soldaten gleichfalls hinein, damit der Fahrer der Postkutsche sie nicht

im Hof liegen sehen und von mir eine Erklärung verlangen würde, wie sie dort hinkämen.

Ich ging in die Küche und holte eine Keksdose von einem hohen Bordbrett. Griffa verwahrte das Geld des Handelspostens immer in dieser Blechbüchse, und ich war überrascht, wieviel an großen Scheinen, Gold- und Silbermünzen darinnen waren. Ich legte Geld genug heraus, um die Postkutsche bis Westport zu bezahlen, und den Rest verstaute ich in einem Lederbeutel. Da ich mit Geld dort, wo ich hinging, nichts anfangen konnte, leerte ich auch noch meine Taschen und steckte dieses Geld zu dem anderen in den Lederbeutel. Diesen gab ich dann Meggi und schärfte ihr ein, ihn erst dann aufzumachen, wenn sie ihn ihrem Vater geben könne.

Als die Postkutsche kam, hatte Opothle sich wieder einigermaßen gefaßt. Er schüttelte mir die Hand, schlang dann die Arme um mich und sagte, er hoffe, wir könnten nach dem Krieg alle wieder zusammen sein. Meggi mußte ihre Tränen niederkämpfen, als sie mich zum Abschied küßte, aber der Fahrer der Kutsche rief, sie sollten machen, daß sie einstiegen, und so blieb keine Zeit zum Weinen. Das letzte, was ich von Meggi sah, war ihre kleine Hand, mit der sie mir vom Fenster der Kutsche aus zuwinkte.

Sobald die Kutsche davongerollt war, kehrte ich zurück in den Handelsposten. Eine lange Zeit hindurch – fünfzehn Jahre, glaube ich – war Fort Carrothers eine Art Mittelpunkt im Leben der Kinder von Creek-Mary gewesen, so etwas wie ein Zuhause, ein Ort, an dem sie zusammentrafen. Sweet Medicine Woman hatte ihm immer mißtraut, hatte so etwas wie ein Symbol für die Gier des Weißen Mannes darin gesehen. ›*Maka-eta,* Geld, es ist schlecht‹, pflegte sie zu sagen, und sie würde keinen einzigen Tag aus eigenem Antrieb in Fort Carrothers verbracht haben. Wiewohl sie nie viel davon sprach, wußte ich, daß sie tief bekümmert war, daß ich gleichfalls an der Krankheit des Weißen Mannes, dem Drang nach Besitz litt. Sweet Medicine Woman wollte nichts anderes, als daß ich und die Kinder glücklich wären, daß wir Kleider und Nahrung hätten, eine Unterkunft, die im Sommer kühl und im Winter warm war, und sie wußte, daß die Büffel uns all dies verschaffen könnten. Wieso irgendein lebendes Wesen mehr haben wollte als das, konnte sie nicht begreifen. Dinge waren etwas, was man mit anderen teilte, nichts, was man anhäufte.

Ich stand da im Verkaufsraum und dachte über sie nach, war von Trauer erfüllt, weil ich wußte, wo immer sie auch war, sie selbst trauerte um Little Cloud, den Sohn, den ich gerettet und dann verloren hatte. Ich dachte an meine Großmutter, Akusa Amayi, und wie sie sich die Worte des großen Tecumseh eingeprägt hatte, der bei seinem Versuch, alle Stämme gegen die *Unega*-Eindringlinge zu einen, gescheitert war. *Seht, was die Weißen Männer unserem Volk angetan haben! Sie nehmen unser Land, sie schänden unsere Frauen, sie trampeln auf den Gräbern unserer Toten herum. Sie müssen dorthin zurückgetrieben werden, von dannen sie auf blutigem Pfad gekommen sind.*

Ich betrat den kleinen Raum hinten im Handelsposten, den Raum, wo Pleasant immer geschlafen hatte, wenn er in Fort Carrothers gewesen war. Er und ich hatte dort Dinge verwahrt, die wir nicht mehr brauchten. Sein spanisches Kettenhemd, das Rostflecke aufwies, lag auf einem Bordbrett. Ich stand schon im Begriff, es in meiner Satteltasche zu verstauen, doch ließ ich es dann doch zurück; ich wußte, wenn er Wert darauf gelegt hätte, würde er es mitgenommen haben. In einem Büffelhautbehältnis fand ich meinen alten roten Lendenschurz und ein Lederhemd. Daneben lag jenes Pferdeglöckchen, das Sweet Medicine Girl mir am Ende jenes glücklichen Sommers am Hotoa geschenkt hatte, damals, als wir jung und von der Zeit noch nicht gezeichnet gewesen waren. Ich steckte es in die Satteltasche. Unter Pleasants Sachen fand ich einen hirschledernen Beutel mit Talg und rotem und schwarzem Farbstoff darin. Ich legte noch den letzten Fetzen von der Kleidung des Weißen Mannes ab und bemalte mir zum erstenmal, seit ich damals an dem Überfall auf die Crows und ihre Pferdeherde teilgenommen hatte, Gesicht, Arme und Oberkörper. Dann zog ich den Lendenschurz und das Lederhemd an.

Ich ging hinaus in die Schmiede, holte Bibbs Krug mit Petroleum und leerte ihn auf den Wolldecken aus, mit denen ich die Toten zugedeckt hatte. Die Kleider des Weißen Mannes, die ich abgelegt hatte, häufte ich unter dem dünnen Holz des Verkaufstisches auf, tränkte sie mit Petroleum und steckte sie in Brand. Dann ergriff ich meine Satteltasche, ging hinaus, bestieg mein Armee-Pony und folgte den Spuren, die Sweet Medicine Womans *Travois* hinterlassen hatten. Sie führten über die Piste hinweg und zusammen mit den Hunderten von Fährten der Cheyenne-Ponys in Richtung Norden. Oben auf der ersten Bodenwelle drehte ich mich noch einmal um. Rauch und Flammen stiegen zu beiden Seiten von Fort Carrothers in den Himmel, und noch lange Zeit hinterher konnte ich jedesmal, wenn ich mich umdrehte, eine dünne graue Rauchfahne vor dem gelblichen Himmel erkennen. Für mich war dieser Rauch ein Reinigungsbad, etwas, in dem meine Vergangenheit verbrannte, und ich meinte, wieder eins zu sein mit meinem Volke.

Erst am folgenden Tag stieß ich auf den Bestattungsplatz, ein Dickicht von kahlgeschlagenen Bäumen hoch in den trockenen Sandhügeln. Auf ihrer Flucht blieb den Cheyenne keine Zeit, und es mangelte ihnen auch an den nötigen Werkzeugen, erst umständlich Gerüste zu errichten und die Toten in noch feuchte Büffelfelle einzuwickeln. Sie schufen in den Baumkronen Platz, um zwei Stangen samt den verschnürten Leichenbündeln darin unterzubringen, eingehüllt in Wolldecken und Kleidungsstücke, die sie mit Hilfe von Lederriemen um die Toten herumgewickelt hatten. Sie hatten sie so hingelegt, daß die Füße eines jeden Toten in Richtung auf die aufgehende Sonne zeigten. Anhand der Decken und Habseligkeiten, die man unten auf dem Boden niedergelegt hatte, konnte ich die Namen etlicher Toter erkennen, die meine Freunde gewesen waren. Big Star war in seine weiße Büffelrobe eingehüllt worden, und unter seinem Baum lag seine Lanze, sein Schild und sein von vielen Pfeilen getroffener Schimmel. Weitere Pferde waren hier nicht getötet worden, doch erkannte ich ein Holzpferdchen, das am Ast eines dornenbewehrten Baums unter einem kleinen, in eine Wolldecke eingehüllten Leichnam hing. Es war jenes rot-gelb gestrichene Schaukelpferd, das Bibbs und Wewoka Susa zu ihrer Geburt geschenkt hatten, und bei der Wolldecke, in die das Kind eingehüllt worden war, handelte es sich um jene rotgestreifte schwere Decke, die ich ihr einst aus Westport Landing mitgebracht hatte. Da weinte ich, wie ich geweint hatte, da ich zum erstenmal Großmutter Marys Grab besucht hatte. Zwölf Sommer hatte Susa gelebt, und jetzt war sie schon in das Land des Dunkels eingegangen. ›Such nach Akusa Amayi, deiner Urgroßmutter‹, flüsterte ich ihr zu. ›Wende dein Gesicht nicht wieder dieser Erde zu.‹

Little Cloud und Rising Fawn waren in einer Baumkrone in der Nähe untergebracht worden. Doch mir waren keine Tränen mehr geblieben. Ich vermeinte, meine Großmutter die Worte des Großen Tecumseh wiederholen zu hören: *»Seht, was die Weißen Männer unserem Volk angetan haben! Sie müssen dorthin zurückgetrieben werden, von dannen sie auf blutigem Pfad gekommen sind.«*

»Ach, diese alten Zeiten nicht gut«, sagte John Bear-in-the-Water. »Wir meinen, wir haben es schlecht, wo wir die ganze Zeit über mit

Worten gegen die Indianer-Agenten kämpfen müssen. Du hast mir nie erzählt, was mit deinen Söhnen und Töchtern geschehen ist, Dane.« Mit diesen Worten hob er sein Gesäß fort von der größer werdenen Hitze im Kamin.

Red Bird Woman schaukelte nach vorn und glitt vom Schaukelstuhl herunter. Sie trat zu Dane und legte ihm eine Hand auf die Schulter. »Ist genug auf Straße hinter uns gesehen«, sagte sie. »Komm, zeig mir, wo du Tipi für den Weg vor uns hinhaben willst.«

Dane sah mich an, seine geschlossenen Lippen kräuselten sich und deuteten ein feines Lächeln an. »Sehen Sie, sie gibt mir keine Ruhe. Hör doch, ich habe diese gute Blockhütte. Wozu brauche ich ein Tipi?«

Sie lachte. »Ein *Sanaki* bleibt immer ein *Sanaki.* Will in Holzhaus bleiben, das keine Sonne einläßt. Sweet Medicine Woman und ich, wir haben uns unser Leben lang bemüht, einen guten Cheyenne aus Dane zu machen. Weißt du nicht, daß Tipi leichter sauberzuhalten ist? Wärmer ist im Winter...«

»Und kühler im Sommer«, fiel Dane ihr belustigt in die Rede. »Und die viele frische Luft und der Sonnenschein. Verdammt, mir ist fast, als hörte ich Sweet Medicine Womans Stimme diese Worte sagen.«

»Komm schon«, sagte Red Bird Woman und trat auf die Tür zu. »Und du auch, John Bear-in-the-Water. Wir suchen gute Stelle, und vielleicht, wir stellen heute noch ein paar Zeltstangen auf.«

Immer noch sein dünnes Lächeln lächelnd, forderte Dane mich mit einer Handbewegung auf mitzukommen. Red Bird Woman ging voraus und zeigte ihre weißen hirschledernen Mokassins, als sie über den Bach behende von einem Stein zum anderen sprang und dann die Böschung hinaufstieg, bis sie wieder auf ebenem Boden stand. »Siehst Kuppe im Norden, Dundee im Süden, Berge im Westen und Himmel im Osten. Bach niemals so hoch, daß er bis hierher steigt. Gute Stelle.« Stirnrunzelnd sah sie John Bear-in-the-Water an. »Wo hast du die Zeltstangen hingebracht?«

»Warte«, erhob Dane Einspruch. »Das hier ist die Stelle, wo die Kojoten sich versammeln und jeden Abend für mich singen und mit mir reden.«

»Platz genug für Kojoten hier«, sagte sie. »So nahe bei Tipi brauchen sie nicht so laut zu singen.«

»Verflucht«, brummte Dane. »John Bear-in-the-Water, geh und bring ihr die Zeltstangen.«

DRITTES BUCH

Die Überlebenden

49

In den Jahren unmittelbar nach ihrer Flucht von Ghost Timbers an den Powder River sollten die Überlebenden von Big Stars Cheyenne-Gruppe viele Veränderungen in ihrem Leben erfahren. Später betrachteten sie es immer als großes Glück, daß sie in der Nähe eines ihrer früheren Lagerplätze am Crazy Woman's Creek auf die Gruppe von Old Two Moon mit seinen Cheyenne stießen. Two Moons Leute waren gerade von ihrem allsommerlichen Handelsritt zu den Posten am Missouri zurückgekehrt und besaßen daher eine Fülle von Decken der Hudson Bay Company, feiner Leggins aus Wolltuch und große Vorräte an Zucker, Kaffee und Mehl. Als Old Two Moon erkannte, in welch einem trostlosen Zustand seine Verwandten aus dem Süden sich befanden – sie waren ja so arm, daß sie nur über ein einziges Tipi verfügten; dasjenige, das Sweet Medicine Woman mitgebracht hatte –, rief er alle seine jungen Männer zusammen, damit sie ihnen bei der täglichen Büffeljagd halfen. Und als dann die ersten Felle gebracht wurden, kamen die Frauen und Mädchen aus Two Moons Lager und halfen ihnen, die Fleischreste abzuschaben, die Felle zu strekken, zu trocknen und zu räuchern.

Am Ende des Monds der Hirschbrunft hatten die Flüchtlinge aus dem Süden wieder genug Tipis, sich vor der kommenden Kälte zu schützen, und ausreichend Dörrfleisch und Pemmikan (zerfasertes, mit Fett vermischtes, in Säcke aus Tierhaut gepreßtes Dörrfleisch), daß es bis zum Frühjahr reichen mußte. Sie nahmen sich vor, den Winter über dort zu bleiben, doch bestand Old Two Moon darauf, daß sie mit seinen Leuten in ein Flußtal jenseits des Tongue River zogen. Dort schützten die Bighorn Mountains und die hohen Drehkiefernwälder sie vor den bitterkalten Winden und den schweren Schneefällen. Nach all den Ängsten, der Gewalttätigkeit und der Traurigkeit ihres Lebens in letzter Zeit hatten Dane und seine kleine Familie das Gefühl, endlich in die ›wirkliche Welt‹ gekommen zu sein.

Sobald die Cheyenne sich in Tipis mit dick ausgepolsterten Wänden auf den Winter vorbereitet hatten, hielten sie Beratungen ab, um sich neue Führer zu wählen, welche an die Stelle derjenigen treten sollten, die bei den Kämpfen mit den Blauröcken ums Leben gekommen waren. Manche wollten, daß Yellow Hawk der Nachfolger seines Vaters würde, doch die meisten hielten ihn für noch zu jung; daher erwählten sie War Shirt zum Kriegshäuptling ihrer Gruppe. Yellow Hawk wurde der neue Anführer der Fuchs-Krieger, und zu Danes Überraschung wählten die Mitglieder des Bundes ihn zum Ersten Unterhäuptling.

Die Hunds-Krieger mußten viele Beratungen abhalten, ehe sie sich auf einen Kriegshäuptling einigen konnten. Die Jüngeren unter den Mitgliedern bewunderten Pleasants Tollkühnheit und seine Wendigkeit, doch hatte er sich seit dem Tod von Rising Fawn sonderbar verhalten, war für sich geblieben und in sich gekehrt gewesen; daher einigten die Hunds-Krieger sich schließlich auf einen kampferprobten alten Krieger, Iron Crow, der sie im Kriege anführen sollte.

Als der Frühling einsetzte, wurde das Leben zu einer einzigen Abfolge heiterer Tage. Sie zogen hinunter an den Tongue und setzten dann wieder hinüber auf das Grasland des Powder River, wobei sie darauf achteten, ihr Lager immer in der Nähe von Two Moons Leuten aufzuschlagen. So viele junge Männer aus beiden Lagern fingen an, um junge Frauen im jeweils anderen Lager zu werben, daß die Häuptlinge bald erkannten, aus den beiden Gruppen könnte eines Tages eine werden. Swift Eagle verlobte sich mit einem Mädchen aus dem Two-Moon-Lager und ritt mit den anderen Mitgliedern seines Kriegerbundes auf einen Beutezug, um Pferde zu rauben. Pleasant entdeckte in einem nahegelegenen Lager der Oglalas eine *Wiwazica*, eine Frau, die um etliche Jahre älter war als er und deren Mann bei einem Kampf mit den Blauröcken am Missouri getötet worden war. Nachdem Pleasant diese Witwe kennengelernt hatte, streifte er seinen Wintertrübsinn ab und verbrachte viel Zeit bei den Oglalas.

Young Two Moon, der Neffe des alten Häuptlings, stattete dem Tipi von Sweet Medicine Woman viele Besuche ab, um der Schönheit von Amayi zu huldigen, doch als er bei Dane nachfragte, ob er anfangen könne, seine Tochter ernsthaft zu umwerben, sagte dieser ihm, er solle sich noch ein Jahr gedulden; Amayi war noch ein Kind und reifte erst sehr spät zur Frau. Was Dane und Sweet Medicine Woman betraf, so stellten sie fest, daß sie die langen Abende hindurch eng aneinander geschmiegt dasaßen und sich die Nächte hindurch liebten, wie sie es im ersten Sommer ihrer Ehe getan.

Der erste Schatten fiel auf sie, als eine Gruppe von Arapaho bei ihnen eintraf, die nach dem Massaker an Black Kettles Cheyenne am Sand Creek aus dem Süden geflohen war. Sie berichteten von den Greueln, welche die Blauröcke an Frauen und Kindern und an alten Männern begangen hatten. Viele von Black Kettles Leuten waren Verwandte und Freunde, und so wurde die neugefundene Ruhe der Cheyenne von Tagen der Trauer unterbrochen. Bald danach brachten Männer, die auf die Jagd gingen, zunehmend Berichte von Weißen Männern heim, die in Planwagen unterwegs waren – so viele, daß von Fort Laramie aus bis zum Powder River, über den Crazy Woman's Creek hinweg bis an den Oberlauf von Tongue und Yellowstone eine ganz neue Piste entstanden war, die mitten durch das letzte Jagdparadies ihres Stammes hindurchführte. Die *Veheos* hatten nördlich des Yellowstone Gold gefunden, und in ihrer irrsinnigen Gier nach dem gelben Metall krochen sie dicht an dicht wie die Heuschrecken über eine Piste, die sie den Bozeman Trail nannten. Anfangs machten die Indianer keine Anstalten, gemeinsam etwas gegen diese Eindringlinge zu unternehmen. Schließlich hatten die *Veheos* nach dem Horse-Creek-Vertrag das Recht, durch das Indianerland zu ziehen. Viele junge Männer von Jagdgruppen grüßten die weißen Reisenden und erboten sich, Kleider aus Büffelfellen oder Mokassins gegen Schießpulver und Blei einzutauschen. Doch manche der Goldsucher fürchteten oder haßten die Indianer und schossen auf sie, sobald sie in Reichweite ihrer Waffen kamen. Manche erlegten auch Büffel und anderes Wild, und das auf die verschwenderische Art so vieler Weißer, so daß die Kadaver der erlegten Tiere einfach verwesten, wo sie gefallen waren. Bald übten die Indianer Vergeltung mit Überfällen und Hinterhalten, woraufhin sich dann nur noch wohlbewaffnete und schwerbewachte Wagentrecks über diese Piste nach Montana hinaufwagten. Zuletzt hörte wegen der Raserei der Indianer überhaupt jeglicher Reiseverkehr auf.

Eines Tages im Mond, da die Ponys das Fell verlieren, ritt Red Cloud von den Oglala Sioux in das Cheyennelager am Powder River ein, um Old Two Moon und War Shirt aufzusuchen. In seiner Begleitung befand sich Big Mouth, ein Brule Sioux, der in der Nähe von Fort Laramie lebte. Big Mouth war vom Oberkommandierenden der Blauröcke ausgeschickt worden, sämtliche Häuptlinge aller Stämme im Gebiet

zwischen Powder River und Fort Laramie zu einer Ratsversammlung zusammenzurufen.
Red Cloud sagte, er und etliche andere Häuptlinge der Oglalas und Minneconjous gingen hin; desgleichen Dull Knife von den Nördlichen Cheyenne, Black Bear von den Arapaho und Spotted Tail von den Brules. Er forderte Old Two Moon und War Shirt auf, sich ihnen anzuschließen. Die Häuptlinge hätten vor, eine Anzahl ihrer besten Krieger mitzunehmen, sagte Red Cloud, um Eindruck auf die *Wasicus* von Fort Laramie zu machen.
Während die beiden Anführer der Cheyenne es sich überlegten, ob sie dieser Aufforderung folgen sollten, suchten sie Dane auf und trafen ihn zusammen mit seiner Tochter Amayi an. Dane war gerade dabei, ihr zu zeigen, wie man einen Bogen schnitzt. Ein Dutzend und noch mehr Jahre waren vergangen, seit Red Cloud und Dane zusammen den Platte entlanggeritten waren, doch begrüßten sie sich mit der Warmherzigkeit alter Freunde. Red Cloud machte Dane Komplimente, mit einer so schönen Tochter wie Amayi gesegnet zu sein, und brachte sein Mitgefühl für das Unglück zum Ausdruck, das die Cheyenne im Süden in letzter Zeit heimgesucht hatte. Nachdem er den Zweck seines Besuchs im Dorf der Cheyenne dargelegt hatte, sagte Red Cloud: »Ich glaube nicht, daß War Shirt mit seinen Kriegern nach Fort Laramie reiten wird. Er fürchtet, die Blauröcke könnten ihn zwingen, mit seinen Leuten wieder zurückzugehen an den Sand Creek. Aber du bist dem Blut nach kein Cheyenne. Du könntest ohne Bedenken hingehen.«
Dane lächelte. »Ich lebe als Cheyenne, und dem Vertrag nach haben wir kein Recht, nördlich des Platte zu sein.«
»Der Vertrag ist von den *Wasicus* in viele Stücke zerbrochen worden«, erklärte Red Cloud. »Es ist Zeit, daß wir zum Fort Laramie ziehen mit einem Vertrag, den *sie* unterzeichnen sollen. Das ist der Grund, warum ich dich bitte, mich zu begleiten. Du verstehst die Worte der *Wasicus*. Dich können sie nicht hinters Licht führen.«
Dane schüttelte den Kopf. »Ich habe mir geschworen, nie wieder mit den Weißen zu tun zu haben. Ihr Herz und ihre Zunge sind falsch.«
»Wenn wir nicht zu ihnen gehen, werden sie uns Verrat und Tod bringen«, erklärte Red Cloud. »Wie lange können wir in Frieden in diesem Lande leben, wenn wir den *Wasicus* nicht unsere Macht zeigen? Unsere Krieger haben unterbunden, daß sie über unsere Jagdgründe dahinziehen und dabei auf unsere Leute schießen und unser

Wild töten. Wir müssen ihnen jetzt begreiflich machen, daß dieses Land hier für immer Indianerland ist, in dem keine Weißen Straßen und Soldatenforts bauen oder eindringen und Jagd auf unsere Tiere machen können.«

Eigensinnig beschloß Dane, nichts mit der Ratsversammlung von Fort Laramie zu tun zu haben, doch bei dem Festessen, das die Cheyenne Red Cloud vor seinem Fortgehen gaben, bewies der Oglala-Führer eine genauso große Entschlossenheit wie Dane. »In der Vergangenheit haben wir stets den Weißen Männern gegeben«, sagte er. »Diesmal ist es an den Weißen Männern, uns Indianern etwas zu geben.« Als er an Dane als Indianer appellierte, dessen Kenntnis der *Wasicus* bei den Beratungen dringend benötigt werde, willigte Dane schließlich widerstrebend ein mitzugehen.

Es war Danes erster Besuch in Fort Laramie seit dem Horse-Creek-Vertrag vor fünfzehn Jahren, und er war überrascht zu sehen, wie Blockhäuser und Bauten aus luftgetrockneten Adobe-Ziegeln sich in allen Richtungen erstreckten. Nicht minder überrascht war er, daß Beauftrage der amerikanischen Regierung dort bereits auf die Häuptlinge warteten. Die Indianer und ihre Dolmetscher trafen in einem großen Leinwandzelt außerhalb des Forts zusammen. An der Spitze der Regierungsbeauftragten stand ein Häuptling der Blauröcke, ein großer Krieger namens Sherman, und im Laufe dieser Vorgespräche erfuhr Dane zum erstenmal, daß der Bürgerkrieg zwischen den Blaurock-Yankees und den Graurock-Konföderierten mit einem überwältigenden Sieg der Blauröcke geendet hatte.

Der Große Krieger Sherman und der Regierungsbeauftragte Edward Taylor erklärten den Häuptlingen, sie hätten diese Beratung einberufen, um einen dauerhaften Frieden mit den Indianern zu schließen. »Wir wollen nicht euer Land«, sagte Taylor. »Wir möchten nur, daß ihr euch an den Vertrag erinnert, der am Horse Creek unterschrieben wurde und der uns das Recht gibt, Straßen durch euer Land zu legen, damit unsere Leute zu den Goldminen gelangen und Siedlungen im Territorium Montana errichten können.«

Red Cloud ergriff als erster das Wort, und nach ihm beschwerten sich noch andere Anführer der Indianer darüber, daß die weißen Reisenden ihre Leute belästigten und das Wild vertrieben. Der Regierungsbeauftragte versprach, daß es den Reisenden verboten werden würde, die Piste zu verlassen und auf die Jagd zu gehen, während sie durch das Land am Powder River zögen. Red Cloud wollte wissen, wie die

Regierungsbeauftragten das gute Verhalten der weißen Reisenden im Indianerland durchzusetzen gedächten und schlug dann beherzt den Abschluß eines neuen Vertrags vor, in dem Land für die Stämme nördlich des Platte garantiert werde, in das keine Weißen Männer zu welchem Zweck auch immer eindringen dürften. Etwas überrascht flüsterten die Beauftragten ein paar Minuten hindurch untereinander und erklärten dann, sie würden die Sprechenden Drähte benutzen, um den Großen Vater in Washington nach seiner Meinung zu Red Clouds Vorschlag zu fragen. Sodann baten sie die Häuptlinge, noch einmal eine Nacht bei Fort Laramie zu verbringen. Ehe die Sitzung beendet wurde, ließen die Regierungsbeauftragten auch feine Hinweise fallen, daß, falls die Stämme weiterhin den Bozeman Trail sperrten, man sie als feindlich einstufen und sie vom Tauschhandel um Pulver und Blei ausschließen werde.

Am Abend ging Dane allein in den Laden eines Marketenders. Er hatte aus dem Lager am Powder River zwei prachtvolle Büffelledergewänder mitgebracht, die er gegen rote Bänder und Pfefferminzbonbons für Amayi, einen Ballen leuchtendfarbigen Kalikos für Sweet Medicine Woman sowie Schießpulver und Blei für sich selbst eintauschte. Als er sich umdrehte, um den Laden zu verlassen, wäre er ums Haar mit Jim Carrothers zusammengestoßen.

»*Wow!*« rief Jim. »Ich denk', ich seh' nicht recht – Dane! Sie haben mir erzählt, du wärst ins Land der Geister eingegangen und in meinem alten Handelsposten verbrannt!«

Dane berichtete ihm, was geschehen war, woraufhin Carrothers ihm einiges Neue über seine Verwandten im Cherokesenstammland erzählen konnte. Carrothers hatte in Westport vor kurzem Jotham und Young Opothle gesehen und von ihnen erfahren, was die Familie Schweres mitgemacht hatte. William war in den letzten Jahren des Bürgerkrieges gestorben, vermutlich an gebrochenem Herzen, sagte Carrothers, wegen des Aufruhrs im Stammland, bei dem Dörfer und Farmen niedergebrannt worden wären und Williams ganzer Handel zum Erliegen gekommen sei. Jotham hatte den Krieg ohne einen Kratzer überstanden und bemühte sich jetzt, zusammen mit seinem Sohn und seiner Tochter, den Handelsposten in der Nähe von Park Hill wieder aufzubauen.

»Jotham und ich meinten, wir müßten in dem Nachtgefecht von Cabin Creek aufeinander geschossen haben«, sagte Carrothers. »Er stand an der Spitze der aufrührerischen Cherokesen-Kavallerie, und ich machte den Scout für einen Versorgungstreck der Yankees. Die Cherokesen haben uns ganz schön gebeutelt, wir mußten die Beine in die Hand nehmen und Waffen und Vorräte und Whisky in solchen Mengen im Stich lassen, daß sie für Jothams Leute bis ans Ende des Krieges reichten. Na ja, aber das ist jetzt alles vorbei.«

»Und was bringt dich nach Fort Laramie?« sagte Dane.

»Bin wieder Scout für die Armee. Bin auf den Sold angewiesen, um meine Familie in Westport zu ernähren und zu kleiden. Seit der Krieg vorbei ist, kommen die Soldaten in Massen hierher.«

»Wohl, weil sie gegen uns kämpfen wollen, wie ich meine«, sagte Dane.

»Vielleicht ja, vielleicht aber auch nicht. Ich hab' mich als Führer für Colonel Carringtons Regiment verpflichtet. Die werden heute abend ganz in der Nähe lagern. Sollen nach Norden rauf, um den Bozeman Trail freizumachen und ein paar Forts zu errichten.«

»Dann werden sie gegen uns kämpfen müssen um das Land«, sagte Dane. »Es ist alles, was uns noch geblieben ist.«

Carrothers bedachte Dane mit einem besorgten Blick. »Hatt' ich mir auch schon gedacht. Dieser Colonel ist 'n Greenhorn aus 'm Osten; seine Soldaten mögen ja kampferprobte Veteranen sein, aber sie sind alle Greenhorns, wenn's um Indianer geht.« Er zupfte an den Enden seines langen Schnauzbartes. »Colonel Carrington fragt mich ja nicht viel um Rat, aber ich hab' ihm schon zweimal gesagt, daß die Armee die Straße westlich von den Bighorns umgehen sollte, weg vom Powder-River-Land. Ich weiß, wieviel das Land dort für die Stämme bedeutet.«

Dane verspürte keinen Wunsch, sich noch ausgiebiger darüber zu unterhalten. »Wir werden der Armee die Benutzung des Bozeman Trail unter keinen Umständen gestatten, es sei denn, sie besiegen uns«, erklärte er bündig.

»Moment«, sagte Carrothers. Sein alterndes Gesicht verriet Besorgnis. »Vielleicht hört Colonel Carrington auf mich, wenn er in eurem Land in die Klemme kommt. Schließlich kommen die Leute meiner Frau von dort. Ich hab' Freunde bei allen Stämmen dort.«

»Wenn du unser Freund bist, wirst du versuchen, die Blauröcke draußen zu halten«, sagte Dane, »und sie nicht eigens hineinführen.« Er verließ die Marketenderei und überlegte, wo er Red Cloud finden könnte. Er wollte ihm von den Plänen der Blauröcke, nach Norden zu ziehen, berichten. Doch im Oglala-Lager war Red Cloud nicht. Er und

Man-Afraid-of-His-Horses waren den Fluß hinuntergeritten, um Spotted Tail zu besuchen und würden vor morgen nicht zurücksein.
Gegen Abend sah Dane östlich von Fort Laramie eine überwältigende Anzahl von Planwagen zu einem offenen Rechteck aufgebaut. Im Inneren des Rechtecks waren blauberockte Soldaten dabei, in Reih und Glied Zelte zu errichten.
Auf dem Exerzierplatz von Fort Laramie zimmerten Soldaten am Vormittag des folgenden Tages eine kleine Plattform zusammen und legten grünbelaubte Zweige auf das Gerüst über dem Rednerpult, um die grelle Junisonne abzuschirmen. Die Beauftragten für die Friedensverhandlungen waren zu dem Schluß gekommen, daß ein Zelt nicht groß genug sei für die wichtigen Vorgänge dieses Tages.
Sobald die Beratungsstätte fertiggestellt war, wurden die Häuptlinge aufgefordert, auf den Bänken Platz zu nehmen. Der Regierungsbeauftragte Taylor bestieg die Plattform und versicherte seinen Zuhörern mit aufrichtig klingender Stimme, der Große Vater in Washington sei einverstanden, ein Stück Land bereitzustellen, ein Reservat; und keinem Weißen mit Ausnahme jener, die von den Indianern dazu ermächtigt würden, »soll es jemals gestattet werden, dadurch hindurchzuziehen, dort zu siedeln oder in dem noch näher zu bestimmenden Territorium zu leben«. Wo die Grenzen dieses Reservats verlaufen sollten, das werde man später bestimmen, erklärte der Beauftragte der Regierung.
Dane saß zusammen mit Red Cloud und Man-Afraid-of-His-Horses auf einer der vordersten Bänke. Während Taylor sprach, brummte Red Cloud etwas über die Unbequemlichkeit der Bank in sich hinein, auf der er sitzen müsse. Schließlich glitt er vom Ende der Bank herunter und hockte sich mit gekreuzten Beinen auf den Boden. Man Afraid rief auf lakota: »Warum lagern so viele Blauröcke in der Nähe?« Die Häuptlinge waren alle von Unruhe erfüllt, flüsterten untereinander und sahen Red Cloud fragend an.
Regierungsbeauftragter Taylor stampfte mit seinem stiefelbewehrten Fuß auf die Plattform und rief nach Ordnung. Er winkte einen bärtigen Soldaten-Häuptling zu sich heran, dessen Schulterstücke Adler zierten. Nachdem Colonel Carrington auf die Plattform gestiegen war, stellte Taylor ihn vor. »Er kommt als euer Freund aus dem Osten«, verkündete die Stimme des Regierungsbeauftragten lautstark und munter. »Er wird seine Soldaten den Bozeman Trail hinaufführen und dort Forts errichten, um euch zu beschützen. Ihr braucht

also nicht länger Unrecht von den Reisenden zu fürchten, die durch euer Land ziehen. Colonel Carrington!«

Nachdem der Dolmetsch des Forts Taylors erstaunliche Behauptung gedolmetscht hatte, richtete Carrington seine vorquellenden Augen unruhig auf die Indianer, deren Gesichter plötzlich ganz unverkennbar Zorn verrieten. »Es ist meine...«, begann er, doch seine Worte gingen in einem lauten Chor von Buhrufen unter. Der Dolmetsch neigte sich dem Colonel zu und flüsterte ihm etwas ins Ohr.

»Zuerst möchte Colonel Carrington von den Häuptlingen hören, was sie zu sagen haben«, erklärte der Dolmetsch dann mit lauter Stimme.

Die meisten Indianer blickten Red Cloud an, der immer noch regungslos auf dem Boden saß. Plötzlich erhob er sich und zog sich die Wolldecke um die Schultern. Sein glattes schwarzes, in der Mitte gescheiteltes Haar ging ihm fast bis zur Hüfte. »Dane«, flüsterte er, »komm mit mir und sorge dafür, daß mein Lakota-Worte brennen in den Ohren dieser *Wasicus!*« Dane folgte ihm auf die Plattform, und Carrington und sein Dolmetsch traten an den Rand der Bohlen, um ihnen Platz zu machen.

Red Clouds breiter Mund war unter seiner Falkennase zu einem zornigen Schlitz erstarrt, seine dunklen Augen forschten in den Gesichtern der Regierungsbeauftragten und der Häuptlinge der Blauröcke auf den Bänken ihm zu Füßen. Satz um Satz wiederholte Dane auf englisch die Worte, die Red Cloud laut in der Lakota-Sprach hinausrief: »Ihr behandelt uns wie Kinder. Wir sind Männer. Wir sind Krieger. Ihr habt uns herbeigerufen, als ob wir eure Kinder wären, und habt so getan, als wolltet ihr mit uns beraten, während ihr hinter unserem Rücken Soldaten herbeigeführt habt, sie in unser Land zu schicken. Die Weißen Männer haben uns in ein kleines Gebiet nördlich des Platte abgedrängt, und jetzt wollt ihr Soldaten in unsere letzten Jagdgründe schicken. Dieses Land und seine Tiere geben uns Nahrung, Unterkunft und Kleidung. Wenn ihr uns dieses Land nehmt, werden wir verhungern und erfrieren. Ich für mein Teil sterbe lieber im Kampf, als daß ich verhungere. Der Große Vater schickt uns Geschenke und möchte mit uns über eine Straße durch unser Land reden.« Er hielt inne und funkelte Carrington finster an; seine Lippen zuckten, als er auf die Schulterklappen des Colonels blickte. »Aber du, Weißer Adler-Häuptling, du kommst mit Soldaten, diese Straße zu stehlen, ehe die Indianer ja oder nein dazu sagen?«

Unvermittelt wandte Red Cloud Carrington den Rücken zu, zupfte Dane, während dieser noch dabei war, seine letzten Worte zu dolmetschen, am Ärmel, und forderte die anderen Häuptlinge mit einem stolzen Rucken des Kopfes auf, zusammen mit ihm den Exerzierplatz zu verlassen.

50

»Das war der Anfang von Red Clouds Krieg«, sagte Dane. »Sechs oder sieben Monde lang gab er Carringtons Blauröcken keine Ruhe, war er wie eine Plage und setzte ihnen zu, während sie dort, wo der Bozeman Trail über den Little Piney hinwegführt, ihr Fort bauten. Dann, im Mond, da die Hirsche ihr Geweih abwerfen, führten Crazy Horse und Swift Eagle samt ihren Lockvögeln am Peno Creek ein gutes Hundert Soldaten in eine Falle, und wir brachten sie alle um.«

Wir saßen auf flachen Felsen, die gegenüber von Danes Blockhaus über den Bach hinausragten, und sahen zu, wie John Bear-in-the-Water sein Gespann zum Korral-Schuppen hinunterlenkte, um Red Bird Woman die Zeltstangen zu bringen. Die bis unters Knie reichenden weißen Stiefel-Mokassins gekreuzt, das Kinn auf eine Hand gestützt, hatte sie sich vorgeneigt. »Ich weiß noch, ich weiß noch«, sagte sie. »Waren das Zeiten, da schlug einem das Herz höher. Zwei Tage ritten wir Tongue River hinauf, und waren nie außer Reichweite von Tipis. Krieger kamen von überallher.«

»Ja«, bestätigte Dane. »Vierzig Meilen hindurch ein Lager am anderen. Inzwischen waren viele Cheyenne aus dem Süden zu uns gestoßen und hatten sich uns angeschlossen, darunter so mancher von Black Kettles Leuten, die einfach nicht zulassen wollten, daß die Blauröcke sie auf ein Indianer-Territorium abdrängten. Yellow Woman, die Cheyenne-Frau von William Bent, kam mit ihren Halbblut-Söhnen. Sie schwor, nie wieder mit einem *Veheo* zusammenzuleben, und die Söhne schworen dem Blut ihres Vaters ab.

Red Cloud wollte keine Ruhe geben, bis er sämtliche Teton Sioux am Laufe des Tongue in Kriegslagern zusammengebracht hatte. Er holte die Brules aus dem Süden herauf und die Uncpapas, Sans Arcs und Two Kettles aus dem Norden. Eines Tages stieß er auf eine jagende Gruppe unserer alten Feinde, der Crows. Seine Krieger hätten sie ohne weiteres ausrauben können, doch Red Cloud geleitete die Crows zu unseren Lagern und forderte sie auf, sich uns in unserem Kampf

gegen die Blauröcke anzuschließen. Die Crows sagten, sie wollten es sich überlegen, doch dazu müssen sie sehr lange gebraucht haben, denn sie ließen sich nie wieder blicken.
Die Kriegshäuptlinge behandelte Red Cloud zwar immer als ebenbürtige Verbündete, doch im Rat entschied er, wann und wo wir gegen die Blauröcke zuschlagen sollten und welche Häuptlinge die Führung bei Angriff und Hinterhalt übernehmen sollten. Ich erinnere mich noch, daß Sitting Bull von den Uncpapas die Soldaten, die halfen, die Nachschubtrecks von Fort Laramie zu bewachen, in eine Falle lockte. Oh, wir hatten große Kriegshäuptlinge! Black Shield und White Bull von den Minneconjous, Black Bear und Sorrel Horse von den Arapaho, Dull Knife von unseren Cousins, den Nördlichen Cheyenne, Roman Nose, der uns eine Gruppe von Hunds-Kriegern aus dem Süden zugeführt hatte, und Two Old Moon und Iron Crow von unserer Gruppe. Crazy Horse von den Oglalas war damals fast noch ein Junge, aber keiner konnte ihm das Wasser reichen, wenn es darum ging, eine Gruppe von Lockvögeln anzuführen. Pleasant und Swift Eagle ritten ein paarmal mit ihm, und abends, im Lager, nachdem die Jagd vorbei war, erzählten sie dann von Crazy Horses Verwegenheit: wie er die Blauröcke köderte, indem er urplötzlich direkt vor ihrer Kolonne auftauchte, seine rote Wolldecke schwenkte, um ihre Pferde zu erschrekken und dann immer wieder im Gebüsch verschwand und daraus hervorschoß, bis sie ihm genau bis zu jener Stelle folgten, wo wir anderen im Hinterhalt lagen.«
»Ich weiß aber, Swift Eagle war auch ziemlich gut, Blauröcke in die Falle zu locken«, sagte Red Bird Woman.
»Wir wußten, daß das Fort zu stark für uns war«, fuhr Dane fort. »Aber ohne Furcht konnte kein *Veheo* auf dem Bozeman Trail kommen oder gehen. Nur ein einziges Mal ließen wir einen weißen Reiter ungehindert durch. Eines Morgens kam Jim Carrothers allein aus dem Fort heraus und schlug den Weg in Richtung Fort Laramie ein. Er ritt mit hängenden Schultern und sah abgekämpft und geschlagen aus. Wir wußten, daß Jim die Nase voll hatte von dem törichten Soldatenhäuptling Weißer Adler. Old Jim war mehr unser Freund als der der Blauröcke. Deshalb ließen wir ihn ungeschoren durch. Hinterher habe ich gehört, daß er zurückkehrte nach Westport und dort gestorben ist.
Wir waren überzeugt, daß wir Colonel Carringtons Blauröcken einen vernichtenden Schlag zufügen könnten, sobald sie sich einmal alle ins

Freie hinauswagten. Um das zu erreichen, mußten wir sie rasend machen, wie Büffelbullen, die man mit Lanzenstichen reizt, bis sie sich aus dem Schutz ihrer Herde lösen. Red Cloud setzte den Tag fest, an dem dies geschehen sollte, und über tausend Krieger ritten den Tongue hinauf bis zur Einmündung des Peno. Dort lagerten wir in großen Kreisen – Sioux, Cheyenne und Arapaho –, keine Tipis, sondern nur hinter einem aus Sattel und Wolldecke errichteten oder sonstwie gebauten Windschutz. Da wir fast unser ganzes Schießpulver und Blei verschossen hatten, war die Mehrzahl von uns mit Pfeil und Bogen, Speeren und Kriegskeulen bewaffnet. Es war bitterkalt, und es fiel ein feiner, pulvriger Schnee.«

»*Aho-ya,* wie ich mich an diese Kälte erinnere!« rief Red Bird Woman. »In der Nacht vorm Kampf, als ich dich in meinem Büffelgewand wärmte, machte dein Atem Eiszapfen in der Luft...« Unvermittelt hielt sie inne, schlug beide Hände vor den Mund und machte große Augen, ehe sie das Gesicht von mir abwandte.

Dane lachte. »Sie zog mit den Kriegern ins Kriegslager.«

»Aber auch ein paar andere Frauen«, fügte sie rasch hinzu. »Manche ohne Mann wie ich, und manche, die noch nicht lange verheiratet waren. Ich zog mich an wie Krieger. Die Arapaho glaubten, aus mir wär' ein *Mann-Mann* geworden. Aber Dane, der weiß besser.« Ihr Körper wurde von stummem Glucksen geschüttelt, und die kleinen Fettfältchen um ihre Augen herum verzogen sich, daß von den Augen überhaupt nichts mehr zu sehen war.

Er zuckte mit den Achseln. »Am nächsten Morgen führte Crazy Horse eine Gruppe von Lockvögeln den Big Piney auf der Nordseite des Forts herunter, während Swift Eagle mit einer anderen Gruppe zur Südseite ritt. Swift Eagle stieß auf einen schwerbewaffneten Wagentreck, der den Little Piney entlang flußaufwärts zog, um Brennholz fürs Fort zu schlagen. Swift Eagles Krieger ritten Scheinangriffe auf den Holztreck, gerade genug, um die Soldaten zur Weißglut zu bringen, so daß sie ihre Gewehre abfeuerten. Die Schüsse brachten einen Ersatztrupp von Blauröcken aus dem Fort heraus, und als sie zum Tor hinausritten, kam Crazy Horse den Hang von Lodge Trail Ridge heruntergaloppiert und griff sie immer wieder an. Colonel Carrington feuerte eine seiner Kanonen ab, woraufhin Crazy Horses Männer ein Spiel daraus machten, zu springen und gellende Schreie auszustoßen und auf ihren Ponys hin- und herzuflitzen. Es dauerte nicht lange, und die Bewacher des Holztrecks jagten hinter Swift Eagles

Lockvögeln her, während ein weiterer Trupp von Blauröcken Crazy Horse verfolgte.
Während all dies noch im Gange war, ritt unsere Hauptstreitmacht im Schutze des Lodge Trail Ridge den Peno Creek hinauf. Die Sioux gingen hinter ein paar großen Felsen auf der Ostseite des Bozeman Trail in Deckung, ein paar blieben im Sattel, während andere vom Pferd stiegen, ihre Pferde zurückließen und sich im hohen Gras in der Nähe der Piste versteckten. Die Arapaho und wir Cheyenne hielten uns auf der Westseite der Piste. Dort warteten wir, wohl an die tausend von uns, so daß die Lockvögel die Blauröcke geradenwegs in die Falle hineinführten.
Zuerst zeigten die Soldaten sich argwöhnisch, schossen ihre Gewehre auf unsere kleine Schar von hin- und herflitzenden Lockvögeln ab, wobei ihre Wut sich steigerte, daß eine solche Handvoll Indianer es wagte, hundert wohlbewaffnete Soldaten herauszufordern. Zuletzt griffen die Blauröcke unsere Lockvögel richtig an, verfolgten sie über den Lodge Trail Ridge, beide Seiten der Piste entlang und geradenwegs hinein in unsere Falle. Cheyenne und Arapaho fielen wie ein Schwarm Hornissen von der einen Seite über sie her, die Sioux von der anderen. Es war, als ob wir eine Büffelherde in die Zange nähmen. Die Luft schwirrte von Pfeilen, Krieger zu Fuß schlossen den Ring immer enger, und Ponyreiter ritten im Kreis herum. Die Blauröcke kämpften tapfer und verbissen und versuchten, unseren Ring zu durchbrechen.
Wären wir nicht durchgedreht und hätten wir nicht in einem solchen Rausch getötet – nur wenige von uns wären ins Land des Dunkels eingegangen oder hätten Verwundungen davongetragen. Uns befiel jedoch die Raserei der Verzweiflung. Solange wir zurückdenken konnten, hatten die Soldaten des Weißen Mannes uns immer weiter nach Westen abgedrängt, hatten uns unser Land geraubt, ob wir Widerstand leisteten oder nicht. Es gab für uns keinen Ort mehr, wo wir hätten hingehen können.
Als Kavalleristen zwischen einigen Felsen Deckung fanden, setzten Krieger ihr Leben aufs Spiel, um sicherzugehen, daß kein einziger entkam. Gegen Ende des Kampfes waren die Cheyenne, die auf der einen Seite der Soldaten kämpften, und die Sioux auf der anderen sich so nahe, daß die Pfeile der Cheyenne die Krieger der Sioux trafen. Dann war alles vorbei. Kein einziger Soldat blieb am Leben. Aber wir hatten gleichfalls große Verluste.

Dann begann das Skalpieren. Die Cheyenne, die vom Sand Creek in den Norden gekommen waren, waren die schlimmsten. Sie nahmen den Soldaten nicht nur den Skalp, sondern rissen ihnen die Uniform vom Leib und verstümmelten die Leichen der Soldaten genauso, wie die Soldaten ihre Frauen und Kinder am Sand Creek verstümmelt hatten.

Wir verließen das Schlachtfeld und glaubten, wenn wir immer wie ein einziger vereinigter Stamm kämpften, könnten wir die Blauröcke mit unseren Pfeilen und Bogen besiegen. Viele von uns waren überzeugt, nach unserem großen Sieg würde Colonel Carrington seine Überlebenden aus unserem Land hinwegführen und uns in Ruhe lassen. Statt dessen löste die Armee Carrington ab, weil wir seine Leute besiegt hatten, und schickte einen neuen Soldaten-Häuptling und noch mehr Blauröcke, um gegen uns zu kämpfen. Noch etliche Monde länger überfielen wir die Blauröcke und lockten sie in den Hinterhalt, wie wir es zuvor getan hatten, doch zuletzt kamen Boten von den Brules zu uns in unsere Lager und berichteten, eine neue Friedenskommission sei gekommen, mit unseren Häuptlingen zu reden. Die Regierungsbeauftragten wollten über die Grenzen eines Reservats reden, in dem die Stämme ohne weiße Einmischung leben könnten. Allen, die diesen Vertrag unterzeichneten, wurden Geschenke versprochen, darunter Schießpulver und Blei, und es wurde ihnen für immer das Recht zugestanden, Tauschhandel zu treiben. All das hatten wir selbstverständlich schon oft gehört, und die Häuptlinge hielten zu Red Cloud; sie erwiderten, sie würden erst dann zu Friedensgesprächen nach Fort Laramie kommen, wenn alle Soldaten aus dem Gebiet des Powder River abgezogen worden wären.

Zuletzt bekam Red Cloud, was er wollte – bis auf eines. Im Mond, da die Kirschen sich röten, fingen die Blauröcke an, das Fort zu verlassen: weiße Fahnen flatterten an ihren Wagen, und ihr langer Treck wand sich gen Süden in Richtung auf Fort Laramie zu. Sobald der letzte Soldat fort war, setzte Red Cloud sich an die Spitze einer Schar von Kriegern, Helden aus allen Stämmen, ritt zu den verlassenen Gebäuden hinunter und setzte sie in Brand.

Ich war bei ihm, als er mit tausend Kriegern im Triumph nach Fort Laramie ritt, um den Vertrag zu unterzeichnen. Nachdem ich den Text sorgfältig gelesen hatte, riet ich ihm, ihn nicht zu unterschreiben, doch er wollte nicht auf mich hören. Die Grenzen des uns versprochenen Landes schlossen zwar die heiligen Black Hills ein und erstreckten sich bis an den Missouri, aber unser Jagdparadies am Powder River gehörte nicht dazu. Als die Regierungsbeauftragten ihm versprachen, seinem Volk werde das Recht zugestanden, überall nördlich des North Platte zu jagen, ›solange wie Büffel dort in Zahlen grasen, welche die Jagd rechtfertigen‹, unterzeichnete Red Cloud. Aber ich wußte, daß wir unsere Lebensweise bald für immer würden aufgeben müssen. Die Grenzen des Großen Reservats sollten nicht dazu dienen, die Weißen Männer draußenzuhalten, sondern die Indianer einzusperren.«

51

Als Amayi siebzehn war, stattete sie zusammen mit Dane und Sweet Medicine Woman Fort Laramie zum erstenmal einen Besuch ab. Anlaß der Reise war eine von den Friedensbeauftragten der amerikanischen Regierung einberufene besondere Ratssitzung für die Nördlichen Cheyenne und die Arapaho, die im Vertrag mit dem Teton-Stammesverband der Sioux nicht eingeschlossen worden waren. Alle Krieger und Häuptlinge samt ihren Familien gingen hin, so daß für ein paar Tage ein gewaltiges Tipi-Dorf sich am Laramie River hinzog.
Bald, nachdem sie an den Unterlauf des Tongue River zurückgekehrt und dort ihr Sommerlager aufgeschlagen hatten, begann Amayi, auf einer Büffelhaut, die Sweet Medicine Woman für sie ganz besonders weich gegerbt und geglättet hatte, einen Kalender anzulegen. Mit Hilfe von blauen, roten und gelben Farben malte Amayi winzige Bilder von den Dingen, die sie in Fort Laramie gesehen hatte – das große Tipi-Dorf, die Soldaten, die Gebäude und das riesige Zelt, in dem die Häuptlinge und ihr Vater mit den *Veheos* verhandelten, die für den Großen Vater in Washington sprachen. Was Amayi in ihren Fort Laramie-Bildern nicht zum Ausdruck brachte, waren die Besorgnis und die dunklen Vorahnungen, welche die Südlichen Cheyenne befielen, die an den Beratungen teilnahmen. Als die Beauftragten dahinterkamen, daß einige der Häuptlinge nicht zu den Nördlichen Cheyenne gehörten – wie etwa War Shirt (der Nachfolger Big Stars) und Big Shin (der Häuptling der Big-Kettle-Gruppe) sowie zwei Anführer der Südlichen Arapaho –, wurde diesen Häuptlingen gesagt, sie müßten ihre Leute ins südliche Indianer-Territorium bringen. Für sie sei in Medicine Lodge, Kansas, ein besonderer Vertrag abgeschlossen wor-

den, demzufolge den Südlichen Cheyenne und den Südlichen Arapaho ein Reservat im Indianer-Territorium zwischen den Flußläufen des Arkansas und des Cimarron zugewiesen worden war. Freilich wollte keiner von denen aus dem Süden zurück in ein Land, in dem sie von den Blauröcken so viel zu erleiden gehabt hatten, und so brachen sie in der Nacht, nachdem sie von jenem anderen Vertrag erfahren hatten, ihre Tipis ab und zogen in aller Eile wieder in jene Freistatt im Norden am Tongue mit seinem süßen Wasser zurück. Die aus dem Süden verziehen es Dull Knife, Little Wolf und den anderen Häuptlingen nie, einen Vertrag unterzeichnet zu haben, in dem nur denen aus dem Norden das Recht zugestanden wurde, sich nördlich des Platte River unbehindert zu bewegen und zu jagen, und darüber hinaus auch noch eine Heimat in demselben Gebiet, das den Teton Sioux zugewiesen worden war. Wäre Amayi imstande gewesen, die Zukunft ihrer Kalender-Bilder vorherzusagen, hätte sie bildlich die Ironie darstellen können, die darin lag, daß Dull Knifes und Little Wolfs Nördliche Cheyenne zehn Jahre später als Gefangene ins Indianer-Territorium getrieben wurden, wohingegen die aus dem Süden stammenden Angehörigen ihres Stammes nach Kanada flohen.
Amayi war jedoch keine Seherin, sondern nur eine Bilderchronistin der Ereignisse, die jeden vergehenden Mond ihres jungen Lebens prägten. In ihrem zweiten Mond-Bild schilderte sie den Sonnentanz der Uncpapas, zu dem die benachbarten Cheyenne eingeladen wurden mitzumachen. Sie malte einen schwarzen Büffelkopf oben auf einem Sonnentanz-Pfahl, der Sitting Bull darstellen sollte. Er besiegte die Sonne, indem er sie stetig und unbeirrt anstarrte. Außerdem malte sie die Gestalten junger tanzender Frauen in farbenprächtigen Umschlagtüchern sowie etlicher junger Männer, die um einen Sonnentanz-Pfahl herumtanzten und dabei an Lederriemen zerrten, die von diesem Pfahl ausgingen und an Spießen endeten, die sie sich durch die blutende Brust getrieben hatten. Das Gesicht eines stattlichen jungen Mannes war auf die tanzenden Mädchen gerichtet.
Amayi verwahrte ihren Büffelhaut-Kalender über ihrer Lagerstatt, wo er an der Zeltwand ihres Familien-Tipis festgemacht war. Dane fiel auf, daß jedes Mond-Bild für gewöhnlich einen stattlichen jungen Mann im Vordergrund enthielt, welcher aus dem Bild herausschaute. Als die Cheyenne einer Büffelherde in westlicher Richtung bis an den Rosebud Creek folgten und ihr Lager gemeinsam mit den Oglalas aufschlugen, da war der junge Mann Crazy Horse, dessen Antlitz aus

Amayis Mond-Bild herausschaute – statt auf die Büffel, die er zu Pferde verfolgte.

Nachdem sie sich dann für das Winterlager wieder mit den Two-Moon-Cheyenne zusammengetan hatten, tauchte Two Moons lächelndes Rundgesicht in Amayis Bildern auf – im Vordergrund des Tipi-Dorfes, während dichte Schneeflocken um ihn herum wirbelten, oder wie er die Mitglieder seines Kriegerbunds in Richtung auf einen großen Drehkiefernwald anführte oder aber mit einer erbeuteten Pferdeherde zurückkehrte. In diesem Winter betrieb Young Two Moon seine Werbung um Amayi in großem Ernst, doch sie schien von seinen Annäherungsversuchen nur belustigt.

Im folgenden Frühjahr wandelte sich das Muster ihrer Bilder ein wenig, als ihr Halbbruder, Pleasant, ihnen völlig unerwartet einen Besuch abstattete, Maga, seine Oglala-Witwe, mitbrachte und jedermann mit seinen Erzählungen ergötzte, wie er Feuerrösser auf den Schienenwegen zerschlug. Mit einer aus Oglala-Kriegern und Cheyenne Hunds-Kriegern bestehenden Gruppe war Pleasant weit bis nach Nebraska hinuntergezogen, um Wagentrecks und Postkutschen zu überfallen. Als sie entdeckten, daß die Eisenbahn bis in ihre alten Jagdgründe vorgedrungen war, schlugen sie ein paar von den Eisenschienen mit einer Axt heraus und warteten in der Nähe, bis das Feuerroß dahergedampft kam. Unter großem Getöse lief es von den Schienen herunter und entgleiste, und einige von den Waggons, die es hinter sich herzog, kippten auf die Seite. Pleasant berichtete, sie hätten viele Flaschen Whisky sowie Ballen vielfarbener Stoffe in einem der Waggons gefunden.

Nachdem Pleasant und Maga wieder davongeritten waren, versuchte Amayi, in einem Mond-Bild Pleasants Abenteuer darzustellen, doch da sie noch nie ein Feuerroß gesehen hatte, ähnelte ihre Zeichnung von einer Lokomotive mehr der von einem lebenden Ungeheuer, das zwischen seinen Zähnen Feuer und Rauch spie. In diesem Bild stand Pleasant im Vordergrund und blickte mit lächelnden blauen Augen über dem lohfarbenen Bart, den er sich diesen Winter hatte stehen lassen, aus dem Bild heraus. Für seine Oglala-*Wiwazica* hatte Amayi offensichtlich nicht viel übrig, denn sie tauchte nur ganz am Rande des Bildes auf, schien noch älter, als sie war, und zeigte einen wölfischen Ausdruck auf dem von der Seite gesehenen Gesicht.

Eines der Sommer-Mond-Bilder von Amayi berichtete von der Geburt des erstgeborenen Sohnes ihres Bruders Swift Eagle. Swift Eagle, seine Frau, Buffalo Calf Woman und das gewickelte Neugeborene in seiner Wiege – alle blickten sie lächelnd aus dem Bild heraus. Im Hintergrund war Buffalo Calf Womans Tipi zu sehen, dessen Planen Amayi mit den Bildern von Pferden und Antilopen sowie Sonne, Mond und Sternen geschmückt hatte.

Später in diesem Jahr, als die Cheyenne in der Nähe von Spotted Elks Minneconjous am Bighorn River lagerten, trat nach und nach wieder ein stattlicher junger Mann in den Vordergrund von Amayis Kalender-Bildern. Gestalt und Gesicht blieben auf jedem Bild die gleichen und waren für Dane und Sweet Medicine Woman leicht zu erkennen, weil sie den jungen Mann fast jeden Abend sahen. Es handelte sich um Bull Bear, einen Minneconjou-Krieger mit freundlichen Augen und einem kräftigen Kinn, den schönsten aller jungen Männer, die Amayi den Hof machten oder in ihren Bildern auftauchten.

Das letzte Bild, dessen Dane sich auf dem Kalender seiner Tochter erinnerte, war das von Bull Bear, mit rasiertem Kopf, zinnoberroten Ringen um die Augen, einem Halsschmuck mit Anhängern aus bunten Perlen, kupfernen Armreifen an den Armen, einem weißen Leibgurt und perlenbestickten Mokassins und Lederleggins, die reich mit den Borsten des Borstenschweins verziert waren. Den Hintergrund bildeten die Tänzer und Musikanten auf der Hochzeit von Amayi und Bull Bear, so naturgetreu gemalt, daß man fast meinte, das Klingeln der kleinen Glöckchen an den Röcken der Tänzerinnen und den Klang von Trommeln und Tambourinen zu vernehmen.

Als Amayi das Tipi ihrer Eltern verließ, um Bull Bear zu folgen und sich den Minneconjous anzuschließen, rollte sie ihren Kalender zusammen und nahm ihn mit. Im letzten Augenblick, noch beim Abschied, schärfte Dane ihr ein, stets eingedenk zu sein, daß in ihren Adern das Blut von Akusa Amayi fließe. Er hatte ihr viele Geschichten über ihre Ur-Großmutter erzählt, und jetzt bat er sie, Creek-Marys Namen nie zu vergessen. Während er sprach, nahm Sweet Medicine Woman die dänische Silbermünze an der Kette von ihrem Hals und hängte sie ihrer Tochter um. »Trage sie zum Gedenken«, sagte Sweet Medicine Woman. »Sie ist für dich verwahrt worden seit den Tagen der alten Großmutter.«

Dane mußte zwinkern und die Augen abwenden; er wollte nicht, daß man die Überraschung und die Freude in seinem Gesicht läse. Er hatte nie ein Wort über Creek-Marys Dänenmünze zu Sweet Medicine Woman gesprochen. Sie mußte, wie er meinte, wohl seine Gedanken gelesen haben. Beide brachten jetzt viel Zeit in der Welt der Träume und der Magie zu, in welcher auch unausgesprochene Gedanken nicht verborgen bleiben konnten; er hatte oft eindringlich daran gedacht, daß eigentlich seine Tochter Amayi diese Silbermünze tragen sollte, wenn sie sie für immer verließ.

52

»Jetzt trägt Mary Amayi diesen Anhänger«, sagte Red Bird Woman. »Dane, glaubst du, Mary Amayi kommt heute zurück von Agentur?«

»Ich glaube, noch vor Dunkelwerden«, erwiderte er und warf einen kleinen Stein in den Bach.

»Du weißt, Agentur wird ihr nie Geld für Medizin-Haus geben, oder?«

Er schüttelte den Kopf. »Sie mußte hinfahren und das selbst herausfinden, ist es nicht so?«

»*Veheos* geben uns nichts. Nur nehmen. Wir müssen ihr deine Blockhütte als Medizin-Haus geben.«

»Meine Blockhütte zu einem Krankenhaus machen!« Seine schmalen Lippen öffneten sich leicht und verzogen sich dann in einem lauten Lachen.

»Wozu, meinst du, baue ich hier Tipi für dich?« Ihre von winzigen Falten umgebenen Augen schlossen sich halb; erbost blitzte es darin auf, daß jemand so schwer von Begriff sein konnte.

Er erhob sich auf die Knie, stand dann ganz auf und wendete den Blick gen Westen. »Der Agent hat versprochen, Washington telegraphisch zu verständigen«, sagte er. »Aber du sprichst die Wahrheit, Red Bird. Sie werden Mary Amayi nichts geben. Wir müssen das Krankenhaus selber einrichten, genauso, wie wir das Geld zusammengebracht haben, um sie auf die Medizin-Schule zu schicken.« Dann blickte er mich an, gleichsam, als sei er erstaunt, daß ich immer noch da war. »Meine Großtochter will nicht in eine Stadt ziehen, um Ärztin in einem Krankenhaus für weiße Leute zu sein«, erklärte er leise. »Sie will, daß das Büro für indianische Angelegenheiten hier ein Krankenhaus für ihre Leute einrichtet.«

»Und Sie meinen nicht, daß sie das tun?«

»Das Büro trägt unseren Namen, aber es ist nicht unser Büro. Sie verfügen über etwas Geld, das für unser Land und die Nutzung unseres Landes gezahlt wurde, aber das Büro entscheidet darüber, was gut für uns ist. In ihren Augen sind wir immer noch Kinder. Das Büro glaubt nicht, daß Kinder sich selbst medizinisch versorgen können.« Er lächelte nicht.

»Vor dreißig Jahren bin ich mit einer Abordnung von Häuptlingen nach Washington gegangen. In den Black Hills war Gold gefunden worden, und die amerikanische Regierung wollte einen neuen Vertrag mit uns schließen, um die Black Hills aus dem Reservat herauszunehmen, das erst sechs oder sieben Jahre zuvor den Sioux zugesprochen worden war. Red Cloud schickte in dem Mond, da die Gänse Eier legen, nach mir. Sein Oglala-Bote fand mich in unserem ersten Frühlingslager drüben am Unterlauf des Powder River und berichtete mir, Red Cloud wünsche, daß ich ihn in das Dorf des Großen Vaters begleite. Red Cloud traue den Dolmetschen der Regierung nicht, sagte der Bote, er wolle, daß ich mitkäme und ihm hülfe, die Black Hills vor der Gier des Weißen Mannes zu schützen. Wenn ich nicht zur Red-Cloud-Agentur am White Earth River kommen könne, solle ich zu Beginn des Monds, da die Ponys ihr Fell verlieren, in Fort Laramie zu ihm stoßen.

Ich weiß nicht, ob ich mich dazu verpflichtet fühlte oder ob es daran lag, daß ich in diesem Jahr sechzig wurde und es mich nach dem Zauber einer Riese nach Washington, dem Dorf des Großen Vaters, verlangte. Jedenfalls traf ich in Fort Laramie Red Cloud. Er kam in Begleitung von rund zwanzig Unterhäuptlingen der Oglalas – bis auf Red Cloud selbst alle in ihre feinsten hirschledernen Anzüge gekleidet. Red Cloud trug die Kleider des Weißen Mannes: einen langen schwarzen Rock mit Schwalbenschwänzen und eine schwarze Hose, eine große schwarze Krawatte, die er um einen hohen Stehkragen gewunden hatte, und seine Weste zierte eine goldene Uhrkette. Bis auf sein indianisches Gesicht hätte er ein Regierungsbeauftragter aus Washington sein können, was ich ihm auch sagte. Da erzählte er mir, dieser feine Anzug sei ein Geschenk, das die *Wasicus* ihm anläßlich seines letzten Besuchs in Washington gemacht hätten.

Wir hatten uns mehrere Jahre lang nicht gesehen, aber er sagte, bis auf mein schneeweißes Haar sähe ich noch genauso aus wie damals. Red Cloud hingegen hatte sich merklich verändert. Die wilde Entschlossenheit war aus seinem Gesicht geschwunden, und er war voll von Beschwerden und Klagen über Dinge, über die er nie ein Wort verloren hätte, als er noch Kriegs-Häuptling gewesen war und nicht Vorsitzender einer Reservats-Agentur, welche die amerikanische Regierung gebaut und nach ihm benannt hatte. Seine Stimme hatte etwas ausgesprochen Quengeliges, als er sich über die Anwesenheit von Blauröcken in Camp Robinson beschwerte, das in der Nähe seiner Agentur liege, über die kargen Lebensmittelrationen, welche die Regierung an seine Leute austeile, den unfreundlichen *Wasicu*-Agenten, die eigensinnigen jungen Oglalas, die sich weigerten, im Reservat zu bleiben, und fortliefen, um sich Crazy Horse oder Sitting Bull anzuschließen. Ganz besonders erboste ihn Crazy Horses Weigerung, ihn nach Washington zu begleiten. ›Crazy Horse hat keine Ahnung von der Welt des Weißen Mannes‹, sagte er.

›Er sagt, er werde nie in einem Reservat leben‹, erwiderte ich.

›Der Tag wird kommen, da seine Leute hungern werden. Es ist besser, zähes Fleisch zu essen, als zu sterben.‹

›Du sprichst wie ein *Wasicu*‹, erklärte ich.

Da lachte er und erzählte mir, mein Halbblut-Sohn, Pleasant, lebe mit seiner Oglala-*Wiwazica* glücklich in Camp Robinson. Pleasant habe eine Anstellung als Scout für die Armee gefunden, trage eine schmucke Uniform und verdiene genug Geld, um in einem Holzhaus mit Glasfenstern und Holzfußboden zu leben.

Nur einmal ließ Red Cloud sein altes Feuer erkennen, und das war, als er von den Goldsuchern sprach, die in unsere geheiligten Black Hills eindrangen. ›Wenn die amerikanische Regierung keine Blauröcke ausschickt, die Bergleute zu vertreiben‹, erklärte er zornig, ›müssen die Stämme Krieger hinschicken, das zu tun. Der Vertrag, den ich hier in Fort Laramie unterzeichnet habe, gibt mir das Recht dazu. Du sollst mir in Washington helfen, das zur Sprache zu bringen. Der Große Vater hat mir über die Sprechenden Drähte eine Botschaft geschickt, in der es heißt, es sei Zeit, einen neuen Vertrag zu schließen.‹

Ehe wir Fort Laramie verließen, lernten wir Mr. Adam Beale kennen, der eigens aus Washington gekommen war, uns auf unserer Reise zu begleiten. Mr. Beale war ein träger Mann, dessen Kleider immer zerknautscht schienen und der mit Vorliebe die Hände im Nacken verschränkt dasaß und die langen Beine auf irgend etwas drauflegte. Er hatte große und weiche Lippen, über die er ständig mit der Zunge hinfuhr. Als er entdeckte, daß ich englisch gut verstehen und sprechen konnte, richtete er es so ein, daß viele seiner Bemerkungen für mich bestimmt waren. Ich glaube, Sie würden Mr. Beale einen Zyniker

nennen, obgleich er noch gar nicht so alt war. Wenn er Whisky getrunken hatte, war er lebhaft und gesprächig, und er schien immer eine Flasche zur Hand zu haben. Er gab uns Kleider, die wir auf der Fahrt tragen sollten. ›Die Fahrgäste der Eisenbahn haben nun mal nicht viel übrig für nackte Indianer‹, sagte er. ›Haltet euer Geschlampe unter der Hose verdeckt und eure Wampe unter einem zugeknöpften Rock verborgen, auf daß die empfindsamen weißen Damen nicht schockiert werden!‹
In Ambulanz-Wagen der Armee fuhren wir von Fort Laramie hinüber in eine neue Stadt an der Eisenbahnstrecke, eine Stadt, die nach dem Stamm benannt war, dem ich jetzt aus freien Stücken angehörte. Auf der langen Fahrt bis Washington sollte ich oft darüber nachdenken, daß die Weißen Männer uns nicht nur unser Land geraubt, sondern auch noch unsere Namen gestohlen hatten, um geraubtes Land danach zu benennen.
Die meisten von uns hatte noch nie ein Feuerroß gesehen, und als es pfeifend und klirrend in den Bahnhof von Cheyenne einfuhr und dabei Rauch und Dampf ausspie und ratterte und fauchte, als ob es lebendig wäre, wäre es einigen von uns bei weitem leichter gefallen fortzulaufen, als ruhig stehenzubleiben und abzuwarten, bis die Waggons endlich am Bahnsteig hielten. Doch bald waren wir unterwegs und genossen das Gefühl, an Orten vorüberzufliegen, die wir in jüngeren Tagen durchstreift und in denen wir auf die Jagd gegangen waren. Als wir müde wurden und verkrampft auf den harten Bänken saßen, ließ Mr. Beale seine Whiskyflasche herumgehen. Einige lehnten es ab zu trinken, woraufhin Beale so tat, als sei er entsetzt. ›Was!‹ rief er. ›Ihr Häuptlinge wollt stocknüchtern nach Washington gehen? Das kann ich nicht zulassen. Wein, Weib und Gesang – so geht es bei uns zu in Washington.‹ Ich fand bald heraus, daß Mr. Beale schon viele Gruppen von Indianern begleitet hatte, die Washington besuchten, und in Erfüllung seiner Pflichten viele einträgliche Beziehungen zu Hotelbesitzern, Whisky-Händlern, Kleider-Händlern und Huren geknüpft hatte, indem er ihnen Regierungsgeld in die Hand drückte, von dem später ein Teil wieder in seine Taschen zurückfloß.
Von Cheyenne fuhren wir ab, und bald fuhren wir an Oglala und Pawnee Station vorüber. Die Flüsse, die Städte, an denen wir vorbeifuhren, die Bundesstaaten, durch die es hindurchging, sie alle sangen mir immer wieder ihre indianischen Namen zu: Niobrara, Omaha, Missouri, Iowa, Nishnabotna, Ottumwa, Osceola, Wapsipinicon,

Mississippi, Illinois, Winnebago, Ottawa, Seneca, Chidago, Wabash. Wenn die Bahnsteigbeamten die Namen ausriefen, klang das wie der Gesang verlorener Stimmen: Ohio, Muskingum, Chillicothe, Kanawha, Shenandoah, Susquehanna, Potomac.

Spätabends langten wir in Washington an und fuhren in geschlossenen Kutschen zum Tremont House. Red Cloud, der die ganze Fahrt über mißmutig in sich hineingebrummelt hatte, weil er wie ein weißer Mann auf einer Bank sitzen mußte, beschwerte sich jetzt, daß Mr. Beale uns nicht zum Washington House gebracht hatte, wo er bei einem früheren Besuch abgestiegen war. Aber Mr. Beale hatte sein Abkommen nun mal mit dem Hoteldirektor vom Tremont geschlossen, und so blieben wir dort.

Am nächsten Morgen geleitete Mr. Beale uns durch die überfüllten Straßen ins Büro, wo wir zu unserer Überraschung auch noch die Abordnungen anderer Sioux vorfanden, Brules, Minneconjous, Yanktonais, all die Unterstämme, denen gemeinsam mit den Oglalas die Black Hills gehörten als Teil des Reservats, das ihnen zu ›unbeschränkter und ungehinderter Nutzung und Besitz‹ eingeräumt worden war, wie es im Vertrag hieß. Wir wußten, daß uns etwas Großes bevorstand; sonst hätte die Regierung nicht so viele Abordnungen nach Washington eingeladen.

In einem Raum, der fast so groß war wie das alte Versammlungshaus der Cherokesen in Okelogee, saßen mehrere wohlgekleidete Weiße Männer um einen großen Tisch herum und lächelten uns an, als wir mit Mr. Beale eintraten. Einige von diesen Männern waren dieselben Regierungsbeauftragten, die wir schon in Fort Laramie erlebt hatten. Die anderen seien Kongreßabgeordnete, flüsterte Mr. Beale mir zu. Einer von diesen kam mir merkwürdig bekannt vor. Sein Haar war genauso weiß wie meines, er trug Augengläser, und sein Gesicht war womöglich noch schlaffer und mehr von Whiskyadern durchzogen als damals, da ich ihn in Fort Starke das letztemal gesehen hatte, aber es gab keinen Zweifel, daß es sich bei diesem Kongreßabgeordneten um Flattery Jack Belcourt handelte. Ah, es hätte mich nicht überraschen sollen! Ich habe seither die Beobachtung gemacht, daß ihr weißen Amerikaner mit Vorliebe diese Art von Männern wählt, euch in eurer Form der Abgeordneten-Regierung zu vertreten. Gauner, Diebe, Lügner, Betrüger jener, die ihnen ihre Macht übertragen.

Der Leiter der Regierungsbeauftragten, ein stattlicher Mann mit graugesprenkeltem Bart, begrüßte uns mit falscher Herzlichkeit und

jener dröhnenden Stimme, welche die Weißen Männer annehmen, wenn es ihnen darum geht, die Indianer glauben zu machen, sie seien ihre Freunde. Er kam bald zur Sache. Weiße Bergleute seien in die Black Hills eingedrungen, um dort nach Gold zu graben, und machten den Indianern Schwierigkeiten. Die Zeit sei gekommen, einen neuen Vertrag zu schließen, in dem die Black Hills aus dem Reservat herausgenommen und damit alle Schwierigkeiten beseitigt würden.
Auf diese Bemerkung hin reagierten seine Zuhörer mit lauten Buhrufen und mit Füßestampfen. Der Regierungsbeauftragte setzte sein Waschbärlächeln auf und forderte die Häuptlinge auf zu sprechen. Red Cloud klopfte mir auf die Schulter, und so erhob ich mich zusammen mit ihm und wandte mich dem Tisch zu, wobei ich den Kongreßabgeordneten Belcourt nicht aus den Augen ließ. Langsam malte sich Wiedererkennen auf seinen verwüsteten Zügen, und einen Augenblick war mir, als ob er gleich aufspringen und verlangen werde, daß ich als jemand arretiert werde, der von der Armee geflohen sei, doch tat er das selbstverständlich nicht. Über zehn Jahre waren vergangen, und jetzt wollte Belcourt etwas von uns, das Gold in den Black Hills, oder zumindest soviel davon, wie er in seine Taschen fließen lassen konnte, ohne mit eigenen Händen danach zu graben. Als ich Red Clouds Worte ins Englische dolmetschte – Worte des Zorns und der Anklage – wandte Belcourt den Blick von mir ab. Die Indianer seien nicht nach Washington gekommen, um über die Abtretung der Black Hills zu reden, erklärte Red Cloud, sondern um von dem Großen Vater zu verlangen, daß er seine in dem Vertrag gegebenen Versprechen halte und die Black Hills vor dem Eindringen der *Wasicus* schütze. ›Wenn ich spreche, rufe ich stets den Großen Geist an, daß er mich höre; denn ich spreche immer die Wahrheit. Die *Wasicus* erzählen mir Lügen, und ich bin nach Washington gekommen, um den Großen Vater persönlich zu sprechen und mit ihm über die Lügen zu reden. Ich werde nichts mehr sagen, bis ich den Großen Vater sehe.‹
Er stand schon im Begriff, sich wieder zu setzen, fügte dann jedoch noch hinzu: ›Ihr hier im Osten, wo die Sonne aufgeht, wurdet von früh auf daran gewöhnt, auf Stühlen zu sitzen. Ich komme von dort, wo die Sonne untergeht. Ich werde sitzen, wie man es tut, wo die Sonne untergeht.‹ Mit untergeschlagenen Beinen ließ er sich auf den Boden nieder, was unter den Regierungsbeauftragten und den Kongreßabgeordneten einiges Gelächter hervorrief.
Der Leiter der Regierungsbeauftragten erhob sich; wieder erschien

sein falsches Lächeln auf seinem bärtigen Gesicht. ›Euer Großer Vater, Präsident Grant, wird sich glücklich schätzen, seine Kinder zu begrüßen, die von dorther kommen, wo die Sonne untergeht. Morgen früh wird er euch in seinem Weißen Haus willkommen heißen. Jetzt möchte ich, daß ihr euch einen Gentleman anhört, der ein treuer Freund aller Roter Männer ist. Seit vielen Jahren hat er die Roten Männer warm ins Herz geschlossen. Der hohen Achtung wegen, die er für euch hegt, und wegen seiner ernsthaften Bemühungen für eure Sache hat der Kongreß in seiner Weisheit ihn zum Vorsitzenden eines Komitees bestellt, auf daß er dafür sorge, daß Gerechtigkeit geübt werde in Hinblick auf die Black Hills, Kongreßabgeordneter Belcourt.‹

Nun, ich könnte Ihnen nicht sagen, was Flattery Jack an diesem Tag gesagt hat. Seine honigsüßen Worte flossen wie Seim aus einem Storaxbaum, aber für mich waren sie bedeutungslos, meine Augen füllten sich mit den Bildern, wie er Yellow Hawk und seine Freunde bei Bent's Fort übers Ohr zu hauen versuchte, wie er um Red Bird Woman feilschte, wie er mich in Fort Starke behandelte und von jenem schrecklichen Morgen, da ich zu Jothams Handelsposten geritten war und die gepeinigten Lebenden und Toten fand. Ob er selbst dabei war oder nicht – Belcourt war die treibende Kraft hinter allem, genauso, wie er es in Hinta Nagi gewesen war, wo mein jüngster Sohn und einige meiner besten Freunde unter den Säbelhieben und durch die Kugeln von Belcourts verrohten Soldaten den Tod gefunden hatten.

Am nächsten Morgen gingen wir mit Mr. Beale ins Weiße Haus, wobei einige der Häuptlinge zum Treffen mit dem Großen Vater Lederkleidung und Kopfschmuck angelegt hatten. Wir drängten uns in einem großen Arbeitszimmer mit einem bewaffneten Blaurock an jeder Tür, die uns nicht aus den Augen ließen, als ob wir gefährliche Raubtiere wären. Ich hatte erwartet, einem großen Mann von gebieterischer Gestalt gegenüberzutreten, doch war der Große Vater kleiner als die meisten unserer Häuptlinge. Er nahm eine große Zigarre aus dem Mund und sagte uns, er freue sich, uns zu sehen und wünsche, daß seine roten Kinder zufrieden und glücklich wären. Um das zu bewerkstelligen, halte er es für das beste, wenn wir die Black Hills aufgäben. Als Red Cloud mich auf englisch zu ihm sagen ließ, die heiligen Black Hills würden wir nie aufgeben, erwiderte der Große Vater: ›Wir wissen besser als ihr selbst, was gut für euch ist.‹ Damit entließ er uns und sagte, es warteten noch viele Geschäfte auf ihn; wir sollten mit

dem Führer der Regierungsbeauftragten über die Angelegenheit reden. Red Cloud war außer sich, aber ehe er Aufsehen erregen konnte, brachte Mr. Beale ihn mit Hilfe eines Soldaten eilends hinaus.
Am Nachmittag sahen wir uns unter Mr. Beales Führung Washington an. Wir besuchten das große Beratungshaus des Kongresses. Manche Kongreßabgeordneten schliefen auf ihren Plätzen oder lasen Zeitung, während andere endlose Reden hielten. Wir bestiegen die Kuppel des Capitols und sahen uns die große Stadt von oben an. Dann gingen wir ins Zeughaus, wo man uns zu Ehren eine gewaltige Kanone über den Fluß abfeuerte, der nach jenem untergegangenen Indianer-Stamm benannt war, der an seinen Ufern gelebt hatte, ehe der Weiße Mann gekommen war und ihn bis auf den letzten Mann ausgerottet hatte.
Nach unserem Essen an diesem Abend, während ich mich auf meinem Bett ausruhte und wünschte, ich wäre wieder zurück am Powder River oder am Tongue, klopfte Mr. Beale an die Tür und sagte, Red Cloud brauche mich, um für ihn zu dolmetschen. Zusammen gingen wir einen langen Gang hinunter bis zu einem großen Raum, wo wir Red Cloud und etliche andere Häuptlinge, den Leiter der Regierungsbeauftragten, einen Colonel von der Armee und den Kongreßabgeordneten Flattery Jack Belcourt versammelt fanden. Die Luft im Raum war stickig vom Qualm der Zigarren und vom Geruch von Whisky. Einer nach dem anderen hielten die drei weißen Männer ihre kleine Ansprache. Der Regierungsbeauftragte sagte, es stimme zwar, daß die Black Hills den Sioux gehörten, jetzt jedoch drängen so viele Goldgräber in das Gebiet, daß die Regierung sie nicht daran hindern könne. Daher, sagte er, liege es im ureigensten Interesse der Indianer, die Black Hills aufzugeben, um Auseinandersetzungen mit den Goldgräbern zu vermeiden. Dann ergriff der Colonel von der Armee das Wort und erklärte, er habe nicht genug Soldaten, um die Goldgräber zu vertreiben, und so gewiß wie jeden Tag die Sonne aufgehe, würden den Goldgräbern bald weiße Siedler folgen und auch noch in andere Teile des Reservats eindringen. Der Colonel riet den Häuptlingen, ihre Leute ins Indianer-Territorium im Süden zu führen, wo sie und ihre Kinder für immer unbehelligt unter ihresgleichen leben könnten. Dann ergriff Belcourt das Wort und sagte, der Kongreß sei bereit, den Häuptlingen Geld zu zahlen, damit sie ihre Rechte auf die Black Hills aufgäben, Geld genug, damit sie für den Rest ihrer Tage glücklich und sorglos leben könnten.

Auf all diese Reden hatte Red Cloud dieselbe Antwort: ›Ich bin nach Washington gekommen, um mit dem Großen Vater zu sprechen. Sobald er bereit ist, mit mir zu reden, werde ich über die Black Hills mit ihm verhandeln.‹ Die anderen Häuptlinge erklärten, sie müßten zurück nach Hause, um sich mit ihren Leuten über die Aufgabe, von *Paha Sapa,* der Black Hills, zu beraten. ›Die Black Hills‹, erklärte der Häuptling der Minneconjous Belcourt gegenüber mit einiger Schärfe, ›stehen nicht zum Verkauf.‹

Daraufhin erklärten der Leiter der Regierungsbeauftragten und der Colonel von der Armee, es sei nichts dagegen einzuwenden, wenn die Häuptlinge in den Westen zurückkehrten und sich mit ihren Leuten berieten. In ein paar Wochen könne eine Friedenskommission kommen und sich in der Nähe der Red-Cloud-Agentur am White River mit ihnen treffen, um einen neuen Vertrag zu schließen. Dann verabschiedeten sich der Regierungsbeauftragte und der Colonel, doch Belcourt blieb. Er machte eine große Tragetasche aus Leder auf und schenkte jedem Häuptling eine Kiste Zigarren und eine Flasche Whisky. Dann zog er ein dickes Bündel Banknoten aus der Tasche und überreichte einem jeden Häuptling eine Rolle davon. ›Wir Kongreßabgeordneten behandeln unsere Freunde immer gerecht, und wir erwarten von unseren Freunden, daß sie uns gerecht behandeln‹, sagte er und bedachte bei diesen Worten zum erstenmal mich mit jenem eiskalten Blick aus seinen gelben Augen, der bedeutete, ich sei kein Freund. Er wußte inzwischen, daß es nicht in meiner Macht stand, das Gold der Black Hills zu verschenken. Sich wieder den Häuptlingen zuwendend, sagte er: ›Möchte einer von euch eine Frau für die Nacht? Eine weiße oder schwarze? Rothautmädchen konnten wir nicht für euch auftreiben. Also, wer eine Frau möchte, braucht sich bloß an Adam Beale hier zu wenden, der sorgt dann schon dafür.‹ Listig zwinkernd ergriff Flattery Jack seine leere lederne Tragetasche. ›Wir werden wieder miteinander reden.‹ Er verneigte sich, sagte gute Nacht und verließ den Raum. Ich weiß nicht, wie viele von den Häuptlingen mit Mr. Beale gingen. Red Cloud betrank sich an seiner Flasche Whisky, zog von einem Zimmer zum anderen und ließ die meisten von uns bis spät in die Nacht nicht schlafen. Am nächsten Morgen lag er stöhnend in seinem Bett, verfluchte den Großen Vater, weil der nicht nach ihm schicke, und erklärte, er würde die Black Hills für genug Ochsen aus Texas hergeben, sein Volk sieben Generationen hindurch satt zu machen. Außerdem wolle er Mais und Bohnen und

Reis und Dörräpfel sowie doppeltkohlensaures Natron und Tabak und Salz und Pfeffer für die alten Leute, außerdem für jede Familie noch einen Wagen samt Pferdegespann und sechs Joch Zugochsen, eine Sau und einen Eber, eine Kuh und einen Bullen, ein Schaf und einen Schafbock und eine Henne und einen Hahn, feste Häuser wie die des Weißen Mannes mit glänzenden schwarzen Möbeln, Geschirr zum Essen und eine Sense und eine Mähmaschine und eine Sägemühle. Seine Liebe zu den Dingen des Weißen Mannes wurde nachgerade größer als die Liebe zu unserem Heiligen Land. Die *Wasicus* hatten ihm Scheuklappen angelegt. Bald würde er sein wie ein zahn- und klauenloser Grizzlybär.

Ich fragte ihn, ob er bereit sei heimzufahren. Einen Tag noch wolle er warten, sagte er: vielleicht, daß der Große Vater doch nach ihm schicke. Am Nachmittag gab er Belcourts Banknoten aus und kaufte Geschenke für seine Familie und Verwandten, und als keine Nachricht von Präsident Grant kam, erklärte er Mr. Beale, er wolle zurück in seine Agentur.

Beim ersten Morgengrauen fuhren wir ab. Die Kuppel des Capitols war von Nebelschwaden umhüllt, so daß sie mich an eine jener windzerfressenen Felsformationen erinnerte, die ich in den Wüsten Mexikos gesehen hatte – traurig, unfruchtbar, herzlos. Ich erschauerte in der Morgenkühle, spürte eine böse Kraft in der Luft, die ich atmete, und wußte, seit ich hierhergekommen war, hatte ich zuviel von der dunkleren Seite des menschlichen Herzens zu sehen bekommen.

Viele Jahre waren vergangen, seit mein Vater, Runner, aus Okelogee nach Washington gekommen war, um sein Cherokesenstammland zu retten und um hinterher nur voller Verbitterung heimzukehren. Ich vermeinte seine Worte zu hören, wie er sagte: *Der Kongreß hat immer behauptet, daß die Indianerstämme sein Eigentum wären, und wenn sie damit durchkommen, werden sie eines Tages meinen, auch alle Weißen wären ihr Eigentum.*

›Wie findest du diese Stadt?‹ fragte Mr. Beale. Er stand neben mir vorm Bahnhof, und auch er blickte hinüber zu den Nebelschwaden, welche die Marmorkuppel umwogten.

›Sie ist nicht geworden, zu was sie bestimmt war‹, erwiderte ich.

›Nein‹, räumte er ein und zog eine flache Flasche aus der Rocktasche. ›Sie kommen hierher, um sich die Taschen zu füllen, und wenn die voll sind, füllen sie auch noch ihren Hut; und dann sagen sie auf Wiedersehen und gehen fort.‹

Das Pfeifen einer Lokomotive ertönte, und rumpelnd und klirrend liefen die Waggons ein. Mr. Beale nahm einen herzhaften Schluck aus seiner Flasche, fuhr sich mit der Zunge über die Lippen und spuckte auf den ziegelgepflasterten Boden.«

Dane hob einen flachen Stein auf und ließ ihn über den Bach dahinschlittern. »Das war vor dreißig Jahren«, sagte er. »Aber geändert hat sich nichts.« Er sah Red Bird Woman an. »Da kommt dieser junge Crow mit den Zeltstangen, Red Bird. Ich werde dir beim Tipi-Bauen an die Hand gehen.«

53

Im September 1875 schickte die amerikanische Regierung eine aus Politikern, Missionaren, Kaufleuten und Offizieren bestehende Kommission in die Red Cloud-Agentur, »um mit den Sioux-Indianern über die Abtretung der Black Hills zu verhandeln«. In der Hoffnung, Vertreter jener Gruppen an den Verhandlungstisch zu bekommen, die sich weigerten, innerhalb der Grenzen des Reservats zu leben, schickten die Beauftragten Boten in alle Lager an den Flüssen, die in den Yellowstone einmünden, und forderten die Häuptlinge auf, zu kommen und sich Geschenke vom Großen Vater abzuholen. Sitting Bull und Crazy Horse erwiderten beide, daß sie kein Land an die Regierung verkaufen wollten, insbesondere die Black Hills nicht. Beide nahmen an den Beratungen am White Earth River nicht persönlich teil, sondern schickten nur Beobachter hin; sie freuten sich, als ihre Abgesandten zurückkamen und berichteten, daß Red Cloud, Spotted Tail und andere Häuptlinge der Agentur, die mit den Regierungsbeauftragten zusammentrafen, allen Bemühungen widerstanden hätten, sie in Versuchung zu führen, die Black Hills aufzugeben.
Während der angenehmen Tage des Monds, da das Gras trocken wird, waren Danes und Sweet Medicine Womans Gruppe wieder mit den Two Moon-Cheyenne zusammen und zogen gemächlich den Powder River entlang gen Norden. Während Danes Abwesenheit waren sowohl War Shirt als auch Old Two Moon gestorben. Yellow Hawk, Big Stars Sohn, war jetzt Häuptling ihrer kleinen Gruppe ursprünglich aus dem Süden stammender Cheyenne, und Young Two Moon hatte die Nachfolge seines Vaters als Häuptling ihrer nördlichen Cousins angetreten. Im Laufe der Jahre war es nicht nur zu vielen ehelichen

Verbindungen zwischen den beiden Gruppen gekommen, sondern hatten sich auch ein paar von den Kriegerbünden unter einem Anführer zusammengeschlossen; trotzdem hatten die Leute immer noch lieber jeder ihren eigenen Häuptling statt einen gemeinsamen. Glücklicherweise waren Yellow Hawk und Young Two Moon enge Freunde, und häufig scherzten sie über die Frage, wer von ihnen beiden denn nun wirklich der Häuptling sei.

Ein weiteres Ereignis während Danes Abwesenheit war die Geburt seiner ersten Großtochter gewesen, der Tochter von Swift Eagle und Buffalo Calf Woman. Dane und Sweet Medicine Woman verbrachten jetzt viel Zeit mit ihren beiden Großkindern, dem Knaben White Horn und dem Mädchen Sun Spirit. Wiewohl er Buffalo Calf Woman gegenüber kein Wort darüber verlor, war Dane doch sehr enttäuscht, daß sie seine erste Großtochter nicht nach seiner Großmutter benannt hatte.

Gegen Ende des Monds, da der trockene Staub weht, wandten die Cheyenne sich in Verfolgung einer Büffelherde nach Osten und stießen dabei auf Crazy Horses Sommerlager an der Belle Fourche. Es war ein großes Dorf, das nahezu genauso viele leichte Reisighütten wie Tipis aufwies, weil hier so viele junge unverheiratete Krieger lebten, welche die Reservate verlassen hatten, um sich Crazy Horse anzuschließen. Alle paar Tage ritt Crazy Horse mit einer Kriegergruppe in die nahegelegenen Black Hills, um den Bergleuten zuzusehen, welche die Paha Sapa plünderten. Dane und sein Sohn Swift Eagle schlossen sich einer solchen Gruppe an, die tief in die Black Hills eindrang, um ein Zeltlager der Goldgräber anzugreifen. Die Gruppe ritt vier Tage lang durch die fichtenbestandenen Schluchten und Cañons, aus denen geheimnisvoll grollende Stimmen heraufzudringen schienen. Manche Oglalas glaubten, die Paha Sapa sei das Zuhause des Donnervogels und des Großen Geistes, doch für die Cheyenne war dies der Ort des Heiligen Berges, wohin ihr Prophet Motzeyouf – Süße Medizin – gezogen war, um die Geheimnisse der Großen Medizin zu ergründen. Von den Black Hills herab hatte der Prophet dem Stamm seine vier Heiligen Pfeile und die vier Kriegerbünde gebracht, welche seither die Stärke der Cheyenne ausgemacht hatten.

Zum erstenmal begriff Dane im ganzen Umfang die tiefe Verehrung, welche die Stämme der Nördlichen Prärien Paha Sapa entgegenbrachten, und ihren erbitterten Haß auf alle weißen Eindringlinge, die sie plünderten.

Ungefähr um dieselbe Zeit ereignete sich, ohne daß einer von diesen freien Indianern davon gewußt hätte, in Washington folgendes. Dort erregte unter Politikern und Regierungsbeamten ein von einem hohen Verwaltungsmann erstellter Bericht ungewöhnliche Aufmerksamkeit. Darin wurde empfohlen, Soldaten gegen alle jene Stämme auszuschicken, die sich weigerten, in den ihnen zugewiesenen Reservaten zu leben, weil sie »gut genährt und gut bewaffnet sind und eine Bedrohung des Reservatssystems darstellen«, ein Hindernis, das sich der Aneignung der Black Hills durch die Regierung in den Weg stelle. Ein paar Tage nach Erscheinen dieses Berichts verkündete der Kriegsminister, daß möglicherweise Truppen ausgeschickt werden müßten, um die Goldgräber in den Black Hills zu schützen. Dem folgten rasch Schlag auf Schlag eine Serie von telegraphischen Anweisungen an die Agenten der Regierung in den Reservaten, allen Stämmen, die nicht in den Reservaten lebten, Botschaften zu senden, in denen sie aufgefordert wurden, ins Reservat zurückzukehren und sich dort bis zum 31. Januar 1876 zu melden, weil »sonst Truppen ausgeschickt werden, sie dazu zu zwingen«.
Zum erstenmal hörten die Cheyenne von dieser Drohung im Mond, da die Bäume ausschießen, von einer Gruppe von Oglala-Boten aus der Red Cloud-Agentur. Yellow Hawks und Two Moons Leute hatten ihr Winterlager in diesem Jahr am Little Powder aufgeschlagen, in der Nähe der Einmündung dieses kleinen Nebenflusses in den Powder River. Die beiden Häuptlinge berieten sich mit den Boten und erklärten ihnen, sie wollten keine Reservat-Indianer werden, aber auch nicht gegen die Blauröcke kämpfen. Da es unmöglich sei, im Großen Frost-Mond des Januar mit *Travois*, alten Leuten und kleinen Kindern unterwegs zu sein, erklärten sie sich einverstanden, sobald der Schnee geschmolzen und das Gras grün genug sei, ihren Ponys Futter zu bieten, sich bei der Agentur am White Earth River einzufinden.
Von Crazy Horse und Sitting Bull, die ihr Winterlager weiter unten am Powder River aufgeschlagen hatten, erhielten die Boten praktisch die gleiche Antwort. Einer der Gründe, warum die Häuptlinge nicht glaubten, sich beeilen zu müssen, war die Tatsache, daß ständig kleine Gruppen von Sioux und Cheyenne bei ihnen eintrafen, die auf der Suche nach Nahrung aus dem Bereich der Red Cloud Agentur flohen. Diese Flüchtlinge berichteten, daß der Proviant, der in der Agentur an sie ausgeteilt werde, verschimmelt und von Würmern zerfressen sei und ihr Bauch nach frischem Büffel- und Antilopenfleisch verlange.

Ein Oglala, der seine Familie in das Cheyenne-Lager brachte, erzählte Dane, Red Cloud habe den Kommandanten der Blauröcke von Camp Robinson gebeten, in die Agentur zu kommen und sich die Vorräte anzusehen, doch an dem Tag, ehe dieser Offizier eintraf, habe der Agent Red Cloud verhaftet. Mit gefesselten Händen und hölzernem Knebel im Mund sei Red Cloud so lange in das Wachhaus eingesperrt worden, bis die Inspektion vorüber war, so daß er nicht in der Lage gewesen sei, den Offizieren zu sagen, daß es sich bei den Dingen, die man ihnen zeigte, nicht um die üblichen Lebensmittel handele, die für gewöhnlich jeden Tag an die Indianer ausgegeben würden.

Keiner von den Indianern in den Winterdörfern am Powder River hatte eine Ahnung, daß das Kriegsministerium am 7. Februar 1876 seinen Kommandanten in den Forts im Westen Befehl erteilte, militärisch gegen jene »feindlichen« Stämme vorzugehen, die sich weigerten, sich bei den ihnen zugewiesenen Agenturen zu melden, noch wußten sie, daß einen Tag später General Philip Sheridan die Generale George Crook und Alfred Terry benachrichtigte, sie sollten sich mit ihren Truppen in Richtung auf die Flüsse Powder, Tongue, Rosebud und Bighorn in Marsch setzen, »wo Crazy Horse und seine Verbündeten häufig auftauchten«.

Im Mond, da der Schnee blendet, lagerten Yellow Hawks und Two Moons Cheyenne am Westufer des Little Powder, rund hundert Tipis insgesamt, darunter die von einigen zu Besuch bei ihnen weilenden Sioux, und dazu eine Pferdeherde von rund siebenhundert Tieren, die alle von hochragenden Felswänden vor den Winterwinden geschützt wurden. Dane und Sweet Medicine Woman lebten immer noch in ihrem von Amayi bemalten Tipi, wenn auch manche Teile im Laufe der Jahre von Zeit zu Zeit hatten erneuert werden müssen, wobei die Darstellungen der Familie sorgfältig mit neuer Farbe nachgemalt worden waren. Die beiden sich anblickenden Kojoten links und rechts vom Eingang waren in ihren scharfen Konturen und leuchtenden Farben immer noch deutlich zu erkennen.

Eines Tages wurde Dane vor Morgengrauen wach. Er war sich nicht sicher, ob er etwas gehört oder gefühlt hatte. Geräusch oder Bewegung – was immer es war –, jedenfalls gehörte es nicht hierher. Er schlug die schwere Büffeldecke beiseite und glitt leise von der aus geflochtenen Weidenruten gearbeiteten Lagerstatt herunter, um Sweet Medicine Woman nicht zu stören. Vor Kälte bibbernd, zog er seine aus Wolldeckenstoff gearbeiteten Leggins über, setzte sich dann nieder und horchte. Es war immer noch da, ein leichter Widerhall in der Luft. Dane hüllte sich in die Büffeldecke, schob in der Feuerstelle Kohlen zusammen und legte zwei Holzscheite darauf. Dann schlug er die Eingangsklappe beiseite und lauschte. Pferdehufe auf Schnee, weit weg, dachte er. Rings um das Lager war die Schneedecke geschmolzen und das Schmelzwasser hinterher wieder zu Eis gefroren. Jetzt herrschte eine so große Kälte, daß er sie beim Atmen an den Härchen in der Nase spürte. Er lief zur Kuppe einer kleinen Erhebung hinauf und spähte gen Süden. Das winterliche Licht der Morgendämmerung war ganz schwach, doch konnte er Kavallerie stetig näherkommen sehen – vier Züge, ein jeder mit Pferden von gleicher Farbe. An der Spitze ritt der Trupp mit den Schimmeln.

Einen Warnruf ausstoßend, lief er zurück, um Sweet Medicine Woman und seinen Sohn Swift Eagle, der im Tipi nebenan schlief, zu wecken. Danes Karabiner war zwar in gutem, schußbereitem Zustand, doch besaß er nur noch vier Kugeln, und er wußte, daß nur noch wenige andere im Lager Munition für ihre Waffen hatten. Während Dane sich mit Pfeil und Bogen bewaffnete, zog Sweet Medicine Woman die Büffeldecke fest um ihre Schultern und schnallte sich einen Büffelhautsack auf den Rücken. Dane stieß sie hinaus und warf Swift Eagle seinen Karabiner zu. »Ich bringe die Frauen und Kinder hinauf auf das Felsgesims!« rief er. Da er jetzt einer der älteren Männer war, gehörte das zu seinen Aufgaben – die Saat des Stammes in Sicherheit zu bringen, ehe er sich am Kampf beteiligte.

Es herrschte helle Aufregung im Lager, als der Trupp Schimmelreiter heranpreschte und rücksichtslos Karabiner und Pistolen abfeuerte. Eine zweite Reihe von Blauröcken auf dunkleren Pferden schlug von links zu, während der dritte Trupp über die grasbewachsene Fläche auf die Pferdeherde zusprengte. Dane hob sich sein kleines Großkind auf die Schulter und trieb die Frauen vor ihm zur Eile an. Swift Eagles Frau, Buffalo Calf Woman, trug die kleine Großtochter in der Wiege und mühte sich außerdem noch mit mehreren schweren Gepäckstükken ab. Sweet Medicine Woman nahm ihr diese ab, und gemeinsam rannten sie den eisbedeckten Abhang zum Sims hinauf. Das Gewehrgeknatter hielt an, und Kugeln pfiffen durch die kalte Luft. Männer schrien und fluchten, Ponys wieherten, und dumpfes Hufgetrappel drang von der in Panik geratenen Herde der Cheyenne herüber.

Sobald Dane wußte, daß seine Familie auf dem Felsgesims in Sicherheit war, machte er kehrt, um den alten Leuten zu helfen, welche den schlüpfrigen Hang heraufgehastet kamen. Unter ihm, im Hintergrund des nächstgelegenen Tipis, sah er eine alte Frau mit einem kleinen Kind auf dem Arm und einem anderen Kind, das sich an ihrem Kleid festkrallte. Alle drei schrien. Die alte Frau versuchte, sich und die Kinder in einem entlaubten Gebüsch zu verbergen. Ein Blaurock auf einem der Schimmel bemerkte sie und riß das Pferd herum. Er hob die Pistole, doch Dane hatte seinen Bogen bereits gespannt. Er schoß dem Soldaten einen Pfeil in den Nacken; der Mann stürzte vom Pferd und streckte im Schnee alle viere von sich. Als Dane an ihm vorüberkam, kniete er rasch hin, um dem Mann die Pistole aus den fest sich um den Kolben krallenden Fingern zu reißen. Der herrenlose Schimmel umkreiste sie. Dane versuchte, die Trense zu packen, doch mißlang ihm das. Als das Pferd zum zweitenmal herumkam, riß er ihm den Karabiner aus dem Gewehrhalfter und lief dann weiter, um der alten Frau mit den Kindern zu helfen.

Inzwischen hatten die Cheyenne erkannt, daß die Feuerübermacht der Kavalleristen viel zu groß war, als daß sie ihr Lager hätten verteidigen können, und fingen an, sich auf den Felsvorsprung zurückzuziehen, auf dem schon die Frauen und Kinder Zuflucht gefunden hatten. Von dort oben konnten die Krieger alle Soldaten, die es versuchten, ihnen nachzustellen, mit Feuer bestreichen. Freilich mußten sie ohnmächtig zusehen, wie die Blauröcke ihre Tipis zerstörten. Im Laufe des Morgens sahen sie alles bis auf das, was sie auf dem Leib trugen, in Flammen aufgehen. Sweet Medicine Woman weinte, als sie Flammen an Amayis Bildern hochzüngeln sah, und die anderen schrien über den Verlust ihrer Wolldecken und des Bettzeugs, der Medizinbündel und Sättel und der sorgsam gehegten Wintervorräte. Die Blauröcke machten sogar ihre Kessel, Pfannen, Töpfe und andere Kochgerätschaften unbrauchbar, indem sie Löcher hineinschlugen.

Beim Rückzug waren nur vier Krieger getötet worden, doch mehrere andere hatten schmerzhafte Verwundungen erlitten. Swift Eagle war das Gesicht vom Ohr bis zum Auge aufgerissen worden; die Kugel saß noch in seiner Kinnlade. Two Crows, der alte Medizinmann, war gerade dabei, mit einem Messer ein Stück Blei aus dem Knochen zu polken, als Dane seinen Sohn unter den anderen Verwundeten entdeckte.

Als die Blauröcke unten immer noch ihre Tipis samt allem, was sie enthielten, zerstörten, kamen Yellow Hawk und Two Moon zu dem Schluß, daß ihre einzige Hoffnung, in dieser bitteren Kälte überhaupt zu überleben, darin bestehe, Crazy Horses Lager zu erreichen. Zu Pferde betrug die Entfernung zwei Tagesritte, aber es war ihnen nur gelungen, rund ein Dutzend Ponys aus dem Lager heraufzubringen. Noch ein paar andere wurden, nachdem die Blauröcke die Herde davongetrieben hatten, von mutigen Kriegern wieder eingefangen, doch eigentlich hätten sie Hunderte gebraucht. Zuletzt entschieden die beiden Häuptlinge, daß die Hälfte der Krieger die Frauen und Kinder und alten Leute bei ihrem Versuch begleiten sollten, sich einen Weg durch eine Schlucht zu suchen, durch die sie versuchen sollten, in nördlicher Richtung Crazy Horses Dorf zu erreichen. Währenddessen sollten die übriggebliebenen Krieger die Soldaten beobachten, sie – falls nötig – ablenken und jede Gelegenheit nutzen, einige von ihren Pferden wieder in die Hand zu bekommen.

Am Spätnachmittag, nachdem die Blauröcke eine Reihe von halbherzigen Versuchen unternommen hatten, die Cheyenne vom Felsgesims hinunterzutreiben, zogen sie endlich in Richtung Süden ab. Im schwindenden Winterlicht setzten die Krieger ihnen in einiger Entfernung nach und verfolgten sie bis zu einem Zeltlager in einem Pappelgehölz. Bald entdeckten sie, daß dasjenige, was von ihrer Herde übriggeblieben war, in eine aus Felsen gebildete Schlucht hineingetrieben worden war, deren Zugang durch vier Armee-Wagen versperrt wurde. Aus der Ferne sahen die angepflockten Pferde der Schimmeltruppe aus wie Geisterpferde, die in der schneidenden Kälte erstarrt waren.

Dane gehörte zu diesen verzweifelten Pferdesuchern. Trotzig hatte er sich geweigert, dem Befehl seines Schwagers zu gehorchen, mit den Frauen und Kindern weiterzuziehen. Erst als sie den Felsvorsprung verließen, um den Soldaten zu folgen, kam er dahinter, daß jener Krieger, der einen Kopfputz aus Büffelhaar trug und bis zu den Augen in eine braune Wolldecke gehüllt war und der sich den ganzen Nachmittag in seiner Nähe gehalten hatte – Red Bird Woman war. Er machte ihr Vorwürfe, bis sie ihn daran erinnerte, schließlich habe sie den Cheyenne auch damals Glück gebracht, als sie ihnen bei ihrem Sturm auf das Fort am Little Piney bis nach Peno Creek gefolgt war.

»Aber mittlerweile mußt du über sechzig Winter zählen«, sagte er.

»Und du noch mehr«, hielt sie ihm entgegen.

Two Moon und Yellow Hawk übertrugen die Aufgabe, die Pferdeherde wieder in die Hand zu bekommen, dem alten Iron Crow, der die Nachfolge Lean Bears als Anführer der Hunds-Krieger angetreten hatte. Das Ganze geschah äußerst rasch und lautlos. Iron Crow schickte mehrere Krieger aus, sich die steile Felswand der Schlucht entlang vorzuarbeiten und dann im Hintergrund der Herde zur Talsohle hinunterzuklettern. Dann schafften er selbst und drei seiner Hunds-Krieger die beiden Wachen bei den Wagen, die den Zugang versperrten, mit der üblichen Umsicht aus dem Weg. Als Iron Crow einen Laut vernahm, der sich anhörte wie das ferne Gekläff eines Kojoten, gab er den übrigen Kriegern ein Zeichen, aus den nahegelegenen Felsen hervorzuschleichen und die leeren Wagen beiseitezuschieben. Inzwischen hatten die Krieger, die hinter den Pferden die Talsohle erreicht hatten, jeder ein Pferd bestiegen und trieben die anderen vor sich her. Während die Ponys vorbeiliefen, fing sich ein jeder Krieger eines und ritt rasch damit fort.

In der Verwirrung verlor Dane Red Bird Woman aus den Augen. Er konnte sich nicht erinnern, sie gesehen zu haben, nachdem er aus den Felsen hervorgesprungen war, um beim Beiseiteschieben der Wagen mit Hand anzulegen. Als plötzlich Karabinerfeuer hinter ihm eröffnet wurde, drehte er sich um und sah einen der Kavallerieschimmel die Schlucht im Sprung nehmen. Da er glaubte, daß sich ihm ein Blaurock an die Fersen heftete, zog er rasch die Pistole, die er einem der Blauröcke heute morgen abgenommen hatte. Als er die Waffe hob, erkannte er Red Bird Womans Büffelhaar-Kopfputz vor dem bestirnten Himmel. Sie hatte einen der Schimmel gestohlen, und als sie wie ein pfeilschnelles Gespenst an ihm vorüberritt, klang ihr Lachen wie das eines unbeschwerten jungen Mädchens.

Auf ihrem strapazenreichen, drei Tage währenden Ritt bis zu Crazy Horses Dorf verloren die Cheyenne mehr Menschen durch Kälte und Erschöpfung, als sie durch die Blauröcke verloren hatten. Es war ihnen noch nicht einmal gelungen, die Hälfte ihrer in Panik geratenen Herde wieder einzufangen, und aus Furcht vor einem weiteren Überfall durch die Kavallerie gaben sie jede weitere Suche nach verloren gegangenen Pferden auf. Aus diesem Grunde mußten viele von ihnen zu Fuß gehen oder sich beim Reiten abwechseln, und ohne Sättel und ohne Zaumzeug war ohnehin nur ein langsames Vorankommen.

Temperaturen unter dem Gefrierpunkt schützten sie zwar vor der Verfolgung durch die Blauröcke, aber gleichzeitig war die Kälte auch ein tödlicher Feind. Am zweiten Tag überzog gefrierender Regen das Fell ihrer Ponys und ihre Kleidung mit einer Eisdecke und machte es unmöglich, nachts Feuer zu unterhalten. Die einzige Nahrung, die sie

hatten, war getrocknetes Büffelfleisch aus den geringen Vorräten, welche die Frauen mit sich hatten fortschleppen können.
Ohne Schutz vor der Witterung litten sie alle, und am Nachmittag des dritten Tages legten sie eine Pause ein, lange genug, um rasch Gerüste für die Toten aufzuschlagen, ehe sie weiterzogen zu Crazy Horses Dorf. Unter den Bestattungsgerüsten stand auch ein kleines für Sun Spirit Girl. Dane und Sweet Medicine Woman hatten ihre einzige Großtochter verloren. Sie starb, wie in Danes Erinnerung die kleinen McBees auf jenem frühen Exodus der Cherokesen – mit einem Rasseln in Rachen und Lunge, einem Nach-Luft-Ringen und schließlichem Ersticken.
Wann wird dieser Fluch, diese Bürde, die auf meinem Volk lastet, von ihm genommen werden? dachte er, als er seinem verwundeten Sohn half, die kleine, in eine Wolldecke eingewickelte Gestalt auf ihr Gerüst zu legen. *Wann wird dieses ständige Auf-der-Flucht-Sein ein Ende haben?*
Wie ein Labsal bei dieser Trauer war die Freundlichkeit der Sioux, von denen einige ihnen aus dem Dorf entgegengeritten kamen, um sie willkommen zu heißen. An jedem Tipi, an dem sie vorüberkamen, nachdem sie ins Lagerrund eingetreten waren, standen Männer und Frauen und Kinder in der Kälte, um sie zu begrüßen: »*Hokahe,* kühne Cheyenne, kommt und teilt unser Essen.« Andere brachten Wolldekken und Kleidungsstücke und boten sie ihnen schweigend dar.
Crazy Horse, den sie in seiner schlichten Hirschlederkleidung und mit der roten Falkenfeder im langen, nicht zu Zöpfen geflochtenen Haar fast nicht bemerkt hätten, trat aus der Menge hervor, um Two Moon und Yellow Hawk willkommen zu heißen. »Ich habe von dem Gemetzel der Blauröcke gehört«, sagte er.
»Wir sind ohne Nahrung und Unterkunft«, antwortete Two Moon, »und haben nur wenige Pferde.«
»Ich bin froh, daß ihr gekommen seid«, erklärte Crazy Horse. »Wir Oglalas besitzen mehr Pferde, als wir brauchen. Wir werden Essen und Unterkunft mit euch teilen.« Er legte den Cheyenne-Häuptlingen die Hand auf die Schulter, und in seinen Augen flammte der Zorn. »Wir alle werden wieder gegen die *Wasicus* kämpfen müssen.« Dann erkannte er Dane, der hinter den Häuptlingen stand. »Wo ist mein alter Freund Pleasant?« rief er. Dane sagte ihm, sein Halbblut-Sohn befinde sich in der Red Cloud-Agentur. Crazy Horses Gesicht ließ Mißbilligung erkennen! »*Hoh!* Dann ißt er also zusammen mit

dem alten Red Cloud und meinem Onkel, Spotted Tail, dasjenige, was von der Weißen Männer Tisch fällt? Aber eines Tages wird er kommen und sich uns anschließen. Genauso wie wir wird Pleasant feststellen, daß er dort leben muß, wo der Wind frei weht. Er wird kommen, genauso wie viele andere.«

Bis in den Mond, da die Gänse Eier legen, also bis in den April hinein, lebten die Cheyenne bei den Oglalas und brachten allmählich ihre zerschlagene Welt wieder in Ordnung. Um den ersten Bedarf an frischem Fleisch zu stillen, gab es im Tal Antilopen die Fülle, doch was sie am meisten brauchten, waren die lebensspendenden Büffel, damit sie ihre verlorenen Tipis und ihre Kleidung wiederherstellen und ihre Vorräte an Trockenfleisch wieder auffüllen konnten. Auch die Oglalas waren im Frühjahr auf die Büffel angewiesen, und sobald das Gras grün war und die Ponys wieder zu Kräften gekommen, zogen beide Stämme nach Westen an den Tongue River. Dort stießen sie auf Sitting Bull mit Hunderten von Tipis der Uncpapas sowie vieler anderer, die auf der Suche nach Freiheit den Reservaten entflohen waren. Die Uncpapas hatten von dem Unglück gehört, das die Cheyenne befallen hatte, und viele kamen, ihnen Ponys, Wolldecken, Tipiplanen aus Büffelhaut, Pfeile und Bogen und Medizinpfeifen anzubieten – kurz alles, was sie brauchten.

In den folgenden Tagen kamen Sitting Bulls Büffelscouts zurück und berichteten, zwischen Rosebud und Little Bighorn grasten viele Büffelherden. Statt die Lager an verschiedenen Tagen abzubrechen und in unterschiedliche Richtungen auseinanderzugehen, zogen Stämme und Unterstämme zum erstenmal seit Menschengedenken als eine große Familie nach Westen; Tausende von Uncpapas, Oglalas, Brules, Sans Arcs, Blackfoot Sioux, Arapaho und Cheyenne.

Unterwegs schlossen sich ihnen auch noch Spotted Elks Minneconjous an, die aus dem Südosten kamen, und Dane und die Seinen feierten ein freudiges Wiedersehen mit Amayi und ihrem Mann, Bull Bear. Amayi war schöner denn je, ihre Haut leuchtete gesund, sie hatte sich farbige Bänder in ihr schimmerndes Haar geflochten, und ihre Augen und ihr Mund lächelten unablässig. Dane wollte ihr schon Vorhaltungen machen, daß sie ihm kein Großkind geschenkt habe, doch hörte er dann, wie sie Sweet Medicine Woman im Flüsterton anvertraute, sie habe vergangenen Winter eine Fehlgeburt erlitten, sei jetzt jedoch wieder völlig hergestellt. Etliche von den Minneconjous hatten den Winter in der Red Cloud-Agentur verbracht, und sie alle gelobten, die Blauröcke zu bekämpfen, statt jemals zurückzukehren in die Einengungen und tödliche Beschneidung des Lebens im Reservat.

Im Mond, da die Büffelbullen fett sind, schlugen diese letzten freien Indianer der Nördlichen Prärien ihre Rundlager den Fettgras-Fluß entlang auf (den die Weißen Männer Little Bighorn nennen), um einen geschäftigen Sommer mit Jagen, Fellgerben, Fleischtrocknen, Kleiderfärben und Zeltstangenschneiden zu beginnen. Am Vormittag des 25. Juni wurde die von ihnen gewählte Lebensweise durch das unerwartete Eintreffen von sechshundert schwerbewaffneten Blauröcken unter dem Kommando von George Armstrong Custer unterbrochen. Als die Kämpfe zu Ende waren, hatten die Stämme einen großen Sieg errungen, doch trug dieser Triumph ihnen bald den Zorn mächtiger Kräfte ein, und am Ende verloren sie Paha Sapa, das Jagdparadies am Powder River und ihre geliebte Freiheit für immer.

54

»Mr. Teddy Roosevelt, Ihr Präsident«, sagte Dane, »hat mich immer gebeten, ihm von dem Kampf am Little Bighorn zu erzählen. Er wollte mir einfach nicht glauben, als ich ihm sagte, ich sei zwar dabeigewesen, hätte aber nur die Schlußphase aus der Entfernung verfolgt. Er meinte, ich hätte Angst zuzugeben, daß ich mitgeholfen hätte, Custer zu töten.«

»Dane spricht Wahrheit«, sagte Red Bird Woman. »Er war bei mir und Sweet Medicine Woman draußen auf Prärie beim Ausgraben von Drüsenklee, als Custers Blauröcke mit der Schießerei anfingen.«

»Amayi war gleichfalls bei uns«, sagte Dane, »und White Horn, mein damals sechs Jahre alter Großsohn. Swift Eagle und Buffalo Calf Woman blieben diesen Morgen im Lager, und mein Schwiegersohn, Bull Bear, war mit ein paar Minneconjous draußen, Antilopen zu jagen. Unsere Büffelscouts hatten uns zwar gemeldet, daß sich Blauröcke von Westen her näherten, daß aber auch noch eine Kolonne – die von Custer – aus dem Osten heranrückte, wußten wir nicht. Und selbstverständlich erfuhren wir auch erst lange nach dem Kampf, daß es Custer gewesen war.«

»Sie hatten aber schon von Custer gehört?« fragte ich.

»Aber ja doch. Die Cheyenne haßten ihn, weil er Black Kettle und viele Verwandte und Freunde im Indianer-Territorium am Washita getötet hatte. Was wir jedoch nicht wußten, war, daß Custer so weit nach Norden gezogen war, um uns zu vernichten.«

Dane stieg hinunter bis an den Rand des Baches, um John Bear-in-the-Water zu helfen, eine der Tipistangen herüberzuschaffen. Nachdem der junge Mann zurückgegangen war zum Wagen, um noch eine zu holen, fragte Red Bird Woman laut flüsternd: »Wirst du eigentlich zulassen, daß dieser junge Crow Mary Amayi heiratet?«

Er zuckte mit den Achseln. »Mary Amayi kennt ihr eigenes Herz. Es ist heute nicht mehr so wie früher, Red Bird.«

»Die Crows haben Custer als Scouts gedient«, erklärte sie mit einem Seitenblick auf mich.

Er lachte. »Sie sind es aber nicht lange geblieben, nachdem Crazy Horse und Gall und Two Moon anfingen, sie zu jagen. Die Crows haben uns keinen Schaden zugefügt. Wie gesagt, ich war weit draußen auf der Prärie. Sie war über und über mit Wildblüten bedeckt, ganze Schneisen aus Gelb und Rot und Blau und Weiß, und ich watete mit meinem kleinen Großsohn in geschmolzenem Schneewasser, das aber noch zu kalt war, ihn Schwimmen zu lehren. Ich trocknete ihm Beine und Füße mit welkem Gras, als ich in der Ferne die ersten Schüsse losgehen hörte – am Südende des langgestreckten Lagers, wo die Uncpapas ihr Tipirund aufgeschlagen hatten. Von den ersten Schüssen an wußte ich, daß es Blauröcke waren, die angriffen, und lief auf das Nordende zu, wo die Cheyenne lagerten. Bald sah ich noch aus weiter Ferne viele Leute durch unsere Pferdeherde drängen, Frauen, die beim Satteln halfen, und Krieger, die in Richtung auf den Little Bighorn davonsprengten.

Custer führte seine Männer unmittelbar bis an den Rand des Little Bighorn heran – genau gegenüber vom Lager der Cheyenne, und mein Schwager, Yellow Hawk, erzählte mir später, wenn Crazy Horse nicht mit seinen Oglalas gekommen wäre, hätten viele Cheyenne-Krieger dort im Fluß den Tod gefunden. Anfangs mußten die Cheyenne ganz auf sich allein gestellt Custer daran hindern, bis an ihre Tipis heranzukommen, doch dann, nachdem die Uncpapas den Adler-Häuptling Reno und seine Männer auf den hohen Felsen hinaufgetrieben hatten, eilten Crazy Horse und später auch noch Gall uns zu Hilfe.

Als ich endlich bei unseren Cheyenne-Tipis anlangte, lagen Custer und alle seine Männer bereits jenseits des Flusses tot auf dem Hang.

Sitting Bull hat immer gesagt, der ganze Kampf habe nicht länger gedauert als es brauche, eine Pfeife anzuzünden.
Ich fand Buffalo Calf Woman in ihrem Tipi, bald danach kam auch Swift Eagle zurückgeritten; Blut tropfte ihm von der noch nicht ausgeheilten Wunde seine Franzosennase herunter. Er hielt mir eine Lanze hin, und ich erkannte, daß er die blonden Haare eines frischen Skalps am Schaft befestigt hatte. ›Ich habe heute sowenig Lust verspürt, gegen die Blauröcke zu kämpfen, wie damals, als ich noch ein Kind war und sie ihre großen Kanonen bei Pea Ridge auf uns abschossen‹, sagte er und saß ab. ›Die Blauröcke sind gekommen, um abermals unsere Tipis zu zerstören, und deshalb habe ich für Sun Spirit Girl den Skalp genommen. Sobald wir an ihrem Grabgerüst vorüberkommen, werde ich ihn dort niederlegen.‹
Die ganze Nacht über hielten wir Renos Soldaten auf dem hohen Berg umzingelt, doch konnten wir nicht an sie heran, und sie hatten Angst, herunterzukommen und gegen uns zu kämpfen. Vor Tagesanbruch kehrten unsere Scouts zurück und berichteten, daß unendlich viel Blauröcke aus zwei Richtungen auf uns vorrückten. Die Häuptlinge berieten sich mit Sitting Bull und beschlossen, daß unsere große Familie wieder auseinandergehen und jeder Stamm und Unterstamm in eine andere Richtung abziehen solle – und zwar so schnell, daß es den Blauröcken schwerfallen würde, irgendwelche von uns zu finden. Deshalb mußten Sweet Medicine Woman und ich Amayi und Bull Bear, die selbstverständlich mit den Minneconjous zogen, wieder Lebewohl sagen.
Etliche Häuptlinge führten ihre Leute in die Bighorn Mountains, damit sie sich dort in den Wäldern versteckten, doch wir Cheyenne wußten, daß wir ohne Gras für die Ponys und ohne Büffel, die uns Nahrung, Unterkunft und Kleidung lieferten, nicht lange leben konnten. Deshalb setzten wir über den Yellowstone über und zogen hinunter in die Weidegründe, wo der Tongue in den Yellowstone mündet. Sitting Bull muß den gleichen Gedanken gehabt haben, denn wir entdeckten bald, daß die Uncpapas in unserer Nähe lagerten.
Ein paar Monde lang lebten wir, wie wir immer gelebt hatten, doch dann kamen die Blauröcke aus allen Himmelsrichtungen. Wir wollten in dem Versuch, unsere Tipis und unser Leben zu retten, in diese Richtung entfliehen und dann in jene und lagerten selten länger als einen Tag an ein und demselben Ort. Einmal, am Powder River, trafen wir Sitting Bull und seine Leute, die vor einer Horde Soldaten auf

der Flucht waren. ›Die Blauröcke sind wütend, weil wir sie geschlagen haben‹, sagte Sitting Bull. ›Wir haben nicht gegen sie gekämpft, bis sie kamen, gegen uns zu kämpfen. Was haben wir getan, von dem die *Wasicus* wollen, daß wir damit aufhören? Wir sind die Kreuz und die Quer im ganzen Land umhergezogen, aber sie folgten uns von einem Ort an den anderen.‹ Er berichtete uns, Crazy Horse stehe weiter flußaufwärts am Powder, und seine Leute litten Hunger, weil sie nicht lange genug an einer Stelle bleiben konnten, um Büffel zu jagen.

Nicht lange danach lieferten wir uns ein Scharmützel mit den Blauröcken, und im Laufe des Kampfes wurde unsere kleine Gruppe – die von Yellow Hawk – von Two Moons Leuten abgeschnitten. Auf unserer Flucht holten wir die Uncpapas ein. Sitting Bull hieß uns willkommen, aber er war außer sich, weil er entdeckt hatte, daß Blauröcke genau an der Stelle, wo der Tongue in den Yellowstone einmündet, ein neues Fort errichteten. Wir alle wußten, daß Soldaten, die von dort aus operierten, es uns unmöglich machen würden, friedlich in dem zu leben, was von unserem Jagdparadies übriggeblieben war. Wir wurden von allen Seiten bedrängt, und jetzt holten die Blauröcke aus, uns den Todesstoß zu versetzen.

Sitting Bull schickte einen von den Halbblutfranzosen unseres Lagers aus, damit er ein Treffen mit dem Kommandanten dieses neuen Forts vereinbarte. Im Mond, da die Blätter fallen – also im Oktober –, begleitete ich unsere Häuptlinge als Dolmetsch zu diesem Treffen mit dem Stern-Häuptling der Blauröcke. Alle unsere Krieger bildeten eine Reihe und standen den Einheiten der Blauröcke gegenüber, und die Häuptlinge und ein paar Krieger und ich schritten voraus, um dem Stern-Häuptling und einigen seiner Offiziere entgegenzugehen.

Wir nannten ihn Bear Coat, weil er eine Bärenfellmütze und einen langen Bärenfellmantel trug. Es war General Miles. Die Stadt, die später dort entstand, wurde nach ihm benannt – Miles City.

Bear Coat gab sich freundlich, doch Sitting Bull wollte keine Pfeife mit ihm rauchen. ›Warum willst du nicht mein Freund sein?‹ fragte Bear Coat ihn.

›Ich bin nicht für die *Wasicus*‹, entgegnete Sitting Bull, ›aber ich bin auch nicht euer Feind. Ich möchte nur in Ruhe gelassen werden.‹

›Was machst du denn im Yellowstone-Gebiet?‹ fragte Bear Coat daraufhin.

›Ich jage Büffel, um mein Volk zu ernähren und zu kleiden‹, antwortete Sitting Bull. ›Aber ich möchte nicht gegen euch kämpfen. Ich habe nie gegen die *Wasicus* gekämpft, bis sie kamen, gegen mich zu kämpfen. Es wird keine Kämpfe mehr geben, wenn ihr eure Soldaten und Forts aus unserem Land fortbringt.‹

Bear Coats Lächeln geriet zu einem finsteren Funkeln. Mit harten Augen blickte er einen jeden von uns durchbohrend an. ›Es wird keinen Frieden für euch geben‹, sagte er, ›bis ihr in die Reservate geht, die wir für euch bereitgestellt haben.‹

Ich spürte förmlich, wie der Zorn in Sitting Bull aufwallte. Er wandte den Kopf und blickte zurück auf unsere Reihe schlecht bewaffneter Krieger, die den Einheiten von Blauröcken mit ihren blitzenden neuen Gewehren gegenüberstanden. Er war sich darüber im klaren, daß die *Wasicus* manchmal gegen die Regeln bei Waffenstillstandsverhandlungen verstießen. Wenn Bear Coat sich entschloß, das zu tun, konnte er einen jeden von uns in der Ratsgruppe umbringen oder gefangen nehmen. ›Der Große Geist hat mich zu einem Indianer gemacht‹, sagte Sitting Bull ruhig, ›aber nicht zu einem Reservats-Indianer. Und ich habe auch nicht die Absicht, ein Reservats-Indianer zu werden.‹ Er blickte Yellow Hawk und mich an. ›*Aban!* Gebt Obacht, seid vorsichtig. Es ist zu Ende.‹ Er kehrte Bear Coat den Rükken zu, und gemessen schritten wir alle zu unserer Reihe von Kriegern zurück und bestiegen unsere Ponys. Von den Einheiten der Blauröcke vernahm man das Klicken der Gewehrschlösser. Sitting Bull winkte den Kriegern, sich in den Schutz der Bäume zurückzuziehen. Zwei oder drei Schüsse wurden hinter uns abgefeuert, die Kugeln pfiffen über unsere Köpfe dahin, und dann hörten wir Bear Coat den Befehl hinausbrüllen, das Feuer einzustellen. Zumindest hatte er den Anstand besessen, die Regeln bei Waffenstillstandsverhandlungen einzuhalten.

An diesem Abend hielten die Häuptlinge eine Ratsversammlung ab, und Sitting Bull sagte, die *Wasicus* hätten uns unser Land genommen, und es sei kein Platz mehr für uns, im Land des Großen Vaters zu leben. Wenn wir blieben, wo wir waren, hätten wir nichts anderes zu erhoffen als Eingesperrtwerden oder Tod. Das einzige, was uns noch bliebe, sei, nach Kanada zu ziehen, in das Land der Großmutter, Königin Victoria. Ehe wir dorthin aufbrachen, schickten Sitting Bull und Yellow Hawk Boten gen Süden den Lauf von Tongue und Powder entlang, die Crazy Horse und Two Moon aufsuchen und sie auffordern sollten, mit uns ins Land der Großmutter zu ziehen. Doch die

Boten fanden nur ein paar kleine verstreute Gruppen, die alle auf der Flucht vor den Soldaten waren. Niemand wußte, was mit Crazy Horse und Two Moon geschehen war.
Und so zogen wir nach Kanada und wurden dort Gefangene der Berittenen Polizei in ihren roten Uniformröcken. Sie wollten uns nicht umbringen und haben uns freundlich behandelt, aber wir waren Ausgestoßene, denen es verboten war, umherzuziehen und auf die Büffeljagd zu gehen. Wir hatten nichts weiter zu tun, als Tag für Tag in unseren Leinenzelten herumzusitzen, unserer verlorenen Heimat zu gedenken und darauf zu warten, daß die Berittene Polizei uns ernährte und kleidete. Überleben war unser einziger Daseinszweck.
So ist das Leben nun einmal. Alles scheint gut zu laufen, doch dann geschieht eines Tages etwas, und man ist erledigt. Vergessen Sie nicht, das kann auch Ihnen widerfahren.«

55

Sergeant Pleasant McAlpin, Indianer-Scout der US-Armee, knöpfte sich die dunkelblaue Uniformbluse zu und legte sein Pistolenhalfter um. Er lauschte dem Hornsignal und ging dann auf Zehenspitzen zur Schlafzimmertür, Maga, seine Oglala-Frau, lag in trunkenem Vergessen im Bett, eine zusammengedrehte Wolldecke zwischen die Schenkel geklemmt. Eine Whiskyflasche stand schräg an die Wand gelehnt. Er trat ein, hob die Flasche auf, sah, daß noch ein Rest Whisky den Boden bedeckte, ließ ihn die Kehle hinunterlaufen, genoß die süße Wärme, die sich in ihm ausbreitete und hoffte, daß sie den Kopfschmerz vertrieb.
Da ertönte das Hornsignal, und er eilte hinaus in die trockene Morgenkälte von Camp Robinson vor den hochragenden weißen Klippen im Norden, wo die Sonne bereits die Spitzen der Kiefern erhellte. Als er sein Pferd von der Weide holte, sah er, daß weit jenseits des Flusses im Süden Infanteristen Reihen grauer Stoffzelte errichteten, und da glaubte er zum erstenmal wirklich, daß Crazy Horse sein Volk heranführte, um sich zu ergeben.
Gemeinsam mit den anderen Indianer-Scouts ritt er um die Unterkünfte der Kavallerie herum auf den Exerzierplatz. Dort ließ er am Schluß von Leutnant Clarks regulärer Kavalleriekompanie seine Scouts in Dreierreihen antreten. Heute morgen verschwendete Leut-

nant Clark keine Zeit, und bald ritten sie hinaus: der Leutnant an der Spitze, hinter ihm die zehn Scouts und hinter diesen, in Viererreihen die Kolonne der Kavalleristen. Seit Verlassen von Camp Robinson war noch keine halbe Stunde vergangen, da sichteten sie die Oglalas. Leutnant Clark rief laut einen Befehl für die Kavallerie, eine langgezogene Reihe zu bilden, und in langsamer Gangart ging es weiter. Pleasant sah, daß die Oglalas in einer ähnlichen Formation näherkamen: Crazy Horse weit voraus auf einem Mustang mit auffallend großer Blesse, hinter ihm zehn Unterhäuptlinge, dann die weit auseinandergezogene Reihe der Krieger und hinter ihnen die Masse der Frauen und Kinder mit einer großen Ponyherde. Sie hatten keinen einzigen *Travois,* was bedeutete, daß sie keinerlei Unterkunft mit sich führten. Der Leutnant und Crazy Horse brachten ihr Pferd fast gleichzeitig zum Stehen, keine zwanzig Schritt auseinander.

Die Krieger der Oglalas hatten ausgemergelte Gesichter mit tief in den Höhlen liegenden Augen; die Rippen ihrer Reittiere waren unter dem faltig herabhängenden Fell deutlich zu erkennen. Gleichwohl bewahrten die Krieger eine stolze, aufrechte Haltung, während Crazy Horse absaß, vortrat und auf den Leutnant und den Dolmetsch von Camp Robinson zuging. Voller Verachtung ließ Crazy Horse den Blick über die Gesichter der zehn Indianer-Scouts hinweggehen, und Pleasant hätte zu gern gewußt, ob sein alter Gefährte bei vielen Lockvogelunternehmungen am Little Piney ihn unter seinem breitrandigen Armee Hut erkannt hatte.

Von dort aus, wo Pleasant im Sattel saß, konnte er die langsam geführte Unterredung verfolgen: Crazy Horses leise gesprochene Lakota-Worte, die dann in plumpes Englisch gedolmetscht wurden. Crazy Horse reichte Leutnant Clark die Linke und erklärte, sein Herz sitze auf der linken Seite seines Körpers, und er gäbe den *Wasicus* sein Herz. Er wolle auf dem Boden sitzen, während er die Pfeife mit dem Kleinen Weißen Häuptling rauchte, denn die Erde, auf der sie säßen, würde den Frieden festigen. Er ergebe sich, erklärte Crazy Horse, weil ihm ein Reservat im Gebiet des Powder River versprochen worden sei, ein Gebiet, das er sich selbst aussuchen könne. Pleasant wußte, daß das eine Lüge war; die Armee-Offiziere hatten sich das ausgedacht, um den letzten der großen Kriegsführer der Sioux zu umgarnen.

Pleasant wollte Crazy Horse zurufen, dieses Versprechen sei eine Lüge, ihm sagen, er solle kehrtmachen und sich durch Flucht in Sicherheit bringen, aber er wußte, daß es diesseits der kanadischen

Grenze keinen sicheren Ort mehr für ihn gab. Two Moon, der sich mit seinen Cheyenne bereits ergeben hatte, hatte Pleasant berichtet, daß Dane und Sweet Medicine Woman zusammen mit Yellow Hawk und Sitting Bull auf der Flucht nach Kanada seien – das heißt, falls sie überhaupt noch lebten. Er spürte, wie der alte Schmerz der Einsamkeit ihm wieder die Kehle zuschnürte. Sein Mund war trocken, und es verlangte ihn nach den Träumen, die er jetzt nur noch in einer Flasche Roggenwhisky finden konnte, die der Marketender weiter oben am Fluß im dichten Weidengebüsch von einem Wagen herab verkaufte. Er war überzeugt, daß seine Mutter, Jerusha, tot war. Drei Briefe hatte er ihr ins Cherokesenstammland geschrieben, doch nie eine Antwort erhalten. Er litt unter dem Gefühl des Verlassenseins, das auch Maga, seine Frau, nicht mehr beheben konnte, da sie selbst ihre eigenen Träume gleichfalls in der Flasche suchte, alles Geld, das sie als Wäscherin für die Soldaten verdiente, dafür ausgab und, wenn sie nüchtern war, den alten Tagen der Freiheit nachweinte und die Holzwände des Würfels verfluchte, in dem sie zusammen mit Pleasant eingesperrt war.

Leutnant Clark war vom Pferd gesprungen und rief den Indianer-Scouts und den Kavalleristen seine Befehle zu. Sie brachten den Vormittag damit zu, Crazy Horses Leute zu zählen und zu entwaffnen und zweihundertsiebzehn Männer und sechshundertzweiundsiebzig Frauen und Kinder nach verborgenen Waffen zu durchsuchen, um schließlich vierundachtzig längst veraltete Gewehre und dreiunddreißig Pistolen einzusammeln. Pleasant war froh, als das vorüber war. Ihm gefiel nicht, wie die Krieger und die Frauen ihn ansahen, wenn sie erkannten, wer er war, und ihm war nach Weinen zumute, wenn er die Kinder betrachtete. Früher, als er noch unter ihnen gelebt hatte, waren sie lustig gewesen und hatten umhergetollt. Jetzt hatten sie ernste Gesichter wie alte Männer und Frauen; viele husteten unter Schmerzen, und Schleim lief ihnen aus Nase und Augen.

Dann setzte sich der Zug in Bewegung. Das Tal mit den hochragenden weißen Felsen zu ihrer Rechten entlang, bewegten sich diejenigen, die von den letzten freien Oglala Sioux noch übriggeblieben waren, auf die Biegung des White Earth River zu, an dessen Ufer Camp David lag. Zu beiden Seiten des Flusses waren Tausende von Reservats-Sioux und -Cheyenne versammelt, um Crazy Horse zu ehren; ihre Stimmen ertönten in einem getragenen Gesang, und klagend stießen sie alte vergessene Schlachtrufe aus. Seit dem Sieg über Carrington

am Peno Creek vor elf Jahren hatte Pleasant ein solches Anschwellen von pulsierenden Stimmen nicht mehr vernommen.
Sie überquerten den schmalen Fluß und ritten weiter auf die Leinwandzelte zu, die in Reihen militärisch ausgerichtet aufgebaut waren, statt im gewohnten Lagerrund. Nachdem die Oglalas abgesessen waren, führten die Indianer-Scouts ihre Pferde fort und brachten sie zu den anderen Tieren der Herde. Vor Dunkelwerden hatten Sergeant Pleasant McAlpin und die anderen Scouts die zweitausend halbverhungerten Ponys von Crazy Horses Leuten sicher in einem Korral an der Westseite von Camp David untergebracht. In den kommenden Tagen sollten die Tiere geschlachtet und das Fleisch an ihre früheren Besitzer ausgegeben werden, die jetzt Gefangene der US-Armee waren.
Eine Woche verging, ehe es Pleasant gelang, sich fortzustehlen und Crazy Horse aufzusuchen. Er befürchtete, daß sein einstiger Krieger-Gefährte sich weigern würde, mit ihm zu sprechen, oder, falls er es doch tat, ihn als Söldner und Verräter zu verdammen. Im ganzen Camp David schwirrte es von Gerüchten über diesen merkwürdigen Mann von den Oglalas, und für Pleasant lag es auf der Hand, daß Crazy Horses Anwesenheit die höheren Armee-Offiziere störte. Die lautstarke Demonstration der Reservats-Indianer hatte sie aufgeschreckt. Obgleich Crazy Horse und seine Krieger jetzt weder Waffen noch Pferde besaßen, blieb er ein Symbol der Freiheit, stellte er eine Gefahr für das Reservatssystem dar. Pleasant hatte hinter vorgehaltener Hand von Plänen gehört, ihn weit fortzuschicken, wo er keine Gefahr mehr bildete.
Früh eines Abends, nachdem Pleasant vom Dienst abgelöst worden war, zog er seine hirschlederne Kleidung an, watete durch den Fluß und schlug eine rasche Gangart an, bis er Crazy Horses Lager erreichte. Die Oglalas hatten die Zelte jetzt kreisförmig angeordnet, und so hatte er keinerlei Schwierigkeiten, Crazy Horse zu finden. Der Häuptling saß auf einer Wolldecke neben seinem Zelt und starrte in die untergehende Sonne; bittere Falten kerbten sich von seiner Nase hinunter bis zu den traurigen Mundwinkeln. Er sah viel älter aus als seine fünfunddreißig Jahre. Pleasant näherte sich ihm von der Seite und erwartete, daß er sich beim Klang von Tritten umdrehen würde, doch schien er für nichts anderes Sinn zu haben als für die Sonne.
»Tashunka Witko«, sagte Pleasant leise.
Crazy Horse sah ihn an; sein Gesicht blieb ernst, doch stand er auf

und reichte ihm die Hand. »Iron Shirt Pleasant«, sagte er, und die Andeutung eines Lächelns huschte über sein Gesicht. Crazy Horse trug immer noch die rote Falkenfeder im Haar. Die Ellbogen seines hirschledernen Hemds waren durchgescheuert.

»Du hast mich neulich gesehen«, sagte Pleasant. »Ich habe mich in meiner Blaurock-Uniform geschämt, als du mir ins Gesicht sahst.«

»*Hna!*« grunzte Crazy Horse. »Wir haben beide Dinge getan, für die wir uns schämen müssen, Iron Shirt. Aber warte ein wenig, warte ein wenig. Du und deine Frau Maga, ihr könnt kommen und dort mit mir leben, wo es immer noch Büffel die Fülle gibt. Die *Wasicus* haben mir ein Reservat im Powder River-Land versprochen.«

Dieses Versprechen ist eine Lüge, dachte Pleasant. *Ich muß ihm sagen, daß sie lügen.* Statt dessen fragte er: »Haben sie gesagt, in welchem Mond ihr dorthin kommt?«

Crazy Horse stieß einen knurrenden Laut aus. »Sie sagen, erst müsse ich nach Washington und mit dem Großen Vater sprechen. Ich sage ihnen, ich gehe nach Washington, sobald ich das Reservat gesehen habe. Sie warten. Ich warte. Sie sagen mir, mein Volk müsse zivilisiert werden. Ich sage ihnen, mein Volk *ist* zivilisiert, es wolle leben, wie unsere Väter und deren Väter vor ihnen gelebt haben. Jetzt sind wir auf die *Wasicus* angewiesen, was Essen, Unterkunft und Kleidung betrifft. Auf diese Weise werden sie uns vernichten. Wir wollen die Zivilisation der *Wasicus* nicht. Sie verstehen mich nicht. Ich verstehe sie nicht.«

Sie redeten, bis die Dunkelheit sich herniedersenkte. Pleasant verabschiedete sich, ohne Crazy Horse von der Lüge erzählt zu haben; denn er wußte, ohne diese Lüge blieb seinem Freund nichts mehr, gar nichts – nicht einmal ein Traum aus der Flasche.

An einem anderen Abend forderte er Maga auf, zusammen mit ihm Crazy Horse zu besuchen. Einige ihrer Verwandten waren im Lager. Aber sie weigerte sich. »Ich könnte es nicht ertragen, sie in dem Zustand zu sehen, in dem sie jetzt sind«, sagte sie, »und auch nicht, daß sie mich sehen. Crazy Horses Leute sind immer frei und ungebunden gewesen. Hier werden sie bald sterben.« Lautlos weinte sie, und so ging er allein über den Fluß hinüber.

Diesmal redeten Crazy Horse und er vornehmlich über die alte Zeit, über die Jagd und über Kriegs-Züge, den Tongue und den Powder-River entlang, über die großen Siege von Peno Creek und am Little Bighorn. »Es ist alles zu Ende«, erklärte Crazy Horse unvermittelt, und

sein magerer Körper erschauerte unter der Erkenntnis der Gegenwart, der falschen Welt, die ihn umgab.
Pleasant zog eine Flasche aus dem Futter seines Rocks. »Das hier ist meine Rettung«, sagte er und bot Crazy Horse davon an.
»Was ist denn Gutes in diesem Feuerwasser der *Wasicus?*« rief Crazy Horse verächtlich. »Es macht einen Mann zu einem Bären, der seine Sinne verloren hat. Er knurrt, er kratzt und er heult, er fällt zu Boden, als ob er tot wäre.« Er stieß die Flasche von sich, und ein sonderbarer Zug trat in seine Augen, als er Pleasant eindringlich anblickte und dann fragte: »Haben die Blauröcke dich zu mir geschickt, Iron Shirt?«
»Nein!« Pleasant zog sich in sich zurück; diese Anschuldigung verletzte ihn.
»Seitdem ich hierhergekommen bin, habe ich gelernt, keinem Menschen mehr zu trauen. Sie verbreiten Lügen über mich drüben in Red Clouds Agentur und in eurem Soldatenlager.«

Im Laufe der folgenden Wochen begleitete Pleasant als Scout eine Kompanie Kavallerie den North Platte hinauf und suchte nach einer Gruppe »feindlicher« Arapaho, von denen sie gerüchtweise gehört hatten. Er wollte die Arapaho nicht finden, dafür fanden diese sie – siebzehn verängstigte Männer, Frauen und Kinder, und die Kavallerie trieb sie zurück nach Camp Robinson wie eine kleine Herde Longhorn-Rinder. Gleich bei seiner Rückkehr bemerkte er, daß das Lager von Crazy Horse nicht mehr da war. Die Armee, welche die Ausstrahlung des Oglala-Führers fürchtete, hatte ihn und seine Leute ein paar Meilen weiter nach Süden verlegt, um eine größere Entfernung zwischen ihn und die Red Cloud-Agentur zu legen.
Beim Marketender und im Büro des Adjutanten, bei dem Pleasant Meldung erstattete, hörte er viel über Crazy Horse reden. Schon längst war er dahintergekommen, daß die Armee-Offiziere die Indianer-Scouts als nützliche Tiere betrachteten, die zwar imstande waren, Kommandos zu begreifen, nicht jedoch – genausowenig wie Pferde – auf englisch weitergegebenen Klatsch oder Gerüchte zu verstehen oder weiterzugeben. Die Offiziere sagten in ihrer Gegenwart Dinge, die sie in der Nähe einfacher weißer Soldaten nicht einmal im Flüsterton von sich gegeben hätten. Nach ein paar Tagen hatte er genug in Erfahrung gebracht, um zu erkennen, daß Crazy Horse in großer Gefahr schwebte. Unter dem Vorwand einer Büffeljagd wollten die

Blauröcke ihn nach Camp Robinson bringen, ihn in Eisen legen und ihn im Schutz der Dunkelheit zur Eisenbahn schaffen. Das Ende der Reise sollte Dry Tortugas heißen, eine Insel vor der Küste Floridas. Dort würde Crazy Horse mit Gewißheit sterben.

Nach Dunkelwerden ritt Pleasant eines Abends zu Crazy Horses Lager hinüber. Diesmal trug er seine Uniform, denn er hatte erfahren, daß es den Agentur-Indianern verboten war, das Oglala-Lager aufzusuchen. Ein alter Mann beugte sich neben Crazy Horses Zelt über die Glut eines winzigen Feuers. Er war der Vater des Kriegsführers. »Mein Sohn ist weit hinausgeritten auf die Prärie«, gab er Pleasant Bescheid.

»Er darf nie wieder von dort zurückkommen«, sagte Pleasant.

»Crazy Horse wird sein Volk nicht im Stich lassen.« Der alte Mann stocherte mit einem Stock in der Glut. »Er hat mir etwas erzählt, was er geträumt hat. Er stand oben auf den hohen weißen Felsklippen. Ein großer Adler stieg rauschend über ihm in den Himmel und zog seine Kreise im Blau. Dann legte der Adler unversehens die Flügel an und stürzte herab. Er fiel kerzengerade herunter, landete zu Füßen meines Sohnes, und als er ihn genau betrachtete, sah er, daß der Adler er selbst war, von einem Pfeil durchbohrt und ohne jedes Leben.«

»Auch ich kenne solche Träume«, sagte Pleasant.

»Mein Sohn ist weit hinausgeritten auf die Prärie, um die Bedeutung dieses Traums zu erfahren.«

Pleasant wandte sich zum Aufsitzen. »Alter Mann«, sagte er, »sag deinem Sohn, er soll nicht nach Camp Robinson kommen.«

Am nächsten Morgen marschierten acht Kavalleriekompanien zusammen mit einer Reihe von Häuptlingen und Angehörigen der Indianer-Polizei von der Red Cloud-Agentur zum Tor von Camp Robinson hinaus, um Crazy Horse festzunehmen. Die Indianer-Scouts kamen nicht mit, vielleicht, weil ihre Offiziere ihnen nicht trauten, oder aber, weil sie – wie man ihnen gesagt hatte – in Camp Robinson gebraucht wurden, um die Reservats-Indianer daran zu hindern, das Lager zu betreten und auf die Ankunft von Crazy Horse zu warten. Den ganzen Tag umkreisten Pleasant und seine Scouts die Außenwände der Gebäude und die hohen Holzzäune dazwischen und warnten die ständig wachsende Ansammlung von Indianern, nicht näherzukommen. Die Menge blieb bis lange nach Einsetzen der Dunkelheit, und auch da gingen nur einzelne oder kleine Gruppen wieder fort. Beim Morgengrauen des nächsten Tages kamen sie zurück, und so schickte der Kommandant eine Kompanie Kavallerie aus, sie zu vertreiben. Doch sobald sich die Kavalleristen wieder zurückzogen ins Innere der Umzäunung, versammelten sich die Indianer wieder im Umkreis des Militärpostens. Den ganzen Tag über setzte sich dieses Spiel von Näherkommen und Sichzurückziehen fort, und dann, gerade als die Sonne sich anschickte unterzugehen, entdeckten die Beobachter eine Staubwolke am östlichen Horizont. Eine Zeitlang herrschte Schweigen, und dann war das Stimmengemurmel wie ein Wind im Kiefernwald, schwoll an und schwoll wieder ab. Pleasant führte die Indianer-Scouts an das breite Tor zwischen den Offiziersunterkünften und den Häusern für die Infanterie. Sie drängten die Menge mit Gewalt zurück, machten das Tor auf und bedienten sich ihrer Pferde, um eine Gasse zu bilden, durch welche die sich nähernde Kolonne hindurchschreiten konnte.

Die Soldaten ritten schnell herein, zuerst ein Zug Kavallerie, und dann folgte ein Major mit Crazy Horse und zwei Häuptlingen aus dem Reservat. Als Crazy Horse vorüberritt, rief Pleasant über das rasche Hufgetrappel hinweg seinen Namen. »*Aban!* Vorsicht!« schrie Pleasant und machte das Zeichen für Gefahr. Crazy Horse neigte den Kopf und wurde von den hinter ihm herreitenden Kavalleristen weitergetrieben.

Sobald die Kolonne das Tor passiert hatte, schloß Pleasant es und ließ die Scouts am Zaun entlang Posten beziehen. Dann lenkte er sein Pony auf den Exerzierplatz. Um das Büro des Adjutanten herum hatte ein Zug Kavallerie Aufstellung genommen. Im immer mehr schwindenden Licht des Abenddämmers sah er Crazy Horse absitzen. Zwei Infanteristen mit aufgepflanztem Bajonett und ein Indianer-Polizist von der Agentur nahmen ihn in die Mitte. Statt Crazy Horse ins Büro des Adjutanten zu führen, drängten sie ihn auf das Wachhaus zu.

Pleasant stieg in den Sattel und ritt langsam über den Exerzierplatz. Er hatte die Hälfte des Wegs bis zum Büro des Adjutanten hinter sich, da hörte er Crazy Horse aufschreien und einen klagenden Protestschrei ausstoßen, der ganz tief aus seiner Kehle kam; da wußte Pleasant, daß sein Freund die Eisenstangen des Wachhauses gesehen und in ihnen die Wirklichkeit erkannt hatte, die sich hinter den Lügen der *Wasicus* verbarg, mit denen sie ihn mit List und Tücke in eine endgültige Würdelosigkeit getrieben hatten. Die vier Schatten – Crazy Horse, die beiden Infanteristen und der Mann von der Indianer-Polizei – drehten sich in einem wilden Tanz, während eine Stimme rief:

Tötet den Halunken, tötet den Halunken! Das Bajonett eines der Soldaten fuhr zweimal tief in den mageren Körper von Tashunka Witko und zerfetzte ihm Eingeweide und Nieren.
Binnen weniger Augenblicke wußten die Tausende von seinen Stammesangehörigen draußen Bescheid, und sie warteten bis ins Dunkel hinein, bis er tot war; dann erst gingen sie auseinander.
Sergeant Pleasant McAlpin konnte nicht fortgehen. Er ging in die Kammer in dem Holzhaus; es verlangte ihn danach, sich von Maga trösten zu lassen, aber sie war nicht da. Eine Zeitlang saß er auf einem Stuhl und starrte die leere Whiskyflasche an, die gegen die Holzwand gelehnt neben dem Bett stand; es verlangte ihn nicht nach Träumen, sondern nach Vergessen. Dann fing er an zu suchen, hob die losen Fußbodenbretter auf, bis er eine Flasche fand, die Maga dort im sandigen Lehm versteckt hatte. Er trank rasch mehrere große Schlucke hintereinander, rülpste, wischte sich den Mund ab und setzte die Flasche nochmals an. Nach einer Weile zog er seine Uniform aus, ließ Bluse, Pistolenhalfter und Hose achtlos auf den Boden fallen. In einer Kiste unterm Bett fand er seine moderig riechenden, ungewaschenen Leggins aus Wolldeckenstoff und ein altes Kriegshemd, die er dort hineingesteckt hatte. Er zog beides an und malte sich die Hälfte des Gesichts schwarz an. Er zog die Pistole aus dem Halfter auf dem Fußboden, leerte das Magazin von Patronen und schleuderte sie gegen die Wand. Die ungeladene Waffe steckte er sich dann ins Hemd, nahm noch einen großen Schluck aus der Flasche und trat hinaus in die Dunkelheit.
Der Exerzierplatz lag ganz ruhig da, doch die Nachtwache war verdoppelt worden, und er roch förmlich die allgemeine Beklemmung, die in der Luft lag. Laternenlicht badete die Vorderseite vom Büro des Adjutanten im fahlgelben Licht und blinkte auf den Bajonetten von zwei Wachen, die davor Posten bezogen hatten. Unsicheren Schrittes ging er auf sie zu, und als er aus den Schatten heraustrat, wurden die beiden Wachen hellwach. Wankend ging er auf den ihn zunächst stehenden zu. »Tashunka Witko«, flüsterte er. »Wer hat ihn getötet?«
»Was treibst du 'n hier drin, Halbblut?« wollte die Wache wissen. »Hau ab, oder du fliegst ins Wachhaus.«
Pleasant rückte näher heran. Als die Wache das Gewehr anlegte, streckte Pleasant die Hand aus, als wollte er es ergreifen, doch die Wache schob ihn unsanft mit der Waffe fort. »Hau ab!« wiederholte er ungehalten.

Als er sein Gleichgewicht wiedergefunden hatte, steckte Pleasant die Hand in sein Hemd, zog die ungeladene Pistole, zielte auf die Wache und zog den Hahn zurück.
»Paß auf!« schrie die zweite Wache. »Er ist bewaffnet...«
Die erste Wache schoß, und das letzte, was Pleasant auf Erden sah, war das Aufblitzen eines gelben Lichts vor der Holzwand des Hauses, in dem Crazy Horse den Tod gefunden hatte.
Im amtlichen Bericht hieß es, Sergeant Pleasant McAlpin von den Indianer-Scouts sei bei einer »Schlägerei unter Betrunkenen« ums Leben gekommen. Die US-Armee bestattete ihn am Ufer des White Earth River und kennzeichnete sein Grab mit einem Holzbrett, das bald verrottete und vom Wind umgeweht wurde, so daß seine Gebeine verloren gingen und niemand wußte, wo sie ruhten – genauso, wie die Gebeine seines Cherokesen Großvaters, Long Warrior, am Ufer des Tallapoosa bei Horseshoe Bend.

56

»Maga hat mir erzählt, wie Pleasant starb«, sagte Dane. »Ich traf sie bei den Oglalas, als wir aus Kanada zurückkamen und ich anfing, nach den vermißten Mitgliedern meiner Familie zu forschen. Lange Zeit hindurch konnte ich jedoch bei den Minneconjous weder eine Spur von meiner Tochter Amayi noch von ihrem Mann, Bull Bear, finden. Als die Armee sämtliche Sioux aus den Reservaten am White Earth River nach Dakota trieb, wurden die Unterstämme auseinandergerissen und in alle Himmelsrichtungen verstreut – in der Mehrzahl lebten Oglalas am Pine Ridge, aber ich traf auch Minneconjous bei den Brules am Rosebud, bei den Sans Arcs und Blackfoot Sioux am Cheyenne River und bei den Two Kettles und Yanktonai am Crow River. Kein Mensch wußte, was mit Bull Bear und Amayi geschehen war, und ich fürchtete schon, daß sie bei den letzten Rückzugsgefechten mit den Blauröcken zugrundegegangen wären.
Die Sioux haben in den Reservaten in Dakota sehr schwere Zeiten durchgemacht, schlimmere noch als die Cheyenne, als wir zurückkehrten an den Tongue River.«
Red Bird Woman stieß einen verächtlichen Laut aus. »*Aho-ya!* Im ersten Sommer wir alle fast verhungert. Nichts zu beißen – nur Pflaumen und Kirschen und Felsenbirnen. Wir alle krank.«

»Wir waren alle krank, ehe wir Kanada verließen«, sagte Dane. »Wenn Yellow Hawk und Swift Eagle es nicht geschafft hätten, über die Grenze zu kommen, und wenn sie nicht Two Moon getroffen hätten, der als Scout für die Armee in Fort Keogh arbeitete, wären wir alle ins Land des Dunkels eingegangen. Noch ein Winter in Stoffzelten und nie genug zu essen – das hätte uns den Rest gegeben. An manchen Tagen in Kanada waren wir so hungrig, daß wir froh waren, wenn wir eines unserer Ponys morgens erfroren auffanden, so daß wir es essen konnten.«

»Sie sind also hierher in das Cheyenne-Reservat zurückgekehrt?« erkundigte ich mich.

»Als wir wieder herkamen, gab es kein Reservat«, erwiderte er. »Aber es kamen so viele Cheyenne und lebten am Tongue, daß die amerikanische Regierung nach zwei oder drei Jahren ein Einsehen hatte und ihnen hier ein Reservat zuwies. Ich habe aber nie darin gelebt. Inzwischen stand ich ja ganz allein in der Welt. Sweet Medicine Woman starb an der Lungenkrankheit, die sie sich in Kanada holte. Swift Eagles kleiner Junge, White Horn, das einzige Großkind, das mir geblieben war, litt an derselben Krankheit und folgte ihr bald nach. Dann fing Swift Eagles alte Wunde an zu schwären, und die Entzündung fraß sich in seine Knochen. Ich brachte ihn zum Vertragsarzt in Fort Keogh, doch der verstand sich auf nichts anderes, als brennende Flüssigkeiten in die Wunde zu träufeln. Swift Eagle verlor auf einem Auge das Augenlicht und starb dann unter großen Qualen. Ich bin sicher, daß ein Heilkundiger wie Mary Amayi – hätten wir einen unter uns gehabt – sie alle hätte retten können. Ach, waren das düstere Zeiten für mich. Ich hatte genau das gleiche Gefühl wie Creek-Mary, als die Cherokesen in der Palisade in Tennessee eingepfercht waren, der Schöpfer des Atems immer wieder nur die jüngeren Leute ins Land des Dunkels rief und sie und den alten Stalking Turkey leben ließ, so daß sie den Überlebenden nur zur Last fielen.

Ich war damals ungefähr siebzig, aber noch kräftig genug, um als Fahrer eines Rollwagens für Fort Keogh zu arbeiten. Dann wurde die Eisenbahn gebaut, und sie brauchten keine Rollwagen mehr. Deshalb arbeitete ich als Schmied für einen alten Schotten, dem in Miles City ein Mietstall gehörte.

Ich habe ja immer gesagt, daß Schotten und Cherokesen wie Blutsbrüder sind. Nachdem dieser Mann, für den ich arbeitete, gestorben war, kam ein Rechtsanwalt zu mir und eröffnete mir, daß der Mietstall mir gehöre. Da stand ich mutterseelenallein in der Welt – zumindest glaubte ich das damals – ein wilder, ›feindlicher‹ Indianer und doch ein Mann von einigem Vermögen. Eine Zeitlang trug ich mich mit dem Gedanken zu verkaufen und ins Cherokesenstammland zu ziehen, um unter meinen Blutsverwandten zu sterben. Ich dachte, vielleicht würde ich Jotham oder seine Kinder finden, oder vielleicht Jerusha; ich hatte viele Jahre hindurch nichts von ihnen gehört. Und dann, eines Tages – wen sehe ich da in einem Zweisitzer in meinen Mietstall einfahren? Red Bird Woman und Yellow Hawk und seine Frau und zwei oder drei andere meiner alten Cheyenne-Freunde, die mit einer Ladung Mokassins und Perlenstickereien vom Tongue River gekommen waren, um diese Dinge zu verkaufen oder Tauschhandel damit zu treiben.«

»War erstes Mal, daß ich Tränen in Auge von Old Dane sah«, sagte Red Bird Woman. »Und am nächsten Tag wollte er uns nicht fortlassen.«

»Bald danach«, fuhr Dane fort, »kam ich hier heruntergeritten und fand dieses kleine Stück Ranchland, so daß ich in der Nähe jener bleiben konnte, die mir noch als echte Freunde geblieben waren. Ich verkaufte den Mietstall und baute mir die kleine Blockhütte da drüben, von der Red Bird jetzt will, daß ich sie aufgebe und dafür in ein Tipi ziehe.«

»Sie müssen doch aber Ihre Tochter Amayi wiedergefunden haben«, sagte ich, »sonst ...«

»O ja, wäre ich nicht hierhergezogen, würde ich aller Wahrscheinlichkeit nach Amayi nicht gefunden und nie meine Großtochter Mary Amayi kennengelernt haben. Damals hatten die Cheyenne gerade einen freundlichen Agenten, einen Quäker namens Talcott. Ich machte seine Bekanntschaft, als ich hinüberging ins Reservat, um mir die Pferderennen anzusehen. Eines Tages erzählte ich ihm, ich hätte immer noch die Hoffnung nicht aufgegeben, daß meine Tochter und mein Schwiegersohn am Leben sein könnten, wüßte jedoch nicht, wie und wo ich sie finden sollte. Mr. Talcott versprach, in den Listen der Minneconjous in Washington nachsuchen zu lassen, und als ich das nächste Mal in sein Agentur-Büro kam, setzte er mich davon in Kenntnis, daß Bull Bear und seine Frau, Amayi, im Cheyenne River-Reservat in Dakota lebten. Seine Worte drangen direkt in mein Herz, so daß es kräftig schlug, weil ich jetzt wußte, daß ich nicht der letzte war, der Creek-Marys Blut in den Adern fließen hatte.

Damals hatten wir keine Kurier-Post, und ich war mir keineswegs sicher, daß ein Brief jemals seinen Weg zu Amayi finden würde. Infolgedessen füllte ich meine alten Satteltaschen mit Dörrfleisch und hartem Zwieback, rollte eine Wolldecke zum Mantelsack zusammen und machte mich im Mond der schwarzen Kirschen auf den Weg. Zweihundert Meilen oder noch mehr mußte ich reiten. Tagsüber wärmte die Sonne meine alten Knochen, und zum erstenmal, seitdem ich Sweet Medicine Woman verloren hatte, schlief ich in den kalten Nächten gut. Es war nicht wie in früheren Zeiten, da ich Flußläufen durch fichtenbestandene Cañons hindurch gefolgt und dann zum Cheyenne River hinuntergeritten war und rings um mich her die Wiesenstärlinge trällerten. Ich fühlte mich wieder wie ein junger Mann, und am Schluß, als ich ihr Haus auf einer flachen Erhebung überm Fluß sah, hätte ich laut hinaussingen mögen. Es war ein gutes Haus, aus entrindeten Stämmen errichtet, mit verglasten Fenstern und mit Fensterläden davor, sie gegen die Blizzards im Winter zu schützen. Aber damals war Sommer, und als ich den Hang hinaufritt, konnte ich vom Dachüberstand die grünen Blätter einer Wistarie herunterhängen sehen und darunter einen Tisch, einen großen Mann, der neben der Tür saß, drei Kinder um den Tisch herum und eine Frau mit Zöpfen, die, einen großen Löffel in der Hand und einen Topf in der anderen, mir entgegensah.
Sie sah mich an und ich sah sie an, und als ich absaß, kam sie auf mich zugelaufen. ›*At-é! At-é! At-é!* Vater, Vater, Vater!‹ Zwischen den Zöpfen über ihrer Brust baumelte an einer Silberkette Creek-Marys Dänenmünze. Wir lachten und weinten und schlossen uns immer wieder in die Arme. ›Drei Kinder?‹ gelang es mir endlich zu sagen. ›Jawohl, drei Großkinder für Großvater Dane‹, rief sie und trocknete die Augen mit dem Ärmel.
Amayi und Bull Bear hatten versucht, mich genau auf die gleiche Weise zu suchen, wie ich sie zu finden versucht hatte, doch hatte mein Name auf keiner der Cheyenne-Listen gestanden, und so hatten sie keine Spur von mir finden können. Amayi hatte vom Tod ihrer Mutter, ihres Bruders und ihres Neffen erfahren, aber wir redeten nicht viel von diesen traurigen Dingen. Für mich war der ganze Zauber, der aus meinem Leben verschwunden gewesen war, plötzlich wieder da, als ich in die Gesichter meiner Großkinder schaute – zwei Jungen, von sieben und neun, und ein kleines Mädchen von fünf Jahren. Amayi hatte ihr den Namen Mary Amayi gegeben, um mir eine Freude zu

machen. Ihre Augen waren die jungen Augen meiner alten Großmutter, welche die große Welt ständig staunend durchforschten. Wenn ich mit den beiden Jungen ins Freie ging, um ihnen das cherokesische Schlagstockspiel beizubringen, war Mary Amayi immer dabei und lief so schnell hinter dem hirschlederüberzogenen Ball her, daß ihre Backen brannten und rot leuchteten wie kleine Äpfel. Sie handhabte die groben Schlagstöcke, die ich für sie geschnitzt hatte, mit der ganzen Entschlossenheit einer Erwachsenen. Sie verzauberte mich und schlug mich in ihren Bann, so daß ich es nicht fertigbrachte, wieder nach Hause zu reiten, wiewohl ich sehr wohl wußte, daß ich das tun mußte. Ich bat Bull Bear mitzukommen und mit seiner Familie bei mir auf dieser kleinen Ranch zu leben. Obgleich sie sehr arm waren und vornehmlich von den Verpflegungssätzen lebten, die von der Agentur an sie ausgegeben wurden, war Bull Bear einer der Führer im Stammesrat, und so sagte er mir, sein Platz sei bei den Minneconjous am Cheyenne River. Zu Beginn des Monds, da das Gras trocknet, als Bull Bear die Jungen in ein Internat in der Nähe der Agentur brachte, wußte ich, daß es für mich Zeit war, sie zu verlassen.«

»Du bist aber mehrere Male wieder hingeritten«, sagte Red Bird Woman. »Kommt mir vor, als ob du jeden Tag, wenn ich dich besuchen komme, gerade zum Cheyenne River fort warst.« Sie erhob sich, stöhnte und streckte sich: John Bear-in-the-Water brachte die letzte Zeltstange über den Bach und ließ sie vorsichtig ins Gras fallen.
»Wie viele Büffelhäute, sagst du, hast du?« fragte Dane.
»Sieben, vielleicht acht, wenn Ohona mir die eine gibt, die sie mir versprochen hat.«
»Das reicht doch aber noch nicht einmal halb. Da kann nur einer von uns im Tipi leben. Ich sag' dir, Red Bird, wir sind zu alt, um unter einem Dach aus Zeltplanen zu leben.«
»Two Moon sagt, unsere Büffelherde am Lame Deer River jetzt groß genug, so daß wir sieben oder acht töten können. Hat mir alle Häute versprochen, wenn Mary Amayi dein Blockhaus als Medizin-Haus braucht.«
Dane stieß den Atem zwischen den Zähnen aus. »Verdammt noch mal, du hast wahrhaftig alles ganz gerissen eingefädelt, Red Bird.« Rasch blickte er über den Bach hinüber. Ein Einspänner mit der Sonne wegen hochgeschlagenem Verdeck kroch auf dem Weg neben seinem

Korral um die Ecke. Auf dem Sitz saß ein bärtiger weißer Mann. Die Kiste hinterm Bock war hochgetürmt voll mit Werkzeug – Hacken, Schaufeln und Bohrern. Der Fahrer warf flüchtig einen Blick herüber, ließ aber durch nichts erkennen, daß er uns gesehen hatte, obwohl Dane und Red Bird Woman grüßend die Hand hoben.
»Nicht einmal nicken tut er«, sagte Dane und sah dem Staub nach, der hinter dem Wagen aufwälkte.
»Wer dieser *Veheo*? fragte Red Bird Woman.
»Das ist der Mann, der nach Gold sucht«, gab John Bear-in-the-Water bereitwillig Auskunft.
»Nicht nach Gold«, sagte Dane. »Er sucht nach Kohle. Wenn er welche findet, werden andere kommen und unsere Erde aufwühlen.«
Red Bird Woman ging hinüber zu dem Stapel Zeltstangen und rollte die drei längsten beiseite. »Wo ist Schnur, Bear-in-the-Water?«
»Hier hab' ich sie«, antwortete der junge Mann.
»Komm, Dane«, sagte sie. »Hilf uns bei den ersten drei. Mit den anderen komme ich schon allein zurecht.«

57

Im Spätfrühling des Jahres 1890, als Dane die Familie seiner Tochter Amayi besuchte, begrüßte sie ihn mit einer überraschenden Neuigkeit. Sie habe vor kurzem ihren Cousin Opothle Kingsley wiedergesehen. »Über zwanzig Jahre sind vergangen, seit wir im alten Fort Carrothers auseinandergegangen sind«, sagte Amayi, »aber wir haben uns auf den ersten Blick wiedererkannt.«
»Creek-Marys Blut«, erklärte Dane. »Da gibt es wohl keinen Irrtum, selbst in Young Opothle ist es deutlich zu erkennen.«
Opothle war ein christlicher Geistlicher geworden, das Oberhaupt einer Gemeinde in Pine Ridge; gelegentlich bereiste er die anderen Reservate in Dakota, um seinen Glauben zu predigen. Amayi hatte seinen Namen nennen hören und daß er in der Agentur am Cheyenne River weile, und so war sie hinübergeritten, um ihn zu sehen. Ihr Treffen war nur kurz, weil sie gerade eintraf, als Opothle weiterreisen wollte nach Standing Rock, aber er versprach, sie bei seiner nächsten Rundreise im Herbst bestimmt zu besuchen.
Außerdem stellte Dane fest, daß Bull Bear höchst besorgt war wegen des Apostels einer anderen Religion – Kicking Bear und dem Geister-

tanz. Kicking Bear, ein Medizinmann der Minneconjous, war vor kurzem von einer Reise weit in den Westen zurückgekehrt, wo er gemeinsam mit mehreren anderen Sioux und Cheyenne Gerüchten über einen indianischen Erlöser nachgegangen war, der in der Nähe der Sierras leben sollte. Kicking Bear behauptete, den Sohn des Großen Geistes gesehen zu heben, der ihm eine Botschaft aufgetragen und ihm gesagt habe, er solle einen Gebetstanz an den Cheyenne River bringen.

»Viele von unseren Leuten kümmern sich nicht mehr um ihre Rinderherden«, sagte Bull Bear. »Sie arbeiten nicht mehr auf ihren kleinen Farmen. Einige haben sogar ihre Kinder aus den Missionsschulen herausgenommen, und jetzt lauschen sie Tag und Nacht Kicking Bear und tanzen den Geistertanz. Sie glauben, sie können ihre toten Angehörigen und die großen Büffelherden zurückholen, und daß dann alles wieder so wird, wie es war, ehe die *Wasicus* kamen. All das würde auch ich gern glauben, aber ich kann es nicht. Unser Agent wird allmählich wütend und droht, keine Lebensmittel mehr an uns auszuteilen.«

Ein paar Tage nach Danes Ankunft kam der Tag, an dem die achtjährige Mary Amayi in das Mädcheninternat gebracht werden sollte. Alle vier fuhren sie in Bull Bears neuem Wagen hin und dann weiter zum Internat der Jungen, um Danes beide Großsöhne zu besuchen, beide jetzt schon über zehn und beide hübsche, äußerst aufgeweckte Burschen. Dane wünschte, er könnte Creek-Mary nur für ein paar Minuten zurückholen aus dem Land des Dunkels, damit sie sie sehen könnte.

Auf dem Heimweg, gerade als sie einen kleinen Bach überquerten, erblickten sie etwa zwanzig Wagen auf einer staubigen Ebene neben dem Bach fast wie zu einem Lagerrund aufgestellt. Daneben, in der Nähe einer niedrigen Brücke, standen ein paar Tipis mit Zeltplanen und Stücken alternder Büffelhäute.

»Kicking Bear muß hier oben zu einem neuen Geistertanz aufgerufen haben«, meinte Bull Bear. Mißbilligung sprach aus seiner Stimme.

»Laß uns sehen, was für ein Tanz das ist«, schlug Dane vor.

Bull Bear zeigte keinerlei Begeisterung, lenkte jedoch sein Gespann nach links und brachte den Wagen am äußersten Rand des Wagenrunds zum Stehen. »Seht«, sagte er, »da sind ein paar Uncpapas aus Sitting Bulls Standing-Rock-Reservat. Der Geistertanz breitet sich überall aus.«

Es war später Nachmittag. Als die Sonne unterging, kam ein schneidender Wind auf, und es wurde kälter. Alle hatten sich in Wolldecken gehüllt, manche standen, manche saßen auf ihren Pferden, andere wieder im Wagen, und alle warteten sie auf Kicking Bear. Dieser trat plötzlich aus einem der Tipis hervor und kam den Abhang heruntergeritten. Er hatte sich eine dunkelrote Wolldecke um die Schultern gelegt, die er an der Hüfte mit einem großen Gürtel mit Messingschnalle zusammenhielt. Um den Hals hatte er ein leuchtendrotes Tuch geschlungen. Sein langes Haar fiel ihm bis auf die Schultern. Als er zu reden anhob, schritt er um den inneren Wagenkreis herum, unterstrich, was er sagte, mit Bewegungen von Daumen und Zeigefinger, und in seinen Augen brannte ein seltsames Fieber. Er berichtete, wie er zu den fernen Bergen geritten sei, um den Sohn des Großen Geistes zu sehen.

»Vor langer, langer Zeit«, kam es wie ein Singsang von Kicking Bear, »hat der Große Geist diese Erde gemacht und dann seinen Sohn geschickt, die Menschen zu lehren, wie sie leben sollten, aber die *Wasicus* behandelten ihn schlecht, durchbohrten ihm die Seite mit einer Lanze, trieben Nägel durch seine Hände und seine Füße, und so kehrte der Sohn in die Obere Welt zurück. Jetzt hat der Große Geist seinen Sohn als Indianer wieder auf die Erde geschickt, auf daß er die Erde wieder so mache, wie sie war, ehe die *Wasicus* hierherkamen. Zwölf Monde lang müssen wir den Geistertanz tanzen, dann wird der Große Geist einen Wirbelwind schicken, der alle *Wasicus* vernichtet; zurückbleiben wird ein neues Land, bedeckt mit süßem Gras und klarem, fließendem Wasser und Bäumen. Wenn wir diese zwölf Monde hindurch tanzen und jeden Tag beten, können wir unsere toten Angehörigen und Freunde zurückbringen, kehren die verlorenen Büffel und Herden wilder Pferde zurück. Während der Wirbelwind wütet, wird der Große Geist die Tänzer hochheben in den Himmel, und wenn er vorübergegangen ist, werden sie wieder auf die Erde niedergesetzt werden, wo dann nur Indianer leben werden.«

Kicking Bear rief die Zuschauer auf, sich dem Geistertanz anzuschließen. Anfangs kletterten sie nur zögernd von ihren Wagen herunter, zumeist alte Männer und Frauen, dann die Kinder und ein paar junge Männer und Frauen. Kicking Bear sagte ihnen, sie sollten sich so aufstellen, daß sie die Hände auf die Schultern des vor ihnen Stehenden legen könnten. Dann wiederholte er einen Gesang, der statt einer Trommel den Tanzrhythmus angab.

»Vater, ich komme!« sang Kicking Bear, und der Tanz begann, ein langsames Schlurfen, wobei der Kreis der Tanzenden sich zusammenzog und dann wieder weitete und die Mokassins der Tanzenden kleine Staubwolken aufwirbelten. »Mutter, ich komme«, riefen die Stimmen. Kicking Bears Beispiel folgend, reckten sie die Arme über den Kopf und beteten zum Großen Geist. »Bruder, ich komme«, sangen sie. »Vater, gib uns unsere Pfeile zurück.«
Unendlich lange tanzten sie so weiter, bis die Schatten der Wagen lang wurden und schwarz über den Boden fielen. Einige der Tänzer riefen laut die Namen von toten Angehörigen, fielen dann wie in Trance in den Staub und blieben dort unbeachtet liegen, während die anderen weitertanzten.
Amayi erschauerte unter ihrer Wolldecke. »Laß uns heimfahren«, sagte sie. »Sie rufen die Geister zurückzukehren.«
»Ich glaube, Kicking Bear erzählt große Lüge«, erklärte Bull Bear und knallte mit den Zügeln, um sein Gespann anzutreiben. Lange noch konnten sie den tiefen, rhythmischen Gesang über dem Knirschen der Wagenräder hören.

Wo jetzt keine Großkinder mehr im Hause waren, wurde Dane von Unruhe überfallen. Er sagte Amayi, er wolle Young Opothle besuchen, und so brach er seinen Besuch früher ab als geplant, doch statt direkt nach Westen zurückzukehren, folgte er dem Lauf des Cheyenne River bis hinunter in die Badlands und ritt dann nach Pine Ridge weiter.
Er glaubte, daß Kicking Bears Tanz etwas war, was sich auf das Cheyenne River-Reservat beschränkte, doch nachdem er den White Earth River erreicht hatte, kam er an mehreren kleinen Gruppen von Geistertänzern der Oglalas vorüber. An einem Flußlauf nicht weit von Pine Ridge sah er mehrere Oglala-Tänzer, die aus dünnem Baumwollstoff gewirkte Geisterhemden trugen, die mit leuchtendfarbenen Donnervögeln, Adlern, Büffeln und Pfeilen bemalt waren. Der Redner bei diesem Tanz sagte seinen Zuhörern, in den heiligen Hemden könnten die Kugeln der *Wasicus* ihnen nichts anhaben; dann sang er vor:

> Ich bin es, der das Heilige Hemd macht,
> Sagt der Vater, sagt der Vater.
> Das Hemd wird euch zum Leben verhelfen,
> Sagt der Vater, sagt der Vater.

Dane ritt weiter. Ihm taten diejenigen leid, die diese Dinge glaubten, und er wußte, daß es sie dazu trieb, an sie zu glauben, weil sie sonst nichts hatten, woran sie glauben konnten. Sie lebten in einer Zeit ohne Geist, in einer Zeit der Verzweiflung.

Am Spätnachmittag sah er zum erstenmal Opothles Kirche, deren hoher weißer Turm weit über die öde, baumlose Ebene hinweg sichtbar war; um sie herum gruppierten sich ein paar kleine Blockhütten und ein paar wenige schäbige Tipis. Als er an einen Querbalken zum Anhalftern der Pferde heranritt, sah er zwei Kinder im Hof der Kirche spielen. »Opothle Kingsley«, rief er ihnen zu, und sie verschwanden in der Hintertür des Hauses, das an die Kirche angebaut zu sein schien. Etwa eine Minute später füllte die Gestalt eines rundlichen Mannes im schwarzen Anzug die Tür. Er trug drahtgefaßte Augengläser, die zu klein waren für sein fleischiges Gesicht, und seine Augen blickten unsicher, als er zusah, wie Dane vom Pferd stieg.

»Onkel Dane!« rief er dann plötzlich und kam auf dieselbe unbeholfene Art auf ihn zugewatschelt, die Dane noch aus Young Opothles Kindheit kannte.

Wieviel sie sich zu erzählen hatten, als sie neben einem großen, gußeisernen Ofen saßen, welcher dem Frühlingsabend seine Kälte nahm. Nachdem Dane Opothles Frau und seine Kinder kennengelernt hatte, erfuhr er, daß sowohl Jotham als auch Priscilla schon seit über zehn Jahren tot waren. »Tante Prissie war es, die mich meiner Berufung zuführte«, sagte Opothle. »Du weißt ja, sie ist immer sehr fromm gewesen.«

»Und Jerusha Crookes?« fragte Dane. »Was ist aus Jerusha geworden?«

Opothle wußte es nicht. Er glaubte, daß Reverend Crookes und seine Frau nach dem Bürgerkrieg das Cherokesenstammland verlassen hätten, doch wohin sie gegangen waren, wußte er nicht. »Hier ist aber noch jemand, der sich an dich erinnert«, fügte er hinzu. »Meine Stiefmutter. Nachdem Vater gestorben war, haben wir sie in unsere Familie aufgenommen. Ich will mal nachsehen, ob sie wach ist.« Er ging einen Flur entlang und kehrte nach einer Weile mit einer schmalhüftigen Frau etwa in Danes Alter zurück. Das eisengraue Haar hatte sie kurz geschnitten, ihre Augen waren viel freundlicher als damals, da Dane vor über vierzig Jahren an einem regnerischen Morgen in Cane Hill, Arkansas, das letztemal hineingeblickt hatte.

»Saviah Manning«, rief er aus. »Dr. Saviah Manning.«

»Saviah Kingsley«, berichtigte sie ihn und lachte, als sie ihm ihre schlanke Hand mit den kräftigen Fingern reichte.
Im Bürgerkrieg hatte Saviah Manning sich Jothams Cherokesen-Regiment als inoffizielle Feldärztin angeschlossen, und nach Kriegsende hatten sie geheiratet. »Für Meggi und mich war sie ein gütiger Engel«, sagte Opothle, »der uns half, den Schrecken und das Grauen von Fort Carrothers zu vergessen.« Das ganze Abendessen der Familie hindurch und bis tief in die Nacht hinein redeten sie – von Fort Carrothers, den Kriegsjahren, den glücklichen Zeiten und den bösen Zeiten, den Geburten, Todesfällen und Eheschließungen.
Am nächsten Morgen bestand Opothle darauf, daß Dane einen Monat oder wenigstens eine Woche bei ihm und seiner Familie bleibe, doch Dane erklärte, er hoffe, eine Rinderherde zu erwerben, ehe das Wetter zu warm würde, und daß er weiterreiten müsse nach Montana. Als er sich auf die Abreise vorbereitete, fragte er Opothle, ob der Geistertanz-Wahn ihn auch in seiner kirchlichen Arbeit behindere.
»Das Ganze ist so schnell gekommen«, erwiderte Opothle und schüttelte bestürzt den Kopf. »Am meisten scheinen die älteren Leute sich zum Geistertanz hingezogen zu fühlen, obgleich die Lehren für mich als Christen verrucht klingen. Ich habe keine Ahnung, woher dieser Glaube gekommen sein kann.«
»Von dir und deinen Prediger-Brüdern«, sagte Dane. »Die Geistertänzer geben die Auferstehung und das Jüngste Gericht zurück an euch – von ihrem Standpunkt aus.«
»Das kann nicht dein Ernst sein.« Opothle starrte Dane durch die dikken Gläser seiner drahtgefaßten Brille an. »Es hat dir immer Spaß gemacht, andere auf den Arm zu nehmen, Onkel Dane.«
»Wenn du mir nicht glaubst, geh hin und höre dir ihre Gesänge an.« Dane zog die Schnallen seiner Satteltaschen fest und schwang sich dann rasch in den Sattel. »Du hättest ihnen vom Schöpfer des Atems predigen sollen.«
Opothle schüttelte immer noch den Kopf, als seine Stiefmutter zur Hintertür herauskam und entschlossen auf den Querbalken für die Pferde zuging. »In meiner Erinnerung, Dane«, schalt sie ihn, »bist du jemand, der immer vor Sonnenaufgang von mir fortläuft.«
Sie reichte ihm die Hand, und als er sich aus dem Sattel hinunterneigte, flüsterte sie: »Ich erinnere mich, ich erinnere mich. Was für ein hochmütiges Frauenzimmer ich damals war!«
»Auch nicht törichter als ich damals.« Er griff nach dem Zügel.

»Du mußt uns schreiben«, rief Opothle. »Mit der neuen Kurierpost werden Briefe zwischen den einzelnen Agenturen rasch befördert.«
»Ich werde schreiben, wenn du schreibst.« Zum Abschied hob Dane die Hand. »Wir sind die letzten des alten Blutes, und wir dürfen uns nicht wieder aus den Augen verlieren.«

Im Spätsommer und im Herbst erhielt Dane Briefe sowohl von Amayi als auch von Opothle. Beide schrieben sie ausführlich über den Aufruhr, den die Geistertänzer in ihren Reservaten hervorriefen. In seinen Antworten beschwerte Dane sich, daß sie ausführlicher über die Geistertänzer schrieben als über die Kinder. »Und was die Geistertänzer betrifft«, schrieb er, »so kann ich euch alles von ihnen sagen. Meine armen Cheyenne-Nachbarn tun heute überhaupt nichts anderes mehr, und wenn sie nicht gerade schlafen, tanzen und singen sie nur noch. Die Crows hingegen wollen mit dem Geistertanz nichts zu schaffen haben. Genauso wie ich haben sie sich einen großen Argwohn allen Propheten gegenüber bewahrt.«
Im November kam ein besorgniserregender Brief von Amayi. Die Internate am Cheyenne River hatten geschlossen, weil ihnen nur noch wenige Schüler geblieben waren. Die meisten Lehrer waren voller Angst geflohen, die Handelsposten geschlossen und mit Brettern zugenagelt worden, und Soldaten, die von alarmierten weißen Siedlern herbeigerufen worden waren, ritten wachsam die Grenzen des Reservats ab. Das schlimmste aber war: Bull Bear hatte Warnungen und Drohungen erhalten, weil er sich dem Geistertanz der Minneconjous nicht anschließen wollte.
Einige Tage hindurch hörte Dane nichts weiter als wilde Gerüchte über viele Soldaten, die in die Black Hills einmarschieren sollten, und dann wurde er eines Morgens durch Hufgeklapper geweckt. Durch die nebelverhangenen Fenster sah er einen Trupp Kavallerie langsam die Straße nach Dundee hinunterreiten. Danach ritt er alle zwei oder drei Tage zur Agentur hinüber, um nachzusehen, ob Mr. Talcott vielleicht einen Brief von Amayi oder Opothle für ihn hätte.
Eines Morgens war er gerade dabei, sein Pferd zu satteln, da sah er Red Bird Woman über die Ebene aus dem Westen näherkommen. Die alte Stute, die sie ritt, schnaubte freilich vor Abscheu, weil Red Bird Woman sie die letzte Strecke zwang, in einen leichten Galopp zu fallen. Als sie den Bach überquerte, hielt Red Bird Woman einen weißen Umschlag in die Höhe. »Mr. Talcott schickt Brief«, rief sie.

Er griff danach. Auf dem Umschlag stand in Opothles gestelzter Handschrift DRINGEND! Ehe er ihn aufreißen konnte, sagte sie: »Sitting Bull ist umgebracht worden.«
»Sitting Bull! In Standing Rock?«
»Mr. Talcott sagt, sie haben ihn schon vor ein paar Tagen ermordet. Geistertänzer wollen heute nacht um ihn trauern.«
»Sitting Bull hat nie an den Geistertanz glauben wollen.« Er riß den Umschlag auf und durchflog rasch Opothles kurzen Brief. Amayi habe Opothle durch einen Regierungskurier eine mündliche Nachricht zukommen lassen. Sie und Bull Bear und die Kinder seien gezwungen worden, ihr Haus zu verlassen und in der Cheyenne-River-Agentur Zuflucht zu suchen. Sie hätten ihren Wagen und einiges Haushaltsgerät mitgenommen und wollten sich jetzt aufmachen, sich Spotted Elks Minneconjous um Cherry Creek anzuschließen. Von dort aus hofften sie, sich zusammen mit anderen Flüchtlingen nach Pine Ridge durchzuschlagen und in Sicherheit zu bringen.
»Ich muß nach Pine Ridge«, sagte Dane und wandte sich seinem Blockhaus zu. Während er seine Satteltaschen packte, kam Red Bird Woman herein, um ihm zu helfen und rollte die Wolldecken des Bettes zusammen. »Nimm genug Dörrfleisch für zwei mit«, sagte sie. »Ich komme mit.«
»Du bist zu alt«, antwortete er ihr.
»Nicht älter als du.«
»Wir haben den Großen Frostmond«, sagte er. »Wenn wir durch die Black Hills kommen, wird es bestimmt schneien.«
»Um so mehr Grund, daß du eine Cheyenne-Frau brauchst, dich zu wärmen, *Sanaki*.«
Red Bird Woman ritt mit ihm, und er war froh über ihre Gesellschaft, wiewohl er ihr das nicht sagte. Zweimal gerieten sie in Schneefälle, freilich nicht in besonders heftige, und unter der Kälte leiden taten sie nur die letzten beiden Tagen, nachdem sie vom Horsehead Creek abgebogen waren und gegen einen bitterkalten Ostwind anreiten mußten, der über die sanft hügelige Prärie herübergeweht kam. Sie waren fast erfroren, als sie in der bedrückenden Dezemberdunkelheit bei Opothles Kirche vorritten.
Licht drang gedämpft durch die sehr schmalen, spitzen Seitenfenster, so daß sie aussahen wie gelbe Pfeile, die auf den schwarzen Himmel gerichtet waren. Der Wind drückte den Rauch, der aus dem Ziegelschornstein hinterm Kirchturm hervorquoll, in die Waagerechte.

Hinter dem langen Querbalken für die Pferde waren etliche hochlehnige Kirchenbänke gestapelt, die offensichtlich aus der Kirche herausgeschafft worden waren.
Als Dane absaß, ging die Tür unter dem spitzgedeckten Vorbau des Portals auf, und er sah die Umrisse eines Mannes vorm Lampenlicht. Schwach drang ihm der Geruch von Karbol in die Nase. Red Bird Woman blies sich auf die Finger und versuchte, die Taubheit daraus zu vertreiben, um ihr Pferd anhalftern zu können. Dane griff nach dem Zügel und erledigte das für sie, und dann schob er sie auf die Kirchentür zu. Der Mann, der herausgetreten war, blieb stehen, um ihnen entgegenzuspähen. »*Hau*«, grüßte er, und Dane erkannte den Dampf seines Atems.
»Opothle Kingsley?« fragte Dane. »Ist er in der Kirche?«
»Du hast Verwandte hier?« lautete die Gegenfrage des Mannes auf lakota.
»Reverend Kingsley ist ein Verwandter«, sagte Dane, und der Mann griff nach der Türklinke und trat beiseite, um sie vorbeizulassen.
Als Dane die Tür aufzog, umgab ihn eine Welle feuchter Luft, die schwanger war vom Duft antiseptischer Mittel, menschlicher Ausdünstungen und schwärenden Fleisches. Stroh war auf den Boden der Kirche geschüttet worden, und an beiden Seiten lagen dreißig oder noch mehr Indianer, Männer, Frauen und Kinder, auf Wolldeckenlagern. Kränze und lange Fichtenzweige – Opothles Weihnachtsschmuck – hingen noch von Wänden und Decke herunter, und über der Kanzel trafen Girlanden aufeinander. An der Kanzelwand, zu beiden Seiten des Altars, hingen Fahnen mit einer Beschriftung, die aus rotem und grünem Papier ausgeschnitten worden war: EHRE SEI GOTT IN DER HÖHE UND FRIEDEN AUF ERDEN, UND DEN MENSCHEN EIN WOHLGEFALLEN.
»*Aho-ya!*« stöhnte Red Bird Woman, und hätte er sie nicht an seiner Seite gehabt – Dane war überzeugt, er würde geglaubt haben, in einer Vision von unerträglicher Trostlosigkeit gefangen zu sein. Dann erblickte er Opothle, der auf einem alten, geradlehnigen Stuhl neben den Wolldeckenlagern saß und ein Kind auf dem Schoß hielt – die achtjährige Mary Amayi. Über das überall den Boden bedeckende Stroh hinübersteigend, streckte Dane die Arme nach seiner Enkelin aus und sah dabei Creek-Marys Dänenmünze an einer silbernen Kette um ihren zarten Hals hängen. »Wo ist deine Mutter?« flüsterte er, blickte dann zu Boden und sah das Gesicht von Amayi auf dem Stroh;

eine Wolldecke war ihr bis unters Kinn hochgezogen. Die Augen hatte sie geschlossen, und ihr schöner Mund zuckte unter Schmerzen, die mächtiger waren als der Schlaf.
»Das alles ist am Wounded Knee Creek passiert«, sagte Opothle. Seine Stimme klang ganz schwach vor Erschöpfung.
Mary Amayi barg den Kopf an Danes Schulter, und er spürte, wie die Muskeln des Kindes sich entspannten – bis sie ganz gelöst war.
»Amayi?« fragte Dane. »Wie schlimm...«
Opothle schüttelte den Kopf. »Sehr schlimm. Alle sehr schlimm. Diejenigen, die noch laufen konnten, flohen hinunter zum Fluß. Dein Großkind ist das einzige, das überhaupt keinen Kratzer abbekommen hat.«
»Und Bull Bear und meine beiden Großsöhne?«
»Das wissen wir nicht. Sie sind in den Wagen nicht mitgekommen.«
»Laß mich das Kind wärmen«, sagte Red Bird Woman, nahm Dane Mary Amayi ab und trug sie zu dem rotglühenden Ofen in einer Ecke der Kirche. Dane sah Saviah Kingsley langsam von einer mit Wolldecken zugedeckten Gestalt zur anderen gehen, hier einer alten Frau in einem Blechbecher Wasser reichen und dort ein wimmerndes Kind begütigen. Er wartete, bis sie aufblickte und ihn sah, dann ging er zu ihr.
»Deine Tochter hat einen Schuß durch die Rippen abbekommen«, sagte Saviah leise. »Der Chirurg von der Armee hat uns etwas Morphium gegeben. Das lindert den Schmerz, aber überleben kann sie nicht, Dane.« Leicht berührte sie seinen Handrücken, dann richtete sich ein kleines Mädchen auf dem Stroh hinter ihnen auf und rief auf lakota nach Wasser. Saviah hielt dem Kind einen Blechbecher an den Mund. Es schluckte gierig, doch das meiste Wasser rann ihm durch ein Loch in der Kehle blaßrot vorn übers Kleid. »Und sie auch nicht«, erklärte Saviah voller Bitterkeit. »Sind sie denn entschlossen, uns alle zu vernichten, Dane?«

58

»Amayi lebte noch diese Nacht der heulenden Winde hindurch«, sagte Dane, »in der Graupel und Schnee gegen die Kirchenfenster klatschten. Opothles Oglala-Freunde brachten alle Augenblicke Wolldecken für die Verwundeten und Holz, damit wir den Ofen glühend heiß halten konnten. Doch die Kälte kroch heran wie ein un-

sichtbares, beißendes Ungeheuer. Kurz nach Tagesanbruch legte der Sturm sich, und eine bleiche Sonne stieg am diesigen Himmel empor. Opothle und ein paar von den jüngeren Oglalas ritten hinaus, um auf dem Schlachtfeld nach Toten zu suchen. Am späten Vormittag, während sie noch fort waren, starb Amayi.
Bei seiner Rückkehr brachte Opothle mir so schonend wie möglich bei, wie dieses grauenhafte Schlachtfeld aussah: von einer Schneedecke bedeckt, die gefrorenen Leichen der Gefallenen dort, wo es sie getroffen hat – und daß sie noch viele Frauen und Kinder gefunden hätten, die zwar verwundet worden waren, jedoch noch über eine Meile hätten Rinnen und Schluchten hinaufkriechen können, nur um dort vom Blizzard ereilt zu werden. Ein paar kleinen Kindern war es gelungen, sich flußabwärts bis zu ein paar Hütten durchzuschlagen, wo einige Oglala-Familien sie aufgenommen hatten. Sie sind noch immer da, die meisten von ihnen heute schon erwachsen. Die amerikanische Regierung hat nie einen Finger gerührt, diesen Kindern, die durch die Armee zu Waisen geworden sind, zu helfen, sondern hat es den armen Menschen im Reservat überlassen, sie zu ernähren, sie zu kleiden und ihnen Unterkunft zu geben.
Opothle fand Bull Bear und meine beiden Großsöhne, die mit dem Gesicht zum Boden neben einem erfrorenen Pferd lagen, als ob sie sich hinter ihm versteckt hätten, als die Kugeln sie trafen.
Ich habe diesen Ort des Schreckens in meinen Träumen oft gesehen und viele Geschichten darüber gehört, wie und warum die Schießerei losging. Die Soldaten behaupten, die Minneconjous hätten zuerst geschossen, und die wenigen Minneconjous, die überlebt haben, sagen, die Soldaten hätten zuerst gefeuert. Mary Amayi erinnert sich an nichts weiter als an das Geknatter der Gewehre und den Pulverdampf und daran, daß ihre Mutter mit ihr eine Schlucht hinaufgelaufen ist, wo sie beide stürzten und lange dort liegen blieben, während die Gewehre immer weiter schossen. Nach einer Weile hat ihre Mutter dann den Kopf gehoben, die Kette mit der Dänenmünze abgenommen und sie Mary Amayi umgehängt. Dann sah Mary Amayi Blut durch die Kleidung ihrer Mutter sickern. Eine lange Zeit später hielt dann ein Wagen neben ihnen, ein paar Soldaten hoben sie auf und legten sie auf den Wagen. Ich bin diesen Soldaten dankbar, freilich – würden die Soldaten nicht dort gewesen sein, wäre kein einziger gestorben.
Ich weiß, daß unsere Krieger nie Gewehre abfeuern würden, um bewaffnete Soldaten zu reizen, solange ihre eigenen Frauen und Kinder,

die Saat des Stammes, sich in Gefahr befinden. Die Weißen behaupten, die Krieger hätten Geisterhemden getragen und geglaubt, daß die Kugeln der Soldaten ihnen nichts anhaben könnten, aber nur ein paar – vielleicht sogar überhaupt keiner – von Spotted Elks Leuten trugen Geisterhemden. Die meisten liefen vor dem Wahn der Geistertänzer den verängstigten weißen Siedlern und den Soldaten davon. Ihre Angst war durch die Ermordung von Sitting Bull noch geschürt worden. Möglich, daß einige geglaubt haben, es komme eine neue Erde, aber verwirklicht gesehen hat keiner die Versprechungen von Kicking Bears Erlöser – das wogende süße Gras, die klaren, rinnenden Bäche, die Bäume, die großen Büffelherden und die wilden Pferde. Statt dessen erlebten sie das einzige, was Ihre Leute meinen Leuten jemals gebracht haben – Schmerz und Verzweiflung und Tod.
Der Schöpfer des Atems hat mir nur Mary Amayi gelassen, die letzte von Creek-Marys rotem Blut, und als Opothle und seine Frau sich aus reiner Herzensgüte heraus erboten, sie in ihre Familie aufzunehmen, lehnte ich so brüsk ab, daß ich fürchte, sie haben mir nie verziehen.«
»Er war wie eine Berglöwin mit vertrockneten Zitzen«, sagte Red Bird Woman, »die das letzte ihrer Jungen verteidigt.« Sie ließ eine der langen Zeltstangen, die sie aufgerichtet hatte, langsam wieder zu Boden gleiten. »Eingangsstange zu lang«, verkündete sie. »John Bear-in-the-Water, geh und hol Danes Axt!«
Das Stangengerüst, ein spitz zulaufendes, schwarzes Skelett, war ein Versprechen vor dem Nachmittagshimmel.

»Ich habe Mary Amayi in die Schule der Schwarzröcke gebracht«, sagte Dane, »aber sie riß immer wieder aus und kam ungeachtet des Wetters und ungeachtet der vielen Meilen hierher zurück. Als sie das letztemal wieder ausgerissen war, kamen zwei von den Schwestern hierher, um mit mir über sie zu reden. Sie sagten, sie wolle nichts mit anderen Menschen zu tun haben, weder jungen noch alten, und daß sie sich nur für Tiere interessiere. Sie habe ihnen gesagt, sie könne mit den Tieren sprechen und die Tiere sprächen auch zu ihr. Sie wollten, daß ich ihnen mein Einverständnis gäbe, sie einzuschließen, damit sie nicht wieder ausreißen könne. Doch das wollte ich nicht. Mary Amayi blieb bei mir, und wir redeten jeden Abend mit den Kojoten.
Tagsüber streifte sie den Bach auf und ab und redete wohl mit den Bibern, den Vögeln und den Eselhasen, nehme ich an. Eines Tages fand sie einen jungen Adler mit einer gebrochenen Schwinge und brachte

ihn nach Hause. Ich dachte, der Adler müsse unbedingt eingehen, doch sie versorgte seinen Flügel und suchte Futter für ihn, und eines Morgens brachte sie ihn hierher – genau an diese Stelle – und ließ ihn frei. Er kreiste ein paarmal und stieg dann rauschend und pfeilgerade in die Sonne. Tagelang danach sang Mary Amayi über den Adler und seine Freiheit.

Eines konnte sie nicht ertragen, und das war der Knall von Gewehren. Selbst der Geruch von Schießpulver machte sie zittern. Eines Abends sah ich mehrere Antilopen an den Weiden äsen, die weiter oben den Bach säumen. Ich nahm mein Gewehr und schoß eine, und als ich zurückkehrte in unsere Hütte, lag Mary Amayi auf dem Boden, hielt sich die Ohren zu und weinte und rief nach ihrer Mutter. Danach habe ich nie mehr hier in der Nähe geschossen, wenn sie da war.

Im nächsten Jahr half Red Bird Woman mir, sie zu bewegen, die Kontraktschule zu besuchen. Sie wohnte bei Red Bird und ihrer Schwester in der Nähe der Schule und mochte den Lehrer, der eine Menge von Tieren und Pflanzen verstand. Manchmal, wenn sie mich besuchen kam, bat sie mich, ihr alles zu erzählen, was ich über Blätter und Wurzeln von Pflanzen wisse, die Menschen und Tiere heilten. Da erzählte ich ihr von den Wurzeln von Labkraut und wildem Senna, vom Saft von Wolfsmilch und Helmkraut, den Blättern von Farnen und Salden und was man mit ihnen heilen kann. Aber die meisten davon waren Heilkräuter, von denen Creek-Mary mir als Junge im Cherokesenstammland erzählt hatte, und die wachsen nicht hier in dieser Gegend.«

»Ich habe ihr vom Ruhrkraut gegen Nierenlaufen erzählt«, sagte Red Bird Woman, »und vom Leptandra-Wurzelstock gegen Schlangenbiß. Meine Schwester nannte ihr noch andere, aber ich weiß die Namen nicht mehr.«

John Bear-in-the-Water kam mit einer Axt zurück, und Red Bird Woman zeigte ihm, wo er die Zeltstange kappen sollte.

»In einem meiner Briefe an Opothle schrieb ich über Mary Amayi und ihre Heilkräuter«, fuhr Dane fort, »und Opothle muß diesen Brief wohl seiner Stiefmutter vorgelesen haben – Saviah. Jedenfalls schrieb Saviah mir, ich solle meine Großtochter nach Pine Ridge bringen, damit sie sie lehren könne, eine Heilerin zu sein. Als ich Mary Amayi von Dr. Saviah Manning und der Einladung erzählte, konnte sie den Sommer kaum erwarten.

Das war vor sechs oder sieben Jahren, aber meine alten Knochen schmerzten nach dem ersten Tagesritt auf dem Weg nach Pine Ridge die ganze Nacht. Hinterher ging es dann besser. Red Bird Woman nähte Mary Amayi einen hirschledernen Anzug für den Ritt, und als ich sie ansah, wie sie über die wilden Pfade der Black Hills ritt, erinnerte sie mich so sehr an Sweet Medicine Girl, wie sie gewesen war, als ich sie kennengelernt hatte, daß ich mir wieder wie ein junger Mann vorkam.

Mary Amayi blieb den Sommer über bei Saviah, und als ich hinritt, um sie heimzuholen, stellte ich fest, daß sie plötzlich zu einer stolzen und lächelnden jungen Frau herangereift und wunderschön anzusehen war. Am meisten stolz war sie auf eine alte Medizin-Satteltasche, voll mit Fläschchen und einem Satz chirurgischer Instrumente – ein Geschenk von Saviah. ›Mary Amayi weiß alles, was ich über Heilen weiß – und mehr‹, sagte Saviah. ›Ich würde ihr mein Leben anvertrauen.‹

Nach unserer Heimkehr erzählte Mary aller Welt, sie sei eine Heilkundige, aber sie war noch so jung, daß die Cheyenne zuerst nur ihre Tiere von ihr behandeln lassen wollten – kranke Hunde, Pferde mit Scheuerstellen und Rinder, die sich die Haut am Stacheldraht aufgerissen hatten. Als die Eisenbahn hier gebaut wurde, fand sie ein Kitz, das mit gebrochenen Beinen neben dem Schienenstrang lag. Sie bat mich, mit dem Wagen hinzufahren und das Kitz zurückzubringen in unsere Blockhütte. Ich sagte ihr, wir sollten das Tier von seiner Qual erlösen, doch brachte sie mich dann dazu, ihr zu helfen, seine Läufe zu schienen, und was meinen Sie, sie schaffte es, das Kitz zu heilen. Anfangs hielt sie es im Korral, und hinterher ließ sie es mit vier gesunden Beinen frei. Alle in der Gegend wußten von dem Kitz, und als Buffalo Horns kleiner Sohn mit einem Fuß in ein Tellereisen geriet, brachten sie ihn hierher zu Mary Amayi. Ein paar von den Knochen des Jungen waren zerschmettert und die Wunden waren tief; nachdem Mary Amayi alles getan hatte, was in ihrer Macht stand, riet sie Buffalo Horn, den Jungen nach Miles City zu bringen. Der Arzt dort sagte, der Fuß des Jungen sei genau richtig versorgt, und in der Tat, nach einer Woche oder so, hüpfte er schon wieder darauf herum. Nun ja, und danach kamen alle mit Verletzungen und Krankheiten hierher, um Mary Amayi aufzusuchen. Old Bear-in-the-Water, Johns Vater, war der erste von den Crow-Ranchern, die herkamen. Er hatte sich einen großen Splitter in die Hand gejagt. Das Fleisch war dick geschwollen

und hatte sich violett verfärbt, und der Schmerz machte ihn wahnsinnig. Sie holte den Splitter heraus und benutzte einige von Saviahs Medizinen, wonach die Schwellung bald wieder abklang.
Das muß um die Zeit gewesen sein, wo Mr. Teddy Roosevelt, der jetzt Ihr Präsident ist, eines frühen Nachmittags in Begleitung eines auffallend blassen jungen Mannes, der ein paar Jahre jünger sein mochte als er, vor meine Tür geritten kam. Ich hatte beide nie zuvor gesehen, und zuerst dachte ich, sie hätten sich verirrt und wollten mich nach dem Weg fragen. Sie saßen auf prachtvollen Reitpferden und führten zwei Ponys mit sich, die mit Zelten, kostbarem Geschirr, schimmerndem Lederzeug und Gewehren mit reich verzierten Kolben und derlei Dingen beladen waren. Mr. Roosevelt trug einen breitrandigen Hut, eine fransenbesetzte Jacke und lederne Leggins, einen breiten Leibriemen mit Jagdmesser in der Scheide an der Hüfte und einer Pistole im Halfter auf der anderen Seite. ›*How!*‹ rief er mit hoher, krächzender Stimme und hob die Hand, so wie manche Weiße meinen, sie müßten es tun, wenn sie Indianer grüßen.
›Guten Tag‹, sagte ich zu ihm.
›Sind Sie Dane?‹ fragte er.
Als ich ihm sagte, ja, der sei ich, sprang er vom Pferd und zog einen braunen Umschlag aus der Jacke. Er reichte ihn mir und nannte als Absender meinen Freund, den Rechtsanwalt aus Miles City.
Wie ich bald aus dem Brief erfahren sollte, handelte es sich bei dem auffallend blassen jungen Mann in Mr. Roosevelts Begleitung um einen Mr. Jefferies, einen Anwalt aus New York, der mit meinem Freund in Miles City verwandt war. Mr. Roosevelt hatte von meinem Freund erfahren, daß die Cheyenne irgendwo am Laufe des Tongue eine kleine Büffelherde hielten, und jetzt war er gekommen, die Erlaubnis zu erbitten, einen dieser Büffel zu erlegen.
›Mir geht es nur um den Kopf‹, sagte er. Er sprach sehr raschzüngig und erzählte mir, wie erpicht er darauf sei, einen präparierten Büffelkopf an der Wand seines Hauses in New York hängen zu haben. ›Einen wilden Büffel‹, sagte er und zeigte seine großen weißen Zähne. ›Stell dir vor, Jefferies, den Kopf eines *wilden* Büffels, in meinem Arbeitszimmer. Ich dachte, es gäb' überhaupt keine mehr – bis auf ein paar zahme in Wildparks und Zoos.‹
Ich erklärte ihm, die Büffel seien Eigentum der Cheyenne, die Herde sei sehr klein, und der Stamm erlaube nicht, daß jedes Jahr mehr als die zum Leben notwendigen erlegt werden dürften. ›Aber Sie kennen

den Häuptling‹, erklärte er unnachgiebig, wobei seine kleinen Augen mich durch die dicken Augengläser hindurch eindringlich ansahen. ›Sie werden gewiß ein gutes Wort für mich einlegen.‹
Mir blieb gar nichts anderes übrig, als zusammen mit Mr. Roosevelt und seinem Freund zu Two Moon hinüberzureiten. Ich dachte nicht, daß Two Moon ihnen gestatten würde, auch nur in die Nähe der geheimen Herde am Lame Deer River zu kommen, und das tat er auch nicht. Dafür schickte er ein paar von seinen jungen Männern aus, einen wertlosen alten Bullen von der Herde zu trennen, den sie ohnehin erlegen wollten. Die jungen Männer trieben den alten Bullen in eine ausweglose Schlucht hinein, und nachdem Mr. Roosevelt Two Moon etwa das Fünffache bezahlt hatte, was er für einen guten Stier hätte auf den Tisch legen müssen, ritt er zur Schlucht und bekam so seinen Büffelkopf.
Ich hätte nie gedacht, daß ich Mr. Roosevelt oder Mr. Jefferies jemals wiedersehen würde, doch nachdem sie in der Nacht irgendwo draußen gelagert hatten, kamen sie kurz nach Tagesanbruch wieder vor meine Blockhütte geritten und riefen mich nach draußen. Mr. Roosevelt wollte, daß ich sie in die Bighorn Mountains begleite. Jetzt wollte er unbedingt auch noch den Kopf eines Grizzlybären neben seinem Büffelkopf an der Wand hängen haben. Ich erklärte ihnen, ich müsse mich um eine kleine Herde Rinder kümmern und könne nicht mitkommen. Hätte ich gewußt, was für ein großer Mann er war und daß er bald Präsident der Vereinigten Staaten werden würde – ich glaube, ich wäre trotzdem mitgegangen. Aber für meine Begriffe sah er genauso aus wie jeder andere *Veheo*.
Er bat mich, ob ich ihm eine Karte der Bergpfade zeichnen könne, die in die Bighorns hineinführten, und nachdem ich das getan hatte, ritt er zusammen mit Mr. Jefferies in Richtung Tongue Valley fort und führte die Ponys mit all dem schönen Ledergeschirr, den Satteltaschen und Zelten und dem in Leinwand eingehüllten Büffelkopf hinter sich her.
Zwei oder drei Tage vergingen, und ich dachte schon nicht mehr an sie. Dann rief mich eines Morgens Mary Amayi ans Fenster. Wie Geister aus grauem Nebel und windgepeitschten Regenschauern heraus kamen zwei Männer in Regenumhängen langsam die Straße von Dundee heraufgeritten. Als sie von der Straße abbogen und auf meine Blockhütte zuhielten, öffnete ich die Tür, um sie hereinzubitten und vorm Regen zu schützen.

Mr. Roosevelt, der voranritt, rief mir laut zu: ›Wo ist der nächste Arzt?‹

›Das ist ein langer Ritt‹, gab ich ihm Bescheid.

›Haben Sie denn keine Krankenstation und keinen Arzt im Reservat?‹ fragte er.

›Nein. Die Cheyenne kommen hierher zu meiner Großtochter. Sie ist unsere Heilkundige.‹

Er wußte nicht, was er davon halten sollte, meinte dann jedoch wohl, zuallererst müsse er seinen Freund Jefferies aus dem treibenden Regen herausbringen, selbst wenn das bedeutete, ihn in eine Indianerhütte zu bringen. Mr. Jefferies lehnte sich auf seinem Sattel vor, sein nasses Gesicht war aschgrau, und er hatte die Lippen fest aufeinandergepreßt. Sein Pferd hatte tags zuvor vor einem plötzlich davonspringenden Wild gescheut, so erklärte Mr. Roosevelt, als er Mr. Jefferies aus dem Sattel half. Er sei unglücklich auf irgendeinen schartigen Felsen gefallen und habe sich ein Bein gebrochen. Dann seien sie bei Nebel und Regen die ganze Nacht hindurch geritten.

Wir trugen Mr. Jefferies ins Haus, und Mary Amayi breitete vorm Kamin eine Wolldecke für ihn auf dem Boden aus. ›Was für eine adrette, saubere Wohnung‹, sagte Mr. Roosevelt und sah sich um, als hätte er erwartet, daß wir in Schmutz und Dreck hausten. Er sah zu, wie Mary Amayi seinem Freund ein Thermometer in den Mund steckte. Dann trennte sie mit ihrem Chirurgenmesser den unteren Teil von Mr. Jefferies Hose auf, um sich das gebrochene Bein ansehen zu können. Sein Schienbein schien nach einer Seite verkrümmt, und das Fleisch hatte sich bös verfärbt. ›Mit Ihrer Erlaubnis kann ich den Schmerz lindern‹, wandte Mary Amayi sich an Mr. Roosevelt.

›Aber nicht mit irgendwelchem Hokuspokus oder Schwarzer Magie‹, rief er.

Sie ging hinaus und brachte eines der Fläschchen, die Saviah ihr geschenkt hatte, und er las angestrengt durch seine dicken Augengläser hindurch das Etikett. ›Wissen Sie, welche Dosis man nehmen muß?‹ fragte er argwöhnisch und zeigte Mr. Jefferies dann das Fläschchen.

›Laß sie mich behandeln‹, stöhnte Jefferies.

›Sie ist reinblütige Indianerin‹, sagte Mr. Roosevelt.

›Laß sie mich behandeln‹, wiederholte Jefferies in erbarmungswürdigem Ton.

Dann mußten wir darüber entscheiden, wer zum Arzt reiten sollte. Mr. Roosevelt wollte selbst hin, doch hatte er Angst, seinen Freund in der Gewalt zweier reinblütiger Indianer zurückzulassen, von denen er einen noch dazu in Verdacht hatte, ein weiblicher Hexenmeister zu sein. Folglich gab er mir seinen Regenumhang, und ich ritt zum Arzt. Gegen Mitte des Vormittags war ich aus dem Sturm heraus, der Himmel klarte auf, und spät am nächsten Tag erreichten der Arzt und ich nach einem flotten und anstrengenden Ritt die Blockhütte.

Wir fanden Mr. Jefferies, wie er in meinem Bett aufsaß und Suppe aus einer Schale trank, die Amayi ihm an die Lippen hielt. Mr. Roosevelt tanzte aufgeräumt umher, bleckte die weißen Zähne, prahlte damit, wie er und Mary Amayi Mr. Jefferies das gebrochene Schienbein geschient hätten. Der Arzt mußte sich das selbstverständlich ansehen. Mit der Schere durchtrennte er die Bandagen, nahm die Schienen ab und tastete das Bein mit den Fingern ab. ›Verdammt gut gemacht‹, erklärte er und legte den Verband neu an.

›Toll ist das!‹ sagte Mr. Roosevelt, ›toll!‹

Nun, sie blieben noch ein, zwei Tage bei uns, und dann verpflichtete Mr. Roosevelt Old Bear-in-the-Water, Mr. Jefferies in einem mit Decken und weichen Büffelhäuten ausgelegten und gepolsterten Wagen nach Miles City zu bringen. Ich merkte wohl, daß Mr. Jefferies Mary Amayi nicht verlassen wollte. Mit seinen großen, hellblauen Augen blickte er sie ständig an wie ein Kalb die Mutterkuh. Er küßte ihr die Hand und versprach, er werde sie bis an sein Lebensende nicht vergessen. ›Sie hören wieder von mir‹, sagte er, als wir ihn in den Wagen betteten.

Und in der Tat: nach ein paar Wochen traf ein langer Brief von Mr. Jefferies ein, in dem es hieß, das Medical College der Columbia University lasse auf seine, Jefferies, Empfehlung hin Mary Amayi zum Beginn des nächsten Semesters versuchsweise als Studentin zu. Die Reisekosten und sämtliche Ausgaben während des Studiums würden von ihm übernommen, schrieb Mr. Jefferies. Zuerst sagte Mary Amayi, sie habe nicht die Absicht, im Osten Medizin zu studieren, aber ich merkte ihr an, daß sie doch eingehend darüber nachdachte. Eines Tages fragte sie mich, was meine Großmutter, Creek-Mary, wohl getan haben würde, wenn sie die Chance gehabt hätte, eine Medizinschule zu besuchen und Ärztin zu werden.

›Wenn sie hätte Ärztin werden wollen‹, erwiderte ich, ›wäre sie hingegangen, selbst wenn das bedeutet haben würde, ihre Leute zu verlassen.‹

›Aber sie würde hinterher zu ihren Leuten zurückgekehrt sein‹, sagte

Mary Amayi. ›Wenn ich Ärztin wäre, brauchte ich niemanden nach Miles City zu schicken. Dann könnte ich im Reservat ein Krankenhaus haben.‹

›Schön‹, sagte ich. ›Wenn du Ärztin werden willst, dann geh!‹

Freilich war da noch etwas, was sie bekümmerte, und einige Tage darauf sagte sie mir, um was es ging. Red Bird Woman war an jenem Tag gerade hier, und Mary Amayi fing an, über Mr. Jefferies und das Medical College zu reden. Sie habe zwar den Wunsch Ärztin zu werden, sagte sie, aber der Gedanke, einem *Veheo* verpflichtet zu sein – sogar einem so gütigen Mann wie Mr. Jefferies – sei ihr unerträglich. Red Bird Woman blieb stumm, solange Mary Amayi redete, doch nickte sie mit dem Kopf und flüsterte: ›*Nihini, nihini.*‹ Und dann sagte sie: ›Deine Großtochter sehr weise, *Sanaki!*‹«

Red Bird Woman stellte die verkürzte Zeltstange auf und drehte sich dann zu uns um. »Dieser *Veheo* versucht, Mary Amayi zu kaufen«, sagte sie. »Genauso, wie dieser böse Belcourt versucht hat, mich von den Apachen zu kaufen.«

»Mr. Jefferies war nicht wie Belcourt«, erklärte Dane.

»Trotzdem, er versucht, deine Großtochter zu kaufen.« Sie stemmte die Hände in die breiten Hüften und sah ihn stirnrunzelnd an. »Du zu dumm zu begreifen, *Sanaki*. Deshalb mußte ich dir zeigen, wie wir Cheyenne Mary Amayi auf Doktor-Schule schicken.« Sie drehte sich um und wandte uns wieder den Rücken zu, um das Tipigerüst zu begutachten.

»Und wie haben Sie das gemacht?« fragte ich.

Dane beschattete der untergehenden Sonne wegen die Augen mit der Hand und hielt nach Westen Ausschau. »Jeder hat etwas gegeben«, sagte er. »Die Frauen fertigten Mokassins und Halsketten und brachten sie nach Miles City, um sie zu verkaufen oder gegen anderes einzutauschen. Alle verkauften ihre überzähligen Büffelhäute. Nachdem die Züge hier durchliefen, verkauften die Kinder durch die Abteilfenster hindurch Dinge an die Reisenden.«

»Sie haben Perlen an die Weißen verkauft?« fragte ich. »Glasperlen?«

»Die Jungen Pfeile und Pfeilspitzen«, sagte John Bear-in-the-Water. »Manchmal fuhr der Zug auch an, ehe sie uns Geld gaben. Dann liefen wir auf dem Schlackenbett nebenher, bis der Zug zu schnell für uns war, und diejenigen, die gemein waren, lachten uns dann aus, behielten die Pfeile und gaben uns kein Geld.«

»Die kleinen Mädchen haben genauso ihre selbstgemachten Puppen verkauft«, sagte Red Bird Woman. »Aber meistes Geld für Mary Amayi kam von Rindern.«
Dane lachte. »Das stimmt. Red Bird ist zu jedem hingegangen, der Kühe züchtete, und hat ihm so lange zugesetzt, bis er ein Rind für Mary Amayi verkaufte.«
»Mein Alter Mann hat zwei für sie verkauft«, erklärte John Bear-in-the-Water stolz.
»Man sollte doch nicht meinen, daß ein Crow so was fertigbringt, nicht wahr?« sagte Red Bird Woman und zwinkerte mir zu.
Dane deutete über die Ebene auf eine Reiterin, die auf uns zugeritten kam. »Da kommt sie«, sagte er. »An der Art, wie sie reitet, erkenne ich, daß sie ihr keine Hilfe für das Hospital gegeben haben.«

59

John Bear-in-the-Water lief ihr zu Fuß entgegen, und ich hörte ihre Altstimme, mit der sie seinen Gruß erwiderte, als er nach der Trense ihres Pferdes griff. Er führte das Pony den Hang zum Tipi-Skelett hinauf, und sie standen klar umrissen vor dem Himmel wie auf jenen mittelalterlichen Wandteppichen, die zeigen, wie ein Pferdeknecht das prächtig aufgezäumte Roß der Dame eines Ritters oder einer von der Jagd heimkehrenden Prinzessin zurückführt.
Sie glitt behende aus dem Sattel, zog ihren geteilten Reitrock zurecht und stand da und betrachtete das Tipi-Gerüst, als Dane und Red Bird Woman auf sie zukamen.
»Ihr habt also mit dem Aufstellen des Tipis angefangen«, sagte sie.
Red Bird Woman schloß sie in die Arme und sagte leise auf cheyenne etwas zu ihr.
»Nein«, erklärte sie. »Sie wollen nicht helfen.«
»Du hast das selbst herausfinden müssen«, sagte Dane. »Dann wirst du eben mit dem Blockhaus anfangen müssen.«
»Du kannst deine Hütte nicht aufgeben«, antwortete sie entschieden.
»Ich wohne im Tipi«, sagte er. »Es ist wärmer im Winter und kühler im Sommer.«
»Und leichter sauberzuhalten«, fügte Red Bird Woman hinzu.
»Nein«, sagte sie. »Für ein Hospital brauchen wir Betten und Instrumente und Medikamente. Das kostet zuviel *maka-eta*.«

»Du bekommst Medizin-Haus auf selbe Weise, wie wir dich zu Doktor gemacht haben«, sagte Red Bird Woman. »Jeder hilft dabei.«
»Ich habe sechs Stiere«, sagte John Bear-in-the-Water. »Ich werde sie alle für dich verkaufen. Mein Alter Mann verkauft zwei.«
»*Nohetto!* Also dann!« Red Bird Woman umfaßte mit beiden Händen Mary Amayis Schulter. »Wenn schon ein Crow so hilft – was meinst du, was erst Cheyenne tun werden!«
Dane schob sie auf mich zu und flüsterte einen Augenblick mit ihr. Sie nahm mich zum erstenmal wahr und lächelte, und wieder verspürte ich etwas von jener Lebendigkeit, jener treibenden Kraft, die ich bei Teddy Roosevelts Essen im Weißen Haus verspürt hatte. Auf eine etwas romantische Art, glaube ich, sah ich wohl den Inbegriff Amerikas in ihr, die Dame von Cofitachequi und Hernando De Soto, Muskogee-Blut und spanisches Blut, und Long Warrior und das Blut der *Ani-Yun-Wiya*, der Wirklichen Menschen, die Magie der Cherokesen vermischt mit jener der Großen Menschen, der Cheyenne, und dem namenlosen Franzosen, dem *voyageur*, den ich mir als jungen Mann von edlem Geblüt und mit einer prachtvollen Nase vorstellte, als einen Flüchtling vor der Französischen Revolution, und dann die Minneconjous der Teton Sioux, die mächtigen Dakotas. Alle waren sie Krieger gewesen, Männer wie Frauen gleichermaßen, Krieger und Überlebende. Wer, wenn nicht sie, war Amerika?
Ich fühlte ihre kräftige Hand in der meinen, blickte ihr in die Augen und erkannte darin das Erbe all dieser Blutströme, und als sie mir die Hand entzog, sah ich – größer, als ich sie mir vorgestellt hatte – die silberne Dänenmünze zwischen den lohfarbenen Hügeln ihrer Brüste. Sie war Creek-Mary, der Grund meines Hierseins, und die Sonne, die hinter ihr unterging, erinnerte mich daran, daß ich nur ein Gast hier war, ein Außenseiter, und da sagte ich etwas von einem Zug, den ich bekommen müsse.
»Sie fahren in Wagen bis Dundee Station mit mir und John Bear-in-the-Water«, erklärte Red Bird Woman.
Ich hätte ewig bleiben mögen. Es verlangte mich, Zeuge zu sein, wie ein Traum Wirklichkeit wurde, doch war dies nicht meine Welt, in der ich hätte leben können.

Als ich vom Wagenbock aus zurückblickte und winkte, ruhte ihre Hand auf der Schulter ihres Großvaters, er lächelte sein dünnlippiges Lächeln, und dieses Lächeln setzte sich fort in den vielen Runzeln sei-

nes alternden Gesichts. Dann rumpelte der Wagen über einen Erdhügel, und es war nur noch das Gerüst des Tipis zu sehen, das langsam meinen Blicken entschwand.
Der Sitz auf dem Wagen war nicht breit genug für uns drei, und so setzte John Bear-in-the-Water sich vor Red Bird Womans weit sich bauschenden Rock und ließ dem Gespann die Zügel auf den Rücken klatschen, um es zu einer rascheren Gangart anzutreiben. »Will möglichst schnell zurück zu Mary Amayi«, sagte sie augenzwinkernd zu mir.
»Da hätte ich es auch eilig«, erwiderte ich.
»Bin froh, daß Sie heute da waren.«
»Warum?«
»Leichter für mich, Dane zu bewegen, wegen Tipi nachzugeben, wo Sie da waren.« Sie stieß mit dem Oberkörper gegen mich, als sie lachte. Wir näherten uns bereits dem braunfleckigen Eisenbahn-Depot. Der Wagen folgte der Kurve der Straße, und die Räder wirbelten den Staub hoch. John Bear-in-the-Water zog an den Zügeln und brachte die Pferde mit einem lauten ›Brrr!‹ ruckhaft zum Stehen. Ich griff hinter mich nach meiner Tasche, stieg ab und dankte ihnen, daß sie mich mitgenommen hatten. »Wir seh'n uns irgendwann«, sagte er. Red Bird Woman sagte nichts. Sie sah mich einfach mit ihren jungen-alten Augen an, die mehr Schmerz und Kummer, Ungerechtigkeit und Haß und Liebe und Abschiedsszenen gesehen hatten, als ich mir vorstellen konnte. Als der Wagen wieder anfuhr, drehte sie sich noch einmal um, legte die Fingerkuppen an die Lippen und warf mir eine Kußhand zu wie eine *Veheo*. Ich erwiderte sie.
Von hinten gesehen machte das Depot einen verlassenen Eindruck, doch als ich um die Ecke bog und auf den schlackenbelegten Bahnsteig trat, entdeckte ich einen Mann, der auf einer eisernen Bank vor den Geleisen saß. Überrascht blickte er auf. »Mein Gott, haben Sie mich erschreckt«, sagte er. »Das ist selten, daß man hier draußen einen Weißen zu sehen bekommt.«
Er war der bärtige Mann, der am Nachmittag an Danes Blockhütte vorübergekommen war, ohne von unserer Anwesenheit Notiz zu nehmen; der Mann, von dem Dane gesagt hatte, er suche nach Kohle, damit Bergleute kommen und die Erde der Indianer aufwühlen könnten.
»Warten Sie auf den Zug nach Osten?« fragte er.
Ich bestätigte ihm das.

»Ich warte auf Vorräte, die mit dem Frachtwagen kommen«, erklärte er. »Sind Sie einer von den Ranchern hier in der Gegend?«
Ich erklärte ihm, ich sei Journalist aus Washington und beruflich unterwegs.
»Freischaffender und freischweifender Journalist, was? Tut sich aber nicht viel hier, oder? Nichts weiter als Indianer. Ich bin Geologe und arbeite für eine Bergbaugesellschaft.«
»Und wie sind die Aussichten?«
»Gut. Mein Gott, das Land ist reich an Kohle, die ganz dicht unter der Erdoberfläche liegt. Man braucht die wertlose Erde bloß wegzukratzen. Aber der größte Teil liegt auf Reservatsgebiet. Die Regierung hat den Indianern das Land gegeben, weil es so verdammt wertlos und öde aussieht und nur Büsche darauf wachsen. Dabei liegt ein Vermögen darunter, sobald die Zeit gekommen ist, die Kohle zu fördern. Irgendwann müssen wir diese Indianer von hier wegschaffen. Sie stehen dem Fortschritt im Wege, verstehen Sie? Hängen alle diesen verrückten Vorstellungen an, daß Land etwas Heiliges sei...«
Der schrille Pfiff des näherkommenden Zuges übertönte seine Worte, die Lokomotive rollte auf uns zu, und dicke Rauchwolken wälzten sich über das hohe Gras. Irgendwie sah ich darin plötzlich das Bild auf dem Büffelhautkalender seiner Tochter Amayi, wie Dane es mir beschrieben hatte – das eines Feuer und Rauch durch seine Zähne ausstoßenden Feuerrosses. Die Waggons rollten an uns vorüber, der Geologe erhob sich von seiner eisernen Bank und stampfte zornig in seinen bis fast unters Knie verschnürten Bergmannsstiefeln über den schlackenbelegten Bahnhof bis ans Ende des Zuges, wo der Güterwagen angehängt war.
Ein blauuniformierter Schaffner sprang von dem ersten Personenwagen herunter und winkte mir einzusteigen. Ehe ich auf den Plüschsitz fiel und gen Westen blickte, setzte der Zug sich schon wieder in Bewegung. Durch das schmutzige Fenster sah ich das Tageslicht schwinden, und dann drückte ich rasch die Stirn an die Scheibe. Für einen Augenblick schienen die Umrisse flacher, unregelmäßiger Hügel die Gestalt einer auf dem Rücken liegenden Frau anzunehmen, die hinaufblickte in den indigoblauen Himmel – Creek-Marys Schlafende Frau, die hier auf der Westlichen Prärie Gestalt annahm. Es kann ein Streich gewesen sein, den das Licht und der in Bewegung befindliche Zug mir spielten, oder aber ein Zauber der Landschaft Montanas.

Knaur

Paretti, Sandra

Maria Canossa
Maria Canossa – eine Frau sucht das Glück in einer Zeit, in der kein Platz ist für das Glück. 256 S. [1047]

Das Echo Deiner Stimme
Die bekannte Autorin erzählt das Leben ihrer Mutter. Ein Zeugnis der Liebe. 207 S. [1021]

Paradiesmann
Er ist ein Glücksritter. Er ist ein Frauenliebling. Zweimal kreuzt er das Leben von Sandra Paretti. Es geschieht, was geschehen muß: Sie verliebt sich in ihn. In diesem Roman erzählt sie von dieser Liebe. 384 S. [1278]

Der Wunschbaum
Im Mittelpunkt dieses Romans steht die starke Persönlichkeit einer Frau, die ihre Familie vor dem Zerfall bewahrt. 288 S. [519]

Das Zauberschiff
Ein Roman über das Schicksal des deutschen Passagierschiffs »Kronprinzessin Cecilie«, das mitten auf dem Ozean vom Ausbruch des Ersten Weltkriegs überrascht wird. 304 S. [621]

Rogers, Rosemary

Die Sinnliche
Der Roman von Liebe und Leidenschaft unter Napoleon. 416 S. [1212]

Letzte Liebe, Letzte Liebe
Virginia und Steve – schön, reich, jung und verliebt – sind der glanzvolle Mittelpunkt des gesellschaftlichen Lebens in New Orleans. Doch das Schicksal reißt die Glücklichen auseinander. Erst nach unheilvollen Erlebnissen und verhängnisvollen Abenteuern finden sie wieder zueinander. 320 S. [1271]

Die Unbesiegbare
Ein weiblicher, von Leidenschaft geprägter Roman – vor dem historischen Hintergrund der gesellschaftlichen Entwicklung des jungen amerikanischen Kontinents. 576 S. [784]

Wildnis der Liebe
Eine titanische Familienfehde, Liebe, Haß und Leidenschaften von nicht alltäglichen Menschen. 377 S. [1008]

Jagger, Brenda

Wolken über dem Tal
Eine Familiensaga um Macht, Verrat und den Triumph der Liebe. 496 S. [1215]

Palmer, Lilli

Nachtmusik
Das Leben eines bisher unbescholtenen Universitätsprofessors gerät aus den Fugen. Eine turbulente und amüsante Geschichte. 384 S. [1090]

Eine Frau bleibt eine Frau
Millionen haben Lilli Palmer in ihrer gleichnamigen Fernsehserie bewundert. Aus dieser Serie hat Lilli Palmer verschiedene Beiträge ausgesucht, sie in Erzählungen verwandelt und in diesem Sammelband veröffentlicht. 224 S., 16 Abb. [1320]

Umarmen hat seine Zeit
»Man muß auch mal ein Risiko eingehen, sonst lebt man nicht.« Diesen Rat ihrer geliebten Schwiegermutter wird Sophie nie vergessen. Sie will leben und sie lebt riskant, denn sie weiß: Alles auf Erden hat seine Zeit. 304 S. [789]

Kretschmer, Cleo

Amore
Millionen haben »Amore« im Fernsehen gesehen. Cleo Kretschmer hat darin die Hauptrolle gespielt – und die Geschichte jetzt zum ersten Mal aufgeschrieben. Eine verzwickte, urkomische Liebesgeschichte. 144 S. [1353]

Romane

Peter Baumann

Der Wind ist unser Atem

Indianische Welterfahrung in poetischen Texten und Bildern.

160 Seiten, gebunden

„Man verkauft die Erde nicht, über die der Büffel zieht“, sagte Crazy Horse und führte die Sioux und Cheyenne zum Kampf gegen General Custers Kompanien am Little Bighorn River. Wir wissen, daß der große Häuptling siegte, wir wissen aber auch, daß der Ausverkauf des Landes durch die weißen Eroberer nicht aufzuhalten war. Die eingeborenen Indianer haben ihr Verständnis vom Eins-sein mit Natur und Kosmos in Liedern, Gebeten, Reden und Beschwörungen zum Ausdruck gebracht. Diese überlieferten Mythen und Legenden aus alter Zeit bilden den Auftakt der in diesem Band versammelten Texte.

Der zweite Teil ist dem historischen Standpunkt der Indianer gewidmet, der Auseinandersetzung mit den Weißen und ihrer Umwertung der Werte, Worte des Zorns und der Anpassung, der Resignation und der Prophezeiungen. – „Nur die Erinnerung hält meine Würde am Leben.“ Dieser Satz eines Kiowa-Malers spannt den Bogen zum Heute.

HOFFMANN
UND CAMPE